Anthony Horowitz

I delitti della gazza ladra

nero

BUR
Rizzoli

Pubblicato per

BUR
Rizzoli

da Mondadori Libri S.p.A.

ISBN 978-88-17-16180-0

Titolo originale dell'opera:
Magpie Murders

Traduzione di Francesca Campisi

Prima edizione Rizzoli: 2021
Prima edizione BUR Nero: marzo 2022

Realizzazione editoriale: Librofficina

I delitti della gazza ladra

Crouch End, Londra

Una bottiglia di vino. Una confezione formato famiglia di nachos al formaggio con vasetto di salsa piccante. Un pacchetto di sigarette a portata di mano (lo so, lo so). La pioggia che batte contro i vetri. E un libro.

Cos'altro si può desiderare?

Appuntamento con la morte era il nono romanzo della popolare serie gialla di Atticus Pünd, bestseller mondiale. Nell'umida serata di agosto in cui lo sfogliai per la prima volta, ne esisteva una sola copia dattiloscritta e toccava a me curarne l'editing per la pubblicazione. Volevo assolutamente gustarmelo. Ricordo che appena rincasata andai dritta in cucina, afferrai al volo qualcosa dal frigorifero e lo misi su un vassoio. Poi mi spogliai, lasciando i vestiti a terra. L'appartamento era già un disastro comunque. Feci una doccia, mi asciugai e mi infilai una maxi T-shirt di Pina Topolina che mi avevano regalato alla Fiera del libro di Bologna. Era presto, ma volevo godermi il libro comodamente sdraiata nel letto con le lenzuola ancora sgualcite e disfatte dalla notte prima. Di solito non vivo così, ma il mio ragazzo era via da sei settimane ed essendo sola mi ero concessa standard più rilassati. C'è un che di confortante nel disordine, soprattutto se nessuno può fartelo pesare.

In realtà, detesto quel termine. *Ragazzo*. Specialmente se il soggetto in questione è un cinquantaduenne con due divorzi alle spalle. Il fatto è che non esistono molte alternative nella nostra lingua. Andreas non era il mio compagno. Non ci frequentavamo con la necessaria regolarità. Il mio amante? La mia dolce metà? Entrambe le definizioni mi mettevano a disagio per ragioni diverse. Era originario di Creta e insegnava greco antico alla Westminster School. Aveva preso in affitto un appartamento a Maida Vale, non troppo distante dal mio. Avevamo anche pensato alla convivenza, ma temevamo entrambi che avrebbe ucciso la nostra relazione. Così, malgrado avessi in casa un armadio pieno di vestiti suoi, per frequenti periodi non avevo *lui*. Proprio come in quel momento. Andreas era tornato in Grecia per trascorrere le vacanze scolastiche con la famiglia: genitori, nonna vedova, due figli adolescenti e il fratello della sua ex moglie, tutti riuniti sotto lo stesso tetto in una di quelle complicate dinamiche che tanto piacciono ai greci. Non sarebbe rientrato prima di martedì, il giorno precedente l'inizio della scuola, e io non l'avrei visto fino al weekend successivo.

Perciò ero tutta sola nel mio appartamento di Crouch End, un pianterreno con seminterrato annesso all'interno di una dimora vittoriana in Clifton Road, a circa quindici minuti a piedi dalla stazione della metropolitana di Highgate. Probabilmente l'unico acquisto sensato che avessi mai fatto. Mi piaceva vivere lì. Era una casa tranquilla e confortevole, con un giardino che condividevo con la coreografa del primo piano, quasi sempre via. Di libri ne avevo fin troppi, ovviamente. Stipati in ogni centimetro della libreria, impilati l'uno sull'altro, piegavano i ripiani col loro peso. Avevo convertito la seconda camera da letto in uno studio, anche se cercavo di non portarmi il lavoro a casa. Lo usava più Andreas di me, quando c'era.

Stappai il vino. Aprii il vasetto della salsa piccante. Mi accesi una sigaretta. Cominciai a leggere il romanzo proprio come state per fare voi adesso. Prima di lasciarvi proseguire, però, è mio dovere avvertirvi.

Questo libro mi ha cambiato la vita.

Vi sarà già capitato di leggere frasi del genere. E mi vergogno ad ammettere di averle propinate io stessa sulla copertina del primissimo romanzo che ho fatto pubblicare: un thriller davvero mediocre ambientato durante la Seconda guerra mondiale. Nemmeno ricordo chi l'avesse detto, ma quel libro avrebbe potuto cambiare la vita a qualcuno solo se gli fosse caduto in testa. Sarà davvero possibile poi? Ricordo ancora quando da ragazzina, leggendo le storie delle sorelle Brontë, mi innamorai del loro mondo: il melodramma, i paesaggi selvaggi, il fascino gotico. Verrebbe da pensare che sia stata *Jane Eyre* a spingermi verso la carriera editoriale, ma sarebbe un tantino ironico alla luce dei fatti. Sono molti i libri che mi hanno toccata nel profondo, come *Non lasciarmi* di Ishiguro o *Espiazione* di McEwan. Ho sentito dire che parecchi ragazzini sono finiti in collegio sull'onda del fenomeno Harry Potter, e la storia insegna che le letture esercitano un impatto decisivo sulla nostra mentalità. *L'amante di Lady Chatterley* ne è un chiaro esempio, e così *1984*. Ma non credo abbia tanta importanza *cosa* leggiamo. La nostra vita procede lungo una direttrice già delineata per noi. La narrativa si limita a offrire uno scorcio delle possibili alternative. Forse è questa la ragione per cui ci appassiona.

Appuntamento con la morte, però, ha davvero cambiato tutto per me. Non vivo più a Crouch End. Non ho più il mio lavoro. Sono riuscita a perdere parecchi amici. Quella sera, prendendo in mano il dattiloscritto e voltando la prima pagina, non avevo la minima idea del viaggio in cui mi stavo imbarcando, e in tutta sincerità avrei preferito non essere mai trascinata a bordo. Tutta colpa di quel bastardo di Alan Conway. Non mi era piaciuto fin dal primo giorno, eppure adoravo i suoi libri. Ritengo che niente possa battere un buon giallo con i suoi colpi di scena, gli indizi, le false piste e poi, alla fine, la soddisfazione conclusiva in cui tutto si svela e tu hai solo voglia di prenderti a schiaffi per non esserci arrivata prima.

Ecco cosa mi aspettavo. *Appuntamento con la morte* però non era così. Nient'affatto.

Vorrei davvero non doverlo ripetere. Al contrario di me, siete stati avvisati.

APPUNTAMENTO CON LA MORTE

Un'indagine di Atticus Pünd

Alan Conway

Biografia dell'autore

Alan Conway è nato a Ipswich e ha studiato alla Woodbridge School, per poi conseguire il diploma di laurea in Letteratura inglese all'Università di Leeds. In seguito ha frequentato un corso di scrittura creativa presso l'Università dell'East Anglia. Nei sei anni successivi si è dedicato all'insegnamento, fin quando è approdato al successo con *Atticus Pünd indaga*, nel 1995. Il titolo è rimasto nella classifica dei bestseller del «Sunday Times» per ventisei settimane e si è aggiudicato il premio Gold Dagger conferito al miglior romanzo giallo dell'anno dalla Crime Writers' Association. Da allora, la serie delle indagini di Atticus Pünd ha venduto diciotto milioni di copie in tutto il mondo ed è stata tradotta in trentacinque lingue. Nel 2012, Alan Conway è stato nominato membro dell'Ordine dell'impero britannico per i servizi resi alla letteratura. Ha un figlio, nato da un precedente matrimonio, e attualmente vive a Framlingham, nel Suffolk.

La serie di Atticus Pünd

Atticus Pünd indaga
Non c'è pace per il crimine
Atticus Pünd e il nuovo caso
Grido nella notte
Regalo sotto l'albero
Attrazione al veleno
Mazzo di rose per Atticus
Missione straniera

Elogi della critica

«Tutto quello che si può desiderare da un giallo inglese. Raffinato, arguto e imprevedibile.» *Independent*

«Attento, Hercule Poirot! È arrivato in città un piccolo forestiero dalla mente brillante… e sta per farti le scarpe.» *Daily Mail*

«Adoro Atticus Pünd. Ci riporta al periodo d'oro del romanzo giallo per ricordarci le nostre origini.» Ian Rankin

«Sherlock Holmes, Lord Peter Wimsey, Padre Brown, Philip Marlowe, Poirot… i grandi detective si contano sulle dita di una mano. Bene, con Atticus Pünd servirà un dito in più!» *Irish Independent*

«Per un grande giallo serve un grande detective e Atticus Pünd merita di essere annoverato tra questi.» *Yorkshire Post*

«La Germania ha un nuovo ambasciatore. E il romanzo giallo il suo miglior detective.» *Der Tagesspiegel*

«Alan Conway esprime appieno l'Agatha Christie che ha dentro di sé. E buon per lui! L'ho adorato.» Robert Harris

«Metà greco, metà tedesco, ma al cento per cento infallibile. Il suo nome? È Pünd... Atticus Pünd.»
Daily Express

A BREVE SUGLI SCHERMI DI BBC1
L'ATTESISSIMA SERIE TELEVISIVA

UNO

Dolore

1

23 luglio 1955

Ci sarebbe stato un funerale.

I due becchini, il vecchio Jeff Weaver e suo figlio Adam, erano fuori dall'alba e tutto era pronto, la fossa scavata della misura perfetta, la terra ben ammonticchiata da una parte. La chiesa di St Botolph a Saxby-on-Avon era più che mai incantevole, con il sole del mattino che riluceva sulle vetrate colorate. Risaliva al dodicesimo secolo, ma era stata chiaramente ristrutturata più volte. La nuova tomba si trovava a est, accanto ai resti del vecchio presbiterio, dove l'erba era lasciata incolta e margherite e soffioni crescevano sotto le volte diroccate.

Anche il villaggio era immerso nel silenzio, le strade deserte. Il lattaio aveva finito le consegne ed era già sparito, con le bottiglie tintinnanti nel retro del furgone. I ragazzi dei giornali avevano terminato il giro. Era sabato, nessuno sarebbe andato al lavoro ed era ancora troppo presto perché gli abitanti si dedicassero alle faccende del fine settimana. L'emporio apriva alle nove. Dal panificio accanto si diffondeva già il profumo del pane fresco appena sfornato. A breve sarebbero entrati i primi clienti. Ultimata la colazione, si sarebbe levato un coro di tosaerba. Era luglio, il periodo più intenso dell'anno per il laborioso esercito di giardinieri di Saxby-on-Avon e, mancando solo un mese alla festa del raccolto, si potavano già le rose e si misuravano con zelo le zucchine per il concorso. All'una e mezza era in programma una partita di cricket ai giardini. Ci sarebbero stati il furgoncino dei gelati, i bambini intenti a giocare, i gitanti che facevano picnic davanti alle loro automobili. La sala da tè sarebbe stata in piena attività. Un perfetto pomeriggio estivo inglese.

Ma non ancora. Sembrava che il villaggio stesse trattenendo il fiato in rispettoso silenzio, in attesa del feretro pronto a intraprendere il suo viaggio da Bath. Proprio in quell'istante veniva caricato sul carro funebre, attorniato dagli austeri presenti – cinque uomini e una donna, i cui sguardi si sfuggivano a vicenda quasi non sapessero dove posarsi. Degli uomini, quattro erano dipendenti della stimata impresa di pompe funebri Lanner & Crane. La ditta esisteva fin dall'epoca vittoriana, quando operava perlopiù nell'ambito della carpenteria edile. Al tempo, funerali e bare erano un'attività secondaria, pressoché accessoria. Tuttavia, per assurdo, era stato proprio quel settore degli affari a sopravvivere. Lanner & Crane non costruivano più case, ma il nome era diventato sinonimo di morte dignitosa. L'evento del giorno prevedeva il pacchetto economico. Il carro funebre era un modello vecchio. Non ci sarebbero stati né cavalli neri né pompose corone di fiori. La bara stessa, benché rifinita con eleganza, era stata realizzata con un legno senza ombra di dubbio di scarsa qualità. Una targa semplice, in argento placcato anziché puro, riportava il nome della defunta e le due date essenziali:

Mary Elizabeth Blakiston
5 aprile 1887 - 15 luglio 1955

La sua vita, benché a cavallo di due secoli, non era stata lunga come poteva sembrare, ma del resto era stata interrotta in maniera alquanto inaspettata. La polizza per le spese funerarie di Mary non copriva neppure il costo complessivo – non che avesse importanza, dal momento che l'assicurazione avrebbe provveduto alla differenza – e lei sarebbe stata felice di vedere che tutto si stava svolgendo secondo i suoi desideri.

Il carro funebre partì in perfetto orario per il suo viaggio di otto miglia, nell'istante esatto in cui la lancetta dei minuti sfiorò le nove e mezza. Mantenendo la velocità minima come si conveniva, sarebbe giunto in chiesa allo scoccare dell'ora. «Mai un ritardo» sarebbe stato lo slogan giusto, se Lanner & Crane ne avessero avuto uno. E malgrado i due parenti in lutto che accompagnavano il feretro potessero non averlo notato, il paesaggio era incantevole, con i campi che digradavano oltre il basso muretto di selce verso il fiume Avon, che li avrebbe accompagnati per l'intero tragitto.

Al cimitero della chiesa di St Botolph, i due becchini esaminarono il risultato delle loro fatiche. Si possono dire molte cose sui funerali – profonde, ponderate, filosofiche – ma Jeff Weaver ci azzeccò in pieno quando, appoggiato alla vanga mentre si rollava una sigaretta tra le dita sporche, si rivolse al figlio. «Per morire» disse, «non vedo giorno migliore di questo.»

2

Seduto al tavolo della cucina della canonica, il reverendo Robin Osborne stava apportando le ultime modifiche al sermone. Davanti a lui erano sparpagliati sei fogli, battuti a macchina ma già ricoperti di aggiunte scribacchiate con tratto spigoloso. Era troppo lungo? Di recente alcuni membri della congregazione si erano lamentati delle prediche un tantino prolisse e persino il vescovo aveva manifestato una certa impazienza durante l'omelia della domenica di Pentecoste. Ma stavolta era diverso. La signora Blakiston viveva nel villaggio da sempre. La conoscevano tutti. Avrebbero di certo sacrificato mezz'ora del loro tempo – se non addirittura quaranta minuti – per porgerle l'ultimo saluto.

La stanza era spaziosa e vivace, con una cucina economica che irradiava un piacevole calore tutto l'anno, pentole e padelle appese ai ganci, barattoli colmi di erbe aromatiche fresche e di funghi essiccati raccolti dai coniugi Osborne in persona. Al piano superiore c'erano due camere da letto, entrambe semplici e confortevoli con tappeti a pelo lungo, federe ricamate a mano e lucernari nuovi di zecca, aggiunti solo dopo un'ampia consultazione con la parrocchia. Ma il principale vanto della canonica era la sua posizione, ai margini del villaggio, affacciata sul bosco che tutti conoscevano come Dingle Dell. C'era un prato selvatico, punteggiato di fiori in primavera ed estate, e poco oltre un tratto boschivo i cui alberi, perlopiù querce e olmi, celavano l'area di Pye Hall all'estremità opposta: il lago, il giardino e la dimora stessa. Tutte le mattine, Robin Osborne si risvegliava con una vista che non mancava mai di lasciarlo a bocca aperta. A volte gli pareva di vivere in una favola.

La canonica non era sempre stata così. Quando avevano ereditato la casa – e la diocesi – dal vecchio reverendo Montagu, era in tutto e per tutto la tipica residenza di un uomo anziano, umida e poco accogliente. Ma Henrietta aveva fatto miracoli, sbarazzandosi dei mobili che riteneva brutti o scomodi e passando al setaccio i rigattieri delle contee di Wiltshire e Avon per trovare le soluzioni perfette. La sua energia non cessava mai di stupirlo. Era già di per sé alquanto sorprendente che avesse scelto di diventare la moglie di un vicario, ma aveva anche abbracciato i suoi doveri con un entusiasmo tale da farsi benvolere fin dal giorno del loro arrivo. Nessuno dei due avrebbe potuto essere più felice di così. Era vero che la parrocchia richiedeva attenzioni. L'impianto di riscaldamento era costantemente guasto. Il tetto aveva ricominciato a perdere. Ma la congregazione era abbastanza numerosa da soddisfare il vescovo e molti tra i parrocchiani ormai si potevano considerare amici. Non si sarebbero mai sognati di essere altrove.

«Mary rendeva Saxby-on-Avon un luogo migliore per tutti, che fosse sistemando i fiori la domenica qui in chiesa, facendo visita agli anziani e alla Ashton House, raccogliendo fondi a favore della Regia società per la protezione degli uccelli o ancora ricevendo gli ospiti a Pye Hall. Le sue torte erano immancabilmente il fiore all'occhiello delle feste del villaggio e posso aggiungere che in più di un'occasione mi ha sorpreso in sagrestia con uno dei suoi dolcetti alle mandorle o una fetta di torta Vittoria. Faceva parte della comunità. Anche se oggi siamo qui riuniti per piangerne la dipartita, non dobbiamo dimenticare il suo lascito.»

Osborne tentò di raffigurarsi la donna che aveva trascorso la maggior parte della propria vita lavorando come domestica a Pye Hall. Capelli scuri, minuta, risoluta, sempre di fretta, come se avesse una battaglia da portare avanti. I suoi ricordi di lei sembravano fumosi perché, in realtà, non avevano mai passato molto tempo insieme. Dovevano essersi incontrati in un paio di occasioni mondane, non di più. Pur non essendo apertamente snob, gli abitanti di Saxby-on-Avon erano ben consci delle differenze di classe, e se un vicario poteva essere considerato un ospite adeguato nelle varie riunioni sociali, lo stesso non valeva per quella che, dopotutto, era una semplice donna di servizio. Forse Mary se ne rendeva conto. Anche in chiesa tendeva a sedersi negli ultimi banchi. C'era della deferenza nel modo in cui si ostinava ad aiutare gli altri, quasi si sentisse in debito.

O forse era più semplice di così? Se Osborne pensava a lei e rileggeva quanto aveva appena scritto, gli veniva in mente una sola parola. Ficcanaso. Non era corretto e di certo non avrebbe mai osato dirlo a voce alta, ma doveva ammettere che conteneva un fondo di verità. Mary era il genere di donna che aveva le mani in pasta dappertutto (torte di mele e mirtilli comprese), per la quale stabilire contatti con ogni singola persona del villaggio era un'autentica professione. In un modo o nell'altro, era sempre lì quando serviva. Purtroppo, anche quando non serviva.

Osborne ricordava di essersela ritrovata davanti, in quella stessa stanza, circa un paio di settimane prima. Si era arrabbiato con se stesso. Avrebbe dovuto aspettarselo. Henrietta non faceva che lamentarsi perché lui lasciava sempre la porta d'ingresso aperta, come se la canonica fosse un'appendice della parrocchia anziché la loro casa. Avrebbe dovuto darle retta. Mary era entrata e se ne stava lì, con una bottiglietta di liquido verde in mano, come fosse un amuleto medievale per scacciare i demoni. «*Buongiorno, vicario! Ho saputo che ha qualche problema con le vespe. Le ho portato dell'olio di menta piperita. La aiuterà a sbarazzarsene. Per mia madre era un rimedio infallibile!*» Era vero. La canonica era infestata dalle vespe... Ma come lo aveva scoperto? Osborne non lo aveva detto a nessuno a eccezione di Henrietta, e senza dubbio la moglie non ne avrebbe fatto parola. Certo, c'era da aspettarselo in una comunità come quella di Saxby-on-Avon. In un modo o nell'altro, per vie imperscrutabili, si veniva sempre a sapere tutto di tutti. Bastava starnutire in bagno perché qualcuno accorresse subito con un fazzoletto, si diceva.

Nel vedersela davanti, Osborne si era ritrovato combattuto tra la gratitudine e il fastidio. Aveva mormorato un «grazie» e intanto aveva lanciato un'occhiata al tavolo della cucina. Ed eccole lì, proprio sopra le sue carte. Da quanto tempo Mary era nella stanza? Che le avesse notate? Non aveva detto nulla e certamente lui non osava chiedere. Si era affrettato ad accompagnarla alla porta, dopodiché non l'aveva più incrociata. Era morta mentre lui e Henrietta si trovavano in vacanza. Erano tornati giusto in tempo per il funerale.

Udì dei passi, e alzando lo sguardo vide entrare la moglie: fresca di bagno, ancora avvolta nell'accappatoio. Prossima ai cinquanta, era ancora una donna molto attraente, con una cascata di capelli castani e un fisico che i cataloghi d'abbigliamento avrebbero definito «formoso». Veniva da un mondo completamente diverso, figlia minore di un ricco agricoltore con un migliaio di acri di terreno nel West Sussex, eppure quando si erano conosciuti a Londra – a una conferenza alla Wigmore Hall – avevano scoperto un'affinità immediata. Si erano sposati senza l'approvazione dei genitori di lei e adesso erano più uniti che mai. L'unico rimpianto era che il matrimonio non avesse ricevuto la benedizione di un figlio, ma era stata la volontà di Dio e avevano imparato ad accettarla. Erano semplicemente felici in compagnia l'uno dell'altra.

«Credevo l'avessi già finito» osservò Henrietta. Aveva preso burro e miele dalla dispensa. Tagliò una fetta di pane per sé.

«Stavo solo aggiungendo qualche riflessione dell'ultimo minuto.»

«Be', se fossi in te non la tirerei per le lunghe, Robin. È sabato, in fondo, e tutti avranno voglia di dedicarsi ad altro.»

«Dopo la cerimonia ci riuniamo al Queen's Arms. Alle undici.»

«Carino.» Henrietta tornò al tavolo con il piatto della colazione e si lasciò cadere sulla sedia. «Sir Magnus ha poi risposto alla tua lettera?»

«No. Ma sono certo che verrà.»

«Be', ha aspettato anche troppo.» Abbassò lo sguardo su uno dei fogli. «Questo non lo puoi dire.»

«Cosa?»

«Che era l'anima delle feste.»

«Perché no?»

«Perché non è vero. Mi è sempre parsa piuttosto chiusa e riservata, se vuoi la mia opinione. Per nulla incline al dialogo.»

«È stata gradevole quando è venuta qui lo scorso Natale.»

«Si è unita ai canti, se è questo che intendi. Ma non si capiva mai cosa pensasse davvero. Non posso dire che mi piacesse poi molto.»

«Non dovresti parlarne così, Hen. Certamente non oggi.»

«Non vedo perché no. È questo il problema dei funerali. Sono una totale ipocrisia. Tutti a dire quanto fosse meraviglioso il defunto, quanto fosse buono e generoso, anche se in fondo sanno benissimo che non è vero. Non sono mai stata legata a Mary Blakiston e non ho intenzione di tesserne le lodi solo perché è riuscita a rompersi l'osso del collo cadendo giù dalle scale.»

«Le tue parole mostrano ben poca compassione.»

«Sono sincera, Robby. E so che la pensi come me, anche se provi a convincerti del contrario. Ma stai tranquillo! Prometto di non metterti in imbarazzo di fronte ai presenti in lutto.» Assunse un'espressione contrita. «Ecco! Ti sembro abbastanza triste?»

«Non faresti meglio a prepararti?»

«Ho già tutto pronto in camera. Abito nero, cappellino nero, perle nere.» Sospirò. «Quando muoio, non vestirmi di nero. È troppo lugubre. Promettilo. Voglio essere sepolta in rosa con un grosso mazzo di begonie tra le mani.»

«Non morirai. Non a breve. Ora va' di sopra a vestirti.»

«Va bene, va bene. Come sei dispotico!»

Si chinò e lui sentì i suoi seni morbidi e caldi premergli sul collo. La moglie lo baciò sulla guancia, poi uscì svelta dalla stanza, lasciando la colazione sul tavolo. Robin Osborne sorrise tra sé e tornò a concentrarsi sul sermone. Forse aveva ragione lei. Poteva benissimo eliminare una pagina o due. Tornò a guardare quel che aveva scritto.

«Mary Blakiston non ha avuto una vita facile. È stata colpita da una grave disgrazia poco dopo il suo arrivo a Saxby-on-Avon e avrebbe potuto facilmente lasciarsi abbattere. Invece ha lottato. Era il tipo di donna che accoglieva la vita a braccia aperte, che non le avrebbe mai permesso di sopraffarla. E mentre ci accingiamo a darle sepoltura, accanto all'amato figlio perduto in circostanze tanto tragiche, forse trarremo un po' di conforto dal pensiero che adesso, finalmente, sono di nuovo insieme.»

Robin Osborne rilesse il paragrafo due volte. Di nuovo la rivide davanti a sé, in quella stessa stanza, proprio accanto al tavolo.

«*Ho saputo che ha qualche problema con le vespe.*»

Le aveva viste? Aveva capito?

Il sole doveva essere sparito dietro una nuvola, perché di colpo un'ombra gli oscurò il viso. Prese il foglio e lo strappò, gettando i pezzi di carta nel cestino.

3

La dottoressa Emilia Redwing si era svegliata presto. Era rimasta a letto per un'altra ora nel tentativo di riprendere sonno, ma alla fine si era alzata, aveva infilato la vestaglia e si era preparata un tè. Era ancora seduta in cucina a guardare il sole sorgere sul giardino e, più in là, sulle rovine del castello di Saxby, un maniero del tredicesimo secolo per cui le centinaia di aspiranti storici in visita andavano in visibilio, ma che nel pomeriggio oscurava la luce, proiettando la sua lunga ombra sulla casa. Erano passate da poco le otto e mezza. Ormai dovevano aver già consegnato il giornale. Davanti a lei c'erano le cartelle di alcuni pazienti e cominciò a sfogliarle, anche per distrarsi dalla giornata che la attendeva. In genere teneva aperto l'ambulatorio il sabato mattina, ma quel giorno, per via del funerale, sarebbe rimasto chiuso. Be', poco male, un'ottima occasione per sbrigare le scartoffie.

In un piccolo centro come Saxby-on-Avon, non c'era mai nulla di serio da curare. A portarsi via i suoi abitanti era solo la vecchiaia, contro la quale la dottoressa Redwing non poteva granché. Mentre esaminava le cartelle, scorse con occhio stanco i casi curati di recente. La signorina Dotterel, che dava una mano all'emporio, si stava riprendendo dal morbillo dopo una settimana a letto. Il piccolo Billy Weaver, di nove anni, aveva avuto una brutta pertosse, ma ormai anche lui era in via di guarigione. Il nonno, Jeff Weaver, soffriva d'artrite, ma ci conviveva da anni e la sua condizione non migliorava né peggiorava. Johnny Whitehead si era ferito alla mano. Henrietta Osborne, la moglie del vicario, aveva pestato un cespuglio di belladonna – *Atropa belladonna* – che aveva finito per infettarle tutto il piede. Le aveva prescritto una settimana di riposo a letto e acqua in abbondanza. Per il resto, l'estate calda sembrava aver giovato alla salute di tutti.

Non proprio tutti. No, qualcuno era morto.

La dottoressa Redwing accantonò le cartelle e andò ai fornelli per affrettarsi a preparare la colazione per sé e il marito. Aveva già sentito i movimenti di Arthur al piano di sopra e il consueto stridio delle tubature che gemevano mentre riempiva la vasca per il bagno. Avevano almeno cinquant'anni e protestavano sonoramente nel venire sollecitate, ma quantomeno funzionavano ancora. Arthur sarebbe sceso a breve. Emilia affettò il pane da tostare, riempì d'acqua un pentolino e lo mise sul fuoco, poi prese il latte con i cereali e apparecchiò la tavola.

Arthur ed Emilia Redwing erano sposati da trent'anni; un matrimonio felice e riuscito, pensò la dottoressa, anche se le cose non erano andate proprio come speravano. Tanto per cominciare c'era Sebastian, il loro unico figlio, che aveva ventiquattro anni e viveva a Londra con gli amici *beatnik*. Come aveva potuto deluderli in quel modo? E quando, di preciso, si era rivoltato contro di loro? Non avevano sue notizie da mesi, nemmeno sapevano se fosse vivo o morto. E poi lo stesso Arthur. Aveva esordito come architetto, e di talento. Aveva ricevuto la Sloane Medallion dall'Istituto regio degli architetti britannici per un progetto realizzato alla scuola d'arte e in seguito aveva lavorato alla realizzazione di diversi nuovi edifici sorti nell'immediato dopoguerra. Il suo vero amore però era sempre stata la pittura – ritratti a olio, soprattutto –, così dieci anni prima aveva rinunciato alla carriera per dedicarsi all'arte a tempo pieno. Lei aveva sostenuto totalmente quella scelta.

Uno dei suoi quadri era appeso in cucina, sulla parete accanto alla credenza, Emilia lo stava guardando proprio in quel momento. Ritraeva lei, dieci anni prima, e il ricordo dei silenzi prolungati durante le pose per il marito, circondata dai fiori di campo, le strappava sempre un sorriso. Lui non parlava mai mentre era all'opera. C'erano volute dodici sedute, in quella lunga estate torrida di cui Arthur era riuscito a catturare la sensazione di calore, la foschia del tardo pomeriggio, persino il profumo del prato. Emilia indossava un vestito lungo e un cappello di paglia; come una modella di Van Gogh, aveva scherzato – e forse i colori intensi, le pennellate sferzanti richiamavano proprio lo stile dell'artista. Emilia non era bella. Ne era consapevole. Aveva un viso troppo severo, le spalle larghe e i capelli scuri erano troppo mascolini. Il portamento faceva pensare a una maestra o addirittura una governante. La gente la considerava eccessivamente formale. Ma il marito aveva trovato in lei qualcosa di bello. Se il ritratto fosse stato esposto in una galleria londinese, nessuno sarebbe passato oltre senza riservargli una seconda occhiata.

Ma non era a Londra. Era appeso lì. Nessuna galleria d'arte sembrava interessata ad Arthur né alle sue opere. Emilia proprio non capiva. Avevano visitato insieme la Summer Exhibition della Royal Academy e osservato i quadri di James Gunn e di Sir Alfred Munnings. Anche un ritratto controverso della regina dipinto da Simon Elwes. Ma in confronto ai lavori del marito sembravano così banali e scialbi. Perché nessuno sapeva riconoscere l'innegabile talento di Arthur Redwing?

Prese tre uova e le immerse con cura nel pentolino: due per lui, una per sé. Al contatto con l'acqua bollente uno dei gusci si ruppe e la mente di Emilia corse subito a Mary Blakiston, il cranio sfondato dopo la caduta. Non poté evitare di pensarci. Rabbrividiva ancora al ricordo di quella visione e non sapeva spiegarselo. Non era certo il primo cadavere che le capitava di vedere, e lavorando a Londra durante il cruento Blitz tedesco aveva curato soldati con ferite raccapriccianti. Perché davanti al corpo di Mary aveva avuto una reazione tanto diversa?

Forse perché le era affezionata. Per quanto la dottoressa e la donna delle pulizie avessero ben poco in comune, tra loro era nata un'improbabile amicizia. All'inizio la signora Blakiston era soltanto una sua paziente. Aveva sofferto per più di un mese di uno sfogo di fuoco di sant'Antonio e la dottoressa Redwing era rimasta colpita dal suo contegno stoico e controllato. In seguito aveva cominciato a fare affidamento su di lei in qualità di consigliera. Doveva prestare attenzione, non poteva violare il segreto professionale, ma quando qualcosa la turbava poteva contare sempre sulla capacità d'ascolto di Mary e sui suoi preziosi suggerimenti.

E la sua fine era stata così improvvisa: una mattina come tante, circa una settimana prima, era stata interrotta dalla telefonata di Brent, il giardiniere di Pye Hall.

«Dottoressa Redwing, può venire? Si tratta della

signora Blakiston. È ai piedi delle scale. Sul pavimento. Credo sia caduta.»

«Riesce a muoversi?»

«Non mi sembra.»

«È con lei in questo momento?»

«Non posso entrare. Le porte sono tutte chiuse a chiave.»

Brent era prossimo ai quaranta, sciatto, con le unghie sporche di terra e lo sguardo cupo e indifferente. Come il padre prima di lui, si occupava del parco e delle aiuole della proprietà, da cui all'occorrenza scacciava gli intrusi. La tenuta di Pye Hall dava su un lago e ai bambini piaceva nuotare lì d'estate, a meno che non ci fosse Brent nei paraggi. Era un uomo solitario, scapolo, e viveva da solo nella casa che un tempo era appartenuta ai suoi genitori. Nel villaggio non era benvisto, lo consideravano un tipo losco. La verità era che mancava di istruzione e probabilmente soffriva di una lieve forma di autismo, ma la gente del posto aveva fatto presto a trarre le proprie conclusioni. La dottoressa Redwing gli aveva raccomandato di aspettarla davanti all'ingresso principale, poi aveva recuperato l'attrezzatura medica e dato alla segretaria – Joy – istruzioni di rimandare a casa eventuali pazienti, dopodiché si era precipitata in auto.

Pye Hall sorgeva all'estremità opposta di Dingle Dell, a circa quindici minuti a piedi dall'ambulatorio, non più di cinque in macchina. Esisteva da sempre, proprio come la stessa Saxby-on-Avon, e nonostante la mescolanza di stili architettonici era senz'altro la dimora più sontuosa della zona. Nata come convento, nel sedicesimo secolo era stata convertita in residenza privata, per essere in seguito rimaneggiata di continuo. Rimaneva un'unica lunga ala superstite che terminava con una torre ottagonale, aggiunta molto più tardi. Gran parte delle finestre erano in stile elisabettiano, strette e a bifora, ma si notavano anche elementi georgiani e vittoriani posteriori, circondati d'edera come per scusarsi dell'indelicatezza. Sul retro, un cortile con le rovine di quello che doveva essere stato un chiostro. Lo stabile separato delle scuderie attualmente era usato come rimessa.

Ma il vero incanto era lo scenario in cui era immersa. Un cancello con due grifoni di pietra all'ingresso introduceva a un viale di ghiaia che, costeggiando il vecchio cottage del custode in cui viveva Mary Blakiston, tracciava un'elegante curva a collo di cigno attraverso il giardino per giungere infine alla porta principale con il suo arco gotico. Le aiuole fiorite sembravano macchie di colore sulla tavolozza di un artista e, circondato da siepi ornamentali, si trovava un roseto con oltre un centinaio – così dicevano – di varietà diverse. Il prato scendeva fino al lago oltre il quale si estendeva Dingle Dell e l'intera proprietà era cinta da boschi che in primavera si riempivano di campanule e che la separavano dal mondo.

La dottoressa Redwing frenò sulla ghiaia con uno scricchiolio di pneumatici e vide Brent, in attesa, rigirarsi nervosamente il cappello tra le mani. Scese dall'auto, recuperò la borsa con l'attrezzatura medica e lo raggiunse.

«Ha dato qualche segno di vita?» chiese.

«Non ho controllato» mormorò il giardiniere. La dottoressa trasalì. Non aveva neppure tentato di prestare soccorso alla poveretta? Notando la sua espressione, lui chiarì: «Gliel'ho detto, non potevo entrare».

«La porta d'ingresso è chiusa a chiave?»

«Sì, signora. E anche quella della cucina.»

«E lei non ne ha una copia?»

«No, signora. Non entro mai nella villa.»

La dottoressa Redwing scosse la testa, esasperata. Mentre l'aspettava Brent avrebbe potuto intervenire, recuperare una scala per aprire una delle finestre del primo piano, magari. «Se non poteva entrare, come ha fatto a chiamarmi?» domandò. Non che avesse importanza, ma era curiosa.

«C'è un telefono nella rimessa.»

«D'accordo, farà meglio a mostrarmi dov'è lei.»

«Dalla finestra si vede...»

La finestra in questione si trovava all'estremità dell'edificio, era una delle aggiunte più recenti. Consentiva una visione parziale dell'atrio con l'ampia scalinata che conduceva al primo piano. E lì, come previsto, giaceva Mary Blakiston, riversa sul tappeto in fondo ai gradini, il braccio disteso in avanti a celarne in parte il capo. Alla dottoressa Redwing bastò una sola occhiata per capire che era morta. Chissà come, era caduta dalle scale e si era rotta l'osso del collo. Era immobile, ovviamente. Ma c'era dell'altro. La posizione innaturale del corpo. Sembrava uno di quei fantocci snodati che aveva studiato nei libri di medicina.

Così le suggeriva l'istinto. Ma poteva ingannarsi.

«Dobbiamo entrare» disse. «Anche se la porta della cucina e d'ingresso sono chiuse a chiave, dovrà pur esserci un altro modo.»

«Possiamo provare dal ripostiglio.»

«E dov'è?»

«Da questa parte...»

Brent la condusse verso una porta secondaria a vetri. Era chiusa, ma la dottoressa Redwing notò il mazzo ancora appeso alla serratura interna. «Quelle chiavi di chi sono?» chiese.

«Devono essere le sue.»

Emilia si era decisa. «Dobbiamo rompere il vetro.»

«Sir Magnus non sarà affatto contento» bofonchiò Brent.

«Sir Magnus se la prenderà con me, nel caso. Allora, lo rompe lei o devo farlo io?»

Con riluttanza, il giardiniere aveva raccolto un sasso per infrangere il vetro poi, infilata la mano all'interno, aveva girato le chiavi. La porta si era aperta ed erano entrati in casa.

In attesa che le uova cuocessero, la dottoressa

Redwing rivide la scena davanti agli occhi. Le si era impressa nella mente come una fotografia.

Avevano attraversato il ripostiglio e percorso il corridoio fino all'atrio con la scalinata. Le pareti intorno a loro erano rivestite di pannelli in legno scuro e tappezzate di dipinti a olio e trofei di caccia: uccelli in teche di vetro, una testa di cervo, un enorme pesce. Accanto alla porta che conduceva in salotto si ergeva un'armatura completa di spada e scudo. L'atrio era lungo e stretto e la porta principale si trovava proprio al centro, di fronte alla scala. Su un lato della stanza spiccava un camino in pietra tanto grande da poterci stare dentro in piedi. Dall'altra parte si trovavano due poltrone di pelle e un tavolinetto antico con un telefono. Il pavimento in lastricato era in parte coperto da un tappeto persiano. Anche le scale erano di pietra, con una moquette color vinaccia che correva al centro dei gradini. Ben poca cosa per attutire una caduta.

Mentre Brent, agitato, attendeva accanto alla porta, la dottoressa esaminò il corpo. Non si era ancora raffreddato, ma non c'era più battito. Scostò i capelli scuri dal viso della donna, rivelando gli occhi castani fissi sul camino. Abbassò le palpebre con delicatezza. La signora Blakiston andava sempre di fretta. Impossibile non considerarlo. Si era letteralmente precipitata giù per le scale, correndo incontro alla propria morte.

«Dobbiamo chiamare la polizia» disse.

«Come?» domandò Brent sorpreso. «Pensa sia stato qualcuno?»

«No. Certo che no. Si è trattato di un incidente. Ma dobbiamo denunciarlo comunque.»

Era stato un incidente. Non bisognava essere un detective per capirlo. Mary stava passando l'aspirapolvere. Quell'aggeggio color rosso fuoco, che sembrava quasi un giocattolo, era ancora lassù, incastrato nella ringhiera. La donna doveva essere rimasta impigliata nel cavo, per poi inciampare e cadere dalle scale. In casa non c'era nessuno oltre a lei. Le porte erano chiuse a chiave. Quale altra spiegazione poteva esserci?

A poco più di una settimana di distanza, i pensieri della dottoressa Redwing furono interrotti da un movimento sulla porta. Il marito era entrato in cucina. Emilia prese le uova dal pentolino e le adagiò delicatamente nei due contenitori di porcellana. Fu sollevata vedendo che era già pronto per il funerale. Era quasi certa che lo avesse dimenticato. Aveva indossato il completo scuro della domenica, ma senza cravatta... Non la metteva mai. Sulla camicia c'erano un paio di macchie di colore, ma doveva aspettarselo. Arthur e la sua pittura erano inseparabili.

«Ti sei alzata presto» disse lui.

«Scusami, caro. Ti ho svegliato?»

«No. Non proprio. Ma ti ho sentita scendere le scale. Non riuscivi a dormire?»

«Suppongo sia stato il pensiero del funerale.»

«Sembra una bella giornata per la funzione. Mi auguro che quel dannato vicario non la tiri troppo per le lunghe. Tutti uguali i predicatori. Adorano il suono della propria voce.»

Prese un cucchiaino e lo sbatté sul primo uovo.

Crack!

Emilia ripensò alla conversazione avuta con Mary Blakiston soltanto due giorni prima della telefonata di Brent. Aveva appena fatto una scoperta. Si trattava di una cosa piuttosto seria e stava per andare a chiedere consiglio ad Arthur quando la donna le era apparsa davanti, come convocata da uno spirito maligno. Così la dottoressa Redwing aveva finito per confidarsi con lei. In qualche modo, nel corso di una giornata movimentata, era sparito un flacone dall'ambulatorio. Il suo contenuto, nelle mani sbagliate, avrebbe potuto rivelarsi molto pericoloso ed era chiaro che fosse stato rubato. Che cosa doveva fare? Denunciarlo alla polizia? Emilia era riluttante, in quanto avrebbe inevitabilmente fatto la figura della sciocca irresponsabile. Perché la stanza dei medicinali era rimasta incustodita? Perché l'armadietto non era stato chiuso a chiave? Perché lei non se ne era accorta prima?

«Non si preoccupi, dottoressa Redwing» l'aveva rassicurata Mary. «Lasci fare a me per un paio di giorni. A essere sincera, mi sono già fatta un'idea...»

Le aveva detto proprio così. Sfoderando al contempo un'espressione non proprio subdola, ma tipica di chi sa il fatto suo, come se avesse già notato qualcosa e aspettasse soltanto di essere interpellata in merito.

E adesso era morta.

Naturalmente si era trattato di un incidente. La signora Blakiston non aveva avuto il tempo di parlare con nessuno del veleno scomparso, e se pure lo avesse avuto era impossibile che qualcuno le avesse fatto del male. Era inciampata e caduta dalle scale, tutto qui. Fine della storia.

Mentre osservava il marito intingere un pezzo di pane nell'uovo, tuttavia, Emilia Redwing dovette riconoscerlo: era davvero molto preoccupata.

4

«Perché dobbiamo andare al funerale? Conoscevamo a malapena quella donna.»

Johnny Whitehead stava litigando con il primo bottone della camicia che, nonostante gli sforzi, non riusciva a infilare nell'asola. La verità era che il colletto non si chiudeva più. Era come se di recente tutti i suoi vestiti si fossero ristretti. Giacche che indossava da anni all'improvviso tiravano sulle spalle, per non parlare dei pantaloni! Abbandonò l'impresa e si sedette stancamente a tavola. La moglie Gemma gli avvicinò il piatto. Aveva preparato una perfetta colazione inglese con due uova, bacon, salsiccia, pomodoro e pane fritto... proprio come piaceva a lui.

«Ci saranno tutti» gli rispose.

«Non significa che dobbiamo esserci anche *noi*.»

«La gente parlerà, se non andiamo. E in ogni caso, gioverà agli affari. Ora che lei non c'è più, il figlio Robert dovrà sgombrare la casa e chissà cosa ne salterà fuori.»

«Probabilmente un sacco di spazzatura.» Johnny prese coltello e forchetta e cominciò a mangiare. «Ma hai ragione, tesoro. Farci vivi non ci nuocerà.»

A Saxby-on-Avon c'erano pochissimi negozi. L'emporio, naturalmente, che vendeva qualunque cosa di cui si potesse aver bisogno, dai secchi con gli spazzoloni fino ai preparati per dolci o ai sei tipi di marmellata diversi. Sembrava quasi un miracolo che riuscissero a far stare tutta quella merce in così poco spazio. Il signor Turnstone gestiva ancora la macelleria sul retro – con un ingresso separato e una tenda di plastica per tenere lontane le mosche – e il furgone del pesce arrivava ogni martedì. Ma chi andava in cerca di prodotti più esotici, come l'olio d'oliva o uno qualsiasi degli ingredienti mediterranei che Elizabeth David inseriva nei suoi libri di ricette, doveva spostarsi fino a Bath. Il General Electric Store, il negozio di forniture elettriche, occupava il lato opposto della piazza, ma in pochi ne varcavano la soglia se non per comprare lampadine o fusibili di ricambio. Perlopiù gli oggetti esposti in vetrina sembravano datati e pieni di polvere. C'erano anche una libreria e una sala da tè aperte esclusivamente nei mesi estivi. Appena oltre la piazza e prima della caserma dei vigili del fuoco si trovava l'officina, dove si poteva scegliere tra una gamma di accessori per auto di cui in realtà nessuno aveva bisogno. Non c'era altro, e così era sempre stato a memoria d'uomo.

Poi erano arrivati Johnny e Gemma Whitehead da Londra. Avevano comprato il vecchio ufficio postale in disuso da anni e lo avevano trasformato in un negozio di antiquariato, con i loro nomi scritti in caratteri dal fascino d'altri tempi sull'insegna sopra la vetrina. In molti insinuavano che la definizione più appropriata per gli oggetti in vendita fosse «cianfrusaglie», ma fin dalla sua apertura il negozio aveva riscosso grande successo tra i visitatori, che sembravano ben felici di curiosare tra vecchi orologi, boccali in ceramica delle forme più svariate, portaposate, monete, medaglie, dipinti a olio, bambole, penne stilografiche e quant'altro. Che poi acquistassero, era un altro paio di maniche. Ma l'attività esisteva ormai da sei anni e i Whitehead continuavano a vivere nell'appartamento sopra il negozio.

Johnny era un uomo basso, con spalle larghe, calvo e, malgrado non se ne rendesse conto, con la tendenza a ingrassare. Gli piaceva indossare completi tre pezzi vistosi e piuttosto logori, abbinati in genere a cravatte dalle tinte sgargianti. Per il funerale aveva optato controvoglia per un pettinato grigio, più sobrio ma che, come la camicia, gli calzava male. La moglie, così esile e minuta che ne sarebbero servite almeno tre per eguagliare la stazza del marito, si era vestita di nero. Niente colazione per lei, si era versata soltanto una tazza di tè e piluccava una fetta di pane tostato.

«Sir Magnus e Lady Pye non verranno» mormorò Johnny dopo un po'.

«Dove?»

«Al funerale. Non torneranno fino al prossimo weekend.»

«Chi te l'ha detto?»

«Ne parlavano al pub. Sono andati nel Sud della Francia o roba simile. Beati loro, eh? Comunque sia, pare abbiano provato a contattarli ma finora niente.» Johnny fece una pausa, brandendo un pezzo di salsiccia. Ascoltandolo in quel momento, si sarebbe capito al volo che aveva vissuto gran parte della vita nell'East

End londinese. Quando trattava con i clienti parlava in maniera molto diversa. «Sir Magnus non ne sarà felice» proseguì. «Era molto affezionato alla signora Blakiston. Sembravano pappa e ciccia, quei due!»

«In che senso? Vuoi dire che avevano una storia?» Gemma storse il naso all'idea.

«No. Non intendevo quello. Lui non avrebbe mai osato... non con la sua signora ancora nei paraggi, e poi Mary Blakiston non era niente di che. Ma lei lo adorava. Una vera e propria venerazione, altroché! E gli ha fatto da domestica per anni. La cústode delle chiavi! Cucinava per lui, gli faceva le pulizie, in pratica gli ha dedicato metà della sua vita. Sono sicuro che Sir Magnus avrebbe voluto essere presente per dirle addio.»

«Potevano aspettare che tornasse.»

«Il figlio voleva concludere in fretta. Come biasimarlo? È stato proprio uno shock.»

Rimasero entrambi in silenzio mentre Johnny finiva la sua colazione. Gemma lo scrutò con attenzione. Lo faceva spesso. Era come se cercasse di guardare oltre il suo aspetto placido, quasi volesse scoprire qualcosa che lui intendeva nasconderle. «Che cosa è venuta a fare qui?» domandò d'un tratto. «Mary Blakiston?»

«Quando?»

«Il lunedì prima di morire. È stata qui.»

«Non è vero.» Johnny posò coltello e forchetta. Aveva mangiato in fretta e ripulito il piatto.

«Non mentirmi. L'ho vista uscire dal negozio.»

«Oh! In negozio!» Johnny sorrise imbarazzato. «Credevo intendessi qui a casa. Sarebbe stato parecchio strano, no?» Fece una pausa, sperando che la moglie cambiasse discorso, ma poiché lei non sembrava intenzionata, proseguì soppesando le parole con cura. «Sì... ha dato un'occhiata in giro. E doveva essere proprio la stessa settimana del fattaccio. A dire la verità, tesoro, non ricordo cosa cercasse di preciso. Mi pare abbia accennato a un regalo per qualcuno, ma poi non ha preso niente. Si è trattenuta solo un paio di minuti, comunque.»

Gemma Whitehead capiva sempre se il marito stava mentendo. Quando aveva visto Mary Blakiston uscire dal negozio lo aveva tenuto a mente, intuendo in qualche modo che la cosa non quadrava. Ma non ne aveva parlato al marito prima di quel momento e preferì non insistere. Non voleva litigare, di certo non mentre si preparavano per andare a un funerale.

Quanto a Johnny Whitehead, nonostante la risposta ricordava benissimo l'ultimo incontro con la signora Blakiston. La donna era effettivamente entrata nel suo negozio, lanciando le sue solite accuse. E quel che era peggio, aveva le prove. Come aveva fatto a scoprirlo? E soprattutto, come era arrivata a lui? Certo, non gliel'aveva detto in maniera esplicita, ma si era fatta capire. Quella stronza.

Non lo avrebbe mai confessato alla moglie, naturalmente, ma era ben felice che fosse morta.

5

Clarissa Pye, vestita di nero da capo a piedi, si stava esaminando nello specchio a figura intera in fondo al corridoio. Si chiedeva, e non per la prima volta, se il cappellino con le tre piume e la veletta arricciata non fosse un tantino eccessivo. *De trop*, per dirlo alla francese. Lo aveva acquistato d'impulso a Bath, in un negozio dell'usato, e se ne era pentita all'istante. Voleva fare bella figura al funerale. Ci sarebbe stato il villaggio al completo e dopo la cerimonia l'avevano invitata al rinfresco allestito al Queen's Arms. Metterlo o no? Con delicatezza, si tolse il cappello e lo posò sul tavolino dell'ingresso.

I suoi capelli erano troppo scuri. Li aveva tagliati per l'occasione ma, malgrado René avesse fatto il solito lavoro eccellente, la sua nuova colorista era decisamente una rovina per il salone. Clarissa si sentiva ridicola, come uscita dalla copertina di una di quelle riviste femminili per casalinghe. A quel punto la scelta era semplice, avrebbe dovuto tenere il cappellino. Prese un rossetto e lo applicò con cura sulle labbra. Molto meglio. Era importante fare uno sforzo.

La cerimonia non avrebbe avuto inizio prima di quaranta minuti e non voleva essere la prima ad arrivare. Come avrebbe occupato il tempo? In cucina erano rimasti i piatti della colazione, ma non voleva lavarli con indosso i vestiti migliori. Sul tavolo c'era un libro a faccia in giù. Stava leggendo Jane Austen – la cara Jane – per l'ennesima volta, in quel momento però non le andava di leggere. Avrebbe ripreso in mano Emma Woodhouse e i suoi complotti nel pomeriggio. Un po' di radio, magari? O un'altra tazza di tè e un cruciverba veloce sul «Telegraph»? Sì. Proprio quello che ci voleva.

Clarissa viveva in una casa moderna. Saxby-on-Avon era piena di edifici georgiani in solida pietra di Bath, con incantevoli portici e giardini terrazzati. Non serviva leggere Jane Austen. Bastava mettere piede fuori per ritrovarsi nel suo mondo. Clarissa avrebbe preferito abitare accanto alla piazza principale o in Rectory Lane, la via che passava dietro la chiesa. C'erano dei cottage deliziosi, eleganti e ben tenuti. La casa al numero 4 di Winsley Terrace, invece, era stata costruita in fretta e furia. Era una banale villetta a due piani con la facciata in ghiaietto e un giardino squadrato per il quale non valeva la pena sforzarsi troppo. Era identico a quello dei vicini, a parte un piccolo stagno aggiunto dai precedenti proprietari, che ospitava un paio di pesci rossi ormai attempati. La Saxby-on-Avon alta e la Saxby-on-Avon bassa. La differenza non avrebbe potuto essere più netta. Clarissa viveva nella metà sbagliata.

La casa era tutto ciò che fosse stata in grado di permettersi. Esaminò brevemente la piccola cucina quadrata dalle pareti color magenta, l'aspidistra sul davanzale della finestra e il crocifisso di legno appeso alla credenza, dove poteva vederlo all'inizio di ogni giornata. Osservò il necessario per la colazione, rimasto sul tavolo: un piattino, un coltello, un cucchiaio, un barattolo semivuoto di marmellata. Di colpo avvertì l'urto delle emozioni alle quali era ormai avvezza da anni, ma che ogni volta doveva reprimere con tutte le forze. Era sola. Non sarebbe mai dovuta andare a vivere in quella casa. La sua vita era una farsa.

E tutto per dodici minuti.

Dodici minuti!

Prese il bollitore e lo sbatté sul fornello, accendendo il gas con una brusca rotazione del polso. Non era affatto giusto. Come poteva l'ora della nascita decidere la vita di una persona? Non lo aveva mai capito fino in fondo quando era bambina a Pye Hall. Lei e Magnus erano gemelli. Due pari, felicemente protetti dalla ricchezza e dai privilegi che li circondavano e di cui entrambi avrebbero goduto per il resto della vita. Così aveva sempre creduto. Perché era andata diversamente?

Adesso conosceva la risposta. Era stato lo stesso Magnus a comunicarglielo, dipendeva da un antico vincolo ereditario secondo il quale la villa, l'intera proprietà, sarebbe rimasta a lui semplicemente perché era nato per primo, e anche il titolo, certo, perché era un maschio, e nessuno poteva farci niente. Lei aveva creduto che si fosse inventato tutto per farle dispetto. Ma ben presto aveva dovuto scoprire che era la verità. Era stato un processo logorante, iniziato con la morte dei genitori in un incidente d'auto quando lei aveva venticinque anni. La casa era passata formalmente a Magnus e da quel momento la condizione sociale di Clarissa era mutata. Era diventata un'ospite in casa propria, e per di più sgradita. Era stata spostata in una stanza più piccola. E quando Magnus aveva conosciuto e sposato Frances – due anni dopo la guerra – l'avevano gentilmente invitata a trasferirsi da un'altra parte.

Aveva trascorso un anno infelice a Londra, in un piccolo appartamento in affitto a Bayswater, a guardare i suoi risparmi che si esaurivano. Alla fine era diventata un'istitutrice privata. Che alternativa aveva una donna nubile che parlava un francese accettabile, suonava il pianoforte e sapeva recitare i versi di tutti i poeti famosi ma non aveva altre capacità pratiche? Con un certo spirito di avventura, era partita per l'America; prima Boston, poi Washington. Entrambe le famiglie per le quali aveva lavorato si erano rivelate terribili e naturalmente l'avevano trattata come spazzatura, benché fosse in tutto e per tutto più preparata e (ma non lo avrebbe mai ammesso) più raffinata. E i figli! Era parso subito evidente che i bambini americani erano i peggiori al mondo, privi di educazione e buone maniere e dotati di scarsissimo intelletto. Tuttavia, la retribuzione era buona e aveva risparmiato ogni singolo penny – o centesimo – guadagnato e quando, dopo dieci lunghi anni, aveva deciso di averne abbastanza, era tornata a casa.

Ovvero a Saxby-on-Avon. In un certo senso, era l'ultimo posto in cui avrebbe voluto vivere, ma ci era nata e cresciuta. Dove altro sarebbe potuta andare? Preferiva forse passare il resto della vita in un monolocale di Bayswater? Per sua fortuna, aveva trovato lavoro presso la scuola locale e con i soldi messi da parte era riuscita per un soffio a ottenere un mutuo. Naturalmente Magnus non l'aveva aiutata. Né lei si sarebbe mai sognata di chiederglielo. All'inizio la infastidiva vederlo andare e venire dalla villa nella quale da bambini avevano giocato insieme. Conservava ancora la chiave – la sua copia personale – del portone d'ingresso! Non l'aveva mai restituita e mai lo avrebbe fatto. Quella chiave era il simbolo di ciò che aveva perduto, ma allo stesso tempo le rammentava di avere tutto il diritto di restare. Senza dubbio la sua presenza nel villaggio era fonte di imbarazzo per il fratello. Il che era in qualche modo consolante.

Mentre se ne stava in cucina, con il bollitore che già sibilava con intensità crescente, Clarissa Pye si sentì travolgere dall'amarezza e dalla rabbia. Era sempre stata lei la più intelligente dei due, non Magnus. Lui era l'ultimo della classe e prendeva pessimi voti, mentre lei era la cocca degli insegnanti. Magnus era pigro perché sapeva di poterselo permettere. Non aveva nulla di cui preoccuparsi. Sarebbe stata lei a dover cercare lavoro, uno qualsiasi, per mantenersi giorno dopo giorno. Suo fratello aveva tutto e – quel che era peggio – non provava alcun affetto per lei. Perché mai sarebbe dovuta andare a quel funerale? Tutto d'un tratto Clarissa si rese conto che Magnus era legato a Mary Blakiston più di quanto lo fosse mai stato a lei. Una banale domestica, santo cielo!

Si voltò verso la croce, contemplando la piccola figura inchiodata al legno. La Bibbia lo metteva bene in chiaro: «Non desiderare la casa del tuo prossimo. Non desiderare la moglie del tuo prossimo, né il suo servo né la sua serva, né il suo bue né il suo asino, né alcuna cosa che appartenga al tuo prossimo». Clarissa faceva di tutto per applicare alla propria vita i versetti 20,17 dell'*Esodo*, e sotto molti aspetti ci era quasi riuscita. Certo non le sarebbe dispiaciuto essere più ricca. Accendere il riscaldamento d'inverno senza preoccuparsi delle bollette. Era un sentimento umano, in fondo. Quando andava in chiesa, si sforzava di rammentare a se stessa che non era stata colpa di Magnus e che sebbene lui non fosse stato il più gentile e amorevole dei fratelli – no, neppure lontanamente – doveva comunque sforzarsi di perdonarlo. «Se voi infatti perdonerete agli uomini le loro colpe, il Padre vostro celeste perdonerà anche voi.»

Non funzionava.

Ogni tanto lui la invitava a cena. L'ultima volta era stata appena un mese prima, e mentre se ne stava seduta nel salone con i ritratti di famiglia e la cantoria, in mezzo a una dozzina di ospiti ai quali venivano serviti cibo e vino in piatti di fine porcellana e calici di cristallo, un pensiero si era insinuato per la prima volta nella sua mente. Per restarci. Era così anche ora. Si era sforzata di ignorarlo. Aveva pregato che se ne andasse. Ma alla fine si era rassegnata a contemplare seriamente un peccato molto più tremendo della cupidigia e, cosa ben peggiore, aveva mosso il primo passo verso il suo compimento. Era pura follia. Suo malgrado, Clarissa alzò lo sguardo al soffitto, pensando a quel che aveva preso e nascosto nell'armadietto del bagno.

Non uccidere.

Sussurrò quelle parole, ma non uscì alcun suono. Alle sue spalle, il bollitore prese a fischiare. Lo afferrò ignorando il manico rovente e subito tornò a sbatterlo sul fornello gemendo di dolore. Con le lacrime agli occhi, si sciacquò la mano sotto il getto freddo. Esattamente quello che si meritava.

Qualche minuto dopo, dimenticando il tè, prese il cappello dal tavolino dell'ingresso e uscì per andare al funerale.

6

Il carro funebre raggiunse la periferia di Saxby-on-Avon per poi transitare davanti all'ingresso di Pye Hall, con i suoi grifoni in pietra e il vecchio cottage del custode ora immerso nel silenzio. Esisteva un'unica strada principale per raggiungere il villaggio da Bath e qualunque altro percorso avrebbe comportato una deviazione troppo lunga. Che fosse di malaugurio passare con la defunta proprio davanti alla casa in cui aveva vissuto? A chiunque lo avesse chiesto, i due dipendenti delle pompe funebri Geoffrey Lanner e Martin Crane (discendenti dei fondatori) avrebbero risposto l'esatto contrario. Tutt'altro, avrebbero sostenuto, la coincidenza non implica forse una certa simbologia, un senso di commiato finale? Quasi come se il cerchio della vita di Mary Blakiston si fosse chiuso.

Seduto sul sedile posteriore, sopraffatto dalla nausea e dal senso di vuoto per la bara dietro di lui, Robert Blakiston lanciò un'occhiata alla vecchia casa come se la vedesse per la prima volta. Non si voltò a guardarla mentre la superavano. Non gli passò neppure per la mente. Lì era vissuta sua madre. Il cui cadavere giaceva ora alle sue spalle. Robert aveva ventotto anni, era pallido e magro, con i capelli neri divisi sulla fronte in una riga dritta che proseguiva tracciando due curve perfette attorno alle orecchie. Sembrava a disagio nell'abito che indossava, e non c'era da stupirsi dal momento che non era suo. Glielo avevano prestato per l'occasione. Lui un vestito ce l'aveva, ma la sua fidanzata Joy lo aveva convinto che non fosse abbastanza elegante. Era riuscita a farsene dare uno nuovo dal padre, cosa per cui avevano litigato, e poi aveva insistito perché Robert lo indossasse, scatenando una nuova discussione.

Ora Joy sedeva accanto a lui sul carro funebre. Da quando avevano lasciato Bath si erano scambiati a malapena qualche parola. Erano entrambi immersi nei loro pensieri. Entrambi preoccupati.

Talvolta Robert aveva la sensazione di aver passato tutta la vita a tentare di fuggire da sua madre. Era cresciuto in quel vecchio cottage, solo loro due, quasi in simbiosi, dipendenti l'uno dall'altra per ragioni diverse. Senza di lei, lui non aveva niente. Senza di lui, lei non era niente. Robert aveva frequentato la scuola locale, dove era considerato un ragazzo intelligente che avrebbe ottenuto buoni risultati se solo si fosse applicato di più nello studio. Aveva pochi amici. Spesso gli insegnanti si preoccupavano nel vederlo lì da solo nel cortile chiassoso, ignorato dai compagni. Allo stesso tempo, era più che comprensibile. La tragedia l'aveva colpito che era molto giovane. Il fratello minore era morto – un terribile incidente – e subito dopo il padre aveva abbandonato la famiglia, sopraffatto dai sensi di colpa. La tristezza gli si era incollata addosso e gli altri lo evitavano quasi temessero di rimanerne contagiati.

Non era mai stato uno studente brillante. I professori si sforzavano di tollerare la sua cattiva condotta e gli scarsi progressi, tenendo conto delle circostanze, ma provarono un tacito senso di sollievo quando, compiuti sedici anni, lui lasciò la scuola. Succedeva, tra l'altro, nel 1945, alla fine di una guerra che non aveva potuto combattere per via dell'età, ma che aveva tenuto lontano suo padre per lunghi periodi. Molti furono i ragazzi la cui istruzione ne risentì e in tal senso Robert fu uno dei tanti. Il problema dell'università non si pose nemmeno. Ciononostante, l'anno che seguì fu una vera delusione. Rimase a vivere con la madre, svolgendo lavoretti occasionali nel villaggio. Chiunque lo conoscesse concordava che fosse sprecato. Nonostante tutto, era troppo intelligente per una vita simile.

Alla fine fu Sir Magnus Pye – che aveva assunto Mary Blakiston e fatto le veci del padre di Robert negli ultimi sette anni – a convincerlo a trovarsi un vero impiego. Dopo il servizio militare, lo aiutò a entrare come apprendista meccanico nell'officina del principale fornitore della Ford a Bristol. La cosa più sorprendente fu che sua madre si mostrò tutt'altro che grata. Fu l'unica occasione in cui ebbe a discutere col suo datore di lavoro. Era preoccupata per Robert. Non voleva che vivesse tutto solo in una città lontana. Si sentiva come se Sir Magnus avesse agito senza consultarla, o addirittura alle sue spalle.

Non dovette preoccuparsi a lungo, comunque, poiché l'apprendistato ebbe breve durata. Robert si era trasferito da appena tre mesi quando, uscito a bere qualcosa in un pub di Brislington, il Blue Boar, rimase coinvolto in una rissa degenerata tanto da richiedere l'intervento della polizia. Robert venne arrestato, e malgrado non ci fossero imputazioni a suo carico l'officina ne ricevette un'impressione negativa e decise di porre fine all'apprendistato. Con riluttanza, fece ritorno a casa. La madre gli rinfacciò di avere avuto ragione fin dall'inizio. Non era mai stata d'accordo che lui partisse e, se solo l'avesse ascoltata, si sarebbero risparmiati entrambi un mucchio di guai. Chi li conosceva notò che da quel giorno il loro rapporto non era più stato lo stesso.

Ad ogni modo Robert aveva trovato la sua vera vocazione. Gli piacevano le automobili ed era bravo a ripararle. Il caso volle che all'officina locale servisse un meccanico a tempo pieno e, malgrado lui non avesse molta esperienza, il proprietario decise di dargli una possibilità. La paga non era alta, ma nel contratto era compreso l'alloggio nel piccolo appartamento sopra il negozio. La soluzione ideale per Robert. Aveva messo bene in chiaro di non voler restare con la madre, che il vecchio cottage del custode lo soffocava. Così si trasferì nel nuovo appartamento, dove viveva ancora.

Robert Blakiston non era ambizioso. Né particolarmente curioso. Avrebbe potuto continuare a condurre un'esistenza accettabile – né più né meno. Ma tutto cambiò quando la mano destra gli rimase schiacciata in un incidente che gli fece quasi rischiare di perderla del tutto. Un infortunio piuttosto banale e perfettamente evitabile: l'auto che stava riparando era scivolata dal supporto e lo aveva mancato di pochi centimetri. Ma il cric gli era caduto addosso e lui si era presentato barcollando nell'ambulatorio della dottoressa Redwing, reggendosi la mano e con la tuta da lavoro che grondava sangue. Fu in quell'occasione che conobbe Joy Sanderling, assunta da poco come infermiera e segretaria. Nonostante il dolore, la notò subito: era molto graziosa, con i capelli rossi che le incorniciavano il viso e le lentiggini. Continuò a pensare a lei in ambulanza, dopo che la dottoressa gli ebbe steccato la mano rotta per poi spedirlo al Royal United Hospital di Bath. Ormai la ferita era guarita da tempo, ma Robert avrebbe ricordato per sempre quell'incidente ed era felice che fosse accaduto perché gli aveva permesso di incontrare Joy.

La ragazza viveva nella casa dei genitori a Lower Westwood. Il padre era un vigile del fuoco, un tempo in servizio attivo presso la caserma di Saxby-on-Avon, ma ora impiegato in amministrazione. La madre era casalinga e si occupava del figlio maggiore che richiedeva assistenza a tempo pieno. Come Robert, anche Joy aveva lasciato la scuola a sedici anni e aveva visto ben poco del mondo, fuori dalla contea del Somerset. Al contrario di lui, tuttavia, aveva sempre ambito a viaggiare. Aveva letto molti libri sull'Italia e la Francia, e persino imparato qualche parola di francese da Clarissa Pye, che le aveva impartito lezioni private. Lavorava con la dottoressa Redwing da diciotto mesi e ogni mattina arrivava al villaggio in sella al motorino rosa acquistato a rate.

Robert le aveva chiesto di sposarlo nel cortile della chiesa e lei aveva accettato. Progettavano di farlo nella parrocchia di St Botolph la primavera seguente. Fino ad allora avrebbero messo da parte i risparmi per la luna di miele a Venezia. Robert le aveva promesso che appena arrivati l'avrebbe portata a fare un giro in gondola. Avrebbero sorseggiato champagne sotto il Ponte dei Sospiri. Avevano programmato tutto.

Ora gli sembrava così strano essere seduto accanto a lei, con alle spalle la madre che ancora si intrometteva fra loro, benché in maniera completamente diversa. Ripensò alla prima volta che aveva portato Joy a casa per il tè. Mary aveva assunto il solito atteggiamento sgradevole che Robert conosceva bene, nascondendo le emozioni dietro una maschera di ferro che lasciava trapelare solo una gelida parvenza di cortesia. «*Che piacere incontrarti. Lower Westwood? Sì, la conosco bene. E tuo padre fa il pompiere? Che lavoro interessante.*» Sembrava un automa, o l'attrice di un film scadente, e sebbene Joy non si fosse lamentata, limitandosi a essere dolce come sempre, Robert aveva giurato che non l'avrebbe più costretta a sopportare una situazione simile. Quella sera aveva discusso con la madre e in realtà, dopo quella volta, non erano più riusciti a mantenere un comportamento civile l'uno con l'altra.

Ma la lite peggiore era avvenuta solo pochi giorni prima, mentre il reverendo Osborne e la moglie si trovavano in vacanza e Mary Blakiston badava alla parrocchia. Si erano incrociati fuori dal pub. Il Queen's Arms si trovava proprio accanto alla chiesa di St Botolph e Robert si stava gustando una birra seduto al sole, dopo il lavoro. Aveva visto la madre aggirarsi per il cimitero: con tutta probabilità sistemava i fiori per le funzioni del fine settimana, celebrate dal vicario della chiesa vicina. Lei lo aveva visto e gli si era precipitata incontro.

«Avevi promesso di riparare la luce della cucina.»

Sì. Sì. Sì. La luce sopra i fornelli. Bastava cambiare la lampadina, ma era scomoda da raggiungere. E le aveva detto che sarebbe passato a sistemarla già la settimana prima. Tornava spesso a casa quando c'era qualche problema. Ma come aveva fatto un argomento così futile a trasformarsi in un diverbio ancor più stupido? Non si poteva dire che si fossero urlati contro, ma di certo avevano discusso a voce così alta da farsi sentire da tutti i clienti seduti fuori dal pub.

«Perché non mi lasci in pace? Magari morissi una volta per tutte, così finalmente me ne starei tranquillo.»

«Oh, certo. Ti piacerebbe, eh?»

«Eccome! Puoi giurarci.»

Davvero le aveva parlato così... davanti a tutti? Robert si girò e scrutò la superficie di legno chiaro, il coperchio della bara con la corona di gigli bianchi. E solo pochi giorni dopo, non era passata nemmeno una settimana, sua madre era stata rinvenuta ai piedi delle scale di Pye Hall. Brent, il giardiniere, lo aveva raggiunto in officina per comunicargli la notizia con una strana espressione negli occhi. Anche lui si trovava al pub quella sera? Lo aveva forse sentito?

«Siamo arrivati» disse Joy.

Robert si voltò. La chiesa era proprio davanti a loro, il cimitero già affollato di gente vestita a lutto. Dovevano esserci almeno una cinquantina di persone. Si stupì. Non avrebbe mai pensato che la madre avesse tanti amici.

Il carro funebre rallentò e si fermò. Qualcuno aprì la portiera.

«Non me la sento» disse Robert. Allungò la mano e si aggrappò a Joy come un bambino.

«Va tutto bene, Rob. Ci sono io qui. Presto sarà tutto finito.»

Gli sorrise e lui si sentì subito meglio. Cosa avrebbe fatto senza Joy? Gli aveva proprio cambiato la vita. Era tutto per lui.

La coppia scese dal veicolo e si diresse verso la chiesa.

7

La camera si trovava al terzo piano dell'Hotel Geneviève, a Cap Ferrat, con la vista sui giardini e le terrazze. Il sole splendeva alto nel cielo azzurro e limpido. Era stata una magnifica settimana: cibo squisito, vino eccellente, eventi mondani con la consueta combriccola mediterranea. Ciononostante, Sir Magnus Pye era di pessimo umore mentre ultimava i bagagli. La lettera arrivata tre giorni prima gli aveva decisamente rovinato la vacanza. Avrebbe preferito che quel maledetto vicario non l'avesse mai spedita. Così tipico della chiesa, impicciarsi sempre, per guastare la festa a tutti.

La moglie lo osservava languidamente dal balcone. Stava fumando una sigaretta. «Perderemo il treno» disse.

«Parte fra tre ore. Abbiamo tutto il tempo.»

Frances Pye spense la sigaretta e rientrò. Era una donna cupa e imperiosa, un po' più alta del marito e senz'altro più imponente. Lui era un ometto piccolo e grassoccio, con le gote floride e la barba scura che cresceva incerta, incapace di prendere pieno possesso del viso. A cinquantatré anni, amava indossare completi che mettevano in risalto la sua età e il ceto sociale. Costosi e cuciti su misura, con tanto di panciotto. Formavano una coppia improbabile: il signorotto di campagna e l'attrice di Hollywood, per esempio. Sancho Panza e Dulcinea del Toboso. Malgrado il titolo appartenesse a lui, calzava molto meglio alla moglie. «Avresti dovuto partire subito» lo rimproverò.

«Neanche per sogno» brontolò Magnus, sforzandosi di chiudere la valigia. «Era solo una stupida cameriera.»

«Viveva con noi.»

«Viveva nel cottage del custode. Non è affatto la stessa cosa.»

«La polizia vuole parlarti.»

«La polizia potrà parlarmi quando sarò tornato. Non che abbia nulla da dichiarare. Il reverendo dice che è inciampata in un cavo elettrico. Una vera disgrazia, ma non è certo colpa mia. Non insinueranno che l'abbia uccisa io, no?»

«Non lo escluderei, Magnus.»

«Be', non avrei potuto. Sono stato qui con te per tutto il tempo.»

Frances Pye osservò il marito litigare con la valigia. Non gli offrì il suo aiuto. «Credevo le fossi affezionato» disse.

«Era una brava cuoca e faceva bene il suo lavoro. Ma se vuoi la verità, non sopportavo più la sua presenza... né la sua né quella di suo figlio. Ho sempre pensato che nascondesse qualcosa di losco, nel suo modo di aggirarsi frettolosa di stanza in stanza con quell'espressione negli occhi... come se sapesse qualcosa che tu ignoravi.»

«Avresti dovuto partecipare comunque al suo funerale.»

«Perché?»

«Perché il villaggio noterà la tua assenza. Non l'apprezzerà.»

«Tanto nessuno mi apprezza in ogni caso. E mi apprezzeranno anche meno quando sapranno di Dingle Dell. Che mi importa? Non ci tengo a vincere nessuna gara di popolarità e in fondo è il problema del vivere in campagna. La gente non fa che spettegolare. Ebbene, che la pensino come gli pare. Anzi, per quel che mi riguarda possono andare tutti al diavolo.» Abbassò le fibbie della valigia con i pollici e si sedette, leggermente ansimante per lo sforzo.

Frances lo osservava incuriosita e per un attimo nei suoi occhi indugiò un'espressione a metà strada tra il disprezzo e il disgusto. Non c'era più amore nel loro matrimonio. Lo sapevano entrambi. Restavano insieme per convenienza. Persino al caldo della Costa Azzurra, l'atmosfera nella stanza era gelida. «Chiamo il facchino» disse. «Il taxi dovrebbe essere qui, ormai.» Mentre raggiungeva il telefono, notò una cartolina sul tavolo. Era indirizzata a Frederick Pye, presso un recapito di Hastings. «Santo cielo, Magnus» lo rimproverò. «Non hai ancora spedito quella cartolina a Freddy. Avevi promesso di farlo ed è rimasta lì per tutta la settimana.» Sospirò. «Ormai tornerà a casa prima di riceverla.»

«Be', la famiglia che lo ospita può sempre inoltrargliela. Non sarà la fine del mondo. Neanche avessimo scritto qualcosa di interessante.»

«Le cartoline non sono mai interessanti. Non è questo il punto.»

Frances Pye sollevò il telefono e chiamò la reception. Mentre parlava, nella mente di Magnus balenò un ricordo. Era stato l'accenno alla cartolina a risvegliarlo, qualcosa che la moglie aveva detto. Ma cos'era, di preciso? C'entrava in qualche modo il funerale che quel giorno avrebbe perso. Ah, ecco! Che stranezza. Magnus Pye ne prese nota mentalmente, per non dimenticarsene. Doveva sbrigare una certa faccenda e se ne sarebbe occupato non appena rientrati a casa.

8

«Mary Blakiston rendeva Saxby-on-Avon un luogo migliore per tutti, che fosse sistemando i fiori la domenica qui in chiesa, facendo visita agli anziani e alla Ashton House, raccogliendo fondi a favore della Regia società per la protezione degli uccelli o ancora ricevendo gli ospiti a Pye Hall. Le sue torte erano immancabilmente il fiore all'occhiello delle feste del villaggio e posso aggiungere che in più di un'occasione mi ha sorpreso in sagrestia con uno dei suoi dolcetti alle mandorle o una fetta di torta Vittoria.»

Il funerale si stava svolgendo alla maniera di tutte le cerimonie funebri: con lentezza, delicatezza e un senso di serena ineluttabilità. Jeffrey Weaver aveva partecipato a molte di quelle funzioni, restando in piedi in disparte, e osservava con attento interesse le persone che andavano e venivano e, naturalmente, quelle che arrivavano e si fermavano. Non indugiava mai sul pensiero che, in un futuro non troppo lontano, sarebbe toccato a lui essere sepolto. Aveva solo settantatré anni e suo padre aveva vissuto fino a cento. Mancava ancora un sacco di tempo.

Jeffrey si riteneva bravo a giudicare le persone e scrutava quasi con occhio da pittore la folla radunata attorno alla fossa da lui stesso scavata. Aveva un'opinione su ciascuno di loro. E quale miglior occasione di un funerale per lo studio della natura umana?

Primo fra tutti, lo stesso vicario con il viso marmoreo e i capelli lunghi e scarmigliati. Jeffrey ricordava il suo arrivo a Saxby-on-Avon, per sostituire il reverendo Montagu che con l'età era diventato sempre più eccentrico, continuava a ripetersi nelle omelie e si addormentava durante la preghiera della sera. Gli Osborne erano stati accolti con grande calore nonostante fossero una coppia un tantino bizzarra, con la moglie decisamente più bassa del marito, grassoccia e litigiosa. Di certo non si tratteneva mai dal fare commenti, che Jeffrey in realtà ammirava, ma che forse non si addicevano alla consorte di un vicario. La vedeva proprio in quel momento, in piedi accanto a lui, annuire se era d'accordo con le sue parole e accigliarsi quando invece dissentiva. Senza dubbio erano molto affiatati. Non ci pioveva. Ma per molti aspetti rimanevano una coppia bizzarra. Quale interesse nutrivano, ad esempio, per Pye Hall? Oh, sì, li aveva notati un paio di volte, mentre si addentravano furtivi nella macchia boschiva che lambiva l'estremità del loro giardino, separando la proprietà da quella di Sir Magnus Pye. In molti usavano Dingle Dell come scorciatoia verso l'antica magione. Evitavano così di dover arrivare fino a Bath Road per entrare dall'ingresso principale. Ma normalmente nessuno lo faceva nel cuore della notte. Che cosa tramavano quei due?, si domandò.

Jeffrey non perse tempo con i signori Whitehead, con i quali in pratica non aveva mai parlato. Per conto suo, erano due londinesi che non c'entravano nulla con Saxby-on-Avon. In ogni caso, nel villaggio non serviva un negozio di anticaglie. Era spazio sprecato. Bastava prendere un vecchio specchio, orologio o cianfrusaglia qualsiasi, appiccicarci sopra uno stupido prezzo e ribattezzarlo oggetto d'antiquariato, ma restava pur sempre ciarpame e solo gli stolti potevano pensarla diversamente. La verità era che non si fidava di quei due. Aveva l'impressione che si fingessero ciò che non erano… proprio come la robaccia che vendevano. E perché erano venuti al funerale? Conoscevano Mary Blakiston a malapena e senz'altro lei non avrebbe mai detto nulla di buono nei loro riguardi.

La dottoressa Redwing e il marito, invece, avevano tutto il diritto di esserci. Era stata lei a ritrovare il corpo, insieme al giardiniere Brent, presente anche lui alla cerimonia, con il cappello in mano e i capelli ricci che gli cadevano sulla fronte. Emilia Redwing aveva sempre vissuto nel villaggio. Il padre, il dottor Rennard, gestiva l'ambulatorio prima di lei. Non era presente, ma la sua assenza non poteva stupire. Viveva in una struttura per anziani a Trowbridge e si diceva che anche lui ormai avesse un piede nella fossa. Jeffrey non si era mai ammalato seriamente, ma era stato curato da entrambi. Il vecchio dottor Rennard aveva anche fatto nascere suo figlio: levatrice, oltre che medico, ai tempi in cui era normale che un uomo ricoprisse entrambi i ruoli. E che dire di Arthur Redwing? Ascoltava il sermone del vicario con un'aria impaziente e annoiata. Era un bell'uomo. Senza il minimo dubbio. Un artista, pur non avendone mai ricavato il becco d'un quattrino. Non aveva ritratto anche Lady Pye qualche tempo prima, alla villa? Ad ogni modo, erano due persone di cui ci si poteva fidare. Al contrario dei Whitehead. Era difficile immaginare il villaggio senza di loro.

Lo stesso valeva per Clarissa Pye. Si era messa tutta in ghingheri per il funerale e sembrava a dir poco ridicola con quel cappellino a tre piume. Dove credeva di essere, a una festa? Tuttavia, Jeffrey non poteva che provare compassione per lei. Doveva essere difficile vivere lì, con il fratello che si dava tante arie. A lui andava benissimo gironzolare con la sua Jaguar mentre la sorella era costretta a insegnare nella scuola locale, e in fin dei conti non era neppure stata una cattiva maestra, anche se i bambini non l'avevano mai apprezzata più di tanto. Forse percepivano la sua infelicità. Clarissa era una donna sola. Non si era mai sposata. Sembrava trascorrere metà del suo tempo in chiesa. Jeffrey la vedeva sempre andare e venire dalla parrocchia. Doveva riconoscere che non mancava mai di fermarsi a scambiare due chiacchiere con lui, ma del resto non aveva nessuno con cui parlare, tranne quando pregava. Somigliava un po' al fratello, Sir Magnus, ma era una somiglianza che non le giovava affatto. Almeno lei aveva avuto la decenza di farsi viva.

Qualcuno starnutì. Era Brent. Jeffrey lo vide asciugarsi il naso con la manica e guardarsi attorno. Quel ragazzo non sapeva proprio come comportarsi in mezzo alla gente, ma non c'era da stupirsi. Brent aveva trascorso gran parte della vita in compagnia di se stesso e, al contrario di Clarissa, gli andava bene così. Lavorava alla villa fino a tardi e ogni tanto, una volta finito, si fermava a bere qualcosa o a cenare al Ferryman, sempre allo stesso tavolo con la sedia rivolta verso la via principale. Ma non socializzava mai con nessuno. Non faceva conversazione. A volte Jeffrey si chiedeva cosa gli passasse per la testa.

Ignorò gli altri presenti per soffermarsi sul ragazzo arrivato con il carro funebre, Robert Blakiston. Provava pena anche per lui: era sua madre quella che stavano seppellendo, anche se erano sempre stati come cane e gatto. Nel villaggio tutti sapevano che non andavano d'accordo e lo stesso Jeffrey aveva sentito con le proprie orecchie le parole che Robert le aveva rivolto fuori dal Queen's Arms qualche sera prima dell'incidente. «*Perché non mi lasci in pace? Magari morissi una volta per tutte.*» Be', non lo si poteva certo biasimare. La gente diceva di continuo cose di cui poi si pentiva e nessuno poteva immaginare cosa sarebbe successo. Senza dubbio il ragazzo aveva un'aria sufficientemente afflitta, mentre se ne stava in piedi accanto alla giovane così curata e graziosa che lavorava nell'ambulatorio della dottoressa. Tutto il villaggio sapeva che si frequentavano e formavano proprio una bella coppia. Lei era chiaramente preoccupata per Robert. Jeffrey glielo leggeva in faccia e nel modo in cui lo teneva sottobraccio.

«Faceva parte della comunità. Anche se oggi siamo qui riuniti per piangerne la dipartita, non dobbiamo dimenticare il suo lascito…»

Il vicario stava per concludere il sermone. Era arrivato all'ultima pagina. Jeffrey si guardò attorno e vide Adam entrare al cimitero dall'accesso pedonale in fondo. Era un bravo ragazzo. Si poteva sempre confidare che si sarebbe presentato esattamente al momento giusto.

E a quel punto accadde un fatto strano. Uno dei presenti si allontanò malgrado il reverendo stesse ancora parlando. Jeffrey non lo aveva notato dietro la folla, separato dagli altri. Era un uomo di mezza età, con un cappotto scuro e un cappello nero. Un Fedora. Il becchino aveva colto solo uno scorcio del viso, ma gli era parso familiare. Con le guance incavate e il naso adunco. Dove l'aveva già visto? Be', ormai era troppo tardi. L'uomo era già fuori dal cancello, diretto verso la piazza del villaggio.

Qualcosa indusse Jeffrey ad alzare lo sguardo. Lo sconosciuto era passato sotto un grosso olmo che cresceva ai margini del cimitero e, sopra uno dei rami, scorse un movimento. Era una gazza. E non era sola. Osservando meglio, vide che l'albero era pieno. Quante saranno state? Difficile contarle, nascoste tra le foglie scure, ma alla fine Jeffrey arrivò a sette e quel numero gli ricordò una vecchia filastrocca sulle gazze che aveva imparato da piccolo.

Una per il dolore,
Due per la gioia,
Tre per una bambina,
Quattro per un bambino,
Cinque per l'argento,
Sei per l'oro,
Sette per un segreto,
Che non va rivelato.

Ebbene, non era proprio una strana coincidenza? Un intero stormo di gazze appollaiate su un albero, quasi si fossero date appuntamento per il funerale. Ma poi arrivò Adam, il reverendo concluse l'omelia, i presenti si allontanarono e, quando Jeffrey rialzò lo sguardo, le gazze erano sparite.

DUE

Gioia

1

Il dottore non ebbe bisogno di parlare. Il suo viso, il silenzio nella stanza, le radiografie e i risultati degli esami sparpagliati sul tavolo dicevano già tutto. I due uomini erano seduti uno di fronte all'altro nell'elegante studio medico in fondo a Harley Street e sapevano di essere giunti all'atto finale di una tragedia andata in scena molte altre volte. Sei settimane prima, neppure si conoscevano. Ora li univa il legame più intimo di tutti. Uno dei due aveva comunicato la notizia. L'altro l'aveva ricevuta. Nessuno di loro lasciava trapelare le emozioni. Era parte della procedura, dell'accordo tra gentiluomini, che facessero il possibile per celarle.

«Posso domandarle, dottor Benson, quanto mi resta da vivere, a suo avviso?» chiese Atticus Pünd.

«È difficile fare previsioni» replicò il medico. «Purtroppo il tumore è a uno stadio molto avanzato. Se lo avessimo scoperto prima, avremmo avuto una piccola probabilità di intervento. Ma adesso...» Scosse il capo. «Mi dispiace molto.»

«Non si dispiaccia.» Pünd parlava il perfetto inglese ricercato dello straniero colto, pronunciando ogni sillaba come a volersi scusare dell'accento tedesco. «Ho sessantacinque anni. Ho vissuto una vita lunga e oserei dire soddisfacente sotto molti aspetti. Ho già visto la morte in faccia in diverse occasioni prima d'ora. Potrei quasi definirla una fedele compagna, sempre un paio di passi dietro di me. Ebbene, ora mi ha raggiunto.» Allargò le mani e riuscì anche a sorridere. «Siamo vecchi conoscenti, la morte e io, e non ho alcun motivo di temerla. Tuttavia, sarà necessario che sbrighi qualche faccenda, che metta un po' d'ordine. Perciò mi sarebbe d'aiuto comprendere, in termini generali… Parliamo di settimane o di mesi?»

«Ecco, ci sarà un peggioramento, temo. I suoi mal di testa si aggraveranno. Potrebbe avere delle crisi. Posso inviarle qualche informazione, per darle il quadro generale, e le prescriverò degli antidolorifici forti. Forse vorrà valutare l'eventualità di trasferirsi in una casa di cura. Gliene posso suggerire una piuttosto valida a Hampstead, gestita dalla Marie Curie Memorial Foundation. In fase terminale, avrà bisogno di costanti attenzioni.»

Le parole si spensero come in lontananza. Il dottor Benson esaminava il paziente con una certa perplessità. Il nome Atticus Pünd gli era familiare, naturalmente. Compariva spesso sui giornali: un rifugiato tedesco sopravvissuto alla guerra dopo un anno di prigionia in uno dei campi di concentramento di Hitler. All'epoca dell'arresto faceva il poliziotto a Berlino – o forse Vienna – e dopo il suo arrivo in Inghilterra aveva aperto uno studio come investigatore privato, collaborando con la polizia in diverse occasioni. Non aveva l'aria del detective. Era un uomo minuto, ben curato, con le mani intrecciate di fronte a sé. Indossava un abito scuro, una camicia bianca e una sottile cravatta nera. Le sue scarpe erano lustre. Se il dottor Benson non avesse saputo chi era, lo avrebbe scambiato per un contabile, il classico dipendente fidato di un'azienda a conduzione familiare. Eppure c'era dell'altro. Ancora prima di ricevere la notizia, appena messo piede in ambulatorio il giorno che si erano conosciuti, Pünd gli era parso stranamente nervoso. Gli occhi dietro le lenti tonde dalla montatura di metallo erano costantemente guardinghi e mostrava una certa esitazione prima di parlare. Curiosamente, sembrava più rilassato ora. Quasi attendesse quella notizia da sempre e fosse grato che alla fine gliel'avessero comunicata.

«Due o tre mesi» concluse il dottor Benson. «Forse di più, ma temo che le sue facoltà oltre tale termine subiranno un rapido declino.»

«La ringrazio molto, dottore. Il trattamento che mi ha riservato è stato esemplare. Posso chiederle la cortesia di inviare a me personalmente qualsiasi corrispondenza futura contrassegnandola come "Riservata e confidenziale"? Ho un assistente personale, ma preferirei non metterlo al corrente per ora.»

«Certo.»

«Io e lei abbiamo concluso?»

«Mi piacerebbe rivederla tra un paio di settimane. Bisognerà prendere una decisione. Mi permetto di tornare a suggerirle di dare un'occhiata a quella struttura di Hampstead.»

«Lo farò.» Pünd si alzò. Il che sembrò non incidere poi molto sulla sua statura. Seppur in piedi, pareva quasi schiacciato dalla stanza con il soffitto alto e le pareti rivestite di pannelli scuri. «Grazie di nuovo, dottor Benson.»

Prese il suo bastone da passeggio del diciottesimo secolo in legno di palissandro sormontato da un solido pomello di bronzo. Proveniva da Salisburgo, gli era stato donato dall'ambasciatore tedesco a Londra. In più di un'occasione, si era rivelato un'arma utile. Passò davanti alla segretaria e al portiere, annuendo educatamente a entrambi, e uscì in strada. Una volta fuori, si fermò in pieno sole a osservare ciò che lo circondava. Non si stupì nel notare che i suoi sensi si erano acuiti. I contorni degli edifici sembravano di una precisione quasi matematica. Distingueva il rumore di ogni singola automobile nel frastuono del traffico. Sentiva il calore del sole sulla pelle. Pensò che fosse per via dello shock. Aveva sessantacinque anni ed era poco probabile che arrivasse ai sessantasei. Doveva abituarsi all'idea.

Eppure, risalendo Harley Street verso Regent's Park, già riusciva a metterla in prospettiva. Era solo un'altra sfida della sorte e, in fondo, contraddire ogni pronostico era la storia della sua vita. Sapeva bene, per esempio, che doveva la sua stessa esistenza a un incidente della storia. Quando il principe Ottone di Baviera era diventato primo re di Grecia nel 1832, un discreto numero di studenti greci aveva scelto di emigrare in Germania. Tra loro c'era anche il suo bisnonno, e cinquantotto anni dopo era nato Atticus, da madre tedesca impiegata come segretaria presso la *Landespolizei* dove lavorava anche il padre poliziotto. Metà greco, metà tedesco? Una minoranza, se mai ne fosse esistita una del genere. E poi, naturalmente, c'era stata l'ascesa del nazismo. I Pünd non erano solo greci. Erano ebrei. Mentre la grande partita proseguiva, le loro probabilità di sopravvivenza si erano ridotte finché solo il giocatore d'azzardo più temerario avrebbe scommesso sulla loro salvezza. Di fatto Pünd aveva perso: la madre, il padre, i fratelli, gli amici. Era finito a Bergen-Belsen e gli era stata risparmiata la vita solo grazie a un rarissimo errore amministrativo, una probabilità su mille. Dopo la liberazione, gli era stato concesso un intero decennio di vita, perciò poteva davvero lamentarsi di quell'ultimo tiro mancino? Atticus Pünd era senza dubbio un uomo dall'animo generoso e quando alla fine ebbe raggiunto Euston Road si sentiva in pace con se stesso. Stava andando tutto come doveva andare. Non si sarebbe lamentato.

Prese un taxi verso casa. Non usava mai la metropolitana, non gradiva il contatto con tutte quelle persone; tutti quei sogni, timori, rancori che si mescolavano nell'oscurità. Lo trovava opprimente. Gli abitacoli dei *black cab* consentivano un maggior distacco, lo proteggevano come un bozzolo dal mondo reale. C'era poco traffico a metà giornata e ben presto raggiunsero Charterhouse Square, nel quartiere di Farringdon. Il taxi accostò fuori Tanner Court, l'elegante palazzina in cui abitava Pünd. Pagò l'autista, aggiungendo una mancia generosa, ed entrò.

Aveva comprato l'appartamento con i proventi del caso del diamante Ludendorff*: due camere da letto, un grande salotto luminoso affacciato sulla piazza e, cosa più importante, un corridoio e uno studio per ricevere i clienti. Mentre prendeva l'ascensore fino al settimo piano, rifletté che al momento non aveva indagini in corso. Poco importava, tutto sommato.

«Bentornato!» La voce gli giunse dallo studio prima ancora di chiudere la porta d'ingresso e un attimo dopo James Fraser uscì dalla stanza con un balzo, tenendo un fascio di lettere in mano. Biondo e prossimo alla trentina, era l'assistente e segretario personale di cui Pünd aveva accennato al dottor Benson. Laureato a Oxford, aspirante attore, al verde e perennemente disoccupato, aveva risposto a un annuncio sullo «Spectator» convinto di accettare il lavoro solo per qualche mese. Sei anni dopo, era ancora lì. «Com'è andata?» chiese.

«Com'è andata *cosa*?» replicò Pünd. Fraser ovviamente non aveva idea di dove fosse stato.

«Non lo so. Qualunque cosa sia uscito a fare.» James sfoderò il consueto sorriso da scolaretto. «Comunque sia, ha telefonato l'ispettore Spence di Scotland Yard. Vuole che lo richiami. Qualcuno del "Times" vorrebbe intervistarla. E non dimentichi l'appuntamento delle dodici e trenta con una cliente.»

«Una cliente?»

«Sì.» Fraser scorse le lettere che aveva in mano. «Si chiama Joy Sanderling. Ha telefonato ieri.»

«Non ricordo di aver parlato con nessuna Joy Sanderling.»

* Vedi *Atticus Pünd e il nuovo caso*.

«Infatti. Ci ho parlato io. Chiamava da Bath, mi pare. Sembrava un po' turbata.»

«Perché non me lo hai chiesto?»

«Avrei dovuto?» replicò Fraser avvilito. «Sono davvero mortificato. Al momento non abbiamo niente per le mani e ho pensato che avrebbe apprezzato un nuovo caso.»

Pünd sospirò. Ostentava sempre un'aria sofferente e rassegnata, faceva parte del suo contegno generale, ma in quell'occasione il tempismo di Fraser non avrebbe potuto essere dei peggiori. Tuttavia, non alzò la voce. Come sempre, si mostrò ragionevole. «Mi dispiace, James» disse. «In questo momento non posso riceverla.»

«Ma ormai starà per arrivare.»

«Allora dovrai riferirle che ha sprecato il suo tempo.»

Pünd superò l'assistente e si ritirò nelle sue stanze private, chiudendosi la porta alle spalle.

2

«Aveva detto che mi avrebbe ricevuta.»

«Lo so. Mi rincresce terribilmente. Ma oggi è davvero impegnato.»

«Ma io ho preso un giorno di ferie. Sono venuta in treno da Bath. Non potete trattare la gente così.»

«Ha pienamente ragione. Ma non è colpa del signor Pünd. Non ho controllato la sua agenda. Se crede posso rimborsarle i soldi del viaggio.»

«Non è per il biglietto del treno. Ne va della mia vita. Devo vederlo. Non conosco nessun altro che possa aiutarmi.»

Pünd udiva le voci oltre la porta doppia che conduceva in salotto. Stava riposando in poltrona, fumando la sua sigaretta preferita, una Sobranie nera con il filtro dorato. Pensava al suo libro, il lavoro di tutta una vita: già quattrocento pagine e tutt'altro che prossimo alla conclusione. S'intitolava *Lo scenario dell'indagine criminale*. Fraser ne aveva battuto a macchina l'ultimo capitolo, che Pünd avvicinò a sé. "Capitolo ventisei: interrogatorio e interpretazione." In quel momento non riusciva a leggerlo. Aveva calcolato ancora un anno per completarlo. Non aveva più quel tempo a disposizione.

La ragazza aveva una bella voce. Era giovane. A giudicare dal tono, nonostante l'ostacolo della porta di legno, sembrava sull'orlo delle lacrime. Pünd pensò un istante alla propria malattia. Neoplasia intracranica. Il dottore gli aveva dato tre mesi. Davvero intendeva trascorrerli seduto lì da solo a riflettere su tutto ciò che non avrebbe più potuto fare? Irritato con se stesso, spense con cura la sigaretta, si alzò e aprì la porta.

Joy Sanderling parlava con Fraser in corridoio. Era piccola, *petite* in tutti i sensi, con i capelli chiari che le incorniciavano il viso grazioso e gli occhi azzurri di una bambina. Si era vestita di tutto punto per fargli visita. La temperatura mite non rendeva necessario l'impermeabile chiaro con la cintura in vita, ma le stava molto bene e Pünd intuì che l'avesse scelto perché le dava un'aria professionale. La ragazza puntò lo sguardo oltre Fraser e lo vide. «Signor Pünd?»

«Sì» annuì lui lentamente.

«Mi rincresce importunarla. So quanto è impegnato. Ma, la prego, se potesse dedicarmi solo cinque minuti del suo tempo… Significherebbe molto per me.»

Cinque minuti. La signorina non poteva saperlo, ma significavano molto per entrambi.

«Va bene» le rispose. Dietro di lei, James Fraser parve contrariato, come se in qualche modo lo avesse deluso. Ma Pünd aveva preso una decisione nel momento stesso in cui aveva sentito la voce della ragazza. Gli era sembrata perduta. E per quel giorno riteneva che la tristezza fosse sufficiente.

La condusse nel suo studio, accogliente benché un

tantino austero. C'erano una scrivania e tre sedie, uno specchio antico e alcune litografie esposte in cornici dorate, tutto nel tipico stile Biedermeier della Vienna del diciannovesimo secolo. Fraser li seguì e si sistemò al solito posto all'angolo della stanza, le gambe incrociate e un blocco per appunti in bilico sul ginocchio. Non che fosse necessario scrivere alcunché. Pünd, che non si faceva mai sfuggire il minimo dettaglio, avrebbe ricordato ogni singola parola della conversazione.

«La prego, continui pure, signorina Sanderling.»

«Oh, mi chiami pure per nome» rispose lei. «A dire il vero, quello di battesimo è Josie. Ma mi chiamano tutti Joy.»

Joy, come *gioia*, pensò Pünd. «Ed è venuta fin qui dalla cittadina di Bath.»

«Sarei arrivata da molto più lontano pur di incontrarla. Ho letto di lei sui giornali. Dicono sia il miglior detective al mondo, che non c'è nulla che non sia in grado di fare.»

Atticus Pünd sbatté le palpebre. Le lusinghe lo mettevano sempre a disagio. Si aggiustò gli occhiali con un gesto nervoso e accennò un mezzo sorriso. «È molto gentile da parte sua, ma forse stiamo correndo troppo, signorina Sanderling. La prego di perdonarmi. Siamo stati a dir poco scortesi. Non le abbiamo neppure offerto un caffè.»

«Non serve, molte grazie, non voglio farle perdere tempo. Ma ho un disperato bisogno del suo aiuto.»

«Allora perché non comincia raccontandoci che cosa l'ha portata qui?»

«Sì, certo.» Si raddrizzò sulla sedia. James Fraser attendeva con la penna sospesa. «Sapete già il mio nome» riprese Joy. «Vivo in una località chiamata Lower Westwood con i miei genitori e mio fratello Paul. Disgraziatamente è affetto da sindrome di Down dalla nascita e non può badare a se stesso, ma gli voglio un gran bene. Anzi, lo adoro.» Fece una pausa. «Abitiamo poco lontano da Bath, ma io lavoro a Saxby-on-Avon. Faccio da assistente alla dottoressa Redwing, nell'ambulatorio locale. Una persona splendida, tra l'altro. Lavoriamo insieme da quasi due anni e mi trovo molto bene.»

Pünd annuì. Si era già affezionato a lei. Gli piacevano la sua sicurezza, la chiarezza con cui si esprimeva.

«Un anno fa ho conosciuto un ragazzo» proseguì Joy. «È venuto in ambulatorio per una grave ferita dopo un incidente con un'automobile. La stava riparando e gli è quasi caduta addosso. Il cric gli ha schiacciato la mano fratturandola in diversi punti. Si chiama Robert Blakiston. Ci siamo piaciuti subito e abbiamo cominciato a frequentarci. Sono così innamorata. E adesso siamo fidanzati e stiamo per sposarci.»

«Le mie congratulazioni.»

«Magari fosse così semplice. Non sono più sicura che il matrimonio si farà.» Esibì un fazzoletto e si tamponò gli occhi, un gesto più pratico che dettato dall'onda emotiva. «Due settimane fa, sua madre è morta. L'hanno sepolta lo scorso sabato. Robert e io siamo andati al funerale insieme e ovviamente è stato terribile. Ma la cosa peggiore è stato vedere come lo guardava la gente… e da allora sentire tutto quel che va dicendo. Il punto è, signor Pünd, che tutti pensano sia stato lui!»

«Intende… a ucciderla?»

«Sì.» La ragazza impiegò alcuni istanti a ricomporsi. Poi riprese. «Robert non ha mai avuto un rapporto sereno con la madre. Si chiamava Mary e lavorava come domestica. Nel villaggio c'è questa grande tenuta antica, immagino si possa definire un maniero, chiamata Pye Hall. Il proprietario è Sir Magnus Pye e la tenuta appartiene alla sua famiglia da secoli. Comunque sia, lei si occupava della cucina, delle pulizie, della spesa – quel genere di faccende – e viveva nel vecchio cottage del custode accanto al cancello. È lì che è cresciuto Robert.»

«Non ha menzionato il padre.»

«Non c'è nessun padre. Li ha abbandonati durante la guerra. È una situazione complicata e Robert non ne parla mai. Vede, c'è stata una tragedia in famiglia. La tenuta di Pye Hall comprende un grande lago che pare sia molto profondo. Robert aveva un fratello più piccolo di nome Tom e quel giorno stavano giocando. Lui aveva quattordici anni. Il fratello dodici. Fatto sta che Tom è finito nell'acqua alta ed è annegato. Robert ha tentato invano di salvarlo.»

«Dov'era il padre all'epoca?»

«Faceva il meccanico a Boscombe Downs, lavorava per la Royal Air Force. Non è molto lontano e tornava spesso a casa, ma non era presente al momento dell'incidente. Quando lo venne a sapere... Be', dovrebbe chiedere a Robert, anche se immagino non ricordi granché. Il punto è che il matrimonio dei suoi genitori andò in pezzi. Lui accusava la moglie di non aver saputo badare ai figli. Lei incolpava il marito di non essere stato presente. Non saprei dirle di più, perché Robert non ne parla e il resto sono solo pettegolezzi locali. Ad ogni modo, andò a finire che lui abbandonò moglie e figlio nel vecchio cottage di Pye Hall. In seguito credo abbiano divorziato e non l'ho mai conosciuto. Non c'era al funerale, o comunque io non l'ho visto. Si chiama Matthew Blakiston, non so altro.

«Robert è cresciuto con la madre, ma non sono mai andati d'accordo. Sul serio, avrebbero fatto meglio a trasferirsi. Non avrebbero mai dovuto restare in quel posto orribile. Non so proprio come lei abbia resistito, con il lago in cui era annegato Tom sempre davanti agli occhi. Credo le abbia avvelenato l'esistenza... Le ricordava il figlio che aveva perso. E forse in parte ne attribuiva la colpa a Robert, anche se in quel momento lui si trovava da tutt'altra parte. Capita di reagire così, non è vero, signor Pünd? È una sorta di follia...»

Lui annuì. «È vero, ognuno affronta la perdita a modo suo» commentò. «E il dolore non è mai razionale.»

«Ho incontrato Mary Blakiston solo qualche volta, ma naturalmente la vedevo di frequente per il villaggio. Veniva spesso in ambulatorio. Non perché fosse malata. Lei e la dottoressa Redwing erano amiche. Dopo il fidanzamento, ha invitato me e Robert a casa sua per il tè... ma è stato orribile. Non che sia stata scortese, ma era molto fredda e mi ha riempita di domande come se fosse una specie di colloquio di lavoro. Abbiamo bevuto il tè nel salottino, mi sembra ancora di vederla, seduta in un angolo con la tazza e il piattino in mano. Sembrava un ragno nella tela. So che non dovrei parlarne così, ma è l'impressione che mi ha dato. Il povero Robert era completamente succube. In presenza della madre diventava un'altra persona, timido e taciturno. Credo non abbia neppure fiatato. Continuava a fissare il tappeto come se stesse aspettando la ramanzina per qualche marachella. Avrebbe dovuto vedere come lo trattava! Non aveva mai una buona parola per lui. Era assolutamente contraria al nostro matrimonio. Ce lo ha fatto capire senza mezzi termini. E il ticchettio incessante di quell'orologio. C'era una grande pendola nella stanza e io non aspettavo altro che rintoccasse l'ora per andarcene.»

«Il suo fidanzato non viveva più con la madre, quando è morta?»

«No. Abitavano nello stesso villaggio, ma lui si era trasferito in un appartamento sopra l'officina in cui lavora. Credo sia uno dei motivi che lo ha spinto ad accettare quel posto, per allontanarsi da lei.» Joy ripiegò il fazzoletto e lo fece scivolare nella manica. «Io e Robert ci amiamo. Mary Blakiston mi aveva chiaramente fatto capire di non ritenermi adatta a lui, ma anche se fosse ancora viva non cambierebbe nulla. Noi ci sposeremo e saremo felici insieme.»

«Se non la turba troppo, signorina Sanderling, sarei interessato a saperne di più sulla sua morte.»

«Be', vediamo, è successo circa due settimane fa, di venerdì. Stava facendo le pulizie alla villa, Sir Magnus e Lady Pye erano in vacanza, e a quanto pare è inciampata nell'aspirapolvere per poi cadere dalle scale. Brent, il giardiniere, l'ha vista a terra e ha chiamato subito la dottoressa, ma ormai non c'era più nulla da fare. Si era rotta l'osso del collo.»

«La polizia è stata informata?»

«Sì. È venuto un ispettore dalla centrale di Bath. Non gli ho parlato di persona, ma pare sia stato molto meticoloso. Il cavo dell'aspirapolvere in cima alle scale si era arrotolato. In casa non c'era nessun altro. Tutte le porte erano chiuse a chiave. Si è trattato chiaramente di un incidente.»

«Eppure ha detto che la gente accusa Robert Blakiston dell'omicidio.»

«Sono solo chiacchiere di paese, ed è proprio per questo che ci deve aiutare, signor Pünd.» Prese un respiro. «Robert ha litigato con sua madre. Capitava spesso. Credo non abbiano mai superato il dolore per la disgrazia e questo stava logorando entrambi. Per farla breve, hanno avuto una brutta discussione fuori dal pub. Li hanno sentiti in parecchi. Tutto è iniziato perché lei voleva che Robert riparasse qualcosa a casa sua. Gli chiedeva sempre di fare qualche lavoretto, e lui non si tirava mai indietro. Ma quel giorno non poteva e sono volati insulti, finché a un certo punto lui ha detto cose che sono certa non pensava davvero, ma l'hanno sentito tutti, perciò non conta che dicesse sul serio o meno. "*Magari morissi una volta per tutte.*"» Ricomparve il fazzoletto. «Le ha detto così. E pochi giorni dopo è morta sul serio.»

La ragazza si zittì. Atticus Pünd sedeva immobile alla sua scrivania, le mani incrociate, l'espressione solenne. James Fraser aveva preso appunti. Concluse la frase sottolineando diverse volte un'unica parola. La luce penetrava dalla finestra rischiarando la stanza. Fuori, in Charterhouse Square, gli impiegati cominciavano a uscire all'aria aperta con i panini per il pranzo.

«Può darsi» mormorò Pünd, «che il suo fidanzato

avesse effettivamente delle buone ragioni per uccidere la madre. Non lo conosco e non vorrei sembrarle privo di tatto, ma dobbiamo quantomeno considerare la possibilità. Volevate sposarvi. Lei vi era d'intralcio.»

«Nient'affatto!» gridò Joy Sanderling in tono risentito. «Non ci serviva il suo permesso per sposarci, e non era certo ricca, se è questo che intende. Ma io so per certo che Robert non c'entra.»

«Come fa a esserne così sicura?»

Joy prese un respiro profondo. Era chiaro che avrebbe preferito non entrare in dettagli, ma sapeva di non avere alternativa. «La polizia dice che Mary Blakiston è morta attorno alle nove del mattino. Brent ha chiamato la dottoressa Redwing poco prima delle dieci e quando lei è arrivata alla villa il corpo era ancora caldo.» Fece una pausa. «L'officina apre alle nove, come l'ambulatorio, e io sono rimasta con Robert fino a quell'ora. Abbiamo lasciato il suo appartamento insieme. I miei genitori morirebbero se venissero a saperlo, signor Pünd, anche se siamo fidanzati. Mio padre era un vigile del fuoco e adesso lavora per il sindacato. È una persona molto seria e terribilmente all'antica. Badare a Paul costantemente ha reso i miei genitori molto protettivi. Gli avevo detto che sarei andata a teatro a Bath con un'amica e avrei dormito da lei. Ma la verità è che ho passato la notte con Robert e me ne sono andata alle nove del mattino, perciò lui non può avere niente a che fare con l'accaduto.»

«Quanto dista l'officina da Pye Hall, se posso chiederlo?»

«Circa tre o quattro minuti in motorino. Immagino che a piedi ci voglia più o meno un quarto d'ora, tagliando attraverso Dingle Dell. È così che chiamiamo il bosco alla periferia del villaggio.» Si accigliò. «So cosa sta pensando, signor Pünd. Ma io ho visto Robert quella mattina. Mi ha portato la colazione a letto. Non l'avrebbe mai fatto se avesse avuto in mente di uccidere qualcuno, no?»

Atticus Pünd non rispose, ma sapeva per esperienza che gli assassini erano perfettamente in grado di sorridere e intrattenere conversazioni amene, per poi colpire senza pietà un minuto dopo. Anche la guerra gli aveva insegnato molto a proposito di quella che lui definiva istituzionalizzazione dell'omicidio. Supportato con adeguate formalità e procedure, si arrivava a convincersi che in certi casi l'omicidio fosse un'assoluta necessità, al punto da non considerarlo più tale.

«Che cosa vorrebbe che facessi?» chiese.

«Non ho grandi disponibilità economiche. In realtà non posso proprio pagarla. So che pretendo troppo e forse non sarei dovuta venire. Ma non ha senso. È così ingiusto. Speravo potesse venire a Saxby-on-Avon... soltanto per un giorno. Sono certa che basterebbe. Se potesse dare un'occhiata e dire a tutti che si è trattato di un incidente e che non c'è dietro alcunché di sinistro, sono sicura che li metterebbe a tacere. Lei è una persona molto conosciuta. Le darebbero ascolto.»

Seguì un breve silenzio. Pünd si tolse gli occhiali e li pulì con un fazzoletto. Fraser intuì il seguito. Lavorava con lui da un periodo di tempo sufficiente a riconoscerne le consuetudini. Si puliva sempre gli occhiali prima di dare cattive notizie.

«Sono spiacente, signorina Sanderling» disse. «Non c'è niente che io possa fare.» Alzò una mano prima che lei potesse interromperlo. «Sono un detective privato» proseguì. «È vero che la polizia mi chiede spesso di collaborare alle indagini, ma in questo Paese non godo di un riconoscimento ufficiale. Ecco il problema. È molto più difficile imporre la mia presenza, soprattutto in un caso come questo, in cui pare a tutti gli effetti che non sia stato commesso alcun delitto. Mi chiedo con quale pretesto potrei avere accesso a Pye Hall.

«Temo inoltre di dover dissentire con il suo proponimento di base. Ha detto che la signora Blakiston ha perso la vita a causa di un incidente. La polizia ne è convinta. Presumiamo sia effettivamente così. A questo punto non potrei fare altro che tentare di contrastare i pettegolezzi degli abitanti di Saxby-on-Avon, i quali hanno assistito per caso a una sciagurata conversazione e ne hanno tratto le proprie conclusioni. I pettegolezzi tuttavia non si possono contrastare. Le voci di paese e i commenti maligni sono come le erbacce infestanti. Impossibili da estirpare, anche con la falce della verità. Tuttavia si consoli. Col tempo vedrà che periranno spontaneamente. Questo è il mio parere. Dopotutto, perché lei e il suo fidanzato desiderate trattenervi in un luogo del mondo che vi è tanto sgradevole?»

«E perché mai dovremmo trasferirci?»

«Sono d'accordo. Se vuole il mio consiglio, suggerisco allora di restare dove siete, sposarvi e godervi la vostra vita insieme. E soprattutto, non badate a tutto quel... "chiacchiericcio" è la parola, se non sbaglio. Provare a contrastarlo significa alimentarlo. Ignoratelo e sparirà da sé.»

Non c'era altro da aggiungere. Come a volerlo sottolineare, Fraser chiuse il blocco degli appunti. Joy Sanderling si alzò. «Le sono riconoscente, signor Pünd» disse. «Grazie per avermi ricevuta.»

«Le auguro ogni bene, signorina Sanderling» rispose lui, sincero. Voleva che quella ragazza fosse felice. Parlando con lei, aveva dimenticato la propria condizione, la notizia che aveva ricevuto quel giorno.

Fraser la accompagnò fuori dalla stanza. Pünd udì qualche altro breve sussurro, poi la porta d'ingresso si aprì e si richiuse. Un attimo dopo, il suo assistente rientrò nello studio.

«Che posso dire, sono sinceramente dispiaciuto» mormorò. «Ho provato a farle capire che non voleva essere disturbato.»

«Sono contento di averla ricevuta» rispose Pünd. «Ma dimmi, James. Che cosa stavi sottolineando con tanta foga mentre parlavamo?»

«Cosa?» Fraser arrossì. «Oh. A dire il vero, nulla

di importante. Né di pertinente. Cercavo solo di apparire concentrato.»

«Lo avevo intuito.»

«Oh. E come?»

«In quel momento la signorina Sanderling non stava raccontando nulla di particolarmente interessante. Il motorino, tuttavia. Se non fosse stato rosa, ma di qualsiasi altro colore, sarebbe stato senza dubbio rilevante.» Sorrise. «Ti spiacerebbe portarmi una tazza di tè, James? Dopodiché, preferirei non essere più disturbato.»

Si voltò e tornò nella sua stanza.

3

Joy Sanderling si incamminò verso la stazione della metropolitana di Farringdon, costeggiando il mercato della carne di Smithfield. Vide un camion parcheggiato fuori da uno dei numerosi ingressi e, passando oltre, notò due uomini in camice bianco che scaricavano la carcassa sanguinolenta di una pecora. L'immagine la fece rabbrividire. Non le piaceva Londra. La trovava opprimente. Non vedeva l'ora di prendere il treno per tornare a casa.

L'incontro con Atticus Pünd l'aveva delusa, anche se (ora poteva ammetterlo) non si era mai aspettata di ottenere nulla. Perché il detective più famoso del Paese avrebbe dovuto interessarsi a lei? Tanto più che non poteva permettersi di pagarlo. E aveva ragione lui. Non c'era nessun caso da risolvere. Joy sapeva che Robert non aveva ucciso la madre. Era insieme a lui quella mattina, e lo avrebbe sentito se fosse uscito di casa. Robert sapeva essere lunatico. Si alterava spesso, dicendo cose di cui poi si pentiva. Ma lo aveva frequentato abbastanza da sapere che non avrebbe mai fatto del male a una mosca. Quello di Pye Hall era stato un incidente, nient'altro. Nessun detective al mondo avrebbe mai potuto competere con le malelingue di Saxby-on-Avon.

Tuttavia, aveva fatto bene a incontrarlo. Lei e Robert meritavano di essere felici insieme, soprattutto lui. Era così smarrito prima di incontrarla, e Joy non avrebbe permesso a nessuno di dividerli. Non si sarebbero trasferiti. Non si sarebbero curati di quel che pensava la gente. Avrebbero lottato.

Raggiunse la stazione e comprò il biglietto dall'edicolante. Un pensiero stava prendendo forma nella sua mente. Joy era una ragazza umile. Era cresciuta in una famiglia molto unita e (nonostante le opinioni politiche del padre) conservatrice. Il passo che stava prendendo in considerazione la sconcertava, ma non vedeva alternative. Doveva proteggere Robert. Doveva proteggere la loro vita insieme. Niente era più importante.

Ancor prima che la metropolitana arrivasse, Joy aveva già preso la sua decisione.

4

In un ristorante all'altro capo di Londra, Frances Pye scorse il menu con occhio distratto, optando per sardine alla griglia, un'insalata e un bicchiere di vino bianco. Carlotta's era una trattoria italiana a conduzione familiare dietro i grandi magazzini Harrods: la proprietaria era sposata con lo chef e a servire in sala c'erano il figlio e il nipote. Presero l'ordine e ritirarono i menu. Frances si accese una sigaretta e si appoggiò allo schienale della sedia.

«Dovresti lasciarlo» esordì il suo commensale.

Jack Dartford, cinque anni più giovane di lei, era un uomo dal fascino cupo, con i baffi e il sorriso facile. Indossava una giacca a doppio petto con la cravatta e la stava osservando con aria preoccupata. Fin dall'istante in cui si erano conosciuti, aveva notato in lei una certa rigidità. Anche in quel momento gli sembrava nervosa, sulla difensiva, mentre continuava a strofinarsi un braccio con l'altra mano. Non si era neppure tolta gli occhiali da sole. Jack si chiedeva se non avesse un occhio nero.

«Mi ucciderebbe» rispose lei con un sorriso strano. «Anzi, in un certo senso ci ha provato *sul serio*... dopo la nostra ultima lite.»

«Vuoi scherzare?»

«Non preoccuparti, Jack. Non mi ha fatto niente. È stata solo una sfuriata. Sa che gli nascondo qualcosa. Tutte quelle telefonate, le giornate a Londra, le lettere... Ti avevo detto di non scrivermi.»

«Le ha lette?»

«No. Ma non è stupido. E parla con il postino. Ogni volta che ricevo una lettera da Londra scritta a mano, come minimo lo viene a sapere prima di me. Comunque sia, ieri sera è venuto tutto a galla. Mi ha accusata più o meno velatamente di avere un altro.»

«Non gli avrai raccontato di me?»

«Temi che venga a cercarti con il frustino in mano? Non mi stupirebbe. Comunque no, non gli ho detto nulla.»

«Ti ha fatto male?»

«No.» Si tolse gli occhiali da sole. Aveva l'aria stanca, ma nessun livido. «È stato solo sgradevole. Come sempre, quando si tratta di lui.»

«Perché non lo lasci?»

«Perché non ho un soldo. Devi capire che l'indole vendicativa di mio marito ha la portata del canale di Panama. Se provassi a piantarlo, si circonderebbe di avvocati. Farebbe in modo di sbattermi fuori da Pye Hall con solo i vestiti che indosso.»

«I soldi li ho io.»

«Non credo proprio, caro. Certo non abbastanza.»

Era vero. Dartford si occupava di finanza, non aveva un vero e proprio lavoro. Si dilettava. Faceva investimenti. Ma di recente aveva avuto sfortuna e si augurava che Frances Pye non avesse idea di quanto fosse vicino a toccare il fondo. Non poteva permettersi di sposarla. Non poteva permettersi di fuggire con lei. Per come stavano le cose al momento, poteva a malapena permettersi il pranzo.

«Com'era il Sud della Francia?» chiese, cambiando argomento. Era lì che si erano conosciuti, giocando insieme a tennis.

«Noioso. Avrei preferito di gran lunga che ci fossi anche tu.»

«Non ho dubbi. Hai giocato a tennis?»

«Non proprio. A essere sincera, sono stata felice di ripartire. Abbiamo ricevuto una lettera a metà settimana. Una donna a Pye Hall è inciampata in un cavo ed è caduta dalle scale rompendosi l'osso del collo.»

«Oh, mio Dio! Freddy era lì?»

«No. Era a casa di amici a Hastings. Non è ancora tornato, a dire il vero. Non sembrava averne molta voglia.»

«Non lo biasimo. Ma chi era la donna?»

«La domestica. Mary Blakiston. Lavorava per noi da anni e sarà quasi impossibile rimpiazzarla. Ma non è tutto. Quando poi sabato siamo rientrati, abbiamo scoperto di essere stati derubati.»

«No!»

«Giuro. Tutta colpa del giardiniere, così almeno crede la polizia. Ha sfondato il vetro della porta sul retro della casa. È stato costretto, per permettere alla dottoressa di entrare.»

«E perché vi serviva un medico?»

«Non mi stai seguendo, Jack. Per la donna morta. Brent, il giardiniere, l'aveva vista dalla finestra, riversa a terra. Ha chiamato la dottoressa e insieme si sono introdotti in casa per soccorrerla. Be', ovviamente non c'era più niente da fare. Ma poi lui ha lasciato la porta con il vetro rotto. Non si è nemmeno premurato di chiudere il foro con una tavola di legno. Un invito che i ladri hanno accolto più che volentieri, e arrivederci e grazie.»

«Vi hanno portato via molto?»
«No, a me personalmente no. Magnus teneva gran parte degli oggetti di valore in cassaforte e non sono riusciti ad aprirla. Ma hanno messo tutto a soqquadro e fatto un bel po' di danni. Aperto cassetti e rovesciato il contenuto, cose così. Ci sono volute tutta la domenica e la giornata di ieri per rimettere in ordine.» Allungò la mano con la sigaretta e Dartford le avvicinò il posacenere. «Avevo lasciato alcuni gioielli sul comodino che sono spariti. Si prova un certo disagio nel sapere che degli estranei hanno frugato nella tua camera da letto.»
«Lo credo.»
«E hanno rubato il prezioso bottino di Magnus. Non era per niente contento.»
«Che bottino?»
«Roba romana, in gran parte argenteria. Apparteneva alla famiglia da generazioni, fin da quando era stato rinvenuto nella loro proprietà. Proveniva da qualche sito funerario. C'erano anelli, braccialetti, scatolette decorative, monete. Era conservato in una teca di vetro in sala da pranzo. Ovviamente non l'aveva mai fatto assicurare, anche se a quanto pare valeva una fortuna. Be', ormai è tardi...»
«La polizia vi è stata d'aiuto?»
«Figuriamoci. È venuto un tizio da Bath. Ha ficcato il naso ovunque, sprecato un mucchio di polverina per le impronte, fatto domande impertinenti e poi è sparito. Assolutamente inutile.»
Arrivò il cameriere con il bicchiere di vino. Dartford aveva bevuto un Campari soda. Ne ordinò un altro. «Un peccato che non fosse Magnus» commentò, quando il cameriere se ne fu andato.
«Che vuoi dire?»
«La donna caduta dalle scale. Un peccato che non sia successo a lui.»
«È una cosa orribile da dire.»
«Davo solo voce ai tuoi pensieri, mia cara. Ti cono-

sco abbastanza bene. Erediteresti baracca e burattini, se Magnus tirasse le cuoia.»

Frances soffiò il fumo della sigaretta e osservò incuriosita il suo compagno. «In realtà, la casa e la proprietà andrebbero tutte a Freddy. Esiste una sorta di vincolo ereditario. Da generazioni.»

«Ma tu saresti a posto per sempre.»

«Oh, sì. Naturalmente avrei diritto all'usufrutto a vita di Pye Hall. L'unica cosa che non potrei fare sarebbe venderla. Ma non accadrà mai. Magnus gode di perfetta salute per la sua età.»

«Sì, Frances. Ma in una casa enorme come quella. Un cavo che attraversa le scale. Non si sa mai cosa possa capitare. I ladri potrebbero tornare a dargli il colpo di grazia.»

«Non starai dicendo sul serio!»

«Era solo un'idea.»

Frances Pye tacque. Quella conversazione era inopportuna, specie in un ristorante affollato. Ma dovette ammettere che Jack aveva ragione. La vita senza Magnus sarebbe stata molto più semplice e decisamente più gradevole. Peccato che i fulmini non cadessero mai due volte nello stesso punto.

Pensandoci bene, tuttavia, perché no?

5

La dottoressa Emilia Redwing si era presa l'impegno di andare a far visita al padre una volta alla settimana, ma non sempre ci riusciva. Se l'ambulatorio era pieno, se doveva effettuare visite a domicilio o chiamate in ospedale, se aveva troppe scartoffie sulla scrivania, era costretta a rimandare. Per un motivo o per l'altro, trovare una scusa era facile. Aveva sempre una buona ragione per rinviare.

Quelle visite erano tutt'altro che piacevoli. Il dottor Edgar Rennard aveva ottant'anni quando la moglie era morta e, pur essendo rimasto a vivere nella sua casa nei pressi di King's Abbott, non era più stato lo stesso. Emilia si era ben presto abituata alle telefonate dei vicini. Lo trovavano a vagare per le strade. Non si nutriva in maniera adeguata. Era confuso. All'inizio, lei aveva provato a convincersi che quel comportamento derivasse dal dolore e dalla solitudine cronici, ma quando si presentarono i sintomi fu costretta a formulare l'ovvia diagnosi. Suo padre soffriva di demenza senile. Non sarebbe migliorato. Anzi, la prognosi era delle peggiori. Emilia aveva considerato brevemente l'idea di ospitarlo a casa propria a Saxby-on-Avon, però non sarebbe stato giusto nei confronti di Arthur, e in ogni caso lei non avrebbe potuto prendersi cura di un uomo anziano a tempo pieno. Ricordava ancora il senso di colpa, di fallimento, che aveva provato accompagnandolo per la prima volta alla Ashton House, un ospedale della valle di Bath convertito in casa di cura subito dopo la guerra. Strano a dirsi, era stato più semplice convincere il padre che se stessa.

Non era la giornata ideale per affrontare i quindici minuti di strada fino a Bath. Joy Sanderling era andata a Londra, a incontrare qualcuno per una faccenda che aveva definito personale. Il funerale di Mary Blakiston era stato celebrato solo cinque giorni prima e nel villaggio circolava un'impalpabile inquietudine che, Emilia lo sapeva per esperienza, avrebbe potuto concretizzarsi in nuove chiamate d'emergenza per lei. L'infelicità contagiava le persone proprio come l'influenza, e persino il furto a Pye Hall, a suo avviso, si riconduceva a quello stato di malessere generale. Ma non poteva più rimandare la visita. Il martedì precedente, Edgar Rennard era caduto. Il medico della struttura lo aveva visitato e le aveva assicurato che non c'erano lesioni gravi. Ciononostante, il padre chiedeva di lei. Si rifiutava di mangiare. Al telefono la direttrice della Ashton House l'aveva pregata di passare a trovarlo.

In quel momento Emilia era con lui. Lo avevano fatto scendere dal letto, ma solo per accompagnarlo alla sedia vicino alla finestra dove si trovava ora, in vestaglia, così magro e avvizzito che le veniva da piangere. Era sempre stato un uomo forte, robusto. Quando Emilia era bambina, le sembrava che il padre portasse il mondo intero sulle spalle. Quel giorno aveva impiegato cinque minuti buoni a riconoscerla. Lei sapeva che la malattia si era insinuata tra loro. Non tanto perché l'uomo stesse morendo. Quanto perché sembrava aver perso la voglia di vivere.

«Devo dirglielo...» esordì l'anziano. Aveva la voce roca. Le labbra faticavano ad articolare le parole. Aveva già pronunciato quella frase due volte, ma non riusciva ancora a farsi capire.

«Di chi stai parlando, papà? Che cosa devi dire?»

«Lei deve sapere cos'è successo... che cosa ho fatto.»

«Cosa intendi? Di chi stai parlando? C'entra la mamma?»

«Lei dov'è? Dov'è tua madre?»

«Non è qui.» Emilia se la prese con se stessa. Non avrebbe mai dovuto menzionarla. Avrebbe solo confuso ulteriormente il padre anziano. «Cosa stai cercando di dirmi, papà?» chiese in tono più calmo.

«È importante. Non mi resta molto tempo.»

«Sciocchezze. Starai benissimo. Devi solo sforzarti di mangiare qualcosa. Posso chiedere alla direttrice di farti avere un panino, se vuoi. Ti faccio compagnia mentre lo mangi.»

«Magnus Pye...»

Curioso che il padre pronunciasse quel nome. Certo, aveva conosciuto Sir Magnus quando lavorava a Saxby-on-Avon. Aveva in cura l'intera famiglia. Ma perché nominarlo proprio ora? Che Sir Magnus avesse a che fare con ciò che era successo, qualunque cosa il padre si stesse sforzando di spiegarle? Il problema della demenza era che, oltre a creare immensi buchi nella memoria, confondeva anche i ricordi. Edgar avrebbe potuto riferirsi a un evento accaduto in un lasso di tempo che poteva andare da cinque anni a cinque giorni prima. Per lui, era lo stesso.

«Cosa c'entra Sir Magnus?» gli chiese.

«Chi?»

«Sir Magnus Pye. L'hai appena nominato. Volevi dirmi qualcosa.»

Ma i suoi occhi erano velati dal solito sguardo vacuo. Si era ritirato nel mondo in cui ormai viveva, ovunque fosse. La dottoressa Emilia Redwing si trattenne per altri venti minuti, ma il padre ne notò a malapena la presenza. Dopodiché, lei scambiò due parole con la direttrice e se ne andò.

Guidò verso casa sopraffatta dall'apprensione, ma quando infine ebbe parcheggiato l'automobile, il pensiero del padre era già sbiadito. Arthur si era offerto di preparare la cena quella sera. Probabilmente avrebbero guardato un episodio di *Life with the Lyons* in televisione e sarebbero andati a letto presto. Emilia aveva già controllato la lista degli appuntamenti per l'indomani e la aspettava una giornata intensa.

Aprì la porta e sentì puzza di bruciato. In un primo momento si allarmò, ma non c'era fumo e in un certo senso l'odore sembrava distante, come il ricordo di un incendio più che un fuoco vivo. Andò in cucina e trovò Arthur seduto a tavola – accasciato, in realtà – a bere whisky. Non aveva neppure tirato fuori le padelle ed Emilia comprese all'istante che qualcosa non andava. Arthur non sapeva gestire le delusioni. Senza volerlo, le amplificava. Ma cos'era successo? La dottoressa Redwing spostò lo sguardo oltre il marito e vide un quadro appoggiato alla parete, la cornice di legno carbonizzata, la tela in gran parte consumata. Era il ritratto di una donna. Lo aveva chiaramente dipinto lui, Emilia ne riconobbe subito lo stile, ma faticò a capire chi fosse il soggetto.

«Lady Pye» mormorò Arthur, rispondendo alla domanda prima che lei avesse il tempo di formularla.

«Cos'è successo? Dove l'hai trovato?»

«A Pye Hall… In un falò accanto al roseto.»

«Che cosa ci facevi lì?»

«Solo due passi. Ho attraversato Dingle Dell e non vedendo nessuno nei paraggi ho pensato di raggiungere la strada principale tagliando dal parco. Non so cosa mi abbia spinto a farlo. Forse era destino.» Bevve un altro sorso. Non era ubriaco. Usava il whisky per sostenersi. «Brent non c'era. Non si vedeva anima viva. Solo quel maledetto ritratto gettato tra i resti del fuoco.»

«Arthur…»

«Be', è roba loro. Lo hanno pagato. Possono farne ciò che vogliono.»

Emilia lo ricordava bene. Sir Magnus aveva commissionato il ritratto per il quarantesimo compleanno della moglie, e lei ne era stata felice, anche dopo aver appreso la misera cifra offerta da Sir Magnus. Era comunque una commessa importante. Significava molto per l'autostima di Arthur, che si era subito messo all'opera con entusiasmo. Aveva ritratto Frances Pye in giardino, sullo sfondo di Dingle Dell, in sole tre sedute. Gli era stato concesso un lasso di tempo a malapena sufficiente e, come se non bastasse, Lady Pye aveva posato controvoglia. Ma persino lei era rimasta colpita dal dipinto finito: il ritratto esaltava tutti i suoi pregi e la mostrava rilassata, quasi sorridente, sicura di sé. Arthur aveva provato una tacita soddisfazione per il risultato e all'epoca anche Sir Magnus, che l'aveva appeso in bella mostra nell'immenso atrio della villa.

«Dev'essere stato un errore» disse Emilia. «Perché avrebbero dovuto gettarlo via?»

«Lo stavano bruciando» replicò Arthur con tono brusco. Indicò la tela con un gesto vago. «E sembra che prima l'abbiano anche fatto a pezzi.»

«Si può recuperare? Posso esserti d'aiuto in qualche modo?»

Conosceva già la risposta. Si erano salvati gli occhi imperiosi della donna, i capelli scuri, sciolti, un lembo di spalla. Ma gran parte del dipinto era annerita. La tela era stata squarciata e poi data alle fiamme. Nemmeno lei l'avrebbe voluta in casa.

«Scusa» mormorò Arthur. «Non ho preparato la cena.» Svuotò il bicchiere e uscì dalla stanza.

6

«Hai letto qui?»

Robin Osborne aveva in mano una copia del «Bath Weekly Chronicle» e la moglie Henrietta non l'aveva mai visto così arrabbiato. Aveva davvero un'aria da Vecchio Testamento, pensò, con quei capelli neri lunghi fino al collo, il viso pallido e gli occhi accesi di rabbia. Mosè doveva aver avuto un aspetto simile davanti al vitello d'oro. Oppure Giosuè mentre faceva crollare le mura di Gerico. «Vogliono demolire Dingle Dell!»

«Di che vai parlando?» Henrietta aveva preparato due tazze di tè. Le posò e si avvicinò al marito.

«Sir Magnus Pye lo ha venduto per favorire lo sviluppo urbano. Costruiranno una strada e otto case nuove.»

«Dove?»

«Proprio lì!» Il vicario indicò oltre la finestra. «In fondo al nostro giardino! D'ora in poi sarà quella la nostra vista, una schiera di case moderne! *Lui* non le vedrà, ovviamente. Se ne starà dall'altra parte del lago e di sicuro lascerà alcuni alberi a fargli da schermo. Tu e io, invece...»

«Non può farlo, no?» Henrietta gli girò attorno per leggere i titoli. «Nuove case a Saxby-on-Avon.» Un'interpretazione fin troppo ottimistica per un simile scempio. Le mani del marito tremavano visibilmente mentre reggeva il giornale. «Il terreno è tutelato!» esclamò lei.

«Non ha importanza se è tutelato o no. Pare che abbia il permesso. Sta succedendo la stessa cosa in tutto il Paese. Qui dice che i lavori avranno inizio prima di fine estate. Significa il mese prossimo o il successivo. E non possiamo farci niente.»

«Possiamo scrivere al vescovo.»

«Il vescovo non interverrà. Non lo farà nessuno.»

«Possiamo sempre tentare.»

«No, Henrietta. È troppo tardi.»

Quella sera, mentre preparavano la cena insieme, il marito era ancora turbato.

«Che uomo orribile, orribile. Se ne sta seduto in quella gigantesca dimora, a guardarci tutti dall'alto in basso… come se avesse fatto qualcosa per meritarselo. Ha solo ereditato tutto dal padre, come il padre prima di lui. Siamo nel 1955, santo cielo. Non è più il Medioevo! Certo, avere quei maledetti Tory ancora al governo non aiuta, ma avrei creduto che fossimo ormai lontani dai giorni in cui la gente veniva premiata con ricchezze e potere per una mera questione di nascita. Quando mai Sir Magnus ha fatto qualcosa per gli altri? Guarda la parrocchia! Abbiamo il tetto che perde, un nuovo impianto di riscaldamento che non possiamo permetterci e lui non ha mai cavato di tasca più di uno scellino. Non partecipa neppure alle funzioni in chiesa, la stessa in cui è stato battezzato. Oh! E ha un lotto riservato al cimitero. Prima ci finisce dentro e meglio è, se vuoi la mia opinione.»

«Sono sicura che non parli sul serio, Robin.»

«Hai ragione, Hen. È stato un commento ignobile da parte mia, ho sbagliato.» Osborne tacque e prese un respiro. «Non sono contrario all'espansione edilizia di Saxby-on-Avon. Anzi, è importante che il villaggio si tenga stretti i suoi giovani. Ma lo sviluppo urbano non ha niente a che vedere con questo progetto. Dubito che chi abita qui potrà mai permettersi le nuove case. E tieni bene a mente le mie parole. Saranno delle orribili costruzioni moderne, che stoneranno completamente con il resto.»

«Non puoi opporti al progresso.»

«Lo chiami progresso? Distruggere un bosco e un parco meravigliosi che esistono da un migliaio di anni? Francamente, mi stupisce che sia riuscito nell'intento. Abbiamo sempre amato Dingle Dell, da che siamo qui. Sai bene cosa significa per noi. Ebbene, tra un anno, se il progetto andrà avanti, ci ritroveremo con a fianco uno stradone provinciale.» Posò il pelapatate e si tolse il grembiule. «Vado in chiesa» annunciò di punto in bianco.

«E la cena?»

«Non ho fame.»

«Vuoi che ti accompagni?»

«No. Grazie, mia cara. Ho bisogno di riflettere.» Si mise la giacca. «Devo chiedere perdono.»

«Non hai fatto nulla.»

«Ho detto cose che non avrei dovuto dire. E nella testa poi ho certi pensieri che non dovrei avere. Provare odio per il prossimo… è una cosa terribile.»

«Certa gente lo merita.»

«Senza dubbio. Ma Sir Magnus è un essere umano come tutti. Pregherò che cambi idea.»

Uscì dalla stanza. Henrietta sentì la porta d'ingresso aprirsi e richiudersi, poi cominciò a riordinare la cucina. Era profondamente preoccupata per il marito e sapeva benissimo cosa avrebbe significato per loro perdere Dingle Dell. Ma che poteva fare? Magari se fosse andata lei a parlare con Sir Magnus…

Nel frattempo Robin Osborne percorreva High Street in bicicletta, diretto verso la parrocchia. La sua bici era la barzelletta del villaggio, un vecchio e orribile ammasso di ferraglia con le ruote traballanti e il telaio che pesava una tonnellata. Aveva un cestino appeso al manubrio, in genere pieno di libri di preghiere e verdura fresca che lui stesso coltivava nell'orto e che amava distribuire alle persone più svantaggiate della congregazione. Quella sera era vuoto.

Mentre pedalava verso la piazza, superò Johnny Whitehead e la moglie che passeggiavano a braccetto diretti al Queen's Arms. La coppia non frequentava spesso la chiesa, certamente non più del dovuto. Si limitavano, come in molti altri frangenti della vita, a mantenere le apparenze, e fu proprio in ossequio a questo loro principio che salutarono a gran voce il vicario. Lui li ignorò. Lasciò la bici all'ingresso del cimitero e si affrettò a sparire all'interno della chiesa.

«Che gli succede?» chiese Johnny a voce alta. «Non sembrava affatto felice.»

«Sarà per il funerale» suggerì Gemma Whitehead. «Non è mai divertente seppellire qualcuno.»

«No. I preti ci sono abituati. Anzi, ci provano gusto. I funerali li fanno sentire importanti.» Osservò la strada. Accanto alla chiesa di St Botolph, le luci dell'officina si spensero. Johnny vide Robert Blakiston attraversare il cortile. Stava chiudendo. Controllò l'ora. Erano le sei in punto. «Il pub è aperto» disse. «Andiamo.»

Era di buonumore. Gemma lo aveva lasciato andare a Londra quel giorno, nemmeno lei poteva costringerlo a passare tutta la vita a Saxby-on-Avon, ed era stato bello tornare a bazzicare i luoghi di un tempo e rivedere i vecchi amici. Ma soprattutto gli era piaciuto ritrovare la città, con il suo traffico e la polvere e l'aria inquinata. Gli piaceva il rumore. La gente che andava e veniva. Aveva fatto del suo meglio per abituarsi alla campagna, ma nel villaggio continuava a sentirsi vivo quanto una zucchina ripiena. Rivedere Derek e Colin, bere un paio di birre insieme, bighellonare per Brick Lane era stato come riscoprire se stesso, ed era pure tornato a casa con cinquanta sterline in saccoccia. Una sorpresa anche per lui, ma Colin non ci aveva pensato due volte.

«Bella roba, Johnny. Argento puro e vecchiotto, per

di più. Lo hai rubato in qualche museo, eh? Dovresti venire a trovarci più spesso!»

Insomma, quella sera avrebbe pagato da bere a tutti anche se l'atmosfera al Queen's Arms era allegra quanto al cimitero di fianco. Dentro c'erano un paio di compaesani. Tony Bennett se ne stava davanti al jukebox. Johnny tenne la porta aperta alla moglie e fecero il loro ingresso nel locale.

7

Joy Sanderling era sola nella stanza dell'ambulatorio della dottoressa Redwing in cui erano custoditi anche i farmaci.

Era entrata con le proprie chiavi. Aveva il permesso di accedere a tutti i locali dello studio medico a eccezione dell'armadietto dei farmaci pericolosi, che tuttavia era in grado di aprire sapendo dove la dottoressa teneva le chiavi di riserva. Aveva già deciso cosa fare. Il solo pensiero le faceva accelerare il battito del cuore, ma era determinata ad andare fino in fondo.

Prese un foglio da un cassetto e lo infilò nella macchina da scrivere, un'Olympia SM2 De Luxe che le era stata fornita al momento dell'assunzione. Era un modello portatile. Usandola parecchio, Joy ne avrebbe preferita una più solida, ma lamentarsi non era nella sua natura. Abbassò lo sguardo sulla pagina bianca che stava avvolgendo nel rullo e per un attimo ripensò alla sua visita a Tanner Court e all'incontro con Atticus Pünd. Il famoso detective l'aveva delusa, ma non gli serbava rancore. Era stato gentile a riceverla, tanto più che le aveva dato l'impressione di non stare molto bene. Era abituata a vedere gente malata. Da quando lavorava in ambulatorio aveva sviluppato una sorta di intuito. Percepiva al volo se si trattava di qualcosa di serio, prima ancora che il paziente entrasse dalla dottoressa, e infatti aveva capito all'istante che anche a Pünd serviva aiuto. Non che la cosa la riguardasse, naturalmente. Ma aveva ragione lui. Riflettendoci adesso, Joy comprendeva perfettamente che arrestare l'ondata di pettegolezzi maligni del villaggio era impossibile. Il detective non avrebbe potuto fare nulla per contrastarla.

Lei invece poteva fare qualcosa.

Scelse le parole con cura e cominciò a scrivere. Non ci mise molto. Tre o quattro righe sarebbero bastate. Quando ebbe finito, esaminando la scritta nero su bianco che aveva davanti agli occhi, si domandò se fosse davvero il caso di proseguire. Non vedeva alternative.

Percependo un movimento davanti a sé, alzò lo sguardo e vide Robert Blakiston oltre il bancone della sala d'attesa con addosso la tuta da lavoro macchiata d'olio e grasso. Joy era così concentrata che non l'aveva neppure sentito entrare. Assalita dal senso di colpa, afferrò il foglio dalla macchina da scrivere e lo capovolse sulla scrivania.

«Che ci fai qui?» chiese.

«Sono passato a trovarti» rispose lui. Giusto, doveva aver appena chiuso l'officina ed era corso subito da lei. Non gli aveva detto niente della sua visita a Londra. Ufficialmente era rimasta in ambulatorio tutto il giorno.

«Com'è andata oggi?» domandò allegra.

«Non male.» Robert lanciò un'occhiata alla lettera a faccia in giù. «Che cos'è?» Il tono sospettoso le fece capire di averla girata troppo in fretta.

«Solo un appunto per la dottoressa Redwing» rispose. «Una nota privata. Cose mediche.» Detestava mentirgli, ma non gli avrebbe mai e poi mai rivelato il contenuto.

«Ti va di bere qualcosa?»

«No. Devo tornare da mamma e papà.» Notò un'ombra attraversargli il viso e per un attimo si allarmò. «Qualcosa non va?» chiese.

«Non proprio. È che avevo voglia di stare un po' con te.»

«Quando saremo sposati staremo tutto il tempo insieme, e nessuno potrà impedircelo.»

«Già.»

Joy fu quasi sul punto di cambiare idea. Sarebbe potuta uscire con lui. Ma la madre aveva preparato una cena speciale e Paul, suo fratello, si agitava quando lei tardava. Aveva promesso di leggergli una storia quella sera, prima di andare a dormire. Gli piaceva molto. Afferrando la lettera, Joy si alzò e attraversò la porta per raggiungere Robert dall'altra parte. Sorrise e lo baciò sulla guancia. «Presto saremo il signore e la signora Blakiston, vivremo insieme e non ci separeremo mai più.»

Di colpo lui la afferrò, cingendola con entrambe le mani tanto da farle male. Poi la baciò, e Joy vide che aveva le lacrime agli occhi. «Non sopporterei di perderti» disse Robert. «Sei tutto per me. Dico sul serio, Joy. Conoscerti è stata la cosa migliore che potesse mai capitarmi e non permetterò a nessuno di separarci.»

Lei sapeva a cosa si riferiva. Il villaggio. Le voci.

«Non m'interessa cosa dice la gente» lo rassicurò. «E comunque, non dobbiamo per forza rimanere a Saxby. Possiamo trasferirci dove ci pare.» Si rese conto che era esattamente quello che aveva suggerito Pünd. «Ma rimarremo qui» aggiunse. «Vedrai. Si sistemerà tutto.»

Si separarono poco dopo. Lui rientrò nel suo appartamentino per farsi una doccia e cambiarsi. Ma lei non andò a casa. Non subito, almeno. Aveva ancora in mano il biglietto che aveva appena scritto. Doveva essere consegnato.

8

Nello stesso esatto momento, poco più avanti lungo la via, Clarissa Pye sentì suonare alla porta. Stava preparando la cena, un prodotto nuovo appena arrivato all'emporio: bastoncini di pesce surgelato già impanati. Aveva appena versato l'olio nella padella, ma per fortuna non aveva ancora messo a cuocere i bastoncini. Il campanello suonò di nuovo. Posò la confezione sul ripiano della cucina e andò ad aprire.

Oltre il vetro smerigliato della porta d'ingresso si intravedeva una figura scura e distorta. Un rappresentante a quell'ora della sera? Di recente si erano diffusi per il villaggio come una piaga, simili alle locuste che si erano abbattute sull'Egitto. Aprì con un certo disagio, felice che la catenella di sicurezza fosse inserita, e sbirciò attraverso la fessura. Davanti a lei c'era il fratello, Magnus Pye. La Jaguar azzurra parcheggiata alle sue spalle lungo Winsley Terrace.

«Magnus?» Era così sorpresa che non sapeva cosa dire. Le aveva fatto visita soltanto in due occasioni, una delle quali era ammalata. Non aveva partecipato al funerale della domestica e lei non l'aveva ancora visto da quando era tornato dalla Francia.

«Ciao, Clara. Posso entrare?»

La chiamava così da quando erano bambini. Quel nome le ricordò il ragazzino che era stato un tempo e l'uomo che era diventato. Perché si era fatto crescere quell'orribile barba? Nessuno gli aveva mai detto che non gli donava affatto? Che lo faceva sembrare una specie di aristocratico pazzo uscito da un cartone animato? Aveva gli occhi leggermente velati e i capillari rossi sulle guance. Era chiaro che beveva troppo. E come era vestito! Sembrava appena tornato da una partita a golf, con quei pantaloni ampi infilati nei calzini e il cardigan giallo canarino. Era quasi impossibile credere che fossero fratello e sorella… anzi, di più. Gemelli. Forse era per via delle strade diverse che la vita gli aveva riservato in quei cinquantatré anni, ma tra loro non c'era più alcuna somiglianza, se mai c'era stata.

Clarissa chiuse la porta, tolse la catenella e riaprì. Magnus sorrise, anche se quel fremito delle labbra avrebbe potuto significare qualunque cosa, e varcò la soglia. Clarissa stava per condurlo in cucina, ma ricordò la confezione di bastoncini surgelati accanto ai fornelli e optò per la direzione opposta. Sinistra o destra. La casa al numero 4 di Winsley Terrace non era certo Pye Hall. Le opzioni erano limitate.

Si accomodarono in salotto, una stanza pulita e accogliente con la moquette fantasia, un divano, due poltrone e una finestra a bovindo. C'erano anche una stufa elettrica e un televisore. Per un attimo rimasero in piedi, a disagio.

«Come stai?» chiese Magnus.

Perché voleva saperlo? Che cosa gliene importava? «Molto bene, grazie» rispose Clarissa. «E tu? Frances?»

«Oh. Lei sta bene. È andata a Londra… a fare compere.»

Un'altra pausa imbarazzante. «Posso offrirti qualcosa da bere?» domandò Clarissa. Forse era solo una visita di cortesia. Non riusciva a immaginare quale altra ragione potesse averlo condotto lì.

«Sì, volentieri. Che cos'hai?»

«Dello sherry.»

«Grazie.»

Magnus si sedette. Clarissa raggiunse la credenza nell'angolo e prese una bottiglia. Era lì da Natale. Chissà se lo sherry aveva una scadenza. Ne versò due bicchieri, li annusò, poi tornò dal fratello. «Ho saputo dei ladri, mi dispiace» disse.

Magnus scrollò le spalle. «Già. Non è stato un rientro piacevole.»

«Quando siete tornati dalla Francia?»

«Sabato sera. Siamo entrati e abbiamo trovato la casa sottosopra. È stato quell'idiota di Brent, non ha riparato la porta sul retro. Sono felice di essermi liberato di lui. Mi dava sui nervi da un pezzo. Non è male come giardiniere, ma non mi è mai piaciuto il suo atteggiamento.»

«Lo hai licenziato?»

«Per lui è giunta l'ora di guardare avanti.»

Clarissa sorseggiò il suo sherry. Le rimase incollato alle labbra quasi fosse riluttante a entrare in bocca. «Ho sentito che hanno rubato parte dell'argenteria.»

«Quasi tutta, in realtà. Se devo essere sincero, non è un momento facile... dopo quello che è successo.»

«Ti riferisci a Mary Blakiston.»

«Sì.»

«Mi è dispiaciuto non vederti al funerale.»

«Già. Un peccato. Non ne sapevo niente...»

«Credevo che il reverendo ti avesse scritto.»

«È così, ma ho ricevuto il suo messaggio troppo tardi. Maledette poste francesi. A dire il vero, era proprio di questo che volevo parlarti.» Non aveva ancora toccato lo sherry. Si guardava attorno come se vedesse la stanza per la prima volta. «Ti piace stare qui?»

La domanda la colse di sorpresa. «Non è male» rispose, poi aggiunse con più convinzione: «Anzi, sono molto felice di vivere qui».

«Sul serio?» domandò lui incredulo.

«Be', sì.»

«Perché, sai, il punto è che ora che il vecchio cottage è vuoto...»

«Ti riferisci alla casa del custode di Pye Hall?»

«Sì.»

«E vorresti che mi trasferissi lì?»

«Ci ho riflettuto sul volo di ritorno. Quella di Mary Blakiston è stata una vera disgrazia. Ero affezionato a lei, sai. Era una brava cuoca, una brava domestica, ma soprattutto era discreta. Quando ho saputo di quel maledetto incidente, ho capito che sarebbe stato difficile rimpiazzarla. Ma poi ho pensato a te...»

Clarissa avvertì un brivido freddo lungo il corpo. «Magnus, mi stai forse offrendo il suo posto?»

«Perché no? Lavori a malapena da quando sei tornata dall'America. Senz'altro la scuola non ti paga granché e un po' di denaro ti farebbe comodo. Se ti trasferissi nel cottage, potresti vendere questa casa e magari tornare a vivere in villa ti renderebbe felice. Ti ricordi quando ci rincorrevamo intorno al lago? E le partite a croquet sul prato! Naturalmente dovrei prima parlarne con Frances. Non gliel'ho ancora accennato. Ho preferito chiederlo prima a te. Che ne dici?»

«Posso pensarci?»

«Naturalmente. Era solo un'idea, ma potrebbe funzionare.» Sollevò il bicchiere, ma subito ci ripensò e tornò a posarlo. «È sempre bello vederti, Clara. Sarebbe splendido se tornassi a casa.»

In qualche modo Clarissa riuscì a riaccompagnarlo alla porta e rimase a osservarlo mentre saliva sulla Jaguar e si allontanava. Le mancava il fiato. Persino parlare con lui le era costato uno sforzo immane. La nausea stava prendendo il sopravvento, un'ondata dopo l'altra. Aveva spasmi alle mani. Non avrebbe mai pensato che si potesse davvero «tremare di rabbia» in quel modo.

Magnus le aveva offerto un lavoro, per fargli da serva. Per lavargli i pavimenti e fargli il bucato... buon Dio! Lei era sua sorella. Era nata in quella casa. Ci aveva vissuto per oltre vent'anni, mangiando alla stessa tavola di suo fratello. L'aveva lasciata solo dopo la morte dei genitori e le nozze di Magnus, due eventi che si erano susseguiti con una rapidità vergognosa. Da quel momento in poi per lui aveva smesso di esistere. E ora quella richiesta!

Nell'ingresso era appesa una riproduzione della *Vergine delle rocce* di Leonardo da Vinci. Per un attimo la Madonna parve quasi distogliere lo sguardo dal piccolo Giovanni Battista per rivolgerlo allarmata a Clarissa Pye che saliva al primo piano pestando i piedi, gli occhi intrisi di vendetta.

Non stava di certo andando a pregare.

9

Alle otto e mezza, era già calato il buio su Saxby-on-Avon.

Brent aveva lavorato fino a tardi. Oltre al prato e alle erbacce varie, aveva dovuto spuntare cinquanta varietà di rose e potare i tassi. Dopo aver riposto la carriola e gli attrezzi nella rimessa, aveva costeggiato il lago e lasciato la proprietà passando da Dingle Dell, lungo un sentiero che portava verso la canonica e poi al Ferryman, il secondo pub del villaggio, all'altezza dell'incrocio.

Fu solo quando ebbe raggiunto i margini del bosco che qualcosa lo indusse a voltarsi. Aveva sentito un rumore. Controllò velocemente in direzione della villa strizzando gli occhi nell'oscurità. Al piano terra c'erano un paio di luci accese, ma nessun accenno di movimento. A quanto ne sapeva, Sir Magnus Pye era solo in casa. Era tornato dal villaggio un'ora prima, ma la moglie era stata a Londra tutto il giorno e la sua automobile non era ancora rientrata in garage.

Brent vide una sagoma imboccare il viale d'ingresso dal cancello principale. Era un uomo, solo. Nonostante la vista buona e la luna alta nel cielo, non riuscì a distinguere se fosse di qualcuno del posto. Difficile dirlo con quel cappello che gli copriva gran parte del volto. Ma c'era qualcosa di strano nella sua andatura. Sembrava muoversi furtivo, con la schiena curva, come per non farsi vedere. Era tardi per una visita a Sir Magnus. Brent si domandò se non fosse il caso di tornare indietro. C'era stato il furto, lo stesso giorno del funerale, e tutti erano in allerta. Avrebbe impiegato meno di un minuto ad attraversare il prato per tornare a controllare che fosse tutto a posto.

Decise tuttavia di lasciar perdere. Dopotutto, non era certo affar suo chi facesse visita a Pye Hall, e dopo la discussione con Sir Magnus quello stesso pomeriggio e le parole che lui gli aveva rivolto non provava il minimo senso di lealtà, né nei suoi confronti né della moglie. Davano la sua presenza per scontata. Brent lavorava per loro da anni, dalle otto di mattina fino a sera inoltrata, senza mai ricevere una parola di ringraziamento e per un salario francamente ridicolo. In genere non frequentava mai il pub durante la settimana, ma dopo tutto quel trambusto aveva deciso di spendere i dieci scellini che aveva in tasca in un bel piatto di *fish and chips* da annaffiare con due pinte di birra. Il Ferryman si trovava in fondo al villaggio. Era una bettola fatiscente, molto meno raffinata del Queen's Arms, ma lì lo conoscevano tutti. Si sedeva sempre allo stesso tavolo accanto alla finestra e nel successivo paio d'ore scambiava due parole con il barista, che per lui equivalevano a un'intera conversazione. Si tolse di mente lo sconosciuto e proseguì per la sua strada.

Venticinque minuti dopo, ancora sulla via per il pub, fece un altro incontro curioso. Sbucando dal bosco, si imbatté in una donna sola e scarmigliata che gli andava incontro. Si trattava di Henrietta Osborne, la moglie del vicario. Chiaramente era uscita di casa in fretta e furia. Si era buttata sulle spalle un giaccone azzurro da uomo, con molta probabilità del marito, e aveva i capelli arruffati. Sembrava distratta.

Lo notò. «Oh, buonasera, Brent» gli disse. «Ancora in giro a quest'ora?»

«Sto andando al pub.»

«Davvero? Mi chiedevo se… Stavo cercando mio marito. Lo ha per caso visto?»

«No.» Brent scosse il capo, chiedendosi perché il vicario fosse uscito a quell'ora. Che avessero discusso? Poi ricordò. «C'era qualcuno a Pye Hall, signora Osborne. Magari era lui.»

«Pye Hall?»

«Stava proprio entrando.»

«Non capisco cosa possa esserci andato a fare.» Sembrava nervosa.

«Non sono sicuro che fosse lui.» Brent si strinse nelle spalle.

«Be', buonanotte.» Henrietta si voltò e tornò sui suoi passi per tornare a casa.

Un'ora dopo, Brent era seduto davanti al suo *fish and chips* e sorseggiava la seconda pinta. Il locale era saturo di fumo di sigaretta. La musica del juke-box era alta, ma nella pausa tra due dischi sentì passare una bicicletta diretta verso l'incrocio. Faceva un baccano inconfondibile. Non si era sbagliato, allora. Il vicario era stato a Pye Hall e ora stava rincasando. Si era trattenuto parecchio. Brent ripensò all'incontro con Henrietta Osborne. La donna era preoccupata per qualcosa. Cosa poteva essere successo? Be', non erano certo affari suoi. Volse lo sguardo e scacciò quei pensieri dalla mente.

Ma sarebbero riaffiorati ben presto.

10

Atticus Pünd lesse la notizia sul «Times» la mattina seguente.

BARONETTO ASSASSINATO

Intervento della polizia nel villaggio di Saxby-on-Avon, Wiltshire, in seguito alla morte di Sir Magnus Pye, ricco possidente locale. L'ispettore Raymond Chubb, portavoce della centrale di Bath, ha confermato che si è trattato di omicidio. Sir Magnus lascia la moglie Lady Frances Pye e il figlio Frederick.

Era seduto nel suo salottino di Tanner Court e fumava una sigaretta. James Fraser gli aveva portato il giornale e una tazza di tè. Tornò proprio in quel momento con un posacenere.

«Hai letto la prima pagina?» domandò Pünd.

«Certo! È terribile. Povera Lady Mountbatten...»

«Come?»

«Le hanno rubato la macchina! Nel bel mezzo di Hyde Park!»

Pünd sorrise con un lieve sconforto. «Non mi riferivo a quella notizia.» Voltò il giornale per mostrarlo all'assistente.

Fraser lesse. «Pye!» esclamò. «Ma non era...?»

«Proprio lui. Il datore di lavoro di Mary Blakiston. Parlavamo di lui in questa stessa stanza appena pochi giorni fa.»

«Una bella coincidenza!»

«Già, è possibile. Le coincidenze esistono. Ma in questo caso non ne sarei così sicuro. Parliamo di morti, di due morti improvvise nella stessa casa. Non lo trovi interessante?»

«Non avrà mica intenzione di andare lì?»

Atticus Pünd rifletté.

Non era certo nei suoi piani sobbarcarsi altro lavoro. Il tempo che gli restava semplicemente non gli avrebbe concesso di farlo. Secondo il dottor Benson poteva contare al massimo su tre mesi di relativa salute, che non era detto bastassero per acciuffare un assassino. In ogni caso, aveva già deciso. Avrebbe impiegato il tempo che gli restava per sistemare alcune faccende personali. C'era la questione del testamento, con il passaggio della proprietà e dei beni. Aveva lasciato la Germania praticamente a mani vuote, ma possedeva una collezione di statuette Meissen del diciottesimo secolo appartenute al padre e miracolosamente scampate alla guerra. Gli sarebbe piaciuto vederle in un museo e aveva già scritto al Victoria and Albert di Kensington al riguardo. Gli sarebbe stato di conforto sapere che il musicista, il predicatore, il soldato, la sarta e tutti gli altri membri della famigliola sarebbero rimasti uniti dopo la sua dipartita. In fondo, erano l'unica famiglia che aveva.

Avrebbe provveduto a un lascito per James Fraser,

che lo aveva assistito negli ultimi cinque casi con lealtà e buonumore, anche se non gli era mai stato di grande aiuto nelle indagini. Voleva lasciare una donazione a diverse associazioni caritatevoli, in particolare al Fondo per gli orfani della Metropolitan and City Police. Ma la cosa più importante era la bozza del suo saggio magistrale, *Lo scenario dell'indagine criminale*. Gli sarebbe servito un altro anno per concluderlo. Allo stato attuale, non era possibile proporlo a un editore. Ma aveva pensato di fascicolare tutti gli appunti, insieme ai ritagli di giornale, alle lettere e ai rapporti della polizia, perché in futuro qualche studente di criminologia potesse assemblare il tutto. Sarebbe stato un peccato averci lavorato tanto per niente.

Erano quelli i suoi piani. Ma se una cosa aveva imparato dalla vita, era proprio la futilità del fare programmi in anticipo. La vita seguiva un piano tutto suo.

Si rivolse a Fraser. «Ho detto alla signorina Sanderling che non potevo aiutarla perché non avevo alcuna ragione ufficiale per presentarmi a Pye Hall» disse. «Ma la ragione si è presentata da sola e vedo che hanno coinvolto anche il nostro vecchio amico, l'ispettore Chubb.» Pünd sorrise. Gli era tornata negli occhi la luce di un tempo. «Prepara i bagagli, James, e vai a prendere la macchina. Si parte.»

TRE

Una bambina

1

Atticus Pünd non aveva mai preso la patente. Non perché fosse ostinatamente all'antica. Si teneva informato sulle ultime scoperte scientifiche e non avrebbe esitato a farne uso… ad esempio per curare la propria malattia. Ma qualcosa nella rapidità del cambiamento, nell'improvviso assalto di macchinari di ogni forma e dimensione, gli suscitava apprensione. Mentre televisori, macchine da scrivere, frigoriferi e lavatrici si diffondevano a macchia d'olio, e persino le campagne si riempivano di tralicci dell'alta tensione, Pünd si domandava se non celassero qualche prezzo da pagare per un'umanità già fortemente messa alla prova da che lui era venuto al mondo. Anche il nazismo, in fondo, era stata una macchina. Pünd non aveva alcuna fretta di abbracciare la nuova era tecnologica.

Così, quando alla fine aveva chinato il capo di fronte all'inevitabile e riconosciuto di avere bisogno di una vettura privata, aveva lasciato l'intera faccenda nelle mani del suo assistente, il quale era rientrato in ufficio con una Vauxhall Velox Saloon quattro porte; un'ottima scelta, come lo stesso Pünd dovette ammettere: solida, affidabile e molto spaziosa. Ovviamente Fraser si era mostrato eccitato come un bambino. L'automobile aveva un motore a sei cilindri, in grado di raggiungere le sessanta miglia orarie in soli ventidue secondi e il sistema di riscaldamento includeva la funzione per sbrinare il parabrezza in inverno. A Pünd bastava che lo portasse dove voleva andare e gli consentisse, grazie al grigio sobrio e anonimo della carrozzeria, di passare inosservato.

La Vauxhall, con James Fraser al volante, si fermò davanti a Pye Hall dopo un viaggio di tre ore filate da Londra. Sul viale d'accesso erano parcheggiate due auto della polizia. Pünd scese e si sgranchì le gambe, grato di essere finalmente fuori dall'angusto abitacolo. Il suo sguardo si posò sulla facciata dell'edificio, grandiosa, elegante, in puro stile inglese, notò il detective. Gli fu sufficiente una sola occhiata per capire che apparteneva alla stessa famiglia da generazioni. Trasmetteva un senso di continuità, di immutato.

«Ecco Chubb» mormorò il suo assistente.

Il volto familiare dell'ispettore comparve sulla soglia. Fraser lo aveva chiamato prima di partire e l'uomo attendeva il loro arrivo. Pasciuto e gioviale, con un paio di baffetti alla Oliver Hardy, indossava un completo che gli cadeva male, insieme a una delle ultime creazioni a maglia della consorte, un cardigan color malva particolarmente infelice. Era ingrassato. Impressione che si aveva sempre nel vederlo. Come aveva affermato una volta Pünd, Chubb aveva l'aria di chi ha appena concluso un pasto particolarmente soddisfacente. Il collega si precipitò giù per i gradini, felice di vederli.

«Herr Pünd!» esclamò. Quell'immancabile *Herr* implicava che le sue origini tedesche fossero in qualche modo una pecca. Come a voler dire: non dimentichiamoci chi ha vinto la guerra. «La vostra telefonata mi ha sorpreso. Non mi dica che aveva anche lei rapporti con il defunto Sir Magnus?»

«Tutt'altro, ispettore» rispose Pünd. «Non lo conoscevo affatto e ho appreso della sua scomparsa solo dai quotidiani questa mattina.»

«Allora qual buon vento la porta qui?» Rivolse lo

sguardo verso James Fraser, come se si fosse accorto della sua presenza solo in quel momento.

«Una curiosa coincidenza.» A dire il vero, il suo assistente lo aveva sentito dire spesso che le coincidenze non esistevano. Un intero capitolo dello *Scenario dell'indagine criminale* esprimeva la convinzione che nella vita tutto seguisse uno schema e che la coincidenza non fosse altro che il momento in cui tale schema affiorava brevemente in superficie. «Ieri ho ricevuto la visita di una giovane del villaggio. Mi ha parlato di un decesso avvenuto in questa stessa casa due settimane fa...»

«Immagino quello della domestica, Mary Blakiston.»

«Esatto. La ragazza era preoccupata per le false accuse che qualcuno sta facendo circolare.»

«Intende che la poveretta è stata uccisa?» Chubb tirò fuori un pacchetto di Players, la marca che fumava sempre, e ne accese una. L'indice e il medio della mano destra erano macchiati, come vecchi tasti di un pianoforte. «Be', posso tranquillizzarla a questo proposito, Herr Pünd. L'ho vista con i miei occhi e le garantisco che si è trattato di un puro e semplice incidente. Stava passando l'aspirapolvere in cima alle scale, si è impigliata nel cavo ed è volata giù. Sul pavimento di pietra del piano terra, purtroppo per lei! Nessuno aveva motivo di ucciderla, e comunque era sola e la casa era chiusa a chiave dall'interno.»

«Che mi dice della morte di Sir Magnus?»

«Be', quella è tutto un altro paio di maniche. Perché non entra a vedere da sé il macello? Già, proprio così... Io finisco questa, se non le dispiace.» Schiacciò la sigaretta tra le labbra e aspirò. «Al momento stiamo vagliando la pista della rapina finita male. Sembra la deduzione più ovvia.»

«Le deduzioni più ovvie sono proprio quelle che cerco di evitare.»

«Certo, lei ha i suoi metodi, Herr Pünd, e non posso

dire che in passato non si siano rivelati utili. Ma qui abbiamo un proprietario terriero che viveva nel villaggio da sempre. È presto per dirlo, ma a quanto mi risulta nessuno nutriva dei rancori nei suoi confronti. Ora, qualcuno è stato qui ieri sera verso le otto e mezza. Lo ha notato Brent, il giardiniere, che stava staccando. Non ha potuto fornirci una descrizione precisa, ma a una prima impressione non gli è parsa una persona del posto.»

«Come fa a esserne sicuro?» domandò Fraser. Era stato ignorato fino a quel momento e sentiva il bisogno di rammentare agli altri la sua presenza.

«Be', è più facile riconoscere qualcuno che hai già incontrato, si sa. Anche senza vederlo in faccia, magari l'andatura o il profilo familiari. Brent era piuttosto sicuro che fosse un forestiero. Comunque, ha avuto l'impressione che l'uomo non volesse essere visto mentre si avvicinava alla villa.»

«Lei è convinto che si tratti di un ladro» disse Pünd.

«La villa è già stata rapinata pochi giorni fa.» Chubb sospirò come se fosse seccato di dover spiegare tutto da capo. «Dopo la morte della domestica, hanno rotto il vetro della porta sul retro per entrare. Avrebbero dovuto farlo riparare, ma così non è stato e pochi giorni dopo qualcuno si è introdotto in casa. Si sono portati via un bel bottino di monete, gioielli e altri oggetti antichi… romani addirittura, da non credere. Può essere che mentre erano in casa abbiano dato un'occhiata in giro. C'è una cassaforte nello studio di Sir Magnus che in un primo momento potrebbero non essere stati in grado di aprire, ma conoscendone la posizione possono aver fatto un secondo tentativo in seguito. Erano convinti che la casa fosse vuota, invece Sir Magnus li ha sorpresi… ed eccoci qui.»

«Ha detto che è stata una morte violenta.»

«Per usare un eufemismo.» Chubb si fece coraggio con un altro tiro di sigaretta. «C'è un'armatura nell'ingresso principale. La vedrà subito. Completa di spada.» Deglutì. «Hanno usato quella. Gli hanno tagliato la testa di netto.»

Pünd rifletté un istante. «Chi lo ha trovato?»

«La moglie. Era stata a Londra a fare spese ed è rincasata verso le nove e un quarto.»

«I negozi hanno chiuso tardi» osservò Pünd con un sorrisetto.

«Be', magari si è fermata a cena. Comunque, mentre rientrava ha visto un'automobile allontanarsi. Non è sicura del modello, ma era verde e ha intravisto un paio di lettere della targa: FP. Il caso vuole che siano proprio le sue iniziali. Entrando in casa lo ha trovato riverso ai piedi delle scale, quasi nello stesso punto in cui era stato rinvenuto il corpo della domestica. Solo che non era intero. La testa era rotolata accanto al caminetto. Temo che non potrà interrogare la donna per un bel pezzo. Al momento è ricoverata all'ospedale di Bath, sotto sedativi. È stata lei a chiamare la polizia, ho sentito la registrazione della telefonata. Poveretta, tra le grida e i singhiozzi stentava ad articolare le parole. Se viene confermato l'omicidio possiamo tranquillamente eliminarla dalla lista dei sospettati, a meno che non sia l'attrice più brava del mondo.»

«Immagino che il corpo sia stato rimosso.»

«Sì. L'abbiamo prelevato ieri sera. Ci è voluto un bel fegato, mi creda.»

«È stato trafugato altro dalla villa in questa seconda occasione, ispettore?»

«Difficile dirlo con sicurezza. Bisognerà sentire Lady Pye appena si riprenderà. A prima vista però sembra non mancare nulla. Entri pure, se vuole, Herr Pünd. Naturalmente lei non si trova qui in veste ufficiale, e forse dovrei accennarlo al vicecommissario, ma sono certo che non è un problema. E nel caso abbia qualche intuizione, confido che me ne renderà partecipe.»

«Senza dubbio, ispettore» rispose Pünd, ma Fraser

sapeva bene che non lo avrebbe fatto. Lo aveva assistito nelle ultime cinque indagini e ormai conosceva l'esasperante abitudine del suo capo di tenere tutto per sé fino a quando non riteneva giunto il momento di svelare la verità.

Salirono i tre gradini verso l'ingresso, ma anziché varcare la soglia Pünd si accucciò. «Questo sì che è davvero curioso» osservò.

Chubb lo fissò incredulo. «Sta forse dicendo che mi è sfuggito qualcosa?» chiese. «E neanche siamo entrati in casa!»

«Potrebbe non avere alcuna rilevanza, ispettore» rispose Pünd rassicurante. «Ma noti l'aiuola accanto alla porta...»

Fraser abbassò lo sguardo. Aiuole fiorite correvano lungo l'intera facciata della casa per interrompersi in corrispondenza dei gradini che salivano dal viale d'accesso.

«Petunie, se non vado errato» disse Chubb.

«Non saprei dirlo. Ma vede l'impronta?»

Chubb e Fraser osservarono con più attenzione. Eccola lì. Qualcuno aveva appoggiato la mano sul terriccio morbido subito a sinistra della porta. A giudicare dalla dimensione, Fraser avrebbe detto che appartenesse a un uomo. Le dita ben distese.

Molto strano, pensò. Sarebbe stato più logico che ci fosse l'impronta di un piede.

«Con tutta probabilità appartiene al giardiniere» ipotizzò Chubb. «Non vedo altra spiegazione.»

«E con tutta probabilità ha ragione.» Pünd balzò in piedi e proseguì.

La porta conduceva in un'ampia stanza rettangolare con una scalinata in fondo e una porta su ogni lato. Fraser notò subito il punto in cui era stato trovato il corpo di Sir Magnus e avvertì la consueta stretta allo stomaco. A terra il tappeto persiano ancora intriso di sangue riluceva di un bagliore sinistro. Una macchia rossa imbrattava il pavimento fino al camino, tracciando i contorni circolari delle gambe della sedia di pelle lì accanto. Il fetore riempiva la stanza. Una spada giaceva di traverso a terra, con l'elsa rivolta verso le scale e la lama puntata in direzione di un cervo che osservava la scena con occhi vitrei, forse unico testimone dell'accaduto. Il resto dell'armatura, il guscio vuoto di un cavaliere, si ergeva accanto alla porta che conduceva in salotto. Fraser era stato sulla scena di svariati crimini insieme al suo capo. Aveva visto spesso cadaveri riversi a terra – accoltellati, crivellati di pallottole, affogati e non solo. Quell'ambientazione però gli parve particolarmente macabra, degna dell'epoca di Giacomo I, con quel rivestimento in legno scuro tutt'intorno e la cantoria.

«Sir Magnus conosceva il suo assassino» mormorò Pünd.

«Come fa a dirlo con tanta sicurezza?» domandò Fraser.

«La posizione dell'armatura e la disposizione della stanza.» Pünd indicò con un cenno. «Guarda tu stesso, James. L'ingresso è alle nostre spalle. L'armatura e la spada si trovano all'interno. Se l'omicida si fosse presentato alla porta con l'intenzione di aggredire Sir Magnus avrebbe dovuto superarlo per raggiungere l'arma, e nel caso la porta fosse stata aperta Sir Magnus avrebbe potuto mettersi in salvo. Trovo invece più probabile che stesse accompagnando qualcuno all'uscita. Arrivavano dal salotto. Sir Magnus avanti, l'assassino alle sue spalle. Il primo apre la porta, ignaro che l'ospite abbia sguainato la spada. Si volta, vede l'altro incombere su di lui. Forse lo implora. L'assassino colpisce. E il resto è sotto i nostri occhi.»

«Potrebbe essere comunque opera di uno sconosciuto.»

«Inviteresti a casa tua uno sconosciuto di sera? Non credo.» Pünd si guardò attorno. «Manca un quadro» notò.

Fraser seguì il suo sguardo e si accorse che aveva ragione. C'era un chiodo libero sulla parete accanto alla porta e una sezione del rivestimento in legno appariva leggermente sbiadita, un rettangolo che rivelava chiaramente la mancanza di un dipinto.

«Crede possa essere rilevante?» chiese Fraser.

«Tutto è rilevante» replicò Pünd. Diede un'ultima occhiata intorno. «A mio avviso qui non resta altro da vedere. Sarebbe interessante capire con esattezza com'è stata trovata la domestica morta due settimane fa, ma ci arriveremo a tempo debito. Vogliamo procedere?»

«Certamente» disse Chubb. «Quella è la porta che conduce in salotto, oltre il quale si trova lo studio di Sir Magnus. Lì abbiamo trovato una lettera che forse susciterà il suo interesse.»

Il salotto presentava un tocco molto più femminile rispetto all'ingresso, con un tappeto rosa antico sul pavimento, sontuose tende dai motivi floreali alle finestre, divani confortevoli e qualche tavolino qua e là. C'erano fotografie ovunque. Fraser ne prese una e osservò le tre persone ritratte insieme davanti alla villa. Un uomo dal viso rotondo e barbuto con indosso un completo fuori moda. Accanto a lui una donna poco più alta che fissava l'obiettivo con aria impaziente. Infine un ragazzino imbronciato in uniforme scolastica. Si trattava chiaramente di un ritratto di famiglia, benché non troppo felice: Sir Magnus, Lady Pye e il loro figlio.

Un poliziotto in divisa stava di guardia alla porta in fondo. Dopo averla superata, si ritrovarono in una stanza dominata da uno scrittoio antico collocato tra due librerie, di fronte alla finestra da cui la vista spaziava attraverso il giardino fino al lago. Il pavimento era lucido, con le assi di legno celate in parte da un tappeto. Due poltrone erano rivolte verso il centro della stanza e separate da un mappamondo antico. Nel camino sulla parete di fondo la cenere e la legna bruciata suggerivano che qualcuno avesse acceso il fuoco di recente. Un lieve sentore di sigaro impregnava l'ambiente. Sul tavolino di fianco Fraser notò un portasigari e un pesante posacenere di vetro. Le pareti riprendevano il rivestimento in legno dell'ingresso, con numerosi altri dipinti a olio che sembravano trovarsi lì dagli albori del maniero. Pünd si accostò a uno dei ritratti: un cavallo davanti alla stalla che ricordava molto lo stile pittorico di Stubbs. Lo aveva notato perché era leggermente discosto dal muro, come una porta socchiusa.

«Lo abbiamo trovato così quando siamo arrivati» chiarì Chubbs.

Pünd prese una penna dalla tasca e la usò per sollevare il quadro e tirarlo verso di sé. Era fissato alla parete con una cerniera e nascondeva una massiccia cassaforte incastonata nel muro.

«Non conosciamo la combinazione» aggiunse Chubb. «Sono certo che Lady Pye ce la rivelerà non appena si sarà ripresa.»

Pünd annuì e rivolse l'attenzione allo scrittoio. Era piuttosto probabile che Sir Magnus vi avesse trascorso le sue ultime ore di vita e che le carte sparse sul piano potessero rivelare qualcosa su quanto era effettivamente accaduto.

«C'è una pistola nel primo cassetto» disse Chubb. «Un vecchio revolver di servizio. Non ha sparato di recente, ma è carico. Stando a Lady Pye, il marito lo teneva in cassaforte. Potrebbe averlo preso in seguito al furto.»

«Oppure Sir Magnus aveva motivo di essere nervoso.» Pünd aprì il cassetto e controllò l'arma. Era una Webley calibro .38. E Chubb aveva ragione. Non aveva sparato di recente.

Rimise a posto il revolver e rivolse la sua attenzione al piano dello scrittoio, a cominciare dalle serie di cianografie realizzate da una società di nome Larkin Gadwall, con sede a Bath. Mostravano un agglomerato di case, dodici in tutto, disposte in due file da sei. Accanto ai disegni, una pila di lettere, tutta corrispondenza con il municipio locale, con ogni probabilità la documentazione relativa alla concessione dei permessi edilizi. Ed eccone anche la prova, un elegante volantino dal titolo DINGLE DRIVE, SAXBY-ON-AVON. Nell'angolo opposto dello scrittoio c'era un telefono con vicino un blocco per gli appunti. Qualcuno, Sir Magnus si presumeva, aveva segnato qualcosa a matita. La stessa posata lì accanto.

ASHTON H
Ns
UNA BAMBINA

Le parole erano scritte con grafia nitida nella parte alta del foglio, ma poi Sir Magnus doveva essersi agitato. Seguiva infatti un intrico di linee tracciate con mano rabbiosa. Pünd porse il foglio a Fraser.

«Una bambina?» chiese l'assistente.

«Parrebbero appunti di una conversazione telefonica» suggerì il detective. «"Ns" potrebbe essere un'abbreviazione. Vedete che la S è minuscola. E questa "bambina"? Potrebbe essere l'oggetto della conversazione.»

«Comunque sia, non dev'essere stata piacevole.»

«Direi proprio di no.» Pünd passò a esaminare una busta vuota posata al centro dello scrittoio, accanto a quella che doveva essere la lettera menzionata da Chubb. Non c'era indirizzo, soltanto un nome – Sir Magnus Pye – scritto a mano con inchiostro nero. La busta era stata aperta malamente. Servendosi di un fazzoletto, Pünd la prese e ne esaminò la carta con attenzione, poi la ripose sulla scrivania e, con la stessa cura, studiò la lettera. Era stata battuta a macchina e indirizzata a Sir Magnus Pye con tanto di data, 28 luglio 1955, lo stesso giorno dell'omicidio. Il detective lesse:

Credi forse di farla franca? Questo villaggio esiste da molto prima di te e vivrà anche dopo e se pensi di poterlo rovinare con le tue costruzzioni e la tua avidità ti sbagli proprio, e di grosso. Pensaci bene, brutto bastardo, se vuoi continuare a vivere qui. Se vuoi continuare a vivere.

Non era firmata. Pünd la rimise sul tavolo in modo che anche Fraser potesse leggerla.

«Chiunque l'abbia mandata, non sa che "costruzioni" si scrive con una sola Z» osservò l'assistente.

«Oltre a essere un pazzo omicida» aggiunse Pünd pacato. «La lettera pare sia stata consegnata ieri. Sir Magnus è stato ucciso poche ore dopo, come promesso.» Si rivolse all'ispettore. «Immagino abbia a che fare con il progetto edilizio» aggiunse.

«Proprio così» confermò Chubb. «Ho chiamato questa Larkin Gadwall. È una società di Bath e pare avesse un qualche accordo con Sir Magnus. Farò un salto oggi pomeriggio, se vuole può venire con me.»

«Con molto piacere.» Pünd annuì. Era ancora concentrato sulla lettera. «C'è un dettaglio che trovo curioso» disse.

«Stavolta credo di esserci arrivato prima di lei» replicò l'ispettore, raggiante e compiaciuto. «La busta è scritta a mano e la lettera a macchina. Si direbbe una prova schiacciante se il mittente voleva mantenere la propria identità segreta. La mia ipotesi è che solo dopo aver chiuso la busta si sia accorto che mancava il destinatario, ma ormai non poteva più infilarla nella macchina da scrivere. Mi è capitato altre volte.»

«Può darsi, ispettore. Ma non mi riferivo a questo.»

Chubb rimase in attesa di una spiegazione che James Fraser, in piedi dall'altra parte dello scrittoio, sapeva già non sarebbe arrivata. E non si sbagliava. Pünd aveva già rivolto l'attenzione al camino. Sfilò la penna dal taschino della giacca e la usò per far emergere qualcosa dalla cenere. James si avvicinò e scorse un frammento di carta poco più grande di un biglietto da visita, con gli angoli anneriti. Erano i momenti che preferiva del lavorare al fianco di Pünd. All'ispettore Chubb non sarebbe mai venuto in mente di esaminare il caminetto. Si sarebbe limitato a dare un'occhiata superficiale alla stanza e a chiamare la Scientifica per poi uscire di scena. Ma quel pezzo di carta rappresentava un indizio che avrebbe potuto aprire uno spiraglio decisivo sulle indagini. Poteva contenere un nome. Bastavano poche lettere per un esame calligrafico in grado di rivelare chi era stato in quella stanza. Sfortunatamente, però, il foglietto in questione era intonso, anche se Pünd non parve perdersi d'animo. Anzi.

«Guarda qui, Fraser» esclamò. «C'è una leggera chiazza, una macchia. E ritengo se ne riesca a ricavare quantomeno un'impronta digitale parziale.»

«Un'impronta?» A quelle parole Chubb accorse.

Osservando meglio, Fraser constatò che il capo aveva ragione. C'era una macchia scura che poteva essere caffè. Al contempo, tuttavia, non coglieva alcun nesso evidente. Chiunque avrebbe potuto strappare un foglio di carta e gettarlo nel fuoco. Anche lo stesso Sir Magnus.

«Lo manderò al laboratorio per farlo analizzare» decise Chubb. «Così potranno dare un'occhiata anche alla lettera. Può darsi che le mie conclusioni in merito alla rapina siano state affrettate.»

Pünd annuì e si tirò su. «Dobbiamo trovare un alloggio» annunciò di punto in bianco.

«Ha in programma di trattenersi?»

«Con il suo permesso, ispettore.»

«Assolutamente. Dovrebbero avere delle camere al Queen's Arms. È il pub che si trova accanto alla chiesa, ma offre anche pernottamento e colazione. Se invece preferisce un albergo, troverà qualcosa di meglio a Bath.»

«Sarà più comodo rimanere al villaggio» rispose Pünd.

Fraser sospirò tra sé, immaginando già i materassi bitorzoluti, la mobilia di dubbio gusto e i rubinetti del bagno cigolanti che contraddistinguevano immancabilmente l'ospitalità dei villaggi. A parte la misera paga di Pünd, non aveva il becco di un quattrino. Ma ciò non gli impediva di coltivare gusti raffinati. «Vuole che vada a dare un'occhiata?» domandò.

«Ci andremo insieme.» Si voltò verso Chubb: «A che ora intendeva partire per Bath?».

«Ho appuntamento con Larkin Gadwall alle due, poi se vuole possiamo fare un salto in ospedale da Lady Pye.»

«Eccellente, ispettore. È un immenso piacere lavorare di nuovo con lei.»

«Anche per me. Sono molto contento di ritrovarla, Herr Pünd. Malgrado i cadaveri decapitati e tutto il resto! Quando ho ricevuto la chiamata, ho proprio pensato che fosse pane per i suoi denti.»

Si accese un'altra sigaretta e si avviò all'automobile.

2

Con grande sconforto di Fraser, il Queen's Arms aveva due camere libere e Pünd le prese senza neppure salire a controllare. Erano proprio pessime come le aveva immaginate, con il pavimento in pendenza e le finestre troppo piccole per le pareti in cui erano collocate. La sua stanza dava sulla piazza del villaggio. Quella di Pünd invece affacciava sul cimitero, ma il detective non se ne lamentò. Al contrario, per qualche ragione sembrava trovare quella vista divertente. Non badò neppure all'assenza di comodità. Quando aveva iniziato a lavorare a Tanner Court, Fraser aveva scoperto con stupore che il detective dormiva in un letto singolo, più una branda a dire il vero, con la struttura in ferro e le coperte rimboccate con cura. Sebbene un tempo fosse stato sposato, il suo capo non parlava mai della moglie né mostrava alcun interesse per l'altro sesso. Tuttavia, tanta austerità in un elegante appartamento londinese appariva fin troppo eccentrica.

Pranzarono insieme al pub, poi uscirono. Alla fermata dell'autobus sulla piazza principale, si era radunata una piccola folla, ma Fraser ebbe l'impressione che non aspettassero i mezzi pubblici. Era evidente che qualcosa aveva suscitato il loro interesse. Ne parlavano in toni piuttosto animati. Era certo che Pünd si sarebbe avvicinato per capire l'origine di tanto scompiglio, ma proprio in quel momento una figura uscì dal cimitero diretta verso di loro. Era il vicario. Lo si capiva dall'inconfondibile camicia con il collarino. Era un uomo alto e magro, con i capelli neri scarmigliati. Fraser lo vide prendere una bicicletta appoggiata al cancello e condurla verso la strada, accompagnato da un rumoroso cigolio a ogni giro di ruota.

«Il vicario!» esclamò Pünd. «In ogni villaggio inglese che si rispetti è sempre quello che sa tutto.»

«Non tutti frequentano la chiesa» ribatté Fraser.

«Non è necessario. Fa parte del suo mestiere conoscere anche atei e agnostici.»

Lo raggiunsero e riuscirono a interecettarlo prima che potesse allontanarsi. Pünd si presentò.

«Ma certo» esclamò il vicario, strizzando gli occhi per via della luce. Corrugò la fronte. «Il suo nome mi è noto. È il detective? Dev'essere qui per Sir Magnus Pye. Una faccenda terribile, terribile. Una piccola comunità come Saxby-on-Avon non può mai, in alcun modo, essere preparata a un evento del genere e accettarlo sarà dura per tutti. Ma, mi perdoni, non mi sono presentato. Robin Osborne, vicario di St Botolph. Be', immagino l'abbia già intuito, per via del suo mestiere!»

Rise e Pünd non mancò di notare – neanche a Fraser sfuggì – che l'uomo davanti a lui era straordinariamente nervoso, quasi incapace di arginare le parole, che riversava fuori come un fiume in piena nel tentativo di celare quello che davvero gli passava per la mente.

«Immagino conoscesse molto bene Sir Magnus» osservò Pünd.

«Abbastanza. Sì. Purtroppo lo vedevo meno di quanto avrei voluto. Non era quello che si può definire un vero credente. Partecipava raramente alle funzioni.» Osborne si avvicinò. «È qui per indagare sul delitto, signor Pünd?»

Il detective rispose con un cenno affermativo.

«Mi sorprende che la nostra polizia abbia bisogno di assistenza esterna… Non che il suo contributo sia sgradito, ci mancherebbe. Ho già parlato con l'ispettore Chubb questa mattina. Suppone sia stata opera di forestieri. Ladri. Certamente avrà saputo che di recente hanno preso di mira Pye Hall.»

«Pare che la sciagura si sia accanita contro Pye Hall ben più del necessario.»

«Si riferisce alla morte di Mary Blakiston?» precisò Osborne. «Riposa proprio laggiù. Ho officiato io stesso la cerimonia funebre.»

«Sir Magnus era benvoluto nel villaggio?»

La domanda colse di sorpresa il vicario, che parve esitare prima di rispondere. «Forse qualcuno lo invidiava. Possedeva ingenti ricchezze. Poi, naturalmente, c'era la faccenda di Dingle Dell. Aveva senz'altro suscitato reazioni forti.»

«Dingle Dell?»

«È una striscia di bosco. L'aveva venduta.»

«Alla ditta Larkin Gadwall» intervenne Fraser.

«Sì, credo siano loro i costruttori.»

«La sorprenderebbe, signor Osborne, scoprire che Sir Magnus aveva ricevuto una lettera con minacce di morte per via delle sue intenzioni?»

«Minacce di morte?» Il vicario parve ancora più agitato. «Mi sorprenderebbe eccome. Sono certo che nessuno al villaggio farebbe mai una cosa simile. È un luogo pacifico. I suoi abitanti non sono affatto quel genere di persone.»

«Tuttavia accennava a reazioni forti.»

«La gente era turbata. Ma non è la stessa cosa.»

«Quando ha visto Sir Magnus per l'ultima volta?»

Robin Osborne non vedeva l'ora di rimettersi in marcia. Stringeva la bicicletta come un animale che tira il guinzaglio. E quell'ultima domanda lo aveva offeso. Glielo si leggeva negli occhi. Sospettavano forse di lui? «Purtroppo non gli è stato possibile partecipare al funerale di Mary Blakiston, dal momento che si trovava nel Sud della Francia. E nei giorni precedenti la funzione anch'io ero via.»

«Dove?»

«In vacanza. Con mia moglie.» Pünd attese che si spiegasse meglio e Osborne fu così cortese da riempire il silenzio. «Abbiamo trascorso una settimana nel Devonshire. Anzi, mi starà aspettando adesso, perciò se non vi spiace...» Abbozzò un sorriso e sgusciò tra i due uomini facendo stridere gli ingranaggi della bicicletta.

«Sembrava nervoso» mormorò Fraser.

«Sì, James. Quell'uomo ha senza dubbio qualcosa da nascondere.»

Mentre il detective e l'assistente si dirigevano verso l'automobile, Robin Osborne pedalava il più in fretta possibile verso la canonica. Sapeva di non essere stato del tutto sincero: non aveva mentito, ma aveva omesso alcuni dettagli. Era vero, però, che Henrietta lo stava aspettando, e da un pezzo.

«Dove sei stato?» chiese la donna quando il marito prese posto al tavolo della cucina. Gli servì una *quiche* fatta in casa accompagnata da un'insalata di fagioli e si sistemò accanto a lui.

«Oh, ero al villaggio.» Osborne recitò una preghiera in silenzio. «Ho conosciuto il detective» si affrettò a proseguire dopo un rapido amen. «Atticus Pünd.»

«Chi?»

«Ne avrai sentito parlare. È piuttosto famoso. Un detective privato. Ricordi quella scuola di Marlborough? L'insegnante ucciso durante una recita? Aveva seguito lui il caso.»

«A cosa serve un detective privato? Credevo fosse opera di un ladro.»

«Pare che la polizia si sia sbagliata.» Osborne esitò. «Lui pensa che abbia a che fare con il bosco di Dell.»

«Il bosco di Dell?»

«Così dice.»

Mangiarono senza aggiungere altro. Nessuno dei due sembrava gustarsi il cibo. D'un tratto Henrietta disse: «Dove sei stato ieri sera, Robin?».

«Come?»

«Sai a cosa mi riferisco. All'omicidio di Sir Magnus.»

«Perché mi fai una simile domanda?» Osborne posò coltello e forchetta. Bevve un sorso d'acqua. «Ero adirato» spiegò. «L'ira è un peccato mortale. E in cuor mio provavo sentimenti che… non avrei dovuto provare. Ero turbato per la notizia, ma questa non è una ragione valida. Avevo bisogno di restare da solo, così sono andato in chiesa.»

«Ma ci sei rimasto a lungo.»

«Non era facile per me, Henrietta. Mi serviva del tempo.»

La moglie preferì non replicare, poi cambiò idea. «Robin, ero molto preoccupata. Sono venuta a cercarti. E ho incontrato Brent che mi ha riferito di aver visto qualcuno diretto alla villa…»

«Cosa stai cercando di dire, Hen? Credi sia andato a Pye Hall a ucciderlo? Che lo abbia decapitato con una spada? È questo che stai insinuando?»

«No. Certo che no. Ma eri così arrabbiato.»

«Sei davvero ridicola. Non mi sono mai avvicinato alla villa. Non ho visto niente.»

Henrietta avrebbe voluto aggiungere qualcosa. Quella macchia di sangue sulla manica del marito. L'aveva vista con i propri occhi. Al mattino l'aveva presa e lavata con acqua bollente e candeggina. Era ancora appesa fuori ad asciugare al sole. Avrebbe voluto chiedergli di chi fosse quel sangue. Come fosse finito sulla sua camicia. Ma non osava. Non poteva accusare il marito. Era inconcepibile.

Finirono di pranzare in silenzio.

3

Seduto sulla riproduzione di una sedia da capitano con lo schienale curvo e la seduta girevole, anche Johnny Whitehead rifletteva sull'omicidio. Di fatto non aveva pensato ad altro per tutta la mattina, aggirandosi come un elefante in una cristalleria e spostando oggetti alla rinfusa mentre fumava ininterrottamente. Alla fine Gemma Whitehead aveva perso la pazienza, dopo che il marito aveva urtato, infrangendolo, un grazioso portasaponetta in porcellana di Meissen valutato nove scellini e sei pence malgrado la lieve sbreccatura.

«Che ti succede?» chiese. «Sembri un leone in gabbia. E sei alla quarta sigaretta. Perché non vai a prendere una boccata d'aria?»

«Non ho voglia di uscire» rispose Johnny di malumore.

«Qualcosa non va?»

Il marito spense la sigaretta in un posacenere Royal Doulton a forma di mucca in vendita a sei scellini. «Secondo te?» sbottò.

«Non lo so. Ecco perché te lo chiedo.»

«Sir Magnus Pye! Ecco cosa c'è che non va.» Guardò il filo di fumo che saliva ancora dal mozzicone. «Perché dovevano ammazzarlo? Ora abbiamo il villaggio pieno di poliziotti che se ne vanno in giro a fare domande. Tra poco arriverà anche qui.»

«E allora? Possono chiederci quello che gli pare.» Tacque per una frazione di secondo, ma abbastanza lunga da farsi sentire. «Dico bene?»

«Certo che sì.»

Gemma lo scrutò con occhi penetranti. «Non ne avrai combinata una delle tue, vero, Johnny?»

«Di che parli?» replicò lui offeso. «Cosa ti salta in testa? Certo che non ho fatto niente. Cosa mai potrei combinare in questo buco sperduto nel nulla?» Sempre la stessa discussione: città contro campagna, Saxby contro qualunque altro luogo del mondo. Erano alle solite. Ma mentre diceva così, Johnny ripensò a quando Mary Blakiston l'aveva aggredito in casa sua, a quante ne sapeva su di lui. Era morta all'improvviso proprio come Sir Magnus, a un paio di settimane di distanza l'una dall'altro. Non era una coincidenza, e di certo la polizia non l'avrebbe considerata tale. Johnny sapeva come operavano. Stavano già compilando dossier e interrogando chiunque vivesse nella zona, come minimo. In men che non si dica sarebbero arrivati anche a lui.

Gemma si avvicinò e si sedette al suo fianco, posandogli una mano sul braccio. Pur essendo notevolmente più minuta di lui, e più gracile, nella coppia quella forte era lei, lo sapevano entrambi. Gli era rimasta accanto quando avevano avuto i loro guai a Londra. Gli aveva scritto tutte le settimane lunghe lettere cariche di ottimismo e buonumore mentre lui era «lontano». E aveva preso lei la decisione di trasferirsi a Saxby-on-Avon quando finalmente era tornato a casa. Aveva letto su un giornale l'annuncio del negozio di antiquariato e aveva pensato che quella soluzione avrebbe permesso al marito di mantenere qualche vecchia abitudine, garantendogli allo stesso tempo una base solida e onesta per iniziare una nuova vita.

Lasciare Londra non era stato facile, soprattutto

per uno che fin da ragazzo aveva sempre vissuto a due passi da Bow Bells, ma Johnny ne aveva compreso la necessità e, suo malgrado, aveva accettato. Tuttavia Gemma era consapevole che lo sviliva. Il chiassoso, gioviale, fiducioso e irascibile Johnny Whitehead non si sarebbe mai sentito completamente a casa in una comunità che non faceva che giudicarti e la cui disapprovazione poteva condurre a un totale ostracismo. Aveva forse sbagliato a portarlo lì? Ancora gli concedeva di tornare in città di tanto in tanto, malgrado la rendesse sempre nervosa. Non chiedeva mai il motivo della visita, né lui glielo diceva. Ma stavolta era diverso. C'era stato solo pochi giorni prima. Forse aveva qualche nesso con l'accaduto?

«Che cosa hai fatto a Londra?» gli domandò.

«Perché vuoi saperlo?»

«Semplice curiosità.»

«Ho visto un paio di amici, Derek e Colin. Abbiamo pranzato insieme e bevuto qualche pinta. Saresti potuta venire.»

«Non mi avreste voluta.»

«Hanno chiesto di te. Sono passato dalla vecchia casa. Hanno realizzato degli appartamenti adesso. Mi ha fatto pensare. Abbiamo trascorso molti momenti felici in quel posto.» Johnny accarezzò la schiena della moglie e notò quanto fosse esile. Più invecchiava e più sembrava sparire.

«Ho vissuto a Londra per una vita, Johnny, ne ho abbastanza.» Ritrasse la mano. «Quanto a Derek e Colin, non sono mai stati dei veri amici. Non ti sono rimasti accanto quando è andato tutto in malora. Io invece sì.»

Johnny si incupì. «Hai ragione» disse. «Vado a fare due passi. Mezz'oretta. Per schiarirmi le idee.»

«Posso venire con te, se ti va.»

«No. Meglio che tu rimanga in negozio.» Non era ancora entrato nessuno da quando avevano aperto quella mattina. Un'altra complicazione legata agli omicidi. Scoraggiavano i turisti.

Gemma lo guardò uscire, sentì il familiare scampanellio della porta. Aveva creduto che le cose si sarebbero sistemate dopo il trasferimento, una volta lasciatasi la vecchia vita alle spalle. Non contava quello che pensava Johnny all'epoca, era stata la decisione giusta. Ma quei due decessi, uno dopo l'altro, cambiavano tutto. Era come se in qualche modo le antiche ombre si fossero allungate e li avessero stanati.

Mary Blakiston era stata lì. Per la prima e unica volta in tutto quel tempo, la domestica di Pye Hall era entrata nel loro negozio, e quando Gemma aveva interpellato Johnny in proposito, lui aveva mentito. Le aveva raccontato che la donna voleva acquistare un regalo per qualcuno, ma lei sapeva che non era vero. Se Mary avesse voluto fare un regalo, sarebbe andata a Bath, da Woolworth o Boots. E nemmeno una settimana dopo era morta. C'era forse un legame tra i due avvenimenti e, in tal caso, un ulteriore nesso che conduceva alla morte di Sir Magnus Pye?

Gemma Whitehead si era trasferita a Saxby-on-Avon perché lo credeva un luogo sicuro. Rimasta sola nel suo squallido negozio, circondata da centinaia di oggetti inutili, ninnoli e gingilli che sembravano non interessare a nessuno e che comunque quel giorno nessuno era entrato per comprare, desiderò con tutta se stessa di vivere con Johnny in qualunque altro posto.

4

Tutti nel villaggio credevano di sapere chi avesse ucciso Sir Magnus Pye. Sfortunatamente, nessuna teoria combaciava con le altre.

Che lui e la moglie fossero ai ferri corti era risaputo. Di rado li si vedeva insieme. Quando si presentavano in chiesa, mantenevano sempre una certa distanza tra loro. Secondo Gareth Kite, il gestore del Ferryman, Sir Magnus aveva intrecciato una relazione con la domestica, Mary Blakiston, e Lady Pye li aveva uccisi entrambi – anche se, come fosse riuscita a commettere il primo delitto mentre era in vacanza in Francia, l'uomo non l'aveva spiegato.

No, no. L'assassino era Robert Blakiston. Non aveva minacciato la madre pochi giorni prima che morisse? L'aveva uccisa perché era furioso con lei e poi aveva ammazzato anche Sir Magnus che in qualche modo lo aveva scoperto. E c'era anche Brent. Il giardiniere viveva da solo. Era decisamente un tipo strambo. Girava voce che Sir Magnus lo avesse licenziato il giorno stesso in cui era morto. E che dire del forestiero venuto al funerale? Nessuno si metteva un cappello del genere se non per nascondere la propria identità. Persino Joy Sanderling, la graziosa assistente della dottoressa Redwing, era sospettata. Lo strano annuncio comparso nella bacheca accanto alla fermata dell'autobus dimostrava che la ragazza celava ben altro dietro le apparenze. Mary Blakiston l'aveva intralciata. Perciò era morta. Sir Magnus Pye l'aveva scoperto. E così era morto anche lui.

Infine c'era il progetto di distruggere Dingle Dell. Benché la polizia non avesse reso noti i dettagli delle minacce rinvenute sullo scrittoio di Sir Magnus, era risaputo quanta rabbia avesse suscitato quella proposta di sviluppo urbano. Da più tempo si viveva nel villaggio, più era presumibile covare rabbia, e secondo tale logica il sospettato numero uno diventava il vecchio Jeff Weaver, che aveva ottantatré anni e si occupava del cimitero della chiesa da tempo immemore. Anche il vicario aveva molto da perdere. La canonica confinava con il terreno in questione e lui non faceva che parlare di quanto amasse girovagare per il bosco con la signora Osborne.

Curiosamente, dalla cerchia dei sospettati era stato escluso il nome di una persona del villaggio che aveva tutte le ragioni per uccidere Sir Magnus. Clarissa Pye, la sorella spogliata dei suoi beni, ignorata e umiliata a più riprese. A nessuno però era passato per la mente che la sua condizione potesse fare di lei un'assassina. Forse perché era nubile… e molto devota. Forse per il suo aspetto eccentrico. Come l'assurda tinta di capelli riconoscibile a cinquanta metri di distanza. Faceva ogni sforzo per agghindarsi di tutto punto con cappellini, bigiotteria e vestiti di seconda mano ormai fuori moda, quando in realtà degli abiti più semplici e moderni le avrebbero reso maggior giustizia. Anche il fisico non contribuiva: non era né grassa né mascolina, né tarchiata, ma solo per un pelo. Per farla breve, nel villaggio era una specie di zimbello, e gli zimbelli non hanno mai ucciso nessuno.

Sola nella sua casa di Winsley Terrace, Clarissa cercava di non pensare all'accaduto. Nell'ultima ora si era concentrata sul cruciverba del «Daily Telegraph», che normalmente completava nella metà del tempo. Una definizione l'aveva messa particolarmente in difficoltà:

16. Un inglese chiamato Bobby

La risposta era una parola di dieci lettere, la seconda era una O, la quarta una I. Sapeva di avere la soluzione sotto il naso, ma per qualche ragione non le veniva in mente. Si trattava forse di un personaggio famoso? Poco probabile. Il cruciverba del «Telegraph» di solito non includeva riferimenti alle celebrità, a meno che non si trattasse di scrittori o artisti classici. In tal caso, che «Bobby» avesse un altro significato che le sfuggiva? Mordicchiò brevemente la Parker Jotter che riservava alle parole crociate. Poi, tutto d'un tratto, l'illuminazione. La risposta era così ovvia! L'aveva avuta davanti gli occhi per tutto il tempo. «Un inglese.» *Bobby*, un termine dell'inglese colloquiale per indicare gli agenti di polizia. Forse era stata la B maiuscola a sviarla. Inserì le lettere mancanti: Poliziotto, e naturalmente la soluzione la riportò a Magnus, alle volanti della polizia che giravano per il villaggio, agli ufficiali in divisa che anche in quel momento dovevano presidiare Pye Hall. Cosa ne sarebbe stato della villa, ora che suo fratello era morto? Senza dubbio, avrebbe continuato a viverci Frances. Venderla non le era consentito. Era sancito dal vincolo di successione, il complesso documento che aveva attribuito di volta in volta la proprietà di Pye Hall nel corso dei secoli. Ora sarebbe passata al nipote, Freddy, legittimo erede. Aveva solo quindici anni, e l'ultima volta che Clarissa lo aveva visto era rimasta impressionata dalla sua arroganza e superficialità, tale e quale a suo padre. E adesso si ritrovava a essere milionario!

Certo, se lui e la madre fossero morti – per ipotesi – in un terribile incidente d'auto, a quel punto la proprietà, ma non il titolo, sarebbe passata agli eredi collaterali. Un pensiero interessante. Improbabile, ma interessante. In realtà, non c'era motivo di escluderlo. Prima Mary Blakiston, poi Sir Magnus. E infine...

Clarissa udì girare la chiave nella toppa dell'ingresso e chiuse di colpo il giornale per metterlo da parte. Non voleva dare a nessuno motivo di pensare che stesse sprecando il suo tempo, che non avesse niente di meglio da fare. Era già diretta in cucina, quando la porta si aprì e Diana Weaver entrò in casa. La moglie di Adam Weaver, che sbrigava lavoretti occasionali nel villaggio e aiutava in chiesa, era una rassicurante signora di mezza età con l'indole pragmatica e il sorriso amichevole. Faceva le pulizie: due ore al giorno nell'ambulatorio della dottoressa e il resto del tempo distribuito tra le varie abitazioni di Saxby-on-Avon, tra cui casa di Clarissa un pomeriggio a settimana. Vedendola arrancare dentro con la gigantesca borsa di plastica che si trascinava sempre dietro, mentre era già intenta a sbottonarsi il cappotto che certo non serviva in una giornata così calda, Clarissa pensò che il suo lavoro le si confaceva alla perfezione e certamente le serviva. Come aveva osato suo fratello Magnus metterla allo stesso livello? Parlava seriamente o era andato a trovarla solo per offenderla? Non le dispiaceva affatto che fosse morto. Tutto il contrario.

«Buon pomeriggio, signora Weaver» disse.

«Salve, signorina Pye.»

Clarissa capì al volo che qualcosa non andava. La donna era giù di corda. Sembrava nervosa. «Ci sono delle cose da stirare nella stanza degli ospiti. E ho comprato un nuovo flacone di Ajax.» Dritta al sodo. Non era sua abitudine intavolare conversazioni, ma non per mancanza di buone maniere: poteva a malapena permettersi di pagare quelle due ore di pulizie settimanali e non intendeva sprecarle in chiacchiere. Nonostante si fosse già tolta il cappotto, la signora Weaver non si era ancora mossa e sembrava non avere alcuna fretta di mettersi al lavoro. «Qualche problema?» chiese Clarissa.

«Be'… è per la faccenda della villa.»

«Mio fratello.»

«Sì, signorina Pye.» La donna sembrava più avvilita di quanto avesse motivo di essere. Non lavorava certo per lui. Probabilmente aveva rivolto la parola a Magnus solo una o due volte in vita sua. «È terribile quello che è accaduto» proseguì. «In un piccolo villaggio come il nostro. Insomma, abbiamo degli alti e bassi. Ma vivo qui da quarant'anni e non ho mai visto niente del genere. Prima la povera Mary. E ora questo.»

«Stavo giusto pensando la stessa cosa» concordò Clarissa. «Sono costernata. Mio fratello e io non eravamo legati, ma avevamo comunque lo stesso sangue.»

Sangue.

Rabbrividì. Chissà se Magnus aveva intuito che stava per morire.

«E adesso c'è la polizia» continuò Diana Weaver. «Che se ne va in giro a fare mille domande e a importunare tutti.» Era quello a preoccuparla? La polizia? «Crede abbiano idea di chi sia il colpevole?»

«Ne dubito. È successo solo la notte scorsa.»

«Di certo avranno setacciato la casa da cima a fondo. Il mio Adam dice che...» Si fermò, indecisa se proseguire o meno. «... qualcuno gli ha staccato la testa di netto dal collo.»

«Sì. L'ho saputo.»

«Ma è orribile.»

«Certamente è stato un grosso shock. Se la sente di lavorare o vuole tornare a casa?»

«No, no. Preferisco tenermi occupata.»

La donna andò in cucina. Clarissa guardò l'orologio. Alla fine la signora Weaver aveva iniziato le pulizie con due minuti di ritardo. Avrebbe fatto in modo che li recuperasse prima di congedarla.

5

L'incontro alla Larkin Gadwall non si era rivelato particolarmente illuminante. Avevano mostrato ad Atticus Pünd l'opuscolo della nuova area di sviluppo urbano: un acquerello con tanto di famiglie sorridenti che fluttuavano come fantasmi nel loro nuovo paradiso. La concessione edilizia era stata rilasciata. I lavori sarebbero iniziati la primavera successiva. Philip Gadwall, il socio più anziano, insisteva che il bosco di Dingle Dell fosse un terreno di scarsa importanza e che le nuove costruzioni avrebbero portato dei benefici all'intera zona. «L'amministrazione locale sostiene le nostre proposte di riqualificazione. Servono nuove case per le famiglie, se vogliamo che questi piccoli villaggi rimangano in vita.»

Chubb aveva ascoltato in silenzio. Lo lasciava perplesso il fatto che le famiglie dell'opuscolo, con abiti all'ultima moda e automobili nuove fiammanti, non sembrassero affatto del posto. Fu quasi contento quando Pünd annunciò di non avere più domande e poterono rimettersi in marcia.

Scoprirono che Frances Pye era già stata dimessa

dall'ospedale dietro sua insistenza, perciò i tre uomini – Pünd, Fraser e Chubb – si diressero alla villa. Quando arrivarono, le volanti della polizia avevano già lasciato Pye Hall. Superando il vecchio cottage lungo il viale d'accesso, con il sole del pomeriggio che già spariva dietro gli alberi, il detective fu colpito dall'apparente atmosfera di normalità del luogo.

«Mary Blakiston doveva vivere lì» disse Fraser, indicando la casupola silenziosa.

«Insieme ai due figli, Robert e Tom» specificò Pünd. «Non dimentichiamo che anche il figlio minore è morto.» Guardò fuori dal finestrino, d'improvviso scuro in volto. «Questo posto ha visto la morte troppe volte.»

Parcheggiarono. Chubb li aveva preceduti con la sua auto e li stava aspettando davanti alla porta principale. Un floscio riquadro di nastro della polizia delimitava l'impronta della mano lasciata nell'aiuola e Fraser si domandò se l'avessero già collegata al giardiniere Brent o ad altri. Entrarono subito in casa. Qualcuno si era dato un gran da fare. Il tappeto persiano era stato rimosso, il pavimento ripulito. Anche l'armatura era sparita. La polizia doveva aver sequestrato la spada; certo, dopotutto era l'arma del delitto. Ma il resto sarebbe stato un fin troppo macabro promemoria dell'accaduto. L'intera villa era immersa nel silenzio. Non c'era traccia di Lady Pye. Chubb esitò, incerto sul da farsi.

D'un tratto si aprì una porta e comparve un uomo che usciva dal salotto. Era prossimo alla quarantina, con baffi e capelli scuri, e indossava una giacca blu con uno stemma sul taschino. Avanzava flemmatico, una mano in tasca e una sigaretta nell'altra. Fraser ebbe l'immediata impressione che fosse il tipo di uomo per il quale era facile provare avversione. Non solo suscitava antipatia; sembrava proprio alimentarla.

Il nuovo arrivato si stupì di trovare tre ospiti nell'atrio e non tentò di mascherarlo. «Chi siete?» domandò.

«Stavo proprio per chiederle la stessa cosa» rispose Chubb, già irritato. «Siamo della polizia.»

«Oh.» L'uomo rimase interdetto. «Be', io sono un amico di Frances... di Lady Pye. Sono venuto da Londra per vedere come sta... nel momento del bisogno, come si suol dire. Mi chiamo Dartford, Jack Dartford.» Tese mollemente la mano, poi la ritrasse. «Vedete, è molto turbata.»

«Non ne dubito.» Pünd si fece avanti. «Sarei curioso di sapere come ha ricevuto la notizia, signor Dartford.»

«Di Magnus? È stata lei a telefonarmi.»

«Oggi?»

«No. Ieri sera. Subito dopo aver chiamato la polizia. Era in piena crisi isterica. Sarei partito subito, ma era un po' tardi per mettersi in viaggio e stamattina avevo delle riunioni, così le ho detto che sarei arrivato verso l'ora di pranzo, ed eccomi qui. Sono andato a prenderla in ospedale e l'ho riportata a casa. A proposito, con lei c'è anche il figlio, Freddy. Era a casa di amici, sulla costa meridionale.»

«Perdoni l'insistenza, ma mi chiedevo come mai Lady Pye abbia scelto proprio lei, tra tutti i suoi conoscenti, in questo, come lei stesso l'ha definito, "momento del bisogno"?»

«Be', la spiegazione è molto semplice, signor...?»

«Pünd.»

«Pünd? Un nome tedesco. Come conferma il suo accento. Come mai si trova qui?»

«Il signor Pünd ci sta dando una mano» tagliò corto Chubb.

«Oh... certo. Qual era la domanda? Perché si è rivolta proprio a me?» Nonostante la spavalderia, era evidente che Jack Dartford cercava disperatamente una risposta sicura. «Ecco, immagino sia stato perché avevamo pranzato insieme. L'avevo accompagnata alla stazione e messa sul treno per Bath. Sarò stato l'ultima persona a occupare i suoi pensieri.»

«Lady Pye si trovava a Londra con lei il giorno dell'assassinio?» domandò Pünd.

«Sì» confermò Dartford quasi sospirando, come se avesse dovuto rivelare più di quanto intendesse. «Abbiamo pranzato insieme per questioni di lavoro. Sono il suo consulente in materia di titoli e azioni, investimenti... cose di questo genere.»

«E che cosa ha fatto dopo il pranzo, signor Dartford?»

«Gliel'ho appena detto...»

«Ci ha detto di aver accompagnato Lady Pye alla stazione. Ma noi sappiamo che il suo treno è arrivato a Bath in tarda serata. È rincasata verso le nove e mezza. Ne deduco, pertanto, che abbiate passato insieme anche il pomeriggio.»

«Sì. È vero.» Il disagio dell'uomo sembrava aumentare a vista d'occhio. «Abbiamo ammazzato il tempo.» Rifletté un istante. «Siamo andati a vedere una mostra. Alla Royal Academy.»

«Cosa avete visto?»

«Dei quadri. Roba noiosa.»

«Lady Pye ci ha raccontato di aver fatto acquisti.»

«Abbiamo girato anche per negozi. Però non ha comprato nulla... Non che io ricordi. Non era dell'umore giusto.»

«Avrei un'ultima domanda per lei, se non le dispiace, signor Dartford. Dice di essere amico di Lady Pye. Ritiene di potersi definire tale anche nei confronti del defunto Sir Magnus?»

«No. Non esattamente. Certo, lo conoscevo. Non mi dispiaceva. Era un tipo abbastanza rispettabile. Ma Frances e io giocavamo a tennis insieme. È così che ci siamo conosciuti. Perciò frequentavo soprattutto lei. Non che lui fosse contrario! Ma non era uno sportivo. Tutto qui.»

«Dov'è Lady Pye?» chiese Chubb.

«Nella sua stanza, al piano di sopra. È a letto.»

«Dorme?»

«Non credo. Era sveglia fino a qualche minuto fa.»

«Allora avremmo piacere di vederla.»

«Ora?» Dartford lesse la risposta sul volto implacabile del detective. «Va bene, vi accompagno.»

6

Frances Pye era a letto, avvolta in una vestaglia e quasi sommersa sotto un mare di lenzuola stropicciate. Aveva bevuto champagne. Sul comodino accanto a lei c'erano un bicchiere mezzo vuoto e di fianco una bottiglia che sbucava dal secchiello del ghiaccio. Per calmarsi o brindare? Agli occhi di Fraser parvero plausibili entrambe le opzioni, e trovò altrettanto difficile interpretare l'espressione sul viso della donna quando entrarono nella stanza. Era seccata per l'interruzione, ma allo stesso tempo se l'aspettava. Riluttante a parlare ma già pronta a rispondere alle domande che dovevano porle.

Non era sola. Un ragazzino vestito di bianco come un giocatore di cricket se ne stava sprofondato nella poltrona, le gambe accavallate. Era senza dubbio suo figlio. Aveva gli stessi capelli scuri, pettinati in un ciuffo sopra la fronte, lo stesso sguardo altezzoso. Stava mangiando una mela. Né lui né la madre sembravano particolarmente afflitti per la perdita. Lei aveva l'aria di chi è a letto con l'influenza. E lui di uno che è lì per farle visita.

«Frances...» Jack Dartford fece accomodare gli ospiti. «Questo è l'ispettore Chubb, della polizia di Bath.»

«Ci siamo visti brevemente la sera dell'accaduto» rammentò il poliziotto alla donna. «Ero qui quando l'hanno portata via con l'ambulanza.»

«Oh, certo.» La sua voce era roca, svogliata.

«E questo è il signor Pond.»

«Pünd» precisò il detective. «Collaboro con la polizia. Lui è il mio assistente, James Fraser.»

«Vorrebbero farti qualche domanda.» Dartford tentò di insinuarsi nella stanza. «Posso rimanere, se vuoi.»

«Non serve, grazie, signor Dartford» intervenne Chubb. «La chiameremo noi, se necessario.»

«Ritengo non sia il caso di lasciare Frances da sola.»

«Non ci vorrà molto.»

«È tutto a posto, Jack.» Frances Pye si adagiò contro la montagna di cuscini che le avevano sistemato dietro la schiena. Si voltò verso i tre ospiti sgraditi. «Via il dente via il dolore, suppongo.»

Seguì un momento di imbarazzo mentre Dartford cercava di elaborare la sua mossa successiva e persino Fraser intuì cosa gli stesse passando per la mente. Voleva riferirle quello che aveva raccontato sulla giornata trascorsa insieme a Londra. Voleva assicurarsi che le due versioni coincidessero. Ma Pünd non glielo avrebbe consentito. Separare i sospettati. Metterli l'uno contro l'altro. Era quello il suo metodo.

Dartford lasciò la stanza. Chubb chiuse la porta e Fraser avvicinò tre sedie. C'erano mobili a profusione nella spaziosa camera con tende drappeggiate, tappeti spessi, armadi a muro e un'antica toeletta le cui gambe arcuate sembravano reggere a malapena il peso di tutte le boccette, scatoline, vasetti e spazzole che ne ricoprivano la superficie. A Fraser, che amava i libri di Charles Dickens, venne subito in mente Miss Havisham di *Grandi speranze*. L'ambiente nel complesso era molto carico, quasi vittoriano. Mancavano solo le ragnatele.

Pünd si sedette. «Temo di doverle porre qualche domanda sul suo defunto marito» esordì.

«Certo, capisco. Una cosa agghiacciante. Chi può aver compiuto un gesto simile? La prego, continui.»

«Forse preferirà chiedere a suo figlio di uscire.»

«Ma io voglio restare!» protestò Freddy con una punta di arroganza nella voce, tanto più inappropriata nel suo timbro ancora infantile. «Non ho mai incontrato un vero detective.» Fissò Pünd con insolenza. «Perché ha un nome straniero? Lavora per Scotland Yard?»

«Non essere scortese, Freddy» lo rimproverò la madre. «Puoi restare... a patto di non interrompere più.» Rivolse lo sguardo al detective. «Dica pure.»

Lui si tolse gli occhiali, li pulì e se li risistemò sul naso. Fraser immaginò che si sentisse a disagio a parlare di fronte a un ragazzino. Pünd non ci sapeva fare con i bambini, soprattutto con gli inglesi cresciuti nella convinzione che lui fosse ancora il nemico. «Molto bene. Posso chiederle, innanzitutto, se è a conoscenza di eventuali minacce ricevute da suo marito nelle ultime settimane?»

«Minacce?»

«Lettere o telefonate che potessero suggerire che fosse in pericolo di vita?»

Sul comodino accanto al letto, vicino al secchiello del ghiaccio, c'era un grande telefono bianco. Frances lo guardò prima di rispondere. «No» disse. «Perché avrebbe dovuto?»

«Era coinvolto, mi pare, in un passaggio di proprietà. Il nuovo progetto di sviluppo...»

«Oh! Si riferisce a Dingle Dell!» Pronunciò quel nome con disprezzo. «No, non ne so nulla. Era inevitabile che gli animi al villaggio si scaldassero. Gli abitanti sono di vedute ristrette e Magnus si aspettava qualche protesta. Ma addirittura minacce di morte? Fatico a immaginarlo.»

«Abbiamo trovato una lettera sullo scrittoio di suo marito» tagliò corto Chubb. «Scritta a macchina, senza firma, e abbiamo ragione di credere che chiunque l'abbia mandata fosse piuttosto arrabbiato.»

«Cosa glielo fa pensare?»

«La lettera esprime una minaccia inequivocabile, Lady Pye. Abbiamo trovato anche un'arma nello scrittoio di suo marito, la sua pistola di servizio.»

«Be', io non ne so nulla. Di solito la conservava

in cassaforte. E non ha accennato a nessuna lettera minatoria.»

«Potrei sapere, Lady Pye...» proseguì Pünd con tono quasi di scuse, «quali sono stati i suoi spostamenti di ieri a Londra? Non desidero intromettermi nella sua vita privata» si affrettò a precisare, «ma è necessario stabilire i movimenti di ogni persona coinvolta.»

«Crede che la mamma sia coinvolta?» saltò su Freddy. «Pensate che sia stata lei?»

«Freddy, stai buono!» Frances Pye rivolse al figlio uno sguardo sprezzante, poi tornò a girarsi verso Pünd. «È un'intrusione, in effetti» rispose. «E ho già riferito all'ispettore tutti i miei spostamenti, ma dato che insiste, ho pranzato al Carlotta's con Jack Dartford. Un pranzo piuttosto lungo. Dovevamo parlare d'affari. Io non ne capisco niente e l'aiuto di Jack è preziosissimo.»

«A che ora ha lasciato Londra?»

«Sono partita con il treno delle sette e quaranta.» Fece una pausa, rendendosi forse conto di dover spiegare il lungo intervallo di tempo. «Dopo pranzo sono andata per negozi. Non ho comprato nulla, ma ho fatto due passi lungo Bond Street e sono entrata da Fortnum & Mason.»

«È piacevole ammazzare il tempo a Londra» concordò Pünd. «Ha visitato anche qualche mostra?»

«No. Non questa volta. C'era qualcosa al Courtauld, se non sbaglio, ma non ero proprio in vena.»

Quindi Dartford aveva mentito. Persino James Fraser aveva colto l'evidente discrepanza tra i due resoconti di quel pomeriggio, tuttavia prima che lui o il detective potessero avanzare qualche osservazione, squillò il telefono... Non in camera da letto, bensì al piano terra. Lady Pye lanciò un rapido sguardo all'apparecchio sul comodino e corrugò la fronte. «Ti spiacerebbe andare a rispondere, Freddy?» domandò al figlio. «Chiunque sia, di' pure che sto riposando e non voglio essere disturbata.»

«E se è per papà?»

«Limitati a dire che non vogliamo ricevere chiamate. Su, da bravo.»

«Va bene» acconsentì Freddy, un po' contrariato di essere allontanato dalla stanza. Si alzò controvoglia dalla poltrona e si trascinò fuori dalla porta. I tre uomini ascoltarono gli squilli del telefono riecheggiare dal piano inferiore e interrompersi dopo nemmeno un minuto.

«Il telefono della camera è rotto» spiegò Frances Pye. «La casa è vecchia e c'è sempre qualcosa che non funziona. Al momento i telefoni. Il mese scorso era l'impianto elettrico. Poi c'è tutto quel legno che marcisce. La gente si lamenterà pure per Dingle Dell, ma quantomeno le nuove case saranno moderne ed efficienti. Non avete idea di cosa significhi abitare in un antico maniero.»

Fraser notò che la donna aveva abilmente cambiato discorso, sviandoli dal racconto di ciò che aveva fatto – o non fatto – a Londra. Ma Pünd non parve curarsene. «A che ora è rientrata a Pye Hall la sera dell'omicidio di suo marito?» insisté.

«Dunque, vediamo. Il treno sarà arrivato verso le otto e mezza. Era lentissimo. Avevo lasciato la mia auto alla stazione di Bath e, calcolando il tragitto fino qui, saranno state le nove e venti circa.» Fece una pausa. «Quando sono arrivata, stava uscendo una macchina.»

Chubb annuì. «Me l'aveva già riferito, in effetti, Lady Pye. Suppongo non abbia visto il conducente.»

«Gli avrò dato un'occhiata di sfuggita. Non so nemmeno perché ve lo dico. Non sono nemmeno certa che si trattasse di un uomo. L'automobile era verde. Come le ho già detto. Ho notato le lettere FP nella targa. Purtroppo non saprei dirvi il modello.»

«A bordo c'era una sola persona?»

«Sì. Al posto di guida. Ho visto le spalle e la nuca. Portava un cappello.»

«L'auto si stava allontanando» intervenne Pünd. «Come le è parso che guidasse?»

«Andava di fretta. Ha imboccato la strada principale a gran velocità.»

«Diretto verso Bath?»

«No, dall'altra parte.»

«Poi lei ha proseguito verso la porta d'ingresso. Le luci erano accese.»

«Sì. Sono entrata.» Rabbrividì. «Ho visto subito mio marito e ho chiamato la polizia.»

Seguì un lungo silenzio. Lady Pye sembrava sinceramente esausta. Quando Pünd riprese, il suo tono era più dolce. «Conosce per caso la combinazione della cassaforte di suo marito?» chiese.

«Sì, certo. Conservo lì i miei gioielli più preziosi. Non è stata forzata, vero?»

«No, assolutamente, Lady Pye» la rassicurò il detective. «Ma è possibile che sia stata aperta di recente, perché il quadro che la nasconde non era allineato alla parete.»

«Sarà stato Magnus. Teneva lì i contanti. E i documenti privati.»

«La combinazione?» la incalzò Chubb.

Lei si strinse nelle spalle. «17 sinistra, 9 destra, 57 sinistra, poi due giri di manopola.»

«Grazie.» Pünd mostrò un sorriso compassionevole. «Sarà certamente molto stanca, Lady Pye, non la tratterremo oltre. Avrei solo un altro paio di domande. La prima riguarda un appunto, trovato sempre sulla scrivania di suo marito, che parrebbe scritto di suo pugno.»

Chubb aveva portato il blocco con sé, infilato in una busta di plastica per reperti. Lo porse a Lady Pye, che lesse velocemente le tre righe a matita:

ASHTON H

NS

UNA BAMBINA

«È la grafia di Magnus» confermò. «E non c'è nulla di così misterioso. Aveva l'abitudine di prendere appunti, quando riceveva una telefonata. Dimenticava spesso le cose. Non so chi o cosa possa essere Ashton H. Ns? Potrebbero essere le iniziali di qualcuno, immagino.»

«La N è maiuscola ma la s è minuscola» precisò Pünd.

«Allora potrebbe trattarsi di una parola qualsiasi. Era una sua abitudine. Se gli chiedevi di comprare il giornale quando usciva, lui si appuntava "Gn".»

«Crede sia possibile che questo "Ns" lo irritasse per qualche ragione? Non ci sono altri appunti, ma diversi segni a matita. Come vede ha quasi strappato il foglio per la foga.»

«Non ne ho idea.»

«E che mi dice della "bambina"?» intervenne Chubb. «Che cosa poteva intendere?»

«Non saprei neppure questo. Serviva una nuova domestica. Forse ne aveva trovata una con una figlia piccola al seguito.»

«La domestica precedente, Mary Blakiston...» fece per dire Pünd.

«Sì. È un periodo orribile... semplicemente orribile. Eravamo in vacanza quando è morta, nel Sud della Francia. Mary lavorava per noi da sempre. Magnus le era molto affezionato. E lei lo adorava! Fin da quando si era trasferita nel vecchio cottage del custode, provava un grande senso del dovere nei suoi confronti, come se Magnus fosse una sorta di sovrano e le avesse chiesto di entrare a far parte delle guardie reali. Personalmente, alle volte la trovavo piuttosto fastidiosa, ma non dovrei parlare male di una persona defunta. Desiderate sapere altro?»

«Ho notato che manca un quadro sulla parete dell'ingresso dove è stato rinvenuto il corpo di suo marito. Era appeso accanto alla porta.»

«Che cosa c'entra il quadro?»

«Ritengo rilevante qualunque dettaglio, Lady Pye.»

«Era un mio ritratto» rispose lei riluttante. «A Magnus non piaceva e l'ha gettato.»

«Di recente?»

«Sì. Non più di una settimana fa, in effetti. Non ricordo esattamente quando.» Frances Pye sprofondò di nuovo tra i cuscini, segno che aveva parlato abbastanza. Pünd annuì e al suo cenno Fraser e Chubb si alzarono, poi tutti e tre lasciarono la stanza.

«Che ne pensate?» chiese Chubb mentre uscivano.

«Sicuramente ha mentito riguardo a Londra» rispose Fraser. «Se volete la mia opinione, lei e quel Dartford hanno trascorso il pomeriggio insieme, e non certo per negozi!»

«È evidente che Lady Pye e il marito non condividevano più il talamo coniugale» concordò Pünd.

«Da cosa l'ha capito?»

«Ovviamente dall'arredo della stanza, i cuscini ricamati. Nessuna traccia maschile.»

«Quindi abbiamo due persone con un buon motivo per eliminarlo» mormorò Chubb. «Il movente più antico del mondo. Uccidere il marito e accaparrarsi il bottino.»

«Può darsi, ispettore. Forse troveremo nella cassaforte una copia del testamento di Sir Magnus. Ma la sua famiglia vive in questa casa da moltissimi anni ed è molto probabile, ritengo, che passerà direttamente all'unico figlio, nonché erede.»

«Bel capolavoro anche quel ragazzo» commentò Chubb.

Il contenuto della cassaforte si rivelò poco interessante. Alcuni gioielli, circa cinquecento sterline in valute diverse e svariati documenti: alcuni più recenti, altri di vent'anni prima. L'ispettore li sequestrò.

Lui e Pünd si separarono sulla porta, Chubb diretto a Hamswell, dove lo aspettava la moglie Harriet, della quale avrebbe indovinato l'umore all'istante. Come aveva confidato una volta all'amico detective, la consorte lo comunicava dalla rapidità con cui sferruzzava a maglia.

Pünd e Fraser gli strinsero la mano, poi fecero ritorno ai discutibili agi del Queen's Arms.

7

Si erano radunate altre persone alla fermata dell'autobus sull'altro lato della piazza principale, chiaramente attirate da qualcosa. Fraser ne aveva già notato un gruppetto quella mattina, appena arrivati al pub, ma evidentemente si era sparsa la voce. L'intero villaggio voleva sapere.

«Cosa starà succedendo?» domandò mentre parcheggiava.

«Dovremmo andare a scoprirlo» rispose Pünd.

Scesero dall'auto e attraversarono la piazza. Il negozio di antiquariato dei Whitehead e il General Electric Store erano già chiusi e nella calma della sera, senza il viavai del traffico, era facile sentire i commenti del piccolo crocchio.

«Ha un bel coraggio!»

«Dovrebbe vergognarsi.»

«Mettersi in mostra in quel modo!»

Gli abitanti del villaggio notarono la presenza di Pünd e Fraser quando ormai era troppo tardi, quindi aprirono un varco per consentire ai due uomini di avvicinarsi a quello che sembrava l'oggetto dell'animata discussione. La scorsero all'istante. Accanto alla fermata dell'autobus era installata una bacheca di vetro con svariati annunci affissi all'interno: verbali dell'ultima riunione del municipio, orari delle funzioni religiose, eventi in programma. Tra gli altri, era stata aggiunta una lettera scritta a macchina.

A CHIUNQUE INTERESSI

Nel villaggio circolano molte voci su Robert Blakiston. Qualcuno insinua che sia coinvolto nella tragica morte della madre, Mary Blakiston, avvenuta venerdì mattina alle nove in punto. Queste voci feriscono, sono errate e prive di fondamenta. A quell'ora mi trovavo con Robert nel suo appartamento sopra l'officina dopo aver passato la notte con lui. Se necessario, sono pronta a giurarlo di fronte a un tribunale. Robert e io siamo fidanzati e prossimi alle nozze. Vi prego di mostrare un po' di bontà d'animo mettendo subito fine a pettegolezzi tanto malvagi.

Joy Sanderling

James Fraser rimase scioccato. C'era un lato della sua natura, radicato in profondità dopo anni di sistema scolastico privato, che lo portava a offendersi facilmente davanti alla minima manifestazione di sentimenti in pubblico. Persino tenersi la mano per strada, a suo parere, era un'effusione non necessaria, e quella declamazione – perché tale appariva ai suoi occhi – andava ben oltre il limite della decenza. «Ma cosa le è saltato in mente?» esclamò mentre si allontanavano.

«È il contenuto della lettera a sconvolgerti tanto?» replicò Pünd. «Non hai notato altro?»

«Che cosa?»

«La lettera minatoria inviata a Sir Magnus Pye e questa confessione di Joy Sanderling sono state battute con la stessa macchina da scrivere.»

«Buon Dio!» Fraser sbatté le palpebre. «Ne è sicuro?»

«Assolutamente. La coda della E è un po' sbiadita e la T pende leggermente a sinistra. Non si tratta solo di un modello identico. È proprio la stessa macchina.»

«Crede sia stata la ragazza a scrivere a Sir Magnus?»

«È possibile.»

Fecero qualche passo in silenzio, poi Pünd riprese. «La signorina Sanderling si è vista costretta ad agire perché io non l'ho aiutata» disse. «È disposta a sacrificare la sua reputazione, pur sapendo che la notizia potrebbe giungere alle orecchie dei genitori che ne rimarrebbero, come lei stessa ha sottolineato, molto turbati. La responsabilità è solo mia.» Fece una pausa. «C'è qualcosa che mi preoccupa nel villaggio di Saxby-on-Avon» aggiunse. «Abbiamo già discusso a lungo della natura della malvagità umana, amico mio. Di come le menzogne e le elusioni più banali, che nessuno vede o intuisce, possano sommarsi fino a soffocarti come il fumo nell'incendio di una casa.» Si voltò a esaminare gli edifici circostanti, la piazza in ombra. «Ne siamo circondati. Si sono già verificati due decessi: tre, se includi il ragazzino annegato nel lago molti anni fa. E sono tutti collegati. Dobbiamo agire in fretta, prima che ne capiti un quarto.»

Attraversò la piazza ed entrò nella locanda. Alle sue spalle, gli abitanti del villaggio confabulavano ancora a bassa voce, scuotendo il capo.

QUATTRO

Un bambino

1

Atticus Pünd si svegliò con il mal di testa.

Lo percepì ancora prima di aprire gli occhi, e nell'istante in cui li spalancò il dolore si acuì come se lo stesse aspettando al varco, in agguato. La sua intensità gli mozzò quasi il respiro e Pünd riuscì a malapena ad allungare la mano verso le pastiglie prescrittegli dal dottor Benson, che la sera prima aveva preparato sul comodino. Alla fine riuscì ad afferrarle, ma non ebbe la stessa fortuna con il bicchiere d'acqua, benché avesse lasciato anche quello a portata di mano. Pazienza. Si fece scivolare le pillole in bocca e le mandò giù sentendole grattargli la gola. Solo qualche minuto dopo, quando si furono impiantate nel suo organismo e disciolte per diramare il loro effetto analgesico tramite il flusso sanguigno fino al cervello, Pünd fu in grado di individuare il bicchiere e bere per sciacquarsi il sapore amaro dalla bocca.

Rimase sdraiato così, a lungo, le spalle sprofondate nei cuscini, fissando le ombre alle pareti. Pian piano, la stanza tornò a fuoco: l'armadio di rovere troppo ingombrante, lo specchio con il vetro macchiato, la stampa incorniciata – una veduta del Royal Crescent di Bath –, le tende flosce, che una volta aperte rivelavano la vista sul cimitero. Alquanto appropriato, senza dubbio. Mentre aspettava che il dolore si attenuasse,

Atticus Pünd rifletté sul rapido sopraggiungere della propria mortalità.

Non ci sarebbe stato alcun funerale. Aveva visto troppi decessi in vita sua per scegliere di celebrare il proprio, di nobilitarlo come fosse qualcosa di più di quel che era in realtà: un passaggio. Né del resto credeva in Dio. Ammirava chi era sopravvissuto ai campi di concentramento con la fede intatta. La sua esperienza personale lo aveva portato a non credere più in niente. L'uomo era un animale complicato, capace di straordinaria bontà e di smisurata ferocia… ma era decisamente solo. Tuttavia, Pünd non temeva di essere smentito. Se, dopo una lunga vita di convinto raziocinio, si fosse ritrovato in una stanza piena di stelle per il giudizio finale, sapeva che avrebbe ricevuto il perdono. Da quel che si diceva, Dio era piuttosto incline a concederlo.

Si rese conto, invece, che il dottor Benson era stato fin troppo ottimista. Avrebbe dovuto affrontare molte altre crisi come quella e le conseguenze sarebbero state sempre più gravi man mano che l'affare nella sua testa progrediva inesorabilmente. Quanto tempo sarebbe passato prima di perdere il controllo delle proprie facoltà? Era quello il pensiero che più lo spaventava: non essere in grado di formulare alcun pensiero. Sdraiato in solitudine, nel letto della sua camera al Queen's Arms, Pünd si fece due promesse: la prima, che avrebbe risolto l'omicidio di Sir Magnus Pye onorando il debito nei confronti di Joy Sanderling.

La seconda rifiutò di formularla.

Un'ora dopo, quando scese in sala da pranzo nel consueto abito impeccabile con camicia bianca e cravatta, nessuno avrebbe potuto intuire come avesse iniziato la giornata, né James Fraser notò che qualcosa non andava; ma in fondo il giovane assistente non brillava certo per spirito di osservazione. Pünd ripensò al loro primo caso insieme, quando il ragazzo non si era neppure reso conto che il suo compagno di viaggio, sul treno delle tre e cinquanta proveniente da Paddington, era morto stecchito. Si stupivano in molti che fosse riuscito a tenersi stretto il lavoro da assistente detective. A dire il vero, Pünd lo riteneva utile proprio per la sua ottusità. Fraser era per lui una pagina bianca sulla quale scribacchiare le proprie teorie, una lastra di vetro sulla quale osservare il riflesso delle proprie elucubrazioni mentali. Ed era molto efficiente. Aveva già ordinato il caffè nero e l'uovo sodo con cui Pünd era solito fare colazione.

Mangiarono in silenzio. Fraser aveva scelto la colazione inglese al completo, una quantità di cibo che lui trovava immancabilmente sconcertante. Solo una volta finito, gli illustrò il programma della giornata. «Dobbiamo andare a far visita alla signorina Sanderling» annunciò.

«Assolutamente. Immaginavo che volesse iniziare da lei. Stento ancora a credere che abbia affisso un messaggio del genere. E la lettera a Sir Magnus...»

«Ritengo alquanto improbabile che sia stata lei a inviare le minacce. Ma la macchina da scrivere è la stessa. Non c'è alcun dubbio.»

«Forse anche qualcun altro vi aveva accesso.»

«La ragazza lavora all'ambulatorio. Andremo a trovarla lì. Controlla l'orario d'apertura.»

«Certo. Vuole che la avverta della nostra visita?»

«No. Ritengo sia meglio presentarci a sorpresa.» Pünd si versò un altro dito di caffè. «Quello che mi interessa, inoltre, è scoprire qualcosa di più sulla morte della domestica, Mary Blakiston.»

«Crede siano collegate?»

«Senza dubbio. La sua morte, la rapina, l'assassinio di Sir Magnus sono sicuramente tre tappe dello stesso viaggio.»

«Chissà cosa avrà scoperto Chubb sull'indizio che ha trovato lei ieri. Il frammento di carta nel caminetto. C'era un'impronta. Potrebbe rivelarci qualcosa.»

«Mi ha già rivelato moltissimo» replicò Pünd. «L'interessante non è l'impronta in sé. Non servirà a nulla a meno che non appartenga a qualcuno che abbia precedenti penali, cosa di cui dubito. Il punto è capire come mai il frammento si trovasse lì e perché sia stato bruciato. Sono proprio questi gli interrogativi che puntano al cuore della faccenda.»

«E se la conosco bene, avrà già trovato le risposte. Anzi, scommetto che avrà risolto addirittura il caso, vecchia volpe!»

«Non ancora, amico mio. Ma più tardi incontreremo l'ispettore Chubb e vedremo...»

Fraser avrebbe voluto chiedere di più, ma sapeva che Pünd non si sarebbe lasciato forzare la mano. Ponendogli un quesito diretto, si otteneva al massimo una risposta poco o per nulla sensata, di per sé ancora più irritante del non riceverne affatto. Finirono la colazione e pochi minuti dopo lasciarono l'albergo. Uscendo nella piazza, notarono come prima cosa che la bacheca accanto alla fermata dell'autobus era vuota. La confessione di Joy Sanderling era stata rimossa.

2

«In effetti, l'ho tolta io stessa. Questa mattina. Non mi pento di averla affissa in bacheca. Lo avevo già deciso dopo il nostro incontro a Londra. Dovevo fare qualcosa. Ma dopo quanto è successo – intendo Sir Magnus, le domande della polizia e tutto il resto – non mi è parso appropriato. Comunque sia, ha funzionato. È bastato che lo leggesse una sola persona perché lo sapesse tutto il villaggio. È così che vanno le cose qui. La gente mi lancia di quelle occhiatacce, glielo assicuro, e credo proprio che il vicario non abbia gradito. Ma non importa. Robert e io ci sposeremo. Quello che facciamo è affar nostro e non tollererò che si diffondano menzogne sul mio o sul suo conto.»

Joy Sanderling era sola nell'ambulatorio, che aveva

sede in un edificio moderno di un unico piano nella parte alta di Saxby-on-Avon, circondato da case e villette che risalivano all'incirca allo stesso periodo. Era una struttura priva di fascino, realizzata con materiali economici e un design funzionale. All'epoca della sua costruzione, il padre della dottoressa Redwing lo aveva paragonato ai bagni pubblici, ma naturalmente a quel tempo lui esercitava la professione in casa. La figlia invece aveva preferito separare il lavoro dalla vita privata. Gli abitanti del villaggio erano aumentati rispetto ai tempi di Edgar Rennard.

I pazienti entravano da una porta a vetri che si apriva direttamente sulla sala d'attesa, con i divanetti in finta pelle e un tavolino basso con una selezione di riviste: vecchi numeri di «Punch» e «Country Life». C'erano anche alcuni giocattoli per i bambini, dono di Lady Pye, anche se ormai erano un po' datati e sarebbe stato opportuno rimpiazzarli. La postazione di Joy era nella stanza attigua – quella in cui conservavano i medicinali – dotata di un vetro scorrevole per comunicare con i pazienti. La ragazza aveva davanti a sé il telefono con l'agenda per gli appuntamenti e di fianco la macchina da scrivere. Alle sue spalle, diversi scaffali, un armadietto stipato di forniture mediche, gli schedari con le cartelle dei pazienti e un piccolo frigorifero per l'eventuale conservazione dei farmaci e dei campioni da mandare in ospedale. Delle due porte, quella di sinistra comunicava con la sala d'attesa, mentre quella di destra con lo studio della dottoressa Redwing. Quando quest'ultima era pronta a ricevere il paziente successivo, la spia luminosa posta accanto al telefono di Joy si accendeva.

In quel momento stava ricevendo Jeff Weaver, il becchino, che aveva accompagnato il nipote per un ultimo controllo. Il piccolo Billy, di nove anni, si era completamente rimesso dalla pertosse ed era entrato in ambulatorio saltellando, deciso a uscirne il prima possibile. Non avendo altri pazienti in lista, Joy si era stupita quando la porta si era aperta ed erano entrati Atticus Pünd e il suo assistente biondo. Aveva sentito che si trovavano al villaggio, ma non si aspettava una loro visita.

«I suoi genitori sono stati informati di quanto ha dichiarato?» chiese Pünd.

«Non ancora» rispose Joy. «Ma qualcuno li avvertirà presto.» Scrollò le spalle. «Se anche lo scoprissero, che cosa cambierebbe? Mi trasferirò da Robert. In fondo è quello che desidero.»

Fraser ebbe l'impressione che nel breve lasso di tempo intercorso dal loro primo incontro a Londra, la ragazza fosse cambiata. Gli era piaciuta molto, in quell'occasione, e lo aveva deluso la decisione di Pünd di non aiutarla. La giovane donna che ora sedeva al di là del vetro era senz'altro molto graziosa, la persona ideale alla quale rivolgersi in caso di indisposizione. Tuttavia sembrava più spigolosa. Fraser aveva notato che non si era neppure alzata per accoglierli, limitandosi a salutarli dall'altra stanza.

«Non mi aspettavo di rivederla, signor Pünd» disse. «Cosa posso fare per lei?»

«Penserà che sia stato ingiusto quando è venuta a trovarmi a Londra, signorina Sanderling, e credo di doverle delle scuse. Mi sono limitato a essere sincero con lei. In quel momento non ritenevo di poterle offrire alcun aiuto per la situazione in cui si era venuta a trovare. Ciononostante, dopo aver letto della morte di Sir Magnus Pye, ho sentito di non avere altra scelta se non quella di indagare sulla questione.»

«Crede possa essere collegata a ciò che le ho riferito?»

«È possibile.»

«Be', non vedo come possa aiutarla. A meno che non pensi che sia stata io.»

«Aveva motivo di desiderare la sua morte?»

«No. Lo conoscevo appena. L'ho visto in qualche occasione, ma non abbiamo mai avuto rapporti.»

«E che mi dice del suo fidanzato, Robert Blakiston?»

«Non sospetterà di *lui*, vero?» Le si accese una fiamma negli occhi. «Sir Magnus è sempre stato molto buono nei suoi confronti. Lo ha aiutato a trovare lavoro. Non hanno mai discusso. Si vedevano a malapena. È qui per questo? Vuole mettermi contro il mio fidanzato?»

«Nulla di più lontano dalle mie intenzioni.»

«Allora cosa vuole da me?»

«In realtà, sono qui per incontrare la dottoressa Redwing.»

«È con un paziente al momento, ma dovrebbe averne ancora per poco.»

«Grazie.» Pünd non parve offendersi per l'ostilità della ragazza, ma Fraser ebbe l'impressione che la guardasse con tristezza. «Mi preme avvertirla» proseguì il detective, «che sarà necessario che io parli anche con Robert.»

«Perché?»

«Perché Mary Blakiston era sua madre. È sempre possibile che ritenesse Sir Magnus parzialmente responsabile per la sua morte, un movente sufficiente a giustificare l'omicidio.»

«Per vendetta? Ne dubito proprio.»

«Ad ogni modo, un tempo anche lui viveva a Pye Hall e vorrei approfondire il suo rapporto con Sir Magnus. Lo dico a lei perché immagino che vorrà essere presente quando lo interrogherò.»

Joy annuì. «Dove vorrebbe incontrarlo? E quando?»

«Potrebbe raggiungermi in albergo quando gli è più comodo. Alloggio al Queen's Arms.»

«Lo accompagnerò lì dopo il lavoro.»

«Grazie.»

La porta della dottoressa Redwing si aprì e Jeff Weaver uscì tenendo per mano un ragazzino in pantaloni corti e giacca dell'uniforme scolastica. Joy attese che nonno e nipote lasciassero l'ambulatorio, poi si diresse verso lo studio. «Avviso la dottoressa che siete qui» disse.

Sparì nell'altra stanza. Era precisamente l'occasione che Pünd aspettava. Fece un cenno a Fraser, che estrasse al volo un foglio dalla tasca della giacca e si sporse oltre il vetro scorrevole per infilarlo al contrario nella macchina da scrivere. Da quella posizione, batté alcuni tasti a caso, poi riprese il foglio e lo porse al detective, che esaminò le lettere, quindi annuì soddisfatto e glielo restituì.

«È la stessa?» domandò Fraser.

«Sì.»

Joy Sanderling tornò alla scrivania. «Accomodatevi» disse. «La dottoressa è libera fino alle undici.»

«Grazie» rispose Pünd, e un istante dopo aggiunse: «È la sola a utilizzare questo ufficio, signorina Sanderling?».

«Anche la dottoressa di tanto in tanto lo usa, ma nessun altro» rispose Joy.

«Ne è certa? Nessun altro può avere accesso a questa?» Indicò la macchina da scrivere.

«Perché me lo chiede?» Dal momento che Pünd non rispondeva, precisò: «Qui non entra nessun altro a parte la signora Weaver. È la madre del ragazzino che ha visto uscire poco fa, viene a pulire l'ambulatorio un paio d'ore al giorno. Ma dubito che userebbe la macchina da scrivere, e di certo non senza permesso».

«Già che ci siamo, gradirei conoscere la sua opinione in merito ai nuovi edifici che Sir Magnus intendeva costruire. Aveva in progetto di abbattere il bosco noto come Dingle Dell...»

«Pensa lo abbiano ucciso per quello? Temo che lei non sia in grado di comprendere fino in fondo i nostri villaggi, signor Pünd. Era un'idea stupida. Saxby-on-Avon non ha bisogno di nuove case e comunque ci sono un mucchio di posti più adatti a costruirle. Detesto che si abbattano gli alberi e quasi tutti gli abitanti del villaggio la pensano come me. Ma nessuno lo avrebbe ucciso per questo. Al massimo avrebbero scritto al giornale locale o se ne sarebbero lamentati al pub.»

«Tuttavia il progetto potrebbe rimanere irrealizzato senza la sua supervisione» suggerì Pünd.

«Immagino sia possibile.»

Il detective aveva dimostrato la propria tesi. Sorrise e si diresse verso lo studio della dottoressa. Fraser, che aveva piegato il foglio a metà e se l'era infilato di nuovo in tasca, lo seguì.

3

Lo studio della dottoressa era piccolo e quadrato, il più classico degli ambulatori medici, tanto da poter essere preso a modello per una vignetta su uno dei vecchi numeri di «Punch» sparsi sul tavolino della sala d'attesa. Un'antica scrivania con due sedie davanti occupava il centro della stanza, accanto a uno schedario di legno e a una libreria piena zeppa di tomi di medicina. Da un lato, una tenda separava il cubicolo per le visite, con un lettino e una sedia. Alla parete, un camice bianco pendeva da un gancio. L'unico tocco inaspettato era un dipinto a olio, che ritraeva un ragazzino dai capelli scuri appoggiato al muro. Si trattava chiaramente di un'opera amatoriale ma Fraser, che aveva studiato arte a Oxford, la trovò piuttosto riuscita.

La dottoressa Redwing, una donna sulla cinquantina dall'aria piuttosto austera, sedeva impettita a scrivere sulla cartella che aveva davanti. Appariva spigolosa in ogni suo tratto: la linea dritta delle spalle, gli zigomi, il mento. Per ritrarla si sarebbe potuto usare un righello. Ma si mostrò sufficientemente cortese da fare un cenno ai due ospiti perché si accomodassero. Finì di scrivere, richiuse la penna e sorrise. «Joy mi ha detto che collaborate con la polizia.»

«Siamo qui in veste privata» spiegò Pünd. «È vero tuttavia che abbiamo affiancato la polizia in passato e al momento stiamo coadiuvando l'ispettore Chubb. Mi chiamo Atticus Pünd. Lui è il mio assistente, James Fraser.»

«Ho sentito molto parlare di lei, signor Pünd. Dicono sia un detective brillante. Mi auguro che possa fare luce sull'accaduto. Una vicenda orribile per un piccolo villaggio come il nostro e a così breve distanza dalla morte della povera Mary... Non ci sono parole.»

«Mi pare di aver capito che lei e la signora Blakiston foste amiche.»

«Forse questa è un'esagerazione, ma sì, ci frequentavamo piuttosto spesso. Trovo che la gente la sottovalutasse. Era una donna molto intelligente. La sua non è stata una vita facile, aveva perso un figlio e cresciuto l'altro da sola. Ma aveva saputo reagire e si prodigava per molte persone qui nel villaggio.»

«E fu lei a trovarla dopo l'incidente.»

«In realtà Brent, il giardiniere di Pye Hall.» Si bloccò. «Credevo volesse parlarmi di Sir Magnus.»

«Vorrei verificare entrambi gli eventi, dottoressa Redwing.»

«Dunque, Brent mi telefonò dalla rimessa. Aveva visto Mary attraverso la finestra, riversa a terra nell'ingresso, e aveva temuto il peggio.»

«Non era entrato?»

«Non aveva le chiavi. Fummo costretti a rompere la porta sul retro. Mary le aveva lasciate nella toppa all'interno. Giaceva in fondo alle scale, sembrava fosse inciampata nel cavo dell'aspirapolvere, che si trovava ancora al primo piano. Si era rotta l'osso del collo. Non doveva essere successo da molto. Era ancora calda quando l'ho raggiunta.»

«Ne sarà rimasta sconvolta, dottoressa Redwing.»

«Infatti. Certo, sono avvezza alla morte. L'ho vista spesso da vicino. Ma è sempre difficile quando si tratta di qualcuno che conosciamo di persona.» Esitò un istante, gli occhi scuri e seri attraversati da una serie di pensieri contrastanti. Poi parve decidersi. «Ma non è solo questo.»

«No?»

«Avevo pensato di riferirlo alla polizia e forse avrei dovuto farlo subito. Magari ora sbaglio a raccontarlo a lei. Sa, alla fine mi sono persuasa che non fosse rilevante. Dopotutto, nessuno immaginava che la morte di Mary potesse avere altra causa oltre il tragico incidente. Tuttavia, dopo quello che è successo e dal momento che lei è qui...»

«Continui, la prego.»

«Dunque, pochi giorni prima della morte di Mary abbiamo avuto un problema in ambulatorio. Quel giorno eravamo molto indaffarate, avevo visitato tre pazienti di fila e Joy si era dovuta assentare un paio di volte. Le avevo chiesto di prendermi qualcosa per pranzo all'emporio del villaggio. È una brava ragazza e non le pesa sbrigare le varie commissioni. E poi avevo dimenticato alcuni documenti a casa e lei era andata a recuperarmeli. Ad ogni modo, mentre rimettevamo in ordine a fine giornata, ci siamo accorte che mancava un flacone dall'armadietto dei medicinali. Come immaginerà, li controlliamo a vista, soprattutto i più pericolosi, e quella sparizione mi suscitò una certa apprensione.»

«Di cosa si trattava?»

«Fisostigmina. È un antidoto contro il veleno della belladonna che mi ero procurata per Henrietta Osborne, la moglie del vicario. Accidentalmente l'aveva calpestata nel bosco di Dingle Dell e come lei di certo saprà, signor Pünd, uno dei suoi principi attivi è l'atropina. Presa a piccole dosi, la fisostigmina è un rimedio efficace, ma un quantitativo più elevato può rivelarsi letale.»

«E secondo lei è stata rubata.»

«Non proprio. Se ne avessi avuto la certezza, l'avrei denunciato direttamente alla polizia. No. Forse è stata solo spostata. Abbiamo molti farmaci in ambulatorio e malgrado tutte le precauzioni è già accaduto in passato. O magari il flacone è caduto alla signora Weaver mentre faceva le pulizie e si è rotto. Non che sia una persona poco affidabile, ma sarebbe proprio da lei ripulire tutto e non farne parola con nessuno.» La dottoressa Redwing corrugò la fronte. «Tuttavia avevo accennato la cosa a Mary Blakiston. Se il medicinale fosse stato rubato da qualcuno del villaggio, lei l'avrebbe scoperto di sicuro. Anche Mary era una specie di detective, in un certo senso. Aveva la capacità di carpire le informazioni alle persone. E in effetti mi riferì di avere già qualche idea in merito.»

«E pochi giorni dopo l'incidente, era morta.»

«Due giorni, signor Pünd. Esattamente due giorni.» Calò un silenzio improvviso mentre il peso – implicito – di quelle parole gravava nell'aria. La dottoressa Redwing parve ancora più a disagio. «Sono sicura che la sua morte non c'entri nulla» aggiunse. «È stata un incidente. E poi Sir Magnus non è stato avvelenato. Lo hanno decapitato con una spada.»

«Il giorno in cui sparì la fisostigmina, ricorda chi venne da lei in ambulatorio?» domandò Pünd.

«Sì. Ho controllato l'agenda degli appuntamenti. Come le dicevo, ricevetti tre persone quella mattina. La signora Osborne, che ho già nominato. Johnny Whitehead, il proprietario del negozio d'antiquariato in piazza. Aveva una brutta ferita a una mano, che si era infettata. E Clarissa Pye, la sorella di Sir Magnus, che lamentava un'indisposizione di stomaco. A essere sincera, non le riscontrai alcun disturbo particolare. Vive da sola ed è un po' ipocondriaca. Ha solo bisogno di fare due chiacchiere di tanto in tanto. Non credo che il flacone sparito c'entri qualcosa con l'incidente, ma non mi sentivo la coscienza a posto e immagino sia meglio informarvi di ogni minimo dettaglio.» Controllò l'orologio. «C'è altro?» chiese. «Non vorrei sembrare scortese, ma mi aspettano altre visite.»

«Il suo aiuto è stato preziosissimo, dottoressa Redwing.» Pünd si alzò e finse di notare il dipinto a olio per la prima volta. «Chi è quel ragazzo?» domandò.

«È mio figlio, Sebastian. Il ritratto risale a qualche giorno prima dei suoi quindici anni. Ora vive a Londra. Non lo vediamo molto spesso.»

«È davvero bello» osservò Fraser con sincero entusiasmo.

La dottoressa parve compiaciuta. «Lo ha dipinto mio marito, Arthur. Trovo che sia un artista straordinario e mi rammarica immensamente che il suo talento non venga riconosciuto. Ho posato anch'io per lui un paio di volte e ha fatto un delizioso ritratto di Lady Pye...» Si interruppe. Fraser si stupì notando la sua improvvisa agitazione. «Non mi avete chiesto nulla di Sir Magnus Pye» disse.

«Desidera riferire qualcosa?»

«Sì.» Esitò, quasi sfidando se stessa a continuare. Quando riprese, la sua voce era fredda e controllata. «Sir Magnus Pye era un uomo egoista, insensibile e borioso. Le nuove abitazioni che aveva in progetto di realizzare avrebbero deturpato un angolo assolutamente incantevole del nostro villaggio, ma non è tutto. Non ha mai fatto niente di buono per nessuno. Avete notato i giocattoli in sala d'attesa? Sono un dono di Lady Pye, la quale in cambio si aspettava che ci inchinassimo a baciare la terra dove passava. La ricchezza tramandata per via ereditaria sarà la rovina di questa nazione, signor Pünd. Ecco la verità. Erano una coppia spregevole e, se vuole il mio parere, avrà una bella gatta da pelare.» Diede un'ultima occhiata al dipinto. «Il fatto è che mezzo villaggio sarebbe stato ben felice di vederlo morto e se sono sospettati che sta cercando, be', avrà l'imbarazzo della scelta.»

4

Tutti sapevano chi era Brent, il giardiniere di Pye Hall, eppure nessuno lo conosceva veramente. Quando girava per il villaggio o si sedeva al solito tavolino del Ferryman, la gente diceva: «Ecco il vecchio

Brent», ma in realtà non avevano idea di quale fosse la sua età e persino il nome aveva un che di misterioso. Era quello di battesimo o il cognome? Forse qualcuno al villaggio ricordava suo padre. Anche lui si chiamava «Brent» e faceva lo stesso lavoro, anzi, per un periodo avevano lavorato insieme, il vecchio e il giovane Brent, spingendo carriole e scavando il terreno. Poi i suoi genitori erano morti. Nessuno sapeva con precisione come o quando, ma si diceva che fosse accaduto altrove, nel Devonshire. Un incidente d'auto. Così il giovane Brent era diventato il vecchio Brent e ora viveva nel minuscolo cottage in cui era nato, in Daphne Road. Faceva parte di una schiera di villette, ma nessuno dei vicini era mai stato invitato a entrare. Le tende rimanevano sempre tirate.

In parrocchia, da qualche parte, doveva essere conservato il certificato di nascita, datato maggio 1917, di un certo Neville John Brent. Forse c'era stato un tempo in cui lo chiamavano Neville: a scuola, o quando aveva servito nei Local Defence Volunteers, l'organizzazione di difesa istituita dall'esercito durante la guerra (la sua condizione di lavoratore agricolo lo aveva escluso dall'arruolamento). Ma era un uomo senza ombra, o forse un'ombra senza uomo. Evidente e irrilevante al tempo stesso, come il segnavento sul campanile di St Botolph. La gente ne avrebbe notato la presenza solo se un giorno si fosse svegliata e avesse scoperto che non c'era più.

Atticus Pünd e James Fraser avevano rintracciato Brent nel parco di Pye Hall, dove continuava a fare il suo lavoro, eliminando erbacce e fiori secchi, come se nulla fosse accaduto. Pünd lo aveva persuaso a interrompere per una mezz'ora e i tre uomini si erano seduti nel roseto, circondati da migliaia di boccioli nuovi. Brent si era rollato una sigaretta con mani talmente luride che, una volta accesa, avrebbe rilasciato senz'altro un retrogusto terroso. Dava l'impressione di un bambino troppo cresciuto, goffo e imbronciato, a disagio negli abiti troppo larghi, con i riccioli che gli ricadevano sulla fronte. Anche Fraser si sentiva a disagio accanto a lui. Brent aveva un atteggiamento strano, per non dire losco: come se celasse un segreto che rifiutava di condividere.

«Conosceva bene Mary Blakiston?» Pünd aveva cominciato dal primo decesso, ma Fraser sapeva che il giardiniere era stato testimone di entrambi. Anzi, poteva essere l'ultima persona ad aver visto ancora in vita sia la domestica sia il datore di lavoro.

«Non la conoscevo. Lei non voleva conoscermi.» Brent parve offeso dalla domanda. «Mi comandava a bacchetta. Fai questo, fai quello. Mi ha pure costretto ad andare a casa sua a spostarle i mobili e a togliere la muffa. Non ne aveva nessun diritto. Lavoravo per Sir Magnus, non per lei. Glielo ripetevo sempre. Non mi sorprende che l'abbiano spinta giù dalle scale, con quel modo di fare. Sempre a impicciarsi. Sono sicuro che avrà dato sui nervi a parecchia gente.» Inspirò rumorosamente. «Non mi piace parlare male dei morti, ma ficcava il naso dappertutto, non esagero.»

«Presume che l'abbiano spinta? La polizia è dell'opinione che si sia trattato di un incidente, che sia caduta.»

«Non sta a me dirlo, signore. Un incidente? O qualcuno l'ha fatta fuori? Non mi stupirei in nessuno dei due casi.»

«Ma è stato lei a vederla, riversa sul pavimento.»

Brent annuì. «Stavo sistemando le aiuole vicino alla porta d'ingresso. Ho guardato dalla finestra e l'ho vista lì, ai piedi delle scale.»

«Non ha sentito nulla?»

«Che cosa dovevo sentire? Era morta.»

«E in casa non c'era nessun altro.»

«Io non ho visto nessuno. Magari poteva anche esserci. Ma sono rimasto lì per diverse ore e non ho visto uscire anima viva.»

«Poi cos'ha fatto?»

«Ho bussato alla finestra per vedere se si riprendeva, ma non si muoveva, così sono andato alla rimessa e ho chiamato la dottoressa Redwing dal telefono esterno. Mi ha chiesto lei di rompere il vetro della porta sul retro. A Sir Magnus non ha fatto piacere. Anzi, se l'è presa con me per il furto che c'è stato dopo. La colpa non è stata mia. Io non volevo rompere un bel niente. Ho fatto solo quello che mi hanno chiesto di fare.»

«Ha discusso con Sir Magnus?»

«No, signore. Non mi permetterei mai. Ma lui non era contento, e quando Sir Magnus non era contento, la miglior cosa era tenersi alla larga, glielo assicuro.»

«Lei si trovava qui la sera in cui è morto.»

«Io sono qui tutte le sere. In questo periodo dell'anno non stacco mai prima delle otto e quella sera erano circa le otto e un quarto... Non che mi pagassero gli straordinari.» La cosa strana era che più Brent parlava, più diventava loquace. «Sir Magnus e Lady Pye non erano certo di manica larga. Quella sera lui era in casa da solo. La moglie era andata a Londra. L'ho visto lavorare fino a tardi. Nello studio c'era la luce accesa e credo aspettasse qualcuno, perché mentre me ne stavo andando è arrivata una persona.»

Lo aveva già riferito all'ispettore Chubb. Purtroppo non aveva saputo fornire una descrizione dell'ospite misterioso. «Mi pare di capire che non lo abbia visto in faccia» disse Pünd.

«No, non l'ho visto. E non l'ho riconosciuto. Ma poi, ripensandoci, mi è venuto in mente.» La rivelazione colse Pünd di sorpresa e aspettò che l'uomo continuasse. «Era al funerale. Quando hanno seppellito Mary Blakiston, c'era anche lui. Sapevo di averlo già visto da qualche parte. L'ho notato in fondo alla folla, ma allo stesso tempo non ci ho fatto caso, non so se mi spiego. È rimasto in disparte, come per non farsi riconoscere, e non l'ho visto in faccia. Ma so per certo che era lo stesso tizio. Ne sono più che sicuro... per via del cappello.»

«Portava un cappello?»

«Proprio così. Uno di quelli che si usavano una volta, almeno dieci anni fa, calato sul viso. Era lo stesso uomo venuto a Pye Hall alle otto e un quarto di quella sera. Ne sono sicuro.»

«Ricorda qualche altro particolare? Età? Altezza?»

«Portava un cappello. Non so altro. Era qui al funerale. Non ha parlato con nessuno. Poi se n'è andato.»

«Cos'è successo quando è venuto alla villa?»

«Non mi sono fermato a guardare. Sono andato al Ferryman per un boccone e una birra. Avevo due spiccioli in tasca, me li aveva dati il signor Whitehead, e non vedevo l'ora di staccare.»

«Il signor Whitehead. Il proprietario del negozio di antiquariato...»

«Sì, e allora?» Il giardiniere fissò il detective con sospetto.

«Ha detto che l'ha pagata.»

«Non l'ho mai detto!» Brent si rese conto di aver parlato troppo e cercò una via d'uscita. «Mi ha restituito le cinque sterline che mi doveva. Tutto qui. Così sono andato a bermi una birra.»

Pünd lasciò cadere la questione. Ci voleva poco a contrariare una persona come Brent e, una volta contrariato, non avrebbe più aperto bocca. «Quindi ha lasciato Pye Hall alle otto e un quarto circa» ripeté. «Forse appena una manciata di minuti prima che Sir Magnus fosse ucciso. Magari sarà in grado di spiegarmi l'impronta della mano che abbiamo individuato nell'aiuola accanto alla porta principale.»

«Me lo ha chiesto anche il poliziotto e gli ho già risposto. Quell'impronta non è mia. Che motivo avevo di piantare una mano nell'aiuola?» Fece uno strano sorrisetto.

Pünd tentò un approccio diverso. «Ha visto qualcun altro?»

«In effetti, sì.» Brent guardò di sottecchi il detective e il suo assistente. In tutto quel tempo si era limitato a tenere in mano la sigaretta che aveva preparato, ma a quel punto la portò alle labbra e la accese. «Stavo andando al Ferryman, come vi dicevo. Per strada mi sono imbattuto nella signora Osborne, la moglie del vicario. Dio solo sa cosa ci faceva fuori a quell'ora… e con quell'aria stravolta, oltretutto. Comunque, mi ha chiesto se per caso avevo visto suo marito. Era molto turbata. Forse addirittura spaventata. Avreste dovuto vedere la sua faccia! Allora le ho detto che forse era suo marito quello che avevo visto a Pye Hall, in fondo poteva anche esserlo…»

Pünd si accigliò. «L'uomo che ha visto alla villa, quello con il cappello… Ci ha appena detto che era lo stesso del funerale.»

«Lo so benissimo, signore. Infatti c'erano entrambi, lui e anche il vicario. Vede, mentre bevevo la mia birra, ho visto passare il vicario in bicicletta. Un po' più tardi.»

«Quanto?»

«Mezz'ora. Forse un'ora. In realtà, l'ho più che altro sentito. La sua bicicletta si sente sferragliare da un capo all'altro del villaggio, perciò può essere stato solo lui a passare davanti al pub mentre io ero dentro. E da dove poteva arrivare, se non dalla villa? Non tornava certo in bicicletta da Bath.» Brent scrutò il detective da sopra la sigaretta, sfidandolo a contestare le sue parole.

«Ci è stato di grande aiuto» concluse Pünd. «Avrei solo un'ultima domanda. Riguarda il vecchio cottage in cui viveva la signora Blakiston. Prima ha accennato che ogni tanto sbrigava dei lavoretti in casa sua, perciò mi chiedevo se per caso avesse la chiave.»

«Perché le interessa?»

«Perché vorrei entrarci.»

«Non saprei» mormorò il giardiniere. Ruotò la sigaretta tra le labbra. «Se volete entrare, dovreste chiedere a Lady Pye.»

«Questa è un'indagine di polizia» tagliò corto Fraser. «Possiamo entrare dove ci pare e se lei non collabora potrebbe passare dei guai.»

Brent parve dubbioso, ma non era preparato a discutere. «Posso accompagnarvi anche subito.» Indicò le rose con un cenno del capo. «Poi però devo tornare al lavoro.»

Pünd e Fraser lo seguirono fino alla rimessa, dalla quale il giardiniere prelevò una chiave agganciata a un grosso ceppo di legno, poi imboccarono insieme il viale in fondo al quale si trovava il vecchio cottage del custode, una casetta a due piani con il tetto spiovente, il comignolo massiccio, le finestre a inglesina e un solido portoncino d'ingresso. Era lì che aveva vissuto Mary Blakiston mentre lavorava come domestica per Sir Magnus Pye. All'inizio in compagnia del marito e dei due figli, finché uno alla volta l'avevano abbandonata e lei si era ritrovata sola. Forse era per via della posizione del sole o per le querce e gli olmi che la circondavano, ma la casupola sembrava perennemente avvolta dall'ombra. Era vuota, ovviamente. Un vuoto che si vedeva e si sentiva.

Brent aprì la porta d'ingresso con la chiave che aveva recuperato. «Volete che entri anch'io?» chiese.

«Sarebbe utile che si trattenesse ancora un momento» rispose Pünd. «Non le ruberemo troppo tempo.»

I tre uomini entrarono in un minuscolo ingresso sul quale si affacciavano due porte, un corridoio e una rampa di scale che saliva al primo piano. La tappezzeria a motivi floreali era datata. Le immagini esposte ritraevano uccelli e rapaci inglesi. Poi c'erano un tavolinetto antico, un appendiabiti e uno specchio a figura intera. Ogni cosa sembrava essere lì da tempo immemore.

«Cosa volete vedere?» chiese Brent.

«Questo non glielo posso rivelare» rispose Pünd. «Non ancora.»

Le stanze al piano terra offrivano ben poco. La cucina era essenziale, il salotto scialbo, dominato da un'antica pendola. Fraser ricordò la descrizione che ne aveva fatto Joy Sanderling, dell'orologio che ticchettava incessante mentre lei si sforzava di fare buona impressione sulla madre di Robert. Era tutto molto pulito, come se il fantasma di Mary fosse appena passato. Oppure non avesse mai lasciato la casa. Qualcuno aveva ritirato la posta e l'aveva ammucchiata sul tavolo della cucina, ma era poca e di scarsa importanza.

Salirono al primo piano. La camera di Mary era in fondo al corridoio, accanto al bagno. Dormiva nello stesso letto che un tempo doveva aver condiviso con il marito: era talmente ingombrante e massiccio che difficilmente qualcuno avrebbe potuto spostarlo dopo che se n'era andato. La camera si affacciava sulla strada. A dire il vero, nessuna stanza in quella casa godeva della vista su Pye Hall, come se il vecchio cottage fosse stato concepito perché la servitù non potesse alzare lo sguardo verso i padroni. Pünd superò altre due porte, di altrettante camere da letto. Non vi dormiva nessuno da un pezzo. I letti erano spogli, i materassi già segnati da macchie di muffa. Una terza porta, sul lato opposto del corridoio, era stata scardinata. La serratura forzata.

«È stata la polizia» spiegò Brent. Sembrava contrariato. «Volevano entrare ma non si trovava la chiave.»

«La signora Blakiston la teneva chiusa?»

«Non ci entrava mai.»

«Lei come fa a saperlo?»

«Ve l'ho già detto. Venivo qui spesso. Ho tolto la muffa e posato la moquette al piano di sotto e lei non faceva che chiamarmi. Ma non per questa stanza. Non apriva mai la porta. Non so nemmeno se avesse la chiave. Ecco perché la polizia l'ha forzata.»

Entrarono. La stanza era deludente: come il resto della casa, era stata spogliata di ogni traccia di vita, rimanevano un letto singolo, un armadio vuoto e un tavolo da lavoro sistemato sotto la finestra ricavata nel tetto. Pünd si avvicinò e guardò fuori. La vista spaziava oltre gli alberi e si riusciva a cogliere uno scorcio di lago e più in là il bosco in pericolo, Dingle Dell. Il detective trovò un unico cassetto al centro del tavolo e lo aprì. All'interno, Fraser notò una cinghia di pelle nera circolare con una medagliet-ta. Il collare di un cane. Lo tirò fuori.

«Bella» lesse. Il nome era inciso a caratteri maiuscoli.

«Bella era il cane» precisò inutilmente Brent. Fraser provò una leggera irritazione. C'era arrivato anche da solo.

«Il cane di chi?» chiese Pünd.

«Del figlio più piccolo. Quello che è morto. Aveva un cane, ma non è durato molto.»

«Che gli è successo?»

«È scappato. Lo hanno perso.»

Fraser ripose il collare nel cassetto. Era molto piccolo, il cane doveva essere stato un cucciolo. Era un'immagine inspiegabilmente triste, quel collare chiuso nel cassetto vuoto. «Così questa era la stanza di Tom» mormorò.

«Sembrerebbe di sì.»

«Ecco spiegato il motivo per cui la donna la teneva chiusa a chiave. La poveretta non tollerava il pensiero di entrarci. Chissà perché non si è mai trasferita altrove.»

«Forse non aveva scelta.»

Parlavano entrambi a bassa voce, quasi temessero di disturbare antichi ricordi. Nel frattempo Brent trascinava i piedi in giro, ansioso di tornare al lavoro. Ma Pünd esitava a lasciare la casa. Fraser sapeva che non cercava tanto degli indizi quanto di percepire l'atmosfera: lo aveva sentito nominare spesso la «memoria del crimine», quell'eco soprannaturale che la tristezza e la morte violenta lasciano dietro di sé. La descriveva anche in un capitolo del suo libro, *Informazione e intuizione*, o qualcosa di simile.

Solo una volta usciti, riprese a parlare. «Chubb deve aver già prelevato qualunque elemento interessante. Sono curioso di scoprire che cosa ha trovato.» Guardò Brent già distante, diretto verso la villa con la sua andatura strascicata. «Anche lui ci ha raccontato parecchie cose, comunque.» Si guardò attorno, nel fitto degli alberi. «Non mi piacerebbe vivere qui» disse. «Non c'è vista.»

«È piuttosto opprimente» concordò Fraser.

«Dobbiamo andare a domandare al signor Whitehead quanto effettivamente doveva a Brent e per quale motivo. Poi torneremo a parlare con il vicario. Avrà avuto una buona ragione per trovarsi qui la sera dell'omicidio. Rimane infine la questione della moglie...»

«Brent ha detto che la signora Osborne sembrava spaventata.»

«Sì. Ma per quale motivo, mi domando.» Si guardò un'ultima volta alle spalle. «Qualcosa nell'atmosfera di questa casa, James, mi dice che c'è molto di cui avere paura.»

5

A Raymond Chubb non piacevano gli omicidi. Aveva scelto di fare il poliziotto perché credeva nell'ordine e riteneva che la contea del Somerset, con le sue cittadine graziose, le siepi e le antiche coltivazioni, fosse uno dei luoghi più ordinati e civilizzati del Paese, se non del mondo. L'omicidio stravolgeva tutto. Spezzava il ritmo pacato della vita. Metteva i vicini gli uni contro gli altri. Di colpo non ci si fidava più di nessuno e le porte, in genere mai chiuse a chiave neppure la notte, a un tratto venivano serrate a doppia mandata. L'omicidio era un atto vandalico, un mattone lanciato contro una vetrata e, che gli piacesse o no, rimettere insieme i frammenti era compito suo.

Seduto nel suo ufficio, alla centrale di polizia di Orange Grove a Bath, Chubb rifletteva sull'indagine in corso. La faccenda di Sir Magnus Pye non prometteva bene. Non bastava essere accoltellati in casa propria… ma addirittura decapitati con una spada medievale nel bel mezzo della serata. Era a dir poco scandaloso. Saxby-on-Avon era un posto così tranquillo! E poi c'era stata la vicenda della domestica, inciampata e caduta dalle scale, ma era tutto un altro paio di maniche. Davvero dietro uno degli abitanti, uno che magari viveva in un'antica casa georgiana, andava in chiesa, faceva parte della squadra di cricket, tagliava l'erba del prato la domenica mattina e vendeva marmellata fatta in casa alle feste del villaggio, si nascondeva un pazzo omicida? La risposta era: sì, molto probabile. E la sua identità avrebbe potuto essere rivelata dal taccuino che in quel momento giaceva sulla sua scrivania.

Nella cassaforte di Sir Magnus non avevano trovato nulla di rilevante. E a prima vista era parso che anche la perquisizione del vecchio cottage sarebbe risultata solo una perdita di tempo. Invece un agente con l'occhio di falco, il giovane Winterbrook, aveva scoperto quel prezioso volumetto tra i libri di cucina di Mary Blakiston. Avrebbe fatto molta strada, quel ragazzo. Doveva solo impegnarsi seriamente, mostrare un pizzico di ambizione in più, e sarebbe diventato ispettore in un lampo. Che la domestica lo avesse nascosto intenzionalmente? Temeva forse che qualcuno entrasse in casa… magari il figlio, o lo stesso Sir Magnus? Certo, non sarebbe stato il caso di lasciarlo in giro, tanti erano i commenti maligni sugli abitanti del villaggio. Come il signor Turnstone (il macellaio) che sbagliava di proposito a dare il resto ai clienti, Jeffrey Weaver (il becchino) che a quanto pareva maltrattava il cane,

Edgar Rennard (il medico in pensione) che prendeva mazzette, la signorina Dotterel (la commessa dell'emporio) che alzava volentieri il gomito. Sembrava che nessuno fosse sfuggito all'attenzione di quella donna.

Aveva impiegato ben due giorni per leggerlo tutto e, una volta giunto alla fine, Chubb si era sentito quasi contaminato. Ripensò a quando aveva visto Mary Blakiston riversa in fondo alle scale di Pye Hall, con gli occhi vitrei, il corpo già freddo e rigido. In quel momento aveva provato pena per lei. Ora si domandava cosa mai l'avesse spinta ad aggirarsi per il villaggio con lo sguardo perennemente sospettoso, perennemente in cerca di guai. Non avrebbe potuto, almeno per una volta, dire qualcosa di buono? La sua grafia, benché fitta e spigolosa, era ordinata, quasi fosse stata una specie di segretaria del maligno. Sì! A Pünd sarebbe piaciuta quella definizione. Era il tipico commento che avrebbe fatto lui. Ogni pagina riportava la data, per un totale di tre anni e mezzo di osservazioni. Chubb aveva già spedito Winterbrook a casa della donna in cerca di eventuali diari precedenti… malgrado quello bastasse e avanzasse per procedere.

La signora Blakiston aveva due o tre bersagli preferiti che si susseguivano pagina dopo pagina. Stranamente, nonostante l'acredine tra i due, non compariva il figlio Robert, anche se Josie – o meglio Joy – era diventata oggetto del suo disprezzo dal momento in cui le era stata presentata. La donna detestava con tutta se stessa anche Brent, il giardiniere. Il suo nome era ripetuto di continuo. Era maleducato, indolente, ritardatario, ladruncolo, spiava il campeggio dei boy-scout nel bosco di Dingle Dell, beveva troppo, raccontava bugie, non si lavava mai. A quanto pareva, la domestica aveva condiviso le proprie impressioni con Sir Magnus Pye, come suggeriva una delle ultime annotazioni del diario.

14 luglio

Finalmente qualcuno ragiona! Sir M ha minacciato di licenziare Brent. È successo ieri sera alla villa. Brent per niente felice. Stamattina aveva il muso e ha pestato di proposito un'aiuola di aquilegia. L'ho visto con i miei occhi e l'ho riferito al caro Sir M che mi ha rassicurata, dicendo che presto se ne sarebbe andato. Era ora. L'ho messo in guardia un sacco di volte. Sir M non ha precisato il motivo, ma ce ne sarebbero a iosa. Tanti giovanotti cercano lavoro in questa zona, gli ho detto io, e per fortuna. Gli ho suggerito di pubblicare un annuncio su «The Lady» ma Sir M preferirebbe un'agenzia, più discreta. Anche più costosa, ma per lui non ha importanza, immagino.

Il giorno successivo, era morta. E due settimane dopo, anche Sir Magnus. Una coincidenza? Non potevano certo essere stati ammazzati per un ciuffetto di fiori calpestato.

Chubb aveva messo in evidenza diverse altre pagine che, a suo parere, potevano in qualche modo essere legate al caso. Tranne una, erano tutte recenti, perciò facilmente riconducibili all'omicidio di Sir Magnus. Le scorse di nuovo, rileggendole nell'ordine che gli pareva più sensato.

13 luglio

Interessante chiacchierata con la dott. Redwing. Quanti ladri ci saranno mai in un piccolo villaggio come il nostro? È affar serio. Le hanno rubato un medicinale dall'ambulatorio. La fisostigmina. Dice che un dosaggio elevato può essere fatale. Le ho suggerito di rivolgersi alla polizia, ma lei non vuole perché teme che le addossino la colpa. Mi piace la dott. R ma a volte nutro seri dubbi sulla sua capacità di giudizio. Scegliere quella ragazza come assistente, tanto per dirne una. E poi non è accorta come crede di essere. Sono stata nel suo ambulatorio un sacco di volte e avrei potuto benissimo servirmi da sola. Quando sarà successo? Secondo me la dott. R si sbaglia. Non è stato il giorno che mi ha detto, ma quello prima. Quando l'ho vista uscire, ho capito subito che nascondeva qualcosa. Gliel'ho letto in faccia. E come stringeva la borsetta. Sono entrata e l'ambulatorio era vuoto (nemmeno l'ombra di quella ragazza). Di sicuro era rimasta lì dentro da sola e aveva trovato l'armadietto dei medicinali aperto, perciò può tranquillamente aver preso qualcosa. A che scopo, però? Per versarla nel tè del fratello, magari per vendetta. Essere la numero due non farebbe piacere a nessuno! Ma devo stare attenta. Non posso muovere accuse. Devo rifletterci bene.

9 luglio
Arthur Reeve troppo turbato per parlare. La sua collezione di medaglie sparita! Una cosa orribile. Il ladro è entrato dalla finestra della cucina... si è pure tagliato con il vetro. Una prova schiacciante, si direbbe, ma figuriamoci se la polizia l'ha presa in considerazione. Dicono che si tratta di una ragazzata... ma io non ci credo. I ladri sapevano esattamente cosa cercare. La sola medaglia greca valeva una bella sommetta. Ma ormai nessuno si prende più la briga. Sono entrata e ho bevuto una tazza di tè insieme a lui. Mi sono chiesta se il nostro amico c'entrasse qualcosa, ma non ho detto nulla. Darò un'occhiata da me... con circospezione. Il lupo perde il pelo ma non il vizio! Terribile avere un individuo del genere nel villaggio. E magari pericoloso? Avrei fatto meglio a riferirlo a Sir Magnus. Hilda Reeve non ha battuto ciglio. Non vuole aiutare il marito... dice che non vede il motivo di tanto chiasso. Stupida donna. Proprio non capisco perché l'abbia sposata.

11 luglio
Sono stata da Whitehead in negozio mentre sua moglie era fuori e gli ho riferito quello che sapevo. Ovviamente ha negato

tutto. Be', c'era da aspettarselo, no? Gli ho mostrato l'articolo di giornale che ho trovato e lui ha detto che è acqua passata, anzi mi ha accusata di volergli creare guai. Oh no, gli ho risposto. È lui che se li va a cercare. Dice che non si è mai avvicinato alla casa di Arthur. Ma ha il negozio pieno di cianfrusaglie e viene proprio da chiedersi dove se le procuri. Mi ha sfidata a mettere la storia in piazza. Ha detto che mi avrebbe denunciata. Staremo a vedere!

Chubb avrebbe potuto ignorare le ultime due pagine. Arthur Reeve e la moglie erano una coppia anziana che un tempo gestiva il Queen's Arms. Difficile immaginare due sospettati più improbabili per l'omicidio di Sir Magnus… e che rilevanza aveva il furto delle medaglie? Dell'incontro con Whitehead non aveva capito nulla. Infilato in fondo al diario, tuttavia, aveva trovato un ritaglio di giornale consumato e sbiadito che lo aveva costretto a riflettere.

NOTO RICETTATORE RILASCIATO DAL CARCERE

Ha ottenuto una certa notorietà come membro della Gang delle Ville, una rete di ladri professionisti che prendeva di mira i quartieri signorili di Kensington e Chelsea. Arrestato per ricettazione di merce rubata, John Whitehead è stato rilasciato dal carcere di Pentonville dopo aver scontato solamente quattro dei sette anni previsti dalla sentenza. Si pensa che Whitehead, che è coniugato, abbia lasciato Londra.

Non c'erano fotografie, ma Chubb aveva già verificato e in effetti era emerso che un certo Johnny Whitehead vivesse nel villaggio con la moglie e fosse lo stesso Johnny Whitehead arrestato a Londra all'epoca. Durante e dopo la guerra, nella capitale aveva operato una vasta rete di criminalità organizzata, di cui faceva parte la famigerata Gang delle Ville. Whitehead era stato il loro ricettatore e adesso gestiva nientemeno che un negozio di antiquariato! Rilesse la frase di Mary Blakiston. «E magari pericoloso?» Il punto interrogativo era più che appropriato. Se Whitehead era davvero un ex criminale e la donna aveva minacciato di smascherarlo, poteva essere lui il responsabile della sua morte? E se lei aveva accennato la cosa a Sir Magnus, magari era stato costretto a colpire due volte? Chubb ripose con cura l'articolo di giornale da una parte e tornò a concentrarsi sul diario.

7 luglio
Scioccante. Ho sempre saputo che il vicario Osborne e la moglie nascondevano qualcosa. Ma questo!!!! Magari fosse rimasto il vecchio Montagu. Non so veramente cosa dire o fare. Niente, suppongo. Chi mi crederebbe? Una cosa orripilante.

6 luglio
Lady Pye tornata da Londra. Di nuovo. Tutte quelle visite, lo sanno tutti cosa ci va a fare. Ma nessuno parla. Colpa dei tempi in cui viviamo. Sono avvilita per Sir Magnus. Un brav'uomo come lui. Sempre così buono con me. Lo saprà? Dovrei forse dirglielo?

L'ultima annotazione che Chubb aveva selezionato risaliva a circa quattro mesi prima. Mary Blakiston aveva nominato più volte Joy Sanderling, ma quello sfogo seguiva il loro primissimo incontro. Aveva usato l'inchiostro nero e un pennino molto più spesso. Le lettere sembravano scagliate sulla pagina e Chubb riusciva quasi a percepire la rabbia e il disgusto provati dalla donna mentre la penna scivolava sul foglio. Per tutto il diario Mary era stata un'osservatrice imparziale. Vale a dire che aveva mostrato sdegno e antipatia in egual misura nei confronti di tutti. Ma per Joy sembrava avere una riserva speciale.

15 marzo

Tè con la signorina Sanderling. Dice che il suo nome è Josie ma «mi chiami pure Joy». Gioia. Non ci penso proprio. Non ci sarà alcuna gioia in quel matrimonio. Come fa a non capirlo? Non lo permetterò. Ho già perso un figlio dodici anni fa. Non le permetterò di portarmi via Robert. Le ho offerto tè e biscotti e lei se ne è rimasta lì seduta con quello stupido sorriso in faccia... Così giovane, così inconsapevole. Ha blaterato qualcosa sui suoi genitori e la sua famiglia. Ha un fratello con la sindrome di Down! Perché mai doveva precisare una cosa simile? Robert se ne stava lì senza dire una parola, e per tutto il tempo non ho fatto che pensare a quell'orribile malattia che appesta la sua famiglia e non vedevo l'ora che se ne andasse. Avrei dovuto dirglielo chiaramente. Ma è ovvio che si tratta di quel genere di ragazza che non dà ascolto a una come me. Parlerò con Robert più tardi. È fuori discussione. Punto e basta. Perché quella sciocca doveva proprio venire a Saxby?

Per la prima volta, Chubb provò una vera avversione nei confronti di Mary Blakiston, quasi la sensazione che avesse meritato di morire. Non si sarebbe mai sognato di augurarlo a nessuno, ma dovette riconoscere che il diario di quella donna era veleno allo stato puro, dall'inizio alla fine, e l'ultima pagina che aveva letto era davvero imperdonabile. Era stato il riferimento alla sindrome di Down a turbarlo maggiormente. Mary l'aveva descritta come un'«orribile malattia». Non lo era affatto. Era una condizione, non una malattia. Che razza di donna avrebbe mai potuto considerarla una minaccia per la propria discendenza? Davvero aveva imposto un veto al matrimonio del figlio solo per proteggere i futuri nipoti da un'eventuale contaminazione? Roba da non credere.

Chubb sperava in parte che quello fosse l'unico esemplare delle memorie di Mary Blakiston. Lo terrorizzava il pensiero di affrontare altrettante pagine colme di tristezza e risentimento… possibile che non avesse mai avuto una parola buona per nessuno? Allo stesso tempo, sapeva di essersi imbattuto in una risorsa troppo preziosa per essere ignorata. Avrebbe mostrato il diario al detective Pünd.

Era felice della sua improvvisata nel Somerset. Avevano già lavorato insieme al caso di Marlborough, del preside ucciso durante uno spettacolo teatrale. L'attuale vicenda presentava molti elementi in comune con quel delitto: un intrico di sospettati, i moventi più svariati e, non uno, ma ben due decessi che potevano essere collegati. Nell'intimità della propria casa, Chubb avrebbe ammesso la verità, ovvero che non riusciva a cavare un ragno dal buco. Pünd vedeva sempre le cose da una prospettiva diversa. Forse era una dote innata. L'ispettore non poté fare a meno di sorridere. Per tutta la vita gli avevano insegnato a considerare i tedeschi dei nemici. Era strano averne uno dalla propria parte.

Altrettanto strano era che fosse stata proprio Joy Sanderling ad attirarlo lì. Chubb ipotizzava che lei e il fidanzato Robert Blakiston avessero il movente più valido per la morte di Mary Blakiston. Erano giovani e innamorati, e la donna intendeva impedire il loro matrimonio per la peggiore e più esecrabile delle ragioni. Per un brevissimo istante, lo stesso ispettore aveva condiviso i sentimenti dei due ragazzi. Ma se avevano premeditato l'omicidio, perché tentare di coinvolgere Pünd? Si trattava forse di un elaborato tentativo di gettare fumo negli occhi?

Rimuginando tutti quei pensieri nella mente, Raymond Chubb si accese una sigaretta e si concentrò nuovamente sulle pagine del diario.

6

Nel suo saggio magistrale, *Lo scenario dell'indagine criminale*, Atticus Pünd aveva scritto: «Si può rappresentare la verità come una sorta di *Vertiefung*, un profondo avvallamento non visibile in lontananza nel quale ci si imbatte quasi all'improvviso. Si può raggiungere seguendo varie strade. Una serie di domande in apparenza poco pertinenti avrà comunque il potere di avvicinare all'obiettivo. Nessun viaggio è sprecato durante l'investigazione di un crimine». In altre parole, non aveva importanza che il detective non avesse ancora letto il diario di Mary Blakiston né avesse idea del suo contenuto. Malgrado lui e l'ispettore Chubb seguissero due approcci diversi, le loro strade prima o poi si sarebbero inevitabilmente incontrate.

Dopo aver lasciato il vecchio cottage del custode di Pye Hall, Pünd e Fraser avevano percorso a piedi il breve tragitto che li separava dalla canonica, seguendo la strada principale anziché la scorciatoia attraverso Dingle Dell, per godersi il tepore del pomeriggio. Fraser si era innamorato di Saxby-on-Avon e lo stupiva che il detective sembrasse immune al suo fascino. A dire il vero, aveva notato che Pünd non era più lo stesso da quando avevano lasciato Londra, che si chiudeva spesso in lunghi silenzi, immerso nei propri pensieri. In quel momento erano seduti nel salottino di casa Osborne, dove Henrietta aveva servito il tè e i biscotti fatti in casa. Era una stanza allegra e luminosa, con una composizione di fiori secchi sul caminetto e una portafinestra che si apriva sul giardino ben curato confinante con il bosco. C'erano un pianoforte verticale, diversi scaffali di libri e le tende alla finestra, che in inverno sarebbero state chiuse. I mobili erano confortevoli, benché spaiati.

Robin e Henrietta Osborne, seduti sul divano uno accanto all'altra, non avrebbero potuto apparire più a disagio o, addirittura, più colpevoli di così. Pünd aveva appena iniziato l'interrogatorio che già la coppia si era schierata sulla difensiva, chiaramente timorosa degli sviluppi. Fraser comprendeva il loro atteggiamento. Gli era capitato altre volte. Per quanto si fosse innocenti e rispettabili, nel momento stesso in cui si veniva interrogati da un detective si passava dalla parte degli indiziati e nessuna risposta veniva presa per buona. Faceva parte del gioco, ma a suo parere gli Osborne non se la stavano cavando troppo bene.

«La sera dell'omicidio di Sir Magnus Pye, signora Osborne, lei è uscita di casa. Erano circa le otto e quindici.» Pünd attese l'eventuale smentita, poi aggiunse: «Come mai?».

«Posso chiederle da chi l'ha saputo?» ribatté Henrietta.

Pünd si strinse nelle spalle. «Mi creda, signora, non ha alcuna rilevanza. È mio compito stabilire dove fossero tutti nel momento dell'omicidio, per ricomporre il puzzle, se così lo vogliamo definire. Io faccio domande e ricevo risposte. Funziona così.»

«È che non mi piace l'idea di essere spiata. È questo il problema dei villaggi così piccoli. Tutti ti controllano.» Il vicario le accarezzò la mano con dolcezza e lei proseguì: «Sì. Stavo cercando mio marito a quell'ora. Il fatto è...». Esitò. «Ecco, eravamo entrambi piuttosto scossi per una notizia appena giunta e lui era andato a prendere una boccata d'aria per conto suo. Dal momento che si stava facendo buio e non era ancora tornato, mi sono preoccupata.»

«E dov'è che si è recato, signor Osborne?»

«In chiesa. È lì che mi rifugio quando ho bisogno di schiarirmi le idee. Immagino comprendiate.»

«È andato a piedi o in bicicletta?»

«Da come ha posto la domanda, signor Pünd, deduco che conosca già la risposta. In bicicletta.»

«A che ora è rincasato?»

«Saranno state le nove e mezza circa.»

Pünd aggrottò le sopracciglia. Stando al racconto

di Brent, il giardiniere aveva sentito la bicicletta del vicario passare davanti al Ferryman circa mezz'ora dopo essere arrivato. Perciò dovevano essere state le nove e un quarto al massimo. C'era una discrepanza, un buco di almeno quindici minuti. «È proprio sicuro dell'ora?» insisté.

«Assolutamente» si intromise Henrietta. «Come ho già detto, ero preoccupata. Perciò tenevo gli occhi incollati all'orologio e quando mio marito è rincasato erano le nove e mezza precise. Gli avevo tenuto la cena in caldo e gli ho fatto compagnia mentre mangiava.»

Pünd non approfondì la questione. C'erano tre possibilità. La prima, nonché la più ovvia, era che gli Osborne stessero mentendo. La donna sembrava indubbiamente nervosa, come se cercasse di proteggere il marito. La seconda, che Brent si fosse sbagliato, ma stranamente gli era parso attendibile. E la terza...? «Suppongo che a turbarvi fosse stata la notizia del progetto relativo al nuovo sviluppo urbano» continuò.

«Precisamente.» Osborne indicò la portafinestra e il panorama subito oltre. «Sorgerà proprio laggiù. In fondo al nostro giardino. Si intende, la casa non è nostra. Appartiene alla chiesa e io e mia moglie non rimarremo qui per sempre. Ma trovo che sia uno scempio. E tutt'altro che necessario.»

«Potrebbe non realizzarsi più» intervenne Fraser. «Con la morte di Sir Magnus e tutto il resto...»

«Be', non intendo certo rallegrarmi per la morte di nessuno. Sarebbe alquanto inappropriato. Ma ammetto di aver avuto lo stesso pensiero quando ho appreso la notizia. Una reazione sbagliata da parte mia. Non dovrei consentire ai miei sentimenti personali di corrompere il mio giudizio.»

«Dovreste dare uno sguardo a Dingle Dell» suggerì Henrietta. «Se non ci siete mai stati, non potete comprendere perché significhi tanto per noi. Gradite che vi ci accompagni?»

«Sarebbe un vero piacere» rispose Pünd.

Avevano finito di bere il tè. Senza farsi notare Fraser afferrò un altro biscotto e uscirono tutti dalla portafinestra. Il giardino della canonica si estendeva per una ventina di metri circa, con il prato bordato da aiuole fiorite che digradava facendosi più selvaggio a mano a mano che si allontanavano dalla casa. Era stato concepito appositamente così. Non c'era alcuna recinzione né barriera tra la proprietà degli Osborne e il bosco, perciò era impossibile stabilire dove finisse una e cominciasse l'altro.

Di punto in bianco si ritrovarono nel folto di Dingle Dell. Gli alberi – querce, frassini e olmi montani – li accerchiarono, tagliandoli d'un tratto fuori dal mondo. Era un luogo delizioso. I raggi del sole del tardo pomeriggio filtravano tra i rami e le foglie, tingendosi di un verde delicato in cui danzavano le farfalle… «La tecla della quercia» mormorò Henrietta. Il terreno era soffice sotto i piedi: erba e muschio punteggiati di fiori. C'era un che di curioso in quel bosco. Non era un vero e proprio bosco. Piuttosto una piccola, minuscola radura tra gli alberi che dall'interno sembrava non avere confini, né apparente via d'uscita. Era tutto molto attutito. Nonostante gli uccelli svolazzassero tra i rami, sembravano non produrre alcun suono. Solo il ronzio di un insetto spezzò il silenzio, ma svanì in fretta com'era giunto.

«Alcuni di questi alberi hanno due o trecento anni» spiegò Osborne. Si guardò intorno. «Sapete che Sir Magnus ha trovato proprio qui il suo prezioso tesoro? Monete, gioielli e oggetti romani, sepolti probabilmente per tenerli al sicuro. Ogni volta che ci veniamo appare diverso. Funghi favolosi, più avanti nella stagione. Insetti di ogni specie, per gli appassionati del genere…»

Notarono un cespuglio di aglio orsino, un tripudio di fiori bianchi simili a stelle e, poco oltre, un'altra pianta, un fitto garbuglio di foglie appuntite protese attraverso il sentiero.

«*Atropa belladonna*» disse Pünd. «Ho saputo, signora Osborne, che l'ha inavvertitamente calpestata e ne ha assorbito il veleno.»

«Sì. Sono stata una sciocca. Oltre che sfortunata... Non so come, mi ha graffiato un piede.» Fece una risatina nervosa. «Non so proprio perché mi sia saltato in mente di uscire scalza. Forse per sentire la sensazione del muschio sotto i piedi. Ad ogni modo, ho imparato la lezione. D'ora in poi girerò alla larga.»

«Volete proseguire?» chiese Osborne. «Pye Hall sorge proprio all'altro capo del bosco.»

«Sì. Sarà interessante tornarci» rispose Pünd.

Non esisteva un vero e proprio sentiero. Proseguirono nel verde, raggiungendo l'estremità del bosco di punto in bianco, come vi erano entrati. Di colpo gli alberi si aprirono e lì, di fronte a loro, apparve il lago, immobile e scuro, con il prato che dalla villa digradava dolcemente verso le sue rive. Freddy Pye era fuori, tirava calci a un pallone, mentre Brent era inginocchiato davanti a un'aiuola con un paio di cesoie in mano. Nessuno dei due aveva notato l'arrivo della comitiva. Dal punto in cui si trovavano gli ospiti, il vecchio cottage non era visibile, nascosto dietro una cortina di alberi.

«Eccoci qui» annunciò Osborne. Cinse la moglie con un braccio, poi parve ripensarci e lo lasciò ricadere. «Pye Hall è effettivamente magnifica. Un tempo era un convento. Appartiene alla stessa famiglia da secoli. Almeno una cosa non potranno farla: abbatterla!»

«Questa dimora ha visto la morte a più riprese» osservò Pünd.

«Sì. Suppongo si possa dire di molte residenze di campagna...»

«Tuttavia non così di recente. Voi non eravate al villaggio quando è morta Mary Blakiston.»

«Come le ho già riferito quando ci siamo incontrati fuori dalla chiesa.»

«Ha detto che vi trovavate nel Devonshire.»

«Esatto.»

«Dove, di preciso?»

Il vicario parve sconcertato. Volse il capo mentre la moglie ribatteva con rabbia: «Perché tutte queste domande, signor Pünd? Crede davvero che io e Robin possiamo esserci inventati la nostra assenza? Che siamo rientrati di nascosto per spingere la povera signora Blakiston dalle scale? Quale ragione avremmo mai avuto? Suppongo che a suo parere abbiamo anche mozzato la testa di Sir Magnus per salvare Dingle Dell, malgrado la sua morte potrebbe non cambiare nulla. Quel mostro di suo figlio potrebbe decidere di proseguire comunque con il progetto».

Atticus Pünd allargò le braccia e sospirò. «Signora Osborne, temo non comprenda le esigenze del mestiere di poliziotto e detective. Non credo affatto ciò che suggerisce, né tantomeno mi diletta porvi tante domande. Ma tutto deve avere una precisa collocazione. Ogni singola affermazione va verificata, ogni movimento analizzato. Capisco la riluttanza a rivelarmi i vostri spostamenti. Tuttavia prima o poi dovrete riferirli all'ispettore. Mi rincresce davvero che la riteniate un'intrusione.»

Robin Osborne lanciò un'occhiata alla moglie, che alla fine rispose: «Naturalmente non abbiamo alcun problema a risponderle. Ma è piuttosto spiacevole sentirsi trattare come possibili sospettati. Se vuole parlare con il direttore dello Sheplegh Court Hotel, sarà in grado di confermarle che abbiamo alloggiato nel suo albergo l'intera settimana. Si trova vicino a Dartmouth».

«La ringrazio.»

Tornarono sui loro passi e attraversarono nuovamente Dingle Dell; il detective e Robin Osborne davanti, seguiti da Henrietta e James Fraser. «Ha celebrato lei il funerale della signora Blakiston, naturalmente» disse Pünd.

«Esatto. Siamo tornati in tempo, per fortuna, ma

suppongo che avrei potuto anche interrompere la vacanza.»

«Mi chiedevo se avesse notato una persona estranea al villaggio. Un uomo solo, ho ragione di credere, in disparte rispetto ai presenti. Mi è stato riferito che indossava un cappello fuori moda.»

Robin Osborne rifletté un istante. «In effetti c'era qualcuno con un Fedora, se non sbaglio» confermò. «Se non ricordo male è sparito di punto in bianco. Purtroppo non saprei dirle di più. Come immaginerà, avevo altro per la testa. Quel che è certo è che non ha partecipato al rinfresco al Queen's Arms.»

«Ha fatto caso a Robert Blakiston durante la cerimonia? Mi interesserebbe conoscere le sue impressioni circa l'atteggiamento del ragazzo.»

«Robert Blakiston?» Avevano raggiunto i cespugli di belladonna e Osborne fece attenzione a non calpestarli. «Non capisco il motivo della sua domanda» continuò. «Se proprio vuole saperlo, provo una certa pena per lui. Ho saputo del litigio con la madre. Nel villaggio non si parlava d'altro dopo la sua morte. Non ho dato credito a una sola parola. La gente sa essere piuttosto crudele… o priva di tatto, quantomeno. Che in fondo è la stessa cosa. Non posso dire di conoscere bene Robert. Non ha avuto una vita facile, ma ora ha una fidanzata e sono proprio felice per lui. La signorina Sanderling lavora nell'ambulatorio del villaggio e di sicuro lo aiuterà a mettere la testa a posto. Mi hanno chiesto di celebrare le nozze a St Botolph. Non vedo l'ora.»

Fece una pausa prima di proseguire.

«Robert e la madre discutevano spesso. Lo sanno tutti. Ma l'ho osservato durante la funzione – lui e Josie erano vicini a me – e il suo dolore mi è parso sincero. Mentre leggevo l'ultimo paragrafo del sermone è scoppiato a piangere e si è coperto gli occhi per nascondere le lacrime, Josie lo ha dovuto sorreggere per un braccio. È dura per un figlio perdere la madre, a prescindere dalle incomprensioni tra loro, e sono certo che Robert si è pentito amaramente delle sue parole. Com'è che si dice, "la collera comincia con la follia e finisce col pentimento".»

«Che opinione aveva di Mary Blakiston?»

Osborne non rispose subito. Continuò a camminare finché non sbucarono nel giardino della canonica. «Faceva parte della comunità. La sua mancanza sarà sentita» si limitò a commentare.

«Mi piacerebbe leggere il sermone funebre» disse Pünd. «Non ne avrebbe una copia?»

«Dice sul serio?» Gli occhi del vicario si illuminarono. Aveva lavorato molto a quel discorso. «In effetti, l'ho conservato. È in casa. Vuole entrare? Non importa. Lo prendo io.»

Imboccò deciso la portafinestra. Pünd si voltò in tempo per vedere Fraser che emergeva da Dingle Dell con la signora Osborne, la luce che filtrava obliqua alle loro spalle. Era vero, pensò. Il bosco era proprio un luogo speciale, che valeva la pena di proteggere.

Ma a quale prezzo?

7

Quel pomeriggio, ci fu un altro decesso.

La dottoressa Redwing era tornata alla Ashton House, stavolta in compagnia del marito. Qualche ora prima aveva ricevuto la chiamata della direttrice e, sebbene la donna non avesse specificato, il suo tono non poteva essere frainteso. «Sarebbe opportuno che ci raggiungesse. Quanto prima.» Anche a lei capitava di fare telefonate simili. Il vecchio Edgar Rennard, alla fine, non si era più ripreso dalla lieve caduta della settimana precedente. Al contrario, sembrava che dentro di lui si fosse inceppato o rotto qualcosa e da allora il suo declino era stato rapido. Dall'ultima visita della figlia aveva aperto a stento gli occhi. Non aveva più ingerito nulla, a parte qualche sorso d'acqua. La vita lo stava chiaramente abbandonando.

Arthur ed Emilia si erano seduti sulle scomode sedie di quella stanza troppo luminosa, a osservare il saliscendi del petto dell'anziano sotto le coperte. Sapevano entrambi cosa stesse pensando l'altro, ma non volevano esprimerlo a parole. Quanto a lungo si sarebbero dovuti fermare? A che punto avrebbero potuto considerare conclusa la giornata e tornarsene a casa? Si sarebbero sentiti in colpa se non fossero rimasti fino alla fine? Che differenza avrebbe fatto, in fondo?

«Puoi andare, se vuoi» disse a un certo punto Emilia.

«No. Resto qui con te.»

«Sei sicuro?»

«Sì. Certo.» Arthur rifletté un istante. «Ti andrebbe un caffè?»

«Volentieri.»

Era impossibile intrattenere una qualunque conversazione nella stanza di un uomo morente. Arthur Redwing si alzò e si diresse verso il cucinino in fondo al corridoio. Emilia rimase da sola.

E fu allora che Edgar Rennard aprì gli occhi, di punto in bianco, come fosse stato semplicemente appisolato davanti al televisore. La riconobbe all'istante e non manifestò la minima sorpresa. Forse, nella sua mente, la figlia non si era mai allontanata, perché lui riprese come niente fosse l'argomento sollevato durante il loro ultimo incontro. «A lui l'hai detto?» chiese.

«A chi, papà?» Emilia si domandò se non fosse il caso di richiamare Arthur. Ma non voleva alzare la voce, né disturbare in alcun modo l'anziano morente.

«Non è giusto. Devo dirglielo. Devono sapere.»

«Papà, vuoi che chiami l'infermiera?»

«No!» esclamò lui con rabbia, quasi sentisse di avere i minuti contati, che non c'era tempo da perdere. Nello stesso momento, i suoi occhi si accesero di una strana lucidità. In seguito, la dottoressa Redwing avrebbe raccontato che in fin di vita gli era stato concesso un ultimo dono. La demenza aveva battuto in ritirata, lasciandogli il pieno controllo della mente. «Ero lì quando sono nati i bambini» disse. La sua voce sembrava più giovane, più forte. «Li ho fatti nascere io a Pye Hall. Lady Cynthia Pye. Una donna bellissima, figlia di un conte... ma non era abbastanza forte, non aveva la struttura adatta per dare alla luce due gemelli. Avevo paura di perderla. Invece tutto filò liscio. Due bambini, nati a dodici minuti di distanza, maschio e femmina, entrambi sani.

«Subito dopo, però, prima che chiunque ricevesse la notizia, Sir Merrill Pye venne da me. Sir Merrill. Non era un brav'uomo. Lo temevano tutti. E non era soddisfatto. Perché, vedi, *la bambina era nata per prima*. La tenuta era destinata al primogenito, non al primo figlio maschio... insolito, ma era così. Lui però voleva che fosse il maschio. Aveva ereditato la casa dal padre, che a sua volta l'aveva ereditata dal nonno... era sempre toccata al maschio. Capisci? Detestava l'idea che la proprietà passasse a una bambina e così mi obbligò... mi ordinò... che il fratello era nato per primo.»

Emilia guardò il padre con la testa appoggiata al cuscino, i capelli bianchi a formare un'aureola tutt'intorno, gli occhi lucidi per lo sforzo. «Tu cosa hai fatto, papà?» gli chiese.

«Cosa potevo fare? Ho mentito. Era un prepotente, Sir Merrill. Avrebbe potuto rendermi la vita un inferno. E all'epoca, mi sono detto, che importanza aveva? In fondo erano solo due bambini. Ignari di tutto. E sarebbero cresciuti insieme in quella casa. Non avrei fatto del male a nessuno. Così almeno credevo.» Una lacrima gli scivolò dall'angolo dell'occhio e scese lungo il viso. «Perciò compilai il certificato come mi aveva chiesto. Alle 3.48 del mattino, era nato il maschio e alle 4.00, la femmina. Questo scrissi.»

«Oh, papà.»

«Ho sbagliato. Ora me ne rendo conto. Magnus ha avuto tutto e Clarissa niente e ho pensato spesso che avrei dovuto dirglielo, raccontare a entrambi la verità. Ma a cosa sarebbe servito? Non mi avrebbe creduto nessuno. Sir Merrill è morto da un pezzo. E pure Lady Cynthia. Sono stati tutti dimenticati! Ma il rimorso mi tormenta. Da sempre. Ho dichiarato il falso. Il bambino! Ho scritto che era nato per primo il bambino!»

Quando Arthur Redwing tornò con i caffè, il dottor Rennard aveva già esalato l'ultimo respiro. Trovò la moglie seduta in stato di shock e dedusse, naturalmente, che fosse per via della perdita. Rimase con lei mentre veniva chiamata la direttrice e si davano le disposizioni necessarie. Il dottor Rennard aveva stipulato una polizza per le spese funerarie con la rinomata ditta Lanner & Crane, che sarebbe stata informata il mattino successivo – ormai era tardi. Nel frattempo, avrebbero trasferito il defunto nella cappella della Ashton House, riservata a tali occasioni. Sarebbe stato sepolto al cimitero di King's Abbott, vicino alla casa in cui aveva vissuto. Lo aveva deciso lui stesso quando era andato in pensione.

Solo mentre rincasavano in auto, Emilia Redwing rese il marito partecipe della confessione del padre. Seduto al volante, Arthur rimase sconvolto. «Buon Dio!» esclamò. «Sicura che sapesse davvero quel che diceva?»

«È stato incredibile. Era completamente lucido, nei cinque minuti in cui ti sei allontanato.»

«Mi dispiace, cara. Avresti dovuto chiamarmi.»

«Non importa. Avrei solo voluto che ci fossi anche tu per sentirlo con le tue orecchie.»

«Avrei potuto esserne testimone.»

La dottoressa Redwing non ci aveva pensato, ma annuì. «Già.»

«Cosa vuoi fare?»

Emilia non rispose. Guardò la valle di Bath che scorreva via, punteggiata di sporadiche mucche al pascolo oltre la ferrovia. Il sole estivo non era ancora tramontato, ma la sua luce era ormai tenue e le ombre si allungavano sui fianchi delle colline. «Non lo so» disse dopo un attimo. «Da un lato, vorrei che non me lo avesse mai detto. Il segreto era suo, ora dovrò farmene carico io.» Sospirò. «Suppongo sia mio dovere riferirlo. Ma non credo farà alcuna differenza. Se anche l'avessi sentito tu, non esistono prove.»

«Forse dovresti parlarne con quel detective.»

«Il signor Pünd?» Si arrabbiò con se stessa. Non le era neppure passato per la mente che potesse esserci un legame con le indagini, ma era ovvio che doveva riferirgli ciò che aveva saputo. Sir Magnus Pye, erede di una sterminata tenuta, era stato assassinato senza pietà e adesso saltava fuori che la proprietà non gli era mai spettata di diritto. Poteva essere quella la ragione per la quale era stato ucciso? «Sì» concordò. «Credo sia meglio metterlo al corrente.»

Proseguirono in silenzio. Poi a un certo punto il marito chiese: «E cosa farai con Clarissa Pye? Lo dirai anche a lei?».

«Pensi che dovrei?»

«Non so. Non lo so proprio.»

Giunsero al villaggio. Mentre superavano la caserma dei vigili del fuoco e subito dopo il Queen's Arms con la chiesa alle spalle, erano ignari di aver appena formulato lo stesso pensiero.

E se Clarissa lo avesse già scoperto?

8

In quel preciso istante, all'interno del Queen's Arms, James Fraser stava portando un vassoio con cinque bicchieri verso un tavolino tranquillo nell'angolo in fondo al locale. C'erano tre birre – una per sé, una per Robert Blakiston e una per l'ispettore Chubb –, un Dubonnet con limonata per Joy Sanderling e un bicchierino di sherry per Atticus Pünd. Fraser avrebbe voluto aggiungere qualche pacchetto di patatine, ma l'istinto gli suggerì che sarebbe stato inappropriato. Mentre si accomodava al tavolo, esaminò l'uomo per il quale si trovavano lì riuniti. Robert Blakiston, che aveva perso madre e mentore nel giro di due settimane, era arrivato direttamente dall'officina. Si era tolto la tuta da lavoro per mettersi una giacca, ma aveva le mani ancora imbrattate di grasso e olio. Fraser si domandò se quelle macchie sarebbero mai venute via. Blakiston era un uomo dall'aspetto strano, non proprio brutto, quanto piuttosto un ritratto malriuscito di se stesso, con quell'orribile taglio di capelli, gli zigomi troppo pronunciati e la carnagione pallida. Sedeva accanto a Joy, probabilmente le stringeva la mano sotto il tavolo. Aveva lo sguardo spiritato. Si vedeva che avrebbe preferito essere ovunque tranne lì.

«Non preoccuparti, Rob» gli stava dicendo Joy. «Il signor Pünd vuole solo aiutarci.»

«Come quando sei andata da lui a Londra?» replicò Robert Blakiston contrariato. «In questo villaggio non ci lasceranno mai in pace. Prima hanno insinuato che ho ucciso mia madre, proprio io che non l'avrei mai sfiorata neppure con un dito. E tu lo sai. Poi, come se non bastasse, hanno messo in giro quelle voci su Sir Magnus.» Si rivolse ad Atticus. «È qui per questo, signor Pound? Sospetta che sia stato io?»

«Aveva motivo di augurare del male a Sir Magnus?» ribatté Pünd.

«No. Non era un uomo facile, lo ammetto. Ma è sempre stato buono con me. Se non fosse stato per lui, ora non avrei un lavoro.»

«Devo farle diverse domande sul suo passato, Robert» continuò il detective. «Non perché nutra più sospetti nei suoi confronti rispetto a chiunque altro nel villaggio. Ma entrambi i decessi si sono verificati a Pye Hall ed è innegabile che lei abbia uno stretto legame con quel luogo.»

«Non per mia scelta.»

«Certamente. Ma potrebbe essere in grado di raccontarci molte cose sulla storia della tenuta e sulle persone che ci vivevano.»

Robert strinse la sua pinta di birra con la mano. Guardò Pünd con aria di sfida. «Lei non è un poliziotto» disse. «Perché dovrei rispondere alle sue domande?»

«Ma *io* sì» intervenne Chubb. Si stava accendendo una sigaretta e tenne il fiammifero sospeso a pochi centimetri dal viso. «E il signor Pünd lavora con me. Badi alle maniere, giovanotto. Se non vuole collaborare, forse una notte dietro le sbarre le schiarirà le idee. Se non sbaglio, non sarebbe la prima volta che vede una cella da vicino.» Accese la sigaretta e spense la fiamma.

Joy toccò il braccio del fidanzato. «Ti prego, Robert...»

Lui si divincolò. «Non ho niente da nascondere. Chiedetemi pure quello che vi pare.»

«Allora cominciamo dal principio» suggerì Pünd. «Se il ricordo non la turba eccessivamente, gradirei che ci descrivesse la sua infanzia a Pye Hall.»

«Non mi turba per niente, anche se non sono mai stato felice in quel posto» rispose Robert. «Non è bello vedere tua madre che si interessa al suo datore di lavoro più che a tuo padre, ma è stato così fin dal primo giorno in cui ci siamo trasferiti nel vecchio cottage. Sir Magnus qua, Sir Magnus là! Gli stava sempre addosso, anche se in fondo era solo una serva. Mio padre non era per niente contento. Per lui non è mai stato facile vivere in casa di qualcun altro, nella proprietà di qualcun altro. Ma all'inizio si sono adattati. Prima della guerra lui non trovava lavoro. In quel modo avevamo un posto in cui vivere e un'entrata regolare. Perciò l'ha tollerato.

«Avevo dodici anni quando ci trasferimmo. Prima abitavamo a Sheppard's Farm, che apparteneva a mio nonno. Era un po' fatiscente, ma ci piaceva stare lì, in santa pace. *Io e Tom siamo nati e cresciuti a Saxby-on-Avon.*

Per me non esisteva nessun altro posto al mondo. Sir Magnus aveva bisogno di qualcuno che badasse alla casa dopo che la vecchia governante se n'era andata e mia madre faceva già qualche lavoretto nel villaggio, perciò in realtà la decisione è venuta da sé.

«Il primo anno circa è andato abbastanza bene. Il vecchio cottage non era così male e avevamo un sacco di spazio, abituati a Sheppard's Farm. Avevamo una stanza ciascuno, e ci piaceva… Quella di mamma e papà era in fondo al corridoio. Mi vantavo sempre a scuola, perché abitavo in un posto prestigioso, ma gli altri non facevano che prendermi in giro.»

«Andavate d'accordo lei e suo fratello?»

«Ci azzuffavamo, come tutti i bambini. Ma eravamo anche molto legati. Ci rincorrevamo sempre per tutta la tenuta. Ci fingevamo pirati, cacciatori di tesori, soldati, spie. Era Tom a inventare sempre nuovi giochi. Era più piccolo di me, ma anche più intelligente. Di notte tamburellava una specie di codice sulla parete tra le nostre camere. L'aveva inventato lui. Io non capivo una parola ma lo sentivo battere sul muro quando in teoria dovevamo dormire.» Fece un mezzo sorriso a quel ricordo e per un attimo la tensione parve abbandonare il suo viso.

«Avevate un cane, se non sbaglio. Si chiamava Bella.»

Robert si incupì di nuovo. Fraser ricordò il collare che avevano trovato nella cameretta del vecchio cottage, ma non capiva che importanza potesse avere.

«Bella era la cagnolina di Tom» spiegò Robert. «Mio padre gliela regalò quando lasciammo Sheppard's Farm.» Guardò Joy, incerto se proseguire o meno. «Ma dopo il trasferimento… non finì bene.»

«Cosa le accadde?»

«Non lo abbiamo mai scoperto, ma lasciate che ve lo dica. Sir Magnus non la voleva sulla sua terra. Lo mise bene in chiaro. Diceva che Bella inseguiva le pecore e che dovevamo liberarcene, ma Tom la adorava e papà si rifiutò. Fatto sta che un giorno sparì. La cercammo dappertutto, ma sembrava scomparsa nel nulla. Poi, circa due settimane dopo, l'abbiamo ritrovata nel bosco di Dingle Dell.» Fece una pausa e abbassò lo sguardo. «L'avevano sgozzata. Tom ha sempre dato la colpa a Brent. Ma se davvero era stato lui, aveva agito su ordine di Sir Magnus.»

Seguì un lungo silenzio. Quando riprese a parlare, la voce di Pünd era bassa. «Sono costretto a chiederle di un'altra morte» esitò. «Immagino che per lei sarà doloroso. Ma capisce...»

«Si riferisce a Tom.»

«Sì.»

Robert annuì. «Quando scoppiò la guerra, mio padre si trasferì a Boscombe Down per fare manutenzione agli aeroplani e spesso doveva trattenersi tutta la settimana, così lo vedevamo solo di tanto in tanto. Forse, se fosse stato a casa, se avesse badato di più a noi, non sarebbe mai successo. Così diceva sempre la mamma. Lo incolpava per la sua assenza.»

«Può raccontarmi come andarono le cose?»

«Non lo dimenticherò mai, signor Pound. Finché vivrò. All'epoca, mi ero convinto che la responsabilità fosse mia. Lo dicevano tutti e forse lo credeva anche mio padre. Non chiarimmo mai. Dopo quel giorno lui non mi rivolse praticamente più la parola e ormai non lo vedo da anni. In effetti, forse aveva ragione. Tom aveva due anni meno di me e avrei dovuto stare più attento. Invece lo lasciai solo e un attimo dopo lo stavano tirando fuori dal lago, morto annegato. Aveva solo dodici anni.»

«Non è stata colpa tua, Robert» intervenne Joy. Lo cinse forte con un braccio. «È stato un incidente. Tu non eri neppure lì...»

«Sono stato io a portarlo fuori in giardino. E poi l'ho lasciato solo.» Rivolse lo sguardo a Pünd con gli occhi di colpo pieni di lacrime. «Era estate, una giornata come oggi. Stavamo giocando alla caccia al tesoro. Non facevamo che cercare oggetti preziosi – oro e argento – che Sir Magnus aveva trovato in abbondanza a Dingle Dell. Un tesoro sepolto! Quello che sognavano tutti i bambini. Leggevamo storie su "Magnet" e "Hotspur" che poi provavamo a trasformare in realtà. Sir Magnus ci incoraggiava. Ci lanciava sfide. Forse in parte fu anche colpa sua. Non lo so. Si cerca sempre di trovare un colpevole, no? Quando capita una disgrazia, provi a darle un senso a tutti i costi.

«Tom è annegato nel lago. Ancora oggi non sappiamo come. Aveva i vestiti addosso, perciò non era andato a farsi una nuotata. Forse è scivolato. Forse ha battuto la testa. Fu Brent a notarlo e a tirarlo fuori. Lo sentii gridare e lo raggiunsi attraversando il prato di corsa. Lo aiutai a trascinare Tom a riva e tentai di rianimarlo, come ci avevano mostrato a scuola. Ma non ci fu niente da fare. Quando la mamma scese a vedere, era già troppo tardi.»

«Neville Brent lavorava già lì?» chiese Chubb. «Anche lui era ancora un ragazzo.»

«Sì. Era molto giovane, ma veniva a dare una mano al padre. Infatti quando poi è morto ha preso il suo posto.»

«Sarà stato terribile per lei, un vero shock, vedere suo fratello in quelle condizioni» disse Pünd.

«Mi gettai in acqua. Lo afferrai. Gridai e piansi, e ancora adesso non riesco a rivolgere lo sguardo a quel maledetto lago. Non volevo rimanere nel vecchio cottage e, se avessi potuto scegliere, me ne sarei andato anche da Saxby-on-Avon e forse ora, dopo gli ultimi eventi, lo farò davvero. Ad ogni modo, quella sera mio padre tornò. Si mise a inveire contro mia madre. Contro di me. Non ci diede alcun sostegno. Soltanto rabbia. E un anno dopo, se ne andò definitivamente. Disse che il matrimonio era finito. Non lo rivedemmo mai più.»

«Come reagì sua madre?»

«Rimase comunque a lavorare per Sir Magnus. Veniva prima di tutto. Non si sarebbe mai sognata di lasciarlo, per nessun motivo, tanta era l'ammirazione che nutriva per lui. Per andare al lavoro doveva passare davanti a quel lago tutti i santi giorni. Mi diceva che non guardava mai, che si voltava dall'altra parte... Ma io non capisco come ci sia riuscita.»

«Badava ancora a lei?»

«Ci provava, signor Pound. Credo di doverlo riconoscere, anche se non l'ho mai ringraziata. Niente è più stato facile dopo la morte di Tom. A scuola le cose andavano male. I miei compagni sapevano essere così maledettamente crudeli. E lei aveva paura per me. Non mi faceva mai uscire di casa! A volte mi sentivo prigioniero. Mi teneva sempre d'occhio. Era terrorizzata che mi succedesse qualcosa e di rimanere sola. Credo fosse quella la vera ragione per cui non voleva farmi sposare Joy, perché altrimenti l'avrei lasciata. Mi soffocava, ecco perché le cose tra noi peggiorarono. Tanto vale ammetterlo. Ero arrivato a odiarla.»

Sollevò il bicchiere e bevve alcuni sorsi di birra.

«Non la odiavi» disse Joy in tono tranquillo. «Non andavate d'accordo, tutto qui. Vivevate entrambi con quel peso sulla coscienza senza rendervi conto di quanto vi stesse facendo soffrire.»

«Tuttavia l'ha minacciata poco prima che morisse» puntualizzò l'ispettore Chubb. Aveva già finito la sua birra.

«Non è andata così, signore. Non è andata così.»

«Ci arriveremo a tempo debito» disse Pünd. «Alla fine lasciò Pye Hall. Ci racconti del periodo trascorso a Bristol.»

«Non durò a lungo.» Robert parve farsi scontroso. «Aveva organizzato tutto Sir Magnus. Quando mio padre ci lasciò, lui in pratica ne prese il posto cercando di aiutarci come meglio poteva. Non era una persona cattiva... non del *tutto*, almeno. Mi procurò un posto da apprendista alla Ford, ma ogni cosa andò storta. Ammetto di aver fatto un bel casino. Non mi piaceva vivere da solo in una città sconosciuta. Bevevo troppo e mi lasciai coinvolgere in una rissa in un pub, il

Blue Boar. Tanto rumore per nulla...» Annuì rivolto a Chubb. «Ma ha ragione lei. Passai una notte in cella e mi sarei ritrovato in guai seri se Sir Magnus non fosse intervenuto. Parlò con la polizia e mi rilasciarono su cauzione, ma fu la fine della mia avventura. Tornato a Saxby, lui mi trovò l'attuale lavoro. Mi è sempre piaciuto trafficare con le macchine. Credo di averlo ereditato da mio padre, l'unica cosa che ho avuto da lui.»

«Perché litigò con sua madre la settimana in cui lei morì?» chiese Pünd.

«Per una sciocchezza. Voleva che riparassi una lampadina rotta. Tutto qui. Crede davvero che l'abbia uccisa per questo, signor Pound? Glielo giuro, non l'ho nemmeno sfiorata... Non avrei mai potuto. Joy gliel'ha detto. Ero con lei quella sera! Sono stato con lei tutta la sera e la notte. La mattina abbiamo lasciato l'appartamento insieme, perciò se io sto mentendo, allora sta mentendo anche lei, e che motivo avrebbe?»

«Mi perdoni, ma potrebbe non essere andata esattamente così.» Pünd si rivolse a Joy Sanderling, che parve quasi prepararsi al peggio. «Quando è venuta a trovarmi a Londra, mi ha riferito che eravate stati sempre insieme. Ma è sicura che siate rimasti costantemente l'uno sotto gli occhi dell'altra? Non è andata a farsi una doccia o un bagno? Non ha preparato la colazione?»

Joy arrossì. «Ho fatto entrambe le cose, signor Pünd. Forse avrò perso di vista Robert per dieci o quindici minuti...»

«E il suo motorino era parcheggiato fuori, signorina Sanderling. Anche se a piedi era troppo lontano, in moto Robert avrebbe impiegato due o tre minuti al massimo per raggiungere Pye Hall... come ha ammesso lei stessa. Non è da escludere che possa essersi recato lì, abbia ucciso la madre che gli dava il tormento e si opponeva fermamente al vostro matrimonio, e poi sia tornato, il tutto nel lasso di tempo in cui lei si trovava in bagno o in cucina.» Lasciò l'ipotesi sospesa nell'aria, poi si rivolse di nuovo a Robert. «E che mi dice di Sir Magnus?» continuò. «Può dirmi dove si trovava alle otto e trenta della sera in cui è morto?»

Robert afflosciò le spalle, sconfitto. «A questo proposito non posso esservi utile. Ero a casa da solo, stavo cenando. Dove altro avrei potuto essere? Ma se credete che abbia ucciso Sir Magnus, almeno ditemi perché. Non mi ha mai fatto alcun male.»

«Sua madre è morta a Pye Hall. Lui non si è nemmeno degnato di partecipare al funerale!»

«Come può essere tanto crudele?» esclamò Joy. «Le sue sono pure e semplici fantasie, inventate di sana pianta per accusare Robert. Non aveva nessun motivo per ucciderli. Quanto al mio motorino, non l'ho mai sentito avviarsi. Ci avrei fatto caso di sicuro, anche dal bagno.»

«È tutto?» chiese Robert. Si alzò, lasciando il resto della birra nel boccale.

«Non ho altre domande» confermò Pünd.

«Allora, se non vi dispiace, io andrei a casa.»

«Vengo con te» disse Joy.

Chubb guardò il detective per essere certo che avesse concluso. Al suo lieve cenno del capo, i due giovani si allontanarono insieme.

«Crede davvero che possa aver ucciso la madre?» domandò Fraser, non appena la coppia fu uscita.

«Lo ritengo improbabile, James. Da come l'ho sentito parlare di lei adesso… era mosso da rabbia, irritazione e forse anche timore. Ma non prova odio. Né credo abbia guidato il motorino della fidanzata fino a Pye Hall, anche se mi è parso interessante suggerirlo. E sai perché? Per via del colore. Ricordi? Te l'ho fatto notare quando la signorina Sanderling è venuta a trovarci la prima volta. Un uomo intenzionato ad attraversare il villaggio per commettere un omicidio potrebbe senza dubbio servirsi di un motorino ma di certo, ritengo, non fucsia. Darebbe troppo nell'occhio. Che avesse motivo di uccidere Sir Magnus? Possibile, ma sono costretto a riconoscere che per il momento tale ragione non è emersa.»

«Abbiamo solo sprecato tempo, insomma» concluse Chubb. Osservò il bicchiere vuoto. «Tuttavia, la birra del Queen's Arms non è affatto male. E ho qualcosa per lei, signor Pünd.» Tirò fuori il diario di Mary Blakiston e spiegò brevemente le circostanze del suo ritrovamento. «Qui dentro si parla di ogni singolo abitante del villaggio» spiegò. «Alla faccia dei pettegolezzi! Ne ha collezionati a palate!»

«Non potrebbe aver usato queste informazioni per ricattare la gente?» suggerì Fraser. «In fondo, potrebbe essere una buona ragione per spingerla giù dalle scale.»

«Ottima osservazione» commentò Chubb. «Alcune pagine sono un po' vaghe. Badava bene a quello che scriveva. Ma se la gente avesse scoperto quante cose sapeva quella donna, si sarebbe fatta parecchi nemici. Proprio come Sir Magnus con Dingle Dell. Ecco il problema di questo caso. Troppi sospettati! Ma la domanda è: è stata la stessa persona a uccidere entrambi?» L'ispettore si alzò. «Me lo faccia riavere al più presto, Herr Pünd» disse. «Ora devo correre a casa. La mia signora sta cucinando la sua *fricassee de poulet à l'ancienne*, che Dio me ne scampi. Signori, a domani.»

Uscì. Fraser e Pünd rimasero soli.

«L'ispettore ha pienamente ragione» commentò il detective.

«Sul fatto che i sospettati siano troppi?»

«Quando si chiede se sia stata la stessa persona a uccidere Sir Magnus e la domestica. Ruota tutto attorno a questo. Esiste una chiara connessione tra le due morti, ma non siamo ancora riusciti a identificarla. E fino ad allora, brancoleremo nel buio. Forse, tuttavia, la risposta è proprio qui tra le nostre mani.» Osservò la prima pagina del diario di Mary e sorrise. «Questa grafia non mi è nuova...»

«In che senso?»

Ma Pünd non rispose. Aveva già cominciato a leggere.

CINQUE

Argento

1

All'ispettore Chubb piaceva molto la centrale di polizia di Orange Grove a Bath. Era un edificio in perfetto stile georgiano, solido e austero eppure abbastanza semplice ed elegante da risultare accogliente… perlomeno per chi si trovava dalla parte giusta della legge. Non ne varcava mai la soglia senza provare la sensazione che il suo fosse un lavoro importante e che a fine giornata il mondo avrebbe potuto essere un tantino migliore. Il suo ufficio era al primo piano e affacciava sull'ingresso principale. Seduto alla scrivania Chubb godeva della vista offerta dall'ampia finestra a parete, e anche questo particolare contribuiva a farlo sentire a proprio agio. In fondo, lui rappresentava l'occhio della legge. Era più che giusto che avesse quel privilegio.

Aveva convocato John Whitehead in centrale. Una mossa deliberata per strapparlo al finto guscio protettivo di Saxby-on-Avon e rammentargli chi avesse il coltello dalla parte del manico. Nessuna menzogna era ammessa in quell'ufficio. In realtà, di fronte a Chubb sedevano quattro persone: Whitehead, la moglie, Atticus Pünd e il suo giovane assistente, Fraser. Solitamente l'ispettore teneva sulla scrivania una foto della sua signora, ma l'aveva fatta scivolare in un cassetto poco prima che gli altri entrassero. Non sapeva nemmeno lui il perché.

«Il suo nome è John Whitehead?» esordì.

«Esatto» rispose l'antiquario in tono cupo e scoraggiato. Aveva capito che la corsa era finita. Non tentava neppure di fingere.

«E quando è arrivato a Saxby-on-Avon?»

«Tre anni fa.»

«Non abbiamo fatto niente di male» intervenne Gemma Whitehead. Era talmente minuta che la sedia pareva gigantesca. Stringeva la borsetta in grembo. Con i piedi che a malapena sfioravano il pavimento. «Lei sa già chi è mio marito e che cosa ha fatto in passato. Ma ormai si è lasciato tutto alle spalle. Ha scontato la sua pena ed è stato rilasciato per buona condotta. Ce ne siamo andati da Londra per cercare insieme un posto tranquillo… e in tutta questa faccenda di Sir Magnus non c'entriamo proprio *niente*.»

«Ritengo di dover essere io a giudicare» rispose Chubb. Aveva davanti a sé il diario di Mary Blakiston e per un attimo fu tentato di aprirlo. Ma non serviva. Conosceva già a memoria i passaggi rilevanti. «Il 9 luglio, un certo Arthur Reeve ha subìto un furto in casa propria. Il signor Reeve un tempo gestiva il Queen's Arms e attualmente vive con la moglie della sua sola pensione. I ladri hanno rotto una finestra e l'uomo ha scoperto con immenso sconcerto che dal salotto erano sparite le sue medaglie, tra cui una molto rara di Giorgio VI, di origine greca. La collezione vale centinaia di sterline, senza contare il valore affettivo.»

Whitehead raddrizzò la schiena, ma accanto a lui la moglie era sbiancata. Era la prima volta che ne sentiva parlare. «Perché venite a dirlo a me?» domandò lui. «Non so niente di queste medaglie.»

«Il ladro si è tagliato con il vetro della finestra» replicò Chubb.

«Il giorno successivo, il 10 luglio, lei è andato a farsi medicare dalla dottoressa Redwing» aggiunse Pünd. «Aveva bisogno di qualche punto per una brutta ferita alla mano.» Sorrise tra sé. Nello scenario di quella particolare indagine, due viuzze secondarie erano appena giunte a un incrocio.

«Mi sono tagliato in cucina» disse Johnny. Guardò la moglie che non pareva convinta. «Non mi sono mai avvicinato al signor Reeve né alle sue medaglie. Sono solo un mucchio di frottole.»

«Cosa può dirci della visita di Mary Blakiston l'11 luglio, quattro giorni prima che morisse?»

«Come l'ha saputo? Mi state spiando?»

«Lo nega?»

«Cosa c'è da negare? Sì. È venuta nel mio negozio. Ci entra un sacco di gente. Non ha accennato a nessuna medaglia.»

«Allora forse le ha parlato dei soldi che ha dato a Brent» intervenne Pünd, con un tono pacato e ragionevole che tuttavia suggeriva fosse già al corrente di tutto, che obiettare era inutile. Fraser sapeva che in realtà non era così. Il giardiniere aveva fatto del suo meglio per coprire le proprie tracce. Aveva riferito che Whitehead gli doveva quelle cinque sterline, forse per un lavoretto svolto per lui. Pünd stava tirando a indovinare. Tuttavia le sue parole sortirono un effetto immediato.

«D'accordo» ammise Whitehead. «È venuta in negozio a ficcanasare, a farmi domande… proprio come lei. Cosa vorrebbe insinuare? Che l'ho spinta giù dalle scale per metterla a tacere?»

«Johnny!» esclamò Gemma Whitehead esasperata.

«È tutto a posto, amore.» Allungò la mano ma la moglie si ritrasse. «Non ho fatto nulla di male. Brent è venuto da me un paio di giorni dopo il funerale di Mary. Aveva qualcosa da vendere. Una fibbia d'argento, romana, un bell'oggettino. Del IV secolo avanti Cristo, a occhio e croce. Voleva venti sterline. Gliene ho date cinque.»

«Quando è successo?»

«Non ricordo. Anzi, era lunedì! Il lunedì dopo il funerale.»

«Brent le ha detto dove l'aveva presa?» chiese Chubb.

«No.»

«Gliel'ha chiesto?»

«Perché avrei dovuto?»

«Avrà senz'altro saputo del furto a Pye Hall di pochi giorni prima. La collezione di gioielli e monete d'argento sottratta a Sir Magnus. Lo stesso giorno del funerale della signora Blakiston.»

«Sì. L'ho saputo.»

«E non ha pensato di collegare le due cose?»

Whitehead prese un bel respiro. «Viene un mucchio di gente nel mio negozio. E compro un mucchio di cose. Ho acquistato un set di tazzine da caffè Worcester dalla signora Reeve e un orologio da carrozza in ottone dai Finch... appena la settimana scorsa. Dovevo forse chiederne la provenienza? Se mi mettessi a trattare gli abitanti di Saxby come criminali, chiuderei bottega nel giro di qualche giorno.»

Chubb sospirò. «Ma è *lei* il criminale, signor Whitehead. Ha scontato tre anni di carcere per ricettazione di merce rubata.»

«Me l'avevi promesso!» mormorò Gemma. «Avevi giurato che non ci saresti ricaduto.»

«Stanne fuori, tesoro. Cercano solo di provocarmi.» Whitehead scrutò Chubb con aria minacciosa. «Sta prendendo una cantonata, ispettore. Sì, ho comprato una fibbia d'argento da Brent. Sì, sapevo del furto a Pye Hall. Se mi è venuto in mente di collegare le due cose? No. Non ci ho pensato. Prendetemi pure per stupido, ma la stupidità non è un crimine... e per quanto ne so quella fibbia poteva appartenere alla sua famiglia da vent'anni. Se pensate che sia stata rubata a Sir Magnus, andate a prendervela con Brent, non con me.»

«Dove si trova la fibbia, ora?»

«L'ho venduta a un amico di Londra.»

«E a molto più di cinque sterline, scommetto.»

«Questi sono affari miei, signor Chubb. È il mio lavoro.»

Atticus Pünd era rimasto ad ascoltare in silenzio. A quel punto si aggiustò gli occhiali e commentò in tono pacato: «La signora Blakiston è venuta da lei prima dell'effrazione a Pye Hall. Era interessata al furto della medaglia. L'ha forse minacciata?».

«Era una ficcanaso, sempre lì a fare domande su cose che non la riguardavano.»

«Ha acquistato altri oggetti da Brent?»

«No. Non aveva altro. Se vuole trovare il resto del tesoro di Sir Magnus farebbe meglio a cercarlo a casa sua anziché perdere tempo con me.»

Pünd e Chubb si scambiarono un'occhiata. Era evidente che non avrebbero ottenuto altro dall'interrogatorio. Tuttavia, l'ispettore era determinato ad avere l'ultima parola. «Si è verificato un discreto numero di piccoli furti a Saxby-on-Avon da quando vi siete trasferiti» disse. «Vetri rotti, pezzi d'antiquariato e gioielli trafugati. Stia certo che investigheremo su ogni singolo episodio. E voglio il registro di tutti gli oggetti che ha acquistato e venduto negli ultimi tre anni.»

«Non tengo alcun registro.»

«L'ufficio imposte non ne sarà felice. Mi auguro non abbia alcun viaggio in programma per le prossime settimane, signor Whitehead. Ci faremo vivi presto.»

L'antiquario e la moglie si alzarono e uscirono dalla stanza senza bisogno di essere accompagnati. Percorsero in silenzio il corridoio e la rampa di scale finché, di nuovo all'aria aperta, Gemma sbottò: «Oh, Johnny! Come hai potuto mentirmi così?».

«Non ti ho affatto mentito» rispose Johnny avvilito.

«Dopo tutti i nostri discorsi. I progetti che avevamo!» Sembrava non lo avesse sentito affatto. «Chi hai incontrato a Londra? Quella fibbia d'argento, a chi l'hai venduta?»

«Te l'ho già detto.»

«Intendi Derek e Colin. Gli hai raccontato di Mary, per caso? Che ti stava addosso?»

«Di che parli?»

«Lo sai benissimo. Ai vecchi tempi, quando eri in quella banda, se qualcuno faceva un passo falso gli succedevano certe cose. Non abbiamo mai affrontato l'argomento e so che tu non partecipavi, ma sai benissimo di cosa parlo. Della gente che spariva nel nulla.»

«Cosa? Credi che abbia pagato qualcuno per liberarmi di Mary Blakiston?»

«Be', è così?»

Johnny Whitehead non rispose. Tornarono alla macchina senza dire una parola.

2

Le ricerche a casa di Brent non produssero alcuna evidenza che potesse essere collegata all'omicidio o al tesoro rubato.

Il giardiniere viveva da solo in una casa a schiera di Daphne Road, una costruzione semplice su due piani, con il portico d'ingresso in comune con i vicini e le due entrate a formare un angolo. Vista dall'esterno aveva un che di romantico, con il tetto di paglia, il glicine rampicante e le aiuole fiorite e ben curate. L'interno era tutta un'altra storia. Parlava di trascuratezza, dai piatti sporchi nel lavello al letto disfatto fino ai vestiti sparsi sul pavimento alla rinfusa. L'aria era impregnata di uno strano odore, che a Chubb era capitato spesso di sentire e che ogni volta gli faceva storcere il naso. L'odore dell'uomo che vive da solo.

Lì dentro non c'era nulla di nuovo o sfarzoso, sembrava tutto rabberciato, per usare un termine desueto come l'ambiente. I piatti scheggiati, le sedie tenute insieme con lo spago. Era stata la casa dei genitori, e dopo la loro morte Brent non aveva apportato alcun cambiamento. Dormiva persino nel letto a una piazza che doveva essere stato il suo di bambino, con la stessa coperta e lo stesso piumino d'oca. Nella sua stanza poi c'erano alcuni fumetti e riviste per boy-scout sparpagliati a terra. Sembrava che il giardiniere non fosse mai cresciuto, e se pure avesse trafugato l'intero patrimonio di Sir Magnus era chiaro che non lo aveva ancora venduto: sul conto in banca aveva appena un centinaio di sterline. In casa non aveva nascosto nulla, né sotto le assi del pavimento né in soffitta o nel camino. La polizia l'aveva setacciata da cima a fondo.

«Non l'ho preso io. Non ho fatto niente. Non sono stato io.» Brent era stato prelevato da Pye Hall e condotto a casa da una volante della polizia e ora sedeva scioccato in mezzo agli agenti che avevano violato la sciatta sacralità della sua dimora. Tra loro c'erano anche Atticus Pünd e James Fraser.

«Allora come è entrato in possesso della fibbia d'argento che ha venduto a John Whitehead?» chiese Chubb.

«L'ho trovata!» esclamò Brent, mentre l'ispettore sgranava gli occhi incredulo. «È la verità. È stato il giorno dopo il funerale. Era domenica. Di solito non lavoro nel fine settimana. Ma Sir Magnus e Lady Pye erano appena rientrati dalla vacanza e ho pensato che potessero avere bisogno di me. Così sono andato alla villa per mettermi a disposizione. Ero in giardino quando l'ho vista, in mezzo al prato, tutta luccicante. Non avevo idea di cosa fosse, ma sembrava antica, e sopra c'era raffigurato un uomo in piedi, tutto nudo.» Ridacchiò come se avesse raccontato una barzelletta sconcia. «Me la sono ficcata in tasca e il lunedì l'ho portata al signor Whitehead, che me l'ha pagata cinque sterline. Il doppio di quello che mi aspettavo.»

Sì. E metà del valore effettivo, pensò Chubb. «Quel giorno a Pye Hall era stata chiamata la polizia» disse. «Sir Magnus aveva denunciato un furto. Cosa può dirci al riguardo?»

«Sono andato via prima di pranzo. Non ho visto nessun agente.»

«Ma avrà saputo del furto.»

«Sì. Troppo tardi però. Avevo già venduto la fibbia al signor Whitehead, che ormai l'aveva rivenduta a sua volta. Ho guardato in vetrina e non c'era più.» Brent si strinse nelle spalle. «Non ho fatto niente di male.»

Affermazione discutibile. Ma persino Chubb fu costretto ad ammettere che era un reato di poco conto. Sempre che, ovviamente, Brent dicesse la verità. «Dove ha trovato la fibbia?» chiese.

«Tra l'erba. Davanti alla villa.»

Chubb rivolse lo sguardo a Pünd, in cerca di supporto. «Sarebbe interessante, ritengo, andare a verificare il luogo esatto» osservò il detective.

L'ispettore concordò e tutti e quattro uscirono diretti a Pye Hall, con Brent che per tutto il tragitto non fece che lamentarsi. Passarono nuovamente davanti al vecchio cottage del custode e ai due grifoni di pietra che sembravano sussurrarsi qualcosa a vicenda, e per un attimo Fraser ripensò al gioco che da bambini Robert e Tom Blakiston facevano la sera a letto, tamburellando messaggi in codice sulla parete tra le loro stanze. D'un tratto intuì che dietro quel gioco innocente si celava un significato che finora gli era sfuggito, ma prima di poterlo riferire a Pünd erano giunti a destinazione. Brent aveva detto loro di fermarsi perciò accostarono l'automobile a circa metà del viale d'accesso, di fronte al lago.

«Era qui!» Li guidò attraverso il prato. Lo specchio d'acqua si estendeva malsano e vischioso, con il bosco sulla riva opposta. Forse era per via della storia raccontata da Robert, ma sembrava davvero emanare effluvi maligni. Più il sole splendeva luminoso, più l'acqua appariva scura. Si fermarono a circa cinque metri dalla riva e Brent indicò il terreno come se ricordasse il punto esatto. «Era qui.»

«Lì a terra?» chiese Chubb poco convinto.

«Luccicava al sole. Ecco perché l'ho notata.»

Chubb vagliò le possibili ipotesi. «Be', se davvero

qualcuno si è messo a trasportare un mucchio di roba a piedi e di corsa, suppongo che inavvertitamente possa aver perso qualche pezzo per strada.»

«Possibile.» Pünd stava già analizzando i dettagli. Osservò di nuovo il viale d'accesso, il cottage del custode, il portone d'ingresso. «Eppure è strano, ispettore. Perché il ladro sarebbe dovuto passare da qui? Non si era introdotto in casa dal retro...?»

«Esatto.»

«Dunque il cancello sarebbe stato più vicino risalendo il viale in direzione opposta.»

«A meno che non fosse diretto verso Dingle Dell...» L'ispettore esaminò il filare di alberi oltre il lago dietro cui si nascondeva la canonica. «Impossibile vederlo, se ha attraversato il bosco.»

«Senza dubbio» concordò Pünd. «Tuttavia, mi perdoni, ispettore. Se lei fosse il ladro e stesse trasportando una considerevole quantità di monete e gioielli d'argento, si inoltrerebbe in una fitta boscaglia nel cuore della notte?» Girò lo sguardo sul tetro specchio d'acqua. «Il lago nasconde molti misteri» osservò. «Sono convinto che abbia numerose storie da raccontarci e mi domando se non sia possibile farlo scandagliare dai sommozzatori della polizia. Mi è sorto un certo sospetto, un'idea...» Scosse il capo come per scacciare il pensiero.

«Sommozzatori?» chiese Chubb sconcertato. «Costerà una fortuna. Cosa spera di trovarci esattamente?»

«La vera ragione del furto a Pye Hall la stessa sera del funerale di Mary Blakiston.»

Chubb annuì. «Me ne occupo io.»

«C'è altro?» domandò il giardiniere.

«La trattengo ancora pochi minuti, signor Brent. Gradirei che ci mostrasse la porta che è stata forzata per l'effrazione.»

«Certo, signore.» Brent fu sollevato che l'indagine sembrasse puntare altrove. «Possiamo tagliare dal roseto.»

«Avrei solo un'altra domanda per lei» proseguì Pünd. Mentre camminavano, Fraser notò che il detective si appoggiava al bastone con tutto il peso. «Se non erro, Sir Magnus le aveva comunicato di volerla sollevare dal suo incarico.»

Brent trasalì come se l'avessero punto. «Chi gliel'ha detto?»

«È la verità?»

«Sì» rispose il giardiniere accigliato. Sembrava essersi di colpo ingobbito, i ricci che gli ricadevano flosci sulla fronte.

«Perché non me ne ha parlato prima?»

«Non me l'ha chiesto.»

Pünd annuì. Non faceva una piega. «Per quale motivo voleva licenziarla?»

«Non lo so. Ma mi rimproverava di continuo. La signora Blakiston si lagnava di me con lui. Quei due! Erano come... Bob e Gladys Grove.»

«È una serie televisiva» si affrettò a spiegare Fraser. «*The Grove Family*.»

Era esattamente il genere di informazioni che il suo assistente conosceva. E che Pünd ignorava.

«Quando ha discusso con Sir Magnus?»

«Il giorno in cui è morto.»

In altre parole, poco prima che fosse ucciso.

«Le avrà fornito una spiegazione.»

«No. Nessuna spiegazione valida. Lavoro qui fin da piccolo. E prima di me mio padre. E di punto in bianco lui se ne esce che è finita.»

Avevano raggiunto il roseto. All'ingresso del muro che lo circondava c'era un pergolato di foglie scure. Al di là, si intravedevano il lastricato irregolare, la statua di un cherubino, rose di ogni varietà e una panchina.

E, seduti sulla panchina, Frances Pye e Jack Dartford, mano nella mano, assorti in un bacio appassionato.

3

In realtà, nessuno ne rimase davvero stupito. A Pünd – e a Fraser addirittura – era parso subito ovvio che Lady Pye e l'ex compagno di tennis avevano una relazione. Come altro potevano aver impiegato il tempo a Londra il giorno dell'omicidio? Lo aveva intuito anche Chubb, e persino i due diretti interessati si mostrarono solo lievemente seccati di essere stati colti in flagrante. Prima o poi doveva succedere, quindi tanto meglio. Rimasero seduti, appena più distanziati sulla panchina, a fissare i tre uomini che avevano di fronte. Brent era stato congedato e si era allontanato con un sorrisetto stampato in faccia.

«Ritengo che debba fornirci una spiegazione, Lady Pye» esordì Chubb.

«Non c'è proprio nulla da spiegare» rispose lei in tono freddo. «Io e Jack ci frequentiamo da quasi due anni. Quel giorno a Londra... sono rimasta tutto il tempo con lui. Senza fare shopping, né visitare mostre. Dopo pranzo abbiamo preso una stanza al Dorchester. Jack è rimasto con me fino alle cinque e mezza circa. Io sono ripartita alle sette. Chiedete pure in albergo, se non mi credete».

«Ci ha mentito, Lady Pye.»

«Ho sbagliato, ispettore, e mi rincresce. Ma in fondo non fa alcuna differenza, no? Il resto è tutto vero. Il viaggio di ritorno in treno. Il mio arrivo a Bath alle otto e trenta. La macchina verde. Sono quelli i dettagli salienti.»

«Suo marito è morto. Lei lo tradiva. Io definirei anche questi "dettagli salienti", Lady Pye.»

«Non è così» si intromise Jack Dartford. «Non lo tradiva. Almeno per come la vedo io. Non avete idea di chi fosse Magnus. Quell'uomo era un bruto. Come la trattava, le sue ire infantili, era disgustoso. E Frances ha pure rinunciato alla sua carriera per lui!»

«Che genere di carriera?» chiese Pünd.

«In teatro! Era una magnifica attrice. L'avevo notata sul palco molto prima di conoscerla.»

«Basta così, Jack» tagliò corto Lady Pye.

«Ha conosciuto così suo marito? A teatro?» domandò Chubb.

«Mi mandava i fiori in camerino. Mi aveva vista nei panni di Lady Macbeth.»

Anche Chubb conosceva la tragedia di quella donna potente che convince un uomo a commettere un omicidio. «Siete mai stati felici insieme?» chiese.

Lei scosse il capo. «Compresi subito il mio errore, ma a quel tempo ero giovane e troppo orgogliosa per ammetterlo, suppongo. Il problema di Magnus era che non si accontentava di avermi sposata. Dovevo essere una sua proprietà. Lo mise in chiaro molto presto. Mi considerava parte del pacchetto: la villa, la tenuta, il lago, il bosco e la moglie. Aveva una visione del mondo molto all'antica.»

«Era violento?»

«Non mi ha mai picchiata, ispettore, ma la violenza si manifesta in varie forme. Urlava sempre. Mi spaventava. Aveva un modo di aggirarsi per casa che faceva paura.»

«Digli della spada!» la incitò Dartford.

«Oh, Jack!»

«Cosa c'entra la spada, Lady Pye?» chiese Chubb.

«Si tratta di un episodio accaduto un paio di giorni prima che mi incontrassi con Jack. Dovete capire che, sotto la maschera, Magnus era soltanto un bambino troppo cresciuto. Se volete la mia opinione, tutta la faccenda di Dingle Dell era volta a fare un dispetto agli altri più che a guadagnare soldi. Aveva terribili scatti d'ira. Quando non otteneva quello che voleva, si incattiviva.» Sospirò. «Si era messo in testa che frequentassi qualcuno, per via dei miei continui viaggi a Londra. E dormivamo già separati, naturalmente. Lui non mi desiderava più, almeno non come un marito dovrebbe desiderare la moglie, ma che io potessi avere un altro feriva il suo orgoglio.

«Quella mattina litigammo. Non ricordo il motivo scatenante. Ma di punto in bianco cominciò a inveirmi contro, dicendo che appartenevo a lui e che non mi avrebbe mai permesso di lasciarlo. La solita solfa. Ma quel giorno sembrava più folle che mai. Avete già notato che manca un quadro nell'ingresso. Era un mio ritratto, che Magnus aveva commissionato come regalo per il mio quarantesimo compleanno. L'ha dipinto Arthur Redwing, per essere precisi.» Si rivolse a Pünd. «L'avete conosciuto?»

«Intende il marito della dottoressa?»

«Sì.»

«Ho visto un'altra sua opera, ma non abbiamo ancora avuto modo di incontrarlo.»

«Be', ritengo abbia molto talento. Adoravo quel ritratto. Era riuscito a cogliermi in un momento di pura felicità, evento molto raro, ve lo assicuro. Quell'anno l'estate fu splendida. Arthur impiegò quattro o cinque sedute per realizzare il dipinto, e benché Magnus glielo avesse pagato una miseria – era tipico di mio marito essere così taccagno – il risultato era davvero magnifico. Valutammo anche di proporlo per l'esposizione estiva, sapete, alla Royal Academy. Ma Magnus non voleva mettermi in mostra. Avrebbe significato condividermi con gli altri! Così il quadro rimase appeso nell'ingresso.

«Poi ci fu quella discussione. Ammetto di saper essere anch'io molto crudele quando voglio e non mi feci problemi a cantargliene quattro. Magnus diventò paonazzo, sembrava sul punto di esplodere. Soffriva di pressione alta, oltre a bere troppo ed essere soggetto a facili accessi d'ira. Gli comunicai che stavo andando a Londra. Lui rifiutava di concedermi il permesso. Gli risi in faccia e dissi che non mi serviva il suo permesso, né quello di nessun altro. Allora scattò verso quella stupida armatura e con un urlo terrificante sguainò la spada…»

«La stessa con cui poi è stato ucciso?»

«Sì, signor Pünd. È venuto verso di me trascinandosela dietro e per un attimo ho temuto che volesse farmi del male, invece si è scagliato contro il ritratto e l'ha colpito più volte davanti ai miei occhi. Sapeva che distruggendolo mi avrebbe ferita. Al tempo stesso voleva affermare che anch'io ero una sua proprietà e avrebbe potuto farmi fare la stessa fine in qualsiasi momento.»

«E dopo cosa accadde, Lady Pye?»

«Continuai a ridergli in faccia. "È il massimo che riesci a fare?" ricordo di aver gridato. Ero in preda a una crisi isterica, suppongo. Poi mi chiusi in camera mia sbattendo la porta.»

«E il ritratto?»

«Ero molto avvilita per il quadro. Non si poteva recuperare. O forse sì, ma sarebbe costato troppo. Magnus lo consegnò a Brent perché lo bruciasse con le sterpaglie.»

Rimase in silenzio.

«Sono felice che sia morto» mormorò Jack Dartford di punto in bianco. «Era un orribile bastardo. Non aveva mai una parola gentile per nessuno e aveva reso la vita di Frances un inferno. L'avrei ucciso io stesso, se ne avessi avuto il coraggio. Ma adesso lui non c'è più e noi possiamo ricominciare.» Prese la mano di Lady Pye. «Basta nascondersi. Basta bugie. Finalmente possiamo vivere la vita che ci meritiamo.»

Pünd annuì rivolto a Chubb e i tre uomini lasciarono il roseto diretti verso il prato. Di Brent nessuna traccia. Jack Dartford e Lady Pye erano rimasti sulla panchina. «Mi domando dove si trovasse la sera dell'omicidio» osservò Fraser.

«Ti riferisci al signor Dartford?»

«Abbiamo solo la sua parola a confermare che sia rimasto a Londra. Ha lasciato l'albergo alle cinque e mezza. Avrebbe avuto tutto il tempo di prendere il treno prima di Lady Pye. È solo un'ipotesi...»

«Lo crederesti capace di commettere un omicidio?»

«Lo credo un opportunista. Basta guardarlo. Incontra una donna attraente maltrattata dal marito... E a mio avviso per mozzare la testa a un uomo occorre una motivazione più forte che salvare il bosco del villaggio, e quei due più di chiunque altro ne avevano una valida.»

«C'è un fondo di verità nel tuo ragionamento» concordò Pünd.

Avevano parcheggiato l'automobile poco distante dall'ingresso della villa e tornarono lentamente sui loro passi. Anche Chubb aveva notato che il detective si appoggiava di peso al bastone. Un tempo era convinto che quell'accessorio fosse un semplice vezzo. Quel giorno era evidente che il detective non potesse farne a meno.

«C'è una cosa che ho dimenticato di riferirle, signor Pünd» mormorò. Era la prima volta che si trovavano soli dopo l'interrogatorio della sera prima a Robert Blakiston.

«La ascolto con interesse, ispettore.»

«Ricorda il frammento di carta trovato nel caminetto dello studio di Sir Magnus? Credeva potesse celare parte di un'impronta.»

«Lo ricordo molto bene.»

«L'impronta *c'era*, in effetti. La brutta notizia è che si è rivelata inutilizzabile. L'attribuzione è impossibile e molto probabilmente non saremo neppure in grado di associarla a qualcuno dei sospettati individuati.»

«Un vero peccato.»

«Tuttavia, qualcosa c'è. Pare che la carta fosse macchiata di sangue. Lo stesso gruppo sanguigno di Sir Magnus, per quel che vale, ma non abbiamo la certezza assoluta che sia proprio suo.»

«Questo è di sicuro interesse.»

«Questo è di sicuro un grattacapo, se vuole il mio parere. Come mettiamo insieme i pezzi? Abbiamo una busta scritta a mano e una minaccia di morte battuta a macchina. Un pezzo di carta che chiaramente non proviene da nessuna delle due e che non abbiamo modo di scoprire da quanto tempo si trovasse nel camino. Il sangue suggerirebbe che sia stato gettato nel fuoco dopo l'omicidio.»

«Ma da dove proveniva, in primo luogo?»

«Appunto. Ad ogni modo, qual è la prossima tappa?»

«Speravo me lo dicesse lei, ispettore.»

«A dire il vero, stavo proprio per suggerirlo. Ieri sera, prima di lasciare l'ufficio, ho ricevuto una telefonata molto interessante da parte della dottoressa Redwing. Ha saputo che il padre è appena deceduto? Per cause naturali, quantomeno una gradita variante. Comunque, pare le abbia raccontato una storia niente male e a questo proposito sarà il caso di fare due chiacchiere anche con Clarissa Pye.»

4

Clarissa Pye entrò in salotto portando un vassoio con tre tazze di tè e un piattino di biscotti disposti in perfetto ordine, come se la simmetria potesse in qualche modo renderli più appetibili. La stanza sembrava davvero minuscola con tanti ospiti a occuparla. Atticus Pünd e il suo assistente erano seduti vicini sul divanetto in finta pelle, le ginocchia che si sfioravano. L'ispettore di Bath dal viso tondo aveva occupato la poltrona di fronte. Clarissa sentiva le pareti stringersi attorno a loro come una gabbia. Da quando la dottoressa le aveva riferito la notizia, quella casa non le era più parsa la stessa. Non era casa sua. Non era la sua vita. Era come se fosse stata scambiata per qualcun altro in uno di quei romanzi vittoriani che tanto amava.

«Suppongo sia comprensibile che la dottoressa Redwing si sia sentita in dovere di riferirvi il racconto del padre» esordì in tono misurato. «Anche se sarebbe stato più delicato avvertirmi prima di farlo.»

«Intendeva senz'altro agire per il meglio, signorina Pye.»

«Be', suppongo fosse doveroso che la polizia ne venisse informata. In fondo, comunque la si pensi sul dottor Rennard, ha commesso un crimine.» Posò il vassoio. «Ha falsificato il certificato di nascita. Ha fatto nascere entrambi, ma ero io la primogenita. Andrebbe perseguito.»

«Ormai è in un luogo al di là della legge.»

«La legge umana, di certo.»

«Ha avuto pochissimo tempo per assimilare la notizia» osservò Pünd con garbo.

«Sì. L'ho saputo solo ieri.»

«Immagino ne sia rimasta sconvolta.»

«Sconvolta? Non credo sia il termine più adatto, signor Pünd. È stato un vero e proprio terremoto. Ricordo benissimo Edgar Rennard. Era molto stimato nel villaggio e veniva spesso in visita nella casa in cui siamo cresciuti io e Magnus. Non mi è mai sembrato un uomo cattivo, eppure ciò che ha fatto è mostruoso. La sua menzogna mi ha sottratto la mia vita. E Magnus! Chissà se lui sapeva. Mi ha sempre trattata da zimbello, come se fossimo in un gigantesco scherzo di cui l'unica ignara ero io. Mi ha sbattuta fuori dalla mia stessa casa, come ben sapete. Sono stata costretta a guadagnarmi da vivere prima a Londra e poi in America. E per tutto questo tempo non ne avrei avuto alcun bisogno.» Sospirò. «Sono stata ingannata.»

«Cosa pensa di fare ora?»

«Rivendicherò quel che è mio. Perché no? Ne ho il diritto.»

L'ispettore Chubb parve in imbarazzo. «Potrebbe non essere così semplice, signorina Pye» disse. «Da quanto mi è parso di capire, la dottoressa Redwing era sola nella stanza del padre quando lui le ha confessato tutto. Nessun testimone ha assistito alla conversazione. Certo, è possibile che emerga qualche documento.

Magari ha lasciato qualcosa di scritto. Ma al momento abbiamo solo la sua parola.»

«Potrebbe averlo detto a qualcun altro.»

«Quasi certamente ne aveva informato Sir Magnus» intervenne Pünd. Poi si rivolse all'ispettore: «Ricorda gli appunti che abbiamo trovato sulla sua scrivania il giorno dopo l'assassinio? "Ashton H Ns Una bambina." Ora è tutto più chiaro. Edgar Rennard sapeva di essere prossimo alla morte e, sopraffatto dal senso di colpa, ha telefonato a Sir Magnus per rivelargli che durante il parto gemellare la bambina era nata per prima. Sul blocchetto degli appunti c'erano molti tratti marcati con forza. Sir Magnus era rimasto chiaramente turbato dalla telefonata.»

«Questo spiegherebbe anche un altro fatto» esclamò Clarissa con voce colma di rabbia. «Il giorno in cui è morto è venuto qui a casa mia, si è seduto proprio dove si trova lei ora. E mi ha offerto un lavoro a Pye Hall! Voleva che mi trasferissi nel vecchio cottage del custode e prendessi il posto di Mary Blakiston. Vi rendete conto? Forse temeva che la verità stesse per venire alla luce. Forse voleva cercare di *contenermi*. Se mi fossi trasferita alla villa, sarei potuta finire io con la testa mozzata.»

«Le auguro ogni fortuna, signorina Pye» concluse Chubb. «Ha subìto una grande ingiustizia e se riuscirà a trovare altri testimoni contribuirà senz'altro alla sua causa. Ma, senza offesa, vorrei darle un consiglio. Forse le converrebbe semplicemente accettare le cose per quello che sono. Ha una bella casa. Nel villaggio è conosciuta e rispettata. Non è affar mio, ma alle volte sprechiamo tempo a rincorrere qualcosa e così facendo perdiamo tutto il resto.»

Clarissa Pye lo guardò con aria confusa. «La ringrazio per il suo consiglio, ispettore Chubb. Tuttavia presumevo che la ragione della vostra visita fosse la volontà di assistermi. Il dottor Rennard ha commesso un crimine e solo la parola di sua figlia ci assicura che non sia stato pagato per ciò che ha fatto. In ogni caso, mi aspetterei che indagaste sulla questione.»

«Sarò sincero, non mi era proprio passato per la mente» rispose Chubb sempre più imbarazzato, cercando con lo sguardo l'aiuto di Pünd.

«Non dimentichi che nel villaggio si sono verificate due morti misteriose, signorina Pye» intervenne il detective. «Comprendo il desiderio che la polizia indaghi sugli eventi risalenti all'epoca della sua nascita, tuttavia ci troviamo qui per tutt'altra questione. Non vorrei provocarle ulteriore turbamento in una situazione già di per sé difficile, ma temo di doverle porre un quesito relativo ai due decessi... di Sir Magnus e di Mary Blakiston. Riguarda una fiala di liquido scomparsa di recente dall'ambulatorio della dottoressa Redwing. Conteneva un veleno, la fisostigmina. Ne sa qualcosa?»

Le emozioni si avvicendarono sul viso di Clarissa Pye così definite da poter essere appese una accanto all'altra come una serie di ritratti. La prima fu lo shock. La domanda era del tutto inaspettata: come facevano a saperlo? Poi venne la paura. Ci sarebbero state delle conseguenze? A seguire l'indignazione, forse artefatta. Era scandalizzata che sospettassero di lei per una cosa simile! Infine, in una frazione di secondo, arrivarono l'accettazione e la rassegnazione. Erano già accadute troppe cose. Non aveva senso negarlo. «Sì, l'ho presa io» ammise.

«Perché?»

«Come lo avete capito? Se è lecito...»

«La signora Blakiston l'ha vista uscire dall'ambulatorio.»

Clarissa annuì. «Sì. Ho visto che mi guardava. Mary aveva l'incredibile capacità di trovarsi sempre nel posto sbagliato al momento sbagliato. Non so proprio come ci riuscisse.» Fece una pausa. «Chi altri lo sa?»

«Teneva un diario che attualmente è nelle mani

dell'ispettore Chubb. Per quel che ne sappiamo, non lo aveva riferito a nessuno.»

Il che semplificava le cose. «L'ho presa d'istinto» spiegò. «Mi sono ritrovata sola in ambulatorio e ho visto la fisostigmina sulla mensola. Sapevo esattamente che cos'era. Avevo seguito un corso di medicina prima di partire per l'America.»

«Cosa intendeva farne?»

«Mi vergogno a dirlo, signor Pünd. So che è sbagliato e forse non ero in me. Ma alla luce di quanto appena detto, lei più di chiunque altro sarà certamente in grado di comprendere che nella mia vita quasi nulla è andato come desideravo. Non solo per via di Magnus e della villa. Non mi sono mai sposata. Non ho mai avuto una storia d'amore, neanche da ragazza. Oh, sì, ho la chiesa e il mio villaggio, ma ci sono momenti in cui mi guardo allo specchio e mi domando: "Che senso ha? Che cosa ci faccio qui? Perché andare avanti?".

«La Bibbia è molto chiara riguardo al suicidio. È l'equivalente morale dell'omicidio. "Il Signore dà la vita. Il Signore dà, il Signore toglie." Dal libro di Giobbe. Non abbiamo il diritto di agire con le nostre mani.» Si interruppe e il suo sguardo si indurì di colpo. «Ma ci sono momenti in cui mi ritrovo nell'ombra, in cui volgo lo sguardo verso la valle della morte e desidero... di poterla raggiungere. Cosa credete che abbia provato vedendo Magnus, Frances e Freddy? Vivevo anch'io in quella casa! Un tempo tutto quel fasto, quegli agi erano miei! Tralasciando il fatto che mi sono stati rubati, non avrei mai dovuto fare ritorno a Saxby-on-Avon! È stata una follia umiliare me stessa per sedermi alla tavola dell'imperatore. Perciò la risposta è: sì, meditavo di togliermi la vita. Ho rubato la fisostigmina perché sapevo che avrebbe agito in modo rapido e indolore.»

«Dove si trova ora?»

«Di sopra. In bagno.»

«Devo chiederle di consegnarmela.»

«Be', adesso non ne ho più bisogno, signor Pünd» rispose con leggerezza, lo sguardo acceso da un lieve bagliore. «Mi perseguirete per il furto?»

«Non sarà necessario, signorina Pye» precisò Chubb. «Ci limiteremo a restituirla alla dottoressa Redwing.»

Dopo pochi minuti si congedarono e Clarissa Pye richiuse la porta d'ingresso felice di essere di nuovo sola. Rimase lì ferma, il petto che andava su e giù mentre ripensava alla conversazione. La faccenda del veleno non aveva alcuna importanza. Non più. Ma era strano che un simile furtarello li avesse condotti subito a casa sua quando a lei era stato rubato così tanto. Sarebbe riuscita a dimostrare che Pye Hall le apparteneva? E se avesse avuto ragione l'ispettore? Dalla sua non aveva che la confessione di un uomo malato e morente, nessun testimone, nessuna prova che in quel momento fosse lucido. Una causa legale incentrata su dodici minuti trascorsi da oltre cinquant'anni.

Da dove avrebbe potuto cominciare?

E lo voleva davvero?

Era curioso, ma d'un tratto Clarissa sentiva che le era stato tolto un peso dalle spalle. Grazie anche al fatto che Pünd le aveva confiscato il veleno. La fisostigmina le aveva roso la coscienza per molte ragioni e lei sapeva di essersi pentita del furto fin dal primo momento. Ma c'era dell'altro. Ripensò alle parole di Chubb. «Forse le converrebbe semplicemente accettare le cose per quello che sono. Ha una bella casa. Nel villaggio è conosciuta e rispettata.»

Clarissa *era* rispettata. Era la verità. Alla festa del villaggio il suo banchetto era sempre il più redditizio. Le sue composizioni floreali per la messa della domenica piacevano a tutti: anzi, Robin Osborne diceva spesso che non avrebbe potuto fare a meno di lei. Forse, ora che conosceva la verità, Pye Hall avrebbe perso il potere di intimidirla. La proprietà era sua. Lo era sempre stata. E alla fin fine, non gliel'aveva sottratta Magnus. E nemmeno il destino. Bensì suo padre, che lei ricordava con immutato affetto ma che si era rivelato un uomo antidiluviano... un mostro! Davvero voleva lottare contro di lui, ricondurlo nella propria vita quando ormai giaceva sottoterra da lunghissimo tempo?

No.

Poteva mostrarsi superiore. Avrebbe fatto visita a Frances e Freddy a Pye Hall e stavolta sarebbe stata lei quella consapevole. Mentre loro gli ignari.

Quasi sorridendo, Clarissa andò in cucina. In frigorifero aveva una porzione di salmone panato e una composta di frutta. Per pranzo sarebbero stati perfetti.

5

«Mi è sembrato che l'abbia presa molto bene» osservò Emilia Redwing. «All'inizio eravamo incerti se dirglielo o meno. Ma sono felice di averlo fatto.»

Pünd annuì. Lui e Fraser si erano recati dalla dottoressa, mentre l'ispettore Chubb era dovuto tornare a Pye Hall per incontrare i due sommozzatori della polizia giunti da Bristol, la città più vicina a disporre di tale risorsa. Avrebbero scandagliato il lago in giornata, ma il detective aveva già un'idea molto precisa di quello che avrebbero trovato. Ora erano seduti nello studio della dottoressa. Era presente anche Arthur Redwing, che sembrava a disagio, come se avesse preferito trovarsi da tutt'altra parte.

«Sì. La signorina Pye è senza dubbio una donna formidabile» concordò Pünd.

«Allora come procedono le indagini?» chiese Arthur Redwing.

Era la prima volta che il detective incontrava il marito della dottoressa, l'uomo che aveva dipinto il ritratto di Frances Pye – nonché, con tutta evidenza, il ragazzino del quadro appeso alle sue spalle in quel momento. Doveva essere suo figlio. Aveva lo stesso fascino cupo dai tratti un po' corrucciati tipicamente inglesi. Eppure erano in lite. Avevano avuto qualche divergenza. Da sempre Pünd era affascinato dalla relazione unica che si instaura tra il ritrattista e il suo soggetto, così priva di segreti. Quel ritratto ne era la dimostrazione. Il modo in cui era stato dipinto il ragazzo, la sua posa, le spalle appoggiate al muro con nonchalance, il ginocchio piegato, le mani in tasca... tutto suggeriva intimità, amore perfino. Ma Arthur Redwing aveva colto anche una vena cupa e sospettosa nei suoi occhi. Il ragazzo voleva essere altrove.

«È suo figlio?» chiese.

«Sì» rispose Arthur. «Sebastian. Vive a Londra.» Tre parole che riassumevano una vita di delusioni.

«Non lo vediamo spesso, purtroppo» aggiunse Emilia Redwing. «Arthur l'ha ritratto quando Sebastian aveva diciassette anni.»

«È molto bello» osservò Fraser. In fatto d'arte, l'esperto era lui, non Pünd, e si compiacque del proprio momento di gloria. «Espone da qualche parte?»

«Mi piacerebbe...» mormorò Arthur.

«Stava per dirci qualcosa a proposito delle indagini» intervenne Emilia.

«Sì, è così, dottoressa Redwing.» Pünd sorrise. «Siamo praticamente in dirittura d'arrivo. Prevedo di trattenermi a Saxby-on-Avon un altro paio di notti al massimo.»

A quelle parole Fraser drizzò le orecchie. Non aveva capito che Pünd fosse così vicino alla soluzione e si domandò chi potesse aver detto cosa, e quando, per condurre il detective alla svolta decisiva. Non vedeva l'ora di scoprire il mistero, e di poter finalmente tornare agli agi di Tanner Court.

«Sa chi ha ucciso Sir Magnus?»

«Ho una teoria, se così si può definire. Mancano solo un paio di tasselli del puzzle che, una volta incastrati al posto giusto, confermeranno le mie convinzioni.»

«E di che si tratta, se non sono inopportuno?» Arthur Redwing si era rianimato di colpo.

«Non lo è affatto, signor Redwing. Il primo tassello si sta svelando in questo preciso momento. Sotto la supervisione dell'ispettore Chubb, i sommozzatori della polizia stanno scandagliando il lago di Pye Hall.»

«Cosa si aspettano di trovarci? Un altro cadavere?»

«Mi auguro nulla di tanto sinistro.»

Era chiaro che non avrebbe aggiunto altro. «E il secondo tassello?» chiese la dottoressa Redwing.

«C'è una persona con la quale devo ancora parlare. Potrebbe non esserne consapevole, ma ritengo lui possieda la chiave di tutti gli eventi accaduti a Saxby-on-Avon.»

«Chi può mai essere?»

«Si tratta di Matthew Blakiston. Era il marito di Mary Blakiston e ovviamente il padre dei due ragazzi, Robert e Tom.»

«Lo state cercando?»

«Ho chiesto all'ispettore Chubb di rintracciarlo.»

«Ma era proprio qui!» esclamò la dottoressa Redwing quasi divertita. «L'ho visto con i miei occhi, qui al villaggio. Al funerale della moglie.»

«Robert Blakiston non me lo ha riferito.»

«Potrebbe non averlo visto. Io stessa non l'ho riconosciuto subito. Portava un cappello calato sul viso. Non ha parlato con nessuno ed è rimasto in disparte. E prima che la cerimonia finisse se n'è andato.»

«Lo ha raccontato a qualcuno?»

«Be', no.» La dottoressa Redwing sembrò stupirsi della domanda. «La sua presenza mi è parsa più che naturale. Lui e Mary Blakiston erano stati sposati a lungo e non era stato l'odio a separarli, ma il dolore. Avevano perso un figlio. Mi ha rattristato solo che non abbia voluto parlare con Robert. E avrebbe potuto conoscere anche Joy. Un vero peccato. La morte di Mary avrebbe potuto riavvicinarli.»

«Potrebbe averla uccisa lui!» esclamò Arthur Redwing. Si rivolse a Pünd: «Per questo vuole vederlo? È tra i sospettati?».

«Impossibile stabilirlo finché non gli avrò parlato» rispose il detective con diplomazia. «Finora l'ispettore Chubb non è riuscito a localizzarlo.»

«Vive a Cardiff» ribatté la dottoressa Redwing.

Per una volta fu Pünd a rimanere di stucco.

«Non ho il suo indirizzo, ma posso senz'altro aiutarla a trovarlo. Un mese fa ho ricevuto una lettera da un medico di base di Cardiff. Una comunicazione di routine. Gli servivano i dati di un vecchio incidente accaduto a uno dei suoi pazienti. Si trattava proprio di Matthew Blakiston. Gli ho spedito i documenti che chiedeva e non ci ho più pensato.»

«Ricorda il nome del dottore?»

«Certo. È in archivio. Lo cerco subito.»

Ma prima che potesse alzarsi, sulla soglia dell'ambulatorio comparve una donna. La porta dello studio della dottoressa Redwing era aperta e tutti poterono vederla: era sulla quarantina, aspetto semplice, viso tondo. Il suo nome era Diana Weaver e come tutti i giorni era venuta a fare le pulizie. Pünd sapeva esattamente a che ora sarebbe arrivata. Era andato lì proprio per incontrarla.

Dal canto suo, la signora si stupì di trovare l'ambulatorio pieno. «Oh, mi rincresce, dottoressa Redwing!» esclamò. «Vuole che torni domani?»

«No, la prego, venga pure, signora Weaver.»

La donna entrò nello studio della dottoressa. Atticus Pünd si alzò per cederle il posto e lei si accomodò, guardandosi intorno con aria nervosa. «Signora Weaver» esordì il detective. «Mi permetta di presentarmi...»

«So chi è» tagliò corto lei.

«Allora saprà anche per quale ragione desidero parlarle.» Fece una pausa. Non voleva turbarla, tuttavia era necessario. «Il giorno della sua morte Sir Magnus Pye ha ricevuto una lettera in merito alle nuove abitazioni che pensava di far costruire. Il progetto avrebbe portato alla distruzione di Dingle Dell. Forse saprà dirmi… È stata lei a scriverla?» Poiché la donna taceva, Pünd proseguì. «Ho scoperto che è stata battuta con la macchina da scrivere dell'ambulatorio, alla quale solo tre persone potevano accedere: Joy Sanderling, la dottoressa Redwing e lei.» Sorrise. «Mi preme aggiungere che non ha nulla da temere. Non è un reato spedire una lettera di protesta, malgrado i toni lievemente eccessivi. Né ho mai sospettato per un solo istante che abbia dato seguito alle minacce. Ho solo bisogno di sapere come sia arrivata sulla scrivania di Sir Magnus. Dunque le domando di nuovo, è stata lei a scriverla?»

La signora Weaver annuì. Aveva le lacrime agli occhi. «Sì, signore.»

«Grazie. Comprendo la sua collera, alquanto giustificabile, per la perdita del bosco.»

«Detestavamo il pensiero che il nostro villaggio venisse stravolto senza alcuna ragione. Ne avevo parlato con mio marito e con mio suocero. Loro vivono a Saxby-on-Avon da sempre. Ed è un posto speciale. Non abbiamo bisogno di nuove case. Non c'è richiesta. E il bosco di Dell! Una volta partiti, cosa li fermerà più? Basta vedere Tawbury e Market Basing. Strade e semafori e supermercati nuovi… hanno sventrato quei villaggi e ora la gente li attraversa in macchina e…» Si interruppe. «Sono mortificata, dottoressa Redwing» si scusò. «Avrei dovuto chiederle il permesso. Ho agito d'impulso.»

«Non si angusti» la confortò Emilia Redwing. «Non ha importanza. Anzi, la penso come lei.»

«Quando ha consegnato la lettera?» chiese Pünd.

«Giovedì pomeriggio. Sono andata alla villa e l'ho infilata sotto la porta.» La signora Weaver chinò il capo. «Il giorno successivo, quando ho saputo… Sir Magnus assassinato… non sapevo cosa pensare. A quel punto mi sono pentita di averla scritta. Non è da me essere così impulsiva. Glielo giuro, signor detective. Non era mia intenzione fare nulla di male.»

«Come dicevo, la sua lettera non ha alcun legame con l'accaduto» la rassicurò lui. «Ma devo farle un'altra domanda e dovrà riflettere bene prima di rispondere. Riguarda la busta che conteneva la lettera e, in particolare, l'indirizzo...»

«Sì, signore?»

Pünd tuttavia non terminò. Accadde qualcosa di molto strano. Il detective era in piedi al centro della stanza, sostenuto dal suo bastone, ma cominciava a essere evidente a tutti che, mentre parlava con la signora Weaver, vi si appoggiava sempre di più. Stava lentamente scivolando da un lato. Fraser lo notò per primo e corse a sorreggerlo. Fece appena in tempo. Una volta raggiunto, le gambe del detective cedettero e tutto il suo corpo rovinò a terra. La dottoressa Redwing era già scattata in suo soccorso. La signora Weaver fissava la scena allarmata.

Atticus Pünd aveva gli occhi chiusi. Il viso esangue. Sembrava non respirasse più.

6

La dottoressa Redwing era al suo fianco quando si risvegliò.

Pünd era sdraiato sul lettino delle visite. Aveva perso conoscenza per meno di cinque minuti. La dottoressa era in piedi con lo stetoscopio al collo. Sembrava sollevata che avesse ripreso i sensi.

«Non si muova» gli ordinò. «Ha avuto un mancamento...»

«Mi ha visitato?» chiese Pünd.

«Ho controllato cuore e polso. Potrebbe trattarsi di semplice stanchezza.»

«Non lo è.» Avvertì una fitta alla tempia, che ignorò. «Non deve preoccuparsi, dottoressa. La patologia di cui soffro mi è stata illustrata dal mio medico di Londra. Mi ha anche prescritto dei farmaci. Se mi concedesse di riposare ancora qualche minuto, gliene sarei grato. Ma non può fare altro per me.»

«Può trattenersi quanto vuole» rispose la dottoressa. Lo stava ancora guardando negli occhi. «È inoperabile?» chiese.

«Lei vede ciò che ad altri sfugge. Nel mondo della medicina, il vero detective è lei.» Pünd sorrise con amarezza. «Mi è stato detto che non c'è più nulla da fare.»

«Ha chiesto un secondo parere?»

«Non serve. So che non mi resta molto tempo. Lo sento.»

«Mi rammarica molto, signor Pünd.» Rifletté un istante. «Il suo collega non sembrava a conoscenza del problema.»

«Non ho informato Fraser e preferirei che le cose rimanessero così.»

«Non si preoccupi. Gli ho chiesto di andare. La signora Weaver e mio marito sono usciti con lui. Ho detto che l'avrei accompagnata io al Queen's Arms non appena si fosse ripreso.»

«Sto già un pochino meglio.»

Con l'aiuto della dottoressa Redwing, Pünd si mise seduto e infilò la mano nella tasca della giacca in cerca delle pillole. La dottoressa andò a prendergli un bicchiere d'acqua. Aveva notato il nome del farmaco sulla confezione: Dilaudid. «È idromorfone» disse. «Ottima scelta. Agisce in fretta. Deve prestare attenzione però. Può aumentare la stanchezza e provocare sbalzi d'umore.»

«Sono stanco, in effetti» concordò Pünd. «Ma trovo che il mio umore sia rimasto sostanzialmente immutato. Anzi, se vuole la verità, mi sento piuttosto allegro.»

«Sarà per via dell'indagine. Sicuramente le è stato di grande aiuto avere qualcosa su cui concentrarsi. E stava giusto dicendo a mio marito che è a buon punto.»

«È così.»

«E quando tutto sarà finito? Cosa accadrà?»

«Quando tutto sarà finito, dottoressa Redwing, non mi resterà altro da fare.» Pünd si alzò a fatica e impugnò il bastone. «Ora gradirei tornare alla mia camera, se posso approfittare della sua cortesia.»

Uscirono insieme.

7

All'altro capo del villaggio, i sommozzatori della polizia stavano riemergendo dalle acque del lago. Raymond Chubb era rimasto ad attenderli sulla riva erbosa, scrutando il risultato delle ricerche depositato ai suoi piedi. Si domandava come facesse Pünd a sapere cosa avrebbero trovato.

C'erano tre piatti con un decoro di tritoni e ninfe marine; una ciotola flangiata con un centauro che inseguiva una donna nuda; alcuni cucchiai dal manico lungo; un *piperatorium*, o pepiera, usato probabilmente per conservare spezie pregiate; una manciata di monete; la statuetta di una tigre o qualche altra creatura simile; due bracciali. Chubb sapeva benissimo cosa stava esaminando. Era il tesoro sottratto a Sir Magnus Pye. Lui stesso gli aveva descritto ogni singolo oggetto quando aveva denunciato il furto alla polizia. Ma perché rubarlo per disfarsene subito dopo? Adesso all'ispettore appariva chiaro che avessero perso un pezzo – la fibbia trovata da Brent – mentre attraversavano il prato. Poi avevano raggiunto il lago e gettato in acqua il resto. Erano stati sorpresi mentre tentavano la fuga? Avevano pianificato di tornare a recuperare il bottino in seguito? Non aveva alcun senso.

«Credo sia tutto» disse uno dei sommozzatori.

Chubb abbassò lo sguardo sui vari reperti, tutti in argento… una montagna d'argento che riluceva sotto il sole al tramonto.

SEI

Oro

1

L'abitazione sorgeva nei pressi del Caedelyn Park di Cardiff, il retro affacciato sulla linea ferroviaria che collegava Whitchurch a Rhiwibina. Era al centro di una piccola schiera formata da tre villette identiche su ciascun lato, tutte molto segnate dal tempo, bisognose di una ravvivata: sette cancelli, sette giardinetti squadrati fitti di piante polverose che lottavano per la sopravvivenza, sette porte d'ingresso, sette comignoli. Parevano interscambiabili, in un certo senso, ma la Austin A40 verde targata FPJ 247 parcheggiata fuori dalla casa al centro rivelò immediatamente a Pünd dove dirigersi.

Trovarono un uomo ad attenderli. Da come se ne stava immobile, sembrava aspettarli da tutta la vita. Quando accostarono agitò la mano, non tanto in segno di benvenuto quanto come semplice constatazione del fatto che fossero arrivati. Era prossimo alla sessantina ma sembrava molto più vecchio, logorato da una battaglia persa in realtà molti anni prima. Aveva capelli radi, un paio di baffi trascurati e occhi castano scuro dallo sguardo tetro. Gli abiti che indossava erano troppo pesanti per quel pomeriggio d'estate e necessitavano di una bella lavata. Fraser non aveva mai incontrato nessuno che sembrasse più solo.

«Signor Pünd?» chiese l'uomo appena scesero dall'automobile.

«È un piacere conoscerla, signor Blakiston.»

«Prego. Accomodatevi.»

Li condusse in un corridoio stretto e buio in fondo al quale si trovava la cucina. Da lì si vedeva il giardino semiabbandonato che scendeva ripido verso la ferrovia. La casa era pulita ma anonima. Non c'era alcun oggetto personale: nessuna fotografia di famiglia, né lettera sul tavolino dell'ingresso, o traccia di altre persone. Entrava pochissima luce. Proprio come il vecchio cottage del custode a Pye Hall. Sembrava tutto avvolto nell'ombra.

«Sapevo che la polizia mi avrebbe cercato» esordì. «Posso offrirvi un tè?» Mise il bollitore sul fuoco e riuscì ad accendere la fiamma al terzo schiocco del pomello del gas.

«Non siamo propriamente poliziotti» precisò Pünd.

«No. Ma indagate sulle morti.»

«Di sua moglie e di Sir Magnus. Sì.»

Blakiston annuì, poi si sfregò il mento. Si era rasato quella mattina, ma doveva aver usato una lametta consumata. La peluria cominciava già a ricrescere nella fossetta sotto il labbro e sul mento aveva un taglietto. «Avevo pensato di chiamare qualcuno» disse. «Ero lì, sapete, la notte in cui è morto Sir Magnus. Ma poi mi sono detto: perché prendermi tanta briga? Non ho visto niente. Non so niente. Non c'entro nulla.»

«Potrebbe non essere del tutto vero, signor Blakiston. Attendevo con ansia il nostro incontro.»

«Allora mi auguro di non deluderla.»

Tolse le vecchie foglie di tè dalla teiera, la risciacquò con acqua bollente e ne aggiunse di fresche. Prese una bottiglia di latte dal frigorifero con poco altro all'interno. In fondo al giardino un treno sferragliò sbuffando vapore, e per un istante un odore di cenere saturò l'aria. Lui parve non farci caso. Finì di preparare il tè e lo portò a tavola. Si sedettero tutti e tre.

«Quindi?»

«Sa perché siamo qui, signor Blakiston» disse Pünd. «Perché non ci racconta la sua storia? Dal principio. Senza tralasciare nulla.»

L'uomo annuì. Servì il tè. Poi cominciò a parlare.

Aveva cinquantotto anni. Viveva a Cardiff da quando aveva lasciato Saxby-on-Avon, dodici anni prima. Un tempo aveva dei parenti in città: uno zio che possedeva un negozio di articoli elettronici, non lontano da lì, sulla Eastern Road. Dopo la sua morte lui aveva ereditato il negozio, che gli procurava da vivere; quantomeno abbastanza per la vita che conduceva. Era solo. Fraser ci aveva visto giusto.

«Non ho mai divorziato da Mary» disse. «Non so perché. Dopo quello che era successo a Tom, restare insieme era impensabile. Ma allo stesso tempo nessuno dei due aveva intenzione di risposarsi, perciò che motivo c'era? A lei non interessavano avvocati e compagnia bella. Suppongo di essere diventato ufficialmente vedovo.»

«Non la rivide più dopo averla lasciata?» chiese Pünd.

«Rimanemmo in contatto. Ci scrivevamo e la chiamavo di tanto in tanto, per chiedere di Robert e se le servisse qualcosa. Ma in caso di bisogno lei non si sarebbe mai rivolta a me.»

Pünd prese il pacchetto di Sobranie. Era inusuale che fumasse mentre lavorava a un caso, ma ultimamente non sembrava più lo stesso e Fraser era terribilmente preoccupato da quando il detective aveva avuto quel malore nell'ambulatorio della dottoressa Redwing. Lui si era rifiutato di parlarne. Durante il tragitto in auto verso Cardiff aveva a malapena aperto bocca.

«Torniamo a quando conobbe Mary» suggerì Pünd. «Mi racconti del periodo a Sheppard's Farm.»

«Era la fattoria di mio padre» spiegò Blakiston. «Che l'aveva ereditata dal *suo* e apparteneva alla famiglia dai tempi dei tempi. Discendo da un'antica stirpe di agricoltori, ma non ne ho mai seguito le orme. Mio padre diceva sempre che ero la pecora nera della famiglia, il che mi faceva sorridere, perché in effetti non possedevamo altro: qualche centinaio di acri e un gregge di pecore. Provo pena per lui, a ripensarci. Ero il suo unico figlio e la terra non mi interessava, perciò dovette accettarlo. A scuola ero sempre stato bravo in matematica e scienze, e sognavo di andare in America e diventare ingegnere aerospaziale, piuttosto buffo se si considera che ho fatto il meccanico per vent'anni e non mi sono mai spostato oltre il Galles. Ma da bambini è così, no? Hai tanti bei sogni che, senza un bel colpo di fortuna, non portano a niente. Tuttavia, non posso lamentarmi. Eravamo tutti felici. All'inizio anche a Mary piaceva vivere lì.»

«In quali circostanze conobbe sua moglie?»

«Viveva a Tawbury, a circa cinque miglia di distanza. Le nostre madri erano state compagne di scuola. Una domenica venne da noi a pranzo con i genitori e ci incontrammo. Mary all'epoca aveva una ventina d'anni ed era bella come il sole. Fu amore a prima vista e nel giro di un anno eravamo sposati.»

«E cosa pensavano di Mary i suoi genitori?»

«A loro piaceva abbastanza. Per un periodo devo dire che andò tutto a meraviglia. Nacquero i nostri due figli: prima Robert, poi Tom. Sono cresciuti in fattoria e mi sembra ancora di vederli correre in giro e aiutare mio padre al ritorno da scuola. In nessun altro luogo siamo stati felici come lo eravamo lì. Ma non poteva durare. Mio padre aveva debiti fino al collo. E io non gli ero d'aiuto. Avevo trovato lavoro all'aeroporto di Whitchurch, a un'ora e mezza di distanza, vicino Bristol. Era la fine degli anni Trenta. Mi occupavo della manutenzione dei velivoli della Civil Air Guard e conobbi molti giovani piloti durante gli addestramenti. Si sentiva aria di guerra, ma era facile non pensarci in un posto come Saxby-on-Avon. Mary faceva qualche lavoretto al villaggio. Le nostre strade si erano già divise. Ecco perché riversò su di me la colpa dell'accaduto… e forse aveva ragione.»

«Mi racconti dei suoi figli» suggerì Pünd.

«Adoravo i miei ragazzi. Mi creda, non passa giorno che non ripensi a quello che è successo.» Gli si incrinò la voce e dovette fermarsi un istante. «Non so proprio come sia potuto andare tutto a rotoli così, signor Pünd. Proprio non lo so. Quando vivevamo a Sheppard's Farm non era certo tutto perfetto, ma ci divertivamo un mondo. Erano dei veri birbanti, alle volte, non facevano che litigare e azzuffarsi. Come fanno tutti i ragazzi, no?» Guardò Pünd in cerca di conferma e non trovandola proseguì: «Erano molto legati, però. Amici per la pelle.

«Robert era il più tranquillo dei due. Sembrava sempre assorto nei suoi pensieri. Fin da piccolo aveva l'abitudine di allontanarsi spesso per lunghe passeggiate per la valle di Bath, tanto che a volte ci faceva preoccupare. Tom era più peperino. Si credeva una specie di inventore. Mescolava pozioni e assemblava pezzi di vecchi macchinari. Suppongo avesse preso da me e ammetto di averlo viziato più del fratello. Robert era più legato alla madre. Il suo era stato un parto difficile. Mary aveva rischiato di perderlo e da bambino non faceva che ammalarsi. Il medico del villaggio, un tizio di nome Rennard, andava e veniva da casa nostra. A mio parere fu questo a rendere Mary iperprotettiva. Certe volte non mi permetteva neanche di avvicinarmi a lui. Stare con Tom era più semplice. Eravamo più uniti. Stavamo sempre insieme, lui e io…».

Prese un pacchetto di sigarette da dieci, strappò la pellicola e ne accese una.

«Cominciò ad andare tutto storto quando lasciammo la fattoria» continuò con amarezza. «Il giorno in cui quell'uomo entrò nelle nostre vite. Fu allora che tutto ebbe inizio. Maledetto Sir Magnus Pye. Adesso ci vedo così chiaro che proprio non capisco come ho fatto a essere così cieco, e stupido. Ma all'epoca la sua offerta ci parve la risposta a tutte le nostre preghiere. Uno stipendio regolare per Mary, una casa in cui vivere, un bel giardino dove far correre i bambini. Così perlomeno la vedeva lei, e così me la propinò.»

«Litigaste?»

«Cercai di evitarlo. Ma servì solo a mettermela contro. Esternai un paio di dubbi, tutto qui. Non mi piaceva che facesse la domestica. Per me valeva molto di più. E la misi in guardia sul fatto che, una volta trasferiti nella tenuta, saremmo stati in trappola. Saremmo diventati parte della proprietà. Ma vede, il punto è che non avevamo scelta. Eravamo senza risparmi. Non avremmo mai potuto ricevere offerta migliore.

«E all'inizio non andò male. Pye Hall era un bel posto e andavo piuttosto d'accordo con Stanley Brent, che lavorava come giardiniere insieme al figlio. Non pagavamo l'affitto e per certi versi era meglio essere finalmente soli, senza mia madre e mio padre sempre intorno. Ma c'era qualcosa in quel vecchio cottage che ci disturbava. Era buio tutto l'anno e non ci sentivamo davvero a casa. Cominciammo a non sopportarci più, persino i ragazzi. Io e Mary non facevamo che lanciarci frecciatine. Detestavo la sua ammirazione per Sir Magnus, solo per via del titolo e di tutti quei soldi. Non era certo migliore di me. Non aveva mai lavorato un giorno in vita sua. Possedeva Pye Hall soltanto perché l'aveva ereditata. Ma lei non capiva. In un certo senso era convinta che vivere lì la rendesse speciale. Non si rendeva conto che se il tuo compito è pulire cessi, rimani una che pulisce cessi, che differenza può fare se ci appoggia le chiappe un aristocratico? Una volta glielo dissi in faccia e andò su tutte le furie. Perché lei non si considerava una semplice donna delle pulizie o una domestica. Si credeva la signora del maniero.

«Magnus aveva un figlio suo – Freddy – ma era piccolo e piuttosto scorbutico. Non suscitava nessuna tenerezza. Così Sua Signoria cominciò a nutrire interesse per i miei. Li incoraggiava a giocare nella sua proprietà e li viziava con piccoli doni, tre penny qui, sei penny là. E li incitava a farsi beffe di Neville Brent. I genitori del ragazzo erano già morti, all'epoca. Erano rimasti uccisi in un incidente d'auto e Neville aveva preso il posto del padre occupandosi dei giardini della tenuta. A essere sinceri, era un tipo strano. Non aveva il cervello tutto a posto. Ma ciò non toglieva ai miei figli il gusto di spiarlo, prenderlo in giro, tirargli palle di neve, scherzi così. Erano crudeli. Avrei preferito che la piantassero.»

«Non poteva fermarli?»

«Non potevo fare proprio *niente*, signor Pünd. Come posso spiegarglielo? Loro non mi ascoltavano mai. Non ero più il loro padre. Mi misero da parte quasi dal primo giorno in cui ci trasferimmo. Magnus, Magnus... non parlavano d'altro. Quando ricevevano le pagelle, a nessuno interessava il mio parere. Sa cosa succedeva? Mary suggeriva ai ragazzi di andare in villa e mostrarle a lui. Come se la sua opinione contasse più della mia.

«Con il tempo le cose peggiorarono, signor Pünd. Cominciai a disprezzare quell'uomo. Mi faceva sentire una nullità, continuava a ricordarmi che vivevo in casa sua, sulla sua terra... neanche fossi stato io a volerlo. E la colpa dell'incidente è tutta sua. Sono pronto a giurarlo. Ha ucciso lui il mio bambino, come se lo avesse fatto con le sue stesse mani, e in quel preciso istante ha decretato la mia rovina. Tom era la luce dei miei occhi e da quando se n'è andato non mi è rimasto niente.» Tacque e si asciugò una lacrima con il dorso della mano. «Mi guardi! Si guardi intorno! Continuo a chiedermi cos'abbia fatto per meritarlo. Non ho mai sfiorato nemmeno una mosca e mi ritrovo in questo stato. A volte mi sembra di essere stato punito per qualcosa che non ho commesso.»

«Sono certo che lei non ha colpe.»

«Infatti è *così*. Non ho alcuna colpa. Non c'entro niente con quello che è accaduto.» Si interruppe e scrutò Pünd e Fraser, quasi volesse sfidarli a contraddirlo. «È stato Magnus Pye. Maledetto Sir Magnus.»

Prese fiato, poi proseguì il racconto.

«Scoppiò la guerra e io fui spedito a Boscombe Down, per occuparmi degli aerei Hawker Hurricanes. Ero lontano da casa e non sapevo come andassero le cose. Quando tornavo occasionalmente per il fine settimana, mi sentivo un estraneo. Mary era così diversa. Non era mai felice di vedermi. Era taciturna… come se nascondesse qualcosa. Difficile credere che fosse la stessa ragazza che avevo conosciuto e sposato e con la quale avevo vissuto i primi anni a Sheppard's Farm. Neppure Robert voleva stare con me. Era proprio figlio di sua madre. Se non fosse stato per Tom, non sarebbe valsa la pena di farmi vivo.

«Comunque sia, il mio posto era stato occupato da Magnus. Ho già accennato ai giochi che organizzava. Ce n'era uno che faceva spesso con i ragazzi… con i *miei* ragazzi. Loro avevano l'ossessione dei tesori nascosti. Be', a quale bambino non piacciono? Ma come lei certamente saprà, i Pye avevano ritrovato un mucchio di roba – monete romane e via dicendo – a Dingle Dell. Lui teneva tutto esposto in villa. Ci volle poco a trasformare i ragazzi in cacciatori di tesori. A volte prendeva delle barrette di cioccolata avvolte nella stagnola, oppure monete da sei penny o anche mezze corone e le nascondeva in giro per la tenuta. Poi suggeriva qualche indizio e dava il via alla caccia. I miei figli erano capaci di trascorrere giornate intere a cercare, e non ci si poteva certo lamentare dal momento che stavano all'aria aperta. Faceva bene, no? E poi era divertente.

«Ma non era lui il padre. Non sapeva nemmeno quel che faceva e un giorno passò il limite. Aveva questo frammento d'oro. Non oro vero. Era pirite, "l'oro degli stolti" la chiamano. Era un pezzo bello grosso e decise di metterlo in palio nella caccia. Naturalmente Tom e Robert non sapevano riconoscere la differenza.

Credevano fosse oro e morivano dalla voglia di accaparrarselo. E sa dove andò a nasconderlo, quel maledetto imbecille? Tra i giunchi, proprio sulle sponde del lago. È stato lui a spingere i miei ragazzi lì. Un quattordicenne e un dodicenne. Li ha condotti lui lì, proprio come se ci avesse piazzato un bel cartello.

«Ecco come andò. I miei figli si erano separati. Robert s'inoltrò nel bosco di Dingle Dell per cercare tra gli alberi. Tom scese verso l'acqua. Avrà visto scintillare l'oro al sole o forse aveva indovinato uno degli indizi. Non avrebbe dovuto nemmeno bagnarsi i piedi, ma era talmente eccitato che si è lanciato verso il lago. E poi? Forse è inciampato. Ci sono molte alghe sul fondo e sarà rimasto intrappolato con le gambe. Ecco quello che so. Poco dopo le tre del pomeriggio arriva Brent con il tosaerba e vede il mio Tom a faccia in giù nell'acqua.» A Matthew Blakiston si spezzò la voce. «Era annegato. Brent fece il possibile. Il mio ragazzo era a pochi metri da riva, lo trascinò a terra. Quando Robert sbucò dal bosco e vide la scena, si gettò in acqua anche lui gridando. Li raggiunse e urlò a Brent di chiamare aiuto. Lui non sapeva che fare, ma Robert aveva imparato a scuola le basi del primo soccorso e provò a rianimare il fratello con la respirazione bocca a bocca. Era troppo tardi. Tom era morto. Venni a sapere tutta la storia solo in seguito, dalla polizia. Avevano interrogato tutte le persone coinvolte: Sir Magnus, Brent, Mary e Robert. Riesce a immaginare cosa provai, signor Pünd? Io ero suo padre. Ma non ero lì.»

Matthew Blakiston chinò il capo. Dal pugno stretto contro la testa il fumo della sigaretta saliva a spirale, mentre lui sedeva immobile, in silenzio. In quel momento Fraser si rese pienamente conto della dimensione angusta della stanza, della disperazione di una vita spezzata. Comprese che Blakiston era un reietto. In esilio da se stesso.

«Volete altro tè?» chiese di colpo l'uomo.

«Ci penso io» si offrì Fraser.

Nessuno ne voleva un'altra tazza, ma avevano bisogno di prendere tempo, di una pausa prima di continuare. James raggiunse il bollitore, felice di potersi allontanare.

«Tornai a Boscombe Down» riprese Blakiston, non appena furono portate le tazze fumanti. «E quando mi presentai a casa la volta seguente, capii subito che tirava una brutta aria. Mary e Robert avevano tagliato i ponti con me. Lei non lo mollava un attimo e sembrava non mi conoscessero nemmeno. Avrei fatto la mia parte per la mia famiglia, signor Pünd, glielo giuro. Furono loro a non consentirmelo. Robert continuava a ripetere che li avevo abbandonati, ma non è vero. Io tornavo a casa, ma non trovavo nessuno.»

«Quando ha visto suo figlio per l'ultima volta, signor Blakiston?»

«Sabato 23 luglio. Al funerale della madre.»

«Lui ha notato la sua presenza?»

«No.» Blakiston fece un respiro profondo. Aveva finito la sigaretta e la spense. «Si dice che perdere un figlio avvicini le persone o le separi definitivamente. A ferirmi di più del comportamento di Mary fu che, dopo la morte di Tom, non mi permise più di avvicinarmi a Robert. Voleva proteggerlo da me! Si rende conto? Non bastava aver perso un figlio. Alla fine ne ho perduti due.

«E una parte di me non ha mai smesso di amarla. È questa la cosa più patetica. Come accennavo prima, le scrivevo sempre per il suo compleanno e a Natale. Ogni tanto le telefonavo. Mi concedeva almeno quello. Ma non voleva che mi avvicinassi. Lo aveva messo bene in chiaro.»

«Aveva parlato con lei di recente?»

«L'ultima volta è stato un paio di mesi fa, poi è successo un fatto che ha dell'incredibile. L'ho chiamata il giorno stesso in cui è morta. Una cosa assurda. Quella mattina mi aveva svegliato l'orribile verso di un uccello appollaiato sull'albero, una specie di gracchio. Era una gazza. "Una per il dolore." Conosce quella filastrocca? Be', la vidi dalla finestra della camera da letto, un esserino maligno, bianco e nero, con gli occhi luccicanti, e avvertii di colpo un'ondata di nausea. Come se avessi una premonizione. Capii che stava per accadere qualcosa di brutto. Andai in negozio, ma non riuscivo a concentrarmi sul lavoro e comunque non entrò nessuno. Continuavo a pensare a Mary. Ero convinto che le stesse per capitare qualcosa e a un certo punto non mi trattenni più. Le telefonai. Provai prima al cottage e poi alla villa… ma lei non poteva rispondere perché era troppo tardi. Era già morta.»

Giocherellava con il cellophane del pacchetto di sigarette, martoriandolo tra le dita.

«Seppi della sua morte qualche giorno dopo. Da un articolo sul giornale… Riesce a crederci? Nessuno si era preso la briga di telefonarmi. Speravo mi contattasse almeno Robert, ma non se ne è curato. In ogni caso, dovevo essere presente al funerale. Non importava come fossero andate le cose. Da giovani ci eravamo amati. Non l'avrei lasciata andare senza un ultimo saluto. Lo ammetto, l'idea di farmi vivo mi rendeva nervoso. Non volevo sollevare polveroni attirando l'attenzione di tutti, così arrivai tardi con un cappello calato sul viso. Sono più magro di un tempo e ormai ho quasi sessant'anni. Ho pensato che se mi fossi tenuto alla larga da Robert sarebbe filato tutto liscio, e così è stato.

«L'ho visto al funerale. Accanto a lui c'era una ragazza e mi ha fatto piacere. È proprio quello di cui aveva bisogno. Da bambino era sempre così solitario e lei mi è parsa proprio graziosa. Ho saputo che si sposeranno e se un giorno avranno dei figli magari mi permetteranno di andare a trovarli. La gente cambia con il passare del tempo, no? Robert insiste che sono stato assente, ma se le capitasse di incontrarlo, signor Pünd, forse potrebbe raccontargli la verità.

«È stato strano tornare lì, al villaggio. Non so

nemmeno se mi piace più. Rivedere tutti, poi... la dottoressa Redwing, Clarissa, Brent e gli altri. Mi sono venuti i brividi, glielo assicuro. Ho notato che Sir Magnus e Lady Pye non si sono presentati e la cosa mi ha fatto sorridere. Mary ne sarebbe rimasta molto delusa. Glielo dicevo sempre che non era un uomo perbene. Ma forse è stato meglio così. Non so come avrei reagito se lo avessi visto. È sua la colpa dell'incidente, signor Pünd. Mary è caduta dalle scale facendogli da sguattera, e così ora sono due. Mary e Tom. Se non fosse stato per lui, sarebbero entrambi vivi.»

«Per questo è andato a casa sua cinque giorni dopo?»

Blakiston chinò il capo. «Come lo ha scoperto?»

«Hanno visto la sua automobile.»

«Be', non intendo certo negarlo. Sì. Una decisione stupida, ma verso la fine della settimana ci sono tornato. Il punto è che non riuscivo a togliermelo dalla testa. Prima Tom, poi Mary, entrambi a Pye Hall. Ora penserete che sono sul punto di confessare, che ero lì per ucciderlo. Ma non è così. Volevo solo parlargli, chiedergli di Mary. Tutti i presenti a quel funerale avevano potuto parlarne con qualcuno... ma io no. Figuriamoci che nessuno mi aveva riconosciuto... al funerale di mia moglie! Era così irragionevole il mio desiderio di parlargli anche solo cinque minuti, per chiedergli di Mary?»

Rifletté un istante, poi si decise a continuare.

«Ma non era solo quello. Ora vi farete una pessima opinione di me, ma ho pensato ai soldi. Non per me. Per mio figlio. Se qualcuno muore sul luogo di lavoro, la responsabilità è tua. Mary lavorava per Sir Magnus da oltre vent'anni e lui aveva l'obbligo di tutelarne la sicurezza e la salute. Ho pensato che avessero stipulato un qualche accordo, sa, una sorta di fondo pensione. Sapevo che Robert non avrebbe mai accettato alcun sostegno economico da parte mia, nel caso avessi potuto permettermelo, ma stava per sposarsi, non meritava forse di ricominciare? Sir Magnus aveva sempre nutrito un debole per lui. Così mi è venuta l'idea di intercedere a favore di mio figlio.» Si interruppe e distolse lo sguardo.

«La prego, continui.»

«Ci sono volute un paio d'ore per raggiungere Saxby-on-Avon in auto. Avevo avuto da fare in negozio. Ricordo di essere arrivato alle sette e trenta precise. Ho controllato l'orologio. Il punto è, signor Pünd, che una volta sul posto, ho avuto un ripensamento. Non ero sicuro di volerlo rivedere, dopotutto. Non volevo essere umiliato. Sono rimasto in macchina per circa un'ora, poi ho deciso che avendo fatto tutta quella strada, tanto valeva tentare. Saranno state più o meno le otto e trenta quando ho raggiunto la villa. Ho parcheggiato al solito posto dietro il cottage, suppongo la forza dell'abitudine. Qualcuno aveva avuto la mia stessa idea. C'era una bicicletta appoggiata alla porta. Me ne sono ricordato solo in seguito. Forse sul momento avrei dovuto intuire qualcosa.

«Ad ogni modo, ho imboccato il viale. Ritrovandomi in quel luogo mi è ripiombato tutto addosso. Avevo il lago alla mia sinistra e non riuscivo neppure a guardarlo. La luna era alta quella sera e in giardino tutto appariva nitido, come in una fotografia. Sembrava non ci fosse nessuno nei paraggi. Non ho provato a nascondermi. Mi sono semplicemente diretto al portone d'ingresso e ho suonato il campanello. Le luci del piano terra erano accese perciò ho immaginato che Sir Magnus fosse in casa, e infatti qualche minuto dopo è venuto ad aprirmi.

«Non dimenticherò mai l'aspetto di quell'uomo, signor Pünd. L'ultima volta lo avevo visto oltre dieci anni prima, quando avevo lasciato il cottage. Era ancora più corpulento di quanto ricordassi, senza dubbio più grasso. Sembrava occupare l'intera porta. Indossava un completo con giacca e cravatta... dai colori sgargianti. Teneva un sigaro in mano.

«Ha impiegato qualche istante a riconoscermi, ma poi mi ha sorriso. "Tu!" si è limitato a dire. Me lo ha quasi sputato addosso. Il suo tono non era del tutto ostile. Ma sembrava sorpreso, e c'era dell'altro, mi parve. Aveva quello strano sorrisetto in faccia, quasi divertito. "Che cosa vuoi?"

«"Vorrei parlarle, se non le spiace, Sir Magnus" ho risposto. "A proposito di Mary..."

«Lui si è guardato oltre la spalla e a quel punto mi sono reso conto che non era solo.

«"Ora non posso" ha replicato.

«"Le rubo solo qualche minuto."

«"È fuori questione. Non ora. Avresti dovuto chiamare prima di presentarti. Ti sembra l'ora adatta?"

«"La prego..."

«"No! Torna domani."

«Stava per chiudermi la porta in faccia. Era chiaro. Ma poi, all'ultimo, si è fermato e mi ha fatto un'ultima domanda. Non lo dimenticherò mai.

«"Credi davvero che abbia ucciso io il tuo dannato cane?" mi ha chiesto.»

«Il cane?» domandò Pünd perplesso.

«Avrei dovuto accennarglielo. Quando ci trasferimmo a Pye Hall avevamo una cagnolina.»

«Si chiamava Bella.»

«Sì. Esatto. Era un incrocio tra un labrador e un collie. L'avevo presa per Tom, per il suo decimo compleanno, e Sir Magnus fu contrario alla sua presenza fin dal primo giorno. Non la voleva vedere correre in giardino, perché spaventava le galline. Non voleva che scavasse nelle aiuole. Le dico io cosa non gli andava giù. Che avessi fatto un regalo a mio figlio. Come le spiegavo prima, voleva esercitare il completo controllo su di me e sulla mia famiglia, e poiché il cane era legato a me, l'unica cosa che avevo comprato a Tom e che mio figlio adorava davvero, pensò bene di sbarazzarsene.»

«L'ha ucciso lui?» domandò Fraser. Ripensò al triste

collarino che Pünd aveva trovato nella cameretta del cottage.

«Non sono mai riuscito a dimostrarlo. Forse chiese a Brent di occuparsene al suo posto. Non mi stupirei di quel bastardo moccioso. Ma un giorno la cagnolina era lì e il giorno dopo era sparita… Passò un'intera settimana prima di ritrovarla a Dingle Dell sgozzata. Tom ne fu devastato. Non aveva mai ricevuto un regalo tutto suo, quello era stato il primo. Chi farebbe mai una cosa simile a un bambino?»

«Sembra piuttosto strano» rifletté Pünd. «Sir Magnus non la vedeva da anni. Lei si presenta inaspettatamente a casa sua, a tarda sera. Perché mai avrebbe scelto proprio quel momento per chiederle del cane?»

«Non ne ho idea.»

«Che cosa ha risposto?»

«Non sapevo cosa dire. Ma tanto non aveva importanza, visto che lui ha chiuso subito la porta. Me l'ha proprio sbattuta in faccia… A un uomo che aveva perso la moglie nemmeno due settimane prima. Non si è neppure degnato di invitarmi oltre la soglia. Ecco che razza di persona era.»

Seguì un lungo silenzio.

«La conversazione che ha riportato…» mormorò Pünd. «Quanto è fedele, secondo lei, alla realtà? Sir Magnus ha pronunciato quelle precise parole?»

«Da quanto posso ricordare, signor Pünd.»

«Non l'ha, per esempio, salutata chiamandola per nome?»

«Sapeva chi ero, se è questo che intende. Ma no. Ha detto solo quella parola, "Tu!", come se fossi appena strisciato fuori da un sasso.»

«Dopodiché cos'ha fatto?»

«Cosa potevo fare? Sono tornato alla macchina e sono ripartito.»

«La bicicletta che aveva visto, era ancora lì?»

«Non ricordo, a essere sincero. Non ci ho fatto caso.»

«Quindi è ripartito...»

«Ero arrabbiato. Avevo fatto tutta quella strada e non mi aspettavo certo di essere liquidato così su due piedi. Avevo percorso dieci o quindici miglia, poi – indovini un po'? – ho cambiato idea. Pensavo ancora a Robert. A quel che era giusto. Chi diavolo si credeva di essere Sir Magnus Pye per sbattermi la porta in faccia? Quell'uomo mi aveva vessato fin dal giorno in cui l'avevo conosciuto e ho deciso di colpo di averne abbastanza. Sono tornato a Pye Hall, ma non mi sono fermato al cottage. Ho guidato fino alla porta d'ingresso, sono sceso e ho suonato di nuovo il campanello.»

«Quanto tempo era trascorso?»

«Venti minuti? Venticinque? Non ho guardato l'orologio. Non mi importava che ora fosse. Ero determinato a mettere le cose in chiaro, ma stavolta Sir Magnus non è venuto alla porta. Ho suonato altre due volte. Niente. Così ho aperto la fessura della posta e mi sono inginocchiato per chiamarlo. Per urlargli che era un maledetto vigliacco e che doveva aprirmi subito.» Blakiston si interruppe. «È stato allora che l'ho visto. C'era tanto di quel sangue che sarebbe stato impossibile non notarlo. Giaceva in mezzo all'ingresso, proprio davanti ai miei occhi. Non mi sono accorto che lo avevano decapitato. Grazie a Dio il corpo era girato con la testa dall'altra parte. Ma ho capito subito che era morto. Non c'era il minimo dubbio.

«Ero sotto shock. Anzi, di più. Completamente paralizzato. Come se mi avessero dato un pugno in piena faccia. Ho cominciato a vacillare e temevo di svenire. In qualche modo però sono riuscito a rimettermi in piedi. Sapevo che qualcuno lo aveva ucciso in quei venti minuti che avevo impiegato ad andare e tornare. Forse era già con lui quando mi ero presentato la prima volta. Magari mi aveva sentito, dall'interno. Aveva atteso che me ne andassi e poi lo aveva ammazzato.»

Blakiston si accese un'altra sigaretta. Gli tremava la mano.

«So cosa sta per chiedermi, signor Pünd. Perché non ho chiamato la polizia? Be', mi pare ovvio, no? Ero l'ultima persona ad averlo visto in vita oltre ad avere tutte le ragioni per volerlo morto. Avevo perso mio figlio per colpa di Sir Magnus. Avevo perso mia moglie, che lavorava per lui. Quell'uomo per me è stato come il diavolo a un banchetto e se la polizia cerca qualcuno da incriminare non dovrà andare molto lontano. Non l'ho ucciso io, ma sapevo cosa avrebbero pensato e volevo solo andarmene da quel posto maledetto. Quando mi sono ripreso, sono salito in macchina e sono ripartito il più velocemente possibile.

«Mentre superavo il cancello stava arrivando un'altra automobile. Non l'ho vista bene, soltanto i fari. Ma temevo che chiunque era al volante avesse annotato la targa e mi avesse denunciato. È così?»

«C'era Lady Pye in quell'auto» spiegò Pünd. «Era appena rientrata da Londra.»

«Be', mi rincresce aver lasciato la faccenda a lei. Dev'essere stato orribile. Ma volevo solo andare via. Non ho pensato ad altro.»

«Signor Blakiston, ha idea di chi potesse essere con Sir Magnus al momento della sua visita?»

«E come faccio a saperlo? Non ho sentito né visto nessuno.»

«Poteva essere una donna?»

«Curioso, ho avuto lo stesso pensiero. Se l'avessi colto nel bel mezzo di un incontro clandestino, o come vuole chiamarlo, giustificherebbe il suo comportamento.»

«È al corrente che suo figlio rientra tra i principali sospettati per l'omicidio di Sir Magnus?»

«*Robert?* Perché? È una follia. Non aveva alcun motivo di ucciderlo. Come le ho già detto, adorava Sir Magnus. Andavano d'amore e d'accordo.»

«Ma avrebbe precisamente le sue stesse ragioni. Potrebbe ritenere Sir Magnus responsabile della morte del fratello e della madre.» Pünd sollevò una mano prima che Blakiston potesse ribattere. «Quello che mi lascia perplesso è che non si sia fatto avanti prima con le informazioni che mi ha appena riferito. Dice di non averlo ucciso, eppure il suo silenzio ha consentito al vero assassino di passare inosservato. La storia della bicicletta, per esempio, ha una rilevanza fondamentale.»

«Forse avrei dovuto farmi avanti» rispose Blakiston. «Ma sapevo che per me sarebbe finita male, come sempre. La verità è che vorrei non essermi mai avvicinato a quel posto. Nei libri si legge di case maledette. Ho sempre creduto che fossero sciocchezze, ma forse Pye Hall lo è davvero. Quella casa ha ucciso mia moglie e mio figlio, e se riferirete alla polizia quello che vi ho appena detto probabilmente io finirò impiccato.» Sorrise con amarezza. «E così avrà ucciso anche me.»

2

Pünd parlò a malapena durante il viaggio di ritorno e Fraser pensò bene di non interrompere i suoi pensieri. Guidava la Vauxhall con mano esperta, passando da una marcia all'altra e tenendosi al centro della carreggiata, mentre il sole tramontava e tutt'intorno si allungavano le ombre. Quando sedeva al volante era l'unico momento in cui sentiva di avere il pieno controllo. Avevano attraversato il fiume Severn con un traghetto della compagnia Aust, seduti in silenzio uno accanto all'altro mentre la costa gallese scivolava alle loro spalle. Fraser aveva fame. Era a digiuno dalla mattina. A bordo vendevano panini, ma non sembravano invitanti, e in ogni caso Pünd non gradiva che si mangiasse in macchina.

Raggiunsero la riva opposta e attraversarono la campagna intorno a Gloucester, seguendo lo stesso tragitto che Blakiston doveva aver percorso per recarsi da Sir Magnus Pye. Fraser sperava di arrivare a Saxby-on-Avon per le sette, in tempo per la cena.

Giunsero finalmente a Bath e imboccarono la strada che li avrebbe condotti a Pye Hall, con la valle ormai immersa nel buio che si estendeva alla loro sinistra.

«L'oro!» Pünd non parlava da così tanto tempo che, nel sentire la sua voce, Fraser sobbalzò.

«Come, prego?» domandò.

«L'oro degli stolti nascosto da Sir Magnus Pye. È mia ferma convinzione che tutto ruoti attorno a questo.»

«Ma l'oro degli stolti non vale nulla.»

«Non per te, James. Né per me. È proprio questo il punto.»

«Ha ucciso Tom Blakiston, che tentava di recuperarlo dal lago.»

«Già. Sai, in tutta questa storia il lago è stata una presenza oscura, come nei racconti di Re Artù. I ragazzi giocavano nei pressi del lago. Uno dei due è annegato nel lago. E l'argento di Sir Magnus, anche quello è stato occultato nel lago.»

«Sa, Pünd. Non la seguo.»

«Pensavo a Re Artù, ai draghi e alle streghe. In questa storia ci sono proprio una strega e un drago e una maledizione che non poteva essere annullata...»

«Deduco che abbia capito chi è il colpevole.»

«Ho capito tutto, James. Dovevo solo collegare i vari tasselli, ma ora mi è tutto chiarissimo. Sai, talvolta non sono gli indizi materiali a condurre alla soluzione di un crimine. Le parole dette dal vicario a un funerale o un frammento di carta in un camino... suggeriscono qualcosa ma poi portano a tutt'altro. La stanza chiusa nel vecchio cottage. Perché chiuderla a chiave? Pensiamo di avere la risposta, ma basta la riflessione di un istante a rivelarci che abbiamo torto. La lettera indirizzata a Sir Magnus. Sappiamo chi l'ha scritta. Sappiamo perché. Ma di nuovo, ci conduce fuori strada. Dobbiamo ragionare. Per ora è un'ipotesi, ma scopriremo presto che non può esserci altra soluzione.»

«L'ha aiutata Matthew Blakiston?»

«Matthew Blakiston mi ha detto quello che mi serviva sapere. È partito tutto da lui.»

«Davvero? E cosa ha fatto?»

«Ha ucciso la moglie.»

Crouch End, Londra

Irritante, vero?

Finii di leggere il manoscritto la domenica pomeriggio e telefonai subito a Charles Clover, il mio capo. Charles è il fondatore della Cloverleaf Books, la casa editrice che pubblica la serie di Atticus Pünd. La mia chiamata passò direttamente alla segreteria telefonica.

«Charles?» dissi. «Che fine ha fatto l'ultimo capitolo? Che senso ha farmi leggere un giallo se alla fine non svela il colpevole? Mi puoi richiamare?»

Scesi in cucina. In camera avevo due bottiglie di vino bianco vuote e la trapunta cosparsa di briciole di *nachos*. Sapevo di essere rimasta troppo a lungo chiusa in casa, ma fuori la giornata era troppo fredda e umida, non avevo nessuna voglia di uscire. Non trovando nulla di decente da bere, aprii la bottiglia di *raki* che Andreas mi aveva riportato dall'ultimo viaggio a Creta, me ne versai un bicchiere e lo scolai d'un fiato. Aveva il sapore che prendono tutte le bevande alcoliche dopo essere transitate da Heathrow. Alterato. Avevo portato il manoscritto di sotto con me e lo esaminai di nuovo, cercando di capire quante pagine potessero mancare. Per logica, l'ultima parte avrebbe dovuto intitolarsi *Un segreto che non va rivelato*, scelta appropriata, date le circostanze. Dal momento che Pünd aveva annunciato di conoscere la soluzione, il romanzo poteva avere al massimo un altro capitolo. Presumibilmente il detective avrebbe radunato i sospettati, svelato la verità, fatto arrestare il colpevole e infine sarebbe tornato a casa a morire. Sapevo che Alan Conway meditava da tempo di concludere la serie, ma scoprire che lo aveva fatto davvero era stata una spiacevole sorpresa. Oltretutto, per congedare il protagonista un tumore al cervello mi era parsa una soluzione poco originale ma allo stesso tempo perentoria, motivo plausibile per la scelta. Devo ammettere che, se mi era sfuggita una lacrima, era stato più che altro per le nostre vendite future.

Ma chi aveva ucciso Sir Magnus Pye?

Non avendo niente di meglio da fare, presi un bloc-notes e una penna e mi sedetti in cucina con il manoscritto davanti. Mi sorse anche il dubbio che Charles l'avesse fatto apposta, per mettermi alla prova. Il lunedì mattina, arrivando al lavoro, lo avrei trovato in ufficio – era sempre il primo a entrare – pronto a chiedermi la soluzione prima di consegnarmi le ultime pagine. In effetti, ha uno strano senso dell'umorismo. L'ho visto spesso ridacchiare per qualche sua battuta che nessun altro dei presenti aveva colto.

1. Neville Brent, il giardiniere

È l'indiziato più ovvio. Prima di tutto, non gli piace Mary Blakiston e Sir Magnus Pye lo ha appena licenziato. Due buone ragioni per eliminare entrambi. In più, è l'unico personaggio del libro coinvolto in tutte le morti. È alla villa quando Mary cade dalle scale ed è in pratica l'ultima persona a vedere Sir Magnus ancora in vita. Secondo il suo racconto, si dirige subito al Ferryman una volta finito di lavorare la sera dell'omicidio, ma Conway a pagina 90 accenna a uno strano particolare: Brent arriva al pub «*venticinque minuti dopo*». Perché specificarlo? Potrebbe trattarsi di un dettaglio irrilevante o addirittura di un errore; non dimentichiamo che si tratta di una prima bozza. Ma mi era parso di capire che il Ferryman distasse solo una decina di minuti da Pye Hall e quel quarto d'ora in più sarebbe potuto servire a Brent per tornare sui suoi passi, intrufolarsi dalla porta sul retro mentre Sir Magnus parlava con Matthew Blakiston e ucciderlo subito dopo.

C'è un altro particolare che riguarda Brent. Quasi di sicuro è un pedofilo. «*Era un uomo solitario, scapolo, [...] decisamente un tipo strambo, [...] l'aria era impregnata di uno strano odore, [...] l'odore dell'uomo che vive da solo.*» La polizia trova sul pavimento della sua stanza delle riviste per boy-scout e, in maniera piuttosto casuale, a pagina 162, si dice che Brent spiava gli scout accampati nel bosco di Dingle Dell. Questi dettagli mi erano balzati subito all'occhio perché, in generale, nei romanzi di Atticus Pünd ci sono pochissimi riferimenti al sesso... anche se, a questo proposito, vale la pena ricordare che in *Attrazione al veleno* si scopre che l'assassina è lesbica (avvelena la sua compagna). Forse Brent covava un interesse morboso per i due ragazzini, Tom e Robert Blakiston? Non è certo una coincidenza che sia lui a «ritrovare» Tom Blakiston affogato nel lago. Mi lascia perplessa anche la morte dei suoi genitori, teoricamente in un incidente d'auto. E infine, molto probabilmente è stato lui a uccidere la cagnolina Bella.

Detto questo, la prima regola del giallo è che l'indiziato più plausibile non è mai l'assassino. Perciò, suppongo di doverlo escludere.

2. Robert Blakiston, il meccanico

Anche Robert è collegato a tutti e tre i decessi. A modo suo, è un tipo strano quanto Brent. Ha la carnagione pallida e un bizzarro taglio di capelli. Non è mai andato d'accordo con i compagni di scuola, è stato arrestato a Bristol e, dettaglio più rilevante, ha un rapporto travagliato con la madre che culmina in una pubblica lite durante la quale in pratica minaccia di ucciderla. La butto lì ma, parlando da editor, troverei piuttosto soddisfacente che fosse Robert l'assassino e che Joy Sanderling si fosse rivolta a Pünd solo per proteggerlo. È facile immaginare un ultimo capitolo nel quale le speranze della ragazza si infrangono mentre il suo fidanzato viene smascherato. Ecco il finale che avrei scelto io.

Tuttavia, questa teoria presenta due problemi fondamentali. Il primo è che, se Joy Sanderling non ha mentito, Robert non può avere ucciso la madre perché i due fidanzati erano a letto insieme al momento della sua morte. Ed è pur vero che qualcuno avrebbe notato senz'altro il motorino rosa sfrecciare verso Pye Hall alle nove del mattino (anche se una simile evenienza non ha impedito all'assassino di servirsi della bicicletta cigolante del vicario alle nove di sera). Il problema più significativo, che Pünd cita almeno in un'occasione, è però che Robert non sembra avere nessun motivo valido per uccidere Sir Magnus, sempre così generoso con lui. Forse lo riteneva responsabile della morte del fratello minore mentre giocavano in riva al lago? Era stato lui, in fondo, a mettere in palio l'oro degli stolti all'origine della tragedia e Robert era stato il secondo a intervenire sulla scena, tuffandosi in acqua per aiutare Brent a trascinare fuori suo fratello. Doveva essere rimasto traumatizzato. Che incolpasse Sir Magnus anche per la morte della madre?

Forse, a questo punto, il mio sospettato numero uno diventa lui, seguito da Brent. Non so.

3. Robin Osborne, il vicario

Alan Conway ha l'abitudine di scoprire a fine partita una carta di minore importanza. Per esempio, in *Non c'è pace per il crimine*, Agnes Carmichael, che si rivela essere l'assassina, non pronuncia una sola parola in tutto il romanzo... Per forza, è sordomuta. Non credo che Osborne abbia ucciso Sir Magnus per Dingle Dell. Né tantomeno ha fatto del male a Mary Blakiston, qualunque cosa lei abbia visto sulla sua scrivania. Ma è certamente interessante che abbiano usato la sua bicicletta per il secondo delitto. Davvero è rimasto in chiesa per tutto quel tempo? Oltretutto, a pagina 114, Henrietta nota una macchia di sangue sulla manica della sua camicia. Un particolare a cui non si fa più cenno, ma sono sicura che Conway lo ha ripreso nelle pagine mancanti.

Interessante anche la vacanza di Osborne con la moglie nel Devonshire. Il vicario si mostra senza dubbio riluttante quando Pünd lo interroga in merito (*«il vicario parve sconcertato»*) e rifiuta persino di rivelare il nome dell'albergo. Forse leggo troppo tra le righe, ma anche i genitori di Brent sono morti nel Devonshire. C'è una qualche connessione?

4. Matthew Blakiston, il padre

In realtà, dovrei metterlo al primo posto della lista, dal momento che si scopre, senza tema di smentita, che è stato lui a uccidere la moglie. Pünd lo rivela alla fine della sesta parte – *«Ha ucciso la moglie»* – ed è impensabile che stia mentendo. Negli otto romanzi della serie, anche quando commette un errore (come il falso arresto in *Regalo sotto l'albero* che scatenò la furia dei lettori contro Conway, colpevole secondo loro di aver giocato sporco), è sempre onesto al cento per cento. Se annuncia che è stato Matthew Blakiston a uccidere la moglie, dev'essere andata così, anche se trovo irritante che non dica perché. Né tantomeno come sia giunto a quella conclusione. La spiegazione, ovviamente, sarà nel capitolo finale.

Forse Matthew ha ucciso anche Sir Magnus? Non credo. Almeno un indizio l'ho colto: l'impronta nell'aiuola è stata lasciata da Blakiston quando ha sbirciato attraverso la buca delle lettere. «*Ho cominciato a vacillare e temevo di svenire*» per citare le sue parole. Avrà allungato la mano in cerca di sostegno, lasciando l'impronta sul terreno soffice. Quindi uccide la moglie e, per qualche motivo, torna sulla scena del crimine. Se le cose stanno davvero così, per quanto sembri improbabile, a Saxby-on-Avon c'è un secondo assassino che se la prende con Sir Magnus per tutt'altra ragione.

5. Clarissa Pye, la sorella

A volte leggendo un giallo provo a pelle una certa sensazione nei confronti di un personaggio, senza alcun motivo particolare, come in questo caso. Clarissa aveva tutte le ragioni per odiare il fratello e avrebbe potuto tramare di uccidere anche Lady Pye e il figlio Freddy, per ereditare Pye Hall. La storia della fisostigmina rubata allo scopo di suicidarsi potrebbe essere una menzogna, e spiegherebbe anche la necessità di liberarsi di Mary Blakiston. Non dimentichiamo che Clarissa aveva la chiave del portone principale di Pye Hall. Viene accennato una volta – a pagina 33 – anche se rimane l'unica.

C'è poi la questione del dottor Rennard e dell'inversione della nascita dei gemelli. Quando ha scoperto la verità, Clarissa? È stato davvero dopo il racconto della dottoressa Redwing? Mi sorge questo dubbio perché, a pagina 74, c'è uno strano riferimento alla Ashton House, dove vive il dottor Rennard. Nel sermone funebre, il reverendo Osborne dice che Mary Blakiston visitava regolarmente la residenza per anziani. Può darsi che il vecchio dottore le avesse rivelato il proprio segreto e lei, da brava impicciona, lo avesse riferito a Clarissa. Fornendo così alla donna un'ottima ragione per uccidere sia Mary che Sir Magnus. E usare poi la fisostigmina per Lady Pye e Freddy. Magari anche la caduta del dottor

Rennard non era stata un vero incidente… o mi sto spingendo troppo in là?

Ho escluso i Whitehead, la dottoressa Redwing e il marito artista, Frances Pye e l'improbabile Jack Dartford. Avevano tutti un movente per eliminare Sir Magnus, ma non vedo perché dovessero fare del male a Mary Blakiston. Rimane solo Joy Sanderling, l'indiziata meno probabile tra tutti. Ma perché avrebbe dovuto uccidere qualcuno e, soprattutto, perché si sarebbe rivolta ad Atticus Pünd?

In ogni caso passai tutta la domenica pomeriggio a sfogliare il manoscritto e prendere appunti, senza arrivare a nessuna conclusione. La sera andai con un paio di amici al British Film Institute per una proiezione del *Mistero del falco* senza però riuscire a concentrarmi sulla sua trama intricata. Pensavo a Magnus, a Mary e ai frammenti di carta insanguinati, ai cani morti e alle lettere infilate nelle buste sbagliate. Continuavo a chiedermi perché il manoscritto fosse incompleto ed ero seccata che Charles non mi avesse ancora richiamata.

Più tardi, quella sera, scoprii il perché. Mi ero concessa il lusso di un taxi e l'autista aveva la radio accesa. Fu il quarto annuncio del notiziario serale.

Alan Conway era morto.

Cloverleaf Books

Mi chiamo Susan Ryeland e sono il direttore editoriale della narrativa alla Cloverleaf Books. Non è un ruolo importante come può sembrare, perché siamo appena quindici persone (più un cane) in tutto l'edificio e pubblichiamo non più di venti libri l'anno. Io mi occupo di circa la metà dei titoli. Per essere una casa editrice così piccola, non ce la caviamo male. Abbiamo un paio di autori stimati che hanno vinto premi letterari, uno scrittore di fantasy bestseller e un autore per bambini da poco proclamato *Poet Laureate* del Regno Unito. Non possiamo permetterci i costi di pubblicazione dei libri di cucina, tuttavia in passato abbiamo ottenuto buoni profitti con le guide turistiche, i manuali di self-help e le biografie. Ma la verità nuda e cruda è che Alan Conway era il nostro nome di punta e tutta la programmazione editoriale dipendeva dal successo di *Appuntamento con la morte*.

La Cloverleaf Books è stata fondata undici anni fa da Charles Clover, molto noto nel settore, che io ho accompagnato fin dagli esordi. Lavoravamo insieme alla Orion quando lui decise di avviare una sua casa editrice, con sede in un palazzo che aveva acquistato nei pressi del British Museum. Un edificio che sembrava fatto su misura per lui: tre piani, corridoi stretti, tappeti consunti, pareti rivestite di pannelli di legno, poca luce naturale. In un'epoca in cui tutti abbracciavano ansiosi il ventunesimo secolo – gli editori non sono certo gli apripista quanto a cambiamenti sociali o tecnologici – lui sembrava più che felice del suo ritorno al passato. Dopotutto, aveva lavorato con autori del calibro di Graham Green, Anthony Burgess e Muriel Spark. Ha persino una fotografia che lo ritrae a cena con l'attempato Noël Coward, anche se ripete sempre che quella sera era così ubriaco da non ricordare né il nome del ristorante né una sola parola della chiacchierata con il grandissimo artista.

Charles e io passiamo tanto di quel tempo insieme che gli altri ci presumono ex amanti, ma non c'è niente tra noi. Lui è sposato con due figli adulti, una dei quali – Laura – sta per dargli il primo nipotino. Charles vive a Parson's Green, in una sontuosa villa che lui e la moglie Elaine possiedono da oltre trent'anni. Mi hanno invitata a cena diverse volte e le serate sono sempre state allietate da compagnia interessante, ottimo vino e conversazioni protratte fino a tarda sera. Per il resto, tende a non socializzare molto fuori dall'ufficio, quantomeno con chi lavora nel mondo editoriale. Legge tantissimo. Suona il violoncello. Ho sentito dire che da giovane facesse uso di droghe ma, a guardarlo adesso, nessuno ci crederebbe.

Non ci vedevamo da una settimana. Da martedì a venerdì ero stata in tour promozionale tra Birmingham, Manchester, Edimburgo e Dublino con un autore, impegnata tra eventi e interviste a giornali e radio. Era andata straordinariamente bene. Al mio ritorno in ufficio nel tardo pomeriggio di venerdì, Charles era già andato via per il weekend. Avevo trovato la copia di *Appuntamento con la morte* ad aspettarmi sulla scrivania. Quando poi il lunedì mattina posai la borsa sulla sedia e accesi il computer, mi resi conto che Charles e io dovevamo averlo letto contemporaneamente e che, alla fin fine, nemmeno lui poteva sapere che era incompleto quando me lo aveva lasciato.

Lui era già nel suo ufficio, che si trovava al primo piano, all'estremità opposta del corridoio rispetto al mio. Si affacciava sulla strada principale, tra New Oxford Street e

Bloomsbury Way. Il mio lato del palazzo era più tranquillo. L'ufficio era elegante, a pianta quadrata, con tre finestre, scaffali di libri in quantità e un'incredibile serie di premi in bella mostra. In realtà a Charles non piacciono le cerimonie di premiazione. Le considera un male necessario, ma nel corso degli anni la Cloverleaf si è aggiudicata un discreto numero di riconoscimenti – Nibbie, Gold Dagger, IPG – che in qualche modo sono arrivati nel suo ufficio. Era tutto estremamente ordinato. Gli piaceva che ogni cosa avesse la sua collocazione e aveva una segretaria, Jemima, che si prendeva cura di lui, anche se in quel momento non si vedeva in giro. Quella mattina era seduto alla sua scrivania con la copia di *Appuntamento con la morte* davanti a sé. Notai che aveva annotato degli appunti a margine, con una penna stilografica a inchiostro rosso.

Mi corre l'obbligo di descrivere Charles quel giorno. Aveva sessantatré anni, come sempre indossava un completo con giacca e cravatta, e portava una fedina d'oro all'anulare. Gliel'aveva regalata Elaine per il suo cinquantesimo compleanno. Quando entravo nel suo ufficio, in leggera penombra, mi ricordava sempre il personaggio del padrino nell'omonimo film. Non aveva l'aria minacciosa, ma gli occhi penetranti, il naso affilato e gli zigomi aristocratici gli conferivano un che di italiano. Aveva i capelli bianchi, che scendevano un po' scarmigliati fino al colletto. Era piuttosto in forma per la sua età, pur non essendosi mai sognato di mettere piede in una palestra, ed emanava autorevolezza. Portava spesso il cane con sé in ufficio, un labrador color miele che al momento dormiva su una coperta ripiegata sotto la scrivania.

Si chiamava Bella.

«Entra, Susan» disse Charles, invitandomi con un cenno.

Avevo con me il dattiloscritto. Entrai e mi sedetti, e solo in quel momento notai il suo aspetto pallido, per non dire sconvolto. «Hai saputo» commentò.

Annuii. C'erano articoli su tutti i giornali e avevo sentito lo scrittore Ian Rankin che ne parlava durante il programma *Today*. Il mio primo pensiero dopo la notizia era stato che avesse avuto un infarto. Non era quello a stroncare la maggior parte degli uomini della sua età? Mi sbagliavo. Ora si diceva fosse stato un incidente. Era accaduto a casa sua, vicino Framlingham.

«È una notizia terribile» continuò Charles. «Assolutamente terribile.»

«Sai com'è successo?» chiesi.

«Mi ha chiamato la polizia ieri sera. Ho parlato con il sovrintendente Locke. Chiamava da Ipswich, credo. Ha detto proprio quello che hanno riferito alla radio, un incidente, ma non è entrato nei dettagli. Poi questa mattina, proprio pochi minuti fa, ho ricevuto questa.» Prese una lettera che giaceva sulla scrivania, accanto a una busta strappata in malo modo. «È arrivata con la posta. È di Alan.»

«Posso leggerla?»

«Certo.» Me la porse.

La lettera è importante, perciò ne allego copia fedele.

ABBEY GRANGE,
FRAMLINGHAM,
SUFFOLK

1.

28 agosto 2015

Caro Charles,
non amo scusarmi ma riconosco di non aver dato il meglio di me ieri sera a cena. Come sai, non sono stato in gran forma negli ultimi tempi e non volevo parlartene, ma ormai tanto vale sputare il rospo. Non sto bene.

Detta così è un eufemismo, in realtà. La dottoressa Sheila Bennett della London Clinic conosce tutti i dettagli, ma per farla breve sto per essere ucciso dal più grosso e maledetto cliché del pianeta. Ho un cancro. Inoperabile.

Perché io? Non fumo. Bevo pochissimo. I miei genitori hanno raggiunto entrambi una veneranda età eccetera eccetera. Comunque, mi restano sei mesi circa, forse qualcosa di più con la chemioterapia e compagnia bella.

Ma ho già deciso che non la farò. Non ho intenzione di passare i miei ultimi giorni attaccato a una flebo con la testa infilata nella tazza del water e i capelli sparpagliati per il pavimento della camera da letto. Che senso ha? Né intendo farmi scarrozzare su una sedia a rotelle agli eventi letterari londinesi, magro come

2.

un chiodo e squassato dai colpi di tosse mentre tutti si mettono in fila per esprimermi il loro rammarico quando in realtà non vedono l'ora che tiri le cuoia.

Comunque sia, so di essere stato scorretto con te, ma in un certo senso il nostro rapporto è stato incasinato fin dall'inizio e tanto vale che finisca proprio com'è iniziato. Ricordo ancora le promesse che mi hai fatto quando ci siamo conosciuti e devo darti atto che si sono tutte avverate. I soldi, quantomeno. Perciò grazie.

A proposito di soldi, ci sarà da litigare quando me ne sarò andato. James non ne sarà felice, tanto per fare un nome. Non so nemmeno perché te ne stia parlando, dal momento che non ti riguarda, ma ci tengo a informarti che le nostre strade si sono ormai divise e purtroppo ho dovuto tagliarlo fuori completamente.

Buon Dio! Parlo come un personaggio dei miei libri. Ad ogni modo, dovrà farsene una ragione. Mi auguro solo che non ti crei troppi problemi.

Venendo alla questione letteraria, non è andata proprio come speravo, ma ne abbiamo parlato spesso e non perderò tempo a ripeterlo ora. A te non frega un accidente di quello che penso della mia carriera. Come del resto è sempre stato. È una delle cose che mi piacevano di te. Vendite. Classifiche dei bestseller. I maledetti dati Nielsen. Tutto quello che io ho sempre detestato del mondo editoriale, per te era pane quotidiano, ci sguazzavi. Come te la caverai ora senza di me? Un vero peccato non poterlo scoprire di persona.

3.

Quando avrai letto questa mia, sarà tutto finito. Perdonami per non avertene parlato prima, per non essermi confidato con te, ma sono certo che col tempo capirai.

Ho lasciato alcuni appunti, li troverai sulla mia scrivania. Riguardano la mia condizione e la decisione che ho preso. Dev'essere ben chiaro che la diagnosi del medico era inequivocabile e che non ho alcuna possibilità di grazia. Non ho paura di morire. Mi piace pensare che il mio nome sarà ricordato.

Ho ottenuto grandi successi in una vita che si è protratta sufficientemente a lungo. Scoprirai che ti ho lasciato una piccola eredità nel testamento. In parte in segno di riconoscenza per i tanti anni trascorsi insieme, ma nutro anche la speranza che tu possa portare a termine il mio libro e prepararlo alla pubblicazione. Ora sei tu il suo unico custode e confido che nelle tue mani sarà al sicuro.

Per il resto, in pochi piangeranno la mia dipartita. Non mi lascio nessuno alle spalle. Mentre mi accingo a congedarmi da questo mondo, sento di aver sfruttato bene il tempo a mia disposizione e che verrò ricordato per i successi che tu e io abbiamo condiviso.

4.

È stata una bella avventura, non ti pare? (Perché non provi a rileggere Lo scivolo, in onore dei vecchi tempi?) Non avercela con me. Pensa a tutto il denaro che hai guadagnato. E, ci siamo, ecco la mia parola preferita.
Fine.

In amicizia,

Alan Conway

«È arrivata stamattina?» chiesi.

«Sì. Sai, giovedì sera abbiamo cenato insieme. L'ho portato all'Ivy Club. La lettera riporta la data del 28 agosto, il giorno successivo. Deve averla scritta appena rincasato.»

Alan aveva un appartamento a Fitzrovia. Doveva avervi trascorso la notte per poi prendere il treno da Liverpool Street la mattina seguente.

«Che cos'è *Lo scivolo*?» domandai.

«Un libro scritto da Alan un po' di tempo fa.»

«Non me ne hai mai parlato.»

«Non pensavo ti interessasse, a essere sincero. Non era un giallo. Era un genere più serio, una sorta di satira sulla Gran Bretagna del ventunesimo secolo, ambientata in un palazzo signorile.»

«Mi sarebbe piaciuto comunque vederlo.»

«Fidati, Susan. Avresti sprecato il tuo tempo. Non lo avrei mai pubblicato.»

«Lo avevi detto ad Alan?»

«Non in questi termini. Gli dissi che non era adatto al nostro catalogo.» Un vecchio eufemismo editoriale. Non puoi dire al tuo scrittore di maggior successo che il suo nuovo libro non vale niente.

Restammo seduti in silenzio. Sotto la scrivania il cane cambiò posizione con un mugolio. «È una lettera d'addio» osservai.

«Sì.»

«Dobbiamo consegnarla alla polizia.»

«Sono d'accordo. Stavo per chiamarla.»

«Non sapevi che fosse malato?»

«Non ne sapevo nulla. Non me l'ha mai detto, né tantomeno ne ha fatto menzione giovedì sera. Abbiamo cenato. Mi ha consegnato il manoscritto. Era entusiasta! Ha detto che era il migliore di tutti.»

Non ero presente e sto scrivendo dopo l'accaduto, ma questo è quanto Charles mi raccontò a proposito di quella sera. Alan Conway aveva promesso di consegnare *Appuntamento con la morte* entro la fine dell'anno e, al contrario di altri scrittori con i quali ho lavorato, era sempre molto puntuale. La cena era stata fissata qualche settimana prima, tra l'altro non era affatto una coincidenza che fosse stata programmata durante la mia assenza. Io e Alan non andavamo molto d'accordo, per ragioni che spiegherò. Si era incontrato con Charles all'Ivy, non il ristorante ma il club privato riservato ai soci poco distante da Cambridge Circus. Ha un piano bar di sotto e un ristorante al piano superiore, con le vetrate colorate, così nessuno può vedere dentro, né tantomeno fuori. È frequentato da diverse celebrità ed è proprio il tipo di locale che Alan apprezzava. Charles aveva prenotato il solito tavolo a sinistra della porta, con la parete di libri alle spalle. Una cornice che neppure in teatro sarebbero riusciti a orchestrare meglio. Inoltre il St Martin's Theatre e l'Ambassadors, che a turno avevano mandato in scena *Trappola per topi* per non so quanti anni di fila, si trovavano proprio nella stessa via.

La serata era cominciata con abbondanti cocktail a base di Martini, che lì fanno buonissimi. Avevano parlato del più e del meno: famiglia e amici, Londra, il Suffolk, il mercato librario, un po' di gossip, cosa si vendeva e cosa no. Poi avevano ordinato da mangiare e, poiché Conway amava il vino costoso, Charles lo aveva lusingato ordinando una bottiglia di Gevrey-Chambertin Grand Cru, che Alan bevve quasi da solo. Riuscivo a immaginarlo farsi sempre più loquace e chiassoso nel corso della cena. Tendeva sempre a eccedere con l'alcol. Terminata la prima portata Alan aveva estratto il manoscritto dalla tracolla di pelle che si portava sempre appresso.

«Rimasi sorpreso» mi disse Charles. «Mi aspettavo di riceverlo solo tra un paio di mesi.»

«Sai che la mia copia è incompleta?» chiesi. «Manca l'ultimo capitolo.»

«Anche la mia. Ci stavo giusto lavorando quando sei entrata.»

«Te l'aveva accennato?» Mi sorse il dubbio che Alan lo avesse fatto di proposito. Forse voleva che Charles indovinasse il finale, prima di svelarglielo.

Lui ci pensò su. «No. Mi ha solo detto che era un capolavoro e me l'ha consegnato.»

Interessante. Alan Conway doveva essere convinto che i capitoli ci fossero tutti. Altrimenti avrebbe anticipato senza dubbio le sue intenzioni.

Charles si era mostrato entusiasta del nuovo romanzo, con tutte le cerimonie del caso. Aveva promesso ad Alan di leggerlo nel weekend. Subito dopo, purtroppo, la serata aveva preso una brutta piega.

«Non capisco cosa sia andato storto» mi rivelò Charles. «Stavamo parlando del titolo. Non ero certo che mi piacesse… e sai quanto è permaloso Alan. Forse è stato sciocco da parte mia sollevare dei dubbi in quel momento. Mentre ne discutevamo poi è accaduto un fatto piuttosto curioso. Un cameriere ha fatto cadere una pila di piatti. Sono cose che capitano, ma il Club è un locale così tranquillo che sembrava fosse esplosa una bomba e Alan si è alzato per andare a protestare con il ragazzo. Era sulle spine da tutta la sera e non capivo perché. Ma se era malato e aveva già in mente di farla finita, c'è poco da stupirsi.»

«Come si è conclusa la cena?» chiesi.

«Alan si è calmato un pochino e abbiamo preso il caffè, ma è rimasto di malumore. Sai come diventa quando beve qualche bicchiere di troppo. Ricordi quella serata terrificante da Specsavers? Ad ogni modo, mentre saliva sul taxi, mi ha detto che voleva cancellare un'intervista radiofonica.»

«Simon Mayo» precisai. «Radio Due.»

«Sì. Venerdì prossimo. Ho provato a dissuaderlo. Non è il caso di scontentare quelli dei media perché non sai se ti inviteranno più. Ma lui non ha voluto sentire ragioni.» Charles si rigirò la lettera tra le mani. Mi chiesi se fosse opportuno che la toccasse. Non era forse una prova? «Suppongo di dover avvisare la polizia» disse. «Devo metterli a conoscenza di questa.»

Lo lasciai alla sua telefonata.

Alan Conway

Sono stata io a scoprire Alan Conway.

Me lo presentò mia sorella, Katie, che vive nel Suffolk e ha iscritto i figli alla scuola privata locale. Alan insegnava inglese nell'istituto e aveva appena terminato un romanzo, un giallo dal titolo *Atticus Pünd indaga*. Non so bene come avesse saputo che Katie mi conosceva – suppongo fosse stata lei a informarlo –, comunque la pregò di farmelo avere. Malgrado io e mia sorella conduciamo due vite totalmente diverse siamo molto legate, perciò accettai di dargli un'occhiata per farle un favore. Non nutrivo grandi aspettative perché i romanzi arrivati così, dalla porta sul retro, di rado valgono qualcosa.

Rimasi piacevolmente colpita.

Alan aveva catturato l'atmosfera del «periodo d'oro» del giallo britannico, con un'ambientazione di campagna, un omicidio complicato, una serie di personaggi adeguatamente eccentrici e un detective forestiero. Il libro era ambientato nel 1946, subito dopo la guerra, e per quanto approssimativo in fatto di ricostruzione storica, restituiva comunque l'atmosfera dell'epoca. Pünd era un personaggio che suscitava simpatia e che fosse sopravvissuto ai campi di concentramento – alla fine avevamo snellito questa parte della vicenda – gli conferiva un certo spessore. Mi piacevano i suoi vezzi germanici, in particolare l'ossessione per il libro che stava scrivendo, *Lo scenario dell'indagine criminale*, che sarebbe diventato una costante per tutto l'arco della serie. La cornice anni Quaranta consentiva alla narrazione un andamento più lento: niente cellulari, computer, polizia forense, informazioni istantanee. Avevo delle perplessità. La scrittura in alcuni punti era eccessivamente arguta. Sembrava quasi sforzarsi di ottenere un certo effetto anziché raccontare semplicemente la storia. Ed era troppo lungo. Ma giunta alla fine del manoscritto ero certa che l'avrei pubblicato, sarebbe stata la mia prima acquisizione per la Cloverleaf Books.

E poi conobbi l'autore.

Non mi piacque affatto. È brutto da dire, ma a prima vista mi parve un pesce lesso. Vi sarà capitato di vedere la sua fotografia sulla sovraccoperta: viso scarno, capelli brizzolati cortissimi, occhiali tondi con la montatura in metallo. In televisione o alla radio sapeva sempre ostentare una certa eloquenza, un fascino accattivante. Ma all'inizio era completamente diverso. Con la faccia tonda e un po' sovrappeso, indossava un abito con ancora i segni di gesso sulle maniche. Aveva modi aggressivi e al contempo smaniosi di piacere. Attaccò subito col dirmi quanto desiderasse essere pubblicato, ma una volta arrivato al dunque mostrò a malapena entusiasmo. Non riuscivo a inquadrarlo. Quando accennai alle modifiche che avrei voluto apportare al romanzo, si irritò visibilmente. Mi colpì anche per il fatto che fosse la persona meno dotata di senso dell'umorismo che avessi mai conosciuto. In seguito, Katie mi riferì che non era molto amato dai ragazzi, il perché era evidente.

C'è da dire, tuttavia, che nemmeno io gli feci una grande impressione. Certi incontri vanno così e basta. Avevamo organizzato un pranzo in un ristorante elegante, lui, Charles e io. Quel giorno pioveva a dirotto, ma proprio a secchiate. Io avevo partecipato a una riunione dall'altra parte della città e il taxi non arrivava più, così mi feci quasi un chilometro di corsa sui tacchi alti. Arrivai in ritardo, con i capelli appiccicati sulle guance, la maglietta fradicia che lasciava intravedere il reggiseno. Nel sedermi, urtai un bicchiere di vino. Stavo morendo dalla voglia di una sigaretta e la cosa mi rendeva irritabile. Ricordo di aver intavolato una discussione assurda su un passaggio del romanzo – riunire tutti i sospettati in biblioteca mi sembrava il più banale dei cliché – ma non era quello il momento giusto per affrontare la questione. In seguito, Charles si infuriò con me, e a buon diritto. Avevamo rischiato di perderlo, gli editori facevano la fila per acquisire il suo romanzo, soprattutto vista la prospettiva che fosse il primo di una lunga serie.

Sta di fatto che a un certo punto Charles prese le redini della conversazione e le mantenne ben salde per il resto dell'incontro, con il risultato che finì per lavorare lui con Alan. Perciò era Charles a partecipare a tutti i festival: Edimburgo, Hay-on-Wye, Oxford, Cheltenham. Era lui a curare il rapporto con l'autore. Io lavoravo al testo, editando i suoi romanzi con un ingegnoso programmino informatico che ci permetteva di non incontrarci faccia a faccia. È buffo pensare che ho lavorato con lui per undici anni senza mai mettere piede a casa sua: un po' villano, considerando che l'avevo pagata io.

Naturalmente di tanto in tanto ci vedevamo, quando veniva in casa editrice, e devo ammettere che il suo fascino aumentò di pari passo con il suo successo. Acquistava abiti costosi. Andava in palestra. Guidava una BMW i8 coupé. Al giorno d'oggi uno scrittore deve anche saper bucare lo schermo e ben presto Alan Conway si ritrovò a girare gli studi di registrazione per partecipare a programmi come *The Book Show*, *The Wright Stuff* e *Question Time*. Frequentava feste e cerimonie di premiazione. Teneva conferenze nelle scuole e nelle università. Aveva quarant'anni quando raggiunse la notorietà ma sembrava che la sua vita fosse iniziata in quel momento. Ci furono anche altri cambiamenti. Quando lo conobbi era sposato e aveva un figlio di otto anni. Il matrimonio non durò a lungo.

quello che mi ha consegnato Alan. Stavo per chiamarlo per chiedergli spiegazioni. Poi, ovviamente, ho sentito la notizia.»

«Non ti ha inviato una copia digitale?»

«No. Non lo faceva mai.»

Era vero. Alan era un uomo da carta e penna. Era solito scrivere la prima bozza a mano. Dopodiché la batteva al computer. Ci spediva sempre una copia cartacea prima di inviarla per email, come se in un certo senso non si fidasse della nostra lettura a schermo.

«Be', dobbiamo trovare le pagine mancanti» suggerii. «Prima è, meglio è.» Charles pareva dubbioso, così aggiunsi: «Devono essere da qualche parte a casa sua. Hai indovinato il colpevole?».

Charles scosse il capo. «Pensavo alla sorella.»

«Clarissa Pye. Sì. L'ho inserita anch'io nella mia lista.»

«Dobbiamo valutare la possibilità che non l'abbia concluso.»

«Sono certa che te l'avrebbe detto quando te l'ha consegnato... Che senso avrebbe avuto?» Pensai alla mia agenda, alle riunioni che mi aspettavano nel corso della settimana. Ma quella faccenda era più importante. «Che ne dici se vado io a Framlingham?» proposi.

«Credi sia una buona idea? Ci sarà ancora la polizia. Se si è suicidato, apriranno un'indagine.»

«Sì, lo so. Ma vorrei provare ad accedere al suo computer.»

«L'avranno sequestrato, no?»

«Posso comunque dare un'occhiata in giro. L'originale potrebbe essere ancora sulla sua scrivania.»

Charles rifletté un istante. «Be', suppongo di sì.»

Mi stupì che si mostrasse così poco entusiasta. Nessuno dei due lo aveva detto, ma sapevamo entrambi di avere un estremo bisogno di quel romanzo. Era stato un pessimo anno. A maggio avevamo pubblicato la biografia di un comico che aveva raccontato una barzelletta di dubbio gusto in diretta TV. Da un giorno all'altro la gente aveva smesso di trovarlo divertente e il suo libro era praticamente sparito dalla circolazione. Io avevo appena concluso un tour promozionale con un autore al suo romanzo d'esordio dal titolo *Il giocoliere con un braccio solo*, una commedia ambientata in un circo. Il tour era andato bene, ma le recensioni erano state spietate e faticavamo a convincere le librerie ad acquistarne delle copie. Avevamo avuto problemi con la nostra sede, una causa, malumori tra i dipendenti. Non eravamo ancora a rischio chiusura, ma ci serviva disperatamente un titolo di successo.

«Farò un salto domani» dissi.

«Tentar non nuoce, suppongo. Vuoi che venga con te?»

«No. Me la caverò.» Alan non mi aveva mai invitata a Abbey Grange. Ero curiosa di vederla dal vivo. «Salutami Laura» dissi. «E se ci sono novità, fammi sapere.»

Mi alzai e lasciai la stanza, ma ecco il fatto strano. Mi resi conto di quello che avevo visto solo quando tornai nel mio ufficio, anche se l'avevo avuto sotto gli occhi per tutto il tempo. Era proprio curioso. Non aveva alcun senso.

La lettera d'addio di Alan e la busta in cui era arrivata erano sempre rimaste sulla scrivania di Charles. La lettera era scritta a mano. L'indirizzo sulla busta era stampato.

Abbey Grange, Framlingham

La mattina seguente, di buon'ora, attraversavo a tutta velocità la collina di Alexandra Park, dominata dallo scheletro praticamente vuoto dell'omonimo palazzo, diretta verso la A12. Una scusa perfetta per rispolverare la MGB Roadster che mi ero regalata sei anni prima per il mio quarantesimo compleanno. Era un'automobile ridicola, ma avevo capito che doveva essere mia nel momento stesso in cui l'avevo vista in offerta fuori da un'officina di Highgate: un modello del 1969, cambio manuale con overdrive, di uno sfacciato rosso fiammante con le finiture nere. Katie non aveva saputo cosa dire quando mi ero presentata la prima volta a casa sua con quella macchina, ma i suoi due figli erano impazziti e ogni volta che andavo a trovarli li portavo a fare un giro, sfrecciando per le stradine di campagna con la capote abbassata e i miei nipoti che gridavano dal sedile posteriore.

Procedevo in senso contrario al traffico diretto verso Londra e in breve tempo raggiunsi Earl Soham, dove persi una decina di minuti per via di un cantiere stradale particolarmente molesto. La giornata era calda. Il tempo era stato piacevole per tutta l'estate e sembrava intenzionato a restarlo anche per il mese di settembre. Volevo quasi abbassare il tettuccio, ma in autostrada sarebbe stato troppo rumoroso. Magari una volta vicina alla meta.

Ho visitato gran parte delle località di mare del Suffolk – Southwold, Dunwich, Walberswick, Orford e Shingle Street –

ma non ero mai stata a Framlingham. Forse mi aveva trattenuta proprio il fatto che ci vivesse Alan. La mia prima impressione, attraversando il paese, fu di una cittadina gradevole, un po' cadente, che ruotava attorno a una piazza principale dal perimetro tutt'altro che regolare. Alcuni edifici presentavano un certo fascino, mentre altri, per esempio il ristorante indiano, sembravano del tutto fuori luogo, e l'offerta per gli appassionati di shopping era piuttosto limitata. L'imponente struttura in mattoni che si ergeva nel bel mezzo della piazza, mi resi conto, ospitava un moderno supermercato. Avevo prenotato una stanza al Crown Hotel, una locanda di posta affacciata sulla piazza principale da quattrocento anni, che ora si ritrovava schiacciata tra una banca e un'agenzia di viaggi. Era davvero molto graziosa, con il pavimento originale in lastricato, svariati caminetti e travi in legno a vista. Notai con piacere la presenza di libri sulle mensole e di giochi di società impilati in una cesta comune. Donavano all'ambiente un'aria confortevole. Trovai la receptionist nascosta dietro un pannello di vetro e feci il check-in. Inizialmente avevo pensato di fermarmi da mia sorella, ma Woodbridge distava trenta minuti d'auto e in paese sarei stata più comoda.

Salii in camera e gettai la valigia sul letto: un baldacchino, niente di meno. Avrei voluto che Andreas fosse lì a dividerlo con me. Aveva un debole per la vecchia Inghilterra, specialmente se per «vecchia» si intendeva «storica». Trovava il croquet, la consuetudine del tè pomeridiano e il cricket allo stesso tempo incomprensibili e irresistibili, e in quel posticino si sarebbe sentito nel suo elemento. Gli inviai un messaggio, poi mi diedi una rinfrescata e una pettinata veloce. Era ora di pranzo, ma non avevo fame. Tornai alla macchina e mi diressi a Abbey Grange.

La casa di Alan Conway si trovava a qualche chilometro dal paese ed era praticamente impossibile trovarla senza navigatore. Vivevo da sempre in una città le cui strade per forza di cose conducono in qualche luogo perché, francamente, non possono esimersi. Non si poteva certo dire lo stesso della stradina di campagna che si addentrava fin troppo tra i campi prima di congiungersi con una viuzza ancora più stretta che a sua volta portava fino al sentiero privato grazie al quale finalmente raggiunsi la mia destinazione. Da cosa capii di essere di fronte alla villa che aveva ispirato Pye Hall? Be', il primo indizio furono senz'altro i grifoni di pietra ai lati del cancello. Il cottage del custode era tale e quale a come veniva descritto. Il viale d'accesso conduceva al portone principale, serpeggiando attraverso l'immenso giardino. Non vidi alcun roseto ma il lago c'era, così come il bosco che rispecchiava alla perfezione quello di Dingle Dell. Riuscivo quasi a immaginare Brent accanto al cadavere di Tom Blakiston mentre il fratello gli praticava una disperata respirazione bocca a bocca. Il quadro era completo.

E l'abitazione in sé? «*Rimaneva un'unica lunga ala superstite che terminava con una torre ottagonale, aggiunta molto più tardi.*» Mentre mi avvicinavo, mi ritrovai esattamente di fronte a quella descrizione: un lungo edificio stretto, con una dozzina di finestre disposte su due piani, che culminava in una torre dalla quale si godeva senza dubbio di una magnifica vista, ma che in sé appariva ridicola. L'edificio doveva essere stato costruito interamente nel diciannovesimo secolo, a opera di qualche industriale vittoriano che aveva proiettato le sue reminiscenze di opifici e mausolei londinesi nelle campagne del Suffolk. Non possedeva affatto il fascino della casa avita di Sir Magnus, almeno per come l'aveva descritta Alan. Abbey Grange era costruita con i mattoni rossi e sporchi che associavo da sempre a Charles Dickens e William Blake. Non c'entrava nulla con quel luogo e si salvava soltanto grazie al contesto in cui era immersa. Il giardino doveva estendersi per oltre un paio di ettari, sotto un cielo immenso senza l'ombra di altri edifici in vista. Non mi sarebbe piaciuto viverci, e sinceramente non capivo che cosa ci avesse trovato Alan Conway. Come si conciliava la sua metrosessualità con quell'assurdo maniero?

Era il luogo in cui era morto. Lo rammentai appena scesi dall'auto. Solo quattro giorni prima si era gettato dalla torre che incombeva su di me in quell'istante. Osservai la merlatura sulla sommità. Non ispirava sicurezza. Istinto suicida o meno, bastava sporgersi troppo e si rischiava di precipitare nel vuoto. La torre era circondata dal prato, l'erba trascurata e irregolare. Nel romanzo *L'amore fatale* di Ian McEwan c'è una descrizione estremamente efficace di cosa accade a un corpo umano che precipita da un'altezza elevata, e non mi fu difficile immaginare Conway a terra maciullato, con le ossa rotte e gli arti piegati in maniera scomposta. La caduta lo aveva ucciso sul colpo o era rimasto lì agonizzante finché qualcuno non lo aveva trovato? Viveva solo, perciò a dare l'allarme poteva essere stata la donna delle pulizie o il giardiniere. Che senso aveva? Si era tolto la vita per sottrarsi alla sofferenza, ma così doveva aver patito le pene dell'inferno. Non avrei mai scelto quel sistema. Tagliarsi le vene nella vasca da bagno. Buttarsi sotto un treno. Due soluzioni più sicure.

Presi il mio iPhone e mi allontanai dall'ingresso principale per inquadrare l'intera scena. Non so nemmeno perché, ma del resto qual è il senso di scattare fotografie, ormai? Tanto poi nessuno le guarda più. Arrivando con l'auto avevo superato un grosso arbusto (nel libro non era citato), e mentre rifacevo il percorso a piedi notai lì accanto delle tracce di pneumatici. Fotografai anche quelle; per nessuna ragione in particolare, semplicemente mi sembrava opportuno. Infilai il cellulare in tasca e mi diressi verso l'entrata, quando d'un tratto la porta si aprì e ne uscì un uomo. Non lo avevo mai visto, ma intuii al volo chi fosse. Ho già accennato al fatto che Alan era sposato. Quando poi vide la luce il terzo romanzo della serie di Atticus Pünd, anche lui uscì allo scoperto. Lasciò la famiglia per un giovane di nome James Taylor… e quando dico «giovane» intendo a malapena ventenne, mentre Alan di anni ne aveva quarantacinque e suo figlio dodici. La sua vita privata non era certo affar mio, ma ammetto che la rivelazione mi aveva suscitato disagio e apprensione per l'effetto che avrebbe potuto avere sulle vendite. La storia finì su diversi quotidiani, per fortuna però eravamo nel 2009 e i giornalisti non osarono calcare la mano più di tanto. La moglie, Melissa, si trasferì con il figlio nel West Country inglese. Concordarono i termini della separazione piuttosto rapidamente. Fu allora che Alan acquistò Abbey Grange.

Non avevo mai incontrato James Taylor, ma capii di avercelo proprio di fronte. Indossava una giacca di pelle e un paio di jeans con una T-shirt scollata che lasciava in bella vista la sottile catenina d'oro. Malgrado dovesse avere ormai ventotto o ventinove anni, sembrava ancora giovanissimo con quel viso infantile che la barba incolta non riusciva a mascherare. Aveva lunghi capelli biondi e spettinati. Erano leggermente unti, e seguivano la curva del collo. Sembrava si fosse appena alzato. Aveva lo sguardo inquieto, diffidente. Mi diede l'impressione di portarsi dietro delle cicatrici. O più semplicemente non era felice di vedermi.

«Sì?» chiese. «Lei chi è?»

«Mi chiamo Susan Ryeland» risposi. «Lavoro alla Cloverleaf Books. La casa editrice di Alan.» Cercai nella borsa il mio biglietto da visita e glielo porsi.

Lui diede un'occhiata, poi spostò lo sguardo oltre le mie spalle. «Mi piace la sua macchina.»

«Grazie.»

«È una MG.»

«Una MGB, a dire il vero.»

Sorrise. Sembrava divertito, una donna della mia età che guidava un'auto del genere. «Se è qui per Alan, temo sia arrivata tardi.»

«Lo so. So dell'accaduto. Sarebbe così gentile da farmi entrare?»

«Perché?»

«È difficile da spiegare. Dovrei cercare una cosa.»

«Certo.» Fece spallucce e aprì la porta come fosse casa sua. Ma avevo letto le ultime parole di Alan. Sapevo che non era così.

Se quello fosse stato il mondo di *Appuntamento con la morte*, la porta d'ingresso si sarebbe aperta su un immenso atrio rivestito di pannelli in legno, con il caminetto di pietra e una scalinata che saliva verso il ballatoio. Ma doveva essere solo frutto dell'immaginazione di Conway. In realtà, l'interno della sua abitazione era deludente: un salone per i ricevimenti, pavimenti in legno, mobili rustici, costosi quadri moderni alle pareti... Tutto di gran gusto, ma allo stesso tempo banale. Nessun'armatura. Nessun trofeo di caccia. Nessun cadavere. Imboccammo un corridoio sulla destra che percorreva l'intera lunghezza della casa fino ad arrivare a una cucina di quelle professionali, con il forno industriale, il frigo all'americana, superfici scintillanti e un tavolo che poteva ospitare fino a dodici persone. James mi offrì un caffè, che accettai. Lo preparò con una di quelle macchinette a capsule con il beccuccio per montare il latte su un lato.

«Quindi lei è l'editore di Alan» disse.

«No. Solo la sua editor.»

«Lo conosceva bene?»

Non sapevo cosa rispondere. «Era un rapporto di lavoro» dissi. «Non mi ha mai invitata qui.»

«Questa è casa mia... o perlomeno lo era fino a circa due settimane fa, quando Alan mi ha chiesto di andarmene. Non lo avevo ancora fatto perché non sapevo dove andare, ma ora suppongo di non doverla più lasciare.» Portò i caffè in tavola e si sedette.

«Le spiace se fumo?» domandai. Avevo notato un posacenere sul tavolo e l'odore di sigaretta.

«Affatto» rispose. «Anzi, se me ne offre una le faccio compagnia.» Gli porsi il pacchetto e di colpo eravamo amici. Ecco uno degli aspetti positivi dell'essere fumatore al giorno d'oggi. Fai parte di una minoranza perseguitata. Leghi facilmente con quelli come te. Ma a dire il vero avevo già deciso che James Taylor, quel ragazzino tutto solo in una casa così grande, mi piaceva.

«Tu eri qui?» domandai. «Quando Alan si è ucciso?»

«No, grazie a Dio. Non stavamo più insieme. Ero a Londra con degli amici.» Lo guardai scrollare la cenere. Aveva dita lunghe e affusolate. Con le unghie sporche. «Ho ricevuto una telefonata dal signor Khan, l'avvocato di Alan, e sono tornato lunedì sera tardi. La casa brulicava di poliziotti. È stato il signor Khan a trovarlo, sai. Era passato a lasciargli delle carte, per tagliarmi fuori dal testamento o qualcosa del genere, chissà, e ha visto Alan sul prato sotto la torre. Ammetto che mi rincuora non essere stato io. Non credo che avrei retto.» Aspirò il fumo, tenendo la sigaretta con la mano a coppa, come un soldato di un vecchio film. «Cosa devi cercare?»

Gli dissi la verità. Spiegai che Alan ci aveva consegnato il suo ultimo romanzo un paio di giorni prima di morire e che mancava il capitolo finale. Gli chiesi se avesse letto qualche pagina di *Appuntamento con la morte* e lui scoppiò a ridere. «Ho letto ogni singolo romanzo di Atticus Pünd» rispose. «Sai che ci sono dentro anch'io?»

«Non lo sapevo» dissi.

«Oh, sì. James Fraser, l'assistente biondo sciocco… sono io.» Si scompigliò i capelli. «Quando conobbi Alan stava per iniziare *Grido nella notte*. Il quarto libro della serie. Fino a quel momento Atticus Pünd non aveva un assistente. Lavorava da solo. Ma quando cominciammo a frequentarci, disse che avrebbe apportato questa modifica e mi inserì nella storia.»

«Ti ha cambiato nome» osservai.

«Ha cambiato molte cose. Tanto per cominciare, non ho frequentato l'università di Oxford, anche se è vero che facevo l'attore quando ci siamo conosciuti. Era uno dei suoi scherzi preferiti. In ogni libro scriveva che Fraser era disoccupato, o un buono a nulla, o un fallito e, naturalmente, tonto… ma diceva che è una caratteristica di tutti gli aiutanti. Serve a far apparire il detective più astuto e a distogliere l'attenzione dalla verità. Qualunque cosa dicesse il mio personaggio nei libri era sbagliata. Alan lo faceva apposta, per fuorviarti. In pratica, potevi ignorare qualunque cosa dicesse Fraser. Funzionava così.»

«Quindi hai letto anche l'ultimo?» domandai di nuovo.

Scosse il capo. «No. Sapevo che Alan ci stava lavorando. Passava ore e ore chiuso nello studio. Ma non mi mostrava mai niente prima che fosse concluso. A essere sincero, non sapevo nemmeno che l'*avesse* finito. Di solito lo mostrava a me prima che a chiunque altro, ma avrà deciso diversamente, visto come erano andate le cose tra noi. In ogni caso mi sorprende non averne saputo niente. In genere intuivo quando aveva terminato un lavoro.»

«Come?»

«Tornava umano.»

Avrei voluto sapere cosa fosse accaduto tra loro, invece domandai di vedere lo studio per cercare le pagine mancanti. James mi accompagnò di buon grado e lasciammo la stanza insieme.

Lo studio di Alan era accanto alla cucina. Una scelta sensata: se aveva bisogno di una pausa, per pranzare o bere qualcosa, non doveva fare troppa strada. La stanza, all'estremità della casa, era molto grande, con finestre su tre lati e la quarta parete demolita per incorporare la torre. L'ambiente era infatti dominato da una scala a chiocciola che presumibilmente arrivava in cima. Lungo una delle due pareti ricoperte di libri erano esposti soltanto i romanzi di Alan, gli otto episodi della serie di Atticus Pünd tradotti in trentaquattro lingue. La quarta di copertina (che avevo scritto io stessa) recitava trentacinque, includendo anche l'inglese perché ad Alan piacevano le cifre tonde. Motivo per cui avevamo arrotondato anche le copie vendute a diciotto milioni, numero sparato più o meno a caso. C'era una scrivania fatta su misura, con una seduta dall'aria costosa: pelle nera, design ergonomico con supporti regolabili per sostenere braccia, collo e schiena. La poltrona di uno scrittore. Alan aveva un computer, un Apple con lo schermo da ventisette pollici.

Quella stanza mi incuriosiva. Sembrava il modo migliore per entrare nella testa di Conway. E cosa mi rivelava? Be', senza dubbio che non era tipo da nascondere i propri successi. Tutti i premi erano esposti in bella mostra. P.D. James gli aveva scritto una lettera di congratulazioni per *Missione straniera* che lui aveva incorniciato e appeso alla parete. Le fotografie lo ritraevano con il principe Charles, J.K. Rowling e (curiosa, questa) Angela Merkel. Era molto metodico. Penne, matite, bloc-notes, cartelle, ritagli di giornale e tutte le scorie della vita di uno scrittore erano disposti con estrema cura, senza la minima parvenza di disordine. Uno scaffale era riservato ai dizionari e ai volumi da consultazione: lo *Shorter Oxford English Dictionary* (in due volumi), il *Roget's Thesaurus*, l'*Oxford Dictionary of Quotations*, il *Brewer's Book of Phrase and Fable*, e poi enciclopedie di chimica, biologia, criminologia e giurisprudenza. Tutti allineati come soldatini. Possedeva la collezione completa dei gialli di Agatha Christie, circa settanta tascabili disposti, da quanto potevo vedere, in ordine cronologico a partire da *Poirot a Styles Court*. Mi parve significativo che si trovassero in quello scaffale. Non li aveva letti per piacere personale: li aveva consultati. Alan era uno scrittore assolutamente pragmatico. Nella stanza non c'era niente che lo potesse distrarre, che non fosse rilevante per il suo mestiere. Le pareti erano bianche, il tappeto di un neutro color beige. Era un vero e proprio ufficio, non un semplice studiolo.

Accanto al computer vidi un'agenda di pelle e d'impulso la aprii. Indugiai chiedendomi il perché. Era lo stesso istinto che mi aveva spinta a fotografare le tracce di pneumatici in giardino. Stavo forse cercando indizi? All'interno della copertina era infilata la pagina strappata di una rivista. Era una fotografia in bianco e nero, un fotogramma del film *Schindler's List* di Steven Spielberg, del 1993. Mostrava l'attore Ben Kingsley seduto alla scrivania, intento a battere a macchina. «Come mai questo ritaglio?» chiesi a James Taylor.

Mi rispose come se fosse ovvio. «Quello è Atticus Pünd.»

Non faceva una piega. «*Non aveva l'aria del detective. Era un uomo minuto, ben curato. Se non avesse saputo chi era, lo avrebbe scambiato per un contabile. Gli occhi dietro le lenti tonde dalla montatura di metallo erano costantemente guardinghi e mostrava una certa esitazione prima di parlare.*» Alan Conway aveva preso in prestito, per non dire rubato, il suo famoso detective da un film uscito una decina di anni prima del suo romanzo d'esordio. Forse era nato così il nesso con i campi di concentramento, che mi era parso tanto brillante. Chissà perché, ci rimasi male. Fu una delusione scoprire che Atticus Pünd non fosse una creazione originale; che fosse in un certo senso di seconda mano. Forse stavo esagerando. In fondo, qualunque personaggio letterario deve avere un'origine. Charles Dickens si ispirava ai vicini, agli amici e persino ai genitori. Edward Rochester, il mio personaggio preferito di *Jane Eyre*, prendeva le mosse da un francese di nome Constantin Héger, di cui Brontë era innamorata. Ma strappare un attore da una rivista era una cosa diversa. Era come imbrogliare.

Sfogliai l'agenda fino alla settimana in corso. Si prospettava piena di impegni, se fosse sopravvissuto. Lunedì avrebbe dovuto pranzare con una certa Claire al Jolly Sailor. Nel pomeriggio aveva appuntamento dal barbiere: deduzione suggerita dall'unica parola «capelli», che aveva anche cerchiato. Mercoledì avrebbe dovuto giocare a tennis con una persona indicata solo con le iniziali, SK. Giovedì doveva venire a Londra. Aveva un altro pranzo – aveva scritto solo «prz» – e alle cinque avrebbe incontrato un certo Henry all'OV. Impiegai un preoccupante lasso di tempo a indovinare che in realtà si riferiva all'*Enrico V* in scena all'Old Vic. Simon Mayo era ancora in agenda per la mattina successiva. Si trattava dell'intervista che Alan aveva deciso di annullare, ma che non aveva fatto in tempo a cancellare dagli impegni. Tornai indietro di una pagina. Ecco la cena con Charles all'Ivy Club. La mattina stessa aveva visto SB. Il suo medico.

«Chi è Claire?» domandai.

«Sua sorella.» James era accanto a me, scrutava anche lui l'agenda. «Il Jolly Sailor si trova a Orford. Dove vive lei.»

«Immagino tu non conosca la password del computer.»

«Ma certo. È "Att1cus".»

Il nome del detective con il numero 1 al posto della I. James girò il monitor e la digitò.

Non scenderò nei dettagli del contenuto del computer di Alan. Non mi interessavano le sue email, la cronologia di Google o che giocasse a scarabeo digitale. Cercavo solo il manoscritto. Utilizzava il Word per Mac e individuammo rapidamente gli ultimi due romanzi: *Mazzo di rose per Atticus* e *Missione straniera*. Di ognuno erano presenti diverse bozze, incluse quelle con le correzioni finali inviate da me. Ma nessun file con una sola riga di *Appuntamento con la morte*. Come se il computer fosse stato ripulito.

«Aveva solo questo computer?» domandai.

«No. Ne ha uno anche a Londra e un portatile. Ma è questo che ha usato per il romanzo. Ne sono sicuro.»

«Può averlo salvato su una chiavetta?»

«Non gliene ho mai vista una, a essere sincero. Ma potrebbe darsi.»

Perlustrammo la stanza. Cercammo in ogni armadio e cassetto. James era felice di rendersi utile. Trovammo le bozze cartacee di tutti i romanzi di Atticus Pünd, tranne quelle del più recente. C'erano diversi bloc-notes con lunghi estratti scribacchiati con la penna stilografica, ma curiosamente mancava qualsiasi accenno ad *Appuntamento con la morte*, come se ne avesse eliminata ogni traccia di proposito. Recuperai comunque qualcosa di interessante, ovvero la copia non rilegata del romanzo che Charles aveva respinto, *Lo scivolo*. Chiesi a James il permesso di prenderlo in prestito e lo misi da parte per portarlo con me. C'erano montagne di giornali e vecchie riviste. Alan aveva conservato tutto ciò che si scriveva su di lui: interviste, profili, recensioni (quelle positive) e chi più ne ha più ne metta. Tutto in perfetto ordine. Un altro armadietto era riservato alla cancelleria, con le buste suddivise per dimensione, risme di carta bianca, altri bloc-notes, cartellette di plastica, un'intera gamma di post-it. Ma nessuna chiavetta USB, e seppure ci fosse stata forse era troppo piccola per trovarla.

Alla fine dovetti arrendermi. Ero lì da un'ora. Avrei potuto andare avanti per tutto il giorno.

«Perché non provi dal signor Khan?» suggerì James. «L'avvocato di Alan» mi ricordò. «Ha lo studio a Framlingham, in Saxmundham Road. Non so a cosa gli servisse un avvocato, ma gli consegnava un mucchio di documenti.» Fece una pausa, un tantino prolungata. «Come il suo testamento, per esempio.»

Aveva già fatto una battuta simile quando ero arrivata. «Continuerai a vivere qui?» chiesi. Era una domanda tendenziosa. Doveva per forza essere al corrente del fatto che Alan intendesse estrometterlo dall'eredità.

«Dio, no! Non resisterei qui da solo in mezzo al nulla. Andrei fuori di testa. Alan mi aveva detto di volermi lasciare la casa, ma se anche fosse, tornerei comunque a Londra. Dove vivevo quando ci siamo conosciuti.» Arricciò le labbra. «Stavamo attraversando un momento difficile ultimamente. Ci eravamo lasciati, più o meno. Perciò magari aveva cambiato idea... Chissà.»

«Sicuramente il signor Khan ne sa qualcosa» osservai.

«Non ha ancora accennato a nulla.»

«Andrò a parlarci.»

«Parlerei anche con la sorella di Alan se fossi in te» suggerì James. «Sbrigava un sacco di lavoro per lui. Seguiva la parte amministrativa e la corrispondenza con i fan. Deve anche aver battuto al computer i suoi primi romanzi e lui le mostrava sempre i manoscritti. Forse le ha passato anche l'ultimo.»

«Hai detto che vive a Orford.»

«Posso darti numero e indirizzo.»

Mentre prendeva carta e penna, mi diressi verso l'unico armadio che non avevo ancora aperto, al centro della parete dietro la scala a chiocciola. Pensavo contenesse una cassaforte, in fondo anche Sir Magnus Pye ne aveva una nel suo studio. L'apertura era curiosa, con un'anta che scorreva verso l'alto e l'altra verso il basso. Sul muro accanto c'erano due pulsanti. Mi resi conto che si trattava di un montacarichi.

«Lo ha fatto costruire Alan» spiegò James senza alzare lo sguardo. «Mangiava sempre fuori quando il tempo lo consentiva, a pranzo e a cena. Infilava qui dentro piatti e pietanze e spediva tutto di sopra.»

«Posso vedere la torre?» domandai.

«Certo. Se non soffri di vertigini.»

La scala era moderna, in ferro, e salendo mi misi a contare i gradini. Non finivano più. Ma quanto era alta quella torre? Finalmente giunsi a una porta, chiusa dall'interno, che si apriva su un'ampia terrazza circolare protetta da un parapetto merlato molto basso... Charles aveva ragione. Da lassù, la vista spaziava oltre il mare di campi e chiome verdeggianti, fino a Framlingham. In lontananza, il Framlingham College, un edificio gotico del diciannovesimo secolo abbarbicato sulla collina. Notai un altro dettaglio. Seppur nascosta dal bosco e invisibile dalla strada, esisteva una seconda abitazione proprio accanto a Abbey Grange. Ci si arrivava proseguendo in auto, ma si intravedeva anche un piccolo sentiero tra gli alberi. Era una casa grande, piuttosto moderna, con un bel giardino curato, una veranda, una piscina.

«Chi vive laggiù?» chiesi.

«Il vicino. Si chiama John White. Gestisce fondi speculativi.»

Sulla terrazza Alan aveva allestito un tavolo e quattro sedie, un barbecue a gas e due sdraio. Con un certo nervosismo, mi avvicinai al parapetto e mi sporsi. Dall'alto, il prato sembrava lontanissimo e non era difficile immaginare Alan mentre precipitava. Avvertendo un'ondata di nausea, feci un passo indietro e sentii le mani di James contro la schiena. Per un orribile istante temetti che volesse spingermi giù. La protezione era davvero insufficiente. Mi arrivava a malapena alla vita.

Lui si allontanò, imbarazzato. «Scusa» disse. «Temevo potessi avere un capogiro. Succede spesso, la prima volta che si sale quassù.»

Indugiai, con la brezza tra i capelli. «Ho visto abbastanza» dissi poi. «Possiamo scendere.»

Sarebbe stato facilissimo spingere Alan Conway giù dalla torre. Non era un uomo corpulento. Chiunque avrebbe potuto arrampicarsi lassù e farlo. Non so perché fui colta da quel pensiero, quando era chiaro che non era stato commesso alcun crimine. Alan aveva persino lasciato una lettera d'addio scritta di suo pugno. Eppure, mentre tornavo alla macchina, telefonai all'Old Vic di Londra ed ebbi la conferma che aveva prenotato due biglietti per l'*Enrico V* il giovedì successivo. Dissi che non ne avrebbe più avuto bisogno. La cosa interessante era che la prenotazione risaliva soltanto al sabato precedente, un giorno prima che si togliesse la vita. L'agenda poi era la dimostrazione che aveva organizzato incontri, pranzi, appuntamenti dal barbiere e partite a tennis. E a quel punto, nonostante l'evidenza, mi sorse un dubbio.

Era davvero il comportamento di un uomo intenzionato a uccidersi?

Wesley & Khan, Framlingham

Tornai in automobile fino a Framlingham, parcheggiai nella piazza principale e proseguii a piedi. Quella cittadina era una sorta di guazzabuglio. Ai suoi margini sorgeva un castello ben conservato, circondato da distese erbose e da un fossato, l'immagine perfetta dell'Inghilterra ai tempi di Shakespeare, con tanto di pub e stagno delle anatre nelle vicinanze. Altri cinquanta metri e l'incanto svaniva di colpo nell'affacciarsi sull'ampia e moderna Saxmundham Road, che si estendeva a perdita d'occhio, con un'officina Gulf da un lato e una serie di case e villette ordinarie dall'altro. Lo studio Wesley & Khan, gli avvocati di Alan Conway, aveva sede in un edificio color mostarda nella zona periferica del paese. Era una normale abitazione, non un vero e proprio ufficio, nonostante l'insegna accanto alla porta d'ingresso.

Non ero certa che il signor Khan mi avrebbe ricevuta senza appuntamento, ma ci provai comunque. Preoccupazione inutile. Dentro era praticamente deserto, con una ragazza che leggeva una rivista dietro il bancone e, di fronte, un giovane che fissava lo schermo del computer con sguardo assente. Il palazzo era datato, con le pareti irregolari e le assi del pavimento che scricchiolavano. Avevano aggiunto la moquette grigia e le luci al neon, ma sembrava ancora di essere in un'abitazione privata.

La segretaria alzò il telefono. Il signor Khan poteva ricevermi. Mi accompagnò al primo piano, fino a quella che doveva essere stata la camera da letto padronale, ora convertita in un ufficio dall'aria professionale affacciato sul garage. Sajid Khan – lessi il nome completo sulla porta – si alzò in piedi dietro la riproduzione di un antico scrittoio con il ripiano in pelle verde e le maniglie in ottone. Il genere di scrivania che si sceglie per darsi un tono. Era un uomo robusto ed espansivo sulla quarantina, vigoroso nei modi e nel timbro della voce.

«Prego! Prego! Si accomodi pure. Le hanno già offerto del tè?»

Aveva capelli nerissimi e sopracciglia folte, quasi unite. Indossava una giacca sportiva con le toppe sui gomiti e quella che doveva essere la cravatta distintiva di un club. Sembrava improbabile che fosse originario di Framlingham e mi chiesi cosa lo avesse attirato in un luogo così sperduto e, oltretutto, cosa c'entrasse con il signor Wesley. Accanto a sé teneva una di quelle moderne cornici digitali con le foto che cambiano ogni trenta secondi, con dissolvenza a spirale o scorrendo una dopo l'altra. Prima ancora di sedermi, avevo conosciuto la moglie, le due figlie, il cane e un'anziana in *jihab* che doveva essere la madre. Non so come riuscisse a convivere con quell'aggeggio. Io sarei impazzita.

Declinai il tè e presi posto davanti alla scrivania. Quando si sedette di nuovo gli spiegai in breve il motivo della mia visita. Non appena nominai Alan, cambiò atteggiamento.

«Sa, l'ho trovato io» disse. «Sono passato da casa sua domenica mattina. Avevamo un appuntamento. Ci è già stata? Potrà anche non credermi, ma le confesso che mentre guidavo avevo una brutta sensazione. Questo prima ancora di vederlo... E sul momento non ho neanche capito cosa stessi guardando. Credevo che qualcuno avesse gettato dei vecchi abiti in mezzo al prato, si figuri! Poi mi sono reso conto che era lui. Ho visto subito che era morto. Non mi sono neppure avvicinato! Ho chiamato immediatamente la polizia.»

«Eravate molto legati, mi è parso di capire.» Sajid Khan

era l'SK dell'agenda. Giocavano a tennis insieme e l'avvocato gli aveva fatto visita di domenica.

«Sì» confermò. «Avevo letto diversi libri della serie di Atticus Pünd prima ancora di conoscerlo e posso tranquillamente affermare di essere un suo grande ammiratore. Poi abbiamo cominciato a curare i suoi affari e ammetto con piacere di aver imparato a conoscerlo bene. Anzi, azzarderei addirittura che… sì, eravamo assolutamente amici.»

«Quando lo ha visto per l'ultima volta?»

«Circa una settimana fa.»

«Le aveva dato modo di pensare che volesse togliersi la vita?»

«Nemmeno per sogno. Alan era in questo ufficio, seduto proprio dove si trova lei ora. Stavamo parlando del futuro e sembrava decisamente di buonumore.»

«Era malato.»

«L'ho saputo. Ma non ne aveva mai fatto parola, signorina Ryeland. Mi ha chiamato sabato sera. Credo di essere stato uno degli ultimi a parlare con lui mentre era ancora in vita.»

Farlo dopo sarebbe stato un po' difficile, pensai. Deformazione da editor. «Posso chiederle di cosa avete parlato, signor Khan? E perché avevate appuntamento di domenica? So che non sono affari miei…» Sfoderai un sorriso compassionevole per conquistare la sua fiducia.

«Ecco, suppongo che parlarne non possa più nuocere. Erano subentrati alcuni cambiamenti nella sua situazione familiare e Alan aveva deciso di rivedere il testamento. Avevo già stilato la nuova bozza e gliel'avevo appunto portata in visione. Avrebbe dovuto firmarla il lunedì successivo.»

«Voleva estromettere James Taylor.»

Corrugò la fronte. «Mi perdoni se non scendo nei dettagli. Ritengo poco opportuno…»

«Non si preoccupi, signor Khan. Alan ha scritto una lettera alla Cloverleaf Books. Confessando le intenzioni suicide. E ha accennato al fatto che James non rientrasse più nel testamento.»

«Ripeto, non spetta a me approfondire qualunque informazione abbia voluto condividere con voi.» Khan fece una pausa, poi sospirò. «Sarò sincero, faticavo a comprendere quell'aspetto di Alan.»

«Intende dire la sua sessualità?»

«No. Certo che no. Non mi riferivo a quello! Ma avere un compagno tanto più giovane.» Khan si stava addentrando su un terreno impervio, sforzandosi di bilanciare i propri pregiudizi. Una fotografia di lui, a braccetto con la moglie, attraversò il display della cornice digitale. «Sa, conoscevo molto bene la signora Conway.»

Avevo incontrato Melissa Conway a diversi eventi editoriali. La ricordavo come una donna taciturna, dallo sguardo intenso. Dava sempre l'impressione di essere a conoscenza di qualche evento terribile in procinto di accadere di cui non voleva far parola. «Come l'ha conosciuta?» domandai.

«A dire il vero, fu lei a presentarmi Alan. Quando acquistarono la prima casa nel Suffolk, a Orford, la signora Conway si rivolse a noi per la trattativa. Com'è tristemente noto, si separarono qualche anno dopo. Non fummo coinvolti nel divorzio, ma seguimmo Alan nell'acquisto di Abbey Grange, o Ridgeway Hall, come si chiamava allora. Fu lui a cambiarle nome.»

«Dove si trova ora la moglie?»

«Si è risposata. Credo viva nei pressi di Bath.»

Mi focalizzai su quanto mi aveva detto poco prima. Sajid Khan aveva redatto una nuova versione del testamento e l'aveva portata ad Alan la domenica mattina. Ma quando era arrivato... «Non l'ha mai firmato!» esclamai. «Alan è morto prima di firmare la nuova bozza del testamento.»

«È corretto. Sì.»

Il testamento non firmato è uno dei tropi del romanzo giallo che mi irritano di più, è semplicemente abusato. Nella vita reale, la maggior parte della gente non si preoccupa di redigere le ultime volontà, in fondo siamo tutti convinti che vivremo per sempre. Di certo nessuno se ne va in giro minacciando di cambiare il testamento per fornire a qualcuno il pretesto per ucciderlo.

Invece sembrava proprio quello che aveva fatto Alan Conway.

«Le sarei grato se potesse mantenere il riserbo su questa conversazione, signorina Ryeland» proseguì Khan. «Come le ho detto, non sarei autorizzato a parlare del testamento.»

«Non si preoccupi, signor Khan. Non è il motivo per cui sono qui.»

«Allora in cosa posso aiutarla?»

«Sto cercando il manoscritto di *Appuntamento con la morte*» spiegai. «So che Alan lo aveva terminato poco prima di morire, ma mancano le ultime pagine. Non è che per caso…?»

«Alan non mi ha mai mostrato le sue opere prima della pubblicazione» rispose Khan. Era felice di essere tornato su un terreno sicuro. «Era stato così gentile da autografarmi una copia di *Missione straniera* prima della sua uscita. Ma temo non si sia mai dilungato a discorrere con me dei suoi romanzi. Potrebbe provare a sentire la sorella.»

«Sì, andrò da lei domani.»

«La pregherei cortesemente di non accennare al testamento. Provvederò a incontrarla di persona nel corso della settimana. E il prossimo weekend ci sarà il funerale.»

«Non mi interessa altro che trovare il capitolo mancante.»

«Le auguro di avere successo. Sentiremo tutti la mancanza di Alan. Sarebbe bello avere un suo ultimo ricordo.»

Sorrise e si alzò. Sulla scrivania, l'immagine nella cornice cambiò e notai che aveva terminato il ciclo. Comparve di nuovo la fotografia che avevo visto al mio arrivo.

Era decisamente ora di andare.

Estratto da *Lo scivolo* di Alan Conway

La sala da pranzo del Crown era quasi vuota quando entrai per la cena. Avrei dovuto sentirmi a disagio, essendo sola, ma in realtà avevo compagnia. Avevo portato con me *Lo scivolo*, il romanzo che Alan Conway aveva scritto e implorato Charles di pubblicare, nonostante si accingesse a porre fine alla propria vita. Chissà se il mio capo ci aveva visto giusto. Ecco l'incipit.

Lord Quentin Trump scende la scala con passo pesante, come sempre atteggiandosi a despota con cuoche e cameriere, domestici e valletti che esistono solo nella sua immaginazione contorta, e che in realtà sono scivolati in maniera confusa nell'abbozzo di storia di famiglia. Erano lì quando lui era ragazzo e per certi versi lo è ancora, o forse sarebbe più appropriato dire che il ragazzo di un tempo si nasconde ostinatamente tra le pieghe carnose depositate da cinquant'anni di vita malsana sull'albero secco e spoglio del suo scheletro. *Due uova sode, zuccherino. Sai come mi piacciono. Morbide ma non crude. Striscioline di pane tostato spalmate di Marmite come le preparava la mia mammina… tutte belle in fila come soldatini. Le galline non fanno più uova? Accidenti a loro, Agnes. A che serve una gallina se non fa le uova?* Non è il suo retaggio? Non è forse un suo diritto? Vive nel palazzo signorile in cui è nato tra gemiti e strilli, un botolo sgraziato e vischioso di un color malva tossico, spalancando il sipario della vulva di sua madre con la stessa furia che l'avrebbe contraddistinto per il resto della sua vita. Ora eccolo, con le gote sfigurate da una ragnatela di venuzze, rubiconde come quei vini – oh, così divini – che ne hanno favorito l'eruzione in superficie, due gote che lottano per farsi posto su un viso in cui lo spazio è a malapena sufficiente a contenerle. Sfoggia un paio di baffi che sembrano essersi schiantati sopra il labbro superiore, quasi fossero strisciati fuori dalla narice e poi, con un'ultima occhiata al progenitore e persa ogni speranza, si fossero lasciati morire. Gli occhi sono di un folle. Non di quelli innocui davanti ai quali è «meglio passare dall'altro lato della strada», ma subdoli e certamente pericolosi. Ha le sopracciglia tipiche dei Trump, un po' folli anch'esse, che schizzano fuori dalla carne come il senecione dei fossi, il *senecio aquaticus*, che lui non è stato capace di estirpare dal prato del croquet. Oggi che è sabato e c'è freschetto per la stagione, è tutto agghindato in tweed da capo a piedi. Giacca di tweed, panciotto di tweed, pantaloni di tweed, calzini di tweed. Ha un debole per il tweed. Gli piace anche il suono della parola quando va a ordinare un completo nuovo nella bottega di fiducia in Savile Row, oramai non così di frequente, a duemila sterline alla volta. Sempre ben spese, tuttavia, per godere di quel piacevole, rassicurante momento in cui il taxi nero sussulta oltre la curva per rigurgitarlo proprio davanti all'ingresso del negozio. *È un piacere ritrovarla, Milord. E Lady Trump come sta? Sempre un piacere vederla qui in città. Quanto pensa di trattenersi? Un bel tweed Cheviot, magari, sul marrone scuro? Dove sarà finito il metro... Datti una mossa, Miggs! Temo che il girovita necessiti di un piccolo ritocco dall'ultimo appuntamento, Milord.* Non si riesce neppure a misurarlo, il giro completo, tanto è grasso. La sua mole ha raggiunto proporzioni da pantomima ed è consapevole di annaspare nelle acque paludose della cattiva salute. I suoi antenati lo osservano dalle cornici dorate mentre scende le scale, senza il minimo accenno di un sorriso, probabilmente delusi che quella stupida palla di lardo sia il signore del maniero di famiglia, che quattrocento anni di endogamia non siano stati in grado di produrre di meglio. Ma a lui che importa? Lui pretende la sua colazione, il suo lattuccio caldo. Infantilizza ogni cosa. E quando mangia si sbrodola il mento chiedendosi ancora, in un angolino della mente, perché la tata non accorra ad asciugarglielo.

Fa il suo ingresso nella sala della colazione e si siede, mancando di poco con i glutei adiposi i braccioli della poltrona Hepplewhite del diciottesimo secolo che oramai fatica a reggere il suo peso. Spiega un tovagliolo di lino bianco e lo infila nel colletto sotto il mento o, per meglio dire, doppio mento, essendo le sue razioni raddoppiate rispetto allo standard consono per un gentiluomo inglese di buona famiglia. Una copia del «Times» lo sta aspettando, ma preferisce non aprirlo ancora. Perché condividere le cattive notizie del mondo, la combinazione quotidiana di depressione, disorientamento e decadenza, quando ha già un mucchio di problemi per conto suo? È sordo al richiamo accorato e stentoreo che annuncia l'ascesa del fondamentalismo islamico e la caduta della sterlina. La casa della sua infanzia, il maniero, è in pericolo. Potrebbe non sopravvivere fino alla fine del mese. Sono questi i pensieri, sgradevoli e abusivi, che occupano la sua mente.

Proseguiva su questi toni per circa quattrocentoventi pagine. Dopo il primo capitolo, confesso di aver cominciato a saltarle, leggendo solo una frase qua e là. Sembrava un tentativo di satira, un fantasy grottesco sull'aristocrazia britannica. La trama, sempre che ne avesse una, era incentrata sulla bancarotta di Lord Trump e sui suoi tentativi di trasformare la fatiscente dimora di famiglia in un'attrazione turistica mentendo sulle sue origini storiche, inventando la presenza di un fantasma e trasferendo all'interno della proprietà gli attempati e perlopiù docili animali del vicino zoo. Lo «scivolo» del titolo doveva rappresentare il pezzo forte di un parco avventura costruito dal protagonista, oltre a un chiaro riferimento – premonitore – allo stato della nazione. Eloquente il momento in cui giungono i primi visitatori – «le donne con i piumini di nylon, grasse, stupide, brutte e lagnose sgualdrine con le unghie macchiate di nicotina, i figli scemi con le cuffie alle orecchie e i boxer di marca che fanno capolino dalla cintura dei jeans enormi e sformati» – che vengono presentati con lo stesso disprezzo riservato ai Trump.

Lo scivolo mi lasciava perplessa per una lunga serie di motivi. Com'era possibile che l'autore di nove romanzi intriganti e di successo – la serie di Atticus Pünd – avesse prodotto un'opera così, per riassumerla in una parola, deplorevole? Era come scoprire che Enid Blyton, nel tempo libero, si era data alla pornografia. Lo stile sembrava penosamente scopiazzato; mi ricordava quello di un altro scrittore che in quel momento non riuscivo a identificare. Era palese, ai miei occhi, che Conway si fosse sforzato di creare frasi a effetto a ogni riga, in ogni singola, pessima metafora. E la cosa peggiore era che non si trattava di un'opera giovanile, scritta prima di trovare la propria voce. Lo dimostrava il riferimento al fondamentalismo islamico. L'aveva maneggiata di recente e ne aveva parlato nella lettera d'addio, chiedendo a Charles di riprenderla in considerazione. Davvero era convinto che valesse qualcosa?

Quella notte non chiusi quasi occhio. Sono avvezza ai pessimi scrittori. Ho letto un mucchio di romanzi senza la minima speranza di pubblicazione. Ma conoscevo Alan da undici anni, o perlomeno così credevo, e stentavo a credere che avesse prodotto una robaccia simile, lunga addirittura quattrocentoventi pagine. Sembrava quasi che mi stesse sussurrando all'orecchio mentre ero lì sdraiata al buio, per dirmi qualcosa che non volevo sentire.

Orford, Suffolk

Appuntamento con la morte è ambientato in un piccolo villaggio fittizio del Somerset. La maggior parte delle storie di Alan si svolgono in cittadine immaginarie e persino i due romanzi ambientati a Londra (*Non c'è pace per il crimine* e *Attrazione al veleno*) fanno ricorso a nomi d'invenzione per ogni luogo riconoscibile: hotel e ristoranti, musei, ospedali e teatri. È come se l'autore temesse di esporre i propri personaggi di fantasia al mondo reale, nonostante lo scudo protettivo dello scenario anni Cinquanta. Pünd si sente a suo agio solo quando passeggia nel parco del villaggio o beve qualcosa nel pub locale. Gli omicidi avvengono sempre durante le partite di cricket o croquet. Il sole splende immancabilmente. Dal momento che Alan aveva ribattezzato casa propria ispirandosi a un racconto di Sherlock Holmes, forse aveva anche attinto a un'affermazione dell'arcinoto detective: «Nei vicoli più malfamati di Londra non si consumano tanti delitti quanto in questo paesaggio così bello e sereno».

Perché le cittadine inglesi si prestano tanto bene ai delitti? Me lo chiedevo spesso prima di commettere l'errore di affittare un cottage in un paesino nei pressi di Chichester e scoprire la risposta. Charles me lo aveva sconsigliato, ma all'epoca avevo pensato che sarebbe stato bello trascorrerci un weekend di tanto in tanto per staccare la spina. Aveva ragione lui. Alla fine non vedevo l'ora di tornare. Mi ero ben presto accorta che per ogni nuova amicizia mi creavo tre nemici e che le discussioni su argomenti banali come i parcheggi per le automobili, le campane della chiesa, gli escrementi dei cani e le fioriere dominavano la vita quotidiana al punto che chiunque sembrava costantemente pronto a prendere il vicino per il collo. È questa la verità. Le emozioni, che nel frastuono e nel caos della città si disperdono in fretta, nella piazza di paese finiscono per esacerbarsi, spingendo la gente alla psicosi e alla violenza. Una vera manna per gli scrittori di gialli. Senza contare il vantaggio dei legami. Mentre le città sono anonime, nelle piccole comunità rurali tutti si conoscono ed è più semplice puntare il dito contro eventuali sospettati come, del resto, attirare i sospetti degli altri.

Mi accorsi fin da subito che Alan aveva pensato a Orford per creare Saxby-on-Avon. La cittadina non apparteneva alla contea di Avon né possedeva «*edifici georgiani in solida pietra di Bath, con incantevoli portici e giardini terrazzati*» ma, superata la caserma dei pompieri con la sua torre d'addestramento gialla sfavillante e raggiunta la piazza principale, capii all'istante dove mi trovavo. La chiesa era quella di St Bartholomew e non di St Botolph, ma la posizione era la stessa e aveva persino alcune volte dissestate. C'era un pub che si affacciava sul cimitero. Il Queen's Arms, dove aveva pernottato Pünd, in realtà si chiamava King's Head. Su un lato della piazza notai la bacheca del paese nella quale Joy aveva affisso la sua confessione d'immoralità. L'emporio e il panificio – il cui nome era Pump House – si trovavano sul lato opposto. A breve distanza sorgeva il castello, che proiettava la sua ombra sulla casa della dottoressa Redwing e che doveva risalire circa allo stesso periodo del maniero di Framlingham. Esisteva persino una Daphne Road. Nel romanzo corrispondeva all'indirizzo di Neville Brent, nel mondo reale invece ci abitava la sorella di Alan. La casa somigliava molto alla descrizione. Chissà cosa poteva significare.

Claire Jenkins non aveva potuto incontrarmi il giorno prima, ma aveva acconsentito di vederci all'ora di pranzo. Arrivai in anticipo e feci due passi lungo la via principale fino al fiume Alde, che nel libro di Alan non esiste – era stato rimpiazzato dalla strada per Bath. Pye Hall è da qualche parte sulla sinistra, in pratica all'interno della proprietà dell'Orford Yacht Club. Avendo ancora un po' di tempo a disposizione, entrai a bere un caffè nel secondo pub, il Jolly Sailor. Nel romanzo aveva preso il nome di Ferryman, ma entrambi sono chiari riferimenti marinareschi. Superai anche un terreno selvatico che doveva aver ispirato Dingle Dell, benché non si vedesse alcuna canonica e il tratto di bosco fosse piuttosto esiguo.

Cominciavo a farmi un'idea di come funzionasse la mente di Alan. Aveva preso casa sua – Abbey Grange – per piazzarla, con tanto di lago e alberi, nel paesino in cui aveva vissuto fino al divorzio. Poi aveva trasferito l'intero blocco nel Somerset dove, casualmente, ora vivevano l'ex moglie e il figlio. Era chiaro che aveva sfruttato chiunque e qualunque cosa avesse intorno. Persino Bella, il golden retriever di Charles Clover, era finita nella storia. James Taylor aveva un ruolo di supporto. E non avevo dubbi che la sorella di Alan, Claire, si sarebbe rivelata un adattamento di Clarissa.

Il che rendeva Alan Conway il Magnus Pye della vita reale. Trovai interessante che si fosse identificato con il personaggio principale del romanzo: un proprietario terriero odioso e arrogante. Era a conoscenza di qualcosa che mi sfuggiva?

Claire Jenkins non indossava un cappellino con tre piume. La sua casa non aveva un'impronta sgradevolmente moderna. In breve, non somigliava affatto all'abitazione di Winsley Terrace descritta da Alan. Era piccola, effettivamente, piuttosto modesta rispetto alle altre proprietà di Orford, ma era accogliente, arredata con gusto e priva di qualunque iconografia religiosa. La proprietaria era una donna di bassa statura, dall'aria piuttosto scontrosa, che indossava un dolcevita e un paio di jeans che non le donavano affatto. Al contrario di Clarissa Pye, non si tingeva i capelli, che erano di una tonalità indefinita tra il castano e il grigio con una frangia che le ricadeva sugli occhi stanchi e affranti dal dolore. Non somigliava affatto al fratello, e la prima cosa che notai quando mi fece strada verso il salotto fu che non aveva nessuno dei suoi libri in mostra. Forse li aveva capovolti in segno di lutto. Malgrado mi avesse invitata per l'ora di pranzo, non mi offrì nulla. Ebbi l'impressione che volesse liberarsi di me il prima possibile.

«È stato uno shock ricevere la notizia di Alan» esordì. «Aveva tre anni meno di me e siamo sempre stati molto legati. È per lui che mi sono trasferita a Orford. Non avevo idea che fosse malato. Non me ne aveva mai parlato. Ho incontrato James appena una settimana fa, faceva spese a Ipswich, e non ne ha fatto parola. Mi era molto simpatico, tra l'altro, anche se sono rimasta di stucco quando è venuto fuori che era il compagno di Alan. È stata una sorpresa per tutti. Non riesco a immaginare come l'avrebbero presa i miei genitori, se fossero stati ancora vivi – sa, mio padre era preside –, ma sono morti da tanto tempo. James non ha mai fatto alcun accenno alla malattia di Alan. Mi chiedo se ne fosse a conoscenza.»

Quando la gente viene interrogata da Atticus Pünd in genere dice cose sensate. Sarà la sua capacità nel porre le domande, ma riesce sempre a farli partire dall'inizio e rispondere seguendo un filo logico. Claire non era così. Parlava come se avesse un polmone perforato. Pronunciava le parole a singhiozzo e dovevo concentrarmi per afferrare quel che diceva. Disse che la morte di suo fratello l'aveva distrutta. «Quello che non riesco ad accettare è che non mi abbia cercata. Avevamo avuto qualche screzio di recente, ma sarei stata ben disposta ad ascoltarlo se aveva qualche preoccupazione...»

«Si è tolto la vita per la malattia...» intervenni.

«Così ha riferito il sovrintendente Locke. Ma non c'era alcun bisogno di essere così drastici. Al giorno d'oggi esistono molte cure palliative. Sa, mio marito aveva un cancro ai polmoni. Le infermiere sono state magnifiche nelle premure che gli hanno riservato. Credo di averlo visto più felice negli ultimi mesi di vita che in tutto il tempo trascorso con me. Era sempre al centro dell'attenzione. A lui piaceva. Mi sono trasferita a Orford dopo la sua morte. È stato Alan a portarmi qui. Diceva che sarebbe stato bello essere vicini. Questa casa… non me la sarei potuta permettere se non fosse stato per lui. Dopo tutto quello che avevo passato, pensavo si sarebbe confidato con me. Se davvero aveva intenzione di togliersi la vita, perché non me ne ha parlato?»

«Forse temeva che avrebbe tentato di dissuaderlo.»

«Non sarei riuscita a dissuaderlo da un bel niente. Né tantomeno a persuaderlo di qualcosa. Il nostro rapporto non funzionava così.»

«Ha detto che eravate molto legati.»

«Oh, sì. Lo conoscevo più di chiunque altro. Potrei raccontarle un mucchio di aneddoti. Mi sorprende che non abbiate mai pubblicato la sua autobiografia.»

«Non l'ha mai scritta.»

«Potevate farla scrivere a qualcun altro.»

Non obiettai. «Sarei curiosa di conoscere qualunque dettaglio vorrà condividere» dissi.

«Davvero?» Alle mie parole si illuminò. «Forse dovrei metterlo per iscritto. Potrei raccontarle del periodo trascorso a Chorley Hall da bambini. Sa, mi piacerebbe molto. Ho letto i necrologi e non rappresentano affatto Alan.»

Tentai di guidarla al punto. «James mi ha accennato che lei lo aiutava nel suo lavoro. Che batteva al computer i suoi manoscritti.»

«È così. Alan faceva sempre la prima stesura a mano. Gli piaceva usare la stilografica. Non si fidava dei computer. Non voleva che la tecnologia si frapponesse tra lui e la sua opera. Diceva sempre che preferiva l'intimità di penna e calamaio.

Che lo faceva sentire più vicino alla pagina. Io mi occupavo della corrispondenza con i lettori. Alcuni gli scrivevano cose bellissime, ma lui non aveva tempo per accontentare tutti. Mi insegnò a rispondere con la sua voce. Io scrivevo le lettere e lui le firmava. Lo aiutavo anche nelle ricerche: veleni e cose del genere. Gli ho fatto conoscere io Richard Locke.»

Era stato proprio il sovrintendente Locke a comunicare a Charles la notizia della morte di Alan.

«Lavoro per la polizia del Suffolk» spiegò Claire. «A Ipswich. La sede è in Museum Street.»

«È un'agente di polizia?»

«Mi occupo di risorse umane.»

«Ha battuto al computer anche il manoscritto di *Appuntamento con la morte* per suo fratello?» domandai.

Lei scosse il capo. «Ho smesso dopo *Attrazione al veleno*. Vede, il punto è che lui non mi dava niente in cambio. In un certo senso, è stato molto generoso con me. Mi ha aiutata a comprare casa. Mi invitava fuori e quant'altro. Ma dopo aver battuto al computer tre libri interi, gli suggerii di darmi… come dire… uno stipendio. Mi sembrava ragionevole. Non chiedevo una grossa cifra. Semplicemente pensavo di avere il diritto di essere pagata. Purtroppo mi sbagliavo, mi accorsi subito che l'aveva presa male. Non era tirchio. Non dico questo. Solo non riteneva giusto assumermi, perché ero sua sorella. Non abbiamo propriamente litigato, ma dopo quell'episodio lui cominciò a battersi i testi da solo. O magari si faceva aiutare da James. Non so.»

Accennai al capitolo mancante, ma non fu in grado di aiutarmi.

«Non ne ho letta neanche una parola. Alan non mi ha mai mostrato il nuovo libro. Di solito me li passava tutti prima della pubblicazione, ma dopo la nostra discussione non mi portò più niente. Lui era fatto così, si offendeva facilmente.»

«Se mai dovesse scrivere la sua biografia, le suggerisco di

mettere tutto nero su bianco» le consigliai. «Voi due siete cresciuti insieme. Suo fratello sapeva fin da piccolo di voler fare lo scrittore? Perché ha scelto proprio i gialli?»

«Sì, ha ragione. Farò così.» Poi, di punto in bianco, dichiarò: «Io non credo che si sia ucciso».

«Come, prego?»

«Non ci credo!» sbottò come se si fosse trattenuta dal dirlo fin dal mio arrivo e ora non potesse più contenersi. «L'ho detto anche al sovrintendente Locke, ma lui non ha voluto ascoltarmi. Alan non si è suicidato. Non ci ho creduto nemmeno per un attimo.»

«Pensa sia stato un incidente?»

«Credo che qualcuno l'abbia ucciso.»

La fissai esterrefatta. «E chi avrebbe voluto fare una cosa simile?»

«Un sacco di gente. C'erano persone gelose di lui e altre a cui non piaceva. Melissa, per esempio. Non lo aveva mai perdonato per quello che le aveva fatto, e immagino si possa comprendere. Lasciarla per un ragazzino. Era stata umiliata. Poi dovrebbe andare a sentire il suo vicino, John White. Discutevano per questioni di soldi. Alan me ne aveva parlato. Diceva che quell'uomo era capace di qualunque cosa. Certo, potrebbe trattarsi anche di uno sconosciuto. Per uno scrittore famoso avere degli stalker è inevitabile. Non molto tempo fa per un periodo ha ricevuto minacce di morte. Lo so perché me le ha mostrate.»

«Da chi?»

«Erano anonime. Non riuscivo nemmeno a guardarle. Un linguaggio orribile. Pieno di parolacce e oscenità. Scoprimmo che il mittente era uno scrittore che aveva conosciuto nel Devonshire, una persona che Alan cercava di aiutare.»

«Ne ha conservata qualcuna?»

«Potrebbe averle ancora la centrale di polizia. Alla fine fummo costretti a ricorrere al loro aiuto. Le mostrai al sovrintendente Locke e lui suggerì di prenderle sul serio, ma Alan non aveva idea di chi le avesse inviate, né c'era modo di risalire al mittente. Lui amava la vita. Nonostante la malattia, sarebbe andato avanti fino alla fine dei suoi giorni.»

«Ha lasciato una lettera.» Mi sentii in dovere di riferirglielo. «Il giorno prima di togliersi la vita ci ha scritto per comunicare le sue intenzioni.»

La donna mi scrutò con un misto di incredulità e risentimento. «Vi ha scritto?»

«Sì.»

«A lei personalmente?»

«No. La lettera era indirizzata a Charles Clover. L'editore.»

Claire rifletté. «Perché solo a voi? A me non ha mandato nulla. Proprio non capisco. Siamo cresciuti insieme. Fino a quando lui non si iscrisse al college eravamo inseparabili. E anche dopo, quando ci vedevamo...» Le si spezzò la voce e mi resi conto di essere stata una sciocca. L'avevo turbata profondamente.

«Vuole che vada via?» chiesi.

Lei annuì. Aveva preso un fazzoletto, ma non lo stava usando. Lo teneva appallottolato nel pugno.

«Sono molto dispiaciuta» dissi.

Non mi accompagnò alla porta. Trovai la strada da sola e quando guardai indietro verso la finestra, la vidi ancora seduta dove l'avevo lasciata. Non piangeva. Fissava semplicemente la parete, offesa, arrabbiata.

Woodbridge

Katie, mia sorella, ha due anni meno di me, anche se sembra più vecchia. È una battuta che ci scambiamo di frequente. Si lagna che io abbia avuto una vita facile, da sola nel mio appartamentino caotico, mentre a lei è toccato gestire due bambini iperattivi, una serie di animali e un marito all'antica, che saprà anche essere dolce e romantico, ma vuole sempre trovare la cena pronta in tavola all'ora giusta. Hanno una casa grande e quasi un ettaro di giardino, che Katie cura tanto da sembrare appena uscito da una rivista. L'abitazione è moderna e richiama gli anni Settanta con le finestre scorrevoli, il camino a gas e un televisore gigantesco in salotto. Nessuna traccia di libri, o quasi. Non è per giudicare. Ma è il genere di dettagli che non posso fare a meno di notare.

Viviamo in due mondi differenti. Lei è molto più magra di me e si prende più cura del suo aspetto. Indossa abiti appropriati che compra dai cataloghi e ogni quindici giorni va dalla parrucchiera, da qualche parte a Woodbridge perché è una sua amica. Io ricordo a malapena il nome della mia, Doz, Daz, Dez o qualcosa di simile, ma non so quale sia il nome intero. Katie non ha bisogno di lavorare, ma ha gestito per dieci anni un centro di giardinaggio a un chilometro da dove abita. Dio solo sa come sia riuscita a coordinare il lavoro e il suo ruolo di moglie e madre a tempo pieno. Certo, man mano che i bambini crescevano si è avvicendata una lunga serie di ragazze alla pari e babysitter. C'è stata l'anoressica, la cristiana rinata, l'australiana solitaria e quella che a un tratto è scomparsa. Ci chiamiamo due o tre volte alla settimana con FaceTime ed è buffo che, pur avendo così poco in comune, siamo sempre andate d'amore e d'accordo.

Non potevo certo andarmene dal Suffolk senza passare a trovarla. Woodbridge distava solo una ventina di chilometri da Orford e la fortuna ha voluto che Katie avesse il pomeriggio libero. Gordon era a Londra. Faceva il pendolare tutti i giorni: da Woodbridge a Ipswich, da Ipswich a Liverpool Street, e ritorno. Diceva che non gli pesava, ma preferivo non pensare a quante ore sprecasse in treno. Si sarebbe potuto permettere un pied-à-terre, ma non sopportava l'idea di stare lontano dalla famiglia nemmeno per un paio di notti. Davano sempre una grande importanza alle loro vacanze insieme, che fossero quelle estive, la settimana bianca per Natale, le varie gite nei weekend. Gli unici momenti in cui mi sentivo sola erano quelli in cui pensavo a loro.

Dopo essermi congedata da Claire Jenkins, andai subito da mia sorella. Katie era in cucina. Nonostante le dimensioni della casa, sembrava non essere mai altrove. Ci abbracciammo e mi offrì un tè e una gigantesca fetta di torta, naturalmente fatta in casa. «Allora, che ci fai di bello nel Suffolk?» chiese. Le dissi che Alan Conway era morto e lei fece una smorfia. «Oh, sì. Giusto. Ho sentito la notizia. Brutta storia?»

«Altroché» risposi.

«Credevo non ti piacesse.»

Davvero gliel'avevo detto? «I miei sentimenti non c'entrano niente» precisai. «Era il nostro autore di punta.»

«Non aveva appena finito un libro?»

Le raccontai che al manoscritto mancava l'ultimo capitolo, che sul computer non ce n'era traccia e che erano spariti anche gli appunti scritti a mano. Mentre entravo nei dettagli, mi resi conto di quanto sembrasse tutto così assurdo, come in un thriller cospirativo. Ripensai alle parole di Claire, alla sua convinzione che il fratello non si sarebbe mai suicidato.

«Un vero mistero» commentò Katie. «Come farai se non li trovi?»

Ci avevo riflettuto molto e intendevo rivolgere l'interrogativo a Charles. *Appuntamento con la morte* ci serviva. Ma considerando i vari generi di romanzi sul mercato, il giallo è l'unico che ha davvero, davvero bisogno di una conclusione. *Il mistero di Edwin Drood* era il solo esempio che mi veniva in mente che fosse riuscito a scamparla, ma Alan non era certo Charles Dickens. Cosa avremmo dovuto fare, allora? Potevamo chiedere a qualche altro scrittore di occuparsi del finale. Sophie Hannah aveva fatto un ottimo lavoro con Poirot, ma prima avrebbe dovuto risolvere l'omicidio, impresa nella quale io finora avevo fallito miseramente. Potevamo pubblicarlo come irritante regalo di Natale: da donare a qualcuno che ti è antipatico. Potevamo indire un concorso: «Indovina chi ha ucciso Sir Magnus Pye e vinci un weekend sull'Orient Express». O potevamo semplicemente continuare a cercare, nella speranza che il capitolo incriminato saltasse fuori.

Ne parlammo per un altro po'. Poi cambiai argomento e le chiesi di Gordon e dei bambini. Lui stava bene. Il lavoro gli piaceva. A Natale sarebbero andati a sciare: avevano preso in affitto uno chalet a Courchevel. Daisy e Jack stavano ormai per finire la Woodbridge School. Ci avevano passato quasi tutta la vita, prima alla Queen's House, la scuola dell'infanzia, poi alla Abbey, la primaria, e ora nella sede principale. Era un luogo delizioso. L'avevo visitato un paio di volte. Non ti aspetteresti di trovare tanto verde e edifici di tale fascino nascosti in una piccola cittadina come Woodbridge. Mi aveva colpito che anche la scuola rispecchiasse perfettamente la personalità di mia sorella. Nessun cambiamento. Tutto impeccabile. Il mondo esterno si poteva tranquillamente dimenticare.

«Ai ragazzi non è mai piaciuto Alan Conway» disse Katie di colpo.

«Sì. Me l'avevi detto.»

«Nemmeno a te piaceva.»
«Non proprio.»
«Ti dispiace che te l'abbia presentato?»
«Per niente, Katie. Ha fatto la nostra fortuna.»
«Ma ti ha anche dato del filo da torcere.» Si strinse nelle spalle. «Da quel che sento dire, nessuno si è disperato quando ha lasciato la Woodbridge School.»

Alan Conway aveva smesso di insegnare subito dopo la pubblicazione del primo libro. All'uscita del secondo guadagnava già molto di più rispetto allo stipendio da insegnante.

«Cos'aveva che non andava?» domandai.

Katie ci pensò su. «Non ne sono sicura. Aveva una certa reputazione... succede ad alcuni insegnanti. Credo fosse molto severo. Non era dotato di un grande senso dell'umorismo.»

È vero. Nelle storie di Atticus Pünd ci sono pochissime battute.

«Credo fosse molto riservato» proseguì. «L'ho incontrato un paio di volte in occasione di eventi sportivi o ricorrenze del genere e non sapevi mai cosa gli passasse per la testa. Dava sempre l'impressione di nascondere qualcosa.»

«Il suo orientamento sessuale?» suggerii.

«Forse. Quando ha lasciato sua moglie per quel ragazzo, nessuno se lo sarebbe mai aspettato. Ma il problema non era quello. Era solo che, ogni volta che lo incontravi, sembrava sempre arrabbiato per qualche motivo e si rifiutava di dare spiegazioni a chiunque.»

Stavamo chiacchierando già da un po' e non volevo rimanere imbottigliata nel traffico di Londra. Finii il mio tè e rifiutai una seconda fetta di torta. Ne avevo già mangiata una gigantesca e quello che desideravo davvero era una sigaretta: Katie detestava che fumassi. Cominciai a salutarla.

«Tornerai presto?» chiese. «I ragazzi sarebbero felici di vederti. Potremmo cenare insieme.»

«Probabilmente tornerò spesso da queste parti» risposi.

«Bene. Ci manchi.» Conoscevo già il seguito e come sempre Katie non si smentì. «Va tutto bene, Sue?» chiese con tono eloquente.

«Certo» risposi.

«Sai che mi preoccupo per te, tutta sola in quell'appartamento.»

«Non sono sola. C'è Andreas.»

«Come sta?»

«Molto bene.»

«Ormai sarà tornato a scuola.»

«No. Le lezioni cominciano solo alla fine della settimana. Ha trascorso l'estate a Creta.» Mi pentii di quelle parole non appena le ebbi pronunciate. Significava ammettere che alla fin fine ero davvero sola.

«Perché non sei andata con lui?»

«Mi aveva invitata, ma avevo troppo da fare.» Era una mezza verità. Non ero mai stata a Creta. Qualcosa in me si opponeva all'idea di entrare nel suo mondo, di finire sotto esame.

«C'è la possibilità che...? Insomma, voi due...?»

Era così tutte le volte. Il matrimonio per Katie, che ne aveva alle spalle uno di ventisette anni, era il fine ultimo dell'esistenza, l'unica vera ragione per la quale valesse la pena vivere. Il matrimonio era la sua Woodbridge School, il suo terreno sicuro, il suo muro di cinta... e, dalla sua prospettiva, io ero bloccata fuori, a guardare tra le sbarre del cancello.

«Oh, non ne parliamo mai» tagliai corto. «Ci piacciono le cose come stanno. In ogni caso, non lo sposerei mai.»

«Perché è greco?»

«Perché è *troppo* greco. Mi farebbe impazzire.»

Perché Katie doveva sempre giudicarmi secondo i suoi standard? Perché non poteva accettare che non mi servisse quello che aveva lei e che fossi perfettamente felice così? Se sembro seccata è solo per il timore che avesse ragione. Una parte di me si chiedeva la stessa cosa. Non avrei mai avuto figli. Stavo con un uomo che era rimasto lontano da me per tutta l'estate e che durante l'anno scolastico veniva a casa solo nel fine settimana... se non era impegnato con le partite di football, le prove per le recite e le visite del sabato alla Tate. Io avevo consacrato tutta la mia vita ai libri, alle librerie, ai librai, ai topi da biblioteca come Charles e Alan. E in questo modo ero finita come i libri: sullo scaffale.

Fu un sollievo risalire a bordo della mia MGB. Non ci sono autovelox tra Woodbridge e la A12 e schiacciai il piede sull'acceleratore. Quando raggiunsi la M25, accesi la radio e ascoltai Mariella Frostrup. Parlava di libri. Iniziai a sentirmi meglio.

La lettera

Penserete che dopo vent'anni di carriera come editor di romanzi gialli mi sarei accorta di esserci finita dentro io stessa. Alan Conway non si era suicidato. Era salito sulla torre a fare colazione e qualcuno lo aveva spinto di sotto. Non era ovvio?

Due persone che lo conoscevano bene, l'avvocato e la sorella, insistevano che non fosse il tipo di persona capace di togliersi la vita e la sua agenda – che mostrava come avesse continuato imperterrito a comprare biglietti per il teatro e a organizzare partite di tennis e pranzi per la settimana successiva – sembrava confermarlo. Anche il modo in cui era morto, dubbio e doloroso, sembrava non tornare. E poi c'erano i tanti indiziati che facevano a gara per interpretare il ruolo da protagonista nell'ultimo capitolo. Claire aveva menzionato la ex moglie, Melissa, e il vicino, un gestore di fondi speculativi di nome John White, con il quale Alan aveva avuto qualche diatriba. Lei stessa aveva litigato con il fratello. James Taylor aveva il più ovvio dei moventi. Alan era morto il giorno prima di firmare la nuova versione del testamento. Anche James aveva libero accesso alla casa e sapeva benissimo che, in una mattina soleggiata, Alan avrebbe fatto colazione sul tetto. E agosto era stato un mese molto caldo.

Passai tutti gli elementi in rassegna mentre guidavo sulla via del ritorno, ma per accettarlo mi servì del tempo. In un giallo, quando il detective viene a sapere che Sir Pinco Pallo è stato pugnalato trentasei volte su un treno oppure decapitato, ne prende atto come fosse un evento naturale. Fa le valigie e si mette in viaggio per andare a porre domande, raccogliere indizi e incastrare infine il colpevole. Ma io non ero una detective. Lavoravo in una casa editrice e, fino alla settimana precedente, nessun mio conoscente si era mai sognato di morire in circostanze violente e insolite. A parte i miei genitori e Alan, non avevo mai perso nessuno. È strano, a pensarci. Nei libri e alla televisione assistiamo a centinaia e centinaia e centinaia di omicidi. La narrativa non potrebbe sopravvivere senza. Eppure nella vita reale sono eventi rari, a meno di non abitare nel posto sbagliato. Perché abbiamo tanto bisogno di leggere i gialli e cos'è ad attirarci davvero: il crimine o la soluzione? Sentiamo forse il richiamo dei fatti di sangue perché le nostre vite ci sembrano così sicure, così comode? Annotai mentalmente di andare a controllare le cifre di vendita di Alan a San Pedro Sula nell'Honduras (la capitale mondiale degli omicidi). Magari laggiù non lo leggeva nessuno.

Tutto ruotava attorno alla lettera d'addio. Senza dirlo a nessuno, me n'ero fatta una copia prima che Charles la consegnasse alla polizia e, non appena arrivai a casa, la esaminai di nuovo. Ripensai alla strana anomalia – la lettera scritta a mano e la busta stampata – che avevo notato nell'ufficio di Charles. Rispecchiava esattamente, all'inverso, la scoperta di Atticus Pünd a Pye Hall. Sir Magnus aveva ricevuto una lettera di minacce battuta a macchina, infilata in una busta scritta a mano. Che significato poteva avere, in ciascuno dei due casi? E, associandoli uno all'altro, celavano forse un significato più profondo, uno schema che non riuscivo a cogliere?

La lettera d'addio era stata inviata da Alan il giorno successivo alla consegna del manoscritto all'Ivy Club. Mi pentii di non aver osservato la busta da vicino per controllare se era stata spedita da Londra o dal Suffolk, anche se Charles nell'aprirla aveva strappato parte del francobollo. Ad ogni modo, era stata chiaramente scritta dallo stesso Alan. La grafia era la sua e, a meno che non l'avessero costretto con la pistola puntata alla tempia, citava le sue intenzioni in maniera piuttosto inequivocabile. O forse no? Seduta nel mio appartamento di Crouch End, con un bicchiere di vino in mano e la terza sigaretta tra le dita, cominciai a dubitarne.

La prima pagina riporta le sue scuse. Alan è stato maleducato. Ma rientra in uno schema comportamentale generale. È malato. Dice che non vuole curarsi e che perciò morirà a breve. Nessun accenno al suicidio… piuttosto il contrario. Sarà il tumore a ucciderlo perché rinuncia alla chemioterapia. E rileggetevi la fine della pagina, la filippica sugli eventi letterari londinesi. Non scrive della sua vita ormai al capolinea. Scrive di come andrà avanti.

La seconda pagina riguarda la sua morte, in particolare il paragrafo su James Taylor e il testamento. Ma di nuovo, rimane sul vago. «*Ci sarà da litigare quando me ne sarò andato.*» Potrebbe riferirsi a un momento qualsiasi: tra sei settimane, sei mesi, un anno. Solo a pagina tre arriva al punto. «*Quando avrai letto questa mia, sarà tutto finito.*» La prima volta, subito dopo la notizia, avevo dedotto automaticamente che con «tutto» intendesse la sua vita. Sarebbe stata quella a finire. Alan stava per uccidersi. Riesaminandola, tuttavia, mi resi conto che avrebbe potuto anche riferirsi alla carriera di scrittore, di cui in fondo parlava nel paragrafo precedente. Aveva consegnato l'ultimo libro. Non ne sarebbero seguiti altri.

E poi si arriva alla «*decisione che ho preso*», poche righe dopo. Intende davvero quella di buttarsi dalla torre? O è semplicemente la decisione, già citata, di non sottoporsi alla chemioterapia, di uccidersi solamente in quel senso? Verso la fine della lettera, Alan scrive delle poche persone che piangeranno la sua perdita ma, di nuovo, ha già chiarito di essere prossimo a morire. Da nessuna parte, tuttavia, dichiara apertamente di voler agire di propria mano. «*Mentre mi accingo a congedarmi da questo mondo…*» Non è una frase troppo curata per descrivere quello che in teoria aveva in mente, cioè buttarsi dalla torre?

Ecco le mie riflessioni. E sebbene la lettera nascondesse un altro particolare, che mi era completamente sfuggito e avrebbe dimostrato che quanto ho scritto finora è fuori strada, alla fine di quella giornata era cambiato tutto. Avevo capito che la lettera non era ciò che sembrava, ma un semplice commiato generale che qualcuno doveva aver letto rendendosi conto che poteva essere interpretato diversamente. Claire Jenkins e Sajid Khan avevano ragione. Lo scrittore di gialli più popolare della sua generazione era diventato a sua volta vittima di un giallo.

Suonò il campanello.

Andreas mi aveva telefonato un'ora prima ed eccolo davanti alla mia porta con un mazzo di fiori e un sacchetto del supermercato, di sicuro pieno zeppo di olive di Creta, favoloso miele di timo, olio, vino, formaggio e tè di montagna. Non era soltanto un uomo generoso. Provava un amore genuino per la sua terra e per tutto ciò che produceva. Il tipico orgoglio ellenico. L'infinita crisi economica dell'estate in corso e dell'anno precedente poteva anche essere sparita dai quotidiani britannici – quante volte potevano pronosticare il collasso totale di una nazione? – ma lui mi aveva spiegato quanto la ferita fosse ancora aperta in patria. Gli affari andavano male. I turisti si tenevano alla larga. Sembrava quasi volesse dimostrarmi che più cose mi avesse portato più mi avrebbe convinta che tutto sarebbe finito bene. Tra l'altro, suonare il campanello era stato un gesto dolce e all'antica da parte sua. In fondo aveva le chiavi.

Avevo riordinato l'appartamento, mi ero fatta la doccia e cambiata e mi augurai di avere un aspetto ragionevolmente desiderabile. Mi rendeva sempre abbastanza nervosa rivederlo dopo tanto tempo. Volevo essere sicura che niente fosse cambiato. Andreas aveva un'aria magnifica. Dopo sei settimane al sole, la sua pelle era più abbronzata che mai ed era anche dimagrito: il risultato delle nuotate e della dieta cretese a basso consumo di carboidrati. Non che prima fosse grasso. Ha il fisico muscoloso e le spalle squadrate di un soldato, i lineamenti marcati e i capelli neri che ricadono in folti ricci come quelli di un pastore greco… o di un dio. Ha lo sguardo malizioso e il sorriso leggermente sbilenco e, anche se non lo definirei affascinante secondo i canoni convenzionali, mi piace stare con lui, è intelligente, rilassato, sempre di buona compagnia.

È legato anche alla Woodbridge School perché è lì che ci siamo incontrati. Insegnava latino e greco antico e mi fa ridere pensare che abbia conosciuto Alan prima di me. Anche Melissa, la moglie di Alan, era un'insegnante in quella scuola, quindi loro tre si frequentavano molto prima che io comparissi nelle loro vite. Mi fu presentato alla fine del trimestre estivo. Era la giornata dello sport ed ero andata a fare il tifo per Jack e Daisy. Scambiammo due parole e mi piacque d'istinto, ma non ci rivedemmo più fino all'estate successiva. Nel frattempo era stato trasferito alla Westminster School di Londra e un giorno telefonò a Katie per chiederle il mio numero. Era un buon segno che si fosse ricordato di me dopo tanto tempo, ma la nostra storia non decollò subito. Prima di metterci insieme, ci frequentammo a lungo come amici: la nostra relazione infatti va avanti da non più di due anni. Tra l'altro, non parlavamo quasi mai di Alan. Non correva buon sangue tra loro, ma non indagai mai sul motivo. Anche se non definirei Andreas un tipo geloso, avevo l'impressione che sotto sotto invidiasse il suo successo.

Conoscevo tutto del passato di Andreas: non voleva che tra di noi ci fosse alcun segreto. La prima volta che si era sposato era giovanissimo, diciannove anni appena, e il matrimonio era naufragato durante il suo servizio di leva nell'esercito greco. La seconda moglie, Afrodite, viveva ad Atene. Insegnava, come lui, e si erano trasferiti in Inghilterra insieme. Fu allora che le cose cominciarono a mettersi male. A lei mancava la sua famiglia. Aveva nostalgia di casa. «Avrei dovuto accorgermi che era infelice e tornare in Grecia con lei» mi aveva raccontato Andreas. «Ma era troppo tardi. Se ne andò da sola.» Erano ancora amici e si vedevano di tanto in tanto.

Cenammo fuori, a Crouch End. In un ristorante greco gestito da ciprioti, e anche se andarci avrebbe dovuto essere l'ultimo dei suoi desideri dopo un'intera estate a casa, mangiare lì era un nostro piccolo rituale dopo ogni suo rientro. La serata era calda perciò ci sedemmo fuori, uno accanto all'altra sullo stretto terrazzino con i radiatori che sparavano calore inutilmente sopra le nostre teste. Ordinammo *taramosalata*, *dolmades*, *loukaniko*, *souvlaki*… il tutto preparato nella microscopica cucina accanto alla porta d'ingresso, e dividemmo una bottiglia di vino rosso.

Fu Andreas a sollevare l'argomento della morte di Alan. L'aveva appreso dai giornali ed era preoccupato per i possibili risvolti su di me. «Nuocerà alla casa editrice?» chiese. Parlava un inglese perfetto, a proposito. Sua madre era inglese e lui dunque era bilingue. Gli raccontai del capitolo mancante, dopodiché venne fuori anche il resto, in maniera del tutto naturale. Non avevo motivo di nascondergli nulla e, a dire il vero, mi faceva bene avere qualcuno che mi ascoltasse. Gli descrissi il mio viaggio a Framlingham e le persone che avevo incontrato.

«Ho visto Katie» aggiunsi. «Mi ha chiesto di te.»

«Ah, Katie!» Gli era sempre piaciuta, fin dai tempi in cui per lui era solo una delle tante mamme della scuola. «Come stanno i bambini, Jack e Daisy?»

«Non c'erano. E non sono più bambini. Jack andrà all'università l'anno prossimo…»

Gli parlai della lettera e di come fossi giunta alla conclusione che probabilmente Alan non si era ucciso. Lui sorrise. «È questo il tuo problema, Susan. Sei sempre in cerca di una storia. Leggi tra le righe. Non c'è mai niente di trasparente per te.»

«Vuoi dire che mi sbaglio?»

Mi prese la mano. «Adesso ti ho fatta arrabbiare. Non volevo. È una delle cose che mi piacciono di te. Ma non credi che la polizia se ne sarebbe accorta, se qualcuno lo avesse spinto giù dalla torre? L'assassino dev'essere entrato in casa. Ci sarà stata una colluttazione. Avrà lasciato delle impronte.»

«Non sono così sicura che abbiano controllato.»

«Non hanno controllato perché è tutto piuttosto ovvio. Era malato. Si è buttato di sotto.»

Mi chiesi come facesse a esserne così sicuro. «Alan non ti piaceva molto, vero?» osservai.

Andreas rifletté un istante. «Non mi piaceva per niente, se vuoi la verità. Era sempre tra i piedi.» Attesi che si spiegasse meglio, ma fece spallucce. «Non era una persona che si faceva voler bene.»

«Perché no?»

Lui rise e riprese a mangiare. «Anche *tu* ti lamentavi spesso di lui.»

«Io dovevo lavorarci.»

«Anch'io. Dai, Susan, non voglio parlare di lui. Finirà per rovinarci la serata. Dico solo che dovresti andarci piano… tutto qui.»

«In che senso?» insistetti.

«Perché non sono affari tuoi. Forse si è suicidato. Forse qualcuno lo ha ucciso. In ogni caso, non dovresti lasciarti coinvolgere. Mi preoccupo solo per te. Potrebbe essere pericoloso.»

«Dici sul serio?»

«Perché no? Devi sempre pensarci due volte prima di andare

a scavare nella vita di una persona. Forse lo dico perché sono cresciuto su un'isola, in una piccola comunità. Abbiamo sempre creduto che fosse meglio tenere certe cose in famiglia. Che differenza fa sapere come è morto Alan? Io ne starei alla larga...»

«Devo comunque trovare le pagine mancanti» obiettai.

«Magari non ci *sono* pagine mancanti. Nonostante le tue convinzioni, non puoi sapere se le ha scritte davvero. Sul computer non c'erano. Né sulla scrivania.»

Non provai a ribattere. Ero delusa che Andreas avesse smontato le mie teorie senza alcun riguardo. Avevo anche l'impressione che fosse calato un certo imbarazzo tra noi, una distanza che avevo notato fin dal momento in cui si era presentato alla mia porta. Eravamo sempre stati molto affiatati. Ci sentiamo perfettamente a nostro agio nei rispettivi silenzi. Ma quella sera non era così. Mi stava nascondendo qualcosa. Mi venne persino il dubbio che avesse conosciuto un'altra.

Poi, finita la cena, mentre sorseggiavamo il forte caffè dolce che mi guardavo bene dal definire «turco», lui dichiarò di colpo: «Sto pensando di lasciare Westminster».

«Come, scusa?»

«Alla fine del trimestre. Voglio lasciare l'insegnamento.»

«Così all'improvviso, Andreas. Perché?»

Me lo spiegò. C'era un hotel in vendita ai margini di Agios Nikolaos; un alberghetto intimo a gestione familiare con dodici stanze proprio in riva al mare. I proprietari erano sulla sessantina e i figli avevano lasciato l'isola. Come molti giovani greci si erano trasferiti a Londra, ma Andreas aveva un cugino che ci lavorava e che la coppia considerava quasi un figlio. Gli aveva offerto l'opportunità di comprarlo e il cugino si era rivolto a lui chiedendogli un aiuto economico. Andreas era stanco di insegnare. Ogni volta che tornava a Creta, si sentiva sempre di più a casa e cominciava a chiedersi perché mai se ne fosse andato. Aveva cinquant'anni. Era l'occasione per cambiare vita.

«Ma Andreas» protestai. «Tu non sai niente di come si gestisce un albergo.»

«Yannis ha esperienza e poi è una struttura piccola. Quanto potrà mai essere difficile?»

«Ma dicevi che i turisti non vengono più a Creta.»

«È stato così quest'anno. L'anno prossimo andrà meglio.»

«Ma non ti mancherà Londra...?»

Tutte le mie domande cominciavano con un «ma». Ero davvero convinta che fosse una pessima idea o temevo proprio il cambiamento, la consapevolezza che stavo per perderlo? Era esattamente il motivo per cui mia sorella mi aveva messa in guardia. Sarei rimasta sola.

«Speravo di vederti più entusiasta» disse.

«Perché dovrei esserlo?» ribattei con amarezza.

«Perché voglio che tu venga con me.»

«Stai scherzando?»

Lui rise di nuovo. «Certo che no! Altrimenti perché te lo starei dicendo?» Il cameriere aveva portato il *raki* e ne versò due bicchieri, colmandoli fino all'orlo. «Ti piacerà da morire, Susan, te lo prometto. Creta è un'isola meravigliosa ed è ora che tu conosca la mia famiglia e i miei amici. Non fanno che domandarmi di te.»

«Mi stai chiedendo di sposarti?»

Lui levò il bicchiere, lo sguardo di nuovo malizioso. «Cosa risponderesti se lo facessi?»

«Probabilmente nulla. Sarei troppo sciocсata.» Non volevo che si offendesse, perciò aggiunsi: «Direi che ci devo pensare».

«Non ti chiedo altro.»

«Ho un lavoro, Andreas. Ho la mia vita.»

«Creta è a tre ore e mezza da qui. Non è dall'altra parte del mondo. E magari, dopo quello che mi hai detto, presto non avrai scelta.»

Era vero. Senza *Appuntamento con la morte*, senza Alan, chissà quanto avremmo resistito.

«Non so. È un'idea deliziosa. Ma non puoi aspettarti subito una risposta. Devi darmi del tempo per pensarci.»

«Naturalmente.»

Presi il mio *raki* e lo bevvi d'un fiato. Avrei voluto chiedergli che cosa sarebbe successo se avessi deciso di rimanere. Sarebbe stata la fine? Sarebbe partito senza di me? Era una conversazione prematura, ma a essere sincera era poco probabile che avrei scambiato la mia vita – Cloverleaf, Crouch End – per Creta. Mi piaceva il mio lavoro e dovevo considerare anche il mio rapporto con Charles, soprattutto ora che la situazione si faceva difficile. Non riuscivo a immaginarmi nei panni di una Shirley Valentine del ventunesimo secolo, seduta sulle rocce, a migliaia di chilometri dalla più vicina libreria Waterstones.

«Ci penserò» dissi. «Potresti avere ragione tu. Entro la fine dell'anno potrei rimanere disoccupata. In tal caso immagino di potermi adattare a rifare i letti.»

Andreas passò la notte da me ed era bello riaverlo a casa. Ma mentre me ne stavo sdraiata al buio, tra le sue braccia, un turbinio di pensieri mi vorticava nella mente, impedendomi di dormire. Mi vedevo scendere dall'auto a Abbey Grange con la torre che incombeva minacciosa su di me, a esaminare le tracce di pneumatici, a perlustrare lo studio di Alan. Ancora una volta vidi scorrere le fotografie dell'ufficio di Sajid Khan davanti ai miei occhi, ma ritraevano Alan, Charles, James Taylor, Claire Jenkins e me. Allo stesso tempo, ripensavo ad alcuni frammenti di conversazione.

«Temevo potessi avere un capogiro.» James mentre mi afferrava in cima alla torre.

«Credo che qualcuno l'abbia ucciso.» La sorella di Alan a Orford.

E quella sera stessa, Andreas a cena: «Non sono affari tuoi. Non dovresti lasciarti coinvolgere».

Più tardi, nella notte, mi parve che la porta si aprisse e che un uomo entrasse in camera da letto. Si reggeva a un bastone. Non disse nulla ma rimase fermo lì, osservando me e Andreas con aria triste, e mentre un fascio di luce lunare filtrava dalla finestra, riconobbi Atticus Pünd. Stavo dormendo, ovviamente, e sognando, ma ricordo di essermi chiesta come avesse fatto a entrare nel mio mondo, senza rendermi conto che forse ero stata io a entrare nel suo.

L'Ivy Club

«Com'è andata?» mi chiese Charles.

Gli raccontai del viaggio a Framlingham, degli incontri con James Taylor, Sajid Khan e Claire Jenkins. Non avevo trovato il capitolo mancante. Non era sul suo computer. Non c'erano pagine scritte a mano. Non so bene perché, ma non gli confidai i miei dubbi sulla morte di Alan, né la mia convinzione che la lettera fosse servita appositamente per depistarci. Tantomeno gli riferii di aver letto – o comunque ci avevo provato – *Lo scivolo*.

Avevo deciso di giocare alla detective, e se c'è un particolare che accomuna tutti gli investigatori dei romanzi che ho letto è proprio la loro solitudine. Gli indiziati si conoscono tra loro. Possono essere familiari e amici. Ma il detective è sempre un outsider. Pone le domande necessarie, ma non stringe legami con nessuno. Non si fida di loro, né loro si fidano di lui. È un rapporto basato interamente sull'inganno che, alla fine della storia, non conduce a nulla. Una volta individuato l'assassino, l'investigatore se ne va per la sua strada e nessuno lo rivede più. Anzi, sono tutti ben felici di vederlo allontanarsi. Con Charles provai quella sensazione: tra di noi avevo percepito una distanza che non c'era mai stata. Mi resi conto che, se davvero Alan era stato ucciso, Charles avrebbe potuto rientrare tra i sospettati… anche se non mi veniva in mente nessun buon motivo che potesse spingerlo a eliminare il nostro autore di punta, decretando così la propria rovina.

Poi era cambiato. Sembrava smunto e stanco, con i capelli meno ordinati e il completo più sgualcito che mai. Difficile sorprendersi. Era coinvolto in un'indagine di polizia. Aveva perso la garanzia di un autore bestseller e visto i potenziali profitti di un intero anno spazzati via. Non era una buona premessa per la corsa verso il Natale. Oltretutto stava per diventare nonno per la prima volta. Gli si leggeva tutta l'apprensione sul viso.

Decisi di tentare comunque. «Voglio saperne di più del vostro incontro all'Ivy» dissi. «L'ultima volta che hai visto Alan.»

«Cosa vuoi sapere di preciso?»

«Sto cercando di capire cosa gli passava per la testa.» Era solo parte della verità. «Perché ha trattenuto alcune pagine di proposito.»

«Credi sia stato lui?»

«Così sembra.»

Charles abbandonò il capo. Non l'avevo mai visto così abbattuto. «Tutta questa faccenda è un vero disastro per noi» disse. «Ne ho parlato con Angela.» Angela McMahon era a capo del settore Marketing e Pubblicità. Se la conoscevo bene, stava già cercando un altro impiego. «Dice che possiamo aspettarci un'impennata delle vendite, soprattutto quando la polizia annuncerà che Alan si è suicidato. Avrà molta risonanza. Sta cercando di ottenere un articolo commemorativo sul "Sunday Times".»

«Be', è una cosa positiva, no?»

«Forse. Ma finirà tutto presto. Non sappiamo neppure se la BBC porterà avanti la serie televisiva.»

«Non vedo perché la sua morte debba cambiare le cose» obiettai. «Perché dovrebbero tirarsi indietro?»

«Alan non aveva firmato il contratto. Stavano ancora discutendo del cast e ora dovranno capire a chi spettano i diritti, il che significa ricominciare la negoziazione da capo.» Sotto la scrivania, Bella si rigirò mugolando e i miei pensieri volarono per un istante al collare ritrovato da Atticus Pünd nella cameretta del vecchio cottage del custode. Alla cagnolina di Tom Blakiston era stata tagliata la gola. Il collare rappresentava un chiaro indizio. Ma cosa poteva indicare?

«Alan ti ha parlato della serie TV… all'Ivy?» chiesi.

«Nessun cenno. No.»

«Avete avuto un litigio.»

«Non lo definirei così, Susan. Non eravamo d'accordo sul titolo del romanzo.»

«A te non piaceva.»

«Mi sembrava di averlo già sentito, e infatti era il titolo di un'opera teatrale e un film tratti da un libro di Agatha Christie. Non avrei dovuto tirarlo in ballo, ma non avevo ancora letto il libro e non avevamo molto altro di cui parlare.»

«E a quel punto il cameriere ha fatto cadere i piatti.»

«Sì. Alan era a metà frase. Non ricordo cosa stesse dicendo. E tutto d'un tratto si è sentito quello schianto poderoso.»

«Hai detto che si è arrabbiato.»

«Moltissimo. Si è fiondato da lui a dirgliene quattro.»

«Al cameriere?»

«Sì.»

«Si è alzato da tavola?» Non so perché insistevo su quel punto. Mi sembrava un comportamento piuttosto bizzarro.

«Sì» confermò Charles.

«Non ti è sembrato un po' strano?»

Charles rifletté. «In realtà no. Hanno discusso per un paio di minuti. Ho dedotto che si stesse lamentando. Dopodiché Alan è andato in bagno. Poi è tornato a tavola e abbiamo finito la cena.»

«Sapresti descrivere il cameriere? Sai come si chiamava?»

A quel punto, non avevo motivo di insistere troppo, ma sembrava proprio che fosse successo qualcosa la sera della cena di Alan con Charles. Tutti i fili si uniscono e conducono a quel tavolo. Nell'istante preciso in cui Conway consegnava il manoscritto, qualcosa lo aveva turbato rendendolo polemico. Si era comportato in modo curioso, alzandosi di colpo da tavola per andare a rimproverare il cameriere per qualcosa che non lo riguardava affatto. Al manoscritto mancavano alcune pagine e due giorni dopo era morto. Non esternai i miei dubbi a Charles. Sapevo che avrebbe risposto che era solo una perdita di tempo. Ma quello stesso pomeriggio mi recai al club privato, decisa a trovare il modo di entrare.

Non fu difficile. La receptionist mi informò che la polizia era stata lì il giorno prima, a fare domande sul comportamento di Alan, sul suo stato mentale. Io ero la sua editor. Ero amica di Charles Clover. Certo che potevo entrare. Mi indicò il ristorante al secondo piano. Era vuoto, stavano preparando i tavoli per la sera. La ragazza mi aveva riferito il nome del cameriere al quale erano caduti i piatti quel venerdì sera e lo trovai ad aspettarmi sulla porta.

«Sì, è corretto. Avrei dovuto lavorare al bar quella sera, ma eravamo sotto organico, così sono salito a dare una mano al ristorante. I due signori stavano iniziando la portata principale quando sono uscito dalla cucina. Erano seduti in quell'angolo...»

Molti camerieri del Club sono giovani e originari dell'Est Europa, ma Donald Leigh non era nessuna delle due cose. Era scozzese, come notai quando cominciò a parlare, e sulla trentina. Veniva da Glasgow, disse, era sposato con un figlio di due anni. Viveva a Londra da sei e adorava lavorare all'Ivy.

«Dovrebbe vedere la gente che frequenta questo locale, soprattutto quando chiudono i teatri.» Era un uomo basso e tarchiato, con il peso della vita a gravargli le spalle. «Non solo scrittori. Attori, politici e compagnia bella.»

Gli avevo detto chi ero e il motivo della mia visita. Lo aveva già interrogato la polizia e mi diede una versione breve di quanto già riferito. Charles Clover e il suo ospite avevano prenotato un tavolo al ristorante per le sette e mezza e se n'erano andati poco dopo le dieci. Non li aveva serviti lui. Non sapeva cosa avessero mangiato, ma ricordava che avevano ordinato una bottiglia di vino costosa.

«Il signor Conway non era di buonumore.»

«Come fa a saperlo?»

«Glielo dico io. Non sembrava contento.»

«Aveva consegnato il suo nuovo romanzo quella sera.»

«Davvero? Be', buon per lui. Non l'ho visto, ma in fondo andavo e venivo. Era una serata piena e come le dicevo eravamo sotto organico.»

Fin dall'inizio ebbi l'impressione che mi nascondesse qualcosa. «Ha fatto cadere dei piatti» dissi.

Mi guardò con aria scontrosa. «Ancora questa storia? Perché ne state facendo un affare di Stato?»

Sospirai. «Senti, Donald… posso darti del tu?»

«Sono fuori servizio, puoi parlarmi come ti pare.»

«Voglio solo capire cos'è successo. Io lavoravo con lui. Lo conoscevo bene e non mi piaceva molto, per la verità. Qualunque cosa mi dirai, rimarrà fra te e me, ma non sono convinta che si sia ucciso e se tu sai qualcosa, se hai sentito qualunque cosa, mi potrebbe essere di grande aiuto.»

«Se non credi che si sia ucciso, allora *cosa* credi?»

«Te lo dirò se tu mi dirai quello che voglio sapere.»

Rifletté un istante. «Ti dispiace se fumo?» domandò.

«Ti faccio compagnia» risposi.

Di nuovo le care vecchie sigarette ad abbattere le barriere, a schierarci dalla stessa parte. Uscimmo dal ristorante. C'era un'area fumatori all'esterno, un piccolo patio squadrato, che una parete separava dalla disapprovazione del mondo. Accendemmo entrambi. Gli dissi che mi chiamavo Susan e di nuovo promisi che sarebbe rimasto tutto tra noi. D'un tratto parve ansioso di parlare.

«Sei un editore?» chiese.

«Una editor.»

«Ma lavori per un editore.»

«Sì.»

«Allora forse possiamo aiutarci a vicenda.» Fece una pausa. «Conoscevo Alan Conway. L'ho riconosciuto nel momento stesso in cui ho posato gli occhi su di lui, per questo mi sono caduti i piatti. Ho dimenticato che li stavo reggendo, e scottavano attraverso il tovagliolo.»

«Come facevi a conoscerlo?»

Lui mi scrutò con un'espressione strana. «Hai lavorato a uno dei romanzi di Atticus Pünd, *Grido nella notte*?»

Era il quarto della serie, ambientato in una scuola privata. «Ho lavorato a tutta la serie» risposi.

«Come ti è sembrato?»

Grido nella notte racconta dell'omicidio di un preside durante la recita scolastica. L'uomo è seduto nel buio della platea quando una figura attraversa il pubblico di corsa e un attimo dopo il preside si ritrova pugnalato al collo con precisione chirurgica. L'arguzia sta nel fatto che tutti i possibili indiziati sono sul palco al momento dell'omicidio, perciò nessuno di loro può essere il colpevole, invece alla fine si scopre che è proprio così. Il romanzo è ambientato poco dopo la guerra e la sottotrama parla di codardia e inadempimento del dovere. «L'ho trovato geniale» dissi.

«Era una *mia* storia. Una *mia* idea.» Donald Leigh aveva due intensi occhi castani che per un attimo si accesero di rabbia. «Vuoi che continui?»

«Sì, te ne prego.»

«Va bene.» Si portò la sigaretta alle labbra e aspirò forte. L'estremità si infiammò di rosso. «Da bambino adoravo i libri» raccontò. «Ho sempre desiderato diventare scrittore, fin dai tempi della scuola. Non era il genere di aspirazioni che si ammetteva facilmente nell'istituto che frequentavo, Bridgeton, nella periferia orientale di Glasgow. Uno schifo di posto dove ti chiamavano finocchio se frequentavi la biblioteca. Non mi importava. Io leggevo sempre, tutti i libri sui quali riuscivo a mettere le mani. Thriller: Tom Clancy, Robert Ludlum. Storie d'avventura. Horror. Adoravo Stephen King. Ma più di tutti mi piacevano i gialli. Non ne avevo mai abbastanza. Non ho frequentato l'università, né altri studi. Ma ho sempre desiderato scrivere e prima o poi ci riuscirò, Susan, te lo garantisco. Sto proprio lavorando a un libro. Faccio questo lavoro solo per mantenermi fino a quando raggiungerò il mio obiettivo.

«Il problema è che le cose non sono mai andate secondo i miei piani. Quando ho cominciato a scrivere, avevo in testa questa storia. Sapevo dove volevo arrivare. Avevo l'idea e i personaggi, ma quando provavo a metterli nero su bianco, non riuscivo a descriverli. Continuavo a insistere, ma non facevo che fissare la pagina a vuoto per poi ricominciare da capo. Ripartivo anche una cinquantina di volte, ma non funzionava mai. Comunque sia, qualche anno fa lessi un annuncio. C'era della gente che proponeva dei corsi nel weekend per aiutare gli scrittori emergenti e avevano ancora un posto disponibile... nel Devonshire, in culo al mondo. Ma il tema era proprio il giallo. Non costava poco. Avrei speso settecento sterline. Ma avevo messo da parte alcuni risparmi e pensai che valesse la pena tentare. Così mi iscrissi.»

Mi sporsi in avanti e feci cadere la cenere in uno degli splendenti contenitori d'argento forniti dall'Ivy Club. Avevo già capito dove volesse andare a parare.

«Ci ritrovammo in questa fattoria nel bel mezzo del nulla» proseguì Leigh. Se ne stava in piedi con i pugni serrati, come se avesse provato la parte fino a quel momento e fosse arrivata l'ora di esibirsi sul palco. «Eravamo undici nel nostro gruppo. Un paio erano veri e propri coglioni e poi c'erano due donne che si credevano migliori di tutti. Avevano pubblicato dei racconti su qualche rivista ed erano piene di sé. Probabilmente incontrerai di continuo gente così. Gli altri però erano a posto e mi piaceva stare con loro. Sai, mi aiutava a credere che non ero solo, che avevamo tutti le stesse difficoltà e lo stesso obiettivo. Il corso era tenuto da tre tutor. Uno era Alan Conway.

«Mi era parso proprio in gamba. Guidava una macchina favolosa – una BMW – e alloggiava in un cottage per conto suo. Noi invece condividevamo la sistemazione. Ma lui passava il suo tempo in nostra compagnia. Sapeva il fatto suo e naturalmente aveva guadagnato un sacco di soldi con le storie di Atticus Pünd. Ne avevo lette un paio prima del corso. Mi piacevano e non erano così diverse dal genere che cercavo di scrivere. Durante il giorno seguivamo le lezioni e i laboratori. Mangiavamo tutti insieme, anzi, ognuno di noi era tenuto a dare una mano in cucina. E la sera alcol a volontà, per chiacchierare in libertà e rilassarci. Era la parte che preferivo. Ci sentivamo tutti sullo stesso piano. E una sera eravamo rimasti soli, lui e io, in una saletta privata e gli parlai del libro che stavo scrivendo.»

Serrò i pugni più forte quando giunse al nodo inevitabile della narrazione. «Se ti dessi il mio manoscritto, ti andrebbe di leggerlo?» chiese.

È una domanda che normalmente mi terrorizza, ma mi piegai di fronte all'inevitabile. «Stai dicendo che Alan ha rubato la tua idea?» domandai.

«Proprio così, Susan. È esattamente quello che ha fatto.»

«Come si chiama il tuo libro?»

«*La morte va in scena.*»

Il titolo era orribile. Ma ovviamente non glielo feci notare. «Posso dargli una letta» proposi. «Ma non prometto di poterti aiutare.»

«Ti chiedo solo di dare un'occhiata. Nient'altro.» Mi guardò dritto negli occhi, quasi a volermi sfidare di rifiutare. «Ho raccontato la mia storia ad Alan» proseguì. «Gli ho raccontato dell'omicidio che avevo ideato. Era tardi ed eravamo rimasti soli nella stanza, senza testimoni. Mi chiese di vedere il manoscritto e io ne fui entusiasta. Tutti desideravano farsi leggere da lui. Era quello lo scopo del corso.»

Finì la sigaretta e la spense, poi ne accese subito una seconda.

«Lo lesse rapidamente. Mancavano solo due giorni alla fine del corso e l'ultimo giorno mi prese da parte e mi diede qualche consiglio. Disse che avevo usato troppi aggettivi. Che i dialoghi non erano realistici. Come cavolo si scrive un dialogo realistico? Non è realtà! È finzione! Mi diede qualche buono spunto per il personaggio principale, il mio detective. Ricordo che uno dei suggerimenti che mi diede fu che doveva avere un vizio di qualche tipo, come fumare o bere o qualcosa di simile. Disse che si sarebbe tenuto in contatto con me e gli lasciai il mio indirizzo email.

«Non ho più avuto sue notizie. Nemmeno una parola. Poi, a quasi un anno esatto di distanza, esce in libreria *Grido nella notte*. Parlava di una recita scolastica. Il mio libro non era ambientato in una scuola. Si svolgeva a teatro. Ma l'idea era quella. E non finiva lì. Mi aveva fregato anche l'omicidio. Era assolutamente identico. Lo stesso metodo, gli stessi indizi, quasi gli stessi personaggi.» Stava alzando la voce. «Ecco cosa ha fatto, Susan. Ha preso la mia storia e l'ha usata per il suo *Grido nella notte*.»

«L'hai detto a qualcuno?» chiesi. «Quando è uscito il libro, che cosa hai fatto?»

«Che cosa *potevo* fare? Dimmelo tu! Chi mi avrebbe creduto?»

«Avresti potuto scrivere a noi, alla Cloverleaf Books.»

«L'ho fatto. Ho scritto all'editore, il signor Clover. Non mi ha mai risposto. Ho scritto ad Alan Conway. Un mucchio di volte, a dire il vero. Diciamo pure che non ho moderato i toni. Ma non ho mai avuto nessun riscontro neppure da parte sua. Ho scritto agli organizzatori del corso, in primo luogo. Mi hanno mandato una lettera. Per liquidarmi, in pratica. Negavano ogni responsabilità, dicendo che non c'entravano nulla. Ho pensato di rivolgermi alla polizia. Insomma, in fondo avevo subìto un furto. C'è un termine preciso per definirlo, vero? Ma quando ne ho parlato con mia moglie, Karen, lei mi ha detto di lasciar perdere. Lui era famoso. Era protetto. Io non ero nessuno. Ha detto che, se avessi tentato di farmi valere, avrebbe soltanto danneggiato la mia scrittura ed era meglio guardare avanti. E così ho fatto. Scrivo ancora. Almeno so che le mie idee sono buone. Altrimenti lui non me le avrebbe rubate.»

«Hai scritto altri romanzi?» domandai.

«Ne sto finendo uno. Ma non è un giallo. Ho cambiato genere. È un libro per bambini. Ora che ho un figlio mi è sembrata la cosa giusta.»

«Ma hai conservato *La morte va in scena*.»

«Certo che l'ho conservato. Ho tenuto tutto quello che ho scritto finora. So di avere talento. Karen adora le mie storie. E un giorno...»

«Mandamelo.» Pescai un biglietto da visita dalla borsa. «Cos'è successo poi, dopo averlo visto al ristorante?» chiesi.

Aspettava che gli consegnassi il biglietto da visita. Era la sua ancora di salvezza. Io mi trovavo all'interno della torre d'avorio e lui fuori. L'ho riscontrata in tanti scrittori emergenti, la convinzione che gli editori siano diversi – più intelligenti, di successo – quando in realtà ci barcameniamo, sperando che a fine mese avremo ancora il nostro lavoro. «Sono uscito dalla cucina» disse. «Avevo due portate principali e un contorno per il tavolo nove. L'ho visto seduto lì – stava discutendo di qualcosa – e sono rimasto così scioccato da bloccarmi sul posto. I piatti erano roventi. Scottavano attraverso il tessuto del tovagliolo e li ho fatti cadere.»

«E a quel punto? Mi hanno raccontato che Alan si è alzato. Che era arrabbiato con te.»

Lui scosse il capo. «Non è andata così. Ho pulito quel disastro e rimandato l'ordine in cucina. Non ero sicuro di voler uscire di nuovo, ma non avevo scelta... Per fortuna non dovevo servire il suo tavolo. Comunque, subito dopo il signor Conway si è alzato per andare in bagno e mi è passato davanti. Non volevo dirgli niente ma, trovandomelo vicino, a pochi centimetri, non ho potuto farne a meno.»

«Cosa gli hai detto?»

«Gli ho detto buonasera. Gli ho chiesto se si ricordava di me.»

«E?»

«Non si ricordava. Oppure fingeva. Gli rammentai che ci eravamo conosciuti nel Devonshire, che era stato così gentile da leggere il mio romanzo. Lui sapeva benissimo chi ero e di cosa stavo parlando. Così ha iniziato a trattarmi male. "Non ho tempo da perdere con i camerieri." Ha detto proprio così, testuali parole. Mi ha chiesto di togliermi dai piedi. Aveva mantenuto la calma, ma sapevo esattamente come avrebbe reagito se non fossi stato attento. È sempre la solita storia. Lui è l'uomo di successo, con la sua bella macchina e il villone a Framlingham. Io non sono nessuno. Lui è membro del club. Io servo ai tavoli. Ho bisogno di questo lavoro. Ho un figlio di due anni. Così mi sono scusato balbettando e me ne sono andato. Mi si è rivoltato lo stomaco, ma cos'altro potevo fare?»

«La notizia della sua morte ti avrà fatto piacere.»

«Vuoi la verità, Susan? Ero strafelice. Non avrei potuto esserlo di più se...»

Si era spinto troppo oltre, ma lo incalzai. «Se cosa?»

«Non importa.»

Ma sapevamo entrambi cosa intendeva. Gli porsi il mio biglietto da visita e lui lo infilò nel taschino della camicia. Finì la seconda sigaretta e spense anche quella.

«Posso chiederti un'ultima cosa?» domandai mentre eravamo sul punto di rientrare. «Hai detto che Alan stava discutendo. Immagino tu non abbia capito cosa stesse dicendo...»

Lui scosse il capo. «Non ero abbastanza vicino.»

«Che mi dici dei clienti seduti al tavolo accanto?» Avevo visto la disposizione della sala. In pratica avevano cenato spalla contro spalla.

«Immagino di sì. Posso controllare i nomi, se vuoi. Dovrebbero essere ancora inseriti nel sistema.»

Lasciò la terrazza ed entrò a verificare. Lo osservai mentre si allontanava, ripensando a quello che aveva appena detto. «… e il villone a Framlingham.» Non aveva dovuto cercare il nome del paese. Conosceva già l'indirizzo di Alan.

Il nipote

L'uomo seduto al tavolo accanto ad Alan Conway quella sera, che poteva aver sentito o meno la conversazione, si chiamava Mathew Prichard. Una coincidenza davvero curiosa. Forse il nome non vi dirà nulla, ma io lo riconobbi all'istante. Mathew Prichard è il nipote di Agatha Christie, noto per aver ereditato i diritti di *Trappola per topi* all'età di nove anni. È strano scrivere di lui e forse riterrete improbabile che si trovasse proprio in quel ristorante. Ma è un membro del Club. Gli uffici della Agatha Christie Ltd, in Drury Lane, distano solo pochi passi. E, come ho già detto, *Trappola per topi* va ancora in scena al St Martin's, che si trova proprio lungo la strada.

Avevo il suo numero sul mio cellulare. Ci eravamo incontrati un paio di volte a qualche evento letterario e alcuni anni fa avevo preso parte alle trattative per acquisire il suo *mémoire*, *Il giro del mondo*, un avvincente resoconto del viaggio nei cinque continenti intrapreso da sua nonna nel 1922 (e che alla fine si aggiudicò HarperCollins). Lo chiamai e si ricordò subito di me.

«Ma certo, Susan. Che bello sentirla. Come sta?»

Non sapevo bene cosa dire. Di nuovo, la necessità di coinvolgerlo in un giallo della vita reale sul quale stavo indagando mi parve talmente bizzarra che al telefono preferii non scendere nei dettagli. Così accennai semplicemente alla morte di Alan Conway – ne era già al corrente – e che avevo qualche domanda da fargli. Non servì aggiungere altro. Il caso volle che si trovasse in zona. Mi diede il nome di un cocktail bar nei pressi di Seven Dials e concordammo di trovarci a bere qualcosa la sera stessa.

Se dovessi scegliere un solo aggettivo per descrivere Mathew, direi «affabile». Avrà una settantina d'anni e a guardarlo, con quei capelli bianchi arruffati e la carnagione rossastra, si capisce che ha vissuto appieno la vita. La sua risata si sente riecheggiare per tutta la stanza, una risata roca da marinaio, di chi ha appena sentito una barzelletta sporca. Quando fece il suo ingresso nel bar, aveva un aspetto impeccabile nel suo blazer con la camicia dal colletto sbottonato e, anche se lo avevo cercato io, insisté per offrire lui.

Parlammo un po' di Alan Conway. Lui manifestò il proprio rammarico, disse che gli erano sempre piaciuti i suoi libri. «Molto, molto arguti. Sempre sorprendenti. Ricchi di ottime trovate.» Ricordo le parole con esattezza, perché la parte più perfida di me già si chiedeva se avrei potuto inserirle nella quarta di copertina: il nipote di Agatha Christie che elogiava l'opera di Alan Conway avrebbe senz'altro incentivato le vendite future. Mi domandò com'era morto e risposi che la polizia sospettava un suicidio. Parve addolorato per la notizia. Un uomo pieno di vita come lui certamente stentava a capacitarsi del fatto che qualcuno potesse decidere di rinunciare alla propria. Aggiunsi che Alan era gravemente malato e Mathew annuì, come se quel particolare potesse spiegare l'accaduto. «Sa, l'ho visto una settimana fa o giù di lì… all'Ivy» disse.

«Volevo parlarle proprio di questo» risposi. «Stava cenando con il suo editore.»

«Sì. Esatto. Ero seduto nel tavolo accanto.»

«Sarei curiosa di sapere cosa ha visto… o sentito.»

«Perché non lo chiede al suo capo?»

«L'ho fatto. Charles me lo ha riferito solo in parte e sto cercando di riempire i buchi.»

«Ecco, non ho ascoltato proprio attentamente. Certo, i tavoli sono vicinissimi, ma non saprei riportare granché della conversazione.»

Mi suscitò una certa tenerezza che non volesse neppure sapere il motivo del mio interesse. Mathew aveva vissuto gran parte della vita immerso nel mondo creato dalla nonna e, dal suo punto di vista, i detective ponevano le domande e i testimoni erano tenuti a rispondere. Più semplice di così. Gli rammentai il momento in cui Leigh aveva fatto cadere i piatti e lui sorrise. «Sì. Me lo ricordo bene. Ora che ci penso, li ho sentiti discutere proprio un istante prima. Con toni accesi e compagnia bella! Parlavano del titolo del nuovo libro.»

«Alan lo aveva consegnato quella sera.»

«*Appuntamento con la morte*. Come certamente capirà, Susan, appena sento la parola "morte" mi si rizzano subito le antenne.» Ridacchiò. «Comunque sia, erano in disaccordo. Credo che il suo amico editore gli avesse fatto un appunto che il signor Conway non aveva gradito. Sì. Rispose che aveva scelto quel titolo da anni – precisamente – e batté il pugno sul tavolo. Sobbalzarono perfino le posate. A quel punto mi voltai e lo riconobbi. Fino a quel momento non lo avevo capito. Seguì un istante di silenzio. Forse un paio di secondi. Alla fine Alan puntò il dito ed esclamò: "Non accetterò un…".»

«Un… cosa?» domandai.

Prichard mi sorrise. «Purtroppo non posso esserle d'ulteriore aiuto, perché a quel punto il cameriere fece cadere i piatti. Un fracasso terribile. Si paralizzò tutta la sala. Sa come vanno queste cose. Il poveretto è diventato rosso come un peperone – il cameriere, intendo – e si è affrettato a ripulire il disastro. Purtroppo, dopo l'incidente, non ho sentito altro. Mi dispiace.»

«Ha visto Alan alzarsi dal tavolo?» chiesi.

«Sì. Credo sia andato in bagno.»

«Ha parlato con il cameriere.»

«Può darsi. Ma non ricordo. Per la verità, avevo finito di cenare e me ne andai poco dopo.»

Non accetterò un…

Ruotava tutto intorno a quella frase. Tre parole che potevano avere qualunque significato. Mi appuntai mentalmente di chiederlo a Charles non appena l'avessi visto.

Prichard e io chiacchierammo di sua nonna mentre terminavamo il nostro cocktail. Mi aveva sempre divertita il pensiero che avesse finito per odiare Hercule Poirot, una volta smesso di scrivere di lui. Come lo aveva definito? «Un detestabile, ampolloso, noioso, egocentrico mostriciattolo.» Non aveva anche detto che le sarebbe piaciuto esorcizzarlo? Mathew rise. «Suppongo che, come tutte le menti geniali, desiderasse scrivere libri di vario genere e trovasse frustrante che gli editori non chiedessero altro che Poirot. Diventava insofferente quando le imponevano cosa fare.»

Ci alzammo. Avevo ordinato un gin tonic e dovevano avermelo preparato doppio perché mi girava la testa. «Grazie per il suo aiuto» dissi.

«Non credo di essere stato poi così utile» rispose lui. «Ma non vedo l'ora che esca il nuovo romanzo. Come le ho detto, ho sempre amato i gialli di Atticus Pünd… e chiaramente Conway era molto devoto alle opere di mia nonna.»

«Nel suo studio aveva la collezione completa» confermai.

«Non mi stupisce. Sa, prendeva in prestito molti elementi dai suoi racconti. Nomi. Luoghi. Come fosse un gioco. Senza dubbio era voluto, ma ogni volta che leggevo i suoi romanzi trovavo nel testo ogni sorta di riferimento nascosto. Sono abbastanza sicuro che lo facesse di proposito e mi era anche balenata l'idea di scrivergli per chiedergli spiegazioni.» Prichard sorrise un'ultima volta. Era troppo buono per accusare Alan di plagio, ma le sue parole riecheggiarono stranamente la conversazione avuta con Donald Leigh.

Ci stringemmo la mano. Tornai in ufficio, chiusi la porta ed esaminai il manoscritto ancora una volta.

Aveva ragione lui. *Appuntamento con la morte* rende un tacito omaggio ad Agatha Christie almeno cinque o sei volte, senza contare il titolo. Per esempio, Sir Magnus Pye e la moglie soggiornano all'Hotel Geneviève di Cap Ferrat. In *Aiuto, Poirot!* c'è una villa che porta lo stesso nome dell'albergo. The Blue Boar è il pub di Bristol in cui Robert Blakiston rimane coinvolto in una rissa. Ma lo troviamo anche nel villaggio di St. Mary Mead, dove vive Miss Marple. Lady Pye e Jack Dartford pranzano al ristorante Carlotta's, che sembra citare il nome dell'attrice americana del romanzo *Se morisse mio marito*. A pagina 141, c'è una specie di battuta nascosta. Fraser non si accorge della presenza di un cadavere sul treno delle tre e cinquanta proveniente da Paddington, un ovvio richiamo al treno che parte alle 4.50 da Paddington in *Istantanea di un delitto*. Mary Blakiston vive a Sheppard's Farm. Il dottor James Sheppard è il narratore di *L'assassinio di Roger Ackroyd*, ambientato nel villaggio di King's Abbott, che è anche il luogo in cui viene sepolto il dottor Rennard, come vediamo a pagina 179.

Come se non bastasse, la struttura portante di *Appuntamento con la morte*, vale a dire la filastrocca della gazza, imita deliberatamente un espediente al quale Agatha Christie ricorre innumerevoli volte. La scrittrice amava molto le rime per bambini. I suoi romanzi citano spesso note filastrocche, utilizzate talvolta come titoli. Verrebbe da pensare che un autore intenzionato a sfruttare stratagemmi analoghi a quelli di un'autrice di gran lunga più popolare si ingegni il più possibile per mascherarlo. Invece Alan Conway, a modo suo, sembra fare l'esatto contrario. Che cosa gli passava di preciso per la testa mentre infilava nei suoi romanzi quei segnali inequivocabili? O, in altre parole, che cosa voleva segnalare?

Ebbi la sensazione, e non per la prima volta, che avesse voluto comunicarmi qualcosa, che non avesse scritto i gialli di Atticus Pünd soltanto per intrattenere i lettori. Li aveva creati per uno scopo che a poco a poco si andava delineando.

La strada per Framlingham

Il venerdì successivo, tornai nel Suffolk per il funerale di Alan Conway. Né io né Charles eravamo stati invitati e non si capiva chi si stesse occupando dell'organizzazione, se James Taylor, Claire Jenkins oppure Sajid Khan. A informare me era stata mia sorella, che lo aveva letto sul giornale locale e mi aveva inviato l'ora e il luogo via email. Mi disse che a celebrare la funzione sarebbe stato il reverendo Tom Robeson, il parroco della chiesa di St Michael, e decidemmo con Charles di andarci insieme, con la mia macchina. Avevo intenzione di trattenermi un po' più a lungo.

Andreas era rimasto da me per tutta la settimana e lo seccava il fatto che non ci sarei stata per il weekend. Ma avevo bisogno di passare del tempo da sola. La questione di Creta aleggiava su di noi e, seppur non avessimo più tirato in ballo l'argomento, sapevo che lui aspettava una risposta che non ero ancora pronta a dargli. Ad ogni modo, non riuscivo a togliermi dalla testa la morte di Alan. Ero convinta che trascorrere qualche altro giorno a Framlingham mi avrebbe guidata verso la scoperta del capitolo mancante e, più in generale, della verità su quanto accaduto a Abbey Grange. Avevo la sensazione che i due eventi fossero collegati. Alan doveva essere stato ucciso per qualcosa che si trovava nel suo libro. Era possibile che se avessi scoperto l'assassino di Sir Magnus Pye, avrei capito anche chi aveva eliminato lui. O viceversa.

Il funerale cominciava alle tre. Io e Charles partimmo da

Londra subito dopo mezzogiorno e mi accorsi immediatamente che era stato un grosso errore. Avremmo fatto meglio a prendere il treno. C'era un traffico terribile e Charles sembrava scomodo sul sedile basso della mia MGB. Io stessa mi sentivo a disagio e non ne capivo il motivo, finché non mi resi conto (mentre imboccavamo la M25) che i nostri erano sempre stati scambi faccia a faccia. Quando ci trovavamo nel suo ufficio, lui se ne stava seduto dietro la scrivania e io davanti. Sedevamo uno di fronte all'altra anche quando pranzavamo insieme al ristorante. Durante le riunioni, ci ritrovavamo spesso ai lati opposti del tavolo. Invece eccoci ora, insolitamente seduti fianco a fianco, e la verità pura e semplice era che non ero abituata a osservarlo di profilo. Anche quella vicinanza mi faceva uno strano effetto. Certo, avevamo già preso il taxi insieme e qualche volta anche il treno, ma in un certo senso la mia automobilina d'epoca accorciava le distanze più di quanto avrei voluto. Non avevo mai notato l'aspetto malsano della sua pelle; la vita man mano sfregata via dalle guance e dal collo in anni di rasatura. Charles indossava un completo scuro e una camicia elegante e mi intrigava il suo pomo d'Adamo, quasi schiacciato, che sporgeva sopra la cravatta nera. Aveva deciso di tornare a Londra per conto suo e mi pentii del mio invito frettoloso che non gli aveva consentito di viaggiare in autonomia in entrambe le direzioni.

Ad ogni modo, chiacchierammo piacevolmente dopo esserci lasciati alle spalle l'ingorgo del traffico. Quando poi imboccammo la A12 e guadagnammo velocità, mi ero ormai rilassata. Gli accennai del mio incontro con Mathew Prichard e lui parve divertito, una reazione che mi consentì di chiedergli di nuovo della cena all'Ivy Club e in particolare della discussione riguardo al titolo, *Appuntamento con la morte*. Non volevo che sembrasse un interrogatorio, né sapevo ancora spiegarmi perché ritenessi quella conversazione così importante.

Anche Charles parve perplesso di tanto interesse. «Ti ho

già detto che non mi piaceva» si limitò a rispondere. «Era quello di un'opera teatrale e un film tratti da un romanzo di Agatha Christie.»

«Gli hai chiesto di cambiarlo.»

«Sì.»

«E lui si è rifiutato.»

«Esatto. Si è proprio arrabbiato.»

Gli rammentai le ultime parole di Alan, pronunciate appena prima che il cameriere facesse cadere i piatti. *Non accetterò un*... Forse lui sapeva come avrebbe concluso la frase?

«No. Non me lo ricordo, Susan. Non ne ho proprio idea.»

«Sai che diceva di aver scelto quel titolo da anni?»

«No. E tu come lo sai?»

In realtà Mathew Prichard lo aveva sentito da Alan proprio quella sera. «Deve avermelo accennato una volta» mentii.

Dopodiché non ne parlammo più. Nessuno dei due aveva molta voglia di partecipare al funerale. Insomma, si capisce, non sono mai situazioni divertenti... ma nel caso di Alan ci stavamo andando solo per senso del dovere, anche se mi interessava vedere chi si sarebbe presentato. Quella mattina avevo telefonato a James Taylor. La sera avremmo cenato insieme al Crown Hotel. Mi domandai se sarebbe venuta anche Melissa Conway. Erano passati diversi anni dall'ultima volta che l'avevo vista e, dopo quello che mi aveva detto Andreas, ero curiosa di incontrarla di nuovo. Loro tre insieme alla Woodbridge School, dove Atticus Pünd aveva avuto origine.

Proseguimmo in silenzio per una ventina di minuti, poi d'un tratto, dopo essere entrati nella contea del Suffolk come opportunamente indicato dal cartello stradale, Charles annunciò: «Sto pensando di ritirarmi».

«Come, scusa?» L'avrei fissato a occhi sgranati se non fossi stata impegnata nella manovra di sorpasso di un mostruoso camion a quattro assi con tanto di rimorchio, probabilmente diretto a Felixstowe.

«È da tempo che voglio parlartene, Susan… prima ancora della faccenda di Alan. Immagino sia stata il colpo di grazia, se mi concedi l'espressione, date le circostanze. Ma presto compirò sessantacinque anni ed Elaine insiste che me la prenda con calma.» Elaine, forse l'ho già detto, era sua moglie. L'avevo incontrata solo un paio di volte e sapevo del suo scarso interesse per il mondo editoriale. «E poi, naturalmente, c'è il bambino in arrivo. Diventare nonno è un evento che fa riflettere. Forse è il momento giusto.»

«Hai già in mente una data?» Non sapevo cosa dire. L'idea della Cloverleaf Books senza Charles Clover era inconcepibile. Lui era una parte integrante come i pannelli in legno alle pareti.

«Magari la prossima primavera.» Fece una pausa. «Mi chiedevo se volessi prendere il mio posto.»

«Cosa… io? Come direttore generale?»

«Perché no? Rimarrò in veste di presidente per non uscire dai giochi, ma sarai tu a prendere in mano la gestione quotidiana. Conosci il mestiere meglio di chiunque altro. E, diciamocelo, se piazzassi qualcuno al mio posto, non credo che saresti felice di lavorarci insieme.»

A quel proposito aveva ragione. Ormai viaggiavo verso la cinquantina e avevo la vaga impressione che più invecchiavo e più mi fissavo con le mie abitudini. Suppongo sia una caratteristica del mestiere editoriale, quando lo si svolge da molto tempo. Non ci sapevo fare con i nuovi arrivati. Sarei stata all'altezza del compito? Conoscevo i libri come le mie tasche, ma il resto non mi interessava granché: dipendenti, ragionieri, spese generali, strategie a lungo termine, la gestione quotidiana di un'impresa di medie dimensioni. Allo stesso tempo, mi resi conto che era la seconda offerta di lavoro che ricevevo in meno di una settimana. Avrei potuto diventare il direttore generale della Cloverleaf o gestire un piccolo albergo sull'isola di Creta. Niente male come scelta.

«Godrei di una totale autonomia?» chiesi.

«Sì. Dovremmo raggiungere un accordo economico, ma l'azienda sarebbe tua a tutti gli effetti.» Sorrise. «Diventare nonno cambia le priorità. Dimmi che ci penserai.»

«Certo, Charles. È molto gentile da parte tua riporre in me tanta fiducia.»

Proseguimmo in silenzio per i successivi venti o trenta chilometri. Avevo calcolato male il tempo necessario per uscire da Londra e sembrava proprio che avremmo fatto tardi per il funerale. Anzi, sarebbe andata certamente così, se Charles non mi avesse indicato una scorciatoia sulla destra che aggirava Brandeston e il cantiere stradale di Earl Soham che mi aveva fatto perdere un sacco di tempo l'ultima volta che ci ero passata. In quel modo guadagnammo un quarto d'ora e arrivammo comodamente a Framlingham alle tre meno dieci. Avevo prenotato la stessa stanza al Crown, così potei lasciare la mia MGB nel parcheggio dell'hotel. Stavano già allestendo la sala per il rinfresco dopo il funerale e ci fu giusto il tempo per un caffè veloce, prima di affrettarci a uscire e attraversare la strada.

«*Ci sarebbe stato un funerale…*»

L'incipit di *Appuntamento con la morte*.

L'ironia della situazione non mi sfuggì, mentre mi univo ai presenti attorno alla fossa.

La chiesa di St Michael the Archangel, questo il nome completo, è davvero troppo grande per la cittadina che la ospita, ma del resto l'intero Suffolk è disseminato di edifici monumentali in perenne conflitto con il paesaggio, come se ogni parrocchia avesse bisogno di entrare a forza nella vita delle persone. Mette a disagio: non ti fa sentire solo prigioniero, ma proprio nel luogo sbagliato. Guardandosi indietro attraverso i cancelli di ferro battuto, fa un effetto strano trovare un ristorante cinese della catena Mr Chan sull'altro lato della via trafficata. Anche il cimitero ha qualcosa di insolito. Essendo leggermente soprelevato, i defunti in realtà vengono sepolti al di sopra del livello stradale e poi l'erba è troppo verde, e le tombe raggruppate in file irregolari con tutto quello spazio attorno rendono impossibile il rispetto delle proporzioni. Il cimitero risulta così troppo pieno e troppo vuoto allo stesso tempo, eppure era quello il luogo che Alan aveva scelto per il suo eterno riposo. Immaginai che avesse selezionato il lotto con cura. Si trovava proprio nel cuore del camposanto, tra due tassi irlandesi. Nessuno avrebbe potuto fare a meno di notarlo, dirigendosi verso la chiesa. I vicini più prossimi erano morti almeno un secolo prima e la terra smossa di fresco spiccava come una ferita aperta; quasi non avesse avuto il diritto di occupare quel posto.

Il tempo era cambiato nel corso della giornata. Splendeva il sole quando avevamo lasciato Londra, ma ora il cielo si era incupito e una pioggerella sottile fendeva l'aria. Compresi perché Alan avesse iniziato il suo romanzo con un funerale. Era uno stratagemma utile, che introduceva tutti i personaggi principali consentendo all'autore di studiarli con comodo. In quel momento anch'io potevo fare la stessa cosa. Rimasi stupita di quante persone conoscessi tra i presenti.

Primo fra tutti c'era James Taylor, avvolto in un impermeabile nero firmato, con i capelli bagnati appiccicati al collo e l'aria di un personaggio uscito fuori da un thriller. Faceva del suo meglio per apparire cupo e composto, ma aveva un sorrisetto che sfuggiva al suo controllo: non sulle labbra, ma nello sguardo e nella postura stessa. Al suo fianco c'era Sajid Khan, che reggeva un ombrello. Erano arrivati insieme. E così James aveva ricevuto l'eredità. Ora sapeva che Alan non aveva fatto in tempo a firmare l'ultima versione del testamento e che Abbey Grange e tutto il resto erano passati a lui. Un risvolto interessante. Quando mi vide, mi salutò con un cenno al quale risposi con un sorriso. Non so perché, ma ero sinceramente felice per lui e non mi turbava neppure il pensiero che Alan potesse essere morto per mano sua.

Anche Claire Jenkins era presente. Era vestita a lutto e piangeva, anzi singhiozzava proprio, con le lacrime che sgorgavano a fiumi lungo le guance, facilitate dalla pioggia. Aveva in mano un fazzoletto, che ormai doveva essere inservibile. Accanto a lei c'era un uomo, che le reggeva goffamente il braccio con la mano guantata. Non lo avevo mai visto prima, ma non avrei faticato a riconoscerlo se mi fosse capitato davanti di nuovo. Per prima cosa era nero, l'unica persona di colore a quel funerale. Sfoggiava anche un fisico straordinario, molto ben strutturato, con braccia e spalle muscolose, il collo taurino, lo sguardo intenso. All'inizio pensai fosse un ex campione di wrestling – la stazza era quella – poi conclusi che si trattava probabilmente di un poliziotto. Claire mi aveva detto di lavorare per la centrale del Suffolk. Poteva essere lui, il fantomatico sovrintendente Locke la cui indagine scorreva parallela alla mia?

Mi cadde l'occhio su un altro uomo, in piedi in disparte, con il campanile della chiesa che si ergeva mostruoso alle sue spalle, troppo grande per una parrocchia già fin troppo grande per conto suo. Furono i suoi stivali di gomma Hunter Wellington a colpirmi per primi. Erano nuovi di zecca e di un color arancione acceso… scelta curiosa per un funerale. Non riuscivo a vederlo bene in viso. Indossava un berretto a coppola e un giaccone Barbour con il bavero alzato. Mentre lo osservavo gli squillò il cellulare e lui, anziché silenziarlo, rispose alla telefonata, voltandosi in cerca di privacy. «John White…» lo sentii dire, poi nient'altro. Ma fu sufficiente a identificarlo. Era il vicino di Alan, il gestore di fondi speculativi con il quale aveva litigato poco prima di morire.

In attesa che la cerimonia avesse inizio, scrutai tra la folla e individuai Melissa Conway con il figlio, accanto al memoriale dei caduti. Indossava un impermeabile con la cintura così stretta che pareva segarla in due. Le mani affondate nelle tasche, i capelli avvolti in una sciarpa. Non l'avrei riconosciuta, se non fosse stato per il figlio che ormai doveva avere quasi vent'anni. Era la copia sputata del padre – della sua ultima versione, quantomeno – e indossava un abito scuro di qualche taglia più grande che lo metteva a disagio. Non era contento di essere lì; o meglio, sembrava proprio furioso. Fissava la tomba con una specie di sguardo assassino.

Non vedevo Melissa da sei anni. Era venuta alla festa per il lancio di *Atticus Pünd e il nuovo caso* che si era svolta presso l'ambasciata tedesca di Londra, una serata a base di champagne e miniwürstel. All'epoca frequentavo Andreas occasionalmente e grazie a quella conoscenza in comune riuscimmo a intrattenere una sorta di conversazione. Ricordo ancora i suoi modi cortesi, ma distaccati. Essere sposata con uno scrittore non dev'essere così divertente e infatti aveva sottolineato di trovarsi a quella festa solamente perché era ciò che ci si aspettava dal suo ruolo. Non conosceva nessuno degli invitati e nessuno aveva niente di cui parlare con lei. Un peccato che non ci fossimo conosciute come si deve alla Woodbridge School: a parte il suo legame con Alan, di lei non sapevo altro. Anche in quel momento aveva lo stesso sguardo assente, sebbene aspettassimo una bara anziché le tartine. Chissà come mai era venuta.

Il carro funebre arrivò. Fu portato il feretro. Sul portone della chiesa comparve il sacerdote. Era il reverendo Tom Robeson, il cui nome era citato sul giornale. Aveva una cinquantina d'anni e lo riconobbi all'istante, senza averlo mai visto prima. «*... il viso marmoreo e i capelli lunghi e scarmigliati.*» Così Alan aveva descritto Robin Osborne in *Appuntamento con la morte* e, mentre riflettevo, mi colpì un altro particolare. All'ingresso del cimitero avevo letto il suo nome scritto su un cartello. Il suggerimento visivo era stato di grande aiuto.

Robeson era l'anagramma di Osborne.

Un altro degli scherzetti tanto cari ad Alan. James Taylor era diventato James Fraser, Claire era Clarissa e, pensandoci bene, John White, il gestore di fondi speculativi, era stato trasformato in Johnny Whitehead, mercante di mobili di seconda mano nonché gretto truffatore, come conseguenza della loro lite per questioni di soldi. A quanto ne sapevo, Alan non era mai stato un tipo religioso, a parte quelle esequie tradizionali, e mi ritrovai a chiedermi quale fosse il suo rapporto con il parroco e perché avesse deciso di inserirlo nel suo romanzo. Osborne era al terzo posto nel mio elenco dei possibili sospettati. Mary Blakiston aveva scoperto un certo segreto, rimasto in bella vista sulla sua scrivania. Che il reverendo Robeson covasse una buona ragione per uccidere Alan? Senza dubbio aveva l'aria dell'assassino vendicativo, con quel viso esangue e arcigno e la tonaca che gli penzolava addosso miseramente sotto la pioggia.

Definì Alan un autore di successo i cui libri avevano intrattenuto milioni di persone in tutto il mondo. Era come se lo stesse presentando a un talk show di Radio 4 anziché al suo stesso funerale. «Alan Conway ci avrà anche lasciati prematuramente e in circostanze tragiche, ma sono certo che resterà nel cuore e nella memoria della comunità letteraria.» Tralasciando il dubbio che la comunità letteraria avesse effettivamente un cuore, pensai che non sarebbe andata affatto così. So per esperienza che gli autori ormai defunti si dimenticano con una velocità impressionante. Persino i vivi faticano a rimanere ancorati agli scaffali: troppe nuove uscite e decisamente pochi scaffali. «Alan era uno degli scrittori di gialli più apprezzati del Paese» proseguì. «Ha vissuto gran parte della vita nel Suffolk ed era suo desiderio esservi sepolto.» Il sermone funebre di *Appuntamento con la morte* nasconde qualcosa che in qualche modo è collegato all'omicidio. Nell'ultima pagina del manoscritto, quando Pünd elenca gli indizi che risolveranno il mistero, cita nello specifico le «*parole dette dal vicario*». Per mia sfortuna, il discorso di Robeson fu quasi volutamente piatto e poco illuminante. Non fece alcun cenno a James o Melissa. Nemmeno una parola sull'amicizia, la generosità, l'umorismo, le abitudini personali, i piccoli gesti di cortesia, i momenti speciali... Tutte le cose di cui sentiamo la mancanza quando muore qualcuno. Se Alan fosse stato una statua di marmo trafugata al parco, il reverendo Tom Robeson avrebbe manifestato lo stesso trasporto.

Mi rimase impresso un solo passaggio. Al punto da convincermi che valesse la pena chiedergli spiegazioni.

«Pochi defunti ormai vengono sepolti in questo cimitero» disse. «Ma Alan è stato irremovibile. Aveva offerto alla nostra chiesa una somma considerevole che ci ha consentito di provvedere ai lavori di restauro ai lucernari e agli archi del presbiterio principale, necessari da tempo. In cambio pretendeva di riposare qui e come avrei potuto oppormi?» Sorrise come per alleggerire le parole appena pronunciate. «Per tutta la vita Alan ha goduto di una personalità dominante, come ebbi modo di scoprire in giovane età. Non mi sarei mai opposto al suo ultimo desiderio. Il suo contributo garantisce il futuro di St Michael e ritengo appropriato che lui giaccia qui, all'interno dei suoi confini.»

Quella parte del discorso sembrava discordante. Da un lato Alan era stato generoso. Meritava il permesso di riposare in quel cimitero. Ma in realtà intendeva il contrario, no? Alan «pretendeva». Aveva una «personalità dominante». E poi «come ebbi modo di scoprire in giovane età». Alan e il sacerdote avevano indubbiamente dei trascorsi. Solo io avevo notato le contraddizioni?

Avrei chiesto un parere a Charles a cerimonia conclusa, ma in realtà non mi trattenni fino alla fine. La pioggia si stava attenuando e Robeson era ormai giunto al termine del sermone. Cosa bizzarra, aveva accantonato Alan del tutto. Parlava della storia di Framlingham e in particolare di Thomas Howard, terzo duca di Norfolk, la cui tomba era custodita all'interno della chiesa. Per un attimo mi distrassi e d'improvviso notai un uomo che doveva essere arrivato tardi. Si era fermato sul cancello, per assistere alla cerimonia a distanza, ansioso di andarsene quanto prima. Proprio mentre lo stavo osservando, e il parroco continuava a parlare, lo sconosciuto si girò sui tacchi e uscì, diretto verso Church Street.

Non lo avevo visto in faccia. Indossava un Fedora nero.

«Non andartene» sussurrai a Charles. «Ci vediamo all'hotel.»

Avevo dovuto leggere oltre cento pagine di Atticus Pünd per scoprire l'identità dell'uomo che aveva partecipato al funerale di Mary Blakiston. Non potevo aspettare altrettanto a lungo. Con un cenno al reverendo, mi separai dalla folla e partii all'inseguimento.

Raggiunsi l'uomo con il Fedora all'angolo tra Church Street e Market Square. Una volta fuggito dal cimitero, non sembrava più avere tanta fretta di allontanarsi. Contribuì il fatto che la pioggerella fosse finalmente cessata e che addirittura qualche sprazzo di sole illuminasse le pozzanghere. L'uomo se la prese comoda, consentendomi di riprendere fiato prima di avvicinarmi.

L'istinto tuttavia lo spinse a voltarsi e mi vide. «Sì?»

«Ero al funerale» dissi.

«Anch'io.»

«Mi chiedevo…» Solo in quel momento mi resi conto di non avere la più pallida idea di come proseguire. Era troppo difficile da spiegare. Stavo indagando su un omicidio che, fino a prova contraria, nessuno sapeva fosse avvenuto. Avevo inseguito quell'uomo solo per il suo copricapo, la cui rilevanza era a dir poco marginale. Presi un respiro e mi presentai. «Mi chiamo Susan Ryeland. Ero l'editor di Alan alla Cloverleaf Books.»

«Cloverleaf?» La conosceva. «Sì. Ci siamo sentiti un paio di volte.»

«Davvero?»

«Non con lei. Era un'altra donna… Lucy Butler.» Lucy era la responsabile dell'ufficio diritti. La sua stanza era accanto alla mia. «Ci eravamo sentiti per Atticus Pünd.» Intuii di colpo con chi stavo parlando, ma non ebbi bisogno di chiedere conferma. «Sono Mark Redmond» si presentò.

Io e Charles avevamo parlato spesso di lui e della sua agenzia – la Red Herring Productions – durante le nostre riunioni settimanali. Era il produttore televisivo e cinematografico che aveva opzionato i diritti per i romanzi di Atticus Pünd, ai quali stava lavorando con la BBC. Lucy era andata a conoscerlo negli uffici di Soho e ne aveva riportato un'impressione favorevole: uno staff giovane ed entusiasta, una mensola piena di premi BAFTA, telefoni che squillavano, andirivieni di corrieri, la sensazione che fosse un'azienda che trasformava le idee in realtà. Come suggeriva il nome, la Red Herring (cioè «falsa pista») era specializzata in telefilm polizieschi. Redmond aveva iniziato la carriera come fattorino per la serie *L'asso della Manica*, correndo presumibilmente di qua e di là per tutta la contea del Jersey, dove era ambientato il set. Dopodiché aveva lavorato per diversi altri programmi televisivi, prima di fondare un'azienda propria. Quella di Atticus sarebbe stata la sua prima produzione indipendente. Da quel che sapevo, la BBC la attendeva con entusiasmo.

Ero felice di conoscerlo di persona: il mio e il suo futuro erano legati a doppio nodo. La serie televisiva avrebbe dato nuova vita ai romanzi. Sarebbero seguite nuove copertine, nuova pubblicità, un totale rilancio. Ne avevamo bisogno più che mai, considerati i problemi di *Appuntamento con la morte*. Dovevo ancora valutare l'offerta di Charles. Se davvero intendevo prendere in mano la direzione della Cloverleaf Books mi serviva il suo autore di punta... Andava benissimo anche postumo. La Red Herring Productions poteva essere la soluzione.

Redmond stava per partire per Londra – lo attendeva in piazza una vettura con autista – ma lo convinsi a parlare prima con me, così entrammo in un caffè di fronte all'hotel, dove avevamo meno possibilità di essere disturbati. Si era tolto il Fedora, rivelando i capelli scuri tirati indietro e due occhi sottili. Era un uomo attraente, dal fisico asciutto e gli abiti costosi. Aveva costruito la propria carriera in TV e in effetti possedeva un certo charme mediatico. Riuscivo a immaginarlo facilmente come presentatore. Di un programma di lifestyle o finanza.

Ordinai due caffè e cominciammo a parlare.

«Ha lasciato presto il funerale» dissi.

«Non so nemmeno perché sono venuto, a essere sincero. Sentivo il dovere di partecipare dal momento che lavoravo con lui, ma una volta arrivato mi è parso un errore. Non conoscevo nessuno, faceva freddo e pioveva. Non vedevo l'ora di andarmene.»

«Quando l'ha visto l'ultima volta?»

«Perché me lo chiede?»

Mi strinsi nelle spalle come se non avesse importanza. «Tanto per sapere. Il suicidio di Alan è stato un grosso shock per tutti noi, ovviamente, e stiamo cercando di capirne le ragioni.»

«Ci siamo visti due settimane fa.»

«A Londra?»

«No. A dire il vero, a casa sua. Un sabato.»

Il giorno prima che Alan morisse.

«L'aveva invitata lui?» domandai.

Redmond fece una breve risata. «Non mi sarei fatto tutta quella maledetta strada in macchina senza invito. Voleva parlare della serie e mi aveva chiesto di pranzare da lui. Conoscendo Alan, ho ritenuto saggio non rifiutare. Si era già mostrato un tipo difficile e non volevo altre discussioni.»

«Che genere di discussioni?»

Mi guardò con sdegno. «Immagino di non doverle spiegare che era proprio un bel personaggio» precisò. «Ha detto di essere la sua editor. Non mi dica che non le ha mai fatto vedere i sorci verdi! Certe volte vorrei non aver mai sentito nominare Atticus Pünd. Mi stava rendendo la vita talmente difficile che avrei quasi voluto ucciderlo con le mie mani!»

«Mi spiace» replicai. «Non ne avevo idea. Qual era il problema, di preciso?»

«Ne spuntava uno dopo l'altro.» Arrivarono i caffè e lui cominciò a mescolarlo, disegnando infiniti cerchi con il cucchiaino mentre raccontava le vicissitudini del suo rapporto con Alan Conway. «Convincerlo innanzitutto a firmare l'opzione era già stata un'impresa. Pretendeva una bella cifra, neanche fosse stato J.K. Rowling, porca miseria. Non dimentichiamo che per me era un investimento azzardato. All'epoca non avevo ancora concluso l'accordo con la BBC e l'intero progetto avrebbe potuto andare a monte. Ma quello fu solo l'inizio. Lui non voleva lasciarci carta bianca. Voleva essere nominato produttore esecutivo. Be', non è così insolito, in fondo. Ma insisteva anche per occuparsi dell'adattamento del romanzo, pur non avendo la minima esperienza come sceneggiatore televisivo e, glielo assicuro, la BBC non era per niente d'accordo. Poi pretendeva anche di approvare il cast. Quella è stata la rogna peggiore. A nessun autore viene *mai* data la possibilità di approvare il cast! Di dare qualche consiglio in merito, magari, ma a lui non bastava. Aveva delle idee ridicole. Sa chi voleva per il ruolo di Atticus Pünd?»

«Ben Kingsley?» suggerii.

Sgranò gli occhi. «Gliel'aveva detto?»

«No. Ma so che era un suo grande ammiratore.»

«Be', ci ha azzeccato. Peccato che fosse fuori questione. Kingsley non avrebbe mai accettato la parte, e in ogni caso ha settantatré anni... Decisamente troppo vecchio. Seguì un'altra discussione. Tanto discutevamo per qualunque cosa. Io volevo partire da *Grido nella notte*. A mio parere, il più riuscito. Ma neanche quello gli stava bene. Senza motivazioni particolari. Semplicemente non era d'accordo. L'opzione scade a breve, perciò dovevo dosare bene le parole.»

«Andrete avanti comunque?» domandai. «Ora che lui non c'è più?»

Redmond si illuminò visibilmente. Posò il cucchiaino e bevve un sorso di caffè. «Possiamo andare avanti precisamente perché lui non c'è più. Posso essere sincero con lei, Susan? Non dovrei parlare male dei morti ma, francamente, la sua scomparsa è stata la cosa migliore che ci potesse capitare. Ho già parlato con James Taylor. Ora i diritti sono suoi e sembra un tipo alla mano. Ha già accettato di concederci un altro anno e per quella data dovremmo riuscire a completare il tutto. Ci piacerebbe coprire tutti e nove i romanzi.»

«L'ultimo non è finito.»

«Possiamo rimediare. Non importa. Hanno mandato in onda centoquattro episodi dell'*Ispettore Barnaby*, ma l'autore in origine aveva scritto solo sette libri. E guardi Sherlock. Stanno creando cose che Doyle non si sarebbe mai sognato. Con un po' di fortuna realizzeremo dodici stagioni delle *Avventure di Atticus*. Sarà questo il titolo. Il nome Pünd non mi è mai piaciuto, suona troppo straniero, e forse non sarà d'accordo con me, ma quella dieresi sulla U è veramente fastidiosa. Atticus invece mi piace. Ricorda *Il buio oltre la siepe*. Ora possiamo procedere e assumere un vero sceneggiatore che mi semplificherà parecchio la vita.»

«Ma il pubblico non si è ancora stancato di tutti questi omicidi?» chiesi.

«Vuole scherzare? *L'ispettore Morse*, *Taggart*, *Lewis*, *Foyle's War*, *Il giovane ispettore Morse*, *Jack Frost*, *Luther*, *The Inspector Lynley Mysteries*, *Cracker*, *Broadchurch* e persino quei maledetti Maigret e Wallander: la produzione televisiva britannica sparirebbe come un puntino sullo schermo senza omicidi. Ormai fanno fuori la gente anche nelle soap opera. È così in tutto il mondo. Sa, dicono che in America il bambino medio assiste a ottomila omicidi prima ancora di finire la scuola primaria. Una dato che fa pensare, no?» Mandò giù il resto del caffè come se di colpo fosse ansioso di mettersi in viaggio.

«Allora, cosa voleva Alan Conway?» insistetti. «Quando vi siete visti due settimane fa?»

Lui si strinse nelle spalle. «Si lamentava degli scarsi progressi. Non aveva idea di come lavori la BBC. Ci possono volere anche settimane prima che rispondano al telefono. Il nocciolo della questione era che a loro non piaceva la sua sceneggiatura. Ovviamente non glielo riferii. Stavamo cercando qualcuno che lo sostituisse.»

«Avete parlato dell'opzione in scadenza?»

«Sì.» Esitò un istante, e per la prima volta colsi una falla nella corazza della sua sicumera. «Mi disse che un'altra casa di produzione era interessata. Non gli importava che avessi già investito migliaia di sterline nelle *Avventure di Atticus*. Era pronto a ricominciare tutto da capo.»

«E come andò a finire?» domandai.

«Pranzammo a casa sua. Non eravamo partiti con il piede giusto. Ero arrivato tardi. Ero rimasto bloccato in un cantiere stradale infinito a Earl Soham – mi disse che andava avanti da settimane – e lui era di cattivo umore. Comunque sia, parlammo. Feci la mia proposta. Lui promise di restare con me. Mi rimisi in strada verso le tre del pomeriggio e tornai a casa.» Abbassò lo sguardo sulla tazzina vuota. Era ansioso di andare. «Grazie per il caffè. È stato un piacere conoscerla. Non appena avremo il via libera per la produzione, le farò sapere.»

Mark Redmond uscì, lasciando il conto a me. «Avrei quasi voluto ucciderlo con le mie mani!» Non serviva essere fan dell'*Ispettore Barnaby* per riconoscere un movente al volo e mi resi conto che, nella gara tra indiziati del campionato delle ovvietà, Redmond si era piazzato sul podio da solo. In aggiunta, scoprii un dettaglio inaspettato. Più tardi, quello stesso pomeriggio, mentre completavo l'accettazione al Crown, scorsi il registro degli ospiti di qualche pagina indietro. Fu un gesto istintivo, ma eccolo lì. Il nome di Mark Redmond. Era stato in quell'albergo per due notti. Quando chiesi informazioni alla receptionist, lei rispose che era ripartito il lunedì mattina dopo colazione. Con la moglie. Il produttore non aveva accennato alla presenza della consorte.

Ma non aveva importanza. Il punto era che si trovava proprio a Framlingham quando Alan era morto. In altre parole, aveva mentito. Mi veniva in mente una sola buona ragione per farlo.

Dopo le esequie

La sala ricevimenti era affollata quando tornai al Crown. Alla cerimonia avevano partecipato solo una quarantina di persone e mi era parso un gruppetto sparuto, ma tra le pareti del salone principale con i due caminetti accesi, i bicchieri di vino rosso e bianco che circolavano e i vassoi di panini e bocconcini di salsiccia disposti sui tavoli, regnava un'atmosfera quasi festosa, al punto che si erano uniti persino alcuni ospiti dell'albergo, per approfittare del cibo e delle bevande gratuite pur non avendo la minima idea di chi fosse il defunto. Sajid Khan era lì con la moglie – la riconobbi dalla foto nella cornice digitale – e, vedendomi entrare, mi salutò. Pareva d'umore stranamente allegro, quasi avesse soltanto archiviato un ex cliente anziché seppellirlo e si prospettasse per lui un'opportunità di lavoro nuova di zecca. Al suo fianco c'era James Taylor che al mio passaggio si limitò a sussurrare tre parole. «Ci vediamo stasera.» Chiaramente non vedeva l'ora di andarsene.

Trovai Charles assorto in una fitta conversazione con il reverendo Tom Robeson. Il sacerdote era molto più imponente di quanto non mi fosse sembrato al cimitero. Con la sua altezza si stagliava nettamente su tutti gli invitati, compreso il mio capo. Osservandolo da vicino, e senza la pioggia, mi colpì anche il suo aspetto tutt'altro che attraente. Aveva gli occhi spenti e i lineamenti leggermente deviati, come quelli di un pugile che ha preso parte a troppi incontri sul ring. Si era cambiato d'abito. Indossava una giacca sportiva consunta con le toppe sui gomiti. Mi avvicinai, mentre era intento a spiegare qualcosa gesticolando con mezzo panino in mano.

«... ma ci sono paesini che semplicemente non sopravvivrebbero. Famiglie che verrebbero divise. È moralmente inaccettabile.»

Quando mi unii a loro, Charles mi rivolse uno sguardo un tantino seccato. «Dov'eri finita?» chiese.

«Ho visto una persona che conoscevo.»

«Sei sparita di punto in bianco.»

«Lo so. Non volevo che mi sfuggisse.»

Lui si girò verso il parroco. «Ti presento il reverendo Tom Robeson. La mia collega Susan Ryeland. Parlavamo delle seconde case» spiegò.

«Southwold, Dunwich, Walberswick, Orford, Shingle Street... sono tutti sulla costa.» Robeson doveva finire di dimostrare la propria tesi.

Lo interruppi. «Ho ascoltato con interesse la sua omelia funebre» dissi.

«Oh, davvero?» Mi guardò con aria assente.

«Conosceva Alan da quando eravate giovani?»

«Sì. Ci siamo conosciuti molto tempo fa.»

Passò un cameriere con un vassoio e afferrai un calice di vino bianco. Era caldo e torbido, un Pinot grigio, credo. «Ha lasciato intendere che facesse il prepotente con lei.»

Mi suonava improbabile persino mentre lo dicevo. Alan non aveva mai avuto un fisico prestante e quando erano ragazzi Robeson doveva essere stato il doppio di lui. Tuttavia non negò. Al contrario, parve agitarsi. «Non ricordo di aver detto niente di simile, signora Ryeland.»

«Ha detto che pretendeva un posto al cimitero.»

«Sono certo di essermi espresso di altri termini. Alan Conway ha manifestato un'eccezionale generosità nei confronti della parrocchia. Non ha mai preteso alcunché. Quando ha chiesto di poter riposare nel nostro cimitero una volta giunta la sua ora, ho ritenuto che rifiutare sarebbe stato profondamente irriconoscente da parte mia, anche se ammetto di aver dovuto richiedere una deroga speciale.» Il reverendo guardò oltre la mia spalla, in cerca di una scappatoia. Se lo avesse stretto più forte, il calice di sciroppo di sambuco si sarebbe disintegrato. «È stato un vero piacere conoscerla» disse. «Anche lei, signor Clover. Ora vi prego di scusarmi...»

Ci passò in mezzo e si mescolò alla folla.

«Perché queste domande?» chiese Charles. «E chi dovevi rincorrere prima?»

La seconda risposta era più semplice. «Mark Redmond» dissi.

«Il produttore?»

«Sì. Sai che si trovava qui nel weekend in cui Alan è morto?»

«Come mai?»

«Alan voleva discutere della serie televisiva, *Le avventure di Atticus*. Redmond mi ha raccontato che gli stava rendendo la vita difficile.»

«Non capisco, Susan. Perché tutta questa urgenza di parlargli? E perché sei stata così aggressiva con il reverendo poco fa? Sembrava volessi interrogarlo. Si può sapere cos'hai in mente?»

Fui costretta a spiegarglielo. Non sapevo neppure perché non l'avessi ancora fatto. Lo misi al corrente di tutta la faccenda: la visita a Claire Jenkins, la lettera d'addio, l'Ivy Club... tutto quanto. Charles ascoltò in silenzio e mi resi conto che più parlavo e più quel che dicevo suonava ridicolo. Lui non credette a una sola parola e nemmeno io, ascoltandomi, ne ero più tanto convinta. L'unica certezza era che avevo poche prove, per non dire nessuna, a sostegno della mia teoria. Mark Redmond aveva dormito un paio di notti in un albergo. Questo faceva di lui un sospettato? Un cameriere si era visto rubare un'idea. Si sarebbe sobbarcato tutto quel viaggio fino alla contea del Suffolk solo per vendicarsi? Restava il fatto che

Alan era un malato terminale. Alla fin fine, perché uccidere qualcuno che sarebbe morto comunque?

Conclusi. Charles scosse il capo. «Uno scrittore di gialli vittima di un giallo» commentò. «Parli sul serio, Susan?»

«Sì, Charles» risposi. «Credo di sì.»

«Lo hai detto a qualcun altro? Ti sei rivolta alla polizia?»

«Perché me lo chiedi?»

«Per due motivi. Primo, non voglio che ti renda ridicola. E secondo, in tutta franchezza, ho paura che porteresti solo altri guai alla casa editrice.»

«Charles…» insistetti, ma in quel momento giunse il tintinnio di una forchetta contro un bicchiere e nella sala calò il silenzio. Mi guardai attorno. James Taylor era sulla scalinata che conduceva alle camere con Sajid Khan al suo fianco. Aveva come minimo dieci anni meno di tutti i presenti e sembrava completamente fuori luogo.

«Signore e signori» esordì. «Sajid mi ha chiesto di dire due parole… e vorrei cominciare ringraziandolo per aver organizzato la cerimonia di oggi. Come la maggior parte di voi saprà, fino a poco tempo fa ero il compagno di Alan e ci tengo a precisare che gli volevo bene e che sentirò molto la sua mancanza. In tanti mi avete chiesto cosa farò adesso, perciò tanto vale dirvi che non rimarrò a Framlingham ora che lui non c'è più, benché vi abbia trascorso dei giorni felici. Anzi, se qualcuno fosse interessato, Abbey Grange verrà messa in vendita. Comunque sia, vi ringrazio tutti per la vostra presenza di oggi. Confesso che non mi sono mai piaciuti i funerali ma, come già detto, mi ha fatto piacere potervi incontrare e salutare. E soprattutto, poter salutare Alan. So che per lui significava molto, venire a riposare nel cimitero di St Michael, e sono certo che verranno in tanti a porgergli visita… tutti quelli che leggevano i suoi libri. Ora vi prego di continuare a servirvi da bere e da mangiare. E di nuovo grazie a tutti.»

Come discorso non era granché e oltretutto lo aveva pronunciato non solo con imbarazzo, ma anche con una certa noncuranza. James mi aveva già confessato che non vedeva l'ora di lasciare il Suffolk e ora l'aveva messo bene in chiaro davanti a tutti. Mentre parlava, mi ero guardata intorno, cercando di cogliere le varie reazioni nella sala. Il parroco era rimasto in disparte, impassibile. Accanto a lui c'era una donna, molto più bassa e in carne, con una chioma di capelli rossi. Dedussi che era la moglie. John White non aveva preso parte al ricevimento, ma c'era il sovrintendente Locke… sempre che fosse lui l'uomo di colore che avevo identificato al cimitero. Melissa Conway e il figlio erano andati via nel momento stesso in cui James aveva preso la parola. Li avevo visti scivolare fuori dalla porta sul retro e capivo perfettamente cosa dovevano aver provato, ascoltando il fidanzato di Alan. Una seccatura per me, perché avrei voluto farci due chiacchiere. Ma non potevo svignarmela una seconda volta.

James strinse la mano all'avvocato e lasciò la sala, soffermandosi brevemente a mormorare qualcosa a un paio di presenti. Mi girai verso Charles, convinta di riprendere la conversazione, ma in quel momento gli squillò il cellulare. Guardò il display.

«È arrivato il taxi» annunciò. Lo aveva prenotato per farsi portare alla stazione di Ipswich.

«Avrei potuto accompagnarti io» obiettai.

«No. Va bene così.» Recuperò il cappotto e lo appese al braccio. «Susan, dobbiamo parlare di Alan. Se hai intenzione di proseguire con questa tua indagine, non sarò certo io a fermarti. Ma ti suggerisco di riflettere bene su quello che fai… sulle possibili implicazioni.»

«Lo so.»

«Hai scoperto qualcosa sulle pagine mancanti? Francamente, trovo sia molto più importante.»

«Sto ancora cercando.»

«Allora buona fortuna. Ci vediamo lunedì.»

Non ci salutammo con un bacio. Non ho mai baciato Charles in vita mia, malgrado lo conosca da anni. È un tipo troppo formale per queste cose, troppo abbottonato. A dire il vero, non me lo immagino neppure a baciare sua moglie.

Uscì. Bevvi d'un fiato il resto del vino e andai a ritirare la chiave della mia camera. Avevo in programma di farmi un bel bagno e riposare un po', prima della cena con James Taylor, ma mentre raggiungevo le scale – gli ospiti ormai si stavano diradando, lasciandosi alle spalle interi vassoi ricolmi di sandwich ancora intatti – mi trovai la strada bloccata da Claire Jenkins. Aveva in mano una busta marrone formato A4, che a prima vista conteneva almeno una dozzina di fogli. Per un attimo, il cuore mi guizzò nel petto. Aveva trovato le pagine mancanti! Che fosse davvero così semplice?

Ovviamente no.

«Le avevo detto che avrei scritto qualcosa su Alan» mi rammentò, sventolando la busta davanti a sé con una certa insicurezza. «Voleva sapere come fosse da bambino, come siamo cresciuti insieme.» Aveva gli occhi ancora arrossati e lucidi. Se esisteva un sito di vendita online interamente dedicato all'abbigliamento esclusivo per le cerimonie funebri, lei lo aveva trovato. Indossava un vestito di velluto e merletto, dal taglio leggermente vittoriano e nero che più nero non si può.

«È molto gentile da parte sua, signora Jenkins» risposi.

«Mi ha permesso di ripensare ad Alan e scrivere mi ha fatto bene. Non sarà un granché. Non sono brava come lui. Ma forse ci troverà qualche risposta.» Soppesò la busta un'ultima volta come fosse riluttante a separarsene, poi me la porse. «Ne ho fatta una copia, perciò non è necessario che me la restituisca.»

«Grazie.» Lei rimase immobile, come in attesa di qualcosa. «Le porgo di nuovo le mie più sincere condoglianze.»

Sì. Ci avevo azzeccato. Annuì. «Non riesco ancora a credere che non ci sia più» rispose. Poi se ne andò anche lei.

Mio fratello, Alan Conway

Non riesco ancora a credere che Alan sia morto.

Vorrei scrivere qualcosa su di lui, ma non so da che parte cominciare. Ho letto alcuni necrologi sui giornali e non corrispondono minimamente al vero. Oh, certo, sanno quando è nato, che libri scriveva, che premi ha vinto. Dicono tante belle cose. Ma non lo descrivono affatto e francamente mi stupisce che nessuno di quei giornalisti mi abbia telefonato, perché io avrei saputo rendere molto meglio l'idea dell'uomo che era, a partire dal fatto che (come le ho già detto) non si sarebbe mai tolto la vita. Una cosa era certa di Alan: era un sopravvissuto. Lo eravamo entrambi. Siamo sempre stati molto legati, anche se ogni tanto non andavamo d'accordo, e se davvero la malattia lo aveva portato alla disperazione mi avrebbe chiamata di sicuro prima di commettere una sciocchezza.

Non si è buttato da quella torre. Lo hanno spinto. Come faccio a esserne sicura? Bisogna capire da dove veniamo, quanta strada abbiamo fatto entrambi. Non mi avrebbe mai lasciata sola, non senza prima avvertirmi.

Ma mi permetta di iniziare dal principio.

Io e Alan siamo cresciuti in un istituto chiamato Chorley Hall, appena fuori dalla cittadina di St Albans, nell'Hertfordshire. Era un collegio privato maschile di cui nostro padre, Elias Conway, era il preside. Anche nostra madre lavorava nell'istituto. Era impegnata a tempo pieno nel ruolo di moglie del preside, intratteneva i rapporti con i genitori e aiutava l'infermiera quando i bambini si ammalavano, ma si lamentava spesso di non essere stipendiata.

Il posto era orribile. Mio padre era un uomo orribile. Sembravano fatti l'uno per l'altro. Era arrivato in quella scuola come insegnante di matematica e a quanto pare aveva sempre lavorato nel privato, forse perché a quei tempi non facevano troppo gli schizzinosi sulle assunzioni del personale. Può sembrare una cosa terribile da dire del proprio padre, ma è la verità. Sono felice di non aver studiato in quell'istituto. Io ne frequentavo uno diurno femminile a St Albans... ma Alan non ebbe scampo.

Il collegio sembrava una di quelle case infestate descritte nei romanzi vittoriani, come quelli di Wilkie Collins. Pur distando solo una trentina di minuti da St Albans, sorgeva in fondo a un lungo viale d'accesso privato, circondato dai boschi, e dava l'impressione di trovarsi nel bel mezzo del nulla. Era un edificio lungo, piuttosto tradizionale, con i corridoi stretti, i pavimenti di pietra e le pareti per metà rivestite di piastrelle scure. Ogni stanza era dotata di caloriferi enormi che però non venivano mai accesi perché, secondo la filosofia della scuola, il freddo pungente, i letti duri e il cibo immangiabile forgiavano il carattere. Alcune ali dell'edificio erano più moderne. Il blocco per le materie scientifiche era stato aggiunto alla fine degli anni Cinquanta e la scuola aveva raccolto i fondi per la costruzione di una nuova palestra, che fungeva anche da teatro e aula magna. Tutto rigorosamente grigio o marrone. In pratica nessun colore. Anche in estate, gli alberi oscuravano la luce del sole e l'acqua della piscina – di un verde salmastro – non superava mai i dieci gradi.

Il collegio ospitava centosessanta ragazzi dagli otto ai tredici anni. Dormivano in camerate da sei fino a dodici letti. Ogni tanto mi capitava di attraversarle e ricordo ancora lo strano odore, muschiato e leggermente acre, di tutti quei ragazzini. I bambini potevano portare da casa una coperta e un orsacchiotto, ma a parte quello avevano pochi oggetti personali. L'uniforme scolastica era bruttina: calzoncini grigi e maglioni rosso scuro con il collo a v. Accanto a ciascun letto c'era un armadio, e se gli alunni non appendevano i vestiti come si deve venivano condotti fuori e fustigati.

Alan non dormiva nelle camerate. Noi vivevamo con i nostri genitori in una specie di appartamento annesso alla scuola, suddiviso tra il secondo e il terzo piano. Avevamo stanze confinanti e ricordo che ci bussavamo messaggi in codice sulla parete divisoria. Adoravo sentire i primi colpi che si alternavano rapidi e lenti appena la mamma spegneva le luci, anche se non ne capivo il significato. La vita per Alan era molto difficile; forse era nostro padre a volere così. Di giorno faceva parte della scuola, veniva trattato esattamente come gli altri. Ma non era un collegiale a tutti gli effetti, perché la sera tornava a casa con noi. Di conseguenza non riuscì mai a inserirsi in nessuno dei due mondi e, ovviamente, essendo figlio del preside fu preso di mira fin dal primo giorno. Aveva pochissimi amici e perciò divenne solitario e introverso. Amava leggere. Lo vedo ancora in calzoncini corti, a nove anni, seduto con un grosso volume sulle ginocchia. Era un ragazzino minuto, perciò i libri, soprattutto i più datati, sembravano smisurati al suo confronto. Leggeva ogni volta che poteva, spesso la sera tardi, con una torcia che nascondeva sotto le coperte.

Avevamo entrambi il terrore di nostro padre. Non lo si poteva definire forte fisicamente. Era invecchiato prima del tempo, i capelli ricci gli si erano imbiancati e diradati presto, lasciando intravedere la cute. Portava gli occhiali. Ma qualcosa nei suoi modi lo trasformava in un essere quasi mostruoso, almeno per noi figli. Aveva lo sguardo rabbioso, quasi spiritato, di chi sa di avere sempre ragione, e quando affermava qualcosa, ti puntava il dito in faccia come volesse sfidarti a contraddirlo. Cosa che ci guardavamo bene dal fare. Aveva un sarcasmo aggressivo, ti rimetteva al tuo posto con un ghigno e una sfilza di insulti che facevano leva sui tuoi punti deboli centrando dritto il bersaglio. Inutile raccontarle quante volte mi umiliò facendomi vergognare di me stessa. Ma con Alan si comportava anche peggio.

Niente di quello che faceva mio fratello gli andava mai bene. Alan era stupido. Alan era lento. Alan non avrebbe mai combinato nulla di buono. Anche il suo amore per la lettura era un passatempo infantile. Perché non giocava a pallone o a rugby o andava in campeggio con i compagni? C'è da dire che Alan da piccolo non era molto attivo fisicamente. Era un bambino grassottello e forse un po' effeminato, con i suoi occhioni azzurri e i lunghi capelli biondi. Durante il giorno veniva preso di mira dagli altri ragazzi. Di sera diventava il bersaglio di nostro padre. E adesso le svelerò una cosa che forse la sconvolgerà. Elias picchiava gli studenti fino a farli sanguinare. Certo, non era un trattamento insolito per un collegio inglese degli anni Settanta. Ma picchiava anche Alan, di continuo. Se arrivava tardi in classe o non aveva fatto i compiti, o rispondeva male a un altro insegnante, veniva condotto subito nell'ufficio del preside (non accadeva mai a casa) e alla fine era costretto a dire anche: «Grazie, signore». Badi bene, non: Grazie, papà. Che razza di uomo poteva trattare così un figlio?

Mia madre non protestava mai. Forse anche lei temeva nostro padre, oppure lo riteneva giusto. Eravamo la tipica famiglia inglese, chiusa, che teneva le emozioni al riparo dagli sguardi altrui. Vorrei poterle dire cosa motivasse le azioni di nostro padre, cosa lo rendesse così sgradevole. Una volta domandai ad Alan come mai non avesse mai scritto della sua infanzia, pur avendo la sensazione che la scuola di *Grido nella notte* fosse ispirata a Chorley Hall, persino il nome è simile. E il preside ucciso somiglia a nostro padre sotto molti aspetti. Alan rispose che non gli interessava scrivere un'autobiografia. Un vero peccato, perché a me invece sarebbe interessato sapere che opinione avesse della propria vita.

Cos'altro posso raccontare di lui in quel periodo? Era un

bambino tranquillo. Aveva pochi amici. Leggeva molto. Non gli piaceva lo sport. Credo vivesse già nel mondo della sua fantasia, anche se iniziò a scrivere solo molto più avanti. Adorava inventare giochi.

Durante le vacanze scolastiche, che trascorrevamo insieme, ci trasformavamo in spie, soldati, esploratori, detective... Scorrazzavamo nel giardino della scuola, un giorno a caccia di fantasmi, un altro di tesori. Lui era sempre così carico di energia. Non si lasciava mai abbattere.

Ho detto che ancora non scriveva, ma verso i dodici o tredici anni amava già giocare con le parole. Inventava codici. Elaborava anagrammi complicati. Creava parole crociate. Per i miei undici anni inventò un cruciverba le cui definizioni contenevano il mio nome, quello dei miei amici e tutti i miei passatempi preferiti. Era un genio! Ogni tanto mi lasciava un libro con dei puntini sotto alcune lettere. Una volta messe insieme formavano un messaggio segreto. Oppure mi mandava degli acrostici. Scriveva bigliettini che agli occhi di mamma e papà sembrassero banali con l'iniziale di ogni frase che però andava a comporre un messaggio comprensibile solo a noi due. Aveva un debole anche per gli acronimi. Spesso chiamava la mamma «MADAM» che in realtà significava «Manda Al Diavolo l'Adorato Marito». Oppure si rivolgeva a papà chiamandolo «CAPO» che stava per «Caro Amico Puzzi Ormai». Forse lo troverà infantile, ma in fondo eravamo solo bambini e poi mi faceva ridere. La nostra educazione rigida ci aveva abituati a essere silenziosi. Avevamo paura di dire qualunque cosa, di esprimere qualunque opinione potesse metterci nei guai. Alan inventava ogni sorta di trucchetto per comunicare tra di noi in modo che nessun altro potesse capire. Usava il linguaggio come fosse un nascondiglio tutto nostro.

L'esperienza di Chorley Hall si concluse per entrambi per ragioni diverse.

Alan la terminò a tredici anni e poi, un paio di anni dopo, nostro padre fu colpito da un brutto ictus che lo ridusse alla semiparalisi. Così ebbe fine anche il suo potere su di noi. Alan si trasferì alla St Albans School, dove si trovò molto meglio. Aveva un bravo insegnante di inglese, si chiamava Stephen Pound. Una volta gli domandai se si fosse ispirato a lui per Atticus Pünd, ma si limitò a ridermi in faccia dicendo che non vi era alcun nesso tra i due. In ogni caso si era già capito che, in un modo o nell'altro, avrebbe fatto carriera con i libri. Aveva cominciato a scrivere racconti e poesie. Verso la fine delle superiori, scrisse il copione per la recita scolastica.

Da quel momento in poi ci vedevamo sempre meno, e direi che per molti aspetti ci allontanammo. Quando ci incontravamo, il legame era ancora forte, ma a poco a poco cominciammo a prendere ognuno la propria strada. Giunti all'età dell'università, Alan si trasferì a Leeds e io non mi iscrissi affatto. I miei genitori erano contrari. Trovai lavoro a St Albans, negli archivi della polizia, ed ecco come ho finito per sposare un poliziotto e trasferirmi a vivere e lavorare a Ipswich. Mio padre morì quando avevo ventotto anni. Negli ultimi tempi era costretto a letto e necessitava di assistenza giorno e notte e mia madre fu senza dubbio grata quando finalmente è crepato. Lui aveva sottoscritto una polizza per la vita che le permise di mantenersi. È ancora viva, ma non la vedo da anni. Si è trasferita a Dartmouth, sua città d'origine.

Ma torniamo ad Alan. Studiò letteratura inglese all'università di Leeds, poi si trasferì a Londra per lavorare nell'ambito pubblicitario, come molti giovani laureati dell'epoca, soprattutto quelli con un titolo umanistico. Fu assunto dall'agenzia Allen Brady & Marsh e, a quanto ne so, si trovò benissimo, il lavoro non era eccessivo, la paga era buona e andava a un sacco di feste. Erano gli anni Ottanta e il settore pubblicitario era ancora piuttosto sfrenato. Alan lavorava come copywriter e fu proprio lui a ideare il noto slogan: WHAT A LOVELY LOOKING SAUSAGE! («Ma che bella salsiccia!»). Era un altro dei suoi acrostici, le iniziali di ogni parola formavano il nome del marchio Wall's, noto produttore di salsicce. In quel periodo aveva affittato un appartamento a Notting Hill e, per quel che vale, aveva un mucchio di ragazze.

Rimase nella pubblicità per molto tempo, ma nel 1995, poco prima di compiere trent'anni, mi spiazzò annunciando che aveva abbandonato l'agenzia e si era iscritto a un corso di scrittura creativa post-laurea della durata di due anni, all'università dell'East Anglia. Mi invitò a Londra espressamente per comunicarmi la notizia. Mi portò da Kettner's, ordinò una bottiglia di champagne e mi raccontò tutto. Kazuo Ishiguro e Ian McEwan avevano frequentato entrambi quell'ateneo. Entrambi erano autori pubblicati. McEwan era stato anche in lizza per il Booker Prize! Alan aveva presentato la domanda di ammissione senza grandi aspettative, invece era stato preso. Aveva inviato una domanda scritta, una serie di suoi componimenti e alla fine aveva sostenuto un colloquio impegnativo con due membri della facoltà. Non lo avevo mai visto più felice e vivace. Era come se finalmente avesse trovato se stesso, e solo allora mi resi conto di quanto fosse importante per lui diventare scrittore. Mi disse che aveva due anni per completare un romanzo di ottantamila parole sotto supervisione e che l'università aveva molti agganci con gli editori, cosa che poteva aiutarlo a ottenere un contratto. Aveva già un'idea per il libro. Voleva scrivere della corsa allo spazio, dal punto di vista britannico. «Il mondo diventa sempre più piccolo» mi spiegò. «E noi con lui.» Voleva approfondire quell'argomento. Il personaggio principale sarebbe stato un astronauta che in realtà non aveva mai staccato piede da terra. L'avrebbe intitolato *Guardare le stelle*.

Passammo un weekend delizioso e mi rattristò molto doverlo lasciare per prendere il treno per Ipswich. Non ho molto da dire sui due anni successivi, perché ci incontrammo di rado, ma ci sentivamo per telefono. Adorava il suo corso. Tuttavia non era sicuro di poter dire lo stesso degli altri studenti. Ammetto che Alan aveva un lato del carattere piuttosto permaloso, che prima non avevo mai notato, ma che si stava rafforzando. Forse era dovuto al troppo lavoro. Si era persino scontrato con uno dei due tutor che aveva criticato il suo libro. Piuttosto buffo, perché si era iscritto all'università proprio in cerca di una guida, ma una volta lì si era convinto di non averne bisogno. «Gliela farò vedere io, Claire» diceva sempre. «Gliela farò vedere io.»

Morale della favola, *Guardare le stelle* non fu mai pubblicato e non so che fine abbia fatto. Aveva superato le centomila parole. Mi mostrò i primi due capitoli e per fortuna non mi chiese di leggere il resto, perché non mi piacque granché. La scrittura era molto arguta. Alan possedeva ancora la straordinaria capacità di giocare con la lingua, di modificare le parole e le frasi a suo piacimento, ma purtroppo non riuscivo a cogliere il messaggio. Sembrava che le pagine mi urlassero contro. Allo stesso tempo, sapevo di non essere il destinatario più adatto. Che cosa potevo saperne io? A me piacevano James Herriot e Danielle Steel. Naturalmente mi complimentai. Dissi che lo trovavo interessante e che senza dubbio gli editori lo avrebbero apprezzato, ma quando poi cominciò a ricevere lettere di rifiuto, si demoralizzò. Era così convinto che il suo libro fosse brillante, e quando sei uno scrittore che vive rinchiuso da solo nel suo studio finisci per chiederti come farai a tirare avanti. Dev'essere terribile avere una tale sicurezza nelle proprie capacità e poi scoprire che invece ti sbagliavi.

Ad ogni modo, trascorse così l'autunno del 1997.

Alan aveva mandato *Guardare le stelle* ad almeno una dozzina di agenzie letterarie e a una sfilza di editori, ma nessuno aveva mostrato il minimo interesse. La cosa peggiore fu che, al contrario di lui, due studenti del suo corso ottennero dei contratti. Alan però non si arrese. Non era nella sua natura. Mi disse che non voleva tornare alla pubblicità. Temeva di non riuscire a portare avanti il suo vero lavoro – ormai lo definiva così – perché sarebbe stato troppo distratto e non avrebbe più avuto il tempo necessario, e poco dopo venni a sapere che aveva trovato lavoro come insegnante di letteratura inglese alla Woodbridge School.

Non ne fu mai particolarmente entusiasta e credo che i suoi studenti lo percepissero, perché ebbi l'impressione che nemmeno lui fosse tanto apprezzato. In compenso, aveva vacanze e weekend lunghi, un mucchio di tempo libero per scrivere e a lui non importava altro. Finì altri quattro romanzi. O almeno sono quelli di cui mi parlò. Nessuno di essi fu pubblicato e non sono sicura che Alan sarebbe stato in grado di sopportare il lavoro alla Woodbridge se avesse saputo di dover attendere altri undici anni prima di assaporare il successo. Una volta disse che gli sembrava di essere stato rinchiuso in una di quelle prigioni russe nelle quali ti sbattono senza comunicarti la durata della pena.

Si sposò mentre era ancora alla Woodbridge. Melissa Brooke, questo il nome della moglie da nubile, insegnava francese e tedesco e aveva cominciato a lavorare in quella scuola nello stesso semestre. Descriverla non serve. So che vi siete incontrate più volte. La mia prima impressione fu che fosse giovane, attraente e mi parve che volesse molto bene ad Alan. Non so perché, ma purtroppo non siamo mai andate d'accordo. Al funerale mi ha salutata a stento, ma devo ammettere che in parte è stata colpa mia. Mi sentivo in competizione con lei, come se mi avesse portato via Alan. A scriverlo ora, mi rendo conto di quanto sia stupido, ma vorrei fornirle un resoconto il più possibile sincero del rapporto tra me e Alan, perciò è giusto ammetterlo. Melissa aveva letto tutti i suoi romanzi. Credeva in lui al cento per cento. Si sposarono nel comune di Woodbridge nel giugno del 1998 e trascorsero la luna di miele nel Sud della Francia, a Cap Ferrat. Il figlio, Freddy, nacque due anni dopo.

Fu Melissa a suggerire ad Alan di scrivere il primo romanzo di Atticus Pünd. Ormai erano sposati da sette anni. Mi rendo conto di aver fatto un grosso salto avanti, ma non saprei cosa scrivere del periodo intermedio. Lavoravo alla centrale di polizia del Suffolk. Alan insegnava. Non abitavamo distanti dal punto di vista geografico, ma avevamo due vite totalmente diverse.

Melissa ebbe la sua illuminazione nella filiale della libreria

W.H. Smith di Woodbridge. Chi erano i migliori autori bestseller presenti sugli scaffali? Dan Brown, John Grisham, Michael Crichton, James Patterson, Clive Cussler. Non aveva dubbi che Alan scrivesse meglio. Il suo problema era che puntava troppo in alto. Perché perdere tempo con un libro elogiato dai critici ma che nessuno vorrebbe mai leggere? Poteva sfruttare il suo talento per scrivere un romanzo più semplice, un giallo. Se avesse venduto, la sua carriera sarebbe decollata e in seguito avrebbe potuto tentare altre strade. L'importante era cominciare. Così diceva lei.

Alan mi fece leggere *Atticus Pünd indaga* subito dopo averlo concluso, e me ne innamorai. Non solo per la sottigliezza del mistero. Trovavo anche il detective protagonista un personaggio brillante. Era stato in un campo di concentramento, aveva visto la morte in faccia e ora viveva in Inghilterra e risolveva omicidi... Sembrava perfetto. Alan aveva scritto il libro in soli tre mesi. Approfittando perlopiù delle vacanze estive. Ma era soddisfatto del risultato. La prima cosa che mi chiese fu se avevo indovinato il colpevole e gongolò quando risposi che ero andata completamente fuori strada.

Non serve dilungarmi oltre, perché conosce il seguito quanto me. Il manoscritto giunse alla Cloverleaf Books e lo avete pubblicato! Alan venne a trovarvi a Londra e quella sera cenammo tutti insieme: lui, Melissa e io. Cucinò lei; Freddy dormiva di sopra. Doveva essere una serata di festa, ma Alan era d'umore strano. Sembrava ansioso, mogio. C'era qualcosa tra lui e Melissa, una tensione che non riuscivo a decifrare. Credo che mio fratello fosse nervoso. Quando hai inseguito un'ambizione per tutta la vita, realizzarla può spaventare perché... quale sarà il passo successivo? Ma non si trattava solo di quello. Di colpo Alan si era reso conto che il mondo era pieno di romanzi d'esordio; che ogni settimana decine di libri nuovi affollavano gli scaffali, ma solo pochi suscitavano un forte impatto. Per ogni scrittore famoso, almeno cinquanta sparivano nel nulla e c'era la possibilità che Atticus Pünd non fosse la realizzazione di un sogno. Poteva esserne la fine.

Naturalmente non fu così. *Atticus Pünd indaga* fu pubblicato nel settembre del 2007. Fu un'emozione ricevere la prima copia con il nome di Alan stampato sulla copertina e la sua fotografia sul retro. In un certo senso sembrava che tutto fosse andato a buon fine, come se le nostre vite non avessero avuto altro scopo che condurci a quel momento. Il romanzo ricevette una meravigliosa recensione sul «Daily Mail»: «Attento, Hercule Poirot! È arrivato in città un piccolo forestiero dalla mente brillante... e sta per farti le scarpe». Entro Natale, Atticus Pünd era presente in tutte le classifiche dei bestseller. Seguirono altre ottime recensioni. Atticus fu nominato anche nel programma *Today*. Quando la primavera successiva uscì l'edizione economica, sembrava che tutto il Paese ne volesse una copia. La Cloverleaf Books gli chiese di scrivere altri tre romanzi e malgrado lui non mi abbia mai rivelato l'ammontare della proposta, so che si trattava di una cifra esorbitante.

All'improvviso era diventato uno scrittore famoso. Il suo libro fu tradotto in una sfilza di lingue diverse e venne invitato a tutti i festival letterari: Edimburgo, Oxford, Cheltenham, Hay-on-Wye, Harrogate. Quando uscì il secondo romanzo, fu organizzato un incontro con autografi a Woodbridge e la fila arrivava oltre l'angolo della strada. Alan lasciò il lavoro alla Woodbridge School (anche se Melissa continuava a insegnare lì) e acquistò una casa a Orford affacciata sul fiume. Fu proprio in quel periodo che morì Greg, mio marito, e Alan suggerì che andassi a vivere più vicino a lui. Mi aiutò a comprare la casa di Daphne Road, dove è venuta a trovarmi.

I libri continuavano a vendere. I soldi entravano a fiumi. Alan mi chiese di aiutarlo con il terzo romanzo, *Atticus Pünd e il nuovo caso*. Era un pessimo dattilografo. Scriveva sempre la prima bozza con penna e calamaio e mi chiedeva di batterla al computer. Poi faceva la sua revisione, sempre a mano, e io la ricopiavo al computer prima di inviare il manoscritto all'editore. Mi chiese anche di aiutarlo con le ricerche. Gli presentai uno dei detective di Ipswich e mi misi a scovare informazioni su veleni e cose di quel genere. In tutto ho lavorato a quattro dei suoi romanzi. Adoravo essere coinvolta e mi dispiacque molto quando la nostra collaborazione finì. Fu tutta colpa mia.

In seguito al successo, Alan cambiò. Era come se si fosse lasciato sopraffare. Se non scriveva, viaggiava in tutto il mondo per promuovere i libri. Leggevo sue notizie dai giornali. A volte lo sentivo su Radio 4. Ma a quel punto, non ci vedevamo quasi più. Finché, nel 2009, poche settimane dopo la pubblicazione di *Grido nella notte*, non mi sconvolse con la notizia che stava per lasciare Melissa e non credetti quasi ai miei occhi nel leggere che era andato a vivere con un ragazzo.

È davvero difficile spiegare cosa provai, perché avevo nel cuore un turbinio di emozioni e ignoravo troppi particolari. Vivendo a Orford, vedevo Melissa di continuo, ma non avevo la minima idea che il loro matrimonio non funzionasse più. Sembravano sempre così tranquilli insieme. Precipitò tutto talmente in fretta. Alan mi aveva appena comunicato la notizia che già Melissa e Freddy si erano trasferiti, mettendo in vendita la casa. Non contattarono nessun avvocato per il divorzio. Concordarono di dividere tutto al cinquanta per cento.

Personalmente, faticavo ad accettare questo nuovo aspetto di Alan. Non ho mai avuto alcun problema con gli omosessuali. Avevo un collega gay dichiarato e andavamo perfettamente d'accordo. Ma si trattava di mio fratello, una persona alla quale ero legata da tutta la vita e di colpo mi si chiedeva di considerarlo sotto una luce completamente diversa. Be', potrebbe obiettare lei, in fondo era cambiato sotto molti altri aspetti. Ormai aveva cinquant'anni, era uno scrittore ricco e di successo. Era più solitario, spigoloso, padre di un figlio, una figura pubblica. Ed era gay. Perché quest'ultimo dettaglio doveva avere un'importanza speciale? Ecco, parte della risposta riguarda la scelta di un partner tanto giovane. Non avevo nulla contro James Taylor. Anzi, mi piaceva. Non l'ho mai considerato un opportunista né niente di simile, anche se devo ammettere che rimasi inorridita quando Alan accennò che un tempo si prostituiva. Semplicemente mi metteva a disagio vederli insieme, mentre si tenevano per mano o altro. Non dissi mai una parola. Di questi tempi, non è lecito, no? Ma mi sentivo a disagio. Tutto qui.

Comunque non fu quella la ragione della nostra rottura. Lavoravo come una schiava per Alan. In un modo o nell'altro non si limitava mai ai libri. Lo aiutavo nella corrispondenza con i fan. Certe settimane riceveva oltre una dozzina di lettere e nonostante avesse impostato una risposta standard, qualcuno doveva pur seguirne la gestione. Mi occupavo anche della dichiarazione dei redditi, in particolare compilavo i moduli della doppia imposizione perché non pagasse le tasse due volte. Spesso mi mandava a comprare la cancelleria o le cartucce per la stampante. Badavo anche a Freddy. Per farla breve, gli facevo da segretaria, da capufficio, da ragioniera e persino da babysitter, pur avendo già un lavoro a tempo pieno a Ipswich. Non mi dispiaceva aiutarlo, ma un giorno provai a suggerirgli, in tono scherzoso, che avrebbe dovuto stipendiarmi. Alan andò su tutte le furie. Fu l'unica volta che lo vidi perdere le staffe con me. Mi rammentò che mi aveva aiutata a comprare casa (anche se all'epoca aveva messo bene in chiaro che si trattava di un prestito e non di un dono). Disse che credeva fossi felice di aiutarlo e che se avesse saputo che lo trovavo così gravoso non me lo avrebbe mai chiesto. Feci marcia indietro il più velocemente possibile, ma ormai il danno era fatto. Alan non mi chiese mai più di dargli una mano e da lì a poco lasciò anche Orford per trasferirsi a Abbey Grange.

Non mi aveva detto di essere malato. Non ha idea di quanto la cosa mi ferisca. Ma terminerò da dove ho iniziato. Alan è stato un combattente per tutta la vita. A volte poteva risultare spigoloso e aggressivo, ma non credo lo fosse davvero. Semplicemente sapeva dove voleva arrivare e non ha mai permesso a niente e nessuno di intralciargli la strada. Sopra ogni cosa, era uno scrittore. Scrivere per lui significava tutto. Crede davvero che avrebbe concluso un romanzo per uccidersi prima di vederlo pubblicato? È inconcepibile! L'Alan Conway che conoscevo non l'avrebbe mai fatto.

St Michael's

Mi sembrava che Claire avesse tratto le sue conclusioni per i motivi sbagliati. Aveva ragione a non credere al suicidio di Alan. Ma ci era arrivata in maniera piuttosto confusa. «Mi avrebbe chiamata di sicuro prima di commettere una sciocchezza.» Parte da quel presupposto. È la sua giustificazione principale. Verso la fine, però, cambia prospettiva. «Crede davvero che avrebbe concluso un romanzo per uccidersi prima di vederlo pubblicato?» Due argomentazioni molto diverse che possiamo analizzare separatamente.

Alan non era il tipo da dimenticare i rancori. Quando la sorella aveva chiesto di essere pagata per il suo aiuto, avevano avuto una brutta discussione e, nonostante le convinzioni di Claire, dubito che il loro legame fosse più tornato quello di prima. Per esempio, anche se Alan le aveva riferito di voler lasciare Melissa, lei non sapeva nulla della sua relazione con James Taylor: il fratello aveva lasciato che lo scoprisse dai giornali. Forse, dopo il coming out, Alan aveva deciso di gettarsi alle spalle la vecchia vita come un abito logoro, includendo purtroppo anche Claire. Se non si sentiva pronto a parlare con lei della propria sessualità, perché avrebbe dovuto confidarle le intenzioni suicide?

Inoltre Claire è convinta, a torto, che lanciarsi dalla torre sia stato per forza un gesto programmato. «Non mi avrebbe mai lasciata sola, non senza prima avvertirmi.» Ma non è detto che debba esserlo. Alan avrebbe potuto semplicemente svegliarsi e agire d'impulso. In quel momento avrebbe potuto anche dimenticarsi del libro in uscita. Tanto sarebbe morto in ogni caso prima che venisse pubblicato. Che cosa gliene importava?

Dal racconto di Claire emergevano altri elementi interessanti. Finora non mi ero resa conto di quanta vita privata Alan avesse intessuto la trama di *Appuntamento con la morte*. Forse sapeva già, ancor prima della diagnosi, che quello sarebbe stato il suo ultimo romanzo? «*Ci fingevamo pirati, cacciatori di tesori, soldati, spie*» dice Robert Blakiston ad Atticus Pünd ma è anche un riferimento all'infanzia di Conway. Alan si divertiva a inventare codici... e anche Robert li picchiettava contro la parete della sua stanza. Poi ci sono gli anagrammi, gli acrostici, i giochi con le parole. Robeson diventa Osborne. Clarissa Pye risolve il cruciverba del «Daily Telegraph». Forse Alan aveva inserito nel libro un messaggio nascosto, un segreto riguardo a qualcuno, di cui solo lui era a conoscenza? Di cosa poteva trattarsi? Oltretutto, se aveva scoperto un segreto talmente orribile da spingerlo al suicidio, perché tirarla tanto per le lunghe? Perché non rivelarlo e basta?

Oppure il mistero si celava nelle pagine conclusive? Forse qualcuno le aveva fatte sparire proprio per quel motivo, liberandosi poi anche di Alan? Il ragionamento filava, in un certo senso, ma in tal caso c'era da chiedersi chi potesse averle lette.

Mancavano ancora un paio d'ore prima di cena e decisi di raggiungere a piedi Castle Inn. Dovevo schiarirmi le idee. Stava già facendo buio e Framlingham emanava un'atmosfera desolata, con i negozi chiusi e le strade deserte. Passando davanti alla chiesa, notai un movimento, una sagoma scura che si aggirava tra le tombe. Era il reverendo. Lo vidi sparire all'interno dell'edificio, sbattendosi la porta alle spalle, e d'impulso decisi di seguirlo. Il tragitto mi condusse davanti alla tomba di Alan e provai una sensazione orribile al pensiero che lui fosse lì, sepolto sotto la terra smossa di fresco. Quando lo avevo conosciuto, mi era parso freddo e taciturno. Ora, da morto, lo sarebbe stato per l'eternità.

Affrettai il passo ed entrai in chiesa. All'interno era immensa, caotica, piena di spifferi, un miscuglio di secoli diversi. Probabilmente non era lieta di essere giunta fino all'epoca attuale: il dodicesimo secolo le aveva donato le arcate, il sedicesimo il delizioso soffitto in legno, il diciottesimo l'altare… ma cosa aveva regalato il ventunesimo secolo alla parrocchia di St Michael? Ateismo e indifferenza. Robeson era oltre i banchi in fondo, accanto alla porta. Vedendolo in ginocchio, pensai per un attimo che stesse pregando. Poi notai che trafficava con un vecchio calorifero, lo stava sfiatando. Diede un giro di chiave e ne uscì un sibilo di aria stantia, seguita da un rumore di ferraglia, segno che le tubature cominciavano a riempirsi. Mentre mi avvicinavo, si voltò e mi riconobbe almeno in parte. Si rimise in piedi a fatica. «Buonasera, signora…?»

«Susan Ryeland» gli rammentai. «Signorina, in realtà. Le avevo fatto qualche domanda su Alan.»

«Un mucchio di gente oggi mi ha chiesto di Alan.»

«Io però le ho chiesto se era un prepotente.»

Se ne ricordò e distolse lo sguardo. «Credevo di averle già risposto.»

«Sapeva di essere stato inserito nel suo ultimo romanzo?»

L'informazione lo colse di sorpresa. Si sfregò il mento appuntito. «In che senso?»

«C'è un vicario che le somiglia. Ha persino un nome simile al suo.»

«Nomina anche la nostra chiesa?»

«La chiesa di St Michael? No.»

«Allora non è un problema.» Attesi che continuasse. «Era tipico da parte sua dire cose sgradevoli sul mio conto. Aveva uno strano senso dell'umorismo… se così si può definire.»

«Alan non le piaceva.»

«Perché tutte queste domande, signorina Ryeland? Dove vuole arrivare di preciso?»

«Non gliel'avevo detto? Ero l'editor di Alan alla Cloverleaf Books.»

«Capisco. Purtroppo non ho mai letto i suoi romanzi. Gialli e misteri non mi hanno mai attirato. Preferisco la saggistica.»

«Quando conobbe Alan Conway?»

Non voleva rispondere, ma intuì che non mi sarei arresa. «Eravamo a scuola insieme.»

«Anche lei ha frequentato Chorley Hall?»

«Sì. Avevamo la stessa età. Sono stato trasferito a Framlingham qualche anno fa e mi ha sorpreso ritrovarlo nella mia congregazione di fedeli… non che frequentasse spesso la parrocchia.»

«E…?» Seguì il silenzio. «Ha detto che Alan aveva una personalità dominante. Era un bullo?»

Robeson sospirò. «Non trovo appropriato parlarne proprio oggi. Ma poiché insiste, era una situazione insolita dal momento che suo padre era il preside dell'istituto. Questo gli conferiva un certo potere. Poteva permettersi di dire certe cose… o farle… sapendo che nessuno di noi avrebbe mai osato ribellarsi.»

«Che genere di cose?»

«Ecco, immagino si possa definirle ragazzate. Senza dubbio lo erano, dal suo punto di vista. Ma talvolta diventava maligno e offensivo. Nel mio caso, mi provocavano indubbiamente un forte turbamento, ma ormai è acqua passata. È accaduto tanto tempo fa.»

«Ma cosa faceva di preciso?» Robeson era riluttante a parlare, perciò lo incalzai. «È molto importante, reverendo. Credo che la morte di Alan non sia così ovvia come può sembrare e qualunque dettaglio possa riferirmi, in tutta confidenza, potrebbe rivelarsi di grande aiuto.»

«Erano solo scherzi, signorina Ryeland. Niente di serio.»

Attese che rinunciassi ma, vedendomi irremovibile, aggiunse: «Scattava delle fotografie...».

«Fotografie?»

«Erano fotografie orribili!»

Non era stato il reverendo a pronunciare quelle parole. Erano giunte dal nulla. Ecco qual è il problema dell'acustica nelle chiese. Si presta bene alle apparizioni a sorpresa. Mi voltai e vidi la donna dai capelli rossi che avevo notato in albergo, probabilmente la moglie di Robeson, che avanzava a grandi passi verso di noi, martellando i tacchi a ritmo deciso sul pavimento di pietra. Si fermò accanto al marito, fissandomi con manifesta ostilità. «Tom non desidera parlarne» disse. «Non capisco perché lo stia importunando ancora. Oggi abbiamo seppellito Alan Conway e, per quel che mi riguarda, la storia finisce qui. Non ci faremo trascinare in ulteriori pettegolezzi. Hai controllato i radiatori?» Pose quell'ultima domanda con lo stesso identico tono, senza neppure fermarsi a prendere fiato.

«Sì, cara.»

«Allora torniamocene a casa.»

Lo prese sottobraccio e nonostante gli arrivasse a malapena alla spalla con tutta la testa, fu lei a trascinarlo fuori dalla chiesa. La porta si richiuse sbattendo e io rimasi lì a chiedermi cosa mai potessero ritrarre quelle immagini e, allo stesso tempo, se anche Mary Blakiston avesse trovato delle fotografie sul tavolo della cucina della canonica di Saxby-on-Avon e se, magari, fossero state proprio quelle la causa della sua morte.

La cena al Crown

Non avevo intenzione di sbronzarmi con James Taylor e non ricordo proprio come sia successo. È vero che lui, al suo arrivo, era piuttosto distratto e ha ordinato subito una bottiglia dello champagne più costoso di tutto il menu, seguito da un ottimo vino e da diversi bicchieri di whisky, ma io avevo intenzione di lasciare che se li scolasse da solo. Non saprei dire quanto abbia scoperto nelle due ore successive. Di certo niente di utile per capire *chi* avesse ucciso Alan Conway o perché, e quando mi sono svegliata il mattino seguente, mi sentivo io stessa a un passo dalla morte.

«Dio, quanto odio questo posto del cazzo.» Ecco le parole d'esordio di James mentre si accasciava sulla sedia. Si era messo la stessa giacca di pelle nera che indossava quando lo avevo incontrato la prima volta e una T-shirt bianca. Faceva molto James Dean. «Scusami, Susan» proseguì. «Ma non vedevo l'ora che il funerale finisse. Il reverendo non ha detto niente di bello su Alan. E la voce poi! Cioè, capisco il tono grave, ma sembrava che ci fosse lui dentro la tomba. Non ci volevo nemmeno venire, ma il signor Khan ha insistito e siccome mi ha aiutato molto, glielo dovevo. Certo, adesso lo sanno tutti.» Lo guardai con aria interrogativa. «Dell'eredità, intendo! Ho avuto la casa, la terra, i contanti, i diritti dei libri, tutto quanto! Be', ha lasciato un bel po' di roba anche a Freddy, suo figlio, e ha pure pensato alla sorella. C'è una donazione per la chiesa. Robeson gliel'ha chiesta in cambio del lotto al cimitero. Poi un altro paio di cosette. Ma ora possiedo più soldi di quanti ne abbia mai avuti in vita mia. Offro io la cena, a proposito… o Alan, se vuoi. Hai trovato le pagine mancanti del manoscritto?»

Risposi di no.

«Peccato! Ho rovistato un po' in giro anch'io, ma non ho avuto fortuna. Buffo pensare che d'ora in poi dovrai vedertela con me… per i libri, intendo. Ho già parlato al telefono con un certo Mark Redmond per *Le avventure di Atticus*. Che faccia pure la sua serie del cavolo, basta che non me la debba sorbire io.» Diede un'occhiata al menu, decise al volo e lo spinse da parte. «Mi odiano tutti, sai. Certo, devono mantenere la facciata. Sono troppo nervosi per dire quello che pensano, ma si capisce da come mi guarda la maggior parte della gente. Mi sono preso tutto perché ero la puttanella di Alan. Ecco cosa pensano.»

Arrivò lo champagne e James attese che la cameriera lo versasse nei bicchieri. Non potevo fare a meno di sorridere. Era appena diventato milionario e si lamentava pure, ma con una leggerezza che rasentava l'umorismo. In una deliberata parodia di se stesso.

Scolò il bicchiere d'un fiato. «Per prima cosa domani mattina metterò in vendita Abbey Grange» annunciò. «Impugneranno anche questo contro di me, ma non vedo l'ora di liberarmene. Il signor Khan dice che potrebbe valere un paio di milioni di sterline e John White ha già manifestato il suo interesse. Te ne ho parlato? È il tizio che vive lì accanto, quello dei fondi speculativi. Straricco. Lui e Alan hanno avuto una mega discussione qualche tempo fa. Per un investimento di qualche tipo. Dopodiché, si sono tolti persino il saluto. Buffo, no? Vai a vivere nel bel mezzo della campagna con una ventina di ettari di terreno intorno e l'unica persona al mondo che non sopporti è proprio il tuo vicino di casa. Comunque sia, forse la comprerà lui, per allargare la proprietà.»

«E tu dove andrai?» chiesi.

«Prenderò qualcosa a Londra. Come ho sempre desiderato. Proverò a far decollare la mia carriera. Voglio tornare a recitare. Se *Le avventure di Atticus* andrà in porto, magari mi offriranno una parte. Sarebbe un bel colpo, no? Potrei diventare James Fraser e interpretare un personaggio ispirato a me fin dall'inizio. Sai perché Alan l'ha chiamato così, a proposito?»

«No, non lo so.»

«Ha preso il nome da Hugh Fraser, l'attore che interpretava il braccio destro di Poirot nella serie televisiva. E l'appartamento in cui viveva Atticus Pünd, a Tanner Court? Un altro dei suoi scherzetti. Esiste davvero un posto chiamato Florin Court, lo hanno usato per le riprese di Poirot. L'hai capita? *Tanner* e *Florin* sono due antiche monete inglesi.»

«E tu come lo sai?»

«Me l'ha detto lui. Ne combinava di tutti i colori. Gli piaceva nascondere le cose.»

«In che senso?»

«Be'... i nomi, per esempio. Uno dei romanzi è ambientato a Londra e i nomi sono quelli delle stazioni della metropolitana e roba simile. In un altro, i vari personaggi si chiamano Brooke, Waters, Forster, Wilde...»

«Sono scrittori.»

«Sono scrittori *gay*. Era un giochetto che faceva sempre per combattere la noia.»

Bevemmo altro champagne e ordinammo *fish and chips*. Il ristorante si trovava all'estremità opposta dell'albergo, in un angolo nascosto rispetto alla sala nella quale si era tenuto il rinfresco del funerale. C'erano un paio di famiglie a cena, ma a noi avevano riservato un tavolo appartato. Le luci erano soffuse. Chiesi a James di spiegarmi come lavorasse Alan Conway. Nei suoi romanzi aveva nascosto tanti elementi quanti ne svelava e si avvertiva una curiosa discrepanza tra l'autore bestseller e i libri che invece aveva scritto. Perché tutti quei trucchetti, codici e riferimenti nascosti? Non gli bastava semplicemente raccontare la storia?

«Non me lo ha mai spiegato» rispose James. «Lavorava tantissimo, a volte anche sette o otto ore di fila. Aveva un taccuino che riempiva di indizi e false piste, dettagli così. Chi si trovava dove e quando, che cosa stava facendo. Diceva che incastrare tutti i pezzi gli faceva scoppiare la testa e se lo disturbavo, entrando nello studio, mi copriva di insulti. A volte parlava di Atticus Pünd come fosse una persona reale e mi dava l'idea che non fossero grandi amici… per quanto possa sembrare assurdo. "Atticus mi sta distruggendo! Mi ha proprio stufato. Perché mi tocca scrivere un altro libro su di lui?" Non faceva che ripetere frasi del genere.»

«Per questo ha deciso di eliminarlo?»

«Non lo so. Nell'ultimo libro muore? Non ne ho vista neanche una pagina.»

«Si ammala. E forse alla fine muore.»

«Alan ha sempre detto che i libri sarebbero stati nove. Lo aveva deciso fin dall'inizio. Quel numero era importante per lui.»

«Che fine ha fatto il taccuino?» chiesi. «Immagino che tu non l'abbia trovato.»

James scosse il capo. «No. Mi dispiace, ma sono quasi sicuro che non è in casa.»

Quindi, chi aveva fatto sparire l'ultimo capitolo di *Appuntamento con la morte*, cancellandone ogni singola parola dal computer, aveva preso anche il taccuino. Una mossa eloquente. Conosceva il *modus operandi* di Alan.

Chiacchierammo ancora della loro vita insieme. Finimmo la bottiglia di champagne e quella di vino. Gli altri ospiti conclusero la loro cena e verso le nove la sala era tutta per noi. James mi dava l'impressione di essere molto solo. Perché un ragazzo di nemmeno trent'anni era andato a seppellirsi in un buco come Framlingham? In realtà, non aveva avuto scelta. Era stato plasmato dalla sua relazione con Alan e quello, se non altro, doveva essere stato un valido motivo per interromperla. James ne parlava con grande tranquillità. Ormai eravamo amici; forse per via di quella prima sigaretta, o per le strane circostanze che ci avevano fatti incontrare. Mi raccontò del suo passato.

«Sono cresciuto a Ventnor» disse. «Sull'isola di Wight. La odiavo. All'inizio credevo fosse perché era un'isola, perché ero circondato dal mare. Ma in realtà era per via della mia identità. I miei genitori erano testimoni di Geova, per quanto possa sembrare bizzarro. Mia madre girava l'isola distribuendo copie di "The Watchtower" porta a porta.» Fece una pausa. «Sai quale fu per lei la tragedia più grande? A un certo punto finì le porte.»

Il problema per James non era la religione in sé, né tantomeno l'impostazione patriarcale della sua famiglia (aveva due fratelli maggiori). Ma l'omosessualità era considerata peccato.

«Capii qual era la mia vera natura all'età di dieci anni e vissi nel terrore fino a quindici» raccontò. «La cosa peggiore era non poterlo dire a nessuno. Non sono mai stato legato ai miei fratelli – credo avessero intuito che ero diverso – e sull'isola di Wight sembrava di vivere negli anni Cinquanta. Ora non è così male, almeno così ho sentito dire. Ci sono dei locali gay a Newport e luoghi di battuage un po' ovunque, ma quando ero ragazzino, con gli anziani che venivano a trovarci e tutto il resto, mi sentivo terribilmente solo. Poi conobbi un altro ragazzo della mia scuola e cominciammo a sollazzarci, fu allora che capii che dovevo andarmene di casa, perché se fossi rimasto prima o poi mi avrebbero beccato con le brache calate, in senso letterale, e sarei stato ripudiato, perché i testimoni di Geova fanno così quando si incazzano con qualcuno. A un passo dal diploma, decisi che volevo fare l'attore. Lasciai la scuola a sedici anni e trovai lavoro allo

Shanklin Theatre, dietro le quinte, ma due anni dopo abbandonai l'isola alla volta di Londra. Credo che la mia famiglia abbia provato un enorme sollievo nel vedermi partire. Non sono più tornato.»

James non poteva permettersi la scuola di recitazione, ma provvide a formarsi altrove. Un tizio conosciuto in un bar gli presentò un produttore, il quale lo scritturò per una serie di film che la televisione britannica tradizionale non avrebbe certo mandato in onda in prima serata. La parafrasi pudica è farina del mio sacco. James mi descrisse la sua carriera pornografica con una schiettezza ai limiti dell'osceno e dopo essere passati alla seconda bottiglia ridevamo entrambi a crepapelle. Si era anche prostituito, a Londra e Amsterdam. «Non era così male» raccontò. «Alcuni clienti erano degli schifosi pervertiti, ma mi cercavano perlopiù uomini di mezza età, assolutamente terrorizzati di essere scoperti. Avevo un mucchio di clienti abituali, te lo assicuro. Il sesso e i soldi mi piacevano e facevo in modo di stare attento.» Aveva preso in affitto un piccolo appartamento a West Kensington e li riceveva lì. Tra gli altri, c'era anche un direttore di casting che gli procurò dei ruoli veri e propri.

E poi conobbe Alan Conway.

«Alan era un cliente tipico. Era sposato. Aveva un figlio piccolo. Aveva trovato la mia fotografia e i miei recapiti in rete e non mi rivelò il suo nome per molto tempo. Non voleva farmi sapere di essere uno scrittore famoso, perché temeva che lo ricattassi o vendessi la storia ai tabloid della domenica o chissà che altro. Ma è ridicolo. Ormai non lo fa più nessuno.» James scoprì la sua vera identità solo quando lo riconobbe in un programma televisivo del mattino, mentre promuoveva uno dei suoi libri. A pensarci bene, quel particolare mi accese una lampadina. Quando i romanzi di Atticus Pünd cominciarono a vendere, Alan aveva fatto di tutto per *non* comparire in televisione, in pratica l'esatto contrario di tutti i nostri autori.

All'epoca, lo avevo imputato alla timidezza. Ma se conduceva una doppia vita, il suo rifiuto acquisiva un senso.

Avevamo terminato la portata principale e le due bottiglie e barcollammo in cortile a fumarci una sigaretta. Era una notte limpida e seduti sotto le stelle, con un diafano spicchio di luna a rischiarare il cielo scuro, James diventò riflessivo. «Alan mi piaceva davvero, sai» disse. «A volte si comportava proprio come un orribile vecchio bastardo, soprattutto quando era immerso nella scrittura. I guadagni ottenuti con i gialli sembravano non renderlo mai felice. Ma io ci riuscivo. Non facevo nulla di male, no? Checché ne dica o pensi la gente, lui aveva bisogno di me. All'inizio mi pagava solo per la notte. Poi lo accompagnai in un paio di viaggi. Andammo a Parigi e Vienna. Diceva a Melissa che doveva fare alcune ricerche. Mi portò con sé anche in America, per un tour promozionale del romanzo. Se qualcuno faceva domande, rispondevo che ero il suo assistente personale e in albergo prendevamo stanze separate, ma ovviamente comunicanti. A quel punto cominciò a darmi un'entrata fissa e non mi permise più di frequentare nessun altro.»

Soffiò il fumo, poi fissò la brace della sigaretta.

«Gli piaceva osservarmi mentre fumavo» disse. «Dopo il sesso, ancora nudo, mi facevo sempre una sigaretta e lui mi guardava. Mi dispiace averlo deluso.»

«In che modo?» chiesi.

«Ero sempre più insofferente. Lui aveva i suoi libri e la scrittura e io mi annoiavo, bloccato a Framlingham. Avevo oltre vent'anni di meno, lo sai. Lì non c'era niente per me. Così ripresi a frequentare Londra. Gli dicevo che andavo da amici, ma Alan sapeva la verità. Era ovvio. Seguirono discussioni accese, ma io non rinunciai ai miei viaggi e alla fine lui mi sbatté fuori, con un mese di tempo per fare le valigie. Quando ti ho conosciuta, nel giro di due giorni sarei rimasto senza casa. Una parte di me sperava potessimo riconciliarci, ma in realtà ero felice che fosse finita. Non mi interessavano i soldi. La gente ci guardava ed era convinta che lo facessi solo per quello, ma non è vero. Tenevo davvero a lui.»

Tornammo dentro e, tra un whisky e l'altro, James mi raccontò i suoi progetti per il futuro, dimenticando di avermene già parlato. Sarebbe andato in vacanza per qualche tempo, in un posto caldo. Avrebbe ripreso in mano la carriera di attore. «Magari mi iscriverò a una scuola di recitazione. Ora che posso permettermela.» Nonostante i sentimenti che diceva di provare per Alan, aveva già un'altra relazione, con un ragazzo più vicino alla sua età. Non so perché, ma osservandolo seduto a tavola, con i lunghi capelli fluenti e gli occhi annebbiati dall'alcol, ebbi l'improvvisa sensazione che per lui non ci sarebbe stato un lieto fine. Un pensiero curioso, ma credo avesse bisogno di Alan Conway proprio come James Fraser di Atticus Pünd. Nella storia non c'era altro posto per lui.

James era venuto in macchina, ma gli impedii di guidare fino a casa anche se distava solo un paio di chilometri. Come una vecchia zia premurosa, gli confiscai le chiavi e chiesi alla reception di chiamargli un taxi.

«Dovrei fermarmi a dormire qui» obiettò lui. «Posso permettermi una stanza. Posso permettermi l'intero albergo.»

Furono le ultime parole che mi rivolse prima di andare via, barcollando incerto nella notte.

«Gli piaceva nascondere le cose...»

James aveva ragione. In *Attrazione al veleno*, che è ambientato a Londra, i personaggi si chiamano Leyton Jones, Victoria Wilson, Michael Latimer, Brent Andrews e Warwick Stevens. Sono tutti, o almeno in parte, nomi presi in prestito dalle stazioni della metropolitana. I nomi delle due assassine, Linda Cole e Matilda Orre, sono anagrammi: della stazione di Clindale sulla Northern Line e di Latimer Road. Il cast di *Mazzo di rose per Atticus* è composto da scrittori gay. In *Missione straniera*, be'... lo lascio indovinare a voi.

John Waterman
Parker Bowles Advertising
Caroline Fisher
Professor Otto Schneider
Elizabeth Faber

Il mattino successivo mi svegliai poco dopo le sette con un gran mal di testa e un cattivo sapore in bocca. La cosa bizzarra è che avevo ancora le chiavi della macchina di James strette in pugno e per un orribile istante ebbi quasi il terrore di aprire gli occhi e ritrovarmelo accanto. Andai in bagno e mi feci una lunga doccia calda. Poi mi vestii e scesi per bere un caffè amaro e un bicchiere di succo al pompelmo. Avevo davanti il manoscritto di *Appuntamento con la morte* e, nonostante il pessimo stato in cui mi trovavo, individuai in fretta ciò che stavo cercando.

Tutti i personaggi del romanzo portano il nome di qualche uccello.

La prima volta che l'avevo letto, mi ero appuntata di rivedere con Alan quelli di Sir Magnus Pye e Pye Hall. Mi sembravano un po' infantili, e in ogni caso datati. Sembravano tratti dalle *Avventure di Tintin*. Scorrendolo di nuovo, notai che quasi tutti i nomi, persino quelli dei personaggi minori, seguivano lo stesso criterio. Si parte dai più ovvi: il reverendo Robin (pettirosso) e la moglie Hen (gallina). Per passare all'antiquario Whitehead, alla dottoressa Redwing e al becchino Weaver che rimandano ad alcune specie piuttosto comuni (rispettivamente testabianca, tordo sassello e uccello tessitore), come pure gli agenti immobiliari di Bath, Crane e Lanner (gru e lanario) e il gestore del Ferryman, Kite (nibbio). Alcuni riferimenti sono più ostici da individuare. Joy Sanderling porta il nome di un piccolo trampoliere e Jack Dartford di un uccellino canoro. Quello di Brent, il giardiniere, appartiene a un volatile della famiglia delle oche, e il suo secondo nome è Jay, cioè ghiandaia. Da Thomas Blakiston, naturalista del diciannovesimo secolo, deriva il nome di una civetta che a sua volta ha ispirato quello della famiglia al centro della storia. E via dicendo.

È una scoperta importante? Be', in realtà sì. Mi preoccupava.

I nomi dei personaggi sono sempre importanti. Ho conosciuto scrittori che li prendevano in prestito dagli amici e altri che cercavano spunto nei testi di consultazione: l'*Oxford Book of Quotations* e la *Cambridge Biographical Encyclopaedia*, per citarne un paio. Qual è il segreto di un nome vincente in narrativa? Il più delle volte, la chiave è la semplicità. James Bond non sarebbe diventato famoso se ne avesse avuto uno troppo lungo. Premessa a parte, la prima informazione che riceviamo sul personaggio è quasi sempre il nome, e se questo gli calza a pennello, se suona adeguato, giocherà immediatamente a suo favore. Gli ispettori Rebus e Morse sono due ottimi esempi. Entrambi i cognomi richiamano i codici omonimi e, poiché il ruolo del detective è proprio quello di decodificare indizi e informazioni, costituiscono un ottimo punto di partenza. Alcuni scrittori del diciannovesimo secolo, come Charles Dickens, hanno osato un po' di più. Chi mai avrebbe voluto un istitutore come Wackford Squeers, un protettore come il signor Bumble o un marito come Jerry Cruncher? Ma si tratta di caricature grottesche. L'autore mostrava molta più cautela nel trattare gli eroi o eroine ai quali desiderava far affezionare il lettore.

A volte gli scrittori inciampano quasi per caso in un nome che poi diventa iconico. Gli esempi più eclatanti sono quelli di Sherrinford Holmes e Ormond Sacker. Chissà se avrebbero ottenuto lo stesso successo mondiale se Conan Doyle non ci avesse ripensato, optando alla fine per Sherlock Holmes e John Watson. Ho visto con i miei occhi il manoscritto con le correzioni: una riga di penna e il destino della storia letteraria era stato deciso. Allo stesso modo, Pansy O'Hara avrebbe forse infiammato il mondo come Scarlett, se Margaret Mitchell non avesse cambiato idea mentre concludeva *Via col vento*? I nomi rimangono impressi nella nostra mente. Peter Pan, Luke Skywalker, Jack Reacher, Fagin, Shylock, Moriarty… chi riuscirebbe a immaginarli diversi?

Per farla breve, nome e personaggio sono inscindibili. Si definiscono l'uno con l'altro. Ma non è il caso di *Appuntamento con la morte*… né di nessun altro romanzo di Alan Conway che ho editato. Trasformando i personaggi secondari in uccelli o stazioni della metropolitana (oppure marche di penne stilografiche, come in *Missione straniera*), li aveva banalizzati e di conseguenza sminuiti. Forse do troppo peso alla questione. In fondo, i suoi gialli puntavano al puro e semplice intrattenimento. Tuttavia quella scelta sembrava suggerire una sorta di disinteresse, per non dire disprezzo, nei confronti del suo stesso lavoro, che mi avviliva. Ero anche scocciata per non essermene mai accorta.

Dopo colazione feci le valigie, pagai il conto e guidai fino a Abbey Grange per restituire le chiavi della macchina a James Taylor. Fu strano rivedere la casa per quella che quasi certamente sarebbe stata l'ultima volta. Forse era per via del cielo grigio del Suffolk, ma mi diede un'impressione quasi funebre, come se in qualche modo avesse percepito non solo la morte dell'ex proprietario ma anche la rinuncia da parte dell'erede. Riuscivo a malapena ad alzare lo sguardo verso la torre che ora appariva ancor più tetra e minacciosa. Mi fece pensare che se davvero esistevano palazzi destinati a essere infestati dai fantasmi, Abbey Grange rientrava a pieno titolo nella categoria. Un giorno, in un futuro non lontano, un nuovo proprietario sarebbe stato svegliato di colpo nel cuore della notte, prima da un grido e poi dal tonfo attutito di qualcosa che atterrava sul manto erboso. James aveva tutte le ragioni per volersene andare.

Ero tentata di suonare il campanello, ma ci ripensai. Probabilmente stava ancora dormendo e in ogni caso la sera prima, carburato dall'alcol, forse si era aperto con me più di quanto intendesse. Meglio evitare le recriminazioni del giorno dopo.

Avevo un appuntamento a Ipswich. Claire Jenkins aveva mantenuto la parola procurandomi un incontro con il sovrintendente Locke, non alla centrale di polizia, ma in uno Starbucks a due passi dal cinema. Avevo ricevuto un messaggio con tutte le istruzioni. Undici in punto. Poteva concedermi solo quindici minuti. Avevo ancora un sacco di tempo, ma prima volevo fare visita alla casa accanto a quella di Alan. Al funerale avevo intravisto John White, con gli stivaloni arancioni, ma non avevamo avuto occasione di parlare. James aveva accennato alla lite tra Alan e il vicino, che si era poi rivelato uno dei personaggi di *Appuntamento con la morte*. Volevo approfondire. Essendo domenica, avevo buone possibilità di trovarlo in casa, così infilai le chiavi di James nella buca delle lettere e proseguii.

Nonostante il nome della proprietà, Apple Farm, non si vedeva traccia di meli, né tantomeno ricordava una fattoria. Era un edificio di notevole fascino, molto più tradizionale rispetto a Abbey Grange, costruito a occhio e croce negli anni Quaranta. Si presentava molto bene, con un viale d'accesso ben tracciato, le siepi perfette e gli immensi prati verdi tosati a strisce. Di fronte alla porta principale c'era un garage aperto, con un'automobile a dir poco favolosa parcheggiata all'esterno. Una Ferrari 458 a due posti. Non mi sarebbe dispiaciuto sfrecciare per le strade del Suffolk a bordo di quel gioiellino, ma avrei fatto fuori come minimo duecentomila sterline. Al confronto faceva sfigurare la mia MGB.

Suonai il campanello. Calcolai che la casa avesse almeno otto camere da letto e che, data la dimensione, avrei atteso un bel po' prima che arrivasse qualcuno, invece la porta si aprì quasi all'istante e mi ritrovai di fronte una donna dall'aria poco cordiale, i capelli neri con la riga in mezzo e abiti di foggia maschile: giacca sportiva, pantaloni aderenti, stivaletti alle caviglie. Era la moglie, forse? Non l'avevo vista al funerale. Per qualche ragione, dubitavo che lo fosse.

«Desidero parlare con il signor White, se è possibile» spiegai. «Lei è la moglie?»

«No, la governante. E lei sarebbe?»

«Un'amica di Alan Conway. La sua editor, in realtà. Avrei bisogno di fare al signor White qualche domanda sull'accaduto. È piuttosto importante.»

Credo stesse per mandarmi al diavolo, ma proprio in quel momento nell'ingresso alle sue spalle comparve un uomo. «Chi è, Elizabeth?» domandò una voce.

«Una donna che chiede di Alan Conway.»

«Mi chiamo Susan Ryeland» mi presentai, sporgendomi

oltre la spalla della governante. «Non le ruberò più di cinque minuti, ma gliene sarei molto grata.»

La mia richiesta suonava talmente ragionevole che sarebbe stato difficile per il signor White respingermi. «Venga» disse.

La domestica si fece da parte e io passai oltre, verso l'ingresso. Mi ritrovai davanti a John White. Lo riconobbi all'istante, dopo averlo visto al funerale. Era bassino, di corporatura snella e d'aspetto abbastanza anonimo, con i capelli scuri e rasati che si rispecchiavano nella barbetta incolta sul mento. Indossava una camicia da ufficio e un pullover con il collo a v. Stentavo a immaginarlo al volante della Ferrari. Non aveva affatto l'aria aggressiva.

«Posso offrirle un caffè?» chiese.

«Grazie. Molto gentile.»

Annuì alla governante, che era lì in attesa e andò subito a prepararlo. «Mi segua in salotto» disse White.

Entrammo in una stanza ampia che si affacciava sul giardino. Era arredata con mobili moderni e quadri di valore alle pareti, incluso uno dei famosi neon di Tracey Emin. Notai una fotografia di due belle ragazze, gemelle. Forse le figlie? Intuii al volo che, a parte la governante, era solo in casa. Perciò la sua famiglia doveva essere lontana, oppure era divorziato. Optai per la seconda.

«Cosa vuole sapere di Alan?» chiese.

L'atmosfera sembrava così informale, ma quella mattina avevo fatto una ricerca su Google e sapevo di avere di fronte un uomo che aveva gestito con successo non uno, ma addirittura due fondi speculativi per una grossa azienda della capitale. Si era fatto un nome e aveva fatto la fortuna dei suoi clienti prevedendo la stretta creditizia, così era andato in pensione a quarantacinque anni con più soldi di quanti mi sognerei mai di guadagnare, se facessi sogni di quel genere. Eppure, lavorava ancora. Investiva milioni e ne guadagnava di più, in orologi, parcheggi, proprietà, qualunque cosa. Era il classico uomo che avrei facilmente trovato sgradevole – che possedesse una Ferrari rendeva tutto più semplice – eppure mi fece tutt'altro effetto. Forse per via degli Hunter arancioni. «L'ho vista al funerale.»

«Sì. Ho pensato di farci un salto. Non mi sono fermato al rinfresco, però.»

«Lei e Alan eravate legati?»

«Eravamo vicini di casa, se è questo che intende. Ci vedevamo piuttosto spesso. Ho letto un paio dei suoi libri, ma non mi sono piaciuti granché. Non ho molto tempo libero e non era il mio genere.»

«Signor White...» Esitai. Non era facile.

«Mi chiami pure John.»

«... mi è parso di capire che lei e Alan abbiate avuto un diverbio, poco prima che lui morisse.»

«È vero.» Non si scompose per la domanda. «Perché me lo chiede?»

«Sto cercando di capire com'è morto.»

I suoi occhi nocciola erano calmi, ma dopo quella frase ebbi l'impressione che si accendessero, come un ingranaggio che si metteva in funzione. «Si è suicidato» precisò.

«Sì. Certo. Ma vorrei capire quale fosse il suo stato d'animo in quel momento.»

«Mi auguro non stia insinuando...»

Stavo insinuando di tutto e di più, ma ingranai la retromarcia nel modo più aggraziato possibile. «Affatto. Come dicevo alla sua governante, lavoro per la casa editrice che lo pubblicava e, a quanto pare, ci ha lasciato un ultimo romanzo.»

«Ci sono dentro anch'io?»

C'era. Alan lo aveva trasformato in Johnny Whitehead, l'antiquario truffatore che era stato in prigione a Londra. Un ultimo dito accusatore puntato contro l'ex amico. «No» mentii.

«Meno male.»

La governante entrò con il vassoio dei caffè e White si rilassò. Notai che non appena la donna ebbe riempito le due tazze e offerto il latte e i biscotti fatti in casa, non accennò minimamente a lasciarci soli e lui parve felice della sua presenza. «Ecco com'è andata, se proprio lo vuole sapere» spiegò. «Io e Alan ci conoscevamo dal giorno in cui si era trasferito qui e, come dicevo, andavamo perfettamente d'accordo. Ma tre mesi fa è precipitato tutto. Avevamo fatto qualche affare insieme. Sia ben chiaro, Susan, che non c'era stata alcuna pressione né altro da parte mia. L'idea gli era piaciuta e ha voluto imbarcarsi con me.»

«Che genere di affari?» chiesi.

«Suppongo che lei sappia poco del mio mestiere. Ho lavorato a lungo con la NAMA, la National Asset Management Agency, istituita dal governo irlandese dopo la crisi del '98, in pratica per liquidare le imprese andate in rovina. A Dublino c'era un complesso di uffici che aveva attirato la mia attenzione. Comprarlo sarebbe costato dodici milioni e ne sarebbero serviti altri quattro o cinque come investimento iniziale, ma ero convinto di dargli una svolta e quando lo raccontai ad Alan, lui chiese di entrare nella SPV.»

«SPV?»

«Special Purpose Vehicle.» Se la mia ignoranza lo infastidiva, non lo diede a vedere. «Una società veicolo. Consiste nel riunire a scopo redditizio sei o sette persone disposte a effettuare un investimento di questo tipo. Ad ogni modo, sarò breve. L'affare andò a monte. Stavamo acquistando il complesso da un certo Jack Dartford, che si rivelò una canaglia fatta e finita – un bugiardo, un truffatore, o come preferisce. Glielo garantisco, Susan, non avrebbe potuto incontrare un uomo più affascinante di lui. Era seduto proprio dove si trova ora lei, e tutta la stanza pendeva dalle sue labbra. Ma venne fuori che non possedeva affatto l'immobile e di punto in bianco sparì con i nostri quattro milioni di sterline. Lo sto ancora cercando, ma non si farà stanare.»

«Alan se la prese con lei?»

White sorrise. «Altroché. Andò proprio su tutte le furie. Senta, avevamo perso tutti la stessa cifra e lo avevo avvertito, fin dall'inizio, che in queste cose non si è mai sicuri al cento per cento. Ma lui si era messo in testa che in qualche modo io l'avessi fregato, un'accusa campata per aria. Voleva denunciarmi. Mi minacciò! Non riuscivo a farlo ragionare.»

«Quando è stata l'ultima volta che lo ha visto?»

Stava per prendere un biscotto. Vidi la sua mano esitare e allo stesso tempo il suo sguardo cercare quello della governante. Se White aveva imparato a mantenere la faccia da poker durante gli studi di economia, la donna non aveva frequentato le stesse lezioni e notai il suo nervosismo, trasparente e ovvio. Preannunciava la menzogna in arrivo. «Non lo vedevo da qualche settimana» disse lui.

«Era qui la domenica in cui è morto?»

«Credo di sì. Ma non mi aveva contattato. Se vuole la verità, ormai ci parlavamo solo tramite avvocati. E non vorrei che pensasse che i suoi rapporti d'affari con me c'entrino in qualche modo con l'accaduto... con la sua morte, intendo. Sì, aveva perso dei soldi. Come tutti noi. Ma non era niente che non potesse permettersi. Non doveva certo ipotecare la casa o altro. Se non avesse potuto permetterselo, non lo avrei mai incluso nell'affare.»

Me ne andai poco dopo. Notai che Elizabeth, la governante, non mi aveva offerto una seconda tazza di caffè. Attesero sulla soglia che salissi a bordo della mia MGB e rimasero lì a guardarmi, mentre percorrevo in retromarcia il viale d'accesso.

Starbucks, Ipswich

C'è una circonvallazione a senso unico ben segnalata che consente di aggirare Ipswich, l'ideale per me che ho sempre odiato attraversare quella città. Troppi negozi e poco di tutto il resto. Ai suoi abitanti probabilmente piace, ma io ho pessimi ricordi. Accompagnavo in piscina Jack e Daisy, i miei nipoti, e giuro su Dio che sento ancora la puzza del cloro. Non riuscivo mai a trovare posto in quei dannati parcheggi. Mi toccava fare la fila per ore solamente per entrare o uscire. Da poco hanno aperto uno di quei complessi all'americana proprio di fronte alla stazione, con una dozzina di fast food e un cinema multisala. Rimango dell'idea che separare l'area del divertimento dalla città uccida il centro, ma era lì che mi aveva dato appuntamento Richard Locke per i quindici minuti gentilmente concessi.

Arrivai per prima. Alle undici e venti mi ero quasi arresa all'idea che non si sarebbe presentato, quando d'un tratto la porta si aprì e lo vidi piombare nel locale, con l'aria incazzata. Lo riconobbi all'istante e gli feci un cenno. Era proprio l'uomo che avevo visto al funerale insieme a Claire, ma lui non poteva sapere chi fossi. Indossava un completo elegante, senza cravatta. Era il suo giorno libero. Mi raggiunse e abbandonò la sua mole di muscoli torniti sulla sedia di plastica con un pesante tonfo, e il mio primo pensiero fu che non avrei mai voluto farmi arrestare da uno così. Mi metteva a disagio persino offrirgli il caffè. Chiese un tè e andai a prenderglielo. Gli presi anche un biscotto d'avena.

«Se ho capito bene, voleva chiedermi di Alan Conway» esordì.

«Ero la sua editor.»

«E Claire Jenkins era sua sorella.» Fece una pausa. «Si è messa in testa che lo abbiano ucciso. Anche lei la pensa così?»

Aveva un tono cupo, grave, che tendeva alla rabbia. La stessa che riflettevano i suoi occhi. Li teneva fissi su di me come durante un interrogatorio. Non sapevo bene come rispondere. Non sapevo neppure come chiamarlo. Senza dubbio, Richard era troppo informale. Signor Locke non andava bene. Detective faceva troppo telefilm poliziesco, ma alla fine optai per quello. «Ha visto il corpo?» domandai.

«No. Ho letto il rapporto.» Con aria riluttante, spezzò il biscotto senza mangiarlo. «Sono intervenuti sulla scena due agenti di Leiston. Sono stato coinvolto solo perché casualmente conoscevo il signor Conway. Oltretutto era una persona famosa e avrebbe ovviamente attirato l'interesse della stampa.»

«Era stata Claire a presentarla al fratello?»

«In realtà direi il contrario, signorina Ryeland. Gli serviva una mano per i suoi libri e così la sorella me lo ha presentato. Ma non ha risposto alla mia domanda. Crede sia stato assassinato?»

«Credo sia possibile. Sì.» Fece per interrompermi, ma mi affrettai a continuare. Gli spiegai del capitolo mancante che in primo luogo mi aveva condotta nel Suffolk. Accennai al diario di Alan, al numero di appuntamenti fissati per la settimana successiva alla sua morte. Non menzionai le persone con le quali avevo già parlato, non trovavo corretto coinvolgerle. Ma per la prima volta esternai le mie sensazioni sulla lettera d'addio, sul fatto che qualcosa non tornasse. «Solo nella terza pagina cita la morte» precisai. «Ma era arrivato comunque alla fine. Aveva il cancro. La sua lettera non accenna in alcun modo all'intenzione di uccidersi.»

«E non trova curioso che l'abbia inviata al suo editore proprio il giorno prima di lanciarsi dalla torre?»

«Forse non è stato lui a spedirla. Forse qualcuno l'aveva letta e si era accorto che poteva essere fraintesa. Così ha spinto Alan dalla torre e poi l'ha inviata. Sapeva che ne avremmo tratto le conclusioni sbagliate proprio per via delle tempistiche.»

«Io non ho tratto nessuna conclusione sbagliata, signorina Ryeland.»

Non aveva uno sguardo comprensivo e, per quanto la cosa mi seccasse, mi resi conto in quel preciso istante che non sbagliava a dubitare di me. C'era qualcosa nella lettera che proprio io, tra tutti, avrei dovuto notare e che invece mi era sfuggita. Mi credevo una editor, invece ero stata cieca di fronte alla verità che pur balzava agli occhi.

«Alan non piaceva a molta gente...» osservai.

«A molta gente non piace altra gente, ma non si mette certo ad ammazzarla.» Aveva intenzione di dirmi quelle parole fin dall'inizio e adesso che ci era riuscito non si sarebbe fermato. «Quello che le persone come lei non vogliono capire è che vincere alla lotteria è di gran lunga più probabile che farsi assassinare. Sa quanti omicidi abbiamo registrato lo scorso anno? Cinquecentonovantotto... su una popolazione di circa sessanta milioni! Anzi, lasci che le dica una cosa che troverà divertente. In alcune zone del Paese la polizia risolve più crimini di quanti ne vengano commessi. Lo sa perché? Perché la percentuale di omicidi sta calando così rapidamente che abbiamo il tempo di riprendere in mano i vecchi casi irrisolti.

«Proprio non capisco. Tutti quegli omicidi in TV... mi piacerebbe credere che la gente abbia modi migliori per passare il tempo. Tutte le sere. Su tutti gli stramaledetti canali. Dev'essere una fissazione. Ma la cosa che mi irrita di più è che non rispecchia affatto la realtà. Ho visto con i miei occhi le vittime di un assassinio. Ho indagato sui delitti. Ero qui quando Steve Wright uccideva le prostitute. "Ipswich Ripper", lo chiamavano, l'accoltellatore di Ipswich. Gli assassini non pianificano queste cose. Non si intrufolano a casa delle vittime per spingerle giù dal tetto e poi spedire lettere sperando che vengano fraintese, come dice lei. Non si travestono con maschere e parrucche come nei libri di Agatha Christie. Tutti i casi di omicidio che mi hanno coinvolto in prima persona sono avvenuti perché gli assassini erano psicopatici, arrabbiati o ubriachi. A volte tutte e tre le cose. E sono scene orribili. Raccapriccianti. Non come gli attori sdraiati a terra con un po' di vernice rossa sul collo. Quando vedi qualcuno con un coltello piantato in corpo, ti si rivolta lo stomaco. Letteralmente.

«Sa perché le persone si ammazzano tra loro? Perché sono fuori di testa. Esistono solo tre moventi. Sesso, rabbia e soldi. Uccidi qualcuno in mezzo a una strada. Gli pianti un coltello in pancia e lo derubi. Litighi con qualcuno, spacchi una bottiglia e gli squarci la gola. Oppure ammazzi perché ti eccita. Tutti gli assassini che ho incontrato erano dei perfetti imbecilli. Non è gente furba. Né snob o altolocata. Sono dei perfetti imbecilli. E sa come li acciuffiamo? Non facciamo domande a trabocchetto per smontare il loro alibi, per capire che non si trovavano dove dicevano di essere. Li becchiamo con le telecamere a circuito chiuso. Metà delle volte, lasciano tracce di DNA dappertutto sulla scena del crimine. Oppure confessano. Forse un giorno dovrebbe pubblicare un po' di vita vera anche se, glielo assicuro, nessuno vorrebbe leggerla.

«Le dico io cosa mi irritava di Alan Conway. L'ho aiutato… e senza mai ricevere un grazie. Ma questa è un'altra storia. No. Tanto per cominciare, non gli interessava la vita vera. Perché i detective dei suoi libri sono tutti così maledettamente stupidi? Sa che uno di loro è ispirato a me? Raymond Chubb. Sono io. Oh, lui non è di colore. Conway non avrebbe osato tanto. Ma i Chubb… lo sa chi sono? Costruiscono lucchetti. Capito? Io mi chiamo Locke, come *lock*, lucchetto. E tutta quella roba che ha scritto sul personaggio della moglie in *Non c'è pace per il crimine*? Si riferiva alla mia. Ero stato così stupido da raccontargli di lei e senza pensarci due volte l'ha infilata nel suo libro senza nemmeno chiedermi il permesso.»

Ecco allora il motivo della sua rabbia. Da come parlava, si capiva che non gli interessavo affatto e non aveva alcuna intenzione di aiutarmi. Potevo quasi aggiungerlo alla mia lista dei sospettati.

«La gente comune non ha idea di quello che fa la polizia in questo Paese, proprio grazie a persone come Alan Conway e come lei» concluse. «Spero non se la prenda, signorina Ryeland, ma trovo alquanto patetico che stia cercando un mistero reale in un caso che rispecchia il tipico suicidio da manuale. Aveva un buon motivo. Era malato. Ha scritto una lettera d'addio. Si era appena lasciato con il fidanzato. Era solo. Perciò prende la sua decisione e si butta. Se vuole il mio consiglio, torni a Londra e dimentichi tutto. Grazie per il tè.»

Lo aveva bevuto tutto e se ne andò. Lasciando il biscotto d'avena, a pezzi, nel piatto.

Crouch End

Quando rincasai, Andreas mi stava aspettando. Lo capii aprendo la porta, per il profumino che proveniva dalla cucina. Andreas è un cuoco fantastico. Ha uno stile molto virile, sbatte le padelle e aggiunge ingredienti senza pesarli, a tutta velocità e a fiamma vivace, con un bicchiere di vino rosso in mano. Non l'ho mai visto consultare un libro di ricette. La tavola era apparecchiata per due con candele e fiori che sembravano colti da un prato, anziché comprati. Quando mi vide sfoderò un gran sorriso e mi abbracciò.

«Credevo non arrivassi più» disse.

«Cosa c'è per cena?»

«Agnello arrosto.»

«Mi lasci cinque minuti?»

«Anche dieci.»

Feci una doccia e indossai un paio di leggings e una felpa comoda, il tipo di abbigliamento che mi avrebbe garantito di non mettere più piede fuori quella sera. Arrivai a tavola con i capelli umidi e presi il gigantesco calice di vino che Andreas mi aveva versato.

«Cin cin.»

«*Yamas*.»

Brindisi bilingue. Un'altra delle nostre tradizioni.

Ci sedemmo a mangiare e gli raccontai per filo e per segno tutto quello che era successo a Framlingham: il funerale e via dicendo. Notai subito che non gli interessava più di tanto.

Ascoltò per educazione, ma non era l'atteggiamento che avevo sperato. Volevo che mi facesse domande, che mettesse in dubbio le mie ipotesi. Pensavo che avremmo potuto risolvere il mistero insieme come una sorta di versione londinese di Tommy e Tuppence (la coppia di detective meno famosi di Agatha Christie). Ma a lui non fregava niente di chi avesse ucciso Alan. Rammentai la sua contrarietà iniziale alle mie indagini e mi chiesi se proseguendo imperterrita non avessi offeso lui... e il suo lato greco.

In realtà, aveva la testa altrove. «Ho dato il preavviso» annunciò di colpo servendo la cena.

«A scuola? Di già?» Rimasi sorpresa.

«Sì. Me ne andrò a fine semestre.» Mi guardò. «Ti avevo parlato delle mie intenzioni.»

«Hai detto che ci stavi pensando.»

«Yannis mi ha spinto a prendere una decisione. I proprietari dell'albergo non vogliono più aspettare e i soldi sono arrivati. Abbiamo ottenuto un prestito dalla banca e ci sono altri finanziamenti disponibili dall'Unione europea. Si sta avverando, Susan. Polydorus aprirà l'estate prossima.»

«Polydorus? Si chiama così?»

«Sì.»

«È carino.»

Devo ammetterlo, ero un po' scossa. Andreas mi aveva più o meno chiesto di sposarlo, ma avevo dato per scontato che mi avrebbe concesso del tempo per pensarci. Ora sembrava mi stesse offrendo un affare fatto. Mancavano solo il biglietto aereo e il grembiule ed eccoci pronti a partire. Mentre mangiavamo, ruotò il suo iPad sul tavolo, per mostrarmi alcune fotografie. Polydorus sembrava davvero un posticino incantevole. Aveva una lunga terrazza con il pavimento a mosaico e la copertura di paglia, tavolini di legno dai colori vivaci e il mare scintillante alle spalle. L'edificio era bianco con gli scuri azzurri alle finestre e, nascosto all'interno, all'ombra, si intravedeva il bar con la vecchia macchina per il caffè. Le camere da letto erano semplici, ma sembravano pulite e accoglienti. Era facile immaginare che genere di persone avrebbe desiderato soggiornarvi: ospiti, più che turisti.

«Che ne pensi?» chiese.

«Sembra incantevole.»

«Lo sto facendo per entrambi, Susan.»

«Ma che succede a "entrambi" se io non voglio venire?» Chiusi l'iPad. Non volevo vedere altro. «Non avresti potuto aspettare un attimo prima di procedere?»

«Dovevo prendere una decisione, per l'albergo, e l'ho fatto. Non voglio insegnare per tutta la vita e, a parte questo, io e te... non riusciamo proprio a fare di meglio?» Posò coltello e forchetta. Notai come li disponeva ordinatamente accanto al piatto. «Non ci vediamo regolarmente» proseguì. «Ci sono settimane in cui non ci vediamo affatto. Hai messo bene in chiaro che non volevi che mi trasferissi da te...»

Mi stizzii. «Non è vero. Sei sempre il benvenuto qui, ma passi tutto il tuo tempo a scuola. Credevo preferissi così.»

«Dico solo che potremmo stare insieme un po' di più. Potremmo far funzionare le cose. So che ti chiedo molto, ma non lo saprai finché non ci provi. Non hai neppure mai visto Creta! Vieni per qualche settimana in primavera. Per capire se ti piace.» Poiché non rispondevo, aggiunse: «Ho cinquant'anni. Se non ne approfitto adesso, non accadrà più».

«Non può gestirlo Yannis senza di te?»

«Io ti amo, Susan, e voglio che tu venga con me. Ti prometto che se non sarai felice, torneremo qui insieme. Ho già commesso quell'errore una volta. Non ho intenzione di farlo una seconda. Se non funziona, tornerò a insegnare.»

Mi era passato l'appetito. Mi accesi una sigaretta. «C'è una cosa che non ti ho detto» annunciai. «Charles mi ha chiesto di prendere le redini della casa editrice.»

Lui sgranò gli occhi. «È quello che vuoi?»

«Devo pensarci su, Andreas. È un'opportunità fantastica. Potrei guidare la Cloverleaf in una nuova direzione, seguendo le mie idee.»

«Credevo fosse giunta al capolinea.»

«Non l'ho mai detto.» Parve deluso. «È quello che speravi?» chiesi.

«Vuoi la verità, Susan? Sì. Credevo che, con la morte di Alan, per voi sarebbe stata la fine. Che l'azienda avrebbe chiuso e avresti guardato avanti e l'hotel sarebbe stato la risposta per entrambi.»

«Invece no. Forse per un paio d'anni non sarà facile, ma la Cloverleaf non sparirà da un giorno all'altro. Scoverò nuovi autori…»

«Vuoi cercare un altro Atticus Pünd?»

Il suo tono sprezzante mi lasciò esterrefatta. «Credevo ti piacessero i suoi libri.»

Lui mi prese la sigaretta, diede un tiro e me la restituì. Lo facevamo inconsciamente, anche durante le liti. «Non mi sono mai piaciuti» disse. «Li leggevo perché era il tuo lavoro e ovviamente tenevo a te. Ma mi facevano schifo.»

Rimasi scioccata. Senza parole. «Hanno venduto un sacco.»

«Anche le sigarette vendono un sacco. La carta igienica. Non significa che valgano qualcosa.»

«Non puoi parlare così!»

«Perché no? Alan Conway si prendeva gioco di voi, Susan. Si prendeva gioco di tutti. Conosco la scrittura. Insegno Omero, Cristo santo. Insegno Eschilo. Lui sapeva benissimo che genere di libri scriveva, mentre lo faceva. È solo spazzatura scritta con i piedi!»

«Non sono d'accordo. Sono scritti molto bene. Sono piaciuti a milioni di persone.»

«Non valgono un accidente! Ottantamila parole per dimostrare che il colpevole è il maggiordomo?»

«Stai solo facendo lo snob.»

«E tu stai difendendo qualcosa che hai sempre saputo non valere un fico secco.»

Non capivo come la nostra conversazione si fosse trasformata in quel battibecco carico di astio. La tavola era splendida con i fiori e le candele. Il cibo era delizioso. Ma noi ci saltavamo alla gola.

«Se non ti conoscessi bene, direi che sei geloso» sbottai. «L'hai conosciuto prima di me. Eravate entrambi insegnanti. Ma lui ha avuto successo...»

«Su una cosa hai ragione, Susan. L'ho conosciuto prima di te e non mi è mai piaciuto.»

«Perché no?»

«Non ho nessuna intenzione di dirtelo. È acqua passata e non voglio turbarti.»

«Sono già turbata.»

«Mi dispiace. Dico solo la verità. Quanto a tutti i suoi soldi, hai ragione anche su quello. Non se li meritava, neppure un centesimo, e da quando ti conosco ho sempre odiato il modo in cui ti prostravi davanti a lui. Credimi, Susan. Non valeva i tuoi sforzi.»

«Ero la sua editor. Tutto qui. Non piaceva neanche a me!» Mi obbligai a trattenermi. Detestavo la piega che aveva preso quella discussione. «Perché non me ne hai mai parlato prima?»

«Perché non aveva importanza. Ora ce l'ha. Ti sto chiedendo di diventare mia moglie!»

«Be', hai uno strano modo di chiederlo.»

Andreas si fermò a dormire da me, ma non condividemmo l'intimità della prima sera dopo il suo ritorno da Creta. Andò dritto a letto e la mattina dopo uscì presto senza fare colazione. Le candele si erano consumate. Avvolsi l'agnello nella carta d'alluminio e lo riposi nel frigorifero. Poi andai al lavoro.

Cloverleaf Books

Ho sempre amato il lunedì. Il giovedì e il venerdì mi rendono irritabile, ma c'è un che di confortante nell'arrivare in ufficio all'inizio della settimana e trovare la mia pila di carte sulla scrivania: le lettere da aprire, le bozze in attesa di essere lette, i post-it dai colleghi del marketing, della pubblicità e dei diritti. Ho scelto quell'ufficio perché si trova sul retro del palazzo. È tranquillo e accogliente, annidato sotto le travi del tetto. È il genere di stanza che sembrerebbe fatta apposta per un caminetto e forse un giorno lo aveva, prima che qualche vandalo a cavallo dei secoli lo murasse. Di solito condividevo Jemima con Charles, prima che ci lasciasse, e alla reception c'è Tess, sempre a mia disposizione. Quando arrivai quella mattina, mi preparò il tè e mi riferì i messaggi telefonici: niente di urgente. Volevano che facessi parte della giuria del premio letterario Women's Prize for Fiction. La mia autrice per bambini aveva bisogno di conforto. C'era qualche problema nella produzione di una sovraccoperta (l'avevo detto che non avrebbe funzionato).

Charles non era in ufficio. Come previsto, la figlia Laura era entrata in travaglio in anticipo e lui era rimasto a casa in attesa, insieme alla moglie. Mi aveva scritto un'email quella mattina. «Spero tu abbia avuto il tempo di ripensare alla nostra conversazione in macchina. Per te sarebbe una magnifica opportunità e sono certo che lo sarà anche per la casa editrice.» Ironia della sorte, Andreas mi telefonò proprio mentre la leggevo. Guardando l'ora, immaginai fosse uscito un momento dall'aula, lasciando gli alunni in compagnia dei libri di greco. Parlava a voce bassa.

«Mi dispiace per ieri sera» esordì. «Sono stato uno sciocco a lanciarti quelle accuse. La scuola mi ha chiesto di ripensarci e non prenderò alcuna decisione fino a quando non saprai cosa vuoi fare.»

«Grazie.»

«E non volevo parlare così di Alan Conway. Certo che i suoi libri valgono qualcosa. Solo che, conoscendolo...» Si interruppe. Lo immaginai a controllare il corridoio su e giù, come uno scolaretto timoroso di essere colto in flagrante.

«Possiamo parlarne più tardi» dissi.

«Ho una riunione con i genitori stasera. Perché non ceniamo insieme domani?»

«Volentieri.»

«Ti chiamo io.» Chiuse la telefonata.

Inaspettatamente, e senza volerlo, la mia vita si ritrovava a un incrocio... o, per meglio dire, a un bivio. Potevo diventare direttore generale della Cloverleaf Books. C'erano molti scrittori con cui mi sarebbe piaciuto lavorare, avevo tante idee sulle quali Charles aveva sempre posto un veto. Come avevo detto ad Andreas la sera prima, potevo dare alla casa editrice l'impronta che desideravo.

Oppure Creta.

Erano due opzioni talmente diverse, due direzioni così opposte, che mi veniva quasi da ridere a confrontarle. Mi sentivo come un bambino che non sapeva se da grande voleva fare il neurochirurgo o il macchinista di treni. Davvero frustrante. Perché queste cose capitano sempre contemporaneamente?

Controllai la posta. C'era una lettera indirizzata a Susan Ryland, che fui tentata di cestinare. Detesto le persone che sbagliano a scrivere il mio cognome, soprattutto quando è così facile verificare. C'erano un paio di inviti, alcune fatture… le solite cose. E in fondo alla pila, una busta marrone formato A4 che conteneva chiaramente un manoscritto. Strano. Non ne ricevevo mai, se non richiesti. Nessuno li manda più. Ma sulla busta c'era il mio nome (con la grafia corretta), così la aprii e lessi la prima pagina.

La morte va in scena
Donald Leigh

Impiegai qualche istante a ricordare che si trattava del romanzo scritto dal cameriere dell'Ivy Club, quello che aveva fatto cadere i piatti vedendo Alan Conway. Insisteva che quest'ultimo avesse rubato la sua idea, sfruttandola per il quarto giallo di Atticus Pünd, *Grido nella notte*. Il titolo continuava a non piacermi e nemmeno la prima frase («C'erano stati centinaia di omicidi al Pavilion Theatre di Brighton, ma quello era il primo omicidio vero»), a mio avviso, funzionava. Buona l'idea ma troppo specifica, pensai, ed espressa goffamente. Tuttavia gli avevo promesso di leggerlo e, in assenza di Charles e con Alan costantemente nei miei pensieri, decisi di farlo subito. Avevo il mio tè. Perché no?

Scorsi le pagine velocemente. Un trucco che ho imparato. In genere capisco già alla fine del secondo o terzo capitolo se un libro mi piacerà ma, se devo parlarne durante una conferenza, sono costretta a leggerlo fino alla fine. Mi ci vollero tre ore. Poi presi una copia di *Grido nella notte*.

E li misi a confronto.

Estratto da *Grido nella notte* di Alan Conway

CAPITOLO 26: CALA IL SIPARIO

Tutto si concluse dove aveva avuto inizio, al teatro di Fawley Park. Guardandosi intorno, James Fraser provò un senso di ineluttabilità. Aveva abbandonato la carriera d'attore per fare da assistente ad Atticus Pünd ed ecco dove lo aveva condotto il primo caso. L'edificio era ancora più fatiscente di quando lo aveva visto per la prima volta, con il palcoscenico smontato e gran parte delle sedie impilate contro le pareti. Il sipario di velluto rosso era tirato da una parte. Senza niente da nascondere, nessuno spettacolo in procinto di iniziare, appariva logoro e fiacco, appeso al binario. Lo stesso palcoscenico sembrava una bocca spalancata in uno sbadiglio, ironico riflesso della noia dei tanti giovani spettatori costretti dal preside ad assistere alle rappresentazioni di *Agamennone* e *Antigone*. Ebbene, Elliot Tweed non avrebbe mandato in scena altro. Era morto in quella stessa sala, con un coltello piantato in gola. Fraser non si era ancora abituato agli omicidi e un pensiero in particolare lo faceva rabbrividire. Che razza di persona ucciderebbe mai un uomo in una sala piena di ragazzini? La sera della recita scolastica, trecento persone sedevano nel buio della platea: gli alunni dell'istituto con i loro genitori. Se ne sarebbero ricordati per tutta la vita.

L'ambiente teatrale si addiceva a Pünd. Aveva disposto le sedie in due file davanti a sé. Lui era ai piedi del palco, sorretto dal bastone di legno, ma sarebbe stato perfettamente a suo agio anche *sopra*. Era la sua performance, il climax di una tragedia iniziata tre settimane prima con la visita di un uomo terrorizzato nello studio di Tanner Court. Sebbene i riflettori non fossero accesi, chinavano il capo al suo cospetto. Le persone che aveva riunito erano i sospettati, ma anche il suo pubblico. Lo affiancava l'ispettore Ridgeway, ma interpretava chiaramente un ruolo di mero supporto.

Fraser esaminò i membri dello staff della scuola. Leonard Graveney era arrivato presto e si era seduto in prima fila, la stampella appoggiata malamente allo schienale della sedia. La gamba amputata volutamente distesa in avanti, come a voler impedire il passaggio a chiunque altro. L'insegnante di storia, Dennis Cocker, si era seduto accanto a lui, ma Fraser aveva notato che non si erano scambiati neppure una parola. Al momento dell'omicidio, entrambi erano impegnati nell'ultima tragica performance di *Grido nella notte*: Graveney in quanto autore del copione, Cocker nei panni del regista. Il ruolo principale era interpretato da Sebastian Fleet. Con i suoi ventun anni, era l'insegnante più giovane di Fawley Park e aveva fatto il suo ingresso con nonchalance, ammiccando alla direttrice, che lo aveva ignorato girandosi volutamente dall'altra parte. Lydia Gwendraeth si era seduta in seconda fila, impettita come un fuso, le mani giunte in grembo, il cappellino bianco inamidato che sembrava incollato sulla testa. Fraser era ancora convinto che la donna fosse coinvolta nell'omicidio di Elliot Tweed. Aveva senza dubbio un movente – il preside si era comportato in maniera orribile nei suoi confronti – e con la sua formazione medica avrebbe saputo esattamente dove piantare il coltello. Era stata davvero lei ad attraversare la platea quella sera, per vendicarsi dell'umiliazione subita da parte di quell'uomo? Se ne stava lì seduta, in attesa che Pünd cominciasse, e i suoi occhi non lasciavano trapelare alcunché.

Arrivarono altri tre membri dello staff: Harold Trent, Elizabeth Colne e Douglas Wye. Entrò infine il giardiniere, Garry, le mani infilate nelle tasche e il viso imbronciato. Si capiva che non aveva la minima idea del motivo di quella convocazione.

«L'interrogativo che dobbiamo porci non è perché Elliot Tweed sia stato ucciso. In quanto preside di Fawley Park, aveva senz'altro, come direste voi, una nutrita schiera di nemici. Gli alunni lo temevano. Li puniva senza pietà al minimo pretesto. Né tentava di celare il piacere suscitato dalla loro sofferenza. Sua moglie voleva il divorzio. Il personale, che non condivideva gran parte delle sue scelte, era unito solo dal disprezzo nei suoi confronti. No...» Gli occhi di Pünd perlustrarono la platea.

«Quello che invece dobbiamo chiederci, come ho specificato fin dall'inizio, è: perché è stato assassinato così, in pubblico? Il killer sbuca dal nulla e percorre la sala in tutta la sua ampiezza, fermandosi solo per sferrare il colpo con un bisturi sottratto dal laboratorio di biologia. C'è da dire che la sala è buia e gli occhi della platea sono fissi sul palcoscenico. È il momento più drammatico dello spettacolo. Abbiamo l'effetto nebbia, la luce tremolante, e dall'ombra sta emergendo il fantasma del soldato ferito, rappresentato dal signor Graveney. Tuttavia, è un grosso rischio. Qualcuno avrà certamente visto l'assassino arrivare e correre via. Un istituto privato come Fawley Park fornisce occasioni di gran lunga più propizie per commettere un omicidio. Esiste un orario fisso. È noto, in qualsiasi momento, in quale luogo si troveranno tutti. Piuttosto conveniente, per un potenziale assassino, avere la possibilità di programmare le proprie mosse nell'assoluta certezza di trovare sola la vittima e di fuggire inosservato.

«Fatto sta che il buio, la velocità di esecuzione del crimine, portano a una catastrofe! L'ispettore Ridgeway è giunto alla conclusione che il vicepreside, il signor Moriston, seduto quella sera accanto al signor Tweed, fosse stato testimone di qualcosa e poi ucciso di conseguenza per essere messo a tacere. Forse c'entrava un ricatto. Come parrebbe suggerire la scoperta di una grossa somma di denaro nel suo armadietto. Tuttavia ora sappiamo che i due uomini avevano scambiato il posto poco prima che lo spettacolo avesse inizio. Il signor Tweed era più basso di una spanna rispetto al signor Moriston e non riusciva a vedere oltre la donna seduta davanti a lui, che indossava un cappello. Il vero obiettivo del killer era il signor Moriston. La morte del signor Tweed è stata un incidente.

«Eppure può apparire strano, perché il primo era molto benvoluto. Si ergeva spesso in difesa della signorina Gwendraeth. Era stato lui ad assumere il signor Garry, pur conoscendone la fedina penale. Era pure riuscito a prevenire il suicidio di un alunno. Difficile trovare in questa scuola qualcuno che avesse da ridire su John Moriston… difficile, ma non impossibile. Esiste, naturalmente, un'eccezione.» Pünd si voltò verso il professore di matematica, ma non fu necessario pronunciarne il nome. Chiunque in sala sapeva a chi si riferisse.

«Non starà mica insinuando che l'abbia ucciso io!» sbottò Leonard Graveney, senza riuscire a trattenere un sorriso.

«È chiaramente impossibile che abbia commesso lei l'omicidio, signor Graveney. Ha perso una gamba in guerra…»

«Combattendo contro quelli della sua risma!»

«E ora porta una protesi. Non avrebbe potuto attraversare la platea di corsa. Questo è dolorosamente chiaro. Confermerà, tuttavia, che tra di voi non correva buon sangue.»

«Era un vigliacco e un bugiardo.»

«Fu il suo superiore durante la campagna nel deserto nel 1941. Partecipaste entrambi alla battaglia di Sidi Rezegh e fu lì che lei perse la gamba.»

«Ho perduto ben altro, signor Pünd. Rimasi in ospedale, tra dolori lancinanti, per sei mesi. Persi moltissimi amici, tutti uomini migliori di quanto il maledetto maggiore Moriston avrebbe mai potuto sperare di essere. Le ho già raccontato i fatti. Diede l'ordine sbagliato. Ci spedì dritti in quell'inferno per poi abbandonarci. Si diede alla macchia mentre ci facevano a pezzi.»

«Fu interpellata la corte marziale.»

«Ci fu un'*inchiesta*, dopo la guerra.» Graveney scandì il termine sogghignando. «Il maggiore Moriston dichiarò che avevamo agito di nostra iniziativa e che aveva fatto il possibile per riportarci al sicuro. Era la mia parola contro la sua. Comodo, no? Gli altri testimoni erano saltati tutti per aria.»

«Per lei dev'essere stato un vero colpo scoprire che insegnava qui.»

«Mi si rivoltò lo stomaco. E tutti la pensavano come lei. Provavano per lui un'immensa stima. Era l'eroe di guerra, la figura paterna, il migliore amico di tutti. Solo io vedevo oltre l'apparenza... e l'avrei ucciso. Glielo concedo. Non creda che non ne abbia avuto la tentazione.»

«Perché è rimasto in questa scuola?»

Graveney fece spallucce. Agli occhi di Fraser, sembrava un uomo logorato dalle esperienze vissute, la postura afflosciata, i folti baffi cadenti. «Non avrei saputo dove andare. Tweed mi aveva offerto il lavoro solo perché avevo sposato Gemma. Come crede che possa guadagnarsi da vivere uno storpio senza alcuna qualifica? Rimasi perché ero costretto ed evitavo Moriston il più possibile.»

«E quando gli fu conferita la medaglia e ricevette gli onori dell'Impero britannico?»

«Non significò nulla per me. Puoi anche appiccicare un pezzo di metallo sul petto di un vigliacco bugiardo, ma non cambierà quello che è.»

Pünd annuì, come se fosse proprio la risposta che si aspettava di sentire. «Arriviamo così alla contraddizione che rappresenta il cuore del problema» disse. «L'unico uomo a Fawley Park con un movente per uccidere John Moriston era anche l'unico a non poter materialmente commettere l'omicidio.» Fece una pausa. «A meno che, s'intende, non ci sia una seconda persona con una ragione altrettanto valida – magari la stessa – arrivata in questa scuola espressamente per esigere vendetta.»

Sebastian Fleet si rese conto che il detective puntava lo sguardo proprio su di lui. Si raddrizzò, le guance di colpo in fiamme. «Cosa sta dicendo, signor Pünd? Non potevo certo trovarmi a Sidi Razegh, né altrove. Avevo dieci anni. Un po' piccolo per la guerra!»

«Senza alcun dubbio, signor Fleet. Tuttavia, ho notato durante il nostro incontro che lei è insolitamente qualificato per insegnare inglese in una scuola privata sperduta nel bel mezzo della campagna. Si è laureato con il massimo dei voti all'università di Oxford. È un uomo giovane e di talento. Perché mai venirsi a sotterrare quaggiù?»

«Gliel'ho spiegato, quando ci siamo incontrati. Sto scrivendo un romanzo!»

«Un impegno importante. Ma lo ha accantonato per occuparsi del copione di una recita.»

«Mi è stato chiesto. Ogni anno un membro dello staff scrive un copione che poi lo stesso personale mette in scena. È una tradizione della scuola.»

«E chi è stato a chiederglielo?»

Fleet esitò, quasi riluttante a fornire la risposta. «Il signor Graveney» disse.

Pünd annuì e Fraser capì che la domanda era superflua. Il detective conosceva già in anticipo la risposta. «Lei ha dedicato *Grido nella notte* alla memoria di suo padre» continuò. «Mi ha detto che era morto da poco.»

«Un anno fa.»

«Eppure mi è parso strano, visitando la sua stanza, che non vi fosse alcuna fotografia recente che lo ritragga. Fu sua madre ad accompagnarla il giorno in cui si iscrisse a Oxford. Suo padre non c'era. Né era presente alla cerimonia di laurea.»

«Era malato.»

«Non era più in vita, signor Fleet. Non crede sia stato alquanto semplice per me scoprire che un certo sergente Michael Fleet, di servizio nel sessantesimo reggimento dell'artiglieria reale, morì il 21 novembre 1941? Vuole continuare a fingere che non fosse un suo familiare e di aver scelto questa scuola per pura coincidenza? Lei e il signor Graveney vi eravate conosciuti a Londra, nella sede dell'Onorevole Compagnia di Artiglieria. Fu lui a invitarla a Fawley Park. Avevate entrambi una valida ragione per odiare Edward Moriston. La stessa.»

Dal momento che né Fleet né Graveney si pronunciavano, toccò alla direttrice rompere il silenzio. «Sta dicendo che lo hanno ucciso insieme?» chiese.

«Sto dicendo che hanno scritto, creato e concepito *Grido nella notte* con l'intento specifico di commettere un omicidio. Avevano deciso di vendicarsi per i fatti di Sidi Rezegh. È stato il signor Graveney, credo, a maturare l'idea e il signor Fleet l'ha messa in pratica.»

«Sciocchezze» sibilò quest'ultimo. «Ero sul palco quando l'assassino ha attraversato la platea. Sotto gli occhi di tutti.»

«No. La scena era stata costruita in modo tale che lei *sembrasse* sul palco, ma non è andata così.» Pünd si alzò in piedi, aiutandosi con il bastone. «Il fantasma fa la sua apparizione in fondo alla scena. È buio. C'è il fumo. Lui indossa l'uniforme di un soldato della Prima guerra mondiale. Ha un paio di baffi identici a quelli del signor Graveney. Il viso è macchiato di sangue. Ha la testa bendata. E pochissime battute… così è stato deciso. Il potere dello scrittore è fare in modo che tutto funzioni secondo i suoi scopi. Il fantasma pronuncia una sola parola: "Agnes!". La voce, distorta dall'attacco chimico, non è difficile da mascherare. Ma a trovarsi sul palco non è il signor Fleet.

«Il signor Graveney, regista dello spettacolo, attendeva dietro le quinte e, come pianificato, vi siete scambiati i ruoli per questa brevissima scena. Il signor Graveney indossa la giacca della divisa. Si applica la benda e il sangue. Lentamente, sale sul palco. Il fatto che zoppichi non verrà notato per un tragitto così breve e in ogni caso, interpreta un soldato ferito. Al contempo, il signor Fleet toglie i baffi finti che indossava per la recita. Si mette una giacca e un cappello, che in seguito abbandonerà nella tromba delle scale. Attraversa di corsa l'auditorium, fermandosi solo per pugnalare l'uomo seduto al posto E23. Come poteva sapere che, qualche istante prima che lo spettacolo avesse inizio, il signor Tweed e il signor Moriston avevano invertito i posti e che perciò sarebbe morto l'uomo sbagliato?

«Accade tutto molto in fretta. Fleet esce dalla porta principale del teatro, abbandona giacca e cappello, poi percorre il perimetro laterale in tempo per riprendere il posto del signor Graveney che è appena sceso dal palco. A questo punto il pubblico è in pieno tumulto. Tutti gli occhi sono puntati sul cadavere. Nessuno nota cosa succede dietro le quinte. Naturalmente, quando scoprono l'errore, i due complici inorridiscono. La vittima è l'innocente signor Tweed. Ma sono due assassini freddi e scaltri. Inventano una storia di ricatto da attribuire al signor Moriston e due giorni dopo lo avvelenano con la cicuta rubata dallo stesso laboratorio che aveva fornito il bisturi. Geniale, no? Il dito accusatorio viene puntato contro l'insegnante di biologia, la signorina Colne, e stavolta il vero movente è abilmente camuffato...»

Estratto da *La morte va in scena* di Donald Leigh

CAPITOLO 21: ATTO FINALE

C'era molto buio in teatro. Fuori la luce del giorno calava in fretta e il cielo nefasto si stava riempiendo di nuvole pesanti e minacciose. Soltanto sei ore e il 1920 si sarebbe concluso e sarebbe iniziato il 1921. Ma nella sua testa, il detective MacKinnon stava già festeggiando l'anno nuovo. Aveva risolto il caso. Sapeva chi aveva commesso l'omicidio e presto avrebbe affrontato il colpevole, inchiodandolo a terra con la stessa spietatezza di uno scienziato nei confronti di una farfalla rara.

Il sergente Browne osservava i sospettati con attenzione, chiedendosi per la millesima volta, chi di loro avesse pugnalato l'insegnante di storia, Ewan Jones, alla gola durante quella serata indimenticabile. Chi era stato?

Erano seduti nel teatro semiabbandonato, visibilmente a disagio, e ognuno faceva del suo meglio per evitare gli sguardi degli altri. Henry Baker, regista dello spettacolo, si accarezzava i baffi come faceva sempre quando era nervoso. Lo sceneggiatore, Charles Hawkins, fumava una sigaretta tenendola tra le dita tozze e perennemente macchiate di inchiostro. Era solo una coincidenza che fosse rimasto gravemente ferito a Ypres nella stessa occasione della seconda vittima, il proprietario del teatro, Alastair Short, misteriosamente avvelenato con l'arsenico qualche giorno dopo il primo omicidio? C'era forse un legame? Short aveva duecento sterline nascoste nel comodino che puzzavano proprio di ricatto. Dove altro poteva essersi procurato quei soldi? Peccato che non fosse sopravvissuto per svelare il mistero.

Chi poteva essere stato? Browne sospettava ancora di Lila Blaire. La sua mente guizzò al momento in cui la donna si era lanciata contro Short, gridandogli addosso e accusandolo di averle distrutto la carriera. «Ti odio!» aveva urlato. «Quanto vorrei vederti morto!» E settanta minuti dopo era morto davvero, proprio come desiderava. E che dire di Iain Lithgow? Il bell'attore dal sorriso affascinante era troppo giovane per aver combattuto a Ypres. Non poteva esserci alcun legame, ma aveva debiti di gioco e chi aveva un disperato bisogno di soldi spesso finiva per compiere gesti disperati. Browne attese che il suo capo riordinasse i pensieri.

E il momento tanto atteso era arrivato. Quando MacKinnon si alzò in piedi, si udì rimbombare un tuono nell'aria pesante e opprimente. Il nuovo anno stava iniziando con un brutto temporale. Si fermarono tutti e alzarono lo sguardo, mentre il detective aggiustava il monocolo e cominciava a parlare.

«La notte del 20 dicembre» esordì, «è stato commesso un omicidio, proprio qui, nel Roxberry Theatre, durante la rappresentazione di Aladino. Ma non era il morto giusto! Il vero obiettivo era Alastair Short e l'assassino ha sbagliato perché, all'ultimo momento, il signor Short e il signor Jones si sono scambiati il posto.»

MacKinnon fece una pausa, esaminando i sospettati uno a uno mentre assimilavano le sue parole. «Ma chi era l'assassino sceso dal palco per affondare il pugnale nel collo di Jones?» continuò. «Due persone non potevano in alcun modo essere colpevoli. Charles Hawkins non poteva attraversare la platea di corsa. Aveva una gamba sola. Quanto a Nigel Smith, si trovava sul palco proprio in quel momento, sotto gli occhi del pubblico. Non poteva essere stato neanche lui.

«Almeno così credevo...»

Non c'è il minimo dubbio che Alan abbia rubato l'idea di Donald Leigh. Ha spostato il periodo, dagli anni Venti alla fine degli anni Quaranta, e l'ambientazione, dal teatro popolare alla scuola privata, ispirandosi a Chorley Hall e ribattezzandola Fawley Park. Elliot Tweed è un ritratto sottilmente camuffato del padre, Elias Conway. Oh, sì... e gli insegnanti portano i nomi di fiumi britannici. Il nome del detective, l'ispettore Ridgeway, potrebbe essere stato preso in prestito da *Morte sul Nilo* di Agatha Christie. Un altro fiume. Ma il meccanismo è lo stesso, proprio come il movente. Un ufficiale abbandona i suoi uomini in tempo di guerra e, anni dopo, l'unico sopravvissuto unisce le forze con il figlio di uno dei soldati deceduti. Invertono i ruoli durante la rappresentazione di uno spettacolo, commettendo l'omicidio sotto gli occhi del pubblico. Il sovrintendente Locke lo avrebbe trovato inverosimile, ma nel mondo del giallo funzionava alla perfezione.

Dopo aver letto entrambi i libri telefonai alla Arvon Foundation che, avevo indovinato, aveva ospitato il corso frequentato dal cameriere. Mi confermarono che Donald Leigh era stato davvero nella loro residenza di Totleigh Barton, nel Devonshire. Un posto incantevole, tra l'altro. Ci sono stata anch'io. Avrei detto che ci potesse essere solo una probabilità su un milione che un tutor rubi il lavoro di uno studente, ma leggendo le due versioni è andata esattamente così. Mi dispiaceva per Donald. Francamente, non sa scrivere. Le sue frasi sono pesanti, mancano di ritmo. Usa troppi aggettivi e i dialoghi non sono convincenti. Alan aveva ragione su entrambi i fronti. Ma non meritava certo quel torto. Avrebbe potuto ottenere un risarcimento? Mi aveva detto di aver scritto a Charles senza ricevere risposta. Non mi sorprendeva. Gli editori ricevono lettere assurde di continuo e questa non avrebbe mai superato il controllo di Jemima. Lei l'avrebbe semplicemente cestinata. Né la polizia se ne sarebbe interessata. Per Alan sarebbe stato un gioco da ragazzi dichiarare che era stato Donald a rubare la sua idea, anziché il contrario.

Cos'altro avrebbe potuto fare il poveretto? Be', magari prendere l'indirizzo di Conway dai registri dell'Ivy Club, guidare fino a Framlingham, spingerlo giù dal tetto e strappare il capitolo finale del nuovo romanzo. Al suo posto avrei avuto la stessa tentazione.

Ero riuscita a passare gran parte della mattinata immersa nella lettura e a pranzo avevo appuntamento con Lucy, la nostra responsabile dei diritti. Volevo parlarle di James Taylor e delle *Avventure di Atticus*. Erano le dodici e trenta e stavo per uscire a fumare una sigaretta veloce sul marciapiede fuori dall'ingresso… quando mi tornò in mente la lettera in cima a tutte le mie carte, quella con il cognome sbagliato. La aprii.

All'interno c'era una fotografia. Nessun messaggio. Nessun mittente. Girai la busta e controllai il francobollo. Era stata inviata da Ipswich.

L'immagine era un po' sfocata. Supposi l'avessero scattata con un cellulare, poi ingrandita e stampata in uno dei negozi della catena Snappy Snaps che si trovano un po' ovunque. Collegandosi direttamente ai loro dispositivi e pagando in contanti, l'autore dello scatto sarebbe rimasto assolutamente anonimo.

La fotografia ritraeva John White nell'atto di uccidere Alan Conway.

I due erano sulla torre. Alan aveva la schiena rivolta verso il parapetto ed era proteso verso l'esterno. Indossava gli stessi vestiti – la giacca sportiva e la camicia nera – che aveva al momento del ritrovamento del corpo. White aveva le mani sulle sue spalle. Una spinta e tutto sarebbe finito.

Ecco com'era andata. Mistero risolto. Telefonai a Lucy e annullai il nostro pranzo. Poi mi soffermai a riflettere.

Detective all'opera

Leggere le imprese di un detective è un conto, calarsi nei suoi panni è tutt'altra cosa.

Ho sempre adorato i gialli. Non solo per mestiere. Li divoro per piacere personale, ne faccio delle vere e proprie scorpacciate. Avrete senz'altro provato la sensazione di quando fuori piove, dentro casa c'è un bel tepore e letteralmente ci si perde in un libro. Continui a leggere e man mano senti le pagine scorrere tra le dita, finché d'un tratto quelle che mancano sono meno di quelle che hai letto e allora vorresti rallentare, invece prosegui a perdifiato verso una conclusione che hai quasi paura di scoprire. È questo l'eccezionale potere dei gialli che, a mio parere, occupano un posto speciale nel panorama generale della narrativa, perché tra tutti i personaggi il detective instaura una relazione particolare, per non dire unica, con il lettore.

I gialli ruotano attorno alla verità: né più né meno. In un mondo pieno di incertezze, non proviamo forse una naturale soddisfazione nel voltare l'ultima pagina sapendo che tutti i puntini sono stati messi sulle I? Le trame ricalcano la nostra esperienza del mondo. Siamo circondati da tensioni e ambiguità e trascorriamo metà dell'esistenza a tentare di risolverle, assaporando forse soltanto sul letto di morte il momento in cui tutto acquista un senso. Il piacere che in fondo regalano tutti i romanzi gialli. La ragione della loro esistenza. Ecco perché *Appuntamento con la morte* mi aveva irritato tanto, accidenti.

In tutti i libri che mi vengono in mente ci ritroviamo sempre a seguire le orme dei nostri eroi: spie, soldati, innamorati, avventurieri. Con il detective invece lavoriamo fianco a fianco. Fin dall'inizio abbiamo lo stesso obiettivo, in fondo banale: scoprire la verità. E non è mai per soldi. Basta leggere i racconti di Sherlock Holmes. Nessuno lo paga mai, e seppure evidentemente benestante non ricordo una sola volta in cui presenti il conto per i suoi servizi. Certo, i detective sono più astuti di noi. È quello che ci si aspetta da loro. Ciò non significa che siano modelli di virtù. Holmes è depresso. Poirot è vanitoso. Miss Marple è brusca ed eccentrica. Non devono neppure essere attraenti. Pensate a Nero Wolfe, talmente grasso da non poter uscire dalla sua casa di New York e aver bisogno di una sedia su misura che sostenga il suo peso! O a Padre Brown, che aveva «un viso rotondo e inespressivo come gnocchi di Norfolk, gli occhi incolori come il mare del Nord...». Lord Peter Wimsey, che ha studiato a Eton e Oxford, è smunto, d'aspetto gracile e ostenta un monocolo. Quanto a Bulldog Drummond, sarà anche stato capace di uccidere un uomo a mani nude (e potrebbe aver ispirato James Bond), ma non era certo un adone. Anzi, H.C. McNeile coglie nel segno quando scrive che Drummond aveva «una di quelle facce eccezionalmente brutte rese assai gradevoli dallo straordinario fascino dell'espressione del suo proprietario». Non abbiamo bisogno di apprezzare o ammirare i nostri detective. Li sosteniamo perché ci fidiamo di loro.

Tutta questa premessa fa di me un narratore/investigatore di dubbia qualità. A parte non possedere la minima qualifica, potrei non essere poi così in gamba. Ho cercato di descrivere tutte le persone che ho incontrato, i discorsi che ho sentito e, cosa più importante, i miei ragionamenti. Purtroppo non posso contare su alcun Watson, Hastings, Troy, Bunter o Lewis. Perciò non mi resta altra scelta che mettere tutto per iscritto, incluso il fatto che prima di aprire la lettera e vedere la fotografia di John White non avevo fatto alcun progresso. Anzi, nei momenti in cui brancolavo nel buio ho cominciato a chiedermi se fosse stato davvero un omicidio. Parte della difficoltà era l'assenza di uno schema, di una forma definita, nel mistero che tentavo di risolvere. Se Alan Conway avesse contribuito descrivendo la propria morte, come aveva fatto con quella di Sir Magnus Pye, sono sicura che mi avrebbe lasciato una miriade di indizi, tracce e indicazioni a guidarmi lungo il percorso. Per esempio, in *Appuntamento con la morte* ci sono l'impronta nell'aiuola, il collare del cane nella cameretta, il frammento di carta nel camino, la pistola di servizio nello scrittoio, la lettera battuta a macchina infilata nella busta con l'indirizzo scritto a mano. Pur non avendo idea del loro significato, da brava lettrice so quantomeno che devono avere una qualche rilevanza, altrimenti perché nominarli? Ma nei panni del detective dovevo recuperare gli indizi da sola e forse fino a quel momento avevo cercato nella direzione sbagliata, perché mi sembrava di aver raccolto ben poco: nessun bottone strappato, nessuna impronta misteriosa, nessuna conversazione origliata al momento giusto. Certo, avevo la lettera d'addio scritta a mano da Alan e inviata a Charles in una busta con l'indirizzo stampato, speculare a quanto accadeva nel romanzo. Ma cosa poteva significare? Aveva finito l'inchiostro? Aveva scritto la lettera di suo pugno ma chiesto ad altri di stampare l'indirizzo sulla busta? Quando leggi un romanzo di Sherlock Holmes, puoi star certo che il detective sappia esattamente come muoversi, anche se non è detto che te lo spieghi. Nel mio caso non era affatto così.

La cena all'Ivy, poi. Non riuscivo a togliermela dalla testa. Alan si era irritato quando Charles aveva suggerito di cambiare il titolo del libro. Mathew Prichard, seduto al tavolo accanto, aveva sentito tutto. Alan aveva battuto il pugno sul tavolo e puntato il dito contro Charles. «Non accetterò un...» Un... cosa? Non accetterò un titolo diverso? Non accetterò un consiglio da te? Non accetterò un altro dessert, grazie lo stesso? Nemmeno Charles aveva saputo dirmi cosa intendesse.

A questo punto tanto vale sputare il rospo. Non mi convinceva che John White avesse ucciso Alan Conway, nonostante la prova fotografica che lo ritraeva in flagrante. Era come la lettera d'addio che in realtà non lo era, ma nel caso della foto non avevo nessunissima spiegazione. Semplicemente non ci credevo. Avevo conosciuto White e non mi era parso particolarmente violento o aggressivo. E comunque, non aveva motivo di uccidere Alan. Casomai il contrario.

Gli interrogativi erano molti. Chi mi aveva mandato la fotografia? Perché l'avevano spedita a me, anziché alla polizia? Dovevano averla imbucata il giorno del funerale e il francobollo indicava Ipswich. Quante persone presenti alla cerimonia sapevano che lavoravo alla Cloverleaf Books? Il mio cognome sulla busta era sbagliato. Si trattava di un errore o di una mossa per farmi credere che il mittente non mi conoscesse bene?

Rimasta sola in ufficio – erano quasi tutti fuori per il pranzo – stilai una lista dei possibili sospettati. Individuai cinque persone che avevano molte più ragioni di White per commettere l'omicidio e le elencai in ordine di probabilità. Il che mi creò una certa confusione. Avevo fatto lo stesso dopo aver letto il romanzo di Alan.

1. James Taylor, il fidanzato

Per quanto James mi fosse piaciuto, era stato lui a beneficiare in maniera più diretta della morte di Alan. Difatti, se Conway fosse vissuto anche solo ventiquattr'ore in più, James avrebbe perso diversi milioni di sterline. Sapeva che Alan era in casa. Deve aver immaginato che avrebbe fatto colazione sulla torre dato il bel tempo di quel penultimo giorno di agosto. Vivendo ancora lì non avrebbe avuto difficoltà a entrare, salire quatto quatto in cima alla torre e spingerlo giù in men che non si dica. Mi aveva raccontato di aver trascorso quel weekend a Londra, ma era solo la sua parola, e quando lo avevo incontrato per la prima volta mi era sembrato fin troppo a suo agio, quasi sapesse già di aver ereditato Abbey Grange. Naturalmente, la prima regola dei gialli è scartare l'indiziato più ovvio. Dovevo seguirla anche in questo caso?

2. Claire Jenkins, la sorella

Nelle pagine che mi aveva scritto, non faceva che sottolineare quanto adorasse il fratello, quanto fosse stato generoso con lei e quanto fosse forte il loro legame. Non sapevo se crederle. James la riteneva gelosa del successo di Alan e di fatto alla fine i due fratelli avevano litigato per motivi di soldi. Non costituiva necessariamente un movente per un omicidio, tuttavia esisteva un'altra ottima ragione per piazzare Claire al secondo posto della mia lista, che riguardava il romanzo incompleto.

Alan Conway traeva un disdicevole piacere nel creare personaggi ispirati alle persone che conosceva. James Taylor era diventato l'ottuso e affettato James Fraser. Il parroco compariva come anagramma di se stesso. Anche il figlio di Alan era presente, con il proprio nome. Non avevo alcun dubbio che Clarissa Pye, la sorella nubile e solitaria di Sir Magnus, fosse una copia di Claire. Era un ritratto grottesco, che l'autore aveva voluto mettere in risalto con l'aggiunta dell'indirizzo di Daphne Road (nonostante nel romanzo sia Brent a viverci). Se Claire aveva letto il manoscritto, avrebbe avuto un'ottima ragione per spingere il fratello di sotto. Inoltre sarebbe stato nel suo interesse accertarsi che il libro non fosse pubblicato: un risultato garantito dal furto dell'ultimo capitolo.

Ma allora perché insistere che Alan era stato assassinato? Perché attirare l'attenzione su un omicidio che lei stessa aveva commesso? Non sapevo darmi una vera risposta, ma pensandoci bene ricordai di aver letto da qualche parte che gli assassini provano un irrefrenabile desiderio di rivendicare i propri atti. Ecco perché tornano sulla scena del delitto. Forse Claire mi aveva chiesto di indagare sulla morte del fratello per lo stesso motivo che l'aveva spinta a scrivere quel lungo resoconto? La brama patologica di essere al centro della scena.

3. Tom Robeson, il parroco

Era un peccato che Robeson non mi avesse riferito cosa fosse accaduto di preciso a Chorley Hall quando lo avevo affrontato in chiesa. Se sua moglie fosse arrivata cinque minuti dopo, sarebbe andata diversamente. Ma l'incidente riguardava una fotografia usata allo scopo di umiliare un ragazzino in un collegio maschile, perciò non serviva sforzarsi troppo per farsi un'idea del contenuto. Tra l'altro, era interessante che Claire considerasse il fratello una vittima delle angherie dell'istituto, mentre Robeson al contrario lo dipingeva come uno degli elementi più attivi nell'infliggerle. Più dettagli scoprivo su Alan e più tendevo a credere alla versione del parroco.

Gli eventi risalivano agli anni Settanta, ma evidentemente Alan li ricordava bene visto che li menzionava nel primo capitolo di *Appuntamento con la morte*, quando Mary Blakiston si fa trovare in canonica. «*Ed eccole lì, proprio sopra le sue carte.*» Che cosa aveva visto? Henrietta e Robin Osborne erano forse dei pervertiti? Avevano lasciato in giro qualche fotografia incriminante, dello stesso tenore di quelle che avevano tormentato Robeson? A giudicare dalle parole del sermone, il reverendo non lo aveva affatto dimenticato, e dopo averlo conosciuto mi era facile immaginarlo mentre saliva furtivo in cima alla torre in cerca di vendetta. Tuttavia ho sempre ritenuto che i preti fossero personaggi insignificanti nei romanzi gialli. In un certo senso sono troppo ovvi, troppo inglesi perbene. Se alla fine Robeson si rivelerà l'assassino, credo proprio che ne rimarrò delusa.

4. Donald Leigh, il cameriere

«La notizia della sua morte ti avrà fatto piacere» gli avevo detto. «Vuoi la verità, Susan? Ero strafelice» aveva risposto. Due uomini non si vedono per diversi anni. Uno odia l'altro. Si incontrano quasi per caso e quarantotto ore dopo uno dei due muore. Scritto così, nero su bianco, non potevo non includere Donald nel mio elenco e per lui sarebbe stato un gioco da ragazzi procurarsi l'indirizzo di Alan dai registri del club. Cos'altro aggiungere?

5. Mark Redmond, il produttore

Mi aveva mentito. Aveva detto di essere tornato a Londra il sabato, mentre il registro dell'albergo confermava che aveva trascorso l'intero weekend al Crown. Anche lui aveva tutte le ragioni per desiderare la morte di Alan. *Le avventure di Atticus* gli avrebbe fruttato una fortuna se fosse riuscito a lanciare la serie senza contare che aveva investito un sacco di soldi sul progetto. Era senz'altro un esperto in materia di omicidi, dal momento che ne aveva ideati e diretti a centinaia per la televisione britannica. Sarebbe stato così difficile passare dalla finzione alla realtà? In fondo, non c'era stato spargimento di sangue. Nessuna pistola, nessun coltello. Solo una semplice spinta. Avrebbe potuto farlo chiunque.

Ecco i cinque nomi della mia lista, i *«Cinque» piccoli*

indiani se vogliamo, che sospettavo. C'erano poi altri due nomi, che non avevo aggiunto, ma che forse avrei dovuto includere.

6. Melissa Conway, l'ex moglie

Non avevo ancora avuto occasione di parlarle, ma decisi di recarmi a Bradford-on-Avon il prima possibile. L'omicidio di Alan stava diventando un'ossessione e non avrei combinato granché in ufficio finché non l'avessi risolto. Secondo Claire Jenkins, Melissa non aveva mai perdonato Alan per il modo in cui l'aveva lasciata. Si erano forse incontrati di recente? Era successo qualcosa che l'aveva spinta a cercare vendetta? Mi seccava non essere riuscita a intercettarla all'hotel. Mi sarebbe piaciuto chiederle come mai si fosse sobbarcata il lungo viaggio fino a Framlingham per partecipare al funerale del marito. Aveva già affrontato lo stesso viaggio per spingerlo dalla torre?

7. Frederick Conway, il figlio

Forse non sarà corretto includerlo – al funerale lo avevo visto di sfuggita e di lui non sapevo quasi nulla – tuttavia ricordavo bene la sua espressione quel giorno, mentre fissava la tomba, il volto visibilmente distorto dalla rabbia. Era stato abbandonato dal padre. Quel che era peggio, il padre si era dichiarato gay e per un ragazzino non doveva essere stato facile. Il movente per l'omicidio? Alan aveva incluso anche lui in *Appuntamento con la morte*. Freddy compariva nei panni del figlio di Sir Magnus e Lady Pye, l'unico personaggio ad aver mantenuto il vero nome.

Ecco le mie osservazioni di quel lunedì pomeriggio in ufficio e, quando alla fine me ne andai, non avevo fatto un solo passo avanti. Individuare i sospettati è un buon punto di partenza. Quando i nodi erano venuti al pettine (come si suol dire) tutti e sette – otto includendo John White – potevano aver ucciso Alan Conway. Del resto, poteva essere stato anche il postino, il lattaio, qualcuno che ho dimenticato di nominare, o che non avevo ancora conosciuto. A mancare era l'interconnessione presente nei gialli, la sensazione che tutti i personaggi si muovano in parallelo, come pedine sul tabellone del Cluedo. Chiunque avrebbe potuto bussare alla porta di Abbey Grange quella domenica mattina. Chiunque poteva essere il colpevole.

Alla fine, misi da parte i miei appunti e andai a una riunione con uno dei nostri copy editor. Se avessi fatto un minimo sforzo in più, mi sarei accorta di avere l'indizio che cercavo proprio sotto il naso, che di recente qualcuno mi aveva detto qualcosa che lo inchiodava come assassino e che il movente per l'omicidio di Alan era stato davanti ai miei occhi fin dal momento in cui avevo aperto il manoscritto.

Una mezz'ora in più avrebbe fatto tutta la differenza del mondo. Ma ero in ritardo per la riunione e pensavo ancora ad Andreas. Quella mezz'ora mi sarebbe costata cara.

Bradford-on-Avon

Bradford-on-Avon era l'ultima tappa del mio viaggio nel mondo fittizio di *Appuntamento con la morte*. Anche se Alan aveva preso Orford a modello per la cittadina di Saxby-on-Avon, il nome stesso di quest'ultima rivela dove avesse rivolto i suoi pensieri. In realtà aveva creato una sintesi dei due. La chiesa, la piazza, i due pub, il castello, i campi e la pianta generale appartenevano a Orford. Ma era Braford-on-Avon, cittadina a pochi chilometri da Bath e piena di «*edifici georgiani in solida pietra di Bath, con incantevoli portici e giardini terrazzati*», quella descritta nel libro. Non credo fosse una coincidenza che ci vivesse la ex moglie. Qualcosa l'aveva spinto a pensare a lei. Da qualche parte, all'interno di *Appuntamento con la morte*, era nascosto un messaggio per Melissa.

Avevo telefonato prima per avvisarla e il martedì mattina ero partita, prendendo il treno dalla stazione di Paddington con cambio a Bath. Sarei potuta andare in macchina, ma avevo intenzione di lavorare al manoscritto durante il viaggio. Melissa era stata felice di sentirmi e mi aveva invitata a pranzo. Arrivai poco dopo le dodici.

L'indirizzo che mi aveva dato, Middle Rank, mi condusse verso una schiera di case che dominava la città, irraggiungibile se non a piedi. Si trovava nel cuore di un incredibile labirinto di marciapiedi, scalinate e giardini che avrebbe potuto sembrare d'origine spagnola o italiana, se non si fosse presentato così marcatamente inglese nei dettagli. Le case disposte in tre file, con le finestre georgiane perfettamente proporzionate, il portico davanti all'ingresso principale e infine, sì, la tradizionale pietra di Bath color miele. Quella di Melissa aveva tre piani e un giardino rigoglioso con una serie di gradini che scendevano lungo la collina verso il gazebo in pietra sottostante. Si era trasferita lì subito dopo Orford e, malgrado non avessi visto dove abitava prima, mi diede l'idea che fosse l'antitesi della precedente. Era particolare. Nascosta. Un luogo in cui rifugiarti se volevi scappare.

Suonai alla porta e venne ad aprire proprio lei. La mia prima impressione fu che sembrava molto più giovane di come la ricordassi, anche se dovevamo avere all'incirca la stessa età. Al funerale non l'avevo quasi riconosciuta. Avvolta nel cappotto e nella sciarpa sotto la pioggia battente, si era confusa in mezzo alla folla. Nel ritrovarmela di fronte, a casa sua, mi colpirono la sicurezza, il fascino e l'aria rilassata. Era snella, con gli zigomi alti e il sorriso facile. Avrei giurato che i suoi capelli fossero castani quando era sposata con Alan. Adesso erano più scuri e corti, tagliati a caschetto. Portava un paio di jeans e un maglioncino di cachemire, una catenina d'oro bianco e neanche un filo di trucco. Mi è capitato spesso di notare quanto il divorzio giovi a certe donne. Valeva anche per lei.

Mi salutò formalmente e mi condusse nel salotto principale al primo piano, che occupava l'intera lunghezza della casa, con una vista incantevole su Bradford-on-Avon e sulle Mendip Hills. L'arredamento era un mix moderno e tradizionale dall'aria costosa. Melissa aveva apparecchiato per il pranzo: salmone affumicato, insalata, pane fatto in casa. Mi offrì del vino, ma optai per l'acqua frizzante.

«L'ho intravista al funerale» disse sedendosi a tavola. «Mi rincresce non essermi trattenuta a scambiare due parole, ma Freddy aveva fretta di ripartire. Purtroppo oggi non è a casa. Aveva un open day a Londra.»

«Davvero?»

«Ha fatto domanda alla St Martin's School of Art. Vuole frequentare un corso di ceramica.» Si affrettò a continuare. «Sa, non voleva venire a Framlingham.»

«In realtà mi ha sorpreso vedere lei.»

«Era mio marito, Susan. E il padre di Freddy. Ho sentito il dovere di partecipare nel momento stesso in cui ho appreso della sua morte. Credevo fosse la cosa giusta per nostro figlio. Era rimasto molto ferito da come sono andate le cose. Molto più di me, direi. Ho pensato che l'avrebbe aiutato a lasciarsi tutto alle spalle.»

«Ha funzionato?»

«Non proprio. Si è lamentato per tutto il viaggio e al ritorno non ha detto una parola. È sprofondato nel suo iPad. Comunque sia, sono felice di esserci andata. Era la cosa giusta da fare.»

«Melissa...» Ecco la parte difficile. «Volevo farle qualche domanda sul suo rapporto con Alan. Ci sono aspetti che stento a comprendere.»

«Mi chiedevo proprio il motivo del suo viaggio fino qui.»

Per telefono le avevo spiegato delle pagine mancanti e che stavo cercando di capire perché Alan si fosse tolto la vita. Lei non aveva chiesto ulteriori spiegazioni e non avevo certo intenzione di accennare al mio sospetto che l'avessero ucciso. «Non vorrei metterla in imbarazzo» continuai.

«Può chiedermi tutto quello che vuole, Susan.» Sorrise. «Eravamo separati da sei anni quando è morto e non provo alcuna vergogna per ciò che è successo. Perché dovrei? Certo, all'epoca è stata dura. Amavo davvero Alan e non volevo perderlo. Ma è strano... Lei è sposata?»

«No.»

«Quando tuo marito ti lascia per un altro uomo, in un certo senso aiuta. Credo che me la sarei presa molto di più se si fosse trattato di una donna più giovane. Quando mi parlò di James, capii che il problema era suo... Sempre che si possa definire un problema. Non potevo biasimare me stessa se quelli erano i suoi veri sentimenti.»

«Non aveva mai sospettato nulla, mentre eravate sposati?»

«Se si riferisce alla sua sessualità, no. Per niente. Freddy è nato due anni dopo le nozze. Direi che avevamo una relazione normale.»

«Ha detto che per suo figlio è stato più difficile.»

«Sì. Freddy aveva tredici anni all'epoca del coming out di Alan e la cosa peggiore fu che ne parlarono tutti i giornali e i suoi compagni di scuola lo vennero a sapere. Ovviamente lo prendevano in giro. Avere un padre gay. Credo che oggi sarebbe tutto più facile. Le cose cambiano in fretta.»

Non provava alcun rancore. Ne rimasi sorpresa e mi appuntai mentalmente di cancellarla dalla lista che avevo stilato il giorno prima. Mi spiegò che il divorzio era stato amichevole; che Alan le aveva concesso tutto quello che lei aveva chiesto e aveva continuato a occuparsi di Freddy anche se tra i due non c'era stato più alcun contatto. Gli aveva intestato un fondo che lo avrebbe accompagnato fino all'università e anche oltre e, come aveva accennato James Taylor, gli aveva lasciato una certa somma nel testamento. Melissa aveva un impiego part-time come supplente nella vicina Warminster. Ma in banca aveva un mucchio di soldi. Non aveva bisogno di lavorare.

Parlammo a lungo dell'Alan autore, perché le avevo detto che era quello il motivo della mia visita. Lei lo aveva conosciuto nel momento più interessante della carriera: la fatica iniziale, la prima pubblicazione, il successo.

«Tutti alla Woodbridge School sapevano che voleva fare lo scrittore» mi raccontò. «Lo desiderava disperatamente. Non parlava d'altro. All'epoca in realtà frequentavo un altro insegnante dell'istituto, ma finì tutto quando conobbi Alan. È rimasta in contatto con Andreas?»

Lo aveva chiesto in maniera così casuale che dubito si fosse accorta di avermi lasciata di sasso. Avevamo chiacchierato, molto tempo prima, in occasione di qualche festa dell'ambiente editoriale e le avevo accennato di conoscere Andreas, ma forse non le avevo detto che stavamo insieme oppure l'aveva dimenticato. «Andreas?» ripetei.

«Andreas Patakis. Insegnava latino e greco. Avevamo una storia seria, durò circa un anno. Eravamo pazzi uno dell'altra. Sa come sono gli uomini mediterranei. Purtroppo temo di essermi comportata male alla fine ma, come dicevo, Alan aveva qualcosa che lo rendeva più adatto a me.»

Andreas Patakis. Il *mio* Andreas.

Di colpo, tutto mi fu chiaro. Ecco perché era così ostile nei confronti di Alan e infastidito dal suo successo! Era la stessa ragione per la quale, domenica sera, si era mostrato così riluttante a spiegarmi perché ce l'avesse tanto con lui. Come avrebbe potuto ammettere che usciva con Melissa prima di conoscere me? E io come avrei dovuto prenderla? Dovevo rimanerci male? Avevo un fidanzato di seconda mano. No. Quel pensiero era ridicolo. Andreas era stato sposato due volte. Aveva avuto un mucchio di altre donne in passato. Lo sapevo. Ma Melissa...? Mi ritrovai a considerarla sotto una luce tutta diversa. Era decisamente meno attraente di come mi era sembrata: troppo magra, quasi mascolina, molto più adatta per Alan che per Andreas.

Lei non aveva smesso di parlare. Mi stava ancora raccontando del marito.

«I libri sono la mia passione e lo trovavo così affascinante. Non avevo mai conosciuto nessuno con tanta determinazione. Parlava sempre di racconti e idee, dei romanzi che aveva letto e di quelli che voleva scrivere. Aveva frequentato un corso alla East Anglia University ed era certo che lo avrebbe aiutato a sfondare. Non gli bastava essere pubblicato. Lui voleva diventare famoso, ma dovette aspettare più del previsto. Sono rimasta al suo fianco durante tutto il processo: la stesura dei libri, la conclusione e poi l'orribile delusione quando nessuno mostrava interesse. Non ha idea di cosa si provi a essere respinti, Susan, a trovare tutte quelle lettere nella posta, che in sei o sette righe al massimo liquidano il lavoro di un anno intero. Be', suppongo sia proprio lei a mandarle. Ma dedicare tanto tempo a scrivere qualcosa, per poi scoprire che nessuno lo vuole... È un'esperienza terribilmente distruttiva. Non rifiutano solo il tuo lavoro. Rifiutano quello che sei.»

E chi era Alan?

«Lui prendeva la scrittura molto seriamente. La verità è che non voleva scrivere gialli. Il primo libro che mi fece leggere si intitolava *Guardare le stelle*. Era brillante e divertente e a tratti anche triste. Il personaggio principale era un astronauta che non era mai riuscito ad andare nello spazio. In un certo senso, suppongo fosse un po' come Alan. Poi ne aveva scritto un altro ambientato nel Sud della Francia. Era ispirato a *Giro di vite* di Henry James. Impiegò tre anni a concluderlo ma, di nuovo, nessuno mostrò interesse. Non riuscivo a capire perché, io adoravo la sua scrittura e ci credevo ciecamente. Ma la cosa che mi fa più rabbia è che alla fine sono stata proprio io a rovinare tutto.»

Mi versai ancora un po' d'acqua gasata. Continuavo a pensare ad Andreas. «In che senso?» chiesi.

«Atticus Pünd è stata una mia idea. Dico sul serio! Deve capire che Alan non desiderava altro che farsi pubblicare, essere riconosciuto. Lo uccideva il pensiero di rimanere prigioniero di una noiosa scuola privata nel bel mezzo del nulla, a insegnare a un branco di ragazzini che neppure gli piacevano e che lo avrebbero dimenticato non appena si fossero iscritti all'università. Così un giorno – eravamo appena stati in libreria – gli suggerii di scrivere qualcosa di più semplice e popolare. Era sempre stato bravissimo con i rompicapi: cruciverba e giochi simili. Lo affascinavano i rebus e i trompe-l'oeil. Così gli proposi di scrivere un giallo. Ero dell'idea che esistessero scrittori che guadagnavano migliaia, milioni di sterline pubblicando libri che non valevano nemmeno la metà dei suoi. Avrebbe impiegato solo qualche mese. Poteva essere divertente. E se avesse ottenuto successo, avrebbe potuto licenziarsi da Woodbridge e dedicarsi alla scrittura a tempo pieno, che era quello che desiderava di più.

«Lo aiutai io stessa a scrivere *Atticus Pünd indaga*. Ero con lui quando delineò il personaggio principale. Mi illustrò tutte le sue idee.»

«Com'è nato Atticus?»

«Avevano appena trasmesso *Schindler's List* in TV e Alan si ispirò a un personaggio del film. Forse prese anche qualche spunto da un suo vecchio insegnante di inglese. Si chiamava Adrian Pound o qualcosa di simile. Poi lesse una montagna di gialli di Agatha Christie e cercò di capire come lei elaborasse le sue storie e solo a quel punto cominciò a scrivere il libro. Sono stata la prima persona a leggerlo. Ne vado ancora orgogliosa. La prima persona al mondo a leggere un romanzo di Atticus Pünd. Me ne innamorai. Certo, non era al livello dei precedenti. Era più leggero e fine a se stesso, ma era scritto benissimo… e naturalmente l'avete pubblicato. Il resto lo conosce.»

«Ha detto che è stata lei a rovinare tutto.»

«Dopo l'uscita del libro è andato tutto storto. Deve capire che Alan era una persona molto complessa. Era lunatico, introverso. Per lui, la scrittura era un processo misterioso. Era come inginocchiarsi davanti all'altare e aspettare le parole dall'alto, se rendo l'idea. Ammirava alcuni scrittori e sognava più di qualunque cosa al mondo di diventare come loro.»

«Quali scrittori?»

«Be', Salman Rushdie, per esempio. Martin Amis. David Mitchell. E Will Self.»

Ripensai al suo romanzo *Lo scivolo* e alle quattrocentoventi pagine che mi ero letta. Lo avevo trovato alquanto pedissequo e Melissa mi aveva appena rivelato il perché. Alan aveva imitato lo stile di uno scrittore che ammirava molto ma che, personalmente, non ero mai riuscita ad apprezzare. Aveva prodotto una sorta di pastiche di Will Self.

«Nel momento stesso in cui emerse Atticus Pünd, Alan si ritrovò in trappola» continuò Melissa. «Non l'avevamo previsto. Aveva avuto un tale successo che ovviamente nessuno voleva più che scrivesse altro.»

«Era molto più valido dei precedenti» osservai.

«Forse per lei, ma Alan non era d'accordo, e nemmeno io» replicò con amarezza. «Aveva creato Atticus Pünd solo per lasciare la Woodbridge School, ma era finito dalla padella alla brace.»

«Però era diventato ricco.»

«A lui non interessava! Non era una questione di soldi.» Sospirò. Nessuna delle due aveva assaggiato molto del pranzo. «Anche se non avesse scoperto quel nuovo lato di sé, se non avesse conosciuto James, non credo che il nostro matrimonio sarebbe durato a lungo. Dopo essere diventato famoso, non fu più lo stesso con me. Capisce cosa cerco di dire, Susan? Io l'avevo tradito. Ma la cosa peggiore era che l'avevo convinto a tradire se stesso.»

Dopo un'altra mezz'ora – forse anche quaranta minuti – me ne andai. Dovetti attendere il treno per un po' alla stazione di Bradford-on-Avon, ma non mi pesò. Avevo bisogno di tempo per riflettere. Andreas e Melissa! Perché mi infastidiva tanto? La loro storia era finita prima che ci conoscessimo. Suppongo che la mia fosse una reazione naturale, uno scoppio di gelosia involontario. Allo stesso tempo, però, ricordavo bene le parole di Andreas durante la nostra ultima conversazione. «Non riusciamo proprio a fare di meglio?» Avevo sempre creduto che la natura informale della nostra relazione piacesse a entrambi e l'idea dell'hotel mi aveva irritata perché avrebbe cambiato tutto. Il racconto di Melissa mi spinse a riconsiderare la situazione. Di colpo mi resi conto di quanto sarebbe stato facile perderlo.

Un altro pensiero mi attraversò la mente. Andreas aveva perso Melissa per Alan e mi aveva lasciato intendere quanto quella storia gli bruciasse ancora. Di certo tra i due non correva buon sangue. E adesso, dopo tanti anni, rischiava di perdere anche me e sempre per colpa di Alan. In fondo ero la sua editor. La mia carriera si fondava in gran parte sul successo dei suoi libri. «Ho sempre odiato il modo in cui ti prostravi davanti a lui.» Così aveva detto Andreas.

All'improvviso mi resi conto che anche lui, alla stregua di chiunque altro, doveva essere stato ben felice della sua morte.

Avevo bisogno di distrarmi, così appena salita sul treno ripresi in mano *Appuntamento con la morte*… ma stavolta, anziché leggerlo, tentai di decifrarlo. Non riuscivo a togliermi dalla testa l'idea che Alan Conway avesse nascosto un messaggio all'interno del testo e che potesse addirittura essere il movente dell'omicidio. Ripensai al cruciverba di Clarissa Pye e ai codici che i due fratelli inventavano nel vecchio cottage del custode. Quando Alan viveva a Chorley Hall, creava acronimi per la sorella e nascondeva messaggi cifrati nei libri tracciando dei puntini sotto alcune lettere. Non c'era nessun puntino nella mia copia del manoscritto. Avevo già controllato. Ma i suoi romanzi contenevano nomi di fiumi britannici, stazioni della metropolitana, penne stilografiche, uccelli. Stavamo parlando di un uomo che nel tempo libero giocava online a Scarabeo. «Era sempre stato bravissimo con i rompicapi: cruciverba e giochi simili.» Era la stessa ragione per la quale Melissa lo aveva persuaso a mettersi alla prova con i gialli. Ero sicura che aguzzando la vista avrei scovato qualcosa.

Ignorai i personaggi, perché ne conoscevo già l'origine. Se cercavo un messaggio nascosto, gli acronimi erano la soluzione più plausibile. Le prime lettere della prima parola di ciascuno dei sei capitoli, per esempio, formavano CIAAAL. Niente da fare. Tentai allora con le iniziali dei sette capoversi del primo paragrafo, che portavano a CIAMLIA, e infine con le iniziali della prima parola di ogni paragrafo: CSLP… Inutile continuare. Non significavano niente. Analizzai il titolo del libro. *Appuntamento con la morte* poteva essere riassemblato e formare diversi anagrammi, ma era un giochetto puerile, erano tutti privi di senso. Non mi aspettavo di trovarci nulla, non davvero. Ma perlomeno mi tenne la mente occupata durante il viaggio verso Londra. Non volevo ripensare a quanto mi aveva raccontato Melissa.

Poi, a un certo punto tra le stazioni di Swindon e Didcot, mi balzò all'occhio. Prese semplicemente forma davanti al mio naso.

I titoli dei libri.

Gli indizi erano sempre stati lì. James mi aveva detto che il numero dei romanzi era importante. «Alan ha sempre detto che i libri sarebbero stati nove. Lo aveva deciso fin dall'inizio.» Perché nove? Perché era *quello* il messaggio segreto. La parola che voleva formare. Osservate le prime lettere.

Atticus Pünd indaga
Non c'è pace per il crimine
Atticus Pünd e il nuovo caso
Grido nella notte
Regalo sotto l'albero
Attrazione al veleno
Mazzo di rose per Atticus
Missione straniera

Aggiungendo l'ultimo titolo, *Appuntamento con la morte*, cosa si ottiene?

ANAGRAMMA.

E finalmente si spiegava l'interrogativo che mi frullava in testa da un po'. L'Ivy Club. Alan si era infuriato quando Charles aveva suggerito di modificare il titolo dell'ultimo libro. Che cosa aveva detto? «Non accetterò un...» In quel momento Donald Leigh aveva fatto cadere i piatti.

Ma la frase non era rimasta a metà. Alan l'aveva conclusa. Diceva che non avrebbe accettato che il titolo fosse UN *appuntamento con la morte*, altrimenti sarebbe andato a monte il giochetto che aveva inserito all'interno della serie fin dal suo concepimento. Ci aveva nascosto un anagramma.

Ma un anagramma di cosa?

Un'ora dopo, il treno raggiunse la stazione di Paddington e ancora non ci ero arrivata.

Paddington Station

Non amo le coincidenze nei romanzi, men che meno nei gialli, che si fondano sulla logica e sul calcolo. Il detective dovrebbe essere in grado di trarre le proprie conclusioni senza l'aiuto della provvidenza. Ma a parlare così è solo la editor che c'è in me e purtroppo ecco cosa accadde in realtà. Scesa dal treno alle cinque e due minuti nel cuore di una metropoli con otto milioni e mezzo di abitanti, migliaia dei quali brulicavano attorno a me nel padiglione della stazione, mi imbattei in un volto conosciuto. Quello di Jemima Humphries. Fino a pochissimo tempo fa assistente personale di Charles Clover alla Cloverleaf.

La riconobbi all'istante. Charles diceva sempre che aveva un sorriso capace di illuminare un'intera folla e fu proprio quello a catturare per primo la mia attenzione, il fatto che solo lei sembrasse allegra in quella cupa massa di pendolari che facevano ritorno a casa. Era slanciata e molto carina con quei lunghi capelli biondi e, nonostante avesse superato i vent'anni da un pezzo, non aveva perso nulla dell'esuberanza da scolaretta. Ricordo ancora che mi raccontò di aver deciso di lavorare nell'editoria perché adorava leggere. Sentivo già la sua mancanza in ufficio. Non avevo idea del perché se ne fosse andata.

Mi vide nello stesso momento e mi fece un cenno con la mano. Avanzammo l'una verso l'altra e immaginai che ci saremmo limitate a salutarci e a pochi convenevoli. Ma andò diversamente.

«Come stai, Jemima?» chiesi.

«Molto bene, grazie, Susan. Sono davvero felice di vederla. Mi dispiace non avere avuto l'occasione di salutarla.»

«È successo tutto così in fretta. Ero impegnata nel tour promozionale di un libro, e quando sono tornata eri già andata via.»

«Lo so.»

«Dove abiti adesso?»

«Vivo con i miei genitori a Chiswick. Stavo giusto tornando...»

«E dove lavori?»

«Non ho ancora trovato un nuovo impiego.» Ridacchiò nervosa. «Lo sto cercando.»

Rimasi perplessa. Ero convinta che ce l'avesse soffiata qualcun altro. «Allora perché te ne sei andata?» chiesi.

«Non me ne sono andata, Susan. Mi ha licenziata Charles. Cioè, mi ha invitata ad andarmene. Io non volevo.»

Non era la versione che mi aveva raccontato lui. Ero sicura che avesse accennato al preavviso lasciato da Jemima. Erano già le cinque e mezza e volevo tornare in ufficio a controllare le email prima di trovarmi con Andreas. Ma qualcosa mi diceva che non potevo lasciare in sospeso quella conversazione. Dovevo saperne di più. «Vai di fretta?» domandai.

«No. Non proprio.»

«Posso offrirti qualcosa da bere?»

Ci dirigemmo verso uno di quei tetri, per non dire infernali, pub che fiancheggiano i binari di Paddington Station. Ordinai un gin tonic che arrivò senza il ghiaccio sufficiente. Jemima prese un bicchiere di vino bianco. «Vuoi raccontarmi com'è andata?» suggerii.

Lei si incupì. «A essere sincera, non lo so nemmeno io, Susan. Mi piaceva molto lavorare alla Cloverleaf e il più delle volte Charles non era male. Un po' brusco ogni tanto, ma non ci badavo, perché in un certo senso faceva parte del suo ruolo. Ad ogni modo, abbiamo avuto una brutta discussione, dev'essere stato il giorno in cui lei è partita per il tour promozionale. Diceva che gli avevo prenotato un doppio appuntamento a cavallo del pranzo e che un agente lo stava aspettando al ristorante, ma non era vero. Non sbagliavo mai con la sua agenda. Quando però ho provato a obiettare, lui è andato su tutte le furie. Non lo avevo mai visto così arrabbiato prima. Una reazione davvero esagerata. Poi, il venerdì mattina, gli ho portato il caffè in ufficio e mentre glielo porgevo gli è sfuggito di mano e si è rovesciato sulla scrivania. Un disastro terribile, così sono uscita a recuperare della carta assorbente e ho ripulito tutto, e a quel punto lui mi ha detto che non funzionava più tra di noi e che avrei fatto meglio a cercare un altro lavoro.»

«Ti ha licenziata così, su due piedi?»

«Non proprio. Ero molto turbata. Insomma, la faccenda del caffè non era stata colpa mia. Glielo stavo posando sulla scrivania come sempre, ma lui ha allungato la mano per prenderlo e l'ha fatto cadere. E non commettevo così tanti errori. Lavoravo per lui da un anno ed era sempre andato tutto bene. Ne abbiamo parlato a lungo e alla fine credo di essere stata io a dirgli che avrei preferito andarmene subito e lui mi ha assicurato che mi avrebbe pagato tutto il mese ed è finita così. Mi ha promesso di lasciarmi delle buone referenze e ha aggiunto che, se me l'avessero chiesto, non ero stata licenziata ma avevo deciso io di andarmene.» Charles si era attenuto a quella versione. Mi aveva riferito la stessa cosa. «Suppongo sia stato gentile da parte sua» proseguì Jemima. «Me ne sono andata al termine della giornata di lavoro e si è conclusa così.»

«Che giorno era?» domandai.

«Venerdì mattina. Lei stava rientrando da Dublino.» Poi rammentò qualcos'altro. «Alla fine Andreas è riuscito a trovarla?» chiese.

«Come, scusa?» Mi girava la testa. Era la seconda volta che sentivo nominare Andreas quel giorno. Melissa l'aveva trascinato di colpo nella conversazione e ora Jemima faceva la stessa cosa. Lo conosceva, ovviamente. Lo aveva incontrato un paio di volte e aveva preso messaggi per me da parte sua. Ma perché lo tirava in ballo?

«Era venuto in ufficio il giorno prima» continuò Jemima con tono allegro. «Voleva vederla. Dopo aver parlato con Charles.»

«Scusa, Jemima.» Mi sforzai di restare calma. «Dev'esserci un errore. Andreas non era in Inghilterra quella settimana. Era a Creta.»

«Sembrava molto abbronzato infatti, ma sono sicura di non sbagliarmi. È stata una settimana talmente orribile per me che ricordo tutto per filo e per segno. È passato il giovedì verso le tre.»

«E si è visto con Charles?»

«Esatto.» Parve perplessa. «Spero di non aver sbagliato a riferirglielo. Lui mi aveva pregata di non dirle niente.»

Invece era stato lui a non dirmi niente. L'esatto contrario. Avevamo festeggiato con la consueta grande cena del rientro. Mi aveva fatto credere di essere appena tornato da Creta.

Volevo che Andreas rimanesse fuori da quella storia. Tornai a concentrarmi su Charles. «Impossibile che volesse liberarsi di te» obiettai. In realtà non lo stavo dicendo a lei. Stavo convincendo me stessa, sforzandomi di capire. Ed era vero. Riuscivo a immaginare Charles che perdeva la pazienza, proprio come lo aveva descritto Jemima, ma non con lei. Era stata la sua terza segretaria in altrettanti anni di lavoro e sapevo che gli piaceva. Prima c'era stata Olivia che gli dava sui nervi. Poi Cat che era sempre in ritardo. La terza volta è quella buona, diceva sempre. Jemima era efficiente e lavorava sodo. Lo faceva ridere. Come poteva aver cambiato idea di colpo?

«Non lo so» disse lei. «Aveva avuto un paio di settimane difficili. Quando sono uscite le recensioni di quel libro, *Il giocoliere con un braccio solo*, c'è rimasto molto male e so che neppure *Appuntamento con la morte* lo convinceva troppo.

Era preoccupato per la figlia. Deve credermi, Susan, ho fatto il possibile per aiutarlo, ma lui aveva solo bisogno di qualcuno contro cui sfogare la rabbia e sono capitata nel suo ufficio nel momento sbagliato. Laura ha partorito, alla fine?»

«Sì» risposi, anche se in realtà non ero sicura. «Non ho ancora saputo se è maschio o femmina.»

«Be', le porti i miei auguri.»

Chiacchierammo ancora un po'. Jemima aveva un impiego part-time, aiutava la madre avvocato. Progettava di passare l'inverno a Verbier. Era appassionata di snowboard e pensava di cercare lavoro in qualche chalet. Ma non la stavo più ascoltando. Volevo telefonare ad Andreas. Volevo sapere perché mi aveva mentito.

Proprio mentre ci salutavamo, mi colpì un altro particolare. Riguardava una cosa che aveva detto. «Prima hai accennato che Charles non era convinto di *Appuntamento con la morte*» dissi. «Per quale motivo?»

«Non lo so. Non me l'ha detto. Ma era decisamente turbato. Ho pensato che forse non era valido come gli altri.»

«Ma non lo aveva ancora letto.»

«Ah, no?» chiese stupita.

Era ansiosa di tornare a casa, ma io la trattenni. Quella storia non aveva senso. Alan aveva consegnato il libro a Charles poco prima che Jemima si licenziasse. Glielo aveva dato all'Ivy Club la sera di giovedì 27 agosto, lo stesso giorno – avevo appena scoperto – in cui Andreas gli aveva fatto visita alla Cloverleaf Books. Io ero rientrata il 28 e avevo trovato una copia dell'originale ad aspettarmi in ufficio. Lo avevamo letto entrambi nel weekend… lo stesso fine settimana in cui Alan era morto. Quindi come faceva a essere già turbato?

«Charles ha ricevuto il libro solo la sera prima del tuo licenziamento» obiettai.

«No. Non è vero. È arrivato per posta.»

«Quando?»

«Martedì.»

«Come fai a saperlo?»

«L'ho aperto io.»

La fissai. «Hai letto il titolo?»

«Sì. Era sulla prima pagina.»

«Il libro era completo?»

La domanda parve confonderla. «Non lo so, Susan. Mi sono limitata a consegnarlo a Charles. Era molto felice di riceverlo, ma poi non ne ha più parlato e, in ogni caso, qualche giorno dopo è successo il disastro del caffè e fine della storia.»

La gente mi sfrecciava accanto. Una voce tuonò dall'altoparlante annunciando la partenza di un treno. Ringraziai Jemima, la strinsi in un breve abbraccio e mi precipitai a cercare un taxi.

Cloverleaf Books

Non chiamai Andreas. Volevo. Ma prima dovevo fare un'altra cosa.

Quando arrivai in casa editrice era tutto chiuso, ma entrai lo stesso con le mie chiavi, disattivai l'allarme e presi le scale fino al primo piano. Accesi le luci ma, non essendoci nessuno, nell'edificio persisteva una sensazione cupa e opprimente, le ombre rifiutavano di allontanarsi. Sapevo esattamente dove andare. L'ufficio di Charles non era mai chiuso a chiave ed entrai senza problemi. Davanti a me vidi le due poltrone al vuoto cospetto della sua scrivania. Da una parte gli scaffali con i libri, i premi, le fotografie. Dall'altra la cuccia di Bella infilata accanto a un mobiletto che conteneva bottiglie e bicchieri. Quante volte ero stata in quella stanza, fino a tarda sera, sorseggiando whisky Glenmorangie e chiacchierando dei problemi della giornata? Adesso mi sentivo un'intrusa, in procinto di distruggere tutto quello che avevo contribuito a costruire negli ultimi undici anni.

Raggiunsi la scrivania. Avevo uno stato d'animo tale che se i cassetti fossero stati chiusi a chiave non avrei esitato a forzarli, antichi o meno che fossero. Ma Charles non si era neppure preoccupato di prendere quella misura di sicurezza. Scivolarono verso di me senza opporre resistenza, rivelando contratti, analisi dei costi, fatture, bozze, ritagli di giornale, vecchi cavi di computer e cellulari, fotografie e, sul fondo, nascosta alla bell'e meglio, una busta di plastica contenente una ventina di fogli. Sulla prima pagina solo il titolo a caratteri maiuscoli.

SETTE
Un segreto che non va rivelato

Il capitolo mancante. Era sempre stato lì.

E alla fin fine, il titolo si addiceva perfettamente alla realtà. La soluzione dell'omicidio di Sir Magnus Pye doveva restare un segreto, perché era strettamente collegato a quello di Alan Conway. Mi parve di udire qualcosa. Uno scricchiolio sulle scale? Voltai pagina e cominciai a leggere.

> Atticus Pünd fece un'ultima passeggiata per Saxby-on-Avon, mentre James Fraser saldava il conto al Queen's Arms. Aveva concordato di incontrare l'ispettore Chubb insieme ad altri due colleghi alla stazione di polizia di Bath da lì a un'ora. Non si era trattenuto molto, ma per qualche strana ragione era entrato in una certa intimità con quel villaggio. La chiesa, il castello, il negozio di antiquariato in piazza, la fermata dell'autobus, il Queen's Arms e il Ferryman… non riusciva più a vederli come entità separate. Rappresentavano la scacchiera sulla quale si era giocata quella particolare partita, per lui certamente l'ultima.

Era la sua ultima partita perché stava morendo. Atticus Pünd e Alan Conway sarebbero usciti di scena insieme. Ecco il filo conduttore. Uno scrittore e il personaggio che detestava, diretti entrambi verso le cascate di Reichenbach.

L'illuminazione mi era venuta alla stazione di Paddington, quel momento straordinario che tutti i detective dovevano aver vissuto – Poirot, Holmes, Wimsey, Marple, Morse – ma che gli autori non illustravano mai con precisione. Come funzionava, per loro? Era un processo lento, come assemblare un puzzle? O giungeva all'improvviso, come l'ultima rotazione di un caleidoscopio giocattolo, grazie alla quale i colori e le forme si fondono gli uni con gli altri formando un'immagine riconoscibile? A me era capitato così. La verità era sempre stata davanti ai miei occhi. Ma avevo avuto bisogno di un'ultima spintarella per riconoscerla nella sua completezza.

Sarebbe successo anche se non avessi incontrato Jemima Humphries? Non lo saprò mai con certezza, ma credo che alla fine ci sarei arrivata comunque. Dovevo solo liberare la mente da alcuni dettagli minori, dalle false piste. Per esempio, il produttore televisivo Mark Redmond non mi aveva detto di essersi fermato al Crown Hotel di Framlingham per tutto il weekend. Perché? Ripensandoci, la risposta era semplice. Quando aveva parlato con me, mi aveva lasciato intendere volutamente di aver viaggiato da solo. Era stata la receptionist dell'albergo ad accennare alla moglie. Ma supponiamo che non si fosse trattato della moglie? Che fosse stata una segretaria o un'attricetta? Una buona ragione per prolungare il soggiorno... e mentire al riguardo. Poi c'era James Taylor. Quel fine settimana era stato davvero a Londra con gli amici. E la fotografia di John White e Alan sulla torre? Quella domenica mattina White era proprio andato a trovare Alan. Non c'era da stupirsi se lui e la governante erano parsi così a disagio durante la nostra conversazione. I due avevano litigato per l'investimento andato in fumo. Ma non era stato White a tentare di uccidere Alan. Piuttosto il contrario. Non era ovvio, dopotutto? Alan gli era saltato al collo sulla torre e avevano lottato per qualche istante. Ecco cosa mostrava la fotografia. L'aveva scattata l'assassino di Alan.

Sfogliai qualche altra pagina. Non so se m'importava ancora di scoprire chi aveva ucciso Sir Magnus Pye, di certo non in quel momento. Ma sapevo cosa stavo cercando e, come previsto, eccola lì, nella seconda parte del capitolo finale.

«Non impiegò molto tempo a scrivere la lettera.»

Caro James,
quando avrai letto questa mia, sarà tutto finito. Perdonami per non avertene parlato prima, per non essermi confidato con te, ma sono certo che col tempo capirai.

Ho lasciato alcuni appunti, li troverai sulla mia scrivania. Riguardano la mia condizione e la decisione che ho preso. Dev'essere ben chiaro che la diagnosi del medico era inequivocabile e che non ho alcuna possibilità di grazia. Non ho paura di morire. Mi piace pensare che il mio nome sarà ricordato.

«Che stai facendo, Susan?»

Avevo appena cominciato a leggere quando udii la voce sulla porta e, alzando lo sguardo, mi ritrovai di fronte Charles Clover. Allora c'era davvero qualcuno sulle scale. Indossava un paio di pantaloni di velluto e un maglione troppo largo sotto il cappotto aperto. Aveva l'aria stanca.

«Ho trovato il capitolo mancante.»

«Sì. Lo vedo.»

Seguì un lungo silenzio. Erano solo le sei e mezza, ma sembrava notte fonda. Dall'esterno non giungeva alcun rumore di traffico.

«Che ci fai qui?» chiesi.

«Mi prendo qualche giorno di ferie. Sono venuto a recuperare alcune cose.»

«Come sta Laura?»

«Ha avuto un maschietto. Lo chiameranno George.»

«Un bel nome.»

«Anche secondo me.» Entrò nella stanza e si sedette su una delle due poltrone. Io rimasi in piedi dietro la sua scrivania, come se i nostri ruoli si fossero invertiti. «Posso spiegarti perché ho nascosto quelle pagine» disse Charles. Sapevo che doveva aver già architettato una spiegazione e che, qualunque fosse stata, non sarebbe stata la verità.

«Non è necessario» risposi. «So già tutto.»

«Davvero?»

«So che hai ucciso tu Alan Conway. E so anche il motivo.»

«Perché non ti siedi?» Fece un cenno verso il mobiletto in cui teneva i liquori. «Ti va di bere qualcosa?»

«Grazie.» Andai verso il mobile e versai due bicchieri di whisky. Ero felice che Charles mi stesse facilitando le cose. Ci conoscevamo da moltissimo tempo ed ero determinata a concludere quella faccenda in maniera civile. Non ero ancora sicura di quello che sarebbe successo dopo. Supponevo che avrebbe telefonato al sovrintendente Locke e si sarebbe costituito.

Gli porsi il bicchiere e mi sedetti di fronte a lui. «La tradizione vuole che sia tu a dirmi com'è andata» suggerì Charles. «Ma possiamo sempre optare per il contrario… se preferisci.»

«Non tenterai di negare?»

«Sarebbe del tutto inutile. Hai trovato le pagine.»

«Avresti potuto nasconderle meglio, Charles.»

«Non credevo che le avresti cercate. Devo ammettere che mi ha sorpreso trovarti nel mio ufficio.»

«Anch'io sono sorpresa di vederti.»

Sollevò il bicchiere in un brindisi ironico. Era il mio capo, il mio mentore. Un nonno. Il padrino. Stentavo a credere a quella conversazione. Tuttavia cominciai… Non proprio dall'inizio come avrei voluto, ma finalmente indossavo a pieno titolo i panni della detective anziché della editor. «Alan Conway detestava Atticus Pünd» esordii. «Si credeva un grande scrittore – al pari di Salman Rushdie e David Mitchell – che la gente avrebbe preso sul serio, invece non faceva che sfornare romanzi commerciali, gialli che gli rendevano una fortuna ma che in realtà disprezzava. Il libro che ti ha mostrato, *Lo scivolo*… era il genere che avrebbe voluto scrivere.»

«Era terribile.»

«Lo so.» Charles parve perplesso, così mi spiegai meglio.

«L'ho trovato nel suo studio e l'ho letto. Sono d'accordo con te. Era un centone, una vera schifezza. Ma trasmetteva *qualcosa*. La sua visione della società, del degrado degli antichi valori delle classi colte e di come, in loro assenza, il resto del Paese stesse scivolando in una sorta di abisso morale e culturale. Era la sua grande denuncia. E non riusciva ad accettare che nessuno l'avrebbe mai pubblicata né letta perché non valeva niente. Era convinto di essere nato per scrivere quel genere di libri e incolpava Atticus Pünd per avergli intralciato la strada, mandando tutto a monte. Sapevi che era stata Melissa Conway a suggerirgli di scrivere gialli?»

«No. Lei non me l'ha mai detto.»

«È uno dei motivi per i quali hanno divorziato.»

«Quei libri gli hanno fatto guadagnare una fortuna.»

«Non gli interessava. Aveva fatto un milione di sterline. Poi dieci. Avrebbe potuto guadagnarne anche cento. Ma non aveva ottenuto ciò che desiderava, ovvero il rispetto, l'imprimatur del grande scrittore. E per quanto possa sembrare folle, non era l'unico autore di successo a provare quella frustrazione. Prendi Ian Fleming e Conan Doyle. Persino A.A. Milne! Anche lui disprezzava Winnie the Pooh *proprio* per il successo che aveva riscosso. Ma la grossa differenza è che Alan detestava Pünd fin dall'inizio. Avrebbe preferito non aver mai scritto nessuno dei suoi romanzi, e una volta raggiunta la fama non vedeva l'ora di liberarsene.»

«Stai insinuando che l'ho ucciso perché non voleva scriverne altri?»

«No, Charles.» Pescai un pacchetto di sigarette dalla borsa. Al diavolo il regolamento dell'ufficio. Stavamo parlando di un omicidio. «Tra un minuto arriverò anche al motivo per cui l'hai ucciso. Ma prima voglio raccontarti com'è andata e come ti sei tradito.»

«Perché non partiamo proprio da questo, Susan? Sono davvero curioso.»

«Vuoi sapere come ti sei tradito? La cosa buffa è che ricordo persino il momento esatto. Mi si era accesa una lampadina, ma in quel momento non ho fatto due più due. Forse perché rifiutavo di immaginarti nei panni del killer. Continuavo a pensare che fossi l'ultima persona a desiderare la morte di Alan.»

«Va' avanti.»

«Allora, il giorno in cui abbiamo saputo del suicidio, mentre ero qui nel tuo ufficio, ti sei premurato di sottolineare che non andavi a Framlingham da almeno sei mesi, da marzo o aprile. Una bugia comprensibile. Volevi mettere le distanze con la scena del crimine. Il problema è che quando poi siamo andati al funerale insieme mi hai suggerito un percorso alternativo per evitare il cantiere stradale all'altezza di Earl Soham. I lavori erano iniziati da poco – me l'ha detto Mark Redmond – e non potevi saperlo a meno di non esserci passato di recente. Avevi attraversato Earl Soham la domenica mattina in cui hai ucciso Alan.»

Charles rifletté sulle mie parole e sorrise con amarezza. «Sai, è proprio il genere di dettaglio che avrebbe inserito in un suo libro.»

«L'ho pensato anch'io.»

«Prenderei dell'altro whisky, se non ti dispiace.»

Versai un secondo bicchiere a entrambi. Avevo bisogno di restare lucida, ma il Glenmorangie si sposava bene con la sigaretta. «Alan non ti ha consegnato il manoscritto di *Appuntamento con la morte* all'Ivy Club» continuai. «È arrivato qui per posta la mattina di martedì 25 agosto. Jemima ha aperto la busta e me l'ha confermato. Devi averlo letto il giorno stesso.»

«L'ho finito il mercoledì.»

«Hai cenato con lui il giovedì sera. Si trovava già a Londra perché nel pomeriggio aveva appuntamento con il medico, Sheila Bennett. Ho trovato le iniziali sulla sua agenda. Chissà se è stato proprio in quell'occasione che gli ha comunicato la brutta notizia... che il suo cancro era allo stadio terminale. Non oso neanche immaginare cosa gli passasse per la testa quando si è seduto al tavolo con te, ma dev'essere stata senz'altro una serata orribile per tutti e due. Dopo cena, Alan è tornato nel suo appartamento londinese e il giorno successivo ti ha scritto una lettera di scuse per il suo pessimo comportamento. Era datata venerdì 28 agosto e secondo la mia ipotesi l'ha recapitata a mano. Ma tornerò alla lettera tra un minuto, devo procedere con ordine.»

«La cronologia degli eventi. È sempre stata il tuo forte, Susan.»

«Il venerdì mattina ti sei inventato il pretesto del caffè rovesciato e hai licenziato Jemima. Lei non aveva colpe, ma stavi già programmando di uccidere Alan e fare in modo che sembrasse un suicidio, e poteva funzionare solo continuando a fingere che non avessi ancora letto *Appuntamento con la morte*. Jemima però te lo aveva consegnato pochi giorni prima e con tutta probabilità aveva anche visto la lettera di Alan. Sapevi che sarei tornata da Dublino quello stesso pomeriggio ed era fondamentale che io e lei non ci incrociassimo. Per quanto ne sapevo, avresti trascorso il weekend a casa a leggere il manoscritto. Come me. Era il tuo alibi. Ma era altrettanto importante fingere di non avere alcuna ragione per uccidere Alan.»

«Non mi hai ancora detto quale sarebbe.»

«Ci sto arrivando.» Svitai una boccetta di inchiostro appoggiata sulla scrivania e usai il tappo come posacenere. Il whisky mi scaldava lo stomaco, incoraggiandomi a proseguire. «Alan dev'essere tornato a Framlingham il venerdì sera stesso o il sabato mattina. Tu dovevi sapere che aveva rotto con James e ne hai dedotto che sarebbe stato solo in casa. Sei andato da lui la domenica mattina ma, arrivando in auto, hai visto qualcuno insieme a lui sulla torre. Era John White, il suo vicino di casa. Hai parcheggiato dietro un cespuglio per non farti vedere – ho notato delle tracce di pneumatici quando ci sono stata – e sei rimasto a osservare la scena. I due hanno avuto un alterco, che si è trasformato in una zuffa, e tu li hai fotografati nel caso potesse tornarti utile. E infatti è andata così, non è vero, Charles? Quando ti ho detto che secondo me Alan era stato assassinato, mi hai mandato la fotografia per depistarmi.

«Ma non è stato White a ucciderlo. Lui se n'è andato, l'hai visto prendere la scorciatoia verso casa sua, tra gli alberi. A quel punto hai fatto la tua mossa. Sei entrato in casa. Alan avrà pensato che volessi continuare la conversazione iniziata all'Ivy Club. Ti ha invitato a raggiungerlo sulla torre per fare colazione con lui. Oppure l'hai convinto tu a farti salire. Come sei arrivato lassù, non ha importanza. Il punto è che, non appena lui ti ha voltato le spalle, ne hai approfittato per spingerlo giù.

«Ma non finisce qui. Dopo averlo ucciso, sei andato nel suo studio, perché avevi già letto *Appuntamento con la morte* e sapevi perfettamente cosa cercare. Un dono dal cielo! Una lettera d'addio scritta di suo pugno! Sappiamo entrambi che Alan scriveva sempre a mano la prima stesura. Avevi già il suo messaggio di scuse arrivato in ufficio il venerdì mattina. Ma nel romanzo era presente una seconda lettera e hai capito che potevi sfruttarla a tuo vantaggio. Mi prenderei a calci da sola, perché lavoro nell'editoria da più di vent'anni e questo è l'unico delitto al mondo che sembra essere stato creato su misura per essere risolto da qualcuno del mestiere. Sapevo che c'era qualcosa di strano nella lettera d'addio di Alan, ma non capivo cosa. Ora lo so. Quel venerdì mattina lui aveva scritto solo la prima e la seconda pagina. La terza, che svela l'intenzione di togliersi la vita, è presa dal libro. Non è più la voce di Alan. Nessun termine colloquiale, nessuna parolaccia. È un linguaggio formale, quasi innaturale, come fosse stata scritta da qualcuno che non era di madrelingua inglese: "*non ho alcuna possibilità di grazia*", "*nutro anche la speranza che tu possa portare a termine il mio libro e prepararlo alla pubblicazione*". Non è una lettera di Alan per te. Ma di Pünd per James Fraser... e il libro a cui si riferisce non è *Appuntamento con la morte*, ma *Lo scenario dell'indagine criminale*.

«Hai avuto una fortuna sfacciata. Non so di preciso cosa ti abbia scritto Alan, ma la pagina del romanzo – che poi è diventata la terza della lettera – calzava alla perfezione. Hai dovuto solo tagliare l'incipit. Manca una riga, quella che svela il destinatario: "*Caro James*". Me ne sarei accorta se avessi misurato la lunghezza del foglio, ma purtroppo mi è sfuggito. E non è tutto. Per coronare l'illusione che le quattro pagine appartenessero alla stessa missiva, hai aggiunto i numeri nell'angolo in alto a destra, ma se li avessi osservati da vicino mi sarei accorta che l'inchiostro è più scuro di quello della lettera. Hai usato una penna diversa. A parte quel dettaglio, era perfetta. Perché la morte di Alan sembrasse un suicidio, ti serviva una lettera d'addio e in quel modo ne avevi creata una.

«Tuttavia doveva essere recapitata. La lettera che ti aveva scritto Alan, quella in cui si scusava per la cena e che avevi ricevuto il giorno prima, era stata consegnata a mano. Dovevi fare in modo che la nuova versione sembrasse inviata da Ipswich. La soluzione era semplice. Hai trovato una vecchia busta – immagino te l'avesse inviata lo stesso Alan in un'altra occasione – e ci hai infilato dentro la tua finta lettera d'addio. Presumendo che nessuno avrebbe mai osservato la busta da vicino. La cosa importante era la lettera. Ma si dà il caso che io abbia notato due particolari. La busta era strappata. L'avrai stracciata volutamente dalla parte del francobollo per cancellare la data. Ma un secondo dettaglio mi ha colpita ancora di più. La lettera era scritta a mano mentre la busta era stampata al computer. Rifletteva in maniera speculare un'identica circostanza di *Appuntamento con la morte* e perciò mi è rimasta impressa.

«Ma veniamo al nocciolo della questione. Avevi usato un brano della lettera scritta da Atticus Pünd e a quel punto, perché il tuo piano funzionasse, nessun altro avrebbe dovuto leggerla. Se qualcuno le avesse associate, la teoria del suicidio sarebbe crollata. Ecco perché il capitolo finale doveva sparire. Confesso che il tuo scarso entusiasmo di fronte alla mia proposta di cercarlo a Framlingham mi aveva lasciata perplessa, ma ora capisco perché non volevi farmelo trovare. Hai eliminato le pagine scritte a mano. Hai fatto sparire gli appunti di Alan. Hai cancellato ogni traccia dal disco rigido del computer. Significava perdere il nono libro della serie – o posticiparlo a quando avessi trovato qualcuno in grado di completarlo – ma era un prezzo che valeva la pena pagare.»

Charles sospirò e mise giù il bicchiere, di nuovo vuoto. L'atmosfera nella stanza era stranamente rilassata. Sembrava quasi che stessimo discutendo della bozza di un romanzo, come tante altre volte in passato. Mi rattristò che non ci fosse anche Bella. Non so perché. Forse avrebbe reso un filo più normale la situazione che si andava delineando.

«Me lo sentivo che avresti capito tutto, Susan» disse Charles. «Sei molto sveglia. L'ho sempre saputo. Tuttavia, manca il movente! Non mi hai ancora detto *perché* avrei ucciso Alan.»

«Perché voleva staccare la spina ad Atticus Pünd. Non è così? Risale tutto alla vostra cena all'Ivy Club. È stato lì che te l'ha rivelato. Aveva in programma un'intervista in radio con Simon Mayo la settimana successiva e sarebbe stata l'occasione perfetta per annunciarlo, per farsi una bella risata prima di morire, cosa che gli premeva molto di più che vedere l'ultimo libro andare in stampa. Mi hai mentito dicendo che voleva cancellare l'intervista. Era ancora segnata sulla sua agenda e in radio non sapevano che avesse intenzione di annullarla. Io credo proprio che volesse andare fino in fondo. Che fosse disperato.»

«Era malato» aggiunse Charles.

«Sotto molti aspetti» concordai. «La cosa incredibile è che lo aveva pianificato fin dall'inizio, fin dal giorno in cui aveva dato vita ad Atticus Pünd. Che razza di scrittore inserirebbe mai un meccanismo di autodistruzione nel proprio lavoro per poi starsene lì a fare il conto alla rovescia per undici lunghi anni? Eppure è proprio quello che ha fatto. Ecco perché l'ultimo libro doveva a tutti i costi intitolarsi *Appuntamento con la morte*. Aveva costruito un acronimo con i titoli della serie. Le prime lettere di ognuno formavano una parola.»

«Anagramma.»

«Lo sapevi?»

«Me lo ha detto Alan.»

«Anagramma. Ma l'anagramma di cosa? Non è stato difficile capirlo, alla fin fine. I titoli non c'entravano niente. Sono del tutto innocenti. E così i personaggi, portano il nome di alcuni volatili. Idem i poliziotti, sono copiati da Agatha Christie o ispirati a persone che Alan conosceva. James Fraser ha il nome di un attore. Rimane fuori un solo personaggio.»

«Atticus Pünd.»

«Che è l'anagramma di "*a stupid c...*".»*

Perdonatemi se non lo scrivo per intero, ma personalmente lo trovo osceno. Ho sempre considerato il turpiloquio nei libri indice di sciatteria e di lessico troppo familiare. Ma la parola che inizia con la c va ben oltre. È usata perlopiù da uomini acidi e frustrati, soprattutto per mancare di rispetto alle donne. È un termine carico di misoginia, di una crudeltà offensiva. E tutto si riduceva a quello! Ecco cosa pensava Alan Conway del personaggio che la ex moglie lo aveva persuaso a

* L'anagramma di Atticus Pünd è *A stupid cunt*. Il termine *cunt* in inglese designa l'organo genitale femminile ed è considerato estremamente volgare, ai limiti del tabù. È un insulto pesante che può rivolgersi a uomini e donne indistintamente. Alan Conway definisce quindi il detective protagonista dei suoi romanzi uno «*stupid cunt*». (*N.d.T.*)

inventare. Quell'epiteto riassumeva i suoi sentimenti nei confronti dell'intero genere del romanzo giallo.

«Ti ha raccontato tutto, non è così?» continuai. «*Ecco* com'è andata all'Ivy Club. Alan ti ha detto che avrebbe svelato al mondo il suo piccolo segreto nel corso dell'intervista con Simon Mayo.»

«Sì.»

«E così hai deciso di ucciderlo.»

«Hai capito tutto, Susan. Alan aveva bevuto parecchio di quell'ottimo vino che avevo ordinato, e me lo ha rivelato mentre uscivamo dal ristorante. Non gli importava. Tanto sarebbe morto comunque ed era determinato a portarsi nella tomba anche Atticus. Era un demonio. Sai cosa sarebbe successo se l'avesse rivelato al mondo? La gente l'avrebbe odiato! Non ci sarebbe stata nessuna serie televisiva per la BBC, potevamo anche scordarcela. Non avremmo più venduto un libro che fosse uno. L'intero franchising sarebbe finito nella spazzatura.»

«Quindi l'hai fatto solo per i soldi.»

«Detto così suona piuttosto brutale. Ma immagino si possa dire di sì. Ci sono voluti undici anni per mettere in piedi quest'azienda e non avevo intenzione di lasciare che un ingrato bastardo, che grazie a noi aveva avuto il suo bel tornaconto, la distruggesse dall'oggi al domani. L'ho fatto per la mia famiglia e per il mio nipotino appena nato. Potrei aggiungere che l'ho fatto in parte anche per te, ma so che non mi ringrazierai. L'ho fatto per i milioni di lettori di tutto il mondo che avevano investito in Atticus, che avevano amato le sue storie e comprato i suoi libri. Non ho provato il minimo rimorso. Mi spiace solo che tu abbia capito tutto, e che a questo punto sia diventata mia complice.»

«Che vuoi dire?»

«Be', immagino dipenda dalle tue intenzioni. Hai raccontato ad altri quello che hai detto a me?»

«No.»

«Allora potresti considerare la prospettiva che in fondo non è necessario farlo. Alan è morto. Sarebbe morto in ogni caso. Hai letto la prima pagina della sua lettera. Gli restavano al massimo sei mesi. Gli ho accorciato la vita solo di un breve lasso di tempo, risparmiandogli una bella dose di sofferenza.» Sorrise. «Non fingerò che quella sia stata la mia prima preoccupazione. Credo di aver fatto un favore al mondo. Abbiamo bisogno dei nostri eroi letterari. La vita è buia e complicata, ma loro risplendono. Sono il faro che ci guida. Dobbiamo mostrarci pragmatici, Susan. Diventerai direttore generale della casa editrice. La mia offerta era in buona fede ed è ancora valida. Senza Atticus Pünd non ci sarà *nessuna* casa editrice. Se non per te stessa, pensa alle altre persone che lavorano qui. Vuoi che finiscano per strada?»

«Questo è davvero sleale, Charles.»

«Causa ed effetto, mia cara. Tutto qui.»

In un certo senso, avevo temuto quel momento. Smascherare Charles Clover era stato facile, ma per tutto il tempo mi ero chiesta quale sarebbe stata la mia mossa successiva. Avevo già riflettuto sulle giustificazioni che mi aveva appena fornito. Il mondo non sarebbe certo stato un luogo peggiore senza Alan Conway. La sorella, l'ex moglie, il figlio, Donald Leigh, il reverendo Robeson, il sovrintendente Locke... li aveva feriti tutti, chi più chi meno. Inoltre era stato sul punto di giocare un tiro mancino alle persone che amavano i suoi libri. E poi sarebbe morto comunque.

Ma fu quel «mia cara» a convincermi. C'era una sfumatura rivoltante nel tono di Charles. Erano le stesse parole che avrebbe scelto il professor Moriarty. O Flambeau. O Carl Peterson. O Arnold Zeck. Se davvero il compito dei detective era ergersi a fari di virtù, perché non lasciarmi guidare anch'io dalla loro luce? «Mi dispiace, Charles» risposi. «Non negherò che sono d'accordo con te. Alan non mi piaceva e il suo comportamento è inqualificabile. Il punto però è che tu l'hai ammazzato e io non posso fare finta di niente. Mi dispiace, ma non vivrei più in pace con me stessa.»

«Hai intenzione di denunciarmi?»

«No. Non è necessario che venga coinvolta e sarà tutto più facile se ti costituirai tu stesso.»

Lui sorrise, a labbra strette. «Ti rendi conto che mi metteranno in prigione? Mi daranno l'ergastolo. Non uscirò mai più.»

«Sì, Charles. È così che funziona, se uccidi qualcuno.»

«Mi sorprendi, Susan. Ci conosciamo da un sacco di tempo. Non ti facevo così meschina.»

«È questo che pensi di me?» Feci spallucce. «Allora non abbiamo più niente da dirci.»

Lui fissò il bicchiere vuoto, poi alzò di nuovo lo sguardo. «Quanto tempo puoi concedermi?» chiese. «Posso sperare in un'ultima settimana di grazia? Vorrei stare un po' con la mia famiglia e con il mio nipotino appena nato. Devo trovare una sistemazione per Bella… e tutto il resto.»

«Non posso lasciarti un'intera settimana, Charles. Diventerei tua complice. Magari fino al weekend?»

«Va bene. È giusto così.»

Charles si alzò e si diresse verso la libreria. Davanti a lui era dispiegata tutta la sua carriera. Aveva pubblicato lui stesso gran parte di quei volumi. Mi alzai anch'io. Ero rimasta seduta talmente a lungo che mi scricchiolarono le ginocchia. «Mi dispiace davvero, Charles» dissi. Una parte di me continuava a chiedersi se fosse la decisione giusta. Volevo solo uscire da quella stanza.

«No. È tutto a posto.» Mi dava le spalle. «Capisco perfettamente.»

«Buona notte, Charles.»

«Buona notte, Susan.»

Mi voltai e feci un passo verso la porta, e in quel preciso

istante qualcosa mi colpì alla nuca con una forza inaudita. Vidi un lampo di luce bianca ed ebbi l'impressione che il mio corpo si spezzasse in due. La stanza si inclinò violentemente da una parte e mi accasciai a terra.

Fine partita

Ero talmente scioccata, colta così alla sprovvista, che impiegai qualche istante a comprendere la situazione. Forse persi anche brevemente conoscenza. Quando riaprii gli occhi, Charles incombeva su di me con un'espressione che posso solo definire rammaricata. Ero riversa sul tappeto, con la testa accanto alla porta aperta. Dietro l'orecchio, sentivo qualcosa gocciolare sul collo e a fatica allungai la mano per controllare. Quando la ritrassi, era imbrattata di sangue. Ero stata colpita, con violenza. Charles stringeva un oggetto tra le mani, ma i miei occhi non riuscivano a metterlo a fuoco, come se qualcosa mi si fosse disconnesso. Quando alla fine lo inquadrai, ci mancò poco che scoppiassi a ridere, se non fossi stata così sofferente e in preda al terrore. Era il premio Golden Dagger che Alan aveva vinto per *Atticus Pünd indaga*. Se non avete presente com'è fatto, si tratta di un pugnale in miniatura racchiuso in un pesante blocco di plexiglas, rettangolare, con gli angoli aguzzi. Charles me lo aveva sbattuto in testa.

Provai a parlare, ma non uscì neanche una sillaba. Forse ero ancora stordita o semplicemente non sapevo cosa dire. Charles mi scrutava fisso e penso di aver intuito il momento esatto in cui prese una decisione. Ogni traccia di vita defluì dai suoi occhi e d'un tratto mi resi conto che gli assassini sono le persone più sole del pianeta. È la maledizione di Caino, allontanato e costretto a una vita da fuggiasco e vagabondo.

Per quanto tentasse di giustificarsi, Charles aveva preso le distanze dal resto dell'umanità nel momento stesso in cui aveva spinto Alan giù dalla torre e l'uomo che ora incombeva su di me non era più il mio capo e amico. Era un guscio vuoto. Mi avrebbe uccisa per zittirmi, perché quando ammazzi qualcuno entri in una sorta di regno esistenziale nel quale eliminare altre due persone, o venti, non fa alcuna differenza. Me ne resi conto e lo accettai. Charles non avrebbe mai trovato pace. Non avrebbe mai giocato felice con il suo nipotino. Non sarebbe mai più stato in grado di farsi la barba senza guardare in faccia un assassino. Provai un certo sollievo a quel pensiero. Ma stavo per morire. Non potevo fare niente per evitarlo. Ero terrorizzata.

Lui posò il premio.

«Perché hai voluto accanirti così?» chiese con una voce che non sembrava più la sua. «Non volevo che andassi a cercare il capitolo mancante. Non me ne fregava niente di quel maledetto libro. Volevo solo proteggere tutto ciò per cui ho lavorato… e il mio futuro. Ho provato a farti desistere. Ho tentato di fuorviarti. Ma tu non mi hai voluto ascoltare. E cosa dovrei fare ora? Devo ancora proteggere me stesso, Susan. Sono troppo vecchio per finire in prigione. Non serviva tirare in ballo la polizia. Avresti potuto andartene e basta. Sei una maledetta stupida…»

Non parlava davvero con me. Il suo era più che altro un flusso di coscienza, una conversazione con se stesso. Dal canto mio, ero ancora riversa a terra, immobile. Avevo un dolore lancinante alla testa ed ero furiosa con me stessa. Mi aveva chiesto se avessi riferito a qualcuno le mie intuizioni. Avrei dovuto mentire. O quantomeno avrei potuto fingere di stare dalla sua parte, di essere ben felice di diventare complice della morte di Alan. Avrei potuto accontentarlo e lasciare l'ufficio. Poi avrei chiamato la polizia. Me l'ero proprio cercata.

«Charles...» Pronunciai il suo nome con un filo di voce. C'era qualcosa che non andava nei miei occhi. Stentavano a mettere a fuoco. Il sangue continuava a scorrere inarrestabile lungo il collo.

Lui si guardò intorno e afferrò qualcosa. Era la scatola di cerini che avevo usato per accendermi la sigaretta. Compresi le sue intenzioni solo quando vidi la fiammata del fosforo. Sembrava gigantesca. Lo nascondeva completamente.

«Mi dispiace, Susan» disse.

Stava per dare fuoco all'ufficio. Mi avrebbe lasciata bruciare viva, per sbarazzarsi dell'unica testimone e allo stesso tempo delle pagine incriminanti che giacevano ancora sulla sua scrivania, dove le avevo posate. Vidi la sua mano tracciare un arco a mezz'aria e fu come se una palla di fuoco fosse guizzata attraverso la stanza, abbattendosi ai piedi della libreria. In un ufficio moderno, avrebbe toccato il tappeto e si sarebbe spenta, ma alla Cloverleaf Books era tutto antico: l'edificio, i rivestimenti di legno, i tappeti, i mobili. Le fiamme si levarono all'istante e rimasi talmente abbagliata da quella vista da non accorgermi che Charles aveva acceso un altro fiammifero, innescando un secondo focolaio dal lato opposto della stanza. Stavolta la vampata saettò lungo la tenda fino a lambire il soffitto. Persino l'aria si tinse di arancione. Stentavo a credere che fosse accaduto tutto così in fretta. Mi sembrava di essere finita in un forno crematorio. Charles si avvicinò, la sua sagoma immensa e scura mi riempì la visuale. Pensavo volesse solo scavalcarmi. Ero sdraiata davanti alla porta. Ma, prima di uscire, lui sferrò l'ultimo attacco pestandomi un piede sul petto con una forza tale da farmi gridare. La bocca mi si riempì di sangue. Dagli occhi versavo lacrime a fiotti, per il dolore e il fumo. Poi lui se ne andò.

L'ufficio bruciava in tutta la sua gloria. L'edificio risaliva al diciottesimo secolo e l'incendio era degno di quell'epoca. Mi scorticava le guance e le mani al punto da sentirmi io stessa avvolta dalle fiamme. Avrei potuto semplicemente abbandonarmi alla morte, ma nel palazzo era scattato l'allarme antincendio e mi aveva destata di colpo. In un modo o nell'altro, dovevo trovare la forza di alzarmi e trascinarmi fuori. D'un tratto una delle finestre si disintegrò in un'esplosione di legno e vetro, aiutandomi nell'intento. L'aria fredda si riversò nella stanza e mi ravvivò quanto bastava, impedendo al fumo di asfissiarmi. Allungai un braccio e sfiorai lo stipite della porta, mi ci aggrappai per sollevarmi. Non vedevo quasi niente. Le vampate rosse e arancioni delle fiamme mi bruciavano gli occhi. Respiravo a fatica. Charles mi aveva rotto qualche costola e non potei fare a meno di chiedermi, nonostante tutto, come fosse arrivato a comportarsi in maniera così brutale, quell'uomo che conoscevo da sempre. Spronata dalla rabbia, riuscii a trovare la forza per rialzarmi, ma non fu d'aiuto. Sarei stata più al sicuro a terra. In piedi, mi ritrovai circondata dal fumo e dalle esalazioni tossiche. Ancora qualche secondo e sarei svenuta.

L'allarme mi rimbombava nelle orecchie. Se fossero arrivati i pompieri, non sarei stata in grado di sentirli. Ci vedevo a stento. Non riuscivo a respirare. E poi gridai, quando un braccio mi circondò da dietro e mi attirò a sé. Credevo fosse Charles, tornato a darmi il colpo di grazia. Invece sentii qualcuno urlarmi un'unica parola all'orecchio: «Susan!». Riconobbi la sua voce, l'odore, il calore del petto sul quale mi premette il capo. Era Andreas, impossibile ma vero, comparso dal nulla per salvarmi. «Riesci a camminare?» gridò.

«Sì.» Ora sì. Con lui al mio fianco, sarei riuscita a fare qualunque cosa.

«Ti porto fuori di qui.»

«Aspetta! Ci sono dei fogli sul tavolo...»

«Susan?»

«Non li lasceremo bruciare, maledizione!»

Avrà pensato che fossi pazza, ma sapeva di non dover discutere con me. Mi abbandonò per pochi secondi, poi mi spinse fuori dalla stanza e mi aiutò a scendere le scale. Ci seguirono spirali di fumo grigio, ma il fuoco si stava espandendo verso l'alto, anziché in basso, e nonostante riuscissi a malapena a vedere o pensare, il corpo stretto in una morsa di dolore e il sangue che sgorgava dalla ferita sulla testa, raggiungemmo l'uscita. Andreas mi trascinò fuori dal portone fino al lato opposto della strada. Quando mi voltai, il secondo e il terzo piano erano già avvolti dalle fiamme e, malgrado ora riuscissi a sentire le sirene che si avvicinavano, sapevo che non si sarebbe salvato nulla dell'edificio.

«Andreas» dissi. «Hai preso i fogli?»

Persi i sensi prima che potesse rispondermi.

Terapia intensiva

Fui ricoverata per tre giorni allo University College Hospital di Euston Road, che mi parvero a malapena sufficienti dopo quello che avevo passato. Ma oggigiorno funziona così: i miracoli della scienza moderna e via dicendo. E, ovviamente, servono i letti. Andreas rimase al mio fianco per tutto il tempo e in realtà fu lui a praticarmi la vera terapia intensiva. Avevo due costole rotte, contusioni diffuse e una frattura lineare al cranio. Mi fecero la TAC, ma fortunatamente non fu necessario sottopormi a un intervento. Le fiamme mi avevano danneggiato i polmoni e le mucose. Continuavo a tossire, da non poterne più. I miei occhi non vedevano ancora nitido. Era una conseguenza normale dopo una contusione cerebrale, ma i dottori mi avevano avvertita che il danno sarebbe potuto essere permanente.

Scoprii che Andreas era venuto a cercarmi in ufficio perché era ancora turbato per la nostra discussione della domenica e voleva farmi una sorpresa con un mazzo di fiori e un invito al ristorante. Un pensiero dolcissimo che mi aveva salvato la vita. Ma non era quello che fremevo dalla voglia di chiedergli.

«Andreas?» Era la mattina dopo l'incendio. Lui era stato l'unico a venire a trovarmi, anche se mia sorella Katie mi aveva mandato un messaggio per dirmi che stava arrivando. Mi bruciava la gola e la mia voce uscì appena sussurrata. «Perché eri venuto a parlare con Charles? La settimana del tour promozionale, sei stato da me al lavoro. Perché non me l'hai detto?»

E così venne tutto a galla. Andreas era alla ricerca di un prestito per l'albergo, il Polydorus, e aveva preso appuntamento con la banca al suo rientro in Inghilterra. L'idea in linea di massima era stata approvata, ma serviva un garante e lui si era rivolto a Charles.

«Volevo farti una sorpresa» spiegò. «Quando mi sono reso conto che non eri in ufficio, non sapevo che fare. Mi sentivo in colpa, Susan. Non potevo dirti di aver incontrato Charles, perché non ti avevo ancora parlato dell'albergo. Così gli ho chiesto di mantenere il segreto. Poi ti ho raccontato tutto appena ci siamo visti. Ma il senso di colpa è rimasto.»

Non gli riferii che dopo la chiacchierata con Melissa i miei sospetti per l'omicidio di Alan erano caduti brevemente su di lui. Aveva un movente più che valido. Era già tornato dalla Grecia. E in fondo, non sarebbe stato un sospettato davvero improbabile? Avrebbe potuto benissimo essere colpevole.

Charles era stato arrestato. Due poliziotti vennero a trovarmi il giorno delle mie dimissioni dall'ospedale e non somigliavano affatto al sovrintendente Locke, né tantomeno a Raymond Chubb. Erano una donna e un simpatico agente di origine asiatica. Mi interrogarono per circa mezz'ora, prendendo appunti, ma non riuscivo a parlare bene perché avevo ancora la gola infiammata. Ero sotto sedativi e sotto shock e continuavo a tossire. Dissero che sarebbero tornati per la deposizione ufficiale non appena mi fossi ripresa.

La cosa buffa è che, dopo tutto quello che era successo, non avevo più nessuna voglia di leggere le pagine mancanti di *Appuntamento con la morte*. Non che avessi perso la curiosità di scoprire chi aveva ucciso Mary Blakiston e il suo datore di lavoro, Sir Magnus Pye. Ma ne avevo abbastanza di indizi e delitti, e in ogni caso non sapevo come fare a leggere il manoscritto: i miei occhi non erano ancora in grado. Solo una volta tornata al mio appartamento di Crouch End, il mio interesse si risvegliò. Andreas era ancora con me. Si era preso una settimana di ferie da scuola e lo convinsi a scorrere velocemente il romanzo per capirne la trama, prima di leggermi il capitolo conclusivo. Mi parve più che appropriato ascoltarlo dalla sua voce. Era salvo solo grazie a lui.

Ecco il finale della storia.

Sette

Un segreto che non va rivelato

1

Atticus Pünd fece un'ultima passeggiata per Saxby-on-Avon, godendosi il sole del mattino. Aveva dormito bene e al suo risveglio aveva preso due pastiglie. Si sentiva rigenerato e lucido di mente. Aveva concordato di incontrare il detective Chubb alla stazione di polizia di Bath da lì a un'ora e aveva lasciato James Fraser a occuparsi dei bagagli e a saldare il conto mentre lui si sgranchiva le gambe.

Non si era trattenuto molto, ma per qualche strana ragione sentiva di essere entrato in intimità con quel villaggio. La chiesa, il castello, il negozio di antiquariato in piazza, la fermata dell'autobus, Dingle Dell e, naturalmente, Pye Hall: erano sempre stati collegati in un modo o nell'altro, ma nel corso dell'ultima settimana erano diventati dei punti fissi nello scenario di un crimine. Pünd aveva scelto con cura il titolo della sua *magnum opus*. Per ciascuna indagine criminale esisteva sempre un preciso scenario, la cui coscienza caratterizzava il crimine stesso.

Saxby non avrebbe potuto avere un aspetto più incantevole. Era ancora presto e per un attimo non si vide passare anima viva – né automobile – e divenne più facile immaginare la piccola comunità come sarebbe potuta apparire un secolo prima. Per un attimo l'omicidio parve quasi irrilevante. In fondo, che importanza aveva? La gente andava e veniva. Si innamorava.

Cresceva e moriva. Ma il villaggio in sé, con le sue siepi e bordure verdi, l'intero scenario nel quale si era svolto il dramma, rimaneva immutato. Con il passare degli anni, forse, qualcuno avrebbe indicato la villa in cui Sir Magnus era stato ucciso o il luogo in cui il suo assassino aveva vissuto e avrebbe esclamato un «Oh!» di curiosità. Ma niente di più. Non era l'uomo che avevano decapitato? Non era morto anche qualcun altro? Frammenti di conversazione che si sarebbero dispersi come foglie al vento.

E tuttavia qualcosa era cambiato. I delitti di Mary Blakiston e Sir Magnus Pye avevano creato una miriade di piccole crepe che si erano diramate rispetto ai rispettivi epicentri e solo il tempo sarebbe stato in grado di risanarle. Pünd notò il cartello sulla vetrina del negozio di antiquariato dei Whitehead: CHIUSO FINO A DATA DA DESTINARSI. Non sapeva se avessero arrestato il proprietario per il furto delle medaglie, ma dubitava che il negozio avrebbe riaperto i battenti. Proseguì fino all'officina e pensò a Robert Blakiston e a Joy Sanderling, il cui unico desiderio era convolare a nozze, ma che si erano ritrovati in balia di forze che superavano di gran lunga la loro capacità di comprensione. Pünd si rattristò pensando al giorno in cui la ragazza si era presentata da lui a Londra. Che cosa aveva detto? «Non ha senso. È così ingiusto.» All'epoca, la poverina non aveva idea della veridicità di quelle parole.

Un movimento catturò la sua attenzione e notò Clarissa Pye che camminava di fretta verso la macelleria, sul capo un cappellino a tre piume piuttosto spavaldo. Lei non lo vide. Qualcosa nel suo portamento lo fece sorridere. Aveva tratto beneficio dalla morte del fratello. Impossibile negarlo. Non avrebbe mai ereditato la villa, forse, ma aveva ripreso il controllo della propria vita, cosa molto più importante. Poteva essere una ragione sufficiente per ucciderlo? Era un fatto assai curioso, che un uomo potesse rendersi bersaglio di tanta ostilità. Pünd si ritrovò a pensare ad Arthur Redwing, l'artista il cui ritratto più riuscito era stato dissacrato, squarciato e dato alle fiamme. Può anche darsi che si ritenesse un dilettante. Come pittore non aveva mai raggiunto la grandezza. Ma Pünd conosceva fin troppo la passione che bruciava nel cuore dei creativi e che con altrettanta facilità poteva essere sovvertita e trasformata in un'indole pericolosa.

E che dire della dottoressa Redwing? L'ultima volta che aveva nominato Sir Magnus, non era stata in grado di celare il proprio odio, non solo nei confronti dell'individuo ma di tutto ciò che rappresentava. Lei, più di chiunque altro, aveva visto da vicino la sofferenza inferta al marito e Pünd sapeva per esperienza che nei piccoli villaggi inglesi non c'è figura più influente del medico che, in determinate circostanze, può rivelarsi anche la più temibile.

Aveva percorso buona parte di High Street e vide Dingle Dell estendersi alla sua sinistra. Avrebbe potuto imboccare la scorciatoia attraverso Pye Hall, ma preferì evitare. Non aveva il minimo desiderio di incontrare Lady Pye o il suo nuovo compagno. Tra tutti, proprio loro avevano beneficiato di più della scomparsa di Sir Magnus. Si ripeteva la storia più vecchia del mondo: la moglie, l'amante, il marito crudele, la morte improvvisa. Ebbene, che credessero pure di essere finalmente liberi di stare insieme, ma Pünd era convinto che non avrebbe mai funzionato. Alcune relazioni trionfano solo perché impossibili, necessitano proprio di una condizione infelice per andare avanti. Tra non molto Lady Pye si sarebbe stancata di Jack Dartford, nonostante il suo innegabile fascino. Adesso era padrona di Pye Hall a tutti gli effetti. O era forse il contrario? Matthew Blakiston l'aveva definita una casa maledetta e Pünd non poteva negarlo. Tornò sui propri passi con decisione. Non voleva mai più rivedere quel luogo.

Gli sarebbe piaciuto avere un'ultima conversazione

con Brent. Trovava bizzarro che il ruolo del giardiniere in tutta quella vicenda non fosse mai stato chiarito del tutto. L'ispettore Chubb lo aveva scartato quasi completamente dalle indagini. Eppure Brent era stato il primo a scoprire Tom Blakiston dopo che il ragazzo era annegato, nonché l'ultimo a vedere Sir Magnus prima che fosse decapitato. Sempre lui, inoltre, aveva scoperto il corpo senza vita di Mary Blakiston e telefonato alla dottoressa Redwing. Perché Sir Magnus lo aveva licenziato in maniera così arbitraria poco prima di morire lui stesso? Pünd temeva che quella domanda non avrebbe mai ottenuto risposta. Ormai gli era rimasto pochissimo tempo, in tutti i sensi. Quella mattina avrebbe esposto la sua teoria sui fatti avvenuti a Saxby-on-Avon. Entro il pomeriggio sarebbe ripartito.

E che dire di Dingle Dell? Il tratto di bosco tra la canonica e Pye Hall sembrava aver svolto un ruolo significativo nella narrazione, ma Pünd non lo aveva mai considerato, di per sé, un valido movente per un omicidio, se non altro perché il decesso di Sir Magnus non avrebbe necessariamente impedito la prosecuzione del progetto. Ciononostante, gli abitanti avevano mostrato comportamenti alquanto sconsiderati. Si erano lasciati travolgere dalle emozioni. Pünd ripensò a Diana Weaver, l'imperturbabile signora delle pulizie che si era presa la briga di battere una lettera di minacce sulla macchina da scrivere della datrice di lavoro. Per cause di forza maggiore, non aveva più avuto occasione di interrogarla in merito alla busta, ma poco importava. Aveva indovinato comunque la risposta. Pünd aveva risolto il caso non tanto grazie a prove concrete, quanto alle proprie congetture. Alla fine, esisteva una sola spiegazione che potesse dare un senso a tutto.

Ripercorse i propri passi, risalendo High Street. Si ritrovò a passare sotto il grosso olmo che cresceva accanto al cancello del cimitero di St Botolph. Alzò lo sguardo verso i suoi rami. Erano vuoti.

Proseguì verso la fossa scavata di recente, con la targa e la croce di legno provvisorie.

Mary Elizabeth Blakiston
5 aprile 1887 - 15 luglio 1955

Era lì che tutto aveva avuto inizio. Erano state la morte della madre di Robert, e la pubblica lite tra i due qualche giorno prima, a condurre Joy Sanderling nel suo ufficio di Clerkenwell. Pünd ora sapeva che ogni evento accaduto in seguito a Saxby-on-Avon aveva avuto origine da quel decesso. Immaginò la donna, che giaceva sotto i suoi piedi nella terra fredda. Non l'aveva mai incontrata, ma gli sembrava di conoscerla. Rammentò le pagine del diario, la sua visione avvelenata del mondo che la circondava.

Pensò al veleno.

Avvertendo un rumore di passi alle sue spalle, si voltò e vide il vicario Robin Osborne andargli incontro, facendosi strada tra le tombe. Non aveva con sé la bicicletta. Curioso che, la notte dell'omicidio, sia lui sia la moglie fossero stati sorpresi nelle vicinanze di Pye Hall, la seconda presumibilmente alla ricerca del marito. La bici era stata anche sentita transitare davanti al Ferryman nel corso della serata e Matthew Blakiston l'aveva addirittura vista appoggiata fuori dal vecchio cottage del custode. Pünd si rallegrò di poter incrociare il vicario per l'ultima volta. Era rimasta in sospeso una certa questione di cui voleva chiedergli conto.

«Oh, salve, signor Pünd» esordì Osborne. Abbassò lo sguardo sulla tomba. Nessuno aveva lasciato dei fiori. «È qui in cerca di ispirazione?»

«Niente affatto» rispose Pünd. «Sono in partenza. Ero semplicemente di passaggio tornando in albergo.»

«Riparte? Significa che rinuncia al caso?»

«No, reverendo Osborne. Significa l'esatto contrario.»

«Sa chi l'ha uccisa?»

«Sì. Infatti.»

«Ne sono felice. Ho pensato spesso... Dev'essere difficile riposare in pace se il tuo assassino si aggira ancora a piede libero sopra la tua testa. Offende tutti i principi del diritto naturale. Immagino non intenda anticiparmi nulla... anche se forse non è lecito chiederlo.»

Pünd non rispose. Al contrario, cambiò argomento. «Ho trovato di grande interesse le parole del suo sermone al funerale di Mary Blakiston» disse.

«Dice davvero? La ringrazio.»

«Ha detto che era un membro importante della comunità, che qui aveva abbracciato la vita. Forse la stupirebbe scoprire che teneva un diario nel quale annotava le più sordide e inclementi osservazioni sugli abitanti di Saxby-on-Avon?»

«Mi stupirebbe eccome, signor Pünd. Sì. Insomma, aveva una certa inclinazione a insinuarsi, ma non ho mai rilevato alcuna particolare malizia nelle sue azioni.»

«Ha scritto qualcosa anche riguardo a lei e alla signora Osborne. Pare vi avesse fatto visita il 7 luglio, circa una settimana prima di morire. Rammenta qualcosa?»

«Non saprei...» Osborne era un pessimo bugiardo. Si torceva le mani e aveva il viso contratto in un'espressione innaturale. Certo che era stata da lui, nella sua cucina. «Ho saputo che ha qualche problema con le vespe.» E le fotografie, in bella vista sul tavolo... Che cosa ci facevano lì? Perché Henrietta non le aveva nascoste?

«Nel suo diario ha usato il termine "scioccante"» proseguì Pünd. «Ha poi definito il fatto come "una cosa orripilante" chiedendosi come comportarsi. Sa dirmi a cosa si riferisse?»

«Non ne ho idea.»

«Allora lo farò io. Mi aveva lasciato alquanto perplesso, reverendo Osborne, che sua moglie necessitasse di una cura contro l'avvelenamento da belladonna. La dottoressa Redwing si era appositamente procurata una fiala di fisostigmina. La sua signora aveva infatti calpestato un cespuglio della pianta velenosa.»

«È così.»

«Ma la domanda che mi sono posto è: perché camminava scalza?»

«Sì. L'ha chiesto anche in quell'occasione. E mia moglie le ha risposto...»

«La signora non mi ha raccontato tutta la verità. Non portava le scarpe perché non indossava alcun indumento. Per questo eravate riluttanti a riferirmi la meta delle vostre vacanze. Alla fine siete stati costretti a darmi il nome dell'albergo – lo Sheplegh Court nel Devonshire – ed è bastata una semplice telefonata per scoprire che si tratta di una struttura ben nota ai naturisti. È questa la verità, dico bene, reverendo Osborne? Lei e sua moglie praticate il naturismo.»

Osborne deglutì a fatica. «Sì.»

«E Mary Blakiston ne aveva trovate le prove?»

«Aveva visto delle fotografie.»

«Ha idea di cosa intendesse fare?»

«No. Non proferì parola. E la settimana successiva...» Si schiarì la voce. «Io e mia moglie siamo assolutamente innocenti» esclamò all'improvviso, tutto d'un fiato. «Il naturismo è un movimento politico e culturale strettamente legato alla buona salute. Non c'è nulla di immorale nel praticarlo e nulla, glielo assicuro, che possa sminuire o minare la mia vocazione. Potrei menzionare il fatto che Adamo ed Eva fossero ignari della propria nudità. Era una condizione naturale e solo dopo aver assaggiato la mela del peccato conobbero la vergogna. Io e Hen siamo stati in Germania, prima della guerra, è lì che abbiamo vissuto la nostra prima esperienza. Ci attraeva. L'abbiamo tenuta segreta solo perché sentivamo che la gente del posto avrebbe potuto non capire, offendersi.»

«E Dingle Dell?»

«Era il luogo perfetto per noi. Ci offriva libertà,

lo spazio per passeggiare insieme senza essere visti. Mi preme precisare, signor Pünd, che non facevamo nulla di sconveniente. Intendo dire, nulla di… carnale.» Aveva scelto le parole con cura. «Ci piaceva semplicemente passeggiare al chiaro di luna. Lo ha visto anche lei. Sa che è un luogo magnifico.»

«E tutto era andato liscio finché sua moglie non ha calpestato quella pianta velenosa.»

«Tutto è andato liscio finché Mary non ha visto le fotografie. Ma lei non deve pensare neanche per un attimo… lei… non penserà che le abbia fatto del male per quella ragione?»

«So esattamente com'è morta Mary Blakiston, reverendo Osborne.»

«Ha detto… ha detto di essere in partenza.»

«Tra qualche ora. E porterò il suo segreto con me. Lei e sua moglie non avete nulla da temere. Non lo racconterò a nessuno.»

Robin Osborne rilasciò un profondo sospiro. «Grazie, signor Pünd. Eravamo così preoccupati. Non può capire.» I suoi occhi si illuminarono. «E ha saputo? Secondo l'agenzia immobiliare di Bath, Lady Pye non ha intenzione di proseguire con il progetto. Il bosco di Dell verrà risparmiato.»

«Mi fa un immenso piacere. Ha proprio ragione, reverendo Osborne. È un luogo splendido. Anzi, mi ha appena dato un'idea…»

Atticus Pünd lasciò il cimitero per conto suo. Mancavano ancora cinquanta minuti all'appuntamento con Raymond Chubb.

E prima doveva fare una cosa.

2

Non impiegò molto tempo a scrivere la lettera, seduto davanti a una tazza di tè, in un angolino tranquillo del Queen's Arms.

«Caro James,
quando avrai letto questa mia, sarà tutto finito. Perdonami per non avertene parlato prima, per non essermi confidato con te, ma sono certo che col tempo capirai.
Ho lasciato alcuni appunti, li troverai sulla mia scrivania. Riguardano la mia condizione e la decisione che ho preso. Dev'essere ben chiaro che la diagnosi del medico era inequivocabile e che non ho alcuna possibilità di grazia. Non ho paura di morire. Mi piace pensare che il mio nome sarà ricordato.
Ho ottenuto grandi successi in una vita che si è protratta sufficientemente a lungo. Scoprirai che ti ho lasciato una piccola eredità nel testamento. In parte in segno di riconoscenza per i tanti anni trascorsi insieme, ma nutro anche la speranza che tu possa portare a termine il mio libro e prepararlo alla pubblicazione. Ora sei tu il suo unico custode e confido che nelle tue mani sarà al sicuro.
Per il resto, in pochi piangeranno la mia perdita. Non mi lascio nessuno alle spalle. Mentre mi accingo a congedarmi da questo mondo, sento di aver sfruttato bene il tempo a mia disposizione e che verrò ricordato per i successi che tu e io abbiamo condiviso.
Ti chiederei di porgere le mie scuse al mio amico, l'ispettore Chubb. Come si scoprirà, avrò assunto la fisostigmina confiscata a Clarissa Pye e che avrei dovuto restituirgli. Se ho inteso bene, è insapore e in grado di assicurare un passaggio tranquillo, pur tuttavia costituisce un tradimento della sua fiducia, forse anche un piccolo crimine, del quale mi rammarico.
Infine, benché mi sorprenda, vorrei che le mie ceneri fossero sparse nel bosco noto con il nome di Dingle Dell. Non mi so spiegare il motivo di

questa richiesta. Come sai non possiedo un'indole romantica. Ma è lo scenario del mio ultimo caso e lo trovo piuttosto consono. Oltretutto è un luogo in cui regna la pace. Sembra perfetto.
Prendo commiato da te, vecchio amico mio, con i miei migliori e rispettosi auguri. Ti ringrazio per la tua fedeltà e compagnia e spero che tu voglia riprendere in considerazione l'idea di recitare e godere di una lunga e prospera carriera.»

Firmò la lettera e la infilò in una busta, poi la sigillò e scrisse: CONFIDENZIALE - PER IL SIG. JAMES FRASER. Non gli sarebbe servita subito, ma era felice di essersi tolto quel pensiero. Infine, bevve il suo tè e si diresse verso l'automobile che lo stava aspettando.

3

Si ritrovarono in cinque nell'ufficio di Bath, con le due finestre alte fino al soffitto a fare da cornice, in un'atmosfera stranamente immobile e silenziosa. Oltre i vetri la vita continuava, ma all'interno della stanza sembrava intrappolata in quell'istante ineluttabile che finalmente era arrivato. L'ispettore Raymond Chubb era seduto al suo posto dietro la scrivania, sebbene non avesse granché da dire. Era poco più che un testimone. Ma quello era il suo ufficio, e sue erano la scrivania e l'autorità, come sperava di aver messo in chiaro. Atticus Pünd era seduto al suo fianco, la mano distesa sulla superficie levigata del tavolo, a rivendicare il diritto di trovarsi da quella parte, il bastone di palissandro inclinato contro il bracciolo della sedia. James Fraser era rintanato in un angolo.

Joy Sanderling, che era stata a Londra e per prima aveva trascinato Pünd in quella faccenda, occupava una sedia posizionata con cura di fronte a loro, quasi l'avessero convocata per un colloquio di lavoro. Robert

Blakiston, pallido e nervoso, sedeva accanto a lei. Avevano parlato poco dal loro arrivo. Era Pünd al centro dell'attenzione e fu il primo a prendere la parola.

«Signorina Sanderling» esordì. «L'ho invitata qui oggi perché è sotto molti aspetti una mia cliente, vale a dire che sono venuto a conoscenza di Sir Magnus Pye e della vicenda tramite lei. Si è rivolta a me non tanto perché desiderava che risolvessi un crimine – all'epoca non avevamo ancora la certezza che fosse stato commesso – ma a chiedermi assistenza in merito al suo matrimonio con Robert Blakiston, che riteneva minacciato. Temo sia stato un errore da parte mia rifiutare l'incarico, ma mi auguro possa comprendere che in quel momento certe questioni personali da valutare richiamavano la mia attenzione altrove. Il giorno successivo alla sua visita, appresi della morte di Sir Magnus e fu quell'evento a farmi cambiare idea. Pur tuttavia, fin dal mio arrivo a Saxby-on-Avon, ho sentito il dovere di operare non solo a suo beneficio ma anche per conto del suo fidanzato, e per questa ragione mi è parso più che corretto invitare entrambi ad ascoltare il frutto delle mie riflessioni. Mi preme comunicarle anche il mio rammarico per il fatto che abbia ritenuto necessario prendere in mano la questione personalmente, rendendo pubblica agli occhi del villaggio la sua vita privata. Non dev'essere stato piacevole e me ne assumo ogni responsabilità. La prego di volermi perdonare.»

«Se ha risolto i due omicidi e io e Robert possiamo sposarci, le perdonerò qualunque cosa» rispose Joy.

«Ah, già.» Il detective si rivolse brevemente a Chubb. «Abbiamo qui due giovani chiaramente innamorati. È evidente che questo matrimonio significa molto per loro.»

«Buona fortuna a entrambi, allora» mormorò l'ispettore.

«Se sa chi è stato, perché non ce lo dice e basta?» Robert aprì bocca per la prima volta con una punta di veleno nella voce. «Così io e Joy possiamo andarcene.

Ho già deciso. Non resteremo a Saxby-on-Avon. Troveremo un posto lontano e ricominceremo da capo.»

«Andrà tutto bene, se resteremo insieme.» La ragazza allungò il braccio e gli accarezzò la mano.

«Veniamo al dunque, allora» disse Pünd. Ritrasse la mano dalla scrivania e la appoggiò sul bracciolo della sedia. «Prima ancora di giungere a Saxby-on-Avon, quando appresi dell'omicidio di Sir Magnus dal quotidiano "Times", mi resi conto di trovarmi di fronte a una strana coincidenza. Una donna di servizio cade dalle scale e muore per quello che si direbbe un banale incidente domestico e poi, nemmeno due settimane dopo, muore anche il datore di lavoro e stavolta si tratta senz'ombra di dubbio di un raccapricciante omicidio. Ho parlato di coincidenza, ma in realtà intendo l'esatto contrario. Dev'esserci una ragione precisa se i due eventi sono entrati, per così dire, in collisione, ma quale? Esiste forse un solo movente per i decessi di Sir Magnus Pye e della domestica? Quale scopo sarebbe stato raggiunto se entrambi fossero usciti di scena?» Per un attimo gli occhi di Pünd incenerirono i due giovani seduti di fronte a lui. «Ho riflettuto sul matrimonio, che entrambi desideravate con tanto ardore e che poteva costituire un movente. Sappiamo che, per ragioni che potrebbero apparire disdicevoli, Mary Blakiston si opponeva alla vostra unione. Ma ho abbandonato quella linea di pensiero. Per prima cosa, non era in suo potere impedire le nozze, per quanto ne sappiamo. Perciò non c'era motivo di ucciderla. Inoltre, non esistono prove che Sir Magnus fosse coinvolto in qualche misura. Anzi, si era sempre dimostrato bendisposto e amichevole nei confronti del figlio di Mary e senza dubbio avrebbe desiderato anche lui che coronasse il suo sogno.»

«Sapeva del matrimonio» intervenne Robert. «Non aveva obiezioni. Perché avrebbe dovuto? Joy è una ragazza meravigliosa e, ha ragione a dirlo, era sempre stato premuroso con me. Voleva che fossi felice.»

«Concordo. Ma se non troviamo una giustificazione

unica per i due delitti, quali alternative ci restano? Possibile che a Saxby-on-Avon vivano due assassini, che hanno agito in maniera indipendente sulla base di due moventi distinti? Suona a dir poco improbabile. O forse la prima morte è stata in qualche modo causa della seconda? Sappiamo che Mary Blakiston collezionava numerosi segreti sulle vite degli altri abitanti del villaggio. Aveva forse scoperto qualcosa che l'aveva messa in pericolo e lo aveva rivelato a Sir Magnus? Non dimentichiamo che era proprio lui il suo confidente più intimo.

«E mentre rimuginavo su questi interrogativi, un terzo crimine si è presentato alla mia attenzione. Perché, la sera del funerale di Mary Blakiston, qualcuno si è introdotto a Pye Hall. Sembrava un furto ordinario, ma nello stesso mese in cui muoiono due persone niente può essere considerato tale. E infatti lo abbiamo dimostrato: a parte una fibbia d'argento venduta a Londra, il resto della refurtiva è stato semplicemente gettato nel lago. Perché mai? Forse il ladro era stato disturbato, oppure aveva un altro fine? Desiderava solo far sparire l'argenteria, anziché trarne profitto?»

«Intende dire che è stata una sorta di provocazione?» chiese Chubb.

«Sir Magnus era orgoglioso della sua collezione di argenti d'epoca romana. Apparteneva alla sua eredità. Potrebbero avergliela sottratta per puro dispetto. Ho valutato anche quell'eventualità, ispettore.»

Pünd si protese in avanti.

«C'è poi un aspetto del caso che proprio stentavo a comprendere» proseguì. «Ovverosia, il comportamento di Mary Blakiston.»

«Nemmeno io l'ho mai capita» mormorò Robert.

«Analizziamo il suo rapporto con lei. Sua madre perde un figlio in un tragico incidente che la fa diventare guardinga, autoritaria, iperprotettiva. Sa che ho conosciuto anche suo padre?»

Robert trasalì. «Quando?»

«Ieri. Il mio collega, Fraser, mi ha accompagnato a casa sua, a Cardiff. E lui mi ha raccontato molte cose interessanti. Dopo la morte di suo fratello Tom, sua madre si concentrò su di lei. Tanto da non consentire più nemmeno a lui di avvicinarsi. Non tollerava l'idea di perderla di vista, ne è un esempio il fatto che si arrabbiò molto quando lei decise di trasferirsi a Bristol. Fu l'unica volta in cui sua madre ebbe a discutere con Sir Magnus, che da sempre si preoccupava del suo benessere. Mi pare una reazione più che ragionevole. È naturale che una donna che ha perso un figlio diventi ossessiva con l'altro. Allo stesso tempo comprendo che la relazione fosse diventata opprimente e addirittura nociva. Le discussioni tra voi due ne erano una logica conseguenza. Triste ma inevitabile.

«Ma ecco cosa non capisco. Perché sua madre si opponeva tanto al matrimonio? Non aveva senso. Il figlio trova nella signorina Sanderling, se posso permettermi, una compagna incantevole. Una ragazza del posto, di buona famiglia. Il padre è un vigile del fuoco. Lei lavora nell'ambulatorio del villaggio. Non intende allontanare Robert da Saxby. È una pretendente perfetta, eppure, fin dall'inizio, Mary Blakiston reagisce soltanto con ostilità. Perché?»

Joy arrossì. «Non ne ho idea, signor Pünd.»

«Possiamo aiutarla noi, signorina Sanderling» intervenne Chubb. «Lei ha un fratello con la sindrome di Down.»

«Paul? Lui cosa c'entra?»

«La signora Blakiston annotava le sue riflessioni in un diario che abbiamo rinvenuto. Aveva il timore che la condizione di suo fratello potesse essere trasmessa in qualche modo ai nipotini che le avreste dato. Era quella la sua preoccupazione.»

Pünd scosse il capo. «Spiacente, ispettore» disse. «Ma temo di dover dissentire.»

«A mio parere l'ha espresso in maniera chiarissima, detective. "… quell'orribile malattia che appesta la sua famiglia…" Sono parole terribili. Ma è scritto proprio così.»

«Sono parole che potrebbe aver frainteso.» Pünd sospirò. «Per comprendere Mary Blakiston è necessario fare un salto indietro nel tempo, fino al momento cruciale della sua vita.» Rivolse lo sguardo a Robert. «Spero di non turbarla, signor Blakiston. Mi riferisco alla morte di suo fratello.»

«Ci convivo da una vita» replicò lui. «Niente di quello che dirà potrebbe sconvolgermi ancora.»

«Diversi aspetti dell'incidente mi lasciano perplesso. A cominciare, per esempio, dalla reazione di sua madre dopo l'accaduto. Non riesco a comprendere la sua decisione di continuare a vivere nel luogo della tragedia, quella in cui aveva perso il figlio. Continua a passare tutti i giorni davanti a quel lago, e io mi chiedo: vuole forse punire se stessa per qualcosa che ha fatto? O di cui è a conoscenza? Potrebbe essere mossa dal senso di colpa fin dal terribile giorno?

«Ho visitato il vecchio cottage del custode e ho provato a immaginare come dev'essere stato per sua madre, e per lei naturalmente, vivere insieme in quel luogo tetro, circondato dagli alberi, perennemente in ombra. La casa non mi ha svelato grandi segreti ma un mistero in effetti c'era, una camera al secondo piano che sua madre teneva chiusa a chiave. Perché? Qual era la funzione di quella stanza e perché lei non ci entrava mai? All'interno era rimasto ben poco: un letto e un tavolo e, in un cassetto, il collare di un cane, morto anch'esso.»

«Era il collare di Bella» spiegò Robert.

«Sì. Bella era stato un dono da parte di suo padre a suo fratello e Sir Magnus non ne aveva gradito la presenza nella proprietà. Quando ieri ho parlato con il signor Blakiston, lui ha suggerito che fosse stato Sir Magnus a uccidere la povera bestiola nel modo più crudele possibile. Non sapevo se dare credito alle sue parole, ma le dirò che idea mi sono fatto. Suo fratello annega. Sua madre cade dalle scale. Sir Magnus viene assassinato senza pietà. E ora abbiamo anche Bella, la bastardina uccisa. Un'altra morte brutale che si aggiunge a una vera e propria serie di decessi violenti avvenuti a Pye Hall.

«Perché il collare del cane era conservato proprio in quella camera? Un altro particolare mi è saltato subito all'occhio. Era l'unica stanza della casa con la vista sul lago. Un dettaglio che, di per sé, ho trovato molto significativo. Così mi sono chiesto quale fosse la funzione di quella stanza quando Mary Blakiston viveva nel cottage. In un primo momento avevo dedotto, erroneamente, che fosse la camera da letto di uno dei due fratelli.»

«Era la stanza del cucito di mia madre» spiegò Robert. «Glielo avrei detto, se me lo avesse chiesto.»

«Non è stato necessario. Mi aveva già accennato che lei e suo fratello usavate intrattenervi con un gioco che consisteva nel bussare messaggi cifrati alla parete divisoria tra le vostre camere. Dovevano quindi essere adiacenti, di conseguenza la stanza sul lato opposto del corridoio aveva un altro scopo. Sua madre cuciva molto e ne ho dedotto che amasse lavorare proprio lì.»

«È tutto molto interessante, signor Pünd» intervenne Chubb. «Ma non capisco dove voglia arrivare.»

«Ci siamo quasi, ispettore. Ma prima mi permetta di analizzare come si è svolto l'incidente perché, come ho già anticipato, anch'esso pone alcune perplessità.

«Secondo le testimonianze di Robert e del padre, Tom era alla ricerca di un frammento d'oro che in effetti si trovava tra i giunchi sulla riva del lago, dove lo aveva nascosto Sir Magnus. Ora, teniamolo bene a mente, non era un bambino piccolo. Aveva dodici anni. Era intelligente. Perciò vi chiedo: davvero si sarebbe immerso nell'acqua gelida e fangosa perché convinto di trovarci l'oro? Mi è parso di capire che i giochi dei due fratelli fossero molto formali. Erano organizzati da Sir Magnus che nascondeva il tesoro e forniva indizi specifici. Se Tom si trovava sulla sponda del lago, è possibile che avesse già indovinato dove si celava l'oro. Ma non c'era alcun bisogno di oltrepassare il punto in questione e finire *dentro* l'acqua. Non ha alcun senso.

«C'è un ulteriore particolare che mi turba. Brent, il giardiniere, scopre il corpo…»

«Ci faceva sempre la posta» lo interruppe Robert. «Io e Tom avevamo paura di lui.»

«Sono disposto a crederle. Ma vorrei porle una domanda. Brent è stato molto preciso nella sua descrizione. Ha trascinato suo fratello fuori dal lago e lo ha adagiato sull'erba. Lei è arrivato dopo qualche istante… che motivo aveva di immergersi in acqua?»

«Volevo essere d'aiuto.»

«Naturalmente. Ma suo fratello era già fuori. Suo padre ha detto che era disteso sulla terraferma. Che motivo aveva di bagnarsi anche lei e prendere freddo?»

Robert corrugò la fronte. «Non capisco cosa vuole che dica, signor Pünd. Avevo quattordici anni. Non ricordo di preciso. Pensavo solo a Tom, a tirarlo fuori dall'acqua. Non avevo in mente altro.»

«No, Robert. Io credo avesse ben altro in mente. Voleva mascherare il fatto di essere già bagnato.»

L'intera stanza parve bloccarsi, come un fermo immagine catturato da un proiettore. Neppure all'esterno, in strada, si muoveva nulla.

«Perché mai avrebbe avuto quel pensiero?» chiese Joy con un leggero fremito nella voce.

«Perché si era azzuffato con suo fratello qualche istante prima. Lo aveva ucciso lui, annegandolo.»

«Non è vero!» Gli occhi di Robert si infiammarono. Per un attimo, Fraser temette di vederlo balzare dalla sedia e si preparò a soccorrere Pünd, se necessario.

«Gran parte del mio resoconto si basa su mere congetture» sottolineò il detective. «E si fidi se le dico che non la ritengo interamente responsabile per un crimine commesso quando era solo un ragazzino. Ma dobbiamo considerare le prove. A suo fratello regalano un cane, a lei no. Il cane muore in circostanze orribili. Lei e Tom andate alla ricerca di un frammento d'oro. Lo trova suo fratello, anziché lei. E stavolta è lui a essere punito. Suo padre mi ha raccontato che vi azzuffavate spesso. Che era preoccupato per i suoi sbalzi d'umore, per le sue lunghe passeggiate solitarie, nonostante la giovane età. Non vedeva ciò che invece aveva visto sua madre, che fin dalla nascita – dopo un parto difficile – qualcosa in lei non andava, al punto da essere stato capace di uccidere.»

«No, signor Pünd!» Stavolta fu Joy a protestare. «Non sta parlando di Robert. Lui non è affatto così.»

«Invece il suo Robert è proprio così, signorina Sanderling. Mi ha detto lei stessa quante difficoltà avesse a scuola. Non stringeva amicizia facilmente. I compagni non si fidavano di lui. Forse avevano intuito che avesse qualcosa di strano. E quell'unica volta in cui si allontanò da casa, quando lavorava a Bristol, rimase coinvolto in una rissa violenta culminata in un arresto e in una notte in cella.»

«Aveva rotto la mascella e tre costole all'altro tizio» aggiunse Chubb. Aveva chiaramente consultato gli archivi.

«Ho ragione di credere che Mary Blakiston conoscesse molto bene l'indole del figlio maggiore» proseguì Pünd. «E la pura e semplice verità è che non lo stava proteggendo dal mondo esterno. Stava proteggendo il mondo da lui. Aveva capito, o sospettava, cosa fosse accaduto alla cagnolina Bella. Perché mai avrebbe dovuto conservarne il collare? Aveva assistito anche alla scena sul lago. Sì. Seduta al tavolo della stanza per il cucito, aveva visto Robert uccidere Tom, furioso che fosse stato il fratello a trovare l'oro, anziché lui. E da quel giorno decise di erigergli attorno un muro. Matthew Blakiston ci ha riferito che tagliò i ponti persino con lui. Impedendogli di avvicinarsi a Robert. Ma lui non ne aveva capita la vera ragione. Mary non voleva che scoprisse la verità.

«E a questo punto comprendiamo meglio, signorina Sanderling, perché la signora Blakiston era così ostile all'idea delle nozze. Ancora una volta, a preoccuparla non era la sua idoneità in quanto moglie. Conosceva la vera natura del figlio ed era determinata a impedirgli di diventare un marito. Quanto a suo fratello Paul, affetto da sindrome di Down, avete frainteso completamente il significato delle parole di Mary. Aveva scritto nel suo diario una frase eloquente: "Non ho fatto che pensare a quell'orribile malattia che appesta la sua famiglia". Temo che James Fraser e l'ispettore Chubb l'abbiano male interpretata. La malattia alla quale si riferiva era la pazzia del figlio. Temeva che un giorno, in futuro, potesse dilagare nella famiglia della signorina Sanderling, se lei avesse acconsentito alle nozze.»

«Io me ne vado!» Robert Blakiston si alzò in piedi. «Non ho intenzione di ascoltare più una sola di queste sciocchezze.»

«Lei rimarrà esattamente dov'è» lo ammonì Chubb. «Ci sono due agenti fuori dalla porta e non si muoverà da quella sedia fino a quando il detective Pünd non avrà concluso.»

Robert si guardò attorno con aria selvaggia. «E sentiamo, quali altre teorie avrebbe, signor Pound? Dirà che ho ucciso mia madre perché non parlasse? È questo che pensa?»

«No, signor Blakiston. So perfettamente che lei non ha ucciso sua madre. Se vuole riaccomodarsi, le dirò come sono andate le cose.»

Robert esitò, poi si rimise a sedere. A Fraser non sfuggì che Joy Sanderling si era scostata. Aveva l'aria profondamente avvilita ed evitava lo sguardo del fidanzato.

«Proviamo a entrare nella mente di sua madre» continuò Pünd. «Di nuovo, la mia è solo una congettura, ma è l'unica spiegazione che dia un senso agli eventi per come si sono svolti. Mary ha la consapevolezza di vivere con un figlio che soffre di gravi disturbi. E cerca di proteggerlo come può. Controlla ogni sua mossa. Non lo perde mai di vista. Man mano che il loro rapporto diventa sempre più difficile e sgradevole, che le scenate si fanno più violente, la sua preoccupazione cresce. E se, in un accesso di follia, suo figlio le si rivoltasse contro?

«Mary ha un confidente. Ammira Sir Magnus Pye perché benestante e di buona stirpe. Collocato ben al di sopra di lei, nientemeno che un aristocratico. Lui l'ha aiutata in molte occasioni per questioni di famiglia. Le ha offerto un lavoro. Ha inventato giochi per i suoi figli, per intrattenerli mentre il padre era lontano. Le è rimasto accanto dopo la fine del matrimonio e in seguito procura per ben due volte un lavoro all'unico figlio che le è rimasto. Esercita persino la sua influenza per far uscire Robert dal carcere.

«Non può raccontargli dell'omicidio. Ne resterebbe inorridito e abbandonerebbe entrambi. Ma le viene un'idea. Gli consegna una busta sigillata, che contiene una lettera con tutta la verità: l'assassinio del figlio minore, l'uccisione della cagnolina, forse anche altri incidenti di cui non verremo mai a conoscenza. Descrive Robert Blakiston per quello che è veramente… Ma qui sta l'inghippo. La lettera potrà essere aperta solo nell'eventualità in cui Mary muoia. E solo dopo averla consegnata, dopo che la lettera è stata riposta in cassaforte, lei ne parla a Robert. Quella lettera fungerà da rete di sicurezza. Sir Magnus rimarrà fedele alla sua parola. Non la aprirà. La terrà semplicemente al sicuro. Ma qualora fosse accaduto qualcosa a Mary, qualora fosse morta in circostanze insolite o sospette, allora lui l'avrebbe letta e avrebbe saputo dove cercare il responsabile. Un accordo perfetto. Robert non osa aggredirla. Non può farle del male. Grazie a quella lettera, è stato neutralizzato.»

«Lei non sa un bel niente» sbottò il ragazzo. «Non *può* saperlo.»

«Io so tutto, invece!» Pünd fece una pausa. «Torniamo alla morte di Mary Blakiston e vediamo come si dispiegano gli eventi.»

«Ma quindi *chi* l'ha uccisa?» lo interruppe Chubb.

«Nessuno!» Pünd sorrise. «Ecco il dettaglio più incredibile e malaugurato di tutta la vicenda. La sua morte è stata davvero un banale incidente. Niente di più!»

«Un momento!» esclamò Fraser dall'angolo della stanza. «Mi aveva detto che era stato Matthew Blakiston.»

«È vero. Ma non intenzionalmente, né era consapevole della propria responsabilità. Ricordi, James, che Blakiston aveva avuto lo strano presentimento che la moglie fosse in pericolo e le aveva telefonato proprio quella mattina? Ricorderai anche che i telefoni al primo piano della villa non funzionavano. Ce lo ha riferito Lady Pye quando l'abbiamo interrogata. Perciò quel che è accaduto è molto semplice. Mary sta passando l'aspirapolvere sul pianerottolo in cima alle scale. Squilla il telefono… e lei deve correre al piano terra per rispondere. Inciampa con il piede nel cavo e cade, trascinandosi dietro l'attrezzo, che rimane incastrato nella parte alta del corrimano.

«Ho ritenuto ovvio che l'incidente potesse essere l'unica spiegazione plausibile. Mary Blakiston era in casa da sola. Le chiavi erano nella toppa della porta sul retro, che era chiusa a doppia mandata, e Brent stava lavorando davanti alla casa. Se qualcuno fosse uscito dalla villa, lo avrebbe visto. E spingere una persona dalle scale… non è la maniera più sensata di attentare alla sua vita. Come si può avere la certezza che la vittima non riporterà semplicemente delle gravi ferite?

«Gli abitanti di Saxby-on-Avon la pensavano diversamente. Non facevano che parlare di omicidio. E a peggiorare le cose, Mary Blakiston e il figlio avevano litigato proprio qualche giorno prima. "Magari morissi una volta per tutte, così finalmente me ne starei tranquillo." Forse in quel momento Robert non ci aveva fatto caso, ma si erano verificate le esatte circostanze cui accennava la lettera della madre, nei limiti di quanto ci è dato immaginare. Era stata una morte violenta. Il primo sospettato sarebbe stato lui.

«Gli è parso tutto più chiaro la settimana successiva al funerale. Il vicario è stato così gentile da prestarmi il sermone e ne ho lette le parole esatte. "Anche se oggi siamo qui riuniti per piangerne la dipartita, non dobbiamo dimenticare il suo lascito." Mi ha raccontato che Robert era sconvolto e si era coperto gli occhi sentendo quella frase… e a giusto titolo. Non perché fosse turbato. Ma perché si era appena ricordato che cosa la madre aveva lasciato.

«Fortunatamente Sir Magnus e Lady Pye non erano al villaggio. Erano in vacanza nel Sud della Francia. Robert aveva poco tempo e ha agito subito. Si è introdotto a Pye Hall la sera stessa, sfruttando la porta danneggiata da Brent dopo il ritrovamento del corpo. Il compito era semplice. Doveva trovare la lettera e distruggerla prima del ritorno di Sir Magnus.» Pünd guardò di nuovo Robert. «Sarà stato furioso per l'ingiustizia della sorte. Lui non aveva fatto nulla! Non era certo colpa sua. Ma se la lettera fosse stata aperta, i segreti della sua infanzia sarebbero venuti a galla e il matrimonio sarebbe stato impedito.» Poi si rivolse a Joy che aveva ascoltato ogni parola con un'espressione di sgomento assoluto. «So che non è facile per lei, signorina Sanderling. E non mi reca alcun piacere distruggere le sue speranze. Ma se può esserle di consolazione, l'uomo che le siede accanto la ama profondamente e ha fatto quel che ha fatto nella speranza di restare insieme a lei.»

Joy Sanderling non disse una parola. Pünd proseguì.

«Robert ha cercato invano in tutta la casa. Sir Magnus aveva conservato la lettera nella cassaforte dello studio, insieme ad altri documenti privati. Era nascosta dietro un dipinto e richiedeva una combinazione macchinosa, che lui non poteva conoscere. Si è visto costretto ad andarsene a mani vuote.

«Aveva anche un altro problema: come spiegare l'intrusione. Se nulla era stato rubato, Sir Magnus – e la polizia – avrebbe sospettato un'altra motivazione e, una volta tornata alla luce, la lettera avrebbe potuto condurre a lui. La soluzione era semplice. Ha aperto la vetrinetta e trafugato l'argenteria romana rinvenuta a Dingle Dell. Ha preso anche alcuni gioielli di Lady Pye. Per farlo sembrare un furto a tutti gli effetti. Com'è ovvio, non aveva alcun interesse a conservare gli oggetti. Né avrebbe corso il rischio di venderli. Cosa ne ha fatto allora? Li ha gettati nel lago dove sarebbero rimasti nascosti per sempre, se non fosse stato per un vero colpo di sfortuna. Attraversando il prato di corsa gli era caduta una fibbia d'argento, che il giorno successivo Brent ha trovato e venduto a Johnny Whitehead. Questo particolare ha portato alla scoperta, grazie all'intervento della polizia subacquea, del restante bottino e quindi della vera ragione dell'intrusione.

«La lettera era rimasta nella cassaforte. Nel frattempo Sir Magnus era tornato dalla Francia. Nei giorni successivi avrà avuto altre faccende di cui occuparsi e non dev'essere stato facile per lei, Robert, attendere la chiamata che prima o poi sarebbe arrivata. Che cosa avrebbe fatto Sir Magnus? Sarebbe andato dritto alla polizia o le avrebbe dato l'opportunità di spiegarsi? Alla fine, il giovedì in cui la moglie era a Londra, l'ha convocata a Pye Hall. E finalmente arriviamo alla scena del crimine.

«Sir Magnus ha letto la lettera. È difficile anticipare con certezza la sua reazione. È sciocato, senza dubbio. Sospetta forse che Robert Blakiston abbia ucciso la madre? Può darsi. Ma è un uomo intelligente... o potremmo dire diffidente. Conosce Robert da tanti anni e non ha paura di lui. Dopotutto non è sempre stato il suo mentore? Tuttavia, per essere più tranquillo, cerca la pistola di servizio e la sposta nel cassetto della scrivania, dove poi la troverà l'ispettore Chubb. È una polizza assicurativa, niente di più.

«Alle sette di sera, l'officina chiude. Robert torna a casa per darsi una rinfrescata e indossare abiti più appropriati all'incontro, durante il quale intende dichiarare la sua innocenza e implorare la comprensione di Sir Magnus. Nel frattempo, entrano in gioco altre forze. Matthew Blakiston sta arrivando da Cardiff per interrogare Sir Magnus sul trattamento che riservava a sua moglie. Brent, che è stato appena licenziato, quella sera lavora fino a tardi e poi si dirige al Ferryman. Robin Osborne ha una crisi di coscienza ed esce per cercare conforto in chiesa. Henrietta Osborne è preoccupata e corre alla ricerca del marito. Molti di questi percorsi si incroceranno, senza tuttavia lasciare emergere uno schema preciso.

«Alle otto e venti circa, Robert si avvia verso l'incontro fatidico. Vede la bicicletta del vicario fuori dalla chiesa e, d'impulso, decide di prenderla in prestito. Non immagina che il reverendo si trova all'interno. Giunge a Pye Hall senza essere visto, lascia la bici all'altezza del vecchio cottage e prosegue a piedi lungo il viale. È accolto da Sir Magnus e quel che poi avviene, vale a dire l'omicidio, sarà oggetto di spiegazione a breve. Prima permettetemi di completare il quadro generale. Anche Matthew Blakiston giunge alla villa e parcheggia l'automobile accanto alla vecchia casa, dove vede la bicicletta. Mentre imbocca il viale, la sua presenza è notata da Brent che sta staccando proprio in quel momento. Bussa alla porta e, qualche istante dopo, Sir Magnus gli apre. Ricorderai, Fraser, lo scambio di battute tra i due, descritto con una certa accuratezza da Matthew Blakiston.

«"Tu!" Sir Magnus è sorpreso e a giusto titolo. Si ritrova davanti il padre, proprio mentre il figlio è in casa sua per discutere di una questione della massima delicatezza. Sir Magnus non lo chiama per nome. Non vuole allarmare Robert rivelando la presenza del padre, nel peggior momento possibile. Ma prima di congedarlo, sfrutta l'occasione per chiedere a Matthew: "Credi davvero che abbia ucciso io il tuo dannato cane?". Perché porgli una simile domanda se non per avere la conferma di quanto appena discusso con Robert? Ad ogni modo, Sir Magnus chiude la porta. Matthew se ne va.

«Si compie l'omicidio. Robert Blakiston scappa dalla villa con la bicicletta presa in prestito. È buio. Non si aspetta di incontrare nessuno. All'interno del Ferryman, Brent sente passare il mezzo cigolante durante una pausa nella musica del pub e presume si tratti del reverendo. Robert riporta la bici davanti alla chiesa, ma è sporco di sangue e ne trasferisce qualche traccia sul manubrio. Quando il vicario esce dalla parrocchia per tornare a casa, il sangue gli macchia probabilmente i vestiti. Ecco perché, ne sono convinto, la signora Osborne era così nervosa nel parlarmi. È plausibile che ritenesse il marito colpevole del crimine. Ebbene, scopriranno la verità ben presto.

«Rimane un ultimo atto nella tragedia di quella sera. Matthew Blakiston nel frattempo ha cambiato idea e torna ad affrontare Sir Magnus. Non incrocia il figlio per una manciata di minuti, ma vede il cadavere attraverso la buca delle lettere sulla porta d'ingresso e si accascia sull'aiuola, lasciando l'impronta di una mano nella terra soffice. Temendo di finire tra i sospettati, si allontana il più in fretta possibile, facendosi tuttavia notare da Lady Pye di ritorno da Londra, la quale entrando in casa troverà il corpo del marito.

«Non mi resta che descrivere l'omicidio.

«Robert Blakiston e Sir Magnus si incontrano nello studio di quest'ultimo. Sir Magnus ha recuperato la lettera che Mary Blakiston gli aveva scritto tanti anni prima: ricorderete che il dipinto, dietro il quale si nasconde la cassaforte, era scostato. La lettera è sulla scrivania e i due uomini ne discutono il contenuto. Robert implora Sir Magnus di credere alla sua innocenza, non è lui il responsabile della morte di sua madre. Il caso vuole che sulla scrivania ci sia una seconda lettera. Sir Magnus l'ha ricevuta il giorno stesso. Contiene delle minacce, di una certa veemenza, in merito alla distruzione di Dingle Dell. Ora sappiamo che a scriverla era stata una signora del villaggio, Diana Weaver, con la macchina della dottoressa Redwing.

«Due lettere. Due buste. Tenetelo bene a mente.

«La conversazione non prosegue per il meglio. Forse Sir Magnus minaccia di denunciare il suo ex *protégé*. Forse gli dice che rifletterà sulla questione prima di rivolgersi alla polizia. Suppongo che Robert a questo punto sfoderi il suo lato più ammaliante e suadente, mentre Sir Magnus lo accompagna alla porta. Ma arrivati nell'ingresso, colpisce. Ha già notato l'armatura e sfila la spada dal fodero. La estrae facilmente e senza il minimo rumore perché, guarda caso, Sir Magnus l'ha usata di recente per distruggere il ritratto della moglie. Robert non intende correre rischi. Non si farà denunciare. Il suo matrimonio con Joy Sanderling andrà a buon fine. Aggredisce Sir Magnus alle spalle, decapitandolo, poi torna nello studio per sbarazzarsi delle prove.

«Ma è qui che commette i due errori decisivi. Appallottola la lettera della madre e la getta nel fuoco. Nel farlo, trasferisce qualche goccia del sangue di Sir Magnus sul foglio, di cui in seguito troveremo un frammento. Ma ancor peggio… non si accorge di bruciare la busta sbagliata! Ho intuito subito che doveva essere stato un errore, non solo perché la lettera della signora Weaver era battuta a macchina mentre la busta sopravvissuta era scritta a mano. No. Quella busta era indirizzata a Sir Magnus Pye in una maniera alquanto formale, che strideva fortemente con il suo contenuto.

Chi aveva scritto la lettera intimidatoria lo definiva un "brutto bastardo". Minacciava di ucciderlo. Si sarebbe mai premurato di aggiungere il titolo *Sir* sulla busta? Non mi convinceva, e intendevo proprio chiederne conferma alla signora Weaver, ma sfortunatamente ho avuto un malore appena prima di formulare la domanda. Poco importa. Abbiamo la busta e il diario di Mary Blakiston. Come ho già mostrato a Fraser, la grafia è identica su entrambi.»

Pünd aveva concluso. Non ci sarebbe stata nessuna chiusura drammatica, nessuna declamazione finale. Non era nel suo stile.

Chubb scosse il capo. «Robert Blakiston» annunciò. «La dichiaro in arresto per omicidio.» Proseguì con la consueta formula di rito, poi chiese: «Vuole aggiungere qualcosa?».

Negli ultimi minuti il ragazzo aveva fissato un punto sul pavimento come se vi fosse racchiuso tutto il suo futuro. Poi all'improvviso alzò gli occhi, ed erano pieni di lacrime. In quel momento, Fraser vide in lui il quattordicenne che aveva ucciso il fratello in un accesso di rabbia e che aveva trascorso tutta la vita a nascondersi da quel crimine. Robert si rivolse a Joy. Parlò solo con lei. «L'ho fatto per te, amore mio» disse. «Incontrarti è stata la cosa migliore che potesse mai capitarmi e sapevo che solo con te sarei stato davvero felice. Non avrei permesso a nessuno di portarmi via questa possibilità e lo rifarei di nuovo, se necessario. Lo farei per te.»

4

Dal «Times», agosto 1955

La scomparsa di Atticus Pünd è stata ampiamente riportata dalla stampa britannica, ma vorrei aggiungere qualche parola di mio pugno dal momento che forse lo conoscevo più di chiunque altro, avendo lavorato per sei anni al suo fianco come assistente personale. Conobbi il signor Pünd rispondendo a un annuncio pubblicato sulla rivista «Spectator». Descriveva un uomo d'affari, giunto di recente dalla Germania, alla ricerca di un collaboratore discreto che lo aiutasse nelle mansioni di battitura, nell'amministrazione e altri incarichi accessori. La dice lunga che non si fosse definito investigatore o detective privato, sebbene godesse già di una formidabile reputazione, in particolare in seguito al ritrovamento del diamante Ludendorff e alla spettacolare serie di arresti che seguì. Il signor Pünd è sempre stato un uomo modesto. Nonostante avesse aiutato la polizia in numerosi casi, incluso il recente assassinio di un ricco proprietario terriero del Suffolk, nel villaggio di Saxby-on-Avon, preferiva rimanere nell'ombra, attribuendosi solo di rado il merito dei successi ottenuti.

Si è speculato molto sulle circostanze della sua morte e mi preme chiarire i fatti. Confermo che il signor Pünd era in possesso di un'abbondante dose di fisostigmina confiscata durante l'ultima indagine e che, naturalmente, avrebbe dovuto restituire alla polizia. Se non ha provveduto, è perché aveva già deciso di togliersi la vita, come ha avuto cura di spiegare nella lettera d'addio che mi è stata inoltrata dopo la sua cremazione. Malgrado non ne fossi al corrente, gli era stata diagnosticata una forma particolarmente maligna di tumore cerebrale che in ogni caso avrebbe posto fine alla sua vita in breve tempo, e lui aveva scelto di risparmiarsi inutili sofferenze.

Era l'uomo più saggio e generoso che abbia mai conosciuto. Le esperienze vissute in Germania prima e durante la guerra gli avevano procurato una visione che gli è stata senza dubbio di grande aiuto nel lavoro. Possedeva un'innata capacità di comprensione del male ed era in grado di stanarlo con infallibile precisione. Pur avendo trascorso molto tempo insieme, il signor Pünd aveva pochi amici e non è mia intenzione fingere di aver compreso fino in fondo le elucubrazioni della sua mente straordinaria. Come ha espressamente richiesto, non sarà eretto alcun monumento in sua memoria, ma le sue ceneri verranno sparse nei pressi di Saxby-on-Avon, nel bosco di Dingle Dell, che in parte ha contribuito a salvare.

Ciò detto, rimangono in mio possesso tutte le pagine, le annotazioni e le ricerche inerenti al saggio che ha occupato buona parte dei suoi ultimi anni, uno studio considerevole dal titolo *Lo scenario dell'indagine criminale*. Che sia rimasto incompiuto è una vera tragedia, ma ho inoltrato tutto il materiale che ho potuto recuperare al professor Crena Hutton del Centro di criminologia di Oxford e nutro la speranza che quest'opera epocale sia pubblicata al più presto.

James Fraser

Agios Nikolaos, Creta

Non rimane molto da aggiungere.

La Cloverleaf Books ha voltato la sua ultima pagina, metafora più che appropriata per una casa editrice che chiude i battenti. È stato un vero disastro, con Charles in prigione e l'assicurazione che rifiutava di pagare i risarcimenti per l'edificio, andato completamente distrutto nell'incendio. I nostri autori di successo sono fuggiti a gambe levate, una bella delusione ma non così sorprendente. Chi si farebbe mai pubblicare da un editore che potrebbe ammazzarti?

Ovviamente, non avevo più un lavoro. A casa in convalescenza dopo le dimissioni dall'ospedale, ho scoperto con mia grande sorpresa che mi addossavano pure la colpa per l'accaduto. È andata come spiegavo all'inizio. Charles Clover era molto affermato nel mondo editoriale e la sensazione condivisa dai colleghi era che l'avessi tradito. In fondo, aveva pubblicato scrittori come Graham Greene, Anthony Burgess e Muriel Spark e ne aveva ucciso solamente uno: Alan Conway, noto a tutti come grande rompiscatole. Era proprio necessario fare tante storie per la sua scomparsa, se comunque era destinato a morire? Nessuno la pose in questi termini, ma quando finalmente riuscii a partecipare ancora zoppicante a un paio di eventi letterari – una conferenza e il lancio di un libro – fu quella l'impressione che ricevetti. La giuria del Women's Prize for Fiction alla fine decise di non accogliermi. Mi sarebbe piaciuto che tutti avessero visto Charles come l'avevo visto io negli ultimi momenti, pronto a lasciarmi bruciare viva, mentre mi sferrava un calcio talmente brutale da fratturarmi le costole. Non sarei tornata a lavorare a breve. Non ne avevo più la forza e in ogni caso non avevo recuperato completamente la vista. Questo rimane un dato di fatto. Non sono cieca come il povero Rochester di Jane Eyre, ma i miei occhi si stancano facilmente se leggo a lungo e le parole si confondono sulla pagina. In questi giorni preferisco gli audiolibri. Sono tornata alla letteratura del diciannovesimo secolo. Evito i gialli come la peste.

Ora vivo ad Agios Nikolaos, sull'isola di Creta.

Alla fine la decisione è stata presa per me, più o meno. Non c'era nulla che mi trattenesse a Londra. Molti amici mi avevano voltato le spalle e Andreas sarebbe partito comunque. Sarei stata una sciocca a non seguirlo e mia sorella Katie me lo ha ripetuto per un'intera settimana. In fondo, io lo amavo. Lo avevo capito mentre aspettavo sola soletta alla stazione di Bradford-on-Avon e ne avevo senza dubbio avuto la conferma quando era apparso dal nulla come un cavaliere dall'armatura scintillante e aveva sfidato le fiamme per trarmi in salvo. Semmai, avrebbe dovuto ripensarci lui. Non conoscevo una parola di greco. Come cuoca non valevo niente. La mia vista era compromessa. Che razza d'aiuto potevo dargli?

Ne abbiamo parlato e la sua risposta è stata invitarmi fuori a cena al ristorante greco di Crouch End, sfoderare un anello di diamanti (molto più prezioso di quanto potesse permettersi) e inginocchiarsi ai miei piedi davanti a tutti. Sono inorridita e gli ho detto di sì il più in fretta possibile, perché si rialzasse subito in piedi e tornasse a comportarsi normalmente. Ho venduto il mio appartamento e, anche se Andreas non era completamente d'accordo, ho insistito per investire una parte del ricavato nell'Hotel Polydorus, diventando socia alla pari. Probabilmente è stata una follia, ma dopo quello che avevo passato, non me ne importava un accidente. Non solo perché avevo rischiato di farmi ammazzare. Ma perché tutto ciò in cui credevo e confidavo mi era stato portato via. Sembrava che la mia vita si fosse rivelata all'improvviso e definitivamente come il nome di Atticus Pünd. Ha senso? Era come se la mia nuova esistenza fosse un anagramma della precedente e solo vivendola avrei scoperto la sua forma attuale.

Sono passati due anni da quando ho lasciato l'Inghilterra.

Polydorus non ha ancora realizzato profitti, ma gli ospiti sembrano contenti e siamo stati al completo per quasi tutta la stagione, perciò significa che abbiamo imboccato la direzione giusta. L'albergo si trova ai margini di Agios Nikolaos, una cittadina luminosa, scalcinata e variopinta con troppi negozietti di ninnoli e cianfrusaglie per turisti, ma sufficientemente genuina da farti capire che è proprio il posto in cui ti piacerebbe vivere. Ci affacciamo direttamente sul mare e non mi stanco mai di ammirare l'acqua, di un azzurro così sfavillante che il resto del Mediterraneo al suo confronto sembra una pozzanghera. La cucina e la reception danno su una terrazza in pietra con una dozzina di tavoli – offriamo colazione, pranzo e cena – ai quali serviamo piatti locali, semplici e freschi. Andreas si occupa dei fornelli. Il cugino Yannis in pratica non fa nulla, ma ha degli ottimi agganci (qui si dice *visma*) e ci sa fare nelle pubbliche relazioni. E poi ci sono Philippos, Alexandros, Giorgios, Nell e tutti gli altri familiari e amici che vengono a darci una mano durante il giorno e si siedono con noi a bere il *raki* fino a tarda sera.

Potrei scriverci un libro, e magari un giorno lo farò. Una signora inglese di mezza età decide di cambiare vita e si trasferisce dall'amante greco con famiglia eccentrica, svariati gatti, vicini, fornitori e ospiti al seguito, scoprendo di cavarsela alla grande sotto il sole dell'Egeo. Un tempo esisteva un mercato specifico per quel genere di romanzi, anche se naturalmente non potrei raccontare tutta la verità, se voglio sperare di venderne qualche copia. Una parte di me sente ancora la mancanza di Crouch End e del mondo editoriale. Andreas e io siamo costantemente in ansia per le spese, problema che crea una certa tensione tra noi. La vita potrà anche imitare l'arte, ma solitamente non è mai all'altezza.

La cosa più strana è che alla fine *Appuntamento con la morte* è stato pubblicato. Dopo il fallimento della Cloverleaf, alcuni titoli sono stati acquisiti da altri editori, inclusa l'intera serie di Atticus Pünd che, neanche a farlo apposta, è passata alla casa editrice per la quale lavoravo prima, la Orion Books. L'hanno ripubblicata per intero con nuove copertine, facendo uscire *Appuntamento con la morte* in contemporanea. Ormai il mondo intero conosceva la sordida verità nascosta dietro il nome del detective, ma nell'immediato nessuno se ne è curato. Tutta la pubblicità sul vero omicidio e sul processo ha aumentato l'interesse del pubblico nei confronti del romanzo e non è stata una sorpresa trovarlo nelle classifiche dei bestseller. Robert Harris ne ha fatto un'ottima recensione sul «Sunday Times».

L'altro giorno, mentre passeggiavo sulla spiaggia, ne ho addirittura vista una copia da vicino. Lo stava leggendo una signora seduta su una sdraio e Alan Conway era lì, a fissarmi dalla copertina. Rivederlo mi ha suscitato un moto di rabbia. Ho ripensato alle parole di Charles, a come Alan avesse, senza motivo, per puro egoismo, rovinato il piacere ai milioni di lettori che amavano i romanzi di Atticus Pünd. Aveva ragione. Anch'io ero una di loro e per un attimo ho immaginato di esserci salita io, al posto di Charles, sulla torre di Abbey Grange per spingere Alan incontro alla morte. Riuscivo quasi a vedermi mentre allungavo le braccia. Era proprio la fine che si meritava.

Avevo fatto la detective e ora diventavo l'assassina.

E sapete una cosa? Credo mi sia piaciuto di più.

Anthony Horowitz intervista Alan Conway
Ristampa dalla rivista «Spectator»

Quando ho incontrato Alan Conway per la prima volta all'Ivy Club di Londra, mi ha colpito quanto avessimo effettivamente in comune. O almeno così mi era parso all'inizio.

Entrambi scriviamo gialli, anche se lo stile è diverso. Lui è l'autore della formidabile serie di Atticus Pünd, mentre io per molti anni ho scritto sceneggiature poliziesche per la televisione: *L'ispettore Barnaby*, *Foyle's War* e *Poirot*. Ora siamo pubblicati entrambi da Orion Books. Abbiamo anche un legame con il Suffolk. Alan vive in una magione vittoriana poco fuori Framlingham, mentre io abito a Orford, in una casa modesta, proprio di fronte alla A12. Infine, per quello che vale, siamo entrambi membri dell'Ivy Club, anche se è stato lui a proporre di incontrarci lì, non io.

Una settimana prima della pubblicazione del suo settimo romanzo, *Mazzo di rose per Atticus*, lo «Spectator» mi ha chiesto di intervistarlo e io attendevo il momento con ansia. Sono un grande fan dei suoi libri. Ho persino collaborato per un paio di mesi all'adattamento per la BBC di *Atticus Pünd indaga*, il primo episodio della serie. Non è andata a buon fine. La Red Herring, l'agenzia di produzione, mi ha licenziato di punto in bianco e pare sia stato lo stesso Alan a proseguire la lavorazione.

Probabilmente ho sbagliato a rammentarglielo, perché la sua reazione è stata a dir poco sconcertante. «Sì, ho semplicemente detto che volevo occuparmene personalmente. Se vuole la verità, non sono mai stato un grande fan dell'*Ispettore Barnaby*. L'ho sempre trovato piuttosto leggero e insulso. Ho ritenuto più opportuno, per la sceneggiatura del mio libro, farne qualcosa di più sottile.»

Generalmente esiste un tacito accordo tra lo scrittore che promuove un libro e il giornalista – o chi per lui – che lo sta intervistando. Il primo si impegna a mostrarsi gradevole e collaborativo, il secondo a essere cortese anche se detesta il libro. Ecco perché non si leggono mai cattive recensioni prima della pubblicazione di un romanzo. Perciò sono rimasto piuttosto confuso di fronte all'atteggiamento indelicato e offensivo di Conway, e immagino che per restituirgli il favore avrei dovuto lanciargli a mia volta una frecciata maligna.

Ma non posso, perché la verità è che *Mazzo di rose per Atticus* è uno dei migliori episodi della serie. È il primo ambientato al di fuori della Gran Bretagna, principalmente nel Sud della Francia, cosa che all'inizio mi aveva preoccupato. Ho sempre pensato che Atticus Pünd si muovesse meglio nella campagna inglese. Invece *Non c'è pace per il crimine* e *Attrazione al veleno*, entrambi ambientati a Londra, sono a mio parere molto meno godibili. Ciò detto, Conway restituisce un'immagine molto realistica della Costa Azzurra alla fine degli anni Cinquanta. Sembra quasi di sentire il profumo della bougainvillea.

Inoltre è il primo libro che racconta una storia d'amore a tutti gli effetti. Atticus si infatua di Lydia Ford, sorella di un famoso artista, e si ritrova a indagare su di lei quando viene arrestata per l'omicidio di uno spacciatore locale di nome Jon Subaru. Con l'accumularsi delle prove, la colpevolezza della donna sembra lampante e la presenza dell'ispettore Renault, un detective francese particolarmente sgradevole, non fa che aggravare la tensione. Il finale mi ha decisamente lasciato a bocca aperta, sensazione che immagino proverete anche voi, malgrado Conway giochi come sempre a carte scoperte.

Dunque inizio la mia intervista suggerendo che è insolito che il detective protagonista si innamori. Lui si affretta a smentire. «Sciocchezze. Che mi dice di Holmes e Irene Adler? E anche Hercule Poirot si innamora di una contessa russa, Vera Rossakoff...» In effetti, lo sapevo anch'io. La donna compare in una storia dal titolo *Doppio indizio* che io stesso avevo adattato per la ITV. Ma prima che io possa obiettare che si tratta solo di incontri fugaci, lui riprende il discorso e apparentemente si contraddice. «Il problema è che i detective sono perlopiù ossessivi. Non hanno i *cojones*. E neppure carattere, in realtà. Solo manierismi.» Sorride. «Quando una donna dice a un detective che gli interessa una cosa sola, non allude certo al sesso. Con tutta probabilità lui pensa solo ad arrestarla.»

Nel caso di Atticus Pünd non è così, replico. Nel nuovo libro compare un personaggio, Otto Daimler, che era stato con lui nel campo di concentramento di Sobibór, il quale aggiunge alla storia una dimensione molto personale e quasi toccante. Conway dissente, in termini quasi offensivi. «La gente non legge i miei libri perché interessata a Pünd o a cosa gli è capitato quando era in mano ai nazisti. Li legge perché vuole scoprire il colpevole.» Ma senz'altro considererà il detective un essere umano. «Non proprio. Interpreta un ruolo ed è l'unica cosa che conta. Guardi Holmes! Persino Doyle ammette che non nutre il minimo interesse per la letteratura, la filosofia o la politica. Non ha nessun amico. Solo conoscenti.»

E tuttavia Holmes è uno dei personaggi più amati della letteratura popolare. Lo stesso Pünd teoricamente è ispirato a un insegnante d'inglese, Stephen Pound, di cui Conway era stato alunno a St Albans. (Il professore, che insegna ancora, non ha mai risposto alle mie chiamate.) Come poteva essere un mero simbolo? «Certo che è un mero simbolo. E in un certo senso l'assassino di *Mazzo di rose per Atticus* è un elemento neutro. I due formano una sorta di calcolo, un'equazione. Si legge il libro solo per arrivare al risultato.»

Davvero? Sentendo parlare Conway, si penserebbe che provi un certo disprezzo per il suo stesso lavoro, se non per la ricchezza che gli ha procurato. Si è presentato all'intervista, per inciso in ritardo di quarantacinque minuti, in jeans, maglietta bianca e una costosissima giacca nuova di zecca. Mentre io prendo un tè, lui ordina champagne. Giocherella con la fascetta d'oro sull'anulare, ruotandola di continuo mentre gli parlo, come fosse una sorta di manopola per il volume. Più io parlo, più l'anello gira intorno al dito. Se ho cominciato l'intervista convinto che fossimo molto simili, ben presto mi rendo conto che siamo l'esatto opposto.

Per l'intera durata della nostra conversazione non ha fatto che controllare l'orologio e dopo appena mezz'ora è comparso un giovanotto che si è presentato come James Taylor, l'assistente personale di Conway. L'automobile è fuori. L'intervista è conclusa. Conway si avvicina al bancone per pagare e Taylor, che in realtà è il suo compagno, mi confida: «Spero non sia stato troppo scontroso, non ama le interviste». Allora perché ha accettato? «Be', evidentemente lo ha costretto l'editore. Siamo stati a Edimburgo la settimana scorsa e l'ha odiato dall'inizio alla fine. Dice sempre che gli scrittori non dovrebbero parlare dei loro libri, ma limitarsi a scriverli.»

Non sono d'accordo. Scrivere è un mestiere così solitario che ho sempre amato prendere parte ai festival letterari e per me è un piacere incontrare i miei lettori. Gira voce che Conway una volta a Hay-on-Wye abbia ridotto un'intervistatrice alle lacrime. Dopo averlo conosciuto, non stento a crederci.

Quando torna dal bar, mi dice: «Spero abbia avuto ciò che voleva. Ha letto il mio libro?». Rispondo di sì, ovviamente, e lui abbozza un sorrisetto. «Sa, mentre parlavamo mi è sfuggito il nome dell'assassino. Spero che nessuno legga mai la sua intervista. Potrebbe rovinarsi il finale.»

È la stoccata conclusiva. Vado via chiedendomi cosa passi per la testa di Alan Conway, senza ombra di dubbio uno degli autori più sconcertanti che abbia mai conosciuto. Cosa intendeva di preciso con quell'ultima frase? Ho registrato la nostra conversazione e l'ho riascoltata più volte prima di scrivere l'articolo, ma il nome dell'assassino non riesco a trovarlo in nessun modo. C'è davvero o voleva solo prendersi gioco di me?

Per quanto triste da dire, un nome che ha ucciso il piacere di leggere i suoi libri in effetti compariva. E temo fosse proprio il suo.

Settembre 2014

Finito di stampare nel febbraio 2022 presso
Elcograf S.p.A. - Stabilimento di Cles (TN)
Printed in Italy